HERMES

在古希腊神话中，赫耳墨斯是宙斯和迈亚的儿子，奥林波斯神们的信使，道路与边界之神，睡眠与梦想之神，亡灵的引导者，演说者、商人、小偷、旅者和牧人的保护神……

西方传统　经典与解释 **HERMES**
Classici et Commentarii

古典学丛编
Library of Classical Studies

刘小枫◎主编

劳作与时日 [笺注本]

Hesiodus. Opera et dies

[古希腊] 赫西俄德　｜　著

吴雅凌　｜　译

华夏出版社

古典教育基金·蒲衣子资助项目

"古典学丛编"出版说明

近百年来,我国学界先后引进了西方现代文教的几乎所有各类学科——之所以说"几乎",因为我们迄今尚未引进西方现代文教中的古典学。原因似乎不难理解:我们需要引进的是自己没有的东西——我国文教传统源远流长、一以贯之,并无"古典学问"与"现代学问"之分,其历史延续性和完整性,西方文教传统实难比拟。然而,清末废除科举制施行新学之后,我国文教传统被迫面临"古典学问"与"现代学问"的切割,从而有了现代意义上的"古今之争"。既然西方的现代性已然成了我们自己的现代性,如何对待已然变成"古典"的传统文教经典同样成了我们的问题。在这一历史背景下,我们实有必要深入认识在西方现代文教制度中已有近三百年历史的古典学这一与哲学、文学、史学并立的一级学科。

认识西方的古典学为的是应对我们自己所面临的现代文教问题:即能否化解、如何化解西方现代文明的挑战。西方的古典学乃现代文教制度的产物,带有难以抹去的现代学问品质。如果我们要建设自己的古典学,就不可唯西方的古典学传统是从,而是应该建设有中国特色的古典学:恢复古传文教经典在百年前尚且一以贯之地具有的现实教化作用。深入了解西方古典学的来龙去脉及其内在问题,有助于懂得前车之鉴:古典学为何自娱于"钻故纸堆",与现代问题了不相干。认识西方古典学的成败得失,有助于我们体会到,成为一个真正的学人的必经之途,仍然是研习古传经典,中国的古典学理应是我们已然后现代化了的文教制度的基础——学习古传经典将带给我们的是通透的生活感觉、审慎的政治观念、高贵的伦理态度,永远有当下意义。

　　本丛编旨在译介西方古典学的基本文献:凡学科建设、古典学史发微乃至具体的古典研究成果,一概统而编之。

古典文明研究工作坊

西方典籍编译部乙组

2011 年元月

目　录

前　言

　　《劳作与时日》说劳作，说时日，说得最多的则是正义。在今天看来，"宙斯的正义"这个诗中频频出现的说法显得陈旧过时，仿佛与当下无关。赫西俄德是说故事的高手，讲了一连串正义的故事。正义女神狄刻是神王的女儿，却在人间城邦受尽凌辱，喧哗的人群将她拖曳在地，当众撵走。① 阿喀琉斯当初侮辱死去的赫克托尔，也是用同样的方法。战车拖着英雄的尸体飞驰而过，扬起一片尘烟，往昔神样的脸上沾满灰土。② 全体特洛亚人为之恸哭，因为，赫克托尔受辱，无异于城邦的耻辱。

　　赫西俄德还讲了普罗米修斯和潘多拉的故事，讲了从"黄金"沦落至"黑铁"的五个人类种族，讲了鹞子与莺，讲了不和神与传言神，讲了父亲的往事，讲了他与弟弟的家产纠纷。有关正义的沉思在所有这些纷繁的叙事里穿梭行进。

　　赫西俄德明明是农夫，为什么思考正义问题？ 我们知道，除了农夫，他还是诗人。除了诗人，他还是教师。《劳作与时日》首先被定义为一首教诲诗，他在全邦人面前公开言说，劝导自家兄弟：佩耳塞斯沾染恶习，学会行贿本城王公。换言之，他需要认识并尝试解决的问题不仅是青年的迷途，更是城邦的败坏。赫西俄德在公元前八世纪某个波奥提亚城邦里遭逢的难题，归根到底是所有时代都可能陷入的困境。上至找不出十个义人的索多玛，下至后现代，这个难题从根本上几乎没有改变。因此，除了教师，赫西俄德在某种程度上还是哲人。他的身份近似于二十世纪西方哲学家爱说的"介入者"，或时下爱说的"智识分子"，却似乎又有所不同。了解诗人的诸种身份真相，我们才有可能听

---

　　①　《劳作与时日》，220－224。
　　②　《伊利亚特》卷二十二，395－405。

清诗人的声音。

整部《劳作与时日》犹如一出精彩的戏。在城邦剧场上,不只佩耳塞斯在听,所有人都在听。王公贵族们在听,不同意见的人们在听,聪明的人们在听,一知半解的人们在听。诗人的声音看似只有一个,却要应对来自四方的诸种表情和动作,随时变换修辞,做出扑朔迷离的变形,犹如庄子言辞里的北冥的鱼,逍遥于故事、神话、寓言、箴训和隐喻之间,在宙斯王的光照下攀升或下行。

丹麦哲人基尔克果喜用假名出版哲学书,且不厌其烦地强调,书中观点不是他本人的完整观点。基于言说的限度,每个假名作者一次只能勉力揭示真实的一种面具。按基尔克果的说法,这并非他本人的创举,而是一种古老的手法。我们有理由相信,赫西俄德是最早践行这种古老方法的写作者之一。

本稿延续《神谱》[笺注本]的思路,结果还是有所不同。古人说,人不能两次踏进同一河水。不只人如此,文本有了生命,也如此。全书分译文、笺注和义疏三部分。译文不设脚注,相关词语的考释性注释一应转入逐行笺注。《神谱》[笺注本]欠缺义疏,本书为此多下了功夫。有关赫西俄德的作品,生平年代,乃至历代勘注种种,《神谱》[笺注本]已有说明,不再赘述。原诗本无分段,章节与章题由笔者所加。在诗文真伪问题上采取更坚定的态度,凡有争议的诗行,一概保留古本原貌,在笺注中说明。当然,这个原貌很可能不是三千年前的诗唱原样,但在漫长时光积淀中,一个有生命的文本逐渐成形,不是偶然。

书中多处提及“诗人之争”,或“赫西俄德反荷马传统”。有一点必须澄清,所谓“荷马传统”,并不止于今天归于荷马名下的《伊利亚特》和《奥德赛》,而应该理解为两部荷马诗和比之更早的佚失史诗所共同代表的英雄诗系传统。基于年代考证的难度,我们确乎无法断定赫西俄德知道两部荷马诗,比如 M. L. West 就坚持认为,《神谱》和《劳作与时日》写在荷马诗之先,而主张赫西俄德熟知荷马诗文同样大有人在。作为某种共同传统的有据可考的唯一代表,诗人荷马和荷马诗在本书义疏中的提法在某种程度上更像是一种修辞。

书中有待修订的地方肯定还不少,盼方家不吝指教。

在这段不算短暂的劳作时日里,我一再想起父母最早教我简朴的世故人情,正如赫西俄德在诗中言传身教,自从懂得辛苦是生活的真相,也就努力地不肯对各种虚妄妥协。谨以本书献给我的父亲和母亲。

吴雅凌

2014 年 6 月于上海

初版的《神谱笺释》(2010 年)和《劳作与时日笺释》(2015 年)未能在封面醒目地体现古诗人之名,实为憾事,故借此再版机会,郑重地改为"赫西俄德《神谱》[笺注本]"(2022 年)和"赫西俄德《劳作与时日》[笺注本]"(2023 年)。此次再版仅限于订正《劳作与时日笺释》中的讹误、删改不能满意的表述并规范格式,未做内容上的增补,特此说明。

吴雅凌 于 2022 年冬天

版本说明

一

据罗马时代的希腊作者泡赛尼阿斯记载,在赫西俄德的故乡,只有《劳作与时日》被认可为诗人原创(《希腊志》,9.31.4)。不过,较早完成的《神谱》和《列女传》(又称《小赫埃》,现存两百多条残篇)一般也公推在诗人名下。从公元一至二世纪的几份莎草纸残稿中的编排方式看,罗马时代已将《神谱》《劳作与时日》和《盾牌》视为赫西俄德的主要作品。六世纪学者赫西奇乌斯(Hesychius of Miletus)的赫西俄德作品编目同样先提这三部诗作,再补充其他作品。中古拜占庭时期的《苏达辞典》(Suidas)沿袭同一做法。

从现存的残篇看,公元前七世纪的希腊诗人多有模仿赫西俄德的痕迹。仅以《劳作与时日》为例,西蒙尼得斯(Semonides of Amorgos,残篇6)论女子,仿行702－703;阿尔凯奥斯(Alcaeus of Mytilene,残篇347)写夏日蝉鸣,仿行582－589。此外,提耳塔俄斯(Tyrtaeus of Sparta)也有两处残篇似有明显关联(6.3－6,对应行399－400;9.43,对应行291)。彼时诗人在既有诗文的基础上进行不同格律的仿写或改写尝试。这也说明,赫西俄德的诗作(荷马诗亦然)已有相对固定的抄写版本,并且至少在智识人中流传,传播范围越过了爱琴海。

当然,我们不能忽略另一个事实。多数古典时期的希腊人熟知荷马和赫西俄德的诗作,不是通过书写和阅读,而是通过吟诵和说解。在公元前五世纪的雅典城邦,这一状况也许有所改观。但在雅典以外的诸多地区,口传传统很可能保留得更迟。在苏格拉底的时代,还有专事吟诵古诗的"诵诗人"(ῥαψῳδός),比如伊翁,不但熟记荷马诗句,还能解释诗文,将"诗人的思想传达给听众"(柏拉图,《伊翁》,530c)。我们从苏格拉底与伊翁的对话中知道,当时的诵诗人不专攻荷马诗,也可能熟悉赫西俄德或阿喀罗库斯的作品(531c)。伊索克拉底也讲到同样这些人,并称呼他们为"智术师"(σοφισταί),他们"自称无所不知、无处不在",当众品评诗人,"特别是赫西俄德和荷马,倒没有说出什么新鲜的,主要是一边诵诗,一边凭记忆转述从前别人评说时讲过的聪明话"(《泛雅典娜赛会辞赋》[Panathenaicus],18)。

自公元前四世纪末起,坊间流传有若干赫西俄德的评著,除亚里士多德写过"赫西俄德问题"(ἀπορήματα Ἡσιόδου)外,赫拉克里德斯(Heraclides of Pontus)、赫卡泰埃乌斯(Hecataeus of Abdera)和安提多罗斯(Antidorus of Cyme)均谈及荷马与赫西俄德。我们从五世纪的新柏拉图派哲人普罗克洛斯(Proclus)的记载中知道,普拉克西芬(Praxiphanes of Mytilene)还讨论过《劳作与时日》开篇十行诗的真伪。

自公元前三世纪起,亚历山大里亚的学者们开始系统编修工作。最早校注荷马诗的泽诺多托斯(Zenodotus of Ephesus)至少校注过《神谱》部分诗文,是否也有《劳作与时日》,不得而知。阿波罗尼奥斯(Apollonius of Perga)专注于真伪评析,主张《劳作与时日》原本止于第828行,后续诗行均系伪作,尽管后世对其校注的权威性颇多争议,但传下来的确乎只有828行,续文全然佚失。阿里斯托梵那(Aristophanes of Byzantium)据传也有《劳作与时日》篇末诗文的评注,可惜未留存下来。阿里斯塔库斯(Aristarchus of Samos)编修过《神谱》和《劳作与时日》,并且很可能写过笺释,如今还能读到他对行97和行210–211的两处短注。此外还应提到公元前二世纪的帕加马学者克拉特斯(Crates of Mallus),以及阿里斯塔库斯的追随者塞勒科斯(Seleucus of Seleucia),等等。

公元一世纪的普鲁塔克(Plutarch)是赫西俄德的同乡,不但写过诗人传记,还作出四卷本的《劳作与时日》注疏。这个注疏本虽已佚失,但借助普罗克洛斯注疏中的丰富援引,我们还能了解到好些章段。普鲁塔克做过细致的诗文考订。他将几处诗文判为伪作,对后世影响深远①。普鲁塔克注疏赫西俄德,正如他写希腊人与罗马人的对比列传,因带有自身的意图而不落俗套,虽也着力于文本评注,却不循古语法家的用功规范,喜借古人的教诲阐发自己的观点。

与《神谱》相比,《劳作与时日》的文本信息要确切得多。普罗克洛斯功不可没。他似乎只注疏过《劳作与时日》,并在导言中建议读者先修习此诗,再学《神谱》。普罗克洛斯的注疏本完整保存迄今,我们从中获知大量古代作者(尤其普鲁塔克)的注引文献。

迄今发现的赫西俄德文本的莎草纸残稿(Papyrus)不少,凡与《神谱》《劳作与时日》和《盾牌》相关的共计 54 件,其中 45 件卷轴的年份在公元前一世纪至公元四世纪之间,9 件卷本则在三至六世纪之间。有 22 件内含《劳作与时日》相关诗文。所有这些莎草纸残稿均无注疏。古代学者一开始没有随文诂证的传统,所有评注独立成文,不影响原本。编修者随文"勘误",主要发生在拜占庭时期,这也相应导致了篡改或增删文本的争议。

以十二世纪的拜占庭学者策泽斯为例。他大约在 1135—1140 年间评注赫西俄德,也大量汇编前人成果。前面说过,《劳作与时日》的文本信息比《神谱》确切,与历代注家对不同诗作的解释强度不同有关。《劳作与时日》的注疏和校注文献明显多过《神谱》,除普鲁塔克和普罗克洛斯以外,策泽斯同样贡献很大,此外还得算上语法家莫斯库普罗斯(Moschopoulos,他在 1290—1310 年间点注《劳作与时日》,多为简短的语法规范注解)。值得一提的是,策泽斯的评注往往流露出人文学者轻慢古代注家乃至诗人本身的"矫正"精神,比如在某处"勘误"添曰:"要么抄写人抄错了,要么赫西俄德自己搞错了",这种做法在古代注家那里简直不可想象,普鲁塔克和普罗克洛斯等传统注家对古代作者和作品始终持有敬畏心态。

---

① 因德性规训的考虑删去行 267 – 273,行 353 – 355,行 375,行 757 – 759;因受前人质疑删去行 561 – 563,行 650 – 652;因与荷马诗文重合删去行 317 – 318(同《奥德赛》卷十七,347;《伊利亚特》卷二十四,45)。还有的删去原因不明,比如行 244 – 245。

除莎草纸残稿以外,最重要的文献来源就是拜占庭抄本。与多数古典作者一样,赫西俄德诗文的所有拜占庭抄本均以某个从古代流传下来的约为九世纪的"原始稿本"(hyparchetype)为底本。《劳作与时日》的拜占庭抄本远远多过赫西俄德其他诗篇,共计 260 多件,比《神谱》多出 70 件,比《盾牌》多出 60 件。在这些抄本中,有 100 多件晚于 1480 年,也就是比第一个印刷本问世还要迟。余下有 30 多件早于 1340 年,但真正可供参考的还要减半。如下几个版本尤其得到了晚近注家的关注:

1.《拜占庭词源文献》(Byzantine Etymologica):援引大量赫西俄德诗文,其中《劳作与时日》至少 150 行,最长引文达 10 行,多数引自含带古代学者校注(scholia vetera,未见普罗克洛斯注疏)的抄本,基本还原了十世纪以前的底本样貌。这个时期常用缩写。

2. Parisinus supplément grec 2771:十世纪中叶或下半叶的合抄本,以九世纪末或十世纪的某个已佚失的原始稿本 Ω(hyparchetype Ω)为底本,比较完整地呈现了普罗克洛斯的注疏。另有三个年代略晚的抄本同样以原始稿本 Ω 为底本:Vaticanus graecus 904(1250—1275 年);Vaticanus graecus 38(1322 年);Laurentianus 31.37(十四世纪)。

3. Laurentianus 31.39:十二世纪的合抄本,从相同的拼写谬误看,似乎部分以原始稿本 Ω 为底本,同时存在与原始稿本 Ω 无关的变文。此外还有近 20 个年代略晚的抄本似乎与此本同底本。

4. Tzetzes 注疏本、Moschopulus 注疏本和 Triclinius 自抄本。

5. 另一个已佚失的原始稿本 Φ(hyparchetype Φ,1140—1180 年前后),主要由一系列十二至十四世纪的现存抄本还原而成。①

---

① 古代版本说明,主要参考文献:West, *Hesiod. Works and Days*, pp. 60 - 71;Paul Mazon, *Hésiode. Théogonie. Les travaux et les jours. Le Bouclier*, pp. xvii - xxvii;M- C. Leclerc, *La Parole chez Hésiode. A la recherche de l'harmonie perdue*, Paris,1993,pp. 9 - 23。

迄今发现的《劳作与时日》印刷本,最早在 1482 年米兰刊印。随后有出版家老阿尔都斯(Aldus Pius Manutius)的版本,1495 年在威尼斯刊印。此后几个世纪里出现了好些勘本印本,以及十九世纪以来的研究状况,《神谱》[笺注本]已有交代,不再赘述。①

二

笔者在翻译《劳作与时日》并采编晚近西人注释时,主要依据两个笺注本:Martin. L. West 的 *Hesiod* : *Works and Days* (Oxford, 1978);W. J. Verdenius 的 *A Commentary on Hesiod*:*Works and Days*, vv. 1 – 382 (Leiden,1985)。West 版本的权威性自不必说。晚近几十年赫西俄德诗歌的翻译和注疏,包括《神谱》和《列女传》,无不依据他的校勘与笺注(M. L. West, *Hesiod. Theogony*, Oxford, 1966;*The Hesiodic Catalogue of Women*,Oxford,1985)。West 的笺注本均无译文,直至 1999 年才出了散文体译文简本(M. L. West, *Hesiod. Theogony. Works and Days*, Oxford,1999/2008)。Verdenius 的笺注只注到半部诗,也就是从开篇到"礼法初训"(行 1 – 382),不包含"农时历法"以后的诗文,许多主张是在West 本基础上的重新考辨。两本对照参读,相当有趣和有益。本书笺注采用汇注编译方式,并不特别注明版本注家,除非出现解释或文献上的歧义。诗中多处关键歧义便是来自这两位注家。

除 West 本以外,赫西俄德的希腊原文版本还参考了 Paul Mazon 的希 – 法对照本,带注释和长篇导言,1928 年初版,经校订后不断重印,笔者所见最近的重印本为 1982 年版。这个版本属于法国 Association Guillaume Budé 主持的古典语文学权威丛书,长期享有盛誉,在希腊原本的考订上带有二十世纪初期的痕迹,和同时代的注家一样关注文本的真伪性问题,将不少章节判为后人篡插。晚近还有"勒布丛书"中的 Glenn

---

① 　详见赫西俄德,《神谱》[笺注本],华夏出版社,2022,页 86 – 88。

W. Most 的希 – 英对照本,同样带有长篇导言。

相较《神谱》,《劳作与时日》无疑带有更多"史料"价值。诗中讲述了公元前八世纪波奥提亚农夫的日常生活:劳作,交易,家务,邻里,婚姻,祭祀,财产分配,乃至争端诉讼……晚近学者多有从文本中做出梳理的尝试,比如 David W. Tandy 和 Walter C. Neale 的译注本,标题就申明是"着眼于社会科学层面的译注本"(A Translation and Commentary for the Social Sciences);再比如 Anthony T. Edwards 的论著尝试还原了赫西俄德居住的阿斯克拉村落与相隔七公里以外的忒斯庇亚城邦的关系(*Hesiod's Ascra*,University of California Press,2004)。

赫西俄德的西文译本一直在不断更新。相比《神谱》[笺注本],笔者量力参考了更多晚近译注本(按出版年代):

1. Jean – Marie – Louis Coupé,*Hésiode. Les Travaux et les jours*,*poème didactique*,avec analyse,sommaires,notes et les imitations de Virgile par E-. Lefranc(Paris : A. Delalain 1834);

2. Hugh G. Evelyn – White,*Hesiod: Works and Days*(Harvard University Press 1914);

3. Paul Mazon,*Hésiode. Théogonie. Les travaux et les jours. Le Bouclier* (Les Belles Lettres 1928);

4. Richmond Lattimore,*Hesiod*(The University of Michegan Press 1959);

5. Lucien Dallinges,*Hésiode*,*Les travaux et les jours*(Lausanne : Ed. de l'Aire 1979);

6. Apostolos N. Athanasskis,*Hesiod: Theogony. Works and Days. Shield* (Johns Hopkins University Press 1983);

7. R. M. Frazer,*The Poems of Hesiod*(University of Oklahoma Press 1983);

8. Robert Lamberton,*Hesiod*(Yale University Press 1988);

9. Claude Terreux,*Les Jours et les travaux*,*précédé de la Théogonie*(Arlea 1995);

10. David W. Tandy & Walter C. Neale,*Hesiod's Works and Days. A*

Translation and Commentary for the Social Sciences (University of California Press 1996) ;

11. Philippe Brunet, *La Théogonie, Les Travaux et les jours. Le Bouclier. Fragments.* (Librairie Générale Française 1999) ;

12. Martin L. West, *Hesiod. Theogony. Works and Days* (Oxford 1999/2008) ;

13. Pierre Waltz, *Hésiode. Les travaux et les jours* (Paris 1999) ;

14. Jean - Louis Backès, *Théogonie et autres poèmes suivis des Hymnes homériques* (Gallimard 2001) ;

15. Catherine M. Schlegel & Henry Weinfield, *Hesiod. Theogony. Works and Days* (Michigan University Press 2006) ;

16. Glenn W. Most, *Hesiod. The complete works* (Cambridge/London 2006 – 2007) ;

17. Stephanie Nelson, *Hesiod. Theogony. Works and Days* (Richard Caldwell 2009) ;

18. C. S. Morrissey, *Hesiod. Theogony. Works and Days* (Talonbooks 2012) 。

中译本有张竹明先生和蒋平先生的散文体译本(北京:商务印书馆,1996 年)。

本书中的荷马诗文引自罗念生先生和王焕生先生的译本(《伊利亚特》,北京:人民文学出版社,1994 年;《奥德赛》,北京:人民文学出版社,1997 年)。

参考研究文献另见附录。

劳作与时日 [诗文]

序　歌

　　　　缪斯们啊，来自皮埃里亚，以歌兴咏，
　　　　请来这儿叙说宙斯，赞美你们的父亲！
　　　　一切有死的凡人，有没有被人传说，
　　　　是不是为人称道，全凭伟大宙斯的意思。
5　　　因他轻易使人强大又轻易压抑强者，
　　　　轻易贬低显赫的人，抬举黯淡的人，
　　　　轻易纠正歪曲的人，挫折傲慢的人：
　　　　那在高处打雷、住在天顶的宙斯。
　　　　听哪，看哪，让审判总能公正！
10　　来吧，我要对佩耳塞斯述说真相。

两种不和

　　　　原来不和神不止一种，在大地上
　　　　有两种。一个谁若了解她必称许，
　　　　另一个该遭谴责：她俩心性相异。
　　　　一个滋生可怕的战争和争端，
15　　真残忍！没人喜欢她，只是迫于
　　　　神意才去拜这沉骛的不和神。
　　　　另一个却是黑暗的夜所生的长女，
　　　　住在天上、高坐宝座的克洛诺斯之子派她
　　　　前往大地之根，带给人类更多好处。
20　　她敦促不中用的人也动起手。
　　　　谁都渴望劳作，眼瞅着
　　　　富人在加紧耕耘和栽种，
　　　　整治家产。邻人妒羡邻人，
　　　　争相致富：这种不和神有益凡人。
25　　陶工妒陶工，木匠妒木匠，

乞丐忌乞丐，歌人忌歌人。

佩耳塞斯啊，牢记这话在心深处：
莫让好作恶的不和女神使你疏于耕作，
耽溺在城邦会场，凑热闹看纠纷。
30　一个人不该操心纠纷和集会，
除非家中储足当季的粮食，
地里生长的德墨特尔的谷物。
等你有盈余，再去滋生纠纷和争端，
抢别人的财产。但你再也不能
35　这么干了：咱们这就了断纠纷，
就凭来自宙斯的至善的公平断决。
当初咱们分家产，你得了大头，
额外拿走很多，你给王公们莫大面子，
他们受了贿，一心把这当成公正。
40　这些傻瓜！不晓得一半比全部值得多，
草芙蓉和阿福花里藏着什么好处。

普罗米修斯和潘多拉神话

因为，神们藏起了人类的生计。
不然多轻松，你只要劳作一天
就够活上一整年，不用多忙累，
45　你可以很快把船舵挂在烟上，
牛和耐劳的骡子犯不着耕作。

但宙斯全给藏起，他心中恼恨，
因为狡猾多谋的普罗米修斯蒙骗他。
于是他为人类设下致命灾难。
50　他藏起火种，但伊阿佩托斯的英勇儿子

从大智的宙斯那里为人类盗走火，
藏在一根空阿魏杆里，瞒过鸣雷神宙斯。
聚云的宙斯恼恨中这样说：
"伊阿佩托斯之子啊，你谋略超群，
55   你高兴盗走火，又瞒骗了我，
但你和人类将来要有大祸。
我要送一件不幸以替代火种，
让人满心欢喜，从此依恋自身的不幸。"

人和神的父说罢，哈哈大笑。
60   他命显赫的赫淮斯托斯赶紧
把土掺和水，揉入人类的声音
和气力，使她看似不死的女神，
如惹人怜的美丽少女；命雅典娜
教她各种花样的编织针线活儿；
65   命金色的阿佛洛狄特往她头上倾注魅力、
愁煞人的思欲和伤筋骨的烦恼；
且安上无耻之心和诡诈习性，
他命弑阿尔戈斯的神使赫耳墨斯。

他说罢，众神听从克洛诺斯之子的吩咐。
70   显赫的跛足神立刻用土造出一个
含羞少女的模样：克洛诺斯之子的意愿如此；
明眸女神雅典娜为她系上轻带，
美惠女神和威严的媚惑女神
在她颈上戴金链子，一边又有
75   秀发的时序女神为她辫上春花，
帕拉斯·雅典娜整理她的全身装扮；
弑阿尔戈斯的神使在她胸中
造了谎言、巧言令色和诡诈习性——

雷神宙斯的意愿如此；又赐她声音，

80　神们的信使，替这个女人取名为

潘多拉，所有住在奥林波斯的神

给了礼物，那吃五谷人类的灾祸。

父神设好这个玄妙的圈套，

派光荣的弑阿尔戈斯者给厄庇米修斯

85　送去礼物，那迅捷的神使。厄庇米修斯

偏忘了，普罗米修斯吩咐过他莫要

接受奥林波斯宙斯的任何礼物，送来了

也要退回去，以免使有死种族蒙受不幸。

他收下礼物，等遭遇了不幸才明白。

90　从前，人类族群生活在大地上，

远离一切不幸，无须辛苦劳作，

也没有可怕疾病把人带往死亡。

因为凡人身陷患难，很快会衰朽。

但女人用手揭去瓶上的大盖子

95　散尽一切，给人类造成致命灾难。

唯有希望留在它坚牢的住所，

还在瓶口内，还没来得及

飞出去，因为她抢先盖上瓶盖：

聚云的执神盾宙斯意愿如此。

100　其他数不尽的灾难漫游人间，

不幸充满大地，遍布海洋。

各种疾病夜以继日地纠缠人类，

肆意流行，给有死者带来不幸，

不声不响，因大智的宙斯取走了声音。

105　这样，宙斯的意志没有可能逃避。

人类种族神话

如果你愿意，我再扼要讲个故事，
恰当而巧妙，你要记在心上：
神们和有死的人类有同一个起源。

（黄金种族）

黄金是第一代即逝人类的种族，
110　由住在奥林波斯的永生者所造。
那时克洛诺斯在天庭做王。
人们像神一样生活，心中不知愁虑，
远离辛劳和悲哀，可悲的衰老
从不挨近，双手和双脚永是有力，
115　时时有欢庆，总在不幸之外。
他们死去如沉睡一般。美物
一应俱全，饶沃的土地自动
出产丰足的果实。他们知足
和乐，共享收成丰美的田地，
120　牧畜成群，深受极乐神们眷爱。

但自从大地掩埋了这个种族——
他们做了精灵，伟大宙斯的意愿如此，
在大地上乐善好施，庇护有死的人类，
他们览察诸种审判和凶行，
125　身披云雾，在人间四处漫游，
施舍财富：这是派给他们的王般荣誉。

（白银种族）

随后的第二代种族远不如从前，

奥林波斯的居住者所造的白银种族
模样和心思全然不像黄金种族。

130　一百年间，孩子们在慈母身旁
成长玩耍，懵然无知在自家中。
但待他们步入青年，长大成人，
只活短暂时日，受苦连连，
全因愚妄。他们无度强横

135　彼此行恶，也不敬拜永生者，
不肯在极乐神灵的圣坛上献祭，
这本是人类在地的礼法。于是他们
为克洛诺斯之子宙斯怒中掩灭，
只因不拜奥林波斯的极乐神们。

140　但自从大地也掩埋了这个种族，
他们被称为地下的极乐凡族，
位居次等，却依然有尊荣相伴。

（青铜种族）

父神宙斯造了第三代即逝人类的种族，
青铜种族，全然不像白银种族，

145　生于梣木，可怕强悍，执迷阿瑞斯的
悲哀战争和无度行径。他们五谷
不食，却又心硬如铁石；
粗蛮不化，威力难当，无敌双臂
分别长在身躯粗壮的肩膀上。

150　他们是青铜武器、青铜房舍，
做活有青铜用具，那时尚无黑铁。

这些人一个个毁在自己手里，
去了冰冷的哈得斯的发霉住所，

没留下名姓,黑色的死亡收走

155 这可怕一族,作别明媚的日光。

(英雄种族)

但自从大地也掩埋了这个种族,
又有了第四代,在丰饶的大地上,
由克洛诺斯之子宙斯造出,更公正更好,
如神一般的英雄种族,又被称作

160 半神,无边大地上我们之前的族群。

不幸的战争和可怕的厮杀让他们丧生,
有些在七门的忒拜城下,卡德摩斯人的土地,
为着俄狄浦斯的牧群发起冲突;
还有些乘船远渡广袤的深海,

165 为了发鬈妩媚的海伦进发特洛亚。
在那里,死亡湮没他们中的一些人;
另一些远离世人,受用生命和居所,

168 由克洛诺斯之子父神宙斯安置在大地边缘。

170 他们住在那里,心中不知愁虑,
涡流深沉的大洋旁边的极乐岛。
有福的英雄啊,甘美的果实

173 一年三次生长在饶沃的土地。

173a 远离永生者:克洛诺斯做了王。

173b 原来,神和人的父释放了他,

173c 把恰如其分的荣誉分派给他。

173d 宙斯又造了一个即逝人类的种族,

173e 今天还生活在丰饶的大地上。

（黑铁种族）
　　　　但愿我不是生活在第五代

175　　人类中，要么先死要么后生！
　　　　原来现在是黑铁种族：白天
　　　　劳累和悲哀不会消停，夜里
　　　　也要受殃，神们来添大烦恼。
　　　　然而，总还有善来与恶相混。

180　　宙斯却会毁灭这个即逝人类的种族，
　　　　等到婴儿出世时两鬓皆斑白。
　　　　到时父不慈幼，子不肖父，
　　　　宾主不相惜，朋友不相亲，
　　　　兄弟不像从前彼此关爱。

185　　父母年渐迈，转眼就轻慢，
　　　　他们呵责长辈，恶语相加，
　　　　狠心的人哪，不顾神灵惩罚，
　　　　不肯报答年迈父母的养育。
　　　　人们以拳称义，城邦倾轧，

190　　不感激信守盟誓的人、义人
　　　　和好人，倒给使坏的人和无度
　　　　之徒荣誉。力量即正义，羞耻
　　　　不复返。坏人挤对比他好的人，
　　　　讲些歪理假话，还要赌咒发誓。

195　　贪欲神紧随每个可悲的人类，
　　　　他尖酸喜恶，一副可厌面目。
　　　　到时她俩从道路通阔的大地去奥林波斯，
　　　　洁白的外袍掩住曼妙的身姿，
　　　　加入永生者的行列，抛弃人类：

200　　羞耻女神和义愤女神。有死的人类唯存
　　　　沉痛的灾难，从此无从逃脱不幸。

鹞子与莺

现在,我给心知肚明的王爷们讲个寓言。
有一只鹞子对一只颈带斑纹的莺说——
它利爪擒住它,飞到高高的云际,

205　可怜的小东西被如钩的鹰爪刺戳,
不住悲啼。鹞子大声粗气对它说:
"笨东西,你嚎个啥? 比你强的抓了你,
枉你是唱歌儿的,我让你去哪儿就去哪。
只要乐意,老子吃你放你,怎样都成。

210　谁敢和比自己强的对着干,准是呆鸟;
打输作践算啥,还要羞辱你到死哩。"
快飞的鹞子这样说道,那长翅的鸟。

正　义

佩耳塞斯啊,听从正义,莫滋生无度。
无度对小人物没好处,显贵也

215　难以轻松地承受,反会被压垮,
遇着惑乱。走另一方向的路
好些,通往正义。正义战胜无度,
迟早的事。傻瓜吃了苦头才明白。

誓言神随时追踪歪曲的审判。

220　正义女神被强拖,喧哗四起,每当有人
受贿,把歪曲审判当成裁决,
她悲泣着,紧随在城邦和人家中,
身披云雾,把不幸带给人们:
他们撵走她,不公正地错待她。

225 有些人对待外邦人如同本邦人，
给出公正审判，毫不偏离正途，
这些人的城邦繁荣，民人昌盛，
和平女神在这片土地上抚养年轻人，
远见的宙斯从不分派痛苦的战争。

230 公正的人不会受到饥荒的侵袭，
远离惑乱，在欢庆中享用劳作收成。
大地长满粮食，山里橡树
遍结橡实，蜜蜂盘旋其中。
绵羊浑身压着厚重的绒毛，

235 妇人生养酷似父亲的孩子。
财物源源不绝，不用驾船
远航，饶沃的土地长满果实。

有些人却执迷邪恶的无度和凶行，
克洛诺斯之子远见的宙斯必要强派正义。

240 往往一个坏人祸及整个城邦，
这人犯下罪过，不顾后果地图谋，
克洛诺斯之子从天上抛下大祸：
饥荒和瘟疫，人们纷纷死去，
妇人不生育，家业渐次衰败，

245 奥林波斯的宙斯智谋如此。他时而又
粉碎庞大的军队，毁坏城墙，
沉没海上船只，克洛诺斯之子啊！

王爷们哪，你们也要自己琢磨
这般正义！在人类近旁就有

250 永生者，监视那些以歪曲审判
相互折磨、无视神明惩罚的人。
在丰饶的大地上，有三万个

宙斯派出庇护有死人类的永生者。
他们览察诸种审判和凶行，
255　身披云雾，在人间四处漫游。
还有个少女叫狄刻，宙斯的女儿，
深受奥林波斯神们的尊崇和敬重。
每当有人言辞不正，轻慢了她，
她立即坐到父亲宙斯、克洛诺斯之子身旁，
260　数说人类的不正心术，直至全邦人
因王公冒失而遭报应：他打着有害主意，
讲些歪理邪话，把是非弄颠倒。

留心这一点，王爷们哪，要端正言辞，
受贿的人哪，要摒绝歪曲的审判。
265　害人的，最先害了自己；
使坏的，更加吃坏点子的亏。
宙斯眼观万物，洞悉一切，
只要乐意，也会来看照，不会忽视
一座城邦里头持守着哪般正义。
270　如今，我与人交往不想做正直人，
我儿子也一样。做正直人没好处，
既然越是不公正反拥有越多权利：
但我想大智的宙斯不会这么让应验。

佩耳塞斯啊，把这话记在心上，
275　听从正义，彻底忘却暴力。
克洛诺斯之子给人类立下规则：
原来鱼、兽和有翅的飞禽
彼此吞食，全因没有正义。
他给人类正义：这是最好的，
280　远胜别的。谁在集会上肯讲自认

公正的话,远见的宙斯会带来幸福。
但谁在评判会上存心设假誓
说谎,冒犯正义,又自伤难救,
这人的家族日后必会凋零。
285　信守盟誓的人,子孙必昌盛。

劳　作

我还有善言相劝,傻乎乎的佩耳塞斯啊!
要想接连不断地陷入困败中
很容易,道路平坦,就在邻近。
要通向繁荣,永生神们却事先
290　设下汗水,道路漫长又险陡,
开途多艰难,但只要攀达顶峰,
无论困难重重,行路从此轻便。
至善的人亲自思考一切,
看清随后和最后什么较好。
295　善人也能听取他人的良言。
既不思考又不把他人忠告
记在心上,就是无益的人。

你得时刻记住咱们的告诫啊,
佩耳塞斯,神的孩子,劳作吧,让饥荒
300　厌弃你,让令人敬畏的美冠的德墨特尔
喜欢你,在你的谷仓里装满粮食。
饥荒自来是懒汉的伙伴。
神和人都愤忿不干活的人,
生性好似没刺儿的雄蜂,
305　耗费工蜂的辛劳,光吃
不做。你要妥善安排农事,

让谷仓储满当季的粮食。
劳作带给人类畜群和粮食，
勤劳的人备受永生者眷爱，
310 人也爱他，懒散招来嫌恶。
劳作不可耻，不劳作才可耻。
只要你干活，懒汉很快会羡慕
你致富。财富常伴成功和声望。
不论时运何如，劳作比较好，
315 把耽迷在别人财产上的心神
转向劳作，听我的话专心生计。
羞耻顾念起穷人来没好处。
羞耻对人类有大弊又有大利。
羞耻招出贫困，勇气带来财富。

礼法初训

320 钱财不能强求，顶好是神赐。
若有人凭拳头暴力抢豪财，
或借口舌强取，这种事
多有发生，一旦利益蒙骗
人心，无耻把羞耻赶走，
325 神们能轻易贬谪他，减损
他的家业，财富转眼散尽。

又若错待乞援人或外乡客，
或爬上自家兄弟的床笫，
与其妻偷情，胡作非为，
330 或在愚妄中虐待孤儿，
或对跨进年老之门的寡欢老父
恶语相加，百般辱骂，

宙斯定要亲自谴怒,迟早
让这类人的恶行有恶报。

335　你那迷误心神要彻底抛开这些。
　　尽你所能去敬拜永生神们,
　　神圣无垢,焚烧上好腿骨。
　　平常要奠酒焚香求神保佑,
　　每逢睡前和神圣的天光再现,
340　他们才会全心全意庇护你,
　　换得别人家产而不转让自家的。

　　宴请你的朋友,莫理你的敌人,
　　特别要邀请住在邻近的人家。
　　因为万一你在本地发生不测,
345　邻居随即赶来,亲戚动身却难。
　　恶邻是祸根,正如善邻大有裨益。
　　有个好邻居形同捡到一件宝,
　　没有坏邻居就不会有牛遭殃。
　　掂量邻居待你的好,要同样
350　还回去,若有能力要更大方,
　　将来需要的时候还靠他帮忙。

　　莫求不义生财,不义财会惹祸。
　　要爱爱你的人,亲近亲近你的人。
　　要给给你的人,不给不给你的人。
355　人对舍得者舍得,对吝啬者吝啬。
　　舍得好,强求坏,还要人命。
　　自愿给予的人,哪怕给得再多,
　　也会为了施舍而满心欢喜。
　　但若有人强行夺取,陷于无耻,

360　哪怕拿得再少,也会让人心寒。

原来你若能一点一点积攒,
经常这么做,很快积少成多。
谁知添补存货,可避灼人的饥荒。
存在家里的东西不会烦扰人。
365　东西最好放家里,外头不保险。
自给自足是好事,不然心里多难受,
想要什么却没有。我劝你细思忖。
一瓶新启或将尽时尽量取用,
中间要节约,用完再省就糟了。

370　和熟人讲定的酬劳要算数。
亲兄弟谈笑立约,但要有证人。
信赖和疑忌一样准会害人。
莫让衣服紧裹屁股的妇人蒙骗你,
她花言巧语,盯上了你的谷仓。
375　信任女人,就如信任骗子。
只生一个儿子,使祖传产业
有人照管,财富才会积聚家门。
愿你晚年辞世时留下新子嗣。
但人手多的,宙斯也轻易多赐福:
380　人多了更留意干活,更有收益。

你若是满心满怀地想望财富,
就这么做:劳作,劳作再劳作!

农时历法

（开场）

　　　　　阿特拉斯之女昴星在日出前升起时，
　　　　　开始收割，在她们沉落时耕种。
385　　　她们在四十个黑夜白天里
　　　　　隐没不见，随着年岁流转
　　　　　头一回重现身，正是磨砺铁具时。
　　　　　这是平原上的规则，同时适合
　　　　　傍海而居的人家，或在逶迤深谷
390　　　远离汹涌海洋、土地肥沃的
　　　　　人家。赤身播种，赤身耕作，
　　　　　赤身收割，这样才能按时应付
　　　　　德墨特尔的全部劳作，各种庄稼
　　　　　应季生长，免得你日后有短缺，
395　　　到别人的家里讨饭而无所得，
　　　　　你如今找我也一样。我再不会给你
　　　　　或借你什么。劳作吧，傻佩耳塞斯啊，
　　　　　去做神们派定给人类的活儿，
　　　　　免得有一天拖着妻小，满心忧伤
400　　　求邻居接济，人家却漠不关心。
　　　　　三两次还能得逞，但烦扰下去，
　　　　　你将一无所得，在集会上白费口舌，
　　　　　巧言利舌终究无用。我劝你
　　　　　细思忖，要摆脱债务避免饥荒。

405　　　首先要有房子、女人和耕牛：
　　　　　选个未婚的女奴，可以赶牛耕地。
　　　　　还要在家里收拾好一应农具，
　　　　　免得向人借被拒绝，缺这少那，

错过时令,田里劳作就荒废了。
410　莫把今天的事拖到明天后天。
干活怠惰的人不会充实谷仓,
拖沓的人也一样。勤劳好发家,
干活拖沓的人总免不了败乱。

（秋时）

当锐利的日光开始减退威力,
415　不再炙烤逼人汗下,秋天的雨水
由全能的宙斯送来,人的肌肤
舒缓了很多,这时天狼星
在生来要受苦的人类头顶,
白天走得少,夜里走得长。
420　这时铁斧伐下的木材最不易
遭虫蛀,树叶落地,新芽停生,
这时要伐木,记住是当季活。
伐木造臼要三足高、杵三肘长、
车轴要七足长,这个尺寸正好,
425　若有八足长,还能多做个木槌。
大车十掌宽,毂辖就要三拃宽。
弯木料很多,挑块好做犁辕的
带回家,在山上和田地里寻找,
弯檞木的最硬实,适合牛拉,
430　只等雅典娜的仆人装到犁托上,
用暗销固定住,再抬起接好拉杆。
要做好两张犁,在家里备着。
顶好是一张天然的,一张拼装的。
损坏了一张,好让牛拉另一张。
435　拉杆用月桂木或榆木不易被虫蛀,
犁托用橡木,犁辕用檞木。还要有

一对九岁公牛，有不弱的气力，
正当壮年，最适合下田耕地，
它们不会在田间打架，把犁具
440 搞坏，农活没干完，耽误在那里。
要找四十岁的精壮男子赶牛，
一餐吃分成四块的八份儿面包，
专心劳作，把犁沟开得笔直，
不在同伴中乱张望，一门心思
445 只在干活。旁边的年纪不好更小，
专事播种，避免浪费种子。
少年人在同伴中容易受干扰。

你要留心，每当听见鹤的鸣声
从云上传来，它们年年来啼叫，
450 预报耕种的季候，冬令时节
带来雨水，让没牛的人心焦灼。
这时要喂饱自家的弯角耕牛。
说说容易："借我两头牛和一辆车！"
回绝也不费力："我的牛有活要干。"
455 满脑子幻想的人老说要造大车，
傻瓜啊，他不晓得造一辆车
事先要在家收集上百根木料。

耕种的季候一经显露给有死者，
你得赶紧和奴仆们一块下田，
460 抢在耕种季里耕作湿田和旱地，
开工要赶早，地里才能丰收。
春天要翻土，夏天再翻不会失望，
趁土还松，在休耕地上播种，
那是孩子的慰藉，保证无损害。

465　祷告地下的宙斯和圣洁的德墨特尔
　　　让德墨特尔的神圣谷物沉沉熟透，
　　　每逢开犁播种前：你将犁把儿
　　　扶在手中，一边往牛背上挥鞭，
　　　让牛扯动轭带拉起犁，后面紧跟
470　拿锄头的奴仆，为免鸟儿啄走，
　　　铲土盖好种子。做事有条理最好，
　　　对有死的人类而言，没条理最糟。

　　　这样田中谷穗才会累累垂地，
　　　只要奥林波斯神王赐你好收成，
475　要你扫净瓦罐上的蜘蛛网。我敢说
　　　你会欢喜只靠自家的粮食过活，
　　　安然迎来明朗的春天，不必垂涎
　　　别人，人家反倒需要你帮忙。
　　　你若到太阳回归才耕作神圣的田地，
480　只好坐在地上收割，抓不起几把禾秆，
　　　胡乱捆好，还沾着泥，真是悲哀，
　　　一只篮子全装回家：谁来惊羡你！
　　　执神盾宙斯的意志因时而异，
　　　有死的人类想要明了太难。
485　你要是耕种晚了，还有补救。
　　　布谷鸟在橡树叶间首次啼叫，
　　　无边大地上的凡人心生欢喜，
　　　宙斯在第三天送来不歇的大雨，
　　　地上水深不高也不低过牛蹄，
490　这时晚耕的人能赶上早耕的人。
　　　把这一切放在心上，莫错过
　　　明朗春天和雨水季节的来临。

（冬日）

莫流连铜匠铺的坐凳和谈天暖屋，
在冷得没法下地干活儿的冬季。
495　勤勉的人这时也能大力帮衬家务。
当心在冬寒苦时无力和贫困
压垮你，干瘪的手捂浮肿的脚。
懒惰的人指靠虚妄的希望，
生活有短缺，心里多带责难。
500　希望顾念起穷人来没好处，
任人耽坐着谈天，生活没着落。
尚是仲夏，你就得吩咐奴仆：
"夏天不常在，动手盖茅舍。"

勒纳伊昂月，牛冻掉皮的坏天气，
505　这时你得当心，冰霜封冻大地，
正值北风神呼啸而过，穿越
养育骏马的色雷斯和无边大海，
惊起浪涛，森林大地也在咆哮，
无数繁茂的橡树和粗壮的松树，
510　每到风过山谷，在丰饶的大地上
卧倒难起，整个山林发出狂吼。
兽们冷得哆嗦，夹起尾巴，
就算长着厚实的皮毛也无用。
寒气照样穿过浓毛钻心窝，
515　冻透牛的表皮，没得阻拦，
侵袭长毛的山羊，独有绵羊，
一身厚密绒毛，足以抵挡
北风劲吹。老人伛作一团，
肌肤娇嫩的少女倒不怕寒，
520　躲在家中慈爱的母亲身旁，

不谙金色的阿佛洛狄特忙活的事。
她悉心沐浴玉体，用橄榄香油
涂遍全身，躺在自家深闺中，
在冬日里，那没骨头的啃着脚，
525　在没有生火的家，惨淡的处所。
太阳不会指点它去的牧场，
却在黑人的国土和城邦上
巡行，随后光照所有希腊人。
这时山中有角无角的兽们
530　冷得牙齿打战，在蜿蜒林间
逃窜，心里只存一个念头：
觅得避寒地，严实的藏身处，
在岩洞深处。它们如拄杖老人，
折了腰，垂头只见大地，
535　往来奔波，躲着皑皑冰雪。

这时要穿暖保护皮肤，我劝你
穿一件软质外袍和一件长衣，
衣料要织得经纱稀而纬纱密。
穿戴严实，以免寒发冲冠，
540　浑身的汗毛冷得直竖起来。
要穿合脚的靴，用新宰牛皮
制作成，内里要衬毛毡。
寒季来临前，将头生羔羊皮
用牛筋线缝好，罩在肩头
545　可以遮雨，头上还得戴顶
合适的毡帽，不淋湿耳朵。

北风骤临，黎明总是彻寒。
从繁星无数的天空直到大地，

晨雾弥漫有福者耕作的沃田。
550　它源自长流不息的江河，
有狂风自大地吹送而起，
在黄昏落雨，要不消散开，
赶上色雷斯的北风驱开云翳。
你要抢先干完活赶早回家，
555　免得乌云从天而降笼罩你，
淋湿你衣服，浇透你全身。
要当心，这个月份最难挨，
天寒家畜不好过，人也一样。
这时牛给一半饲料，但家人
560　口粮要多些，夜长好节省。
留心这些事，在整整一年中，
掂量昼夜长短，直到又一次
万物之母大地带来各色果实。

（春夏）

自太阳回归以来的六十个
565　冬日由宙斯画上了句号，
大角星作别神圣的大洋水流，
头一回在暮色中闪亮升起。
潘狄翁的女儿，早啼的燕子
飞在人们眼前，春天来了。
570　要抢先修剪葡萄枝：这样最好。

但等到蜗牛从地面爬上枝叶，
躲开昴星，已过葡萄栽种时。
你要磨利镰刀，叫醒奴仆们，
莫贪恋荫处坐地和清晨酣眠，
575　收割季节里，太阳炙烤肌肤，
赶早动手，把收成果实运回家，

摸黑早起,你的生计才有保障。
清早干活占全天劳作的三成,
黎明顶好出门赶路和干活,

580 拂晓将近,许多人纷纷上路,
许多耕牛也都给套上了轭。

正当洋蓟开花,噪响的蝉儿
坐在树上,唱出尖亢的歌,
不住颤翅,在苦炎的夏日,

585 这时山羊最肥,葡萄酒最美,
女人最放荡,男人最虚弱,
天狼星炙烤着脑袋和膝盖,
皮肤燥热。这时只想找一处
石下阴地,有彼布利诺斯酒、

590 奶浸松饼、刚断奶的母山羊的奶、
放养林间未下仔的母牛肉
或头生羔羊肉。只想饮莹澈的酒,
独坐荫处,对着佳肴心快意,
把脸朝向清新拂动的西风,

595 从长流不歇的纯净山泉汲取
三分清水,掺入一分美酒。

敦促奴仆给德墨特尔的神圣谷物
脱粒,壮丽的猎户座头一同现身时,
在通风的地方,平整的打谷场,

600 再用量铲细心存进瓦罐,等到
你将全部粮食在家收拾停当,
雇用无家室的男工和没孩子的女仆,
听我的劝:女仆拖个娃儿很麻烦。
养条獠牙的狗,莫克扣狗粮,

605　　　以防那白天睡觉的人偷你钱财。
　　　　打回饲料和褥草,好让
　　　　牛和骡够用。这时还得让
　　　　奴仆歇养倦膝,给耕牛卸轭头。

　　　　当猎户座和天狼星升至中天,
610　　　玫瑰纤指的黎明遇见大角星,
　　　　佩耳塞斯啊,你要收成葡萄运回家。
　　　　先放在太阳下晒十天十夜,
　　　　再捂盖五天,第六天存入桶中:
　　　　欢乐无边的狄俄尼索斯的礼物! 等到
615　　　昂星、毕宿星和壮丽的猎户座
　　　　开始降落时,你要记得耕种,
　　　　正适时,让种子好好躺在地里。

航　海

　　　　万一你想在翻腾的海上远航,
　　　　当昂星从壮丽的猎户座旁边
620　　　躲开,隐没在云雾迷蒙的海上,
　　　　正值各种狂风肆虐多变,
　　　　这时莫在酒色的海上行船,
　　　　专心耕种田地,听我的话。
　　　　把船拖上岸,用石块垒在
625　　　四周,好挡住潮湿疾风的威力,
　　　　拔掉船底塞,免得宙斯的雨水泡烂船。
　　　　所有船具整理停当收回家,
　　　　整齐折好那出海船儿的翅膀,
　　　　将巧工造出的船舵挂在烟上。

630　你要等到航海的时节来了，
　　那时把快船拖下海，将货物
　　妥善装船，去赚了钱回家，
　　如同咱们的父亲，傻乎乎的佩耳塞斯啊，
　　当年迫于生计他也曾驾船远航。
635　后来他到了这里，穿越大海，
　　乘着黑舟作别伊奥尼亚的库莫，
　　逃避的倒不是宽裕财富或幸运，
　　而是宙斯给人类的可怕贫苦。
　　他定居在赫利孔山旁的惨淡村落
640　阿斯克拉，冬寒夏酷没一天好过。

　　来吧，佩耳塞斯啊，留心农活
　　全得应时令，航海更是这样。
　　小舟好炫耀，载货还得用大船，
　　装货越多，利上加利越可观，
645　只要那狂风不来肆虐使坏。
　　你若把迷误心神转向买卖，
　　决意摆脱债务和难忍的饥荒，
　　我将告诉你咆哮大海的节律，
　　虽说我不谙航海和船只的技艺。

650　我实在从未乘船到无边的大海，
　　只去过优卑亚，从奥利斯出发：阿开亚人
　　从前在那儿滞留了一冬，结集成军
　　从神圣的希腊开往出生美人的特洛亚。
　　我为英勇的安菲达玛斯的葬礼赛会
655　去到卡尔基斯，英雄的孩子们
　　为纪念他设下许多奖项。我敢说
　　我以颂诗得头奖，捧走一只双耳三足鼎。

我将它献给赫利孔的缪斯们，
她们从前在此指引我咏唱之道。

660 我对多栓的船只有这些经历。
但我将述说执神盾宙斯的意志，
因为缪斯们教会我唱神妙的歌。

太阳回归以来的五十天里，
令人困倦的夏季渐渐结束，

665 这是有死者航海的时节，船只
绝少损坏，水手不致丧生大海，
除非撼地神波塞冬存了心，
或永生神王宙斯有意加害，
幸与不幸全在他们的掌握中。

670 这时和风轻动，大海无碍，
只管放心相信这风，将快船
拖下海，装上所有货物，
你得抓紧，赶早儿返家，
莫等到新酒酿成，秋雨纷落，

675 冬天将至，南风狂暴进袭
翻搅海面，伴着宙斯的雨水，
那滂沱秋雨，海上风险大。

人类还可以在春天里航海，
当头一回有和乌鸦留下的

680 爪印一般大小的片片新叶露出
在无花果树梢，这时好走船，
这是春天航海。我倒不会
称赞，这么做不讨我心欢。
这是在强求，厄运总归难逃。

685 人们却出于无知想头这么做，

因钱财是卑微人类的命根。
死在浪涛里太可怕。我劝你
仔细思忖我当众讲的所有话。

莫将全部粮食搬进船舱，
690　留下的多些，带走的少些，
在大海浪涛里遇难太可怕，
可怕的还有大车装载超重，
压坏车轴，又损失货物。
把握尺度，凡事要时机恰当。

礼法再训

695　到合适年龄娶个女人回家。
三十岁前后正好，莫太早
也莫太迟：正是适婚年龄。
女子得发育四年，第五年过门。
娶个处女，教她品行规矩。
700　最好是娶个邻近的姑娘，
但得弄清楚，莫成了远近的笑柄。
男人娶到贤妻比什么都强，
有个恶婆娘可就糟透了，
好吃懒做，就算他再能干，
705　也会被白白榨干，过早衰老。

当心触怒极乐的永生者们。

莫对待朋友如自家兄弟，
若这么做了，不要先冒犯他，
不要取悦说谎。他若起头

710 对你说了坏话做了坏事，
  你要记得双倍报复。他若回头
  想言归于好，有意补还公道，
  你要接受。卑贱小人交友
  见异思迁，你可别表里不一。
715 莫让人以为你滥交或寡友，
  和坏人为伍或与好人作对。
  切莫因煎熬人心的可恶贫穷
  胆敢责辱人，那是极乐神的赐予。
  人群中最好的财宝莫过于口舌
720 谨慎，最大的恩惠是说话有分寸。
  说人坏话很快会被说得更难听。
  众人凑份子的聚会上莫乖张，
  这种法子乐趣最多花费却少。

  切莫在黎明向宙斯奠下莹澈的酒，
725 若你未净手，其他永生者也一样，
  他们不会倾听，反会厌弃祷告。
  莫面朝太阳笔直站着小解。
  记住从日落直到日出之间，
  行路时莫在路上或路边小解，
730 裸露私处：黑夜属于极乐神们。
  敬神的人深明事理，会蹲着
  或走到封闭庭院的墙边干这事。
  在家中若是羞处粘着精液，
  经过家灶莫暴露，千万要避免。
735 莫从不祥的葬礼返家后
  行房，要在祭神的庆宴后。
  切莫涉渡那长流的明媚河川，
  若你尚未对着美好的流波祷告，

并先在可喜的清水中净过手。
740　若有谁未净手去垢就过河，
神们会对他发怒，随后施加苦难。

莫在祭神的庆宴给五个指头
用烧亮的铁具修剪指甲。
切莫将执壶挂在调酒缸上，
745　正当饮酒时:这会带来厄运。
造房子莫留下个糙活儿，
嘶哑乌鸦会落在上头聒噪。
莫取用未祭过神的鼎锅
吃食或洗漱，要遭报应。
750　莫让十二天的男孩坐到坟上，
这样不好，会丧失男子气，
十二个月的男孩也是一样。
男人莫用女人洗过的水
沐浴全身，以后总得受罪
755　遭报应。遇到焚烧祭物时
莫妄加挑剔，神要发怒。
切莫朝着流入大海的河口
或泉水里小解，绝对不要，
也莫大解，这同样很不好。

760　就这么做，提防遭人传恶言。
传言太坏，轻飘飘地升起
挺容易，却难对付，还赶不走。
传言永远不会断命，只要有
多人流传。她好歹也是个女神。

时　日

765　留心并依循来自宙斯的时日，
　　告知奴仆，每月三十日最宜
　　检视劳作状况和分配口粮，
　　众人识辨真相就不会错过。
　　这些是大智的宙斯设下的时日。

770　首先每月一、四、七日是神圣日，
　　勒托在七日生下金剑的阿波罗，
　　八、九日亦然，不过这两日
　　在上旬里大利凡人的劳作，
　　十一、十二日均为吉日，
775　宜剪羊毛和收成美好的粮食。
　　十二日又比十一日更佳：
　　飞荡空中的蜘蛛在织网，
　　当日正午，蚂蚁聚敛食物，
　　女人也要搭好织机开工。
780　月初十三日不宜
　　开始播种，但宜栽培植株。
　　月中六日不利植株，
　　宜生男，少女却犯冲，
　　不宜头胎降生或出嫁。
785　月初六日也不宜生女，
　　但宜阉割山羊和绵羊，
　　是给羊群造栏的吉日，
　　宜生男：此人必喜挖苦、
　　谎言、巧言令色和私议。
790　八日宜替猪和吼叫的牛
　　阉割，耐劳的骡是十二日。

二十日是大日,正午慧者
降生:此人必心思缜密。
十日宜生男,月中四日宜生女,
795　宜驯养绵羊和蹒跚弯角的牛,
獠牙的狗和耐劳的骡,
用手抚摸它们。但要当心
月末和月初四日,免得
悲恸咬心,这天很是特殊。
800　每月四日宜娶媳妇过门,
先问鸟卜,这样做顶合适。
要提防五日,最是凶险可怕。
传说复仇女神在五日照护
不和女神生下誓言神,那假誓者的灾祸。
805　月中七日,德墨特尔的神圣谷物
宜扔到平整的打谷场上,小心
照看,伐木工要砍伐造房木材
和各种适合造船用的木料。
四日宜开工造狭长的舟船。
810　月中九日入夜大吉。
月初九日对人类全然无患,
这天宜栽植,宜生养,
男女均吉,绝非全凶日。
很少人知晓,每月三九日宜
815　启开一坛粮食,将轭头套到
牛、骡和快足的马的颈上,
将多桨的快船往酒色的大海
拖曳:很少人能说出真名称。
四日宜开坛,月中四日最神圣。
820　很少人知晓每月二十一日,
黎明是吉时,入夜欠佳。

这些是大地上的人类的吉日。
其余日子无常、无害也无益。
众人说辞不一,却很少人知真相。
825　同一日子时如后母,时如亲娘。

有福而喜乐的人啊,必通晓
这一切,劳作,不冒犯永生者,
懂得辨识鸟谕,且避免犯错!

笺

注

题　解

　　阿里斯托芬在《蛙》中说，赫西俄德"传授农作术、耕种的时令和收获的季节"（γῆς ἐργασίας, καρπῶν ὧρας, ἀρότους，1034），显然指《劳作与时日》，而不是《神谱》或别的诗作。表面看来，全诗主题似乎不限于"劳作"与"时日"，赫西俄德对自家兄弟佩耳塞斯的长篇言说涉及社会、政治、经济、道德、家庭和宗教诸种层面的规范礼法。"劳作"作为标题的前半部分，确乎在诗中借助神话、寓言、箴训等形式获得一再强调，标题后半部分是"时日"，不仅体现在以一年为单位的"农时历法"章节（383－617），更在篇末具体呈现为"月份与时日"（765－828）。但从某种程度而言，这两个话题还与贯穿全诗的基本主题密切相关，也就是宙斯王所代表的公正。在《神谱》叙述神的世界之后，《劳作与时日》展现了宙斯获得统治世界的权限以后的人类世界。

　　从现有文献看，二世纪的作者路吉阿诺斯最早使用Ἔργα καὶ Ἡμέραι［劳作与时日］这个完整标题（67.6）。有些古代作者的提法更简单，比如一世纪的普鲁塔克在《道德论集》（Moralia）第八卷的"席间闲谈"（736e）中写作Ἔργα［劳作］，而五世纪的斯托比乌斯写作Ἡμέραι［时日］（4.41.35），普罗克洛斯在注疏荷马诗时援引本诗行657－658，八世纪的意大利执事保罗（Paulus Diaconus）在注疏《神谱》时援引本诗行594－595，同样写作Ἡμέραι［时日］。不过，我们也不妨猜测，这个标题早就存在。公元前三世纪的卡利马科斯（Callimarchus）为亚历山大图书馆编写第一套书册总目（Pinakes）时说不定就用了这个标题。

　　＊　体例说明：本书在标注参考文献出处时，凡涉及赫西俄德的两部作品均采用简写。例如，"神，53"，即《神谱》，行53"；"同622"，即"同《劳动与时日》，行622"；"（383－617）"，即"（参《劳作与时日》，行383－617）"。

序　歌

(行 1 – 10)

[1] 缪斯们啊,来自皮埃里亚,以歌兴咏,

　　公元前二世纪的帕加马学者克拉图斯(Crates of Mallus)将《神谱》和《劳作与时日》的两篇序歌判为伪作,理由是文风驳杂,适用于任何诗歌。有些古抄件里,《劳作与时日》确乎没有序歌,这加深了人们对前十行诗真伪性的存疑:普罗克洛斯称有些抄本缺序歌,泡赛尼阿斯记载住在赫利孔山旁的波奥提亚人不承认序歌(9.31.4),阿里斯塔库斯(Aristachus)也提出疑问,但普鲁塔克在援引行 11 时似乎没有怀疑序歌的真实性。古诗中的序歌与正文在内容上往往彼此独立,古代抄录者亦常分开抄录,或干脆漏抄序歌。比如,严格说来,我们今天读到的《伊利亚特》缺序歌。据克拉图斯记载,有些《伊利亚特》抄本开篇含有一篇缪斯和阿波罗祷歌(*Homeri vita Romana*, p. 32 Wil.),果真如此,阿波罗在卷一出场将显得更为自然。古抄件缺序歌还可能与古代歌人的吟诵习惯有关。歌人在拜神节庆上吟诵诗篇正文,序歌则因地制宜,节庆里敬拜哪个神,歌人就吟唱献给这个神的祷歌。晚近学者多数认为序歌确系赫西俄德本人手笔。

　　"缪斯们啊"(*Μοῦσαι*)):呼格。宙斯和记忆女神谟涅摩绪涅的女儿(神,53,915 – 917),共九位。她们是歌人和王者的庇护神。《神谱》以一首缪斯祷歌开篇,记叙了缪斯的诞生和三次歌唱,并为九位缪斯一一命名(神,77 – 79)。本诗开篇不再歌唱缪斯,而是呼唤缪斯前来赞美宙斯。《奥德赛》开篇同样唤求缪斯叙说奥德修斯的返乡经历,《伊利亚特》开篇则呼唤某个女神歌咏阿喀琉斯的愤怒和整个特洛亚战事。托名荷马颂诗中也有十首在开篇呼唤缪斯歌唱作为本诗主角的神,如《赫耳墨斯颂诗》《阿佛洛狄特颂诗》《阿尔特弥斯颂诗》《诸神之母颂诗》《潘神颂诗》《赫淮斯托斯颂诗》《赫利俄斯颂诗》《塞勒涅颂诗》和两首《狄俄斯库斯颂诗》。整行诗均修饰缪斯,参神,965;残篇,1.1;托名荷马颂诗,14.2,32.2;恩培多克勒,3.3。

　　"来自皮埃里亚"(Πιερίηϑεν):皮埃里亚是缪斯女神的出生地,邻近奥林波斯山,是诸神离开奥林波斯的必经之地(《伊利亚特》卷十四,226;《奥德赛》卷五,50)。《神谱》中讲到,谟涅摩绪涅与宙斯连续九夜在此同寝,生下九个缪斯(神,53-54)。这里不能译作"皮埃里亚的缪斯"(否则应写成Πιερίηϑες),而应理解为缪斯自出生地来到诗人面前,比如《伊利亚特》:"奥特里奥纽斯,来自卡柏索斯(Καβησόϑεν)……来到特洛亚"(卷十三,363-364)。在赫西俄德笔下,另有两个地名与缪斯相连:赫利孔(658;神,1等)和奥林波斯(神,25,52)。《神谱》中交代了缪斯出生以后如何从赫利孔山前往奥林波斯山(神,11-68)。

　　"以歌兴咏"(ἀοιδῇσιν κλείουσαι):《神谱》开篇提到"缪斯的第二次歌唱",也有接近用法κλείουσιν ἀοιδῇ [歌咏,以歌唱来咏颂],后接宾语"神们的种族""宙斯""人类种族和巨人族"(神,44-50)。动词κλείουσαι与缪斯之一的名字Κλειώ("克里俄",神,77)同根。"歌唱"(ἀοιδοί)和"咏颂"(κλείουσιν)连用,也见《奥德赛》:歌人以感人的歌曲赞颂凡人和神明的业绩(卷一,338)。

[2] 请来这儿叙说宙斯,赞美你们的父亲!

　　"来这儿"(δεῦτε):呼唤缪斯自皮埃里亚来到诗人身边。神们被呼唤出场,似乎暗示他们没有能力在远处施行神力,人类诚心呼唤才能获得心绪感应,比如萨福呼唤阿佛洛狄特(1.5,2.1)或美惠女神(53.128),或见Anaxagoras残篇中的狄俄尼索斯(357),索福克勒斯《埃阿斯》中的潘神(693起)等。只有宙斯例外,古代诗人不会呼唤宙斯来到现场,因为神王能在远处看见一切并施行神力。

　　"叙说"(ἐννέπετε):《奥德赛》开篇请求缪斯叙说奥德修斯:"缪斯啊,请为我叙说那个人……";《伊利亚特》开篇也请求缪斯歌唱阿喀琉斯的愤怒。赫西俄德在这里请求缪斯叙说的不是什么有死的凡人,而是代表正义的神王宙斯。两相比照,颇为有趣。参见神,114;《伊利亚特》,卷二,484,761。

　　"赞美"(ὑμνείουσαι):亦见622;神,37,51,70,101。未见于荷马诗

中。为什么由缪斯而不是赫西俄德自己赞美宙斯呢(3–8)？既然诗人自称学会了唱神妙的歌(ἀθέσφατον ὕμνον ἀείδειν,662)，为什么还要女神亲力为之？《神谱》中有同样的疑问：缪斯既然教会诗人"传颂将来和过去"(神,30)，为什么还被请求"赐一首动人的歌"(神,104)？有注家解释，赫西俄德信仰缪斯，《神谱》序歌及本诗中均有所印证(神,658–659)，但这有别于福音书作者约翰式的思想，并不意味着诗人是缪斯的工具。赫西俄德虽称歌人为"缪斯的仆人"(神,100)，却从未放弃自身的创造性。希腊古人把神的灵感与人的创造视为一种平行展开的合作。凡人无法独立地赞美宙斯的绝对权力，必须凭靠神力的扶助(3–7)，缪斯的灵感在此超越了诗人的创造(Verdenius)。

"父亲"(πατέρ')：交代神的亲缘关系是古希腊颂诗的基本元素。父神宙斯是缪斯们最常歌唱的对象，"总在开始和结束时歌唱他"(神,48,参71–75等)。

[3] 一切有死的凡人，有没有被人传说，

"有死的凡人"(βροτοὶ ἄνδρες)：诗中统一译法。此外，以"有死的人类"译θνητοῖς ἀνθρώποις；以"人类"译ἀνθρώποισι和ἄνδρεσσι；以"有死者"译θνητοῖσι；以"凡人"译βροτοῖσι。

"有没有被人传说"(ἄφατοί τε φατοί τε)：或译"黯淡或显赫"、"默默无闻或声名显赫"。ἄφατοί本义"不可描绘的，不可言说的"，这里应理解为"不被说及，无名，暗淡"，也就是说，宙斯决定人类之所是。

[4] 是不是为人称道，全凭伟大宙斯的意思。

"是不是为人称道"(ῥητοί τ' ἄρρητοί τε)：或译"有名或无名"。ῥητοί本义"赞同"，这里应理解为"为人称道，被说起，出名"。在这两行中，人类的荣誉均与言辞相关。

赫西俄德喜以同根词并举(参见319,324,355,372,471–472,490,529,715)。"有没有被人传说，是不是为人称道"，这两组表达法同义重复，以致有注家把ἄφατοί τε φατοί τε判为篡插(Schmid, *Geschichte der griechischen literatur*,1929,p.278,n.5)，其实同义重复是序歌的一种常

见手法。在《伊希斯和俄赛里斯》中,普鲁塔克曾连用过 φατοί 和 ῥητοί (383a)。

"全凭伟大宙斯的意思"(Διὸς μεγάλοιο ἕκητι):《伊利亚特》卷十五对宙斯的大能有这样的描述:

> 宙斯给凡人显示意愿很容易识别:
> 他是想赐给一些人更为显赫的荣誉,
> 还是要贬抑他们,拒绝给予护佑。(490–492)

一个人是否出名,能否被人说起,取决于宙斯,而不是人群。尽管《伊利亚特》有"在阿开亚人当中冒罪名"(卷九,461),《奥德赛》有"男男女女的议论"(卷二十一,323)之说等等。在名誉问题上,希腊古人看来与今人看法有别。

[5] 因他轻易使人强大又轻易压抑强者,

"轻易"(ῥέα...ῥέα.../ῥεῖα.../ῥεῖα...):同 325,379;神,254,443。这个词在 5–7 三行诗中重复出现四次,并且是每行首字。这种排比写法很有气势,强调宙斯的大能。不妨参看《撒母耳记上》的说法:"耶和华使人死,也使人活;使人下阴间,也使人往上升;他使人贫穷,也使人富足;使人卑微,也使人高贵"(2:6–7)。在《神谱》中,赫卡忒女神能轻易使渔夫得而复失(神,443);涅柔斯的女儿们能轻易地平息海上风暴(神,253;另参《伊利亚特》卷十六,690;卷十七,178)。连续三行首语重复的用法,见 182–184,317–319,578–580;神,833–835。荷马诗中出现过四行连用,见《伊利亚特》卷一,436–439。

"使人强大……强者"(βριάει...βριάοντα):这里连用两个同根词,前一个是及物动词,后一个不及物,转作 χαλέπτει[压抑,压制]的后接宾语。这两个词也许与 Βριάρεως[布里阿瑞俄斯]—βριάω[力量,强力]有词源关系,布里阿瑞俄斯是百手神之一,帮助宙斯打败了提坦神,是力量和强壮的象征(神,149)。在《神谱》中,赫卡忒女神可以使牛羊从少变多(βριάει),从多变少(神,447)。

"压抑"（χαλέπτει）：《奥德赛》卷四中，墨涅拉奥斯想要平安渡过大海回家，必须先弄清楚"哪个神明对他不满，有意压制他"（423）。希腊古人相信，人的胆气取决于神的意愿。《伊利亚特》中说："宙斯把胆气赐给人们，或多或少，全凭他愿意，因为他强过其他众神明"（卷二十，242-243）。

[6] 轻易贬低显赫的人，抬举黯淡的人，

"显赫的"（ἀρίζηλος）：在荷马诗中用来形容宙斯为向凡人示兆而发出的闪电（ἀρίζηλος）（《伊利亚特》卷十三，242），或阿喀琉斯在战场上放声大喊令特洛亚人丧胆（卷十八，218）。

"贬低……抬举"（μινύθει ... ἀέξει）："减小……增多"。

"黯淡的"（ἄδηλον）：参柏拉图，《法义》，874a4。

本行的显赫与黯淡之说，与荣誉相关。

[7] 轻易纠正歪曲的人，挫折傲慢的人：

"纠正歪曲的"（ἰθύνει σκολιὸν）：歪曲的人，也就是违背正义、违背宙斯法则的人。挽救迷途的佩耳塞斯（参看行10相关笺释），正是《劳作与时日》所宣称的意图。这里三行描绘宙斯的大能，依次涉及人类的力量、荣誉和正义三种概念。

"挫折"（κάρφει）：本义为"使（皮肤）起褶皱"，比如下文："太阳炙烤肌肤"（575）；《奥德赛》："美丽的肌肤现皱纹"（卷十三，398，430）。这里应理解为"使精神凋零、枯萎"。

"傲慢的"（ἀγήνορα）：荷马诗中用来形容战争中的贵族英雄，比如《伊利亚特》卷九中指阿喀琉斯（699），卷二中形容特尔西特斯的傲慢（276），也许更贴近这里的用法，卷十六中的说法值得关注："宙斯将暴雨向大地倾泻，发泄对人类的深刻不满，因为人们在集会上傲慢地做出不公裁断，排斥公义，毫不顾忌神明的惩罚"（384-387）。只有王公贵族才掌握正义的权杖，在集会上裁断纠纷。如果说"歪曲的人"影射佩耳塞斯，那么"傲慢的人"影射本地王公（βασιλεύς；38）。本行诗似乎暗示诗人的现实困境。

[8]那在高处打雷、住在天顶的宙斯。

"高处打雷的宙斯"(Ζεὺς ὑψιβρεμέτης):同神,568,601;《伊里亚特》卷一,354;《奥德赛》卷五,4 等。

"住在天顶的"(ὃς ὑπέρτατα δώματα ναίει):"住所在最高处的"。本行用来修饰前面三行(5-7)。

[9]听哪,看哪,让审判总能公正!

"听哪,看哪"(κλῦθι ἰδὼν ἀίων τε):两个不定式 ἰδὼν[看]和 ἀίων[听]修饰 κλῦθι[请侧耳听听],直译为"请侧耳听听吧,边看边听"。句中没有出现"宙斯"字样,但诗人显然在祈求神王。序歌一开始先呼唤缪斯(1),请求女神歌唱宙斯(2-7),直到这里才直接呼唤宙斯。

"让审判总能公正"(δίκη δ' ἴθυνε θέμιστας):不是宙斯的审判要公正,而是请宙斯使世人做出公正的审判,更确切地说,让宙斯促使"傲慢的人"(7;或王公们)做出公正的审判。希腊古人即便在没有成文法典以前,每个族群尚有固定的习俗(νόμος)和正义的礼法(θέμις),每遇不寻常的纷争,则请王者出面评判。好王者是"宙斯养育的"(神,82),代表宙斯的正义之声。《神谱》中这么提到"明智的王者"(βασιλῆες ἐχέφρονες)的职能:

> 众人抬眼凝望着他,当他施行正义,
> 做出公平断决。他言语不偏不倚,
> 迅速巧妙地平息最严重的纠纷。
> 明智的王者正是这样,若有人
> 在集会上遭遇不公,他们能轻易
> 扭转局面,以温言款语相劝服。(神,85-90)

《伊利亚特》中,阿喀琉斯呼吁阿开亚人的君主们为自己作证,亦称后者为"宙斯面前捍卫法律的人"(卷一,238)。

[10]来吧,我要对佩耳塞斯述说真相。

"来吧"(τύνη):史诗中的第二人称形式,试译为"来吧"。同641;神,36。

"我"(ἐγώ):第一人称在诗中多次出现(106,174,271,286 等)。赫西俄德还留下三段颇为详细的自述:父亲和祖籍(634 - 640)、兄弟纠纷(27 - 41)和诗歌竞技得头奖(650 - 662)。在《神谱》中,他提及自己的名字(神,22),并讲到在乡野遇见缪斯的经过(神,22 - 34)。

"佩耳塞斯"(Πέρση):与格用法(参看行27 的呼格用法)。从行27 起,我们知道他是赫西俄德的弟弟,生性顽劣,兄弟两人分家产起了分歧,本地王公贪心受贿,偏袒佩耳塞斯,但他疏于耕作,常在集会上看热闹惹是非,久而入不敷出。他向哥哥求助不成,扬言要再行起诉。佩耳塞斯究竟真实存在,还是纯属虚构(诗人出于训诫意图而设计的角色),一直是争论的话题。同样的疑问出现在公元前六世纪的诗人忒奥格尼斯身上,他在麦加拉的贵族会饮中发表讲辞,也就是流传迄今的一千多行的《忒奥格尼斯集》(Theognidea)。诗中同样有个教诲的对象,称呼为"居耳诺斯"(Κύρνος)。不妨对照亚里士多德笔下的尼各马可。

"述说真相"(ἐτήτυμα μυθησαίμην):序歌结尾点明诗歌要旨。赫西俄德要对佩耳塞斯言说的"真相"(ἐτήτυμα)不同于《神谱》中的缪斯的真实(ἀληθέα;神,28),而与谎言的定义相近:"如真的一般"(ἐτύμοισιν ὁμοῖα;神,27)。也许只有女神才享有两种真实的特权,作为凡人的赫西俄德只能支配真相,而不可能触摸真实本身。在下文中,诗人的声音将化身为各种声音:黄金时代的精灵之声(122 起)、鹞子利爪下的莺之声(203 起)、宙斯的女儿正义之声(222)。

两种不和

（行 11 – 41）

[11] 原来不和神不止一种，在大地上

"原来不和神不止一种"（οὐκ ἄρα μοῦνον ἔην Ἐρίδων γένος）：赫西俄德也许想到了早先只有一个不和女神的说法。在《神谱》中，作为黑夜的女儿，不和女神生下了一群邪恶的后代。她被形容为"固执的不和女神"（Ἔρις καρτερόθυμος；神，225）和"可怕的不和女神"（Ἔρις στυγερή；神，226）。Ἔρις 一般又音译为"伊里斯"，既指"不和"、"纷争"，又指"欲求"。诗人在此纠正前说，补充了第二个好的不和女神，也进一步呼应了上一行"述说真相"的诺言。揭示表象与真实的差异，亦见《奥德赛》卷十七，454；《伊利亚特》卷十七，142。"一"或"独一无二"（μοῦνον）的说法，亦用于库克洛佩斯的独眼（神，143）。

"种"（γένος）：或"种族"，在《神谱》中多次出现，多用来泛指神族（神，21，33，44，105），也指具体的大洋女儿（"少女种族"；神，346），或"人类种族和巨人族"（神，50）、"女人种族"（神，590）等。这里与不和神连用，并不是说有什么不和神的种族，而应理解为两个人身化的不和神。

"在大地上"（ἐπὶ γαῖαν）：《神谱》中明确指出，永生神住在奥林波斯山（神，783）。与其把这里的说法看成诗人自相矛盾，不妨理解成，在人类的生活中，既有纷争破坏式的不和，也有良性竞争式的不和。赫西俄德为适应大地上的人类的需求，并不迟疑修订永生诸神的谱系。

[12] 有两种。一个谁若了解她必称许，

"两[种]"（δύω）：区分两种不和，确立概念的双重性，这奠定了整部诗篇的思考方式。除了不和，还有一些神或概念被赋予双重意义，比如誓言神（Ὅρκος）虽"给大地上的人类带来最大不幸"（神，231），却也

"随时追踪歪曲的审判"（219）；报应神（Νέμεσις，或"义愤神"）既是"有死凡人的祸星"（神，223），却也在所有神中最后放弃世人重归神界（197－200）；羞耻（Αἰδώς）"对人类有大弊也有大益"（317－319）；希望（Ἐλπίς）虽美好，却有可能是"懒人指靠的虚妄的希望"（498），或"穷人相伴的可悲的希望"（500）。这种二元思考模式最终将引出善与恶、正义与无度等关键命题。

"了解"（νοήσας）：类似用法参《奥德赛》，"他心中领悟，不觉惊讶"（卷一，322－323）。

"称许"（ἐπαινέσειε）：在提坦大战中，百手神"称许"宙斯的话（神，664）。

[13]　另一个该遭谴责：她俩心性相异。

"心性"（θυμόν）：《伊利亚特》有相似说法：纷纷投入战争的诸神"脾性不一"（卷二十，32）。这里不应理解为"性格、特点"，而应理解为"脾性"或"冲动癖好"。

坏的不和女神令人想起《伊利亚特》中的不和神，挑起战争和纠纷，引起人类的哀叹（卷四，440；卷十一，3）。她要么单独行动，要么联合其他神（卷四，440；卷五，518），有一回还受宙斯的派遣（卷十一，3）。面对战场上的杀戮，她心满意足（卷十一，73），她被形容为κακή［邪恶的，可怕的］、βαρεῖα［粗粝的］（卷二十，55）和κακομήχανος［酿成祸害的］（卷九，257），恰与下文中那个好作恶（κακόχαρτος，或"乐衷纷争"）的女神如出一辙（28）。另参埃斯库罗斯，《七将攻忒拜》，429；欧里庇得斯，《腓尼基妇女》，798。这里先写坏的不和女神，因为，"最后提到的也最重要"，好的不和女神才是本诗的重心。在《神谱》中，缪斯中的卡利俄佩（神，79）、提坦神中的克洛诺斯（神，137）、涅柔斯的女儿们中的涅墨耳提斯（神，262）、大洋女儿中的斯梯克斯（神，361）、克洛诺斯的后代中的宙斯（神，457），都是最后出现而又最重要。

[14]　一个滋生可怕的战争和争端，

"滋生争端"（δῆριν ὀφέλλει）：行 33 有同样说法。坏的不和女神滋生的争端属于荷马诗中的战争范畴。行 33 讲佩耳塞斯滋生争端,则更多地指司法诉讼。

"战争和争端"(πόλεμόν…καὶ δῆριν):在《神谱》中,不和女神确乎生下了"混战神、争斗神、杀戮神、暴死神"(Ὑσμίνας τε Μάχας τε Φόνος τ' Ἀνδροκτασίας τε)等子女(神,228)。"可怕的战争"(πόλεμόν τε κακὸν),又参 161。"争端"(δῆριν)之说,同 33。

[15] 真残忍! 没人喜欢她,只是迫于

"残忍"(σχετλίη):黑铁时代的人类不敬年老的父母,受到同样的斥责(187;译"狠心")。《奥德赛》讲到独眼巨人吃掉奥德修斯的同伴的"残忍"场面(卷九,295)。

"没人喜欢她"(οὔτις τήν γε φιλεῖ βροτός):《伊利亚特》中,阿喀琉斯对母亲说:"愿不和能从神界和人间彻底消失"(卷十八,107)。希腊古人认为战争是不好的(《伊利亚特》卷十九,221 – 224;希罗多德,1.87.4;亚里士多德《尼各马可伦理学》,1177b5)。在荷马诗中,战神阿瑞斯并不讨人喜欢,连宙斯也责备他"心里喜欢的只有吵架、战争和斗殴"(《伊利亚特》卷五,891)。但这似乎不妨碍荷马式的英雄尚武:阿喀琉斯"盼望作战的呼声和战斗及早来临"(卷一,492);埃阿斯投中阉迎战赫克托尔,"心里很喜悦"(卷七,189)。值得一提的是,在下文的人类种族神话叙事中,英雄种族的毁灭并不像青铜种族那样是因为"执迷阿瑞斯的抗斗和无度"(146 – 147),而更像是在顺应某种命运的安排。

[16] 神意才去拜这沉鸷的不和神。

"神意"(ἀθανάτων βουλῆσιν):"永生者们的意愿"。在每起纷争背后必然隐藏着某个神。赫西俄德似乎区分了永生者们的意愿和宙斯的意愿这两个概念:前者近似于命运本身,后者则主掌世界的道德秩序。在本诗中,宙斯不惩罚正义城邦,"从不分派苦痛的战争"(229),但若有谁"执迷邪恶的无度和行凶",神王必要"强派正义","从天上抛下大祸"(238 – 242)。相比之下,荷马诗中并没有这种细分,宙斯并非为了惩罚人类的过错才挑起战争。《伊利亚特》开篇讲到阿喀琉斯与阿伽

门农的不和,致使无数英雄丧生沙场,"就这样实现了宙斯的意愿"(卷一,7)。整个特洛亚战争均由宙斯一手操纵,在诸神之间权衡利弊,决定凡人世界的运转秩序。

"拜"(τιμῶσι):带"宣扬,培养"的意思,参梭伦,13.11;欧里庇得斯,《伊翁》,1045;《特洛亚妇女》,1210;《酒神的伴侣》,885f。

"沉骛的"(βαρεῖαν.):有"沉重"的意思,试译"沉骛的"。

[17] 另一个却是黑暗的夜所生的长女,

"夜"(Νύξ):夜神,一般又音译为"纽克斯"。《神谱》中讲道,夜从混沌中出生(神,123),继而又和虚冥一起生出天光和白天(神,124)。夜神世家是赫西俄德神谱系统的重要组成部分(神,211 - 232),叙述了纽克斯单独生下的邪恶后代,其中包括不和神(神,213 及相关笺释)。

"黑暗的夜所生的长女"(προτέρην μὲν ἐγείνατο Νὺξ ἐρεβεννή):好的不和女神同样是夜神之女,与坏的不和女神是姐妹。赫西俄德强调她是"长女",表明她更受尊敬,地位优于坏的不和女神,正如大洋神的长女斯梯克斯(神,361)和海神世家的长子涅柔斯(神,234)。

[18] 住在天上、高坐宝座的克洛诺斯之子派她

"克洛诺斯之子派她"(θῆκε δέ μιν Κρονίδης):同神,450(这一段讲赫卡忒女神,神王"派她抚养年轻人")。"克洛诺斯之子"专指宙斯,神王宙斯给每个神分配荣誉和职能(神,885;参 73 起,392 起)。两处说法接近,似乎暗示了宙斯对待好的不和女神就如同对待赫卡忒一般:"克洛诺斯之子最尊重她,给她极大恩惠……在永生神中享有最高尊崇"(神,412 - 415)。

"住在天上、高坐宝座的克洛诺斯之子"(Κρονίδης ὑψίζυγος, αἰθέρι ναίων):同一用法见《伊利亚特》卷四,166;另参卷七,69;卷十八,185。

[19]前往大地之根,带给人类更多好处。

"大地之根"(*γαίης τ' ἐν ῥίζῃσι*):《神谱》中有相似说法(*γαίης ῥίζαι*, 神,728)。希腊古人常把大地比作一棵树,比如 Anaximander(残篇 A 10)、Pherecydes(残篇 B 2);克塞诺芬尼(残篇 A 47)、巴门尼德(残篇 B 15a)、品达(《皮托竞技凯歌》,9. 8)和埃斯库罗斯(《普罗米修斯》,1046 – 1047)等。大地之根,也许还譬喻大地上所有生命的生长,与人类生活的本原息息相关。好的不和女神根植于大地深处,也必然深刻影响生活在大地上的人类。很有可能,在收获季节,古人像敬拜地母神德墨特尔和地下的宙斯那般敬拜她。

"更多好处"(*ἀμείνω*):"更好的东西",同 294,参 314。

[20]她敦促不中用的人也动起手。

"不中用的人"(*ἀπάλαμόν*):本指"无助的,无望的",这里当指"没有能力动手"(而不是"不愿意动手"),参见《伊利亚特》卷五,597。

"动手"(*ἔργον*):动手劳作。在荷马诗中,这个词并不专指"劳作",反而常与英雄的战斗相连,指"作战行动",或"在战斗中付出的努力",比如萨尔佩冬号召更多的吕西亚人投入战斗(《伊利亚特》卷十二,412);卡吕普索指责奥德修斯只知道考虑作战行动(《奥德赛》卷十二,116)。

[21]谁都渴望劳作,眼瞅着

"渴望劳作"(*ἔργοιο χατίζει*):想望从劳作中获得荣誉。不妨对比荷马英雄想望从战斗中获得荣誉。赫克托尔向埃阿斯夸耀自己精通战争技巧(《伊利亚特》卷十二,234 – 241),与这里的农夫因精通农事耕作而致富相映成趣。

[22]富人在加紧耕耘和栽种,

"加紧耕耘和栽种"(*σπεύδει μὲν ἀρώμεναι ἠδὲ φυτεύειν*):富有的农夫必须亲自劳作,才能始终富有,并尽可能让自己变得更富有,以保持在公众中的名望。不难看出,在整首诗中,富有的农夫不但不带如今我们通常理解的近乎贬义的微妙内涵,反而代表了某种生活方式的典范。

"加紧"(σπεύδει),参24(σπεύδοντ',译"争相")。

[23] 整治家产。邻人妒羡邻人,

"家产"(οἶκόν):"家宅,房舍",这里应指"家产、家业"。色诺芬在《家政》中说:"——什么叫家产? 就是家宅吗? 或者我们所有的家宅之外的东西也算是家产的一部分呢? ——在我看来,就算不在同一城邦中,只要是一个人的所有物,都算是他的家产的一部分"(1.5)。这个词还将多次出现在诗中,有时指"家产"(325,376,495),有时指"家宅"(523,554)。

"邻人妒羡邻人"(ζηλοῖ δέ τε γείτονα γείτων):妒羡(ζηλοῖ)与欲羡神(Ζῆλος)同根。欲羡神一般又音译为"泽洛斯",在本诗中,他在黑铁时代紧随可悲的人类,"尖酸喜恶,一副可厌面目"(195-196)。但这里的ζηλοῖ是好的妒羡,促使人积极参与竞争,更接近《神谱》中的泽洛斯形象,象征善的欲求,对荣耀的渴望。下文中还有相似用法:"只要你劳作,懒人很快会羡慕你致富"(312-313)。可见欲羡与不和一样,是个具有两面性的神,能给人类带来不同的后果。下文还将提及邻人之间的关系(343-351,395-400)。

[24] 争相致富:这种不和神有益凡人。

"这种不和神有益凡人"(ἀγαθὴ δ' Ἔρις ἥδε βροτοῖσιν):呼应行19的"带给人类更多好处"。为什么"争相致富"有益于人类? 下文将做出解释(参313)。"有益"(ἀγαθή),同317,356。

[25] 陶工妒陶工,木匠妒木匠。

行25-26表现好的不和女神所引发的竞争精神,有注家指为早在赫西俄德之前就已存在的古希腊谚语(West;参见 M. S. Silk, *Interaction in Poetic Imagery*,1974, ch. 8)。希腊古人热爱竞争,也许与他们崇尚"更好的"贵族情操有关,他们在英雄的葬礼上举办竞技会(行654 相

关笺释），干活时"比赛割草"（《奥德赛》卷十八，366），就连少女洗衣也要"互相比技艺"（卷六，92）。在体育竞技方面，竞争尤其激烈，不免与暴力情绪相连。《伊利亚特》中，拳技挑战者扬言要"撕碎对手的肉，砸碎他的骨节"（卷二十三，673）。品达在《皮托竞技凯歌》中也赞誉年轻的摔跤手朝对手猛扑（8.82）。据希罗多德记载，希腊人授勋给在战争中战功最大的人（8.123.1）。注意在这里的两行诗中，陶工和木匠并列，乞丐和歌人并列。《奥德赛》中说起那些精通某种技艺的人，也曾并列提到其中几种人："懂得各种技艺的行家、预言者、治病的医生，或是木工，或是感人的歌人，这些人在大地上处处受欢迎"（卷十七，382－385）。

"陶工""木匠"（κεραμεύς，τέκτονι）：在希腊古人眼里，工匠与艺术家均是从事手艺的人，也就是有技艺的人。一般说来，赫淮斯托斯是铁匠的守护神（行 60 相关笺释），普罗米修斯是陶工的守护神，雅典娜则是木匠的庇护神，下文把木匠称为"雅典娜的仆人"（430）。

[26]乞丐忌乞丐，歌人忌歌人。

"乞丐"（πτωχός）：《奥德赛》卷十八中，奥德修斯假扮成外乡乞丐，与伊塔卡的真乞丐伊罗斯在自家大门前搏斗。这应该是古代诗歌中有关乞丐相忌的最有名的描绘。有注家以为，在当时社会里，乞讨是一种职业（Waltz）。不过，从本诗看来，赫西俄德把乞讨视同耻辱（395 等）。佩耳塞斯正是要避免沦落到当乞丐的境地。

"歌人"（ἀοιδός）：歌人排名乞丐之后，算不算诗人自讽？赫西俄德申明自己的诗人身份，参看 654－657 及相关笺释；神，22－34。《伊利亚特》讲到一个夸口要和缪斯赛诗的歌人塔米里斯（卷二，594－600）。无论如何，赫西俄德曾把歌人称为"缪斯的仆人"，"使人忘却苦楚，记不起悲伤"，诗人的歌唱是"缪斯的礼物"（神，97－103），并无贬义。古代游吟诗人既是歌人，某种程度上也是乞讨生活的流浪人。此外，歌人相争还让人想到本诗的主要话题之一，也就是荷马与赫西俄德之争。

[27] 佩耳塞斯啊，牢记这话在心深处：

"佩耳塞斯啊"（ὦ Πέρση）：呼格用法（同 213，274，611，641）。诗歌从普遍真实转入当前现实。赫西俄德在诗中做了第一次自述。这十来行诗（28 – 39）刻画了诗人的弟弟佩耳塞斯的形象：懒惰（逃避劳作）和不诚实（违背正义法则）。坏的不和女神致使佩耳塞斯把时间浪费在纷争上，远离正义和劳作。诗中交代了兄弟之间的财产纷争，引出"不义的王者"。有注家这么分析兄弟纠纷的详情：佩耳塞斯先是在分家产时动了手脚，随后又可能拿自己继承到的部分土地和赫西俄德换成钱，兄弟两人达成协议的时候没有证人在场，给了佩耳塞斯事后反悔、滋生纠纷（"不和"）的机会（Mazon）。

[28] 莫让好作恶的不和女神使你疏于耕作，

"好作恶"（κακόχαρτος）：下文用来形容贪欲神（196）。

"疏于耕作"（ἀπ' ἔργου θυμὸν ἐρύκοι）：ἔργου 一词在荷马诗中与在这里的语意变迁，参看行 20 相关笺释。坏的不和女神引发纠纷和争战，如何又会使人懒惰不事生产呢？佩耳塞斯把时间花在关注别人的纠纷上，想来不是出于好奇或无所事事，而是为了掌握论辩技巧对付哥哥。换言之，佩耳塞斯疏于耕作，是因为沉溺集会和纠纷，要归咎于坏的不和女神。

[29] 耽溺在城邦会场，凑热闹看纠纷。

"城邦会场"（ἀγορῆς）：参 30；神，89，91。古代城邦中心的集会场所，人们在这里参政议政、谈论哲学、进行商品交易。《伊利亚特》中借阿喀琉斯的盾牌描绘了正义城邦的生活场景，其中就提到公民聚在城邦会场解决纠纷的过程："许多公民聚集在城邦会场，那里发生了争端……双方同意把争执交给公判人裁断。他们的支持者大声呐喊各拥护一方，传令官努力使喧哗的人们保持安静，长老们围成圣圆坐在光滑的石凳上……双方向他们诉说，他们依次作决断"（卷十八，497 – 506）。与现代法庭不同的是，在场者不是旁观的听众，而是直接参与审判过程,不难想像佩耳塞斯乐此不疲。有学者指出,赫西俄德兄弟居住的阿斯克拉(641)只是一个村落,不具城邦规模,没有城邦会场,因此佩耳塞斯常去的是相隔约七公里以外的忒斯庇亚(Thespiae),由此引出了诗中隐约存在的传统村落与新兴城邦、农作耕地与城邦会场的对峙论题,A. T. Edwards 的晚近文论《赫西俄德的阿斯克拉》(Hesiod's Ascra)就此做了梳理。

"看"(ὀπιπεύοντ'):"凑近看",带有类似于男人看见性感女人时可能产生的情绪,比如"偷窥妇女们"(《奥德赛》卷十九,67)。

"纠纷"(νείκε'):在这一段诗文中重复出现(30,33,35;参神,87)。纠纷是在城邦会场中发生的不和,荷马诗中提供了详细的描述。这样的不和若受到坏的影响很可能引发战争,《伊利亚特》恰恰在讲完争端之后描述战争(卷十八,509 起)。

[30] 一个人不该操心纠纷和集会,

"集会"(ἀγορέων):复数用法,泛指发生在城邦会场上的集会活动,这里显然带有贬义。荷马诗中同样没有细分集会场所和集会活动。

[31] 除非家中储足当季的粮食,

"足"(ἐπηετανός):同 607。多数注家释为"充足的"(如 Verdenius,Mazon,Edwards 等)。West 释作"一年的"(for the year)。对观下文说法:人类最初只需劳作一天就能获得一年的粮食(42)。

"当季"(ὡραῖος):希罗多德记载,在阿拉克赛斯的岛上,人们在"适当的季节"从树上摘熟果子储集起来过冬食用(1.202)。赫西俄德在诗中多次强调岁时月令的重要性:谷仓要储满当季的粮食(307),按时耕作才能按时收成(394),错过时令就荒废田地(409),要把握伐木的好时节(422),要按时播种(617),要遵循航海的季节(630,642,665,694),要适时娶妻成家(695,697),等等。"当季"原文在行 32,译文调至行 31。

"粮食"(βίος):或"生活物资,生计",本诗的重要关键词之一(另见 42,232,316,577,634)。荷马诗中用 βίοτος 表示同一意思。

[32] 地里生长的德墨特尔的谷物。

"德墨特尔的谷物"(*Δημήτερος ἀκτήν*):德墨特尔(*Δέμετρα*)是地母神。在赫西俄德诗中,她是女提坦神,克洛诺斯和瑞娅的女儿,既是宙斯的姐妹,也是宙斯的妻子(神,454),与宙斯生下珀耳塞福涅(神,912 - 914),又与英雄伊阿西翁生下普路托斯(神,969 - 971)。她是本诗中出现次数最多的神明之一,对于整年辛劳的农夫而言,收获"德墨特尔的神圣谷物"是最大的慰藉(参见 300,391 - 394,465 - 466,597 - 599)。德墨特尔的象征物是谷物,希腊古人相信,地母神就在谷物之中,正如赫淮斯托斯在火中一样。

[33] 等你有盈余,再去滋生纠纷和争端,

"滋生争端"(* δῆριν ὄφελλει*):这里的纠纷和争端指发生在城邦会场上的司法冲突和诉讼(参看 14 相关笺释)。"滋生"(*ὄφελλει*),同 213。

[34] 抢别人的财产。但你再也不能

"别人的财产"(*κτήμας' ἐπ' ἀλλοτρίοις*):参 315。首先是赫西俄德的财产。佩耳塞斯在城邦会场上关注别人的纠纷,是为了他和哥哥的纠纷做准备。

"你再也不能这么干了"(*σοὶ δ' οὐκέτι δεύτερον ἔσται / ὧδ' ἔρδειν*):佩耳塞斯不是没有机会继续浪费时间凑热闹看别人的纠纷(29),显然他还是随时可以做到。但是,他不会有机会第二次挑起争端,他家里没有足够的粮食储备,以供纠纷时期的生活之需。"再也不能"(*οὐκέτι δεύτερον ἔσται*),参看《伊利亚特》卷二十一,565;卷二十三,46。

[35] 这么干了:咱们这就了断纠纷,

"这"(*αὖθι*):究竟是"这里",还是"这时(或现在)"? 注家在这个问题上众说纷纭。D. Pinte 提出,*αὖθι*一词在史诗中往往指地点,不指时间(*Recherches de Philologie et de linguistique*,Louvain,1968,141 - 146)。持相同看法的还有 Eveliyn - White,Sinclair,Mazon,Wilamowitz 等译家。

有人进而推论，"这里"代表阿斯克拉的传统农作世界，与"城邦会场"形成对峙，赫西俄德拒绝在城邦会场解决争端，而坚持在本乡就地解决，体现了他的反城邦倾向（Edwards；参看29相关笺释）。但也有注家坚持应译为"现在，立即"（如 Waltz, Verdenius），并反驳说 αὖθι 在史诗中也有可能指时间，比如《伊利亚特》卷六，281 – 282。

"了断纠纷"（διακρινώμεθα νεῖκος）：佩耳塞斯打算为争家产对簿公堂，赫西俄德试图说服他私下调解（也许是不通过王公贵族的第三方仲裁），并提出两个具体条件，一是要当场了断，二是裁判要公正，"凭靠宙斯"。他显得自信十足，也充满对宙斯的正义的信心。他并不是逃避诉讼和寻求自卫，而是想训诫自家兄弟。"了断"（διακρινώμεθα），同神，535；参修昔底德，4.122.4。

[36] 就凭来自宙斯的至善的公平断决。

"来自宙斯"（ἐκ Διός）：宙斯不是正义之源，而是正义本身。来自宙斯的审判是至善的，完美的。尽管宙斯的正义审判与王者有关（神，81 起），赫西俄德没有呼吁王者的仲裁，而是劝说弟弟遵守正义法则，私下解决争端。在《伊利亚特》中，涅斯托尔试图平息阿喀琉斯与阿伽门农的纷争："你也别想同王者争斗，因为还没有哪一位由宙斯赐予光荣的掌握权杖的王者能享受如此荣尊"（卷一，277 – 279）。谁也别想挑战宙斯庇护的王者，即便他本人也是王；同样，谁也别想背叛宙斯的正义，无论王者还是民人。

"至善的"（ἄρισται）：最好的。参看下文的"至善者"（293 及相关笺释）。

"公平断决"（ἰθείῃσι δίκῃς）：《神谱》中说，明智的王者能做出公平的断决（神，86）。

[37] 当初咱们分家产，你得了大头，

"当初"（ἤδη μὲν γὰρ）：追溯往事的用法，在《伊利亚特》中多次出现，比如涅斯托尔在调解阿喀琉斯与阿伽门农之争时回忆起当初与前辈英雄的交往（卷一，260）；奥德修斯和墨涅拉奥斯当初曾为海伦的事

儿到特洛亚城谈判(卷三,205);埃涅阿斯回忆当初曾与阿喀琉斯交过手(卷二十,90),等等。

　　"家产"(κλῆρον):同341。父亲留下的遗产,包括在阿斯克拉的所有田地和家私。我们知道,赫西俄德兄弟始终没有离开这个村落。不妨参照《伊利亚特》所描绘的两个农夫争地的场景:"两个农人为地界发生争执,他们手握丈杆站在公共地段,相距咫尺地争吵着争取相等的一份"(卷十二,421–423)。

[38] 额外拿走很多,你给王公们莫大面子,

　　"王公们"(βασιλῆας):也作"王者"或"君王",指相继出现于行202、248、263等处的地方头领。在《伊利亚特》中,一般由一群手握权杖、端坐的长老负责审判(卷十八,503)。在《奥德赛》中,费埃克斯人有一个由君王阿尔基诺奥斯主持的王公会议(卷六,54;卷七,49;卷八,41、390–391);伊塔卡除奥德修斯这个君王以外,还有许多王公(卷一,394–395)。在诗歌中,还有其他等同的称呼:Tyrtaeus用该词称呼两个斯巴达君王,但普鲁塔克却称后者为ἀργαγέται(Lyc.,6)。据狄奥多罗的记载,赫西俄德所生活的忒斯庇亚地区的头领乃是英雄赫拉克勒斯的七个儿子的后代(4.29.4);换言之,这个地区在早期由七个家族所统治。赫西俄德诗中只字未提,也许他不知道这个传说。出于谨慎,他也丝毫没有提及王公们的名字。如果说争端是现实的、历史性的,诗人必须采用隐微的手法,那么,他在诗中提出的教诲则是普遍的,不只针对本地王公,也适用所有王者。

　　"给面子"(κυδαίνων):或"给予荣誉",或"孝敬,恭维"。一般是褒义用法(参神,433)。《奥德赛》中,牧猪奴将一块上好的烤肉"孝敬"乔装成乞丐的奥德修斯(卷十四,437);《伊利亚特》中,阿喀琉斯没有让安提若科斯白恭维自己,增加了给他的奖赏(卷二十三,793)。这里的用法显然带贬义。

[39] 他们受了贿,一心把这当成公正。

　　"受贿"(δωροφάγους):本指王者以民人供奉的礼品为生,并不含贬

义。在《伊利亚特》所描绘的裁决争端的场面中,城邦会场中央摆着黄金,长老们"谁解释法律最公正,黄金就奖给他"(卷十八,508)。因而可以理解为君王们以正当名义收下某种形式的裁夺费。后来进一步指君王收了供奉品,却没有反馈同样多的利益给民人。比如阿喀琉斯辱骂阿伽门农是"一个吃人的王,统治无用的民人"(卷一,231)。《奥德赛》则提到,当君王不是坏事,家里很快会富有(卷一,392 起),还可以经常出席丰盛的酒宴(卷十一,186 起)。赫西俄德的用法显然含带贬义(同 221,264),就算是"裁夺费",也必须是纠纷双方都给,这里只有佩耳塞斯一方出。受贿的王者与《神谱》中宙斯亲自抚养长大、施行正义的王者形象(行 10 及相关笺释;神,80—92)形成反差。

"把这当成公正"(οἳ τήνδε δίκην ἐϑέλουσι δίκασσαι):相似说法见残篇 338;希罗多德,5. 25. 1,7. 194. 1;柏拉图《克里同》,50b。

[40] 这些傻瓜!不晓得一半比全部值得多,

"这些傻瓜"(νήπιοι):赫西俄德的感慨不带报复情绪,反而有几分先知的自信。他谈论这些法官王公,全然一副独立优越的姿态。有注家就此论证,比起荷马诗中展现的古风年代,君王在当时的权威已然削弱。公元前八世纪中叶,整个希腊的君主政制确乎渐次衰落。相似用法见 456;《伊利亚特》卷二,38;卷五,406;参神,488。

"一半比全部值得多"(πλέον ἥμισυ παντός):兄弟二人分家产,公平的分法是一人一半。这句话的意思大概是,一个人遵守正义法则分得一半家产,强过他通过不义手段抢夺别人的财产。还有一种解释,通过不义手段获取不应得的财富,就有可能丧失原本已经拥有的。柏拉图的《理想国》(466b—c)和《法义》(690d—e)均援引了这句箴言。

[41] 草芙蓉和阿福花里藏着什么好处。

"草芙蓉和阿福花里藏着好处"(μαλάχῃ τε καὶ ἀσφοδέλῳ μέγ' ὄνειαρ):草芙蓉和阿福花(也称长春花)在古希腊被视为最常见最便宜的食用植物。草芙蓉出现在阿里斯托芬的《财神》(544)中,穷人们拿来充当主食。这种植物也用来做凉拌菜或汤(狄奥弗拉斯特,

《植物志》,7.7.2）。相比之下,阿福花较少见。据狄奥弗拉斯特的记载,阿福花的根切开以后,可以拌无花果一起食用,小火里烤过的茎和烘过的籽也能食用(7.13.3),普林尼则说要拌油和盐后食用(《自然史》,21.108）。但据 Galen 的记载,挨饿的农夫必须充分煮透和浸泡阿福花的根,才能聊作食物(De aliment. facult. ,2.63）。赫西俄德为什么要称许这两种不起眼的食用植物呢? 在诗中,他提倡家中储存丰足的谷物(31－32),也描述自己心目中的理想午餐(589－593）。他并没有在贫穷与快乐之间建立任何浪漫联系。因此,这句话必须和上一行"一半比全部值得多"放在一起理解:即便吃草芙蓉和阿福花,也强过不劳而获的美酒佳肴。这样,在总结本节的同时,行文也转入劳作的主题。

大好处（ μέγ' ὄνειαϱ）:同见 346,822; 神,871;《奥德赛》卷四,4.444。

普罗米修斯和潘多拉神话

（行 42 – 105）

[42] 因为，神们藏起了人类的生计。

这一段诗文和《神谱》行 570 – 612 讲了同一个神话：普罗米修斯挑战神王宙斯，为人类盗取火种，作为反击，宙斯送给厄庇米修斯一件礼物，也就是潘多拉，或最初的女人。但两处讲法很不相同。

"藏"（κρύψαντες）：原文中是本行首字。这里的神话叙事起始于掩藏真相，呼应《神谱》中的说法。普罗米修斯反宙斯，一系列计谋的秘诀就在掩藏：普罗米修斯分配食物时用牛肚藏牛肉（καλύψας；神，539），用脂肪藏白骨（καλύψας；神，541），宙斯藏起火种不再给人类（神，563 – 564），普罗米修斯盗走火藏在阿魏杆内（神，567），就连最初的女人也被藏起，"从头到脚地罩上面纱"（κρύψαντες；神，575）。在本诗相关叙事中，相关动词"藏"连续出现三次：42（κρύψαντες），47（ἔκρυψε）和 50（κρύψε）。这里与动词ἔχουσι并用，直译应为："掩藏并扣留"。《伊利亚特》中有阿喀琉斯把赫克托尔的尸体"扣留在弯船边，不肯退还"之说（卷二十四，114 – 115）。

"因为"（γάρ）：草芙蓉和阿福花是穷人的天然粮食，却只是差强人意的充饥之物，只有耕作才能获得更好的粮食。话题从王者的正义转入劳作的必要。不妨这么理解其中的过渡逻辑：王公们不该接受佩耳塞斯的贪婪要求，因为，通过劳作获得财富，才是神的意愿。

"神们"（θεοί）：注意这里写神们藏起人类的粮食，行 47 却写"宙斯藏起"（Ζεύς）。赫西俄德又一次微妙地区别"永生者们的意愿"与"宙斯的意愿"（参 16 相关笺释）。由于普罗米修斯神话的主角是神王宙斯，故有注家认为，神话开篇应从行 47 而不是行 42 算起（West）。本书中ἀθανάτων统一译作"永生者"，ἀθανάτων...θεῶν统一译作"永生神"，θεῶν统一译作"神们"或"神"。

"生计"(βiov):或译"粮食"(同31,316,577,634),或"谋生之道"。荷马诗中更常用$\beta iotos$表达这个意思,βiov则指"生活",或"生活方式",比如《奥德赛》中,牧猪奴在经历了种种不幸后遇见仁慈的主人,过着称心如意的生活(卷十五,491);佩涅洛佩期盼丈夫归来照顾她那失去光彩的生活(卷十八,254)。稍后的希腊诗人沿袭了赫西俄德的用法。

[43] 不然多轻松,你只要劳作一天

"轻松"($\epsilon\eta\iota\delta\iota\omega\varsigma$):参看5－7相关笺释。

"劳作一天"($\epsilon\pi'\ \eta\mu\alpha\tau\iota\ \epsilon\varrho\gamma\alpha\sigma\sigma\alpha\iota o$):工作一天即可轻松收获一年的粮食,这样的人生听上去确乎"赛似神仙",呼应下文黄金种族"像神一样生活,心中不知愁虑,远离辛劳和悲哀"(112－113),"美物一应俱全,沃饶的土地自动出产丰足的果实"(116－118)。这样的好日子不可能有了,当下的生存状态使得劳作成为必然。人类在大地上的生存状况是本节神话叙事的主题。相比之下,《神谱》中的人类还处于某种从神话到现实的过渡时期,从墨科涅以前的人神同宴过渡到墨科涅以后的辛劳和祭神(神,556－557)。

[44] 就够活上一整年,不用多忙累,

"不用忙累"($\alpha\epsilon\varrho\gamma\partial\nu\ \epsilon\acute{o}\nu\tau\alpha$):或"处于懒散不干活的状态"。人类的处境从原初的无须劳作沦落到劳作才能有艰辛的收获。不妨参照《创世记》中神对亚当的审判:

> 地必为你的缘故受诅咒。你必终身辛劳,才能从地里得吃的。地必给你长出荆棘和蒺藜来,你也要吃田间的菜蔬。你必汗流满面才得糊口,直到你归了土。(4:17－19)

[45] 你可以很快把船舵挂在烟上,

"船舵"($\pi\eta\delta\acute{a}\lambda\iota o\nu$):航海到外地售卖谷物,是农夫劳作之余的活动,却是特别麻烦的一项(参见618起)。赫西俄德其实想说,出海真的不

是必需的(参236起),但既然这里提及一年的劳作,有必要也说说航海的事。他没有直接提到航海,而是选取一件与航海有关的小细节:船舵。类似的器具往往挂在炉火边,以免受潮腐烂(参629;阿里斯托芬,《鸟》,711)。

"挂在烟上"(ὑπὲρ καπνοῦ καταθεῖο):"挂在(炉火上的)烟尘中",同样说法见629。奥德修斯的武器也是这么存放的,直到特勒马科斯取走它们:

> 我把它们从烟尘中移走,因为它们
> 已不像奥德修斯前去特洛亚留下时那样,
> 长久被炉火燎熏,早已积满了尘垢。
> (《奥德赛》卷十六,288-290;卷十九,7-9)

[46] 牛和耐劳的骡子犯不着耕作。

"牛和骡子"(βοῶν...καὶ ἡμιόνων):荷马诗中既指公牛也指母牛。本诗中多次提起牛(436-437,591)。牛耕地,《奥德赛》中亦有记载:"未见有牛耕地,也未见有人劳作"(卷十,98)。牛和骡子均用来拉犁(参下文436起)。

"耐劳的"(ταλαεργούς):同791,同样修饰骡子。

[47] 但宙斯全给藏起,他心中恼恨,

"藏"(ἔκρυψε):参看42相关笺释。这里用六行诗(47-52)简单追溯了《神谱》中三十多行的"普罗米修斯与宙斯之争"的长篇叙事(神,535-569),内容包括墨科涅神话、祭祀起源神话、盗火神话。

"心中恼恨"(χολωσάμενος φρεσὶν ἦσιν):下文再次强调宙斯的恼恨(同53)。在《神谱》中,赫西俄德用了各种辞令反复表达神王宙斯的愤怒:"心里恼火"(神,533),"气上心头,怒火中烧"(神,554),"盛怒"(神,558),"时时把愤怒记在心里"(神,562),"心里似被虫咬,愤怒无比"(神,568)。

［48］因为狡猾多谋的普罗米修斯蒙骗他。

"普罗米修斯"（Προμηθεύς）：即"先行思考"。他是提坦神伊阿佩托斯和大洋女儿克吕墨涅之子，有两个兄长，阿特拉斯和墨诺提俄斯，还有一个弟弟厄庇米修斯（神，507–511）。伊阿佩托斯的孩子们反叛神王宙斯，尤以普罗米修斯著称，但他终究不敌宙斯的意志，没有逃脱惩罚。《神谱》详细描绘了普罗米修斯的下场：先是每日忍受鹰啄食肝脏的折磨，后来英雄赫拉克勒斯杀死那头鹰，免除他的不幸（神，521–534），但他始终被"困在沉重的锁链里"（神，616）。在《神谱》中，只有神王的强敌才会被困在沉重的锁链里，比如克洛诺斯所忌惮的百手神（神，618，652，659）、宙斯历时十年才战败的提坦神（神，718）。本诗中没有交代普罗米修斯的惩罚。

"狡猾多谋的"（ἀγκυλομήτην）：《神谱》中有相同用法，同样形容普罗米修斯（神，546）。该词一般用来形容克洛诺斯（神，18，137）。普罗米修斯更常被称为"狡黠的"（ποικίλον；神，521，546，559，616）。他挑战神王用的是计谋，而不是力量，这与乌兰诺斯或克洛诺斯时代的暴力反叛不同。

"蒙骗"（ἐξαπάτησε）：《神谱》中有相同说法："伊阿佩托斯的英勇儿子蒙骗他"（神，565）。这里用一句话带过了《神谱》中二十来行的叙述（神，535–561）：在人神同欢的墨科涅聚会上，普罗米修斯有意分配一头牛：一份是丰肥的牛肉，却盖着牛肚，其貌不扬；另一份是骨头，却涂着脂肪，光鲜无比。宙斯"中计"，代表诸神选择了中看不中用的白骨，而把牛肉留给人类。从此，人类在圣坛上焚烧白骨献给神，这是祭祀的起源。

［49］于是他为人类设下致命灾难。

"人类"（ἀνθρώποισιν）：普罗米修斯冒犯宙斯，全体人类遭受惩罚。《神谱》中讲到宙斯面临两份牛肉的选择时也说："他心里考虑着有死的人类的不幸，很快就会付诸实现"（神，552–553）。

"致命灾难"（κήδεα λυγρά）：有注家提出，劳作因此是宙斯送给人类的报复性灾难,换言之,劳作本身虽是必要的和善好的,但在赫西俄德的表述中更像一种消极的不幸乃至邪恶,作为宙斯对人类的报复,劳作并不高贵,实用与享乐才是根本(Verdenius)。这个说法是将"致命灾难"直接等同为劳作,但我们也可以有别的理解。灾难可能指宙斯的全局计谋,比如下一行的"藏起火种"(50):在把白骨分配给诸神而把牛肉分配给人类时,宙斯已经考虑在大地上禁火,阻止人类轻易地用火煮熟牛肉,解决饥饿问题。灾难也可能指潘多拉诞生所预示的人类的新的生活方式。下文行 95 有相同用法:潘多拉瓶中的不幸四散,"给人类造成致命灾难"(κήδεα λυγρά)。因此,灾难还可能指散布人间的各种疾病和灾难。

[50] 他藏起火种,但伊阿佩托斯的英勇儿子

"藏起火种"(κρύψε δὲ πῦρ):《神谱》中称:"宙斯不再把不熄的火种丢向梣木,给生活在大地上的有死凡人使用"(神,563 – 564)。这个说法似乎意味着,宙斯先前通过雷电击打梣木而产生火,从而把天上的火赐给人类使用。在大地上禁用火是宙斯反击的第一步(参 49 相关笺释)。

"伊阿佩托斯的英勇儿子"(ἐὺς πάις Ἰαπετοῖο):同神,565。

[51] 从大智的宙斯那里为人类盗走火,

"大智的宙斯"(Διὸς...μητιόεντος):同样用法见 104,273,769;神,457。

"盗"(ἔκλεψ'):《神谱》中的盗火叙事见 565 – 569。人类以盗窃方式获得火,这也许因为,在古人眼里,火不属于大地,而属于天空,因为天上有太阳,有光。弗洛伊德解释普罗米修斯神话,多与诗人本意相去甚远,但在涉及火时,他提出,火象征 libido,普罗米修斯式的人类通过盗火获得创造生命的力量,也因此受到不可遏止的饥饿的惩罚。饥饿象征没有限度的性欲,如普罗米修斯的肝脏,不停再生。想要彻底满足这种欲望,必须要么克制它,要么将之社会化。这个观点似乎接近赫西俄德神话的基本精神:重建社会法则,使人类找回类似黄金时代的真正幸福。

[52] 藏在一根空阿魏杆里,瞒过鸣雷神宙斯。

"一根空阿魏杆里"(ἐν κοίλῳ νάρϑηκι):同神,567。阿魏是一种灌木,与大茴香植物相似(旧时译作"茴香杆")。阿魏杆的表皮厚实,内有干髓,烧起来很慢,不易烧透表皮。据普林尼的《自然史》记载,希腊古人用阿魏杆做火把(13.126)。

"瞒过鸣雷神宙斯"(λαϑὼν Δία τερπικέραυνον):《伊利亚特》中,阿喀琉斯祈求宙斯,"一切都在雷鸣神宙斯的关注之中"(卷十六,232)。

[53] 聚云的宙斯恼恨中这样说:

在《神谱》中,宙斯与普罗米修斯之间有三次对话,每次只占两行,极为简洁(神,543－544,548－549,559－560)。其中宙斯讲过两次话,一次笑斥普罗米修斯分配不公(神,543－544),一次怒指普罗米修斯不忘诡计(神,559－560)。相比之下,宙斯在这里只讲过一次话,普罗米修斯则根本没有讲话。宙斯的这一席话宣告了潘多拉的诞生。

行51－53 连续三行以"宙斯"收尾,修饰语各不相同:"大智的宙斯"(Διὸς...μητιόεντος ;51)、"鸣雷神宙斯"(Δία τερπικέραυνον ;52)和"聚云的宙斯"(νεφεληγερέτα Ζεύς ;53)。这是赫西俄德的常见手法。相似的例子参见《神谱》行316－318——句首同指"赫拉克勒斯",但用三个不同的称谓:宙斯之子(Διὸς υἱὸς)、安菲特律翁之子('Ανφιτρυωνιιάδης)和赫拉克勒斯('Ηρακλέης)。

行53 与《神谱》行558 相似,不同之处在于以 χολωσάμενος [恼恨] 替换了 μέγ' ὀχϑήσας [盛怒]。

"聚云的宙斯这样说"(προσέφη νεφεληγερέτα Ζεύς):同神,558。

"恼恨"(χολωσάμενος):同 47。

[54] "伊阿佩托斯之子啊,你谋略超群,

行54 同《神谱》行559(另参543:"伊阿佩托斯之子啊,最高贵的神明")。

"谋略"(μήδεα):呼应"普罗米修斯"(Προμηϑέα)的名字。

[55] 你高兴盗走火，又瞒骗了我，

"你高兴盗走火"（χαίρεις πῦρ κλέψας）：参看欧里庇得斯《愤怒的赫拉克勒斯》，1257 起；路吉阿诺斯，1090 KR。

"瞒骗我"（ἐμὰς φρένας ἠπεροπεύσας）：或"欺骗我的心灵"。《奥德赛》中有相似说法，参看卷十三，327；卷十五，421。不妨对观《神谱》中的说法，宙斯"面对骗术心下洞然"（神，551）。

[56] 但你和人类将来要有大祸。

"大祸"（μέγα πῆμα）：对应行 57 – 58 中的不幸（κακόν）。

[57] 我要送一件不幸以替代火种，

"替代火种"（ἀντὶ πυρὸς）：同神，570。ἀντὶ 有"达成平衡"的意思。宙斯造出不幸，既惩罚人类接受普罗米修斯所盗的火种，也抵消人类从火种得到的好处。

"不幸"（κακόν）：连续出现于行 57 和行 58。赫西俄德谈及女人，语气充满疑忌。下文讲到厄庇米修斯收下潘多拉，使人类蒙受不幸，同样两行连用 κακόν 这个词（88 – 89）。《神谱》中更称"女人如祸水"（神，592）。在西方诗人中，赫西俄德算得上最早肩负厌恶女人的恶名。有趣的是，尼采曾经在女人话题上公开宣称"支持赫西俄德的判断"（《人性的，太人性的》，卷一，第 412 节）。

[58] 让人满心欢喜，从此依恋自身的不幸。"

"满心欢喜"（τέρπωνται κατὰ θυμόν）：同 358（施舍让人满心欢喜）。

"不幸"（κακόν）：详见上行笺释。

[59] 人和神的父说罢，哈哈大笑。

"说罢"（ὣς ἔφαθ'）：类似用法参看 69；神，561，654，664。

"哈哈大笑"（ἐκ δ' ἐγέλασσε）：《伊利亚特》中，一箭射中狄奥墨得斯的帕里斯（卷十一,378）和战胜阿瑞斯的雅典娜（卷二十一,408）均哈哈大笑,并向对方自夸了一番。宙斯受了蒙骗,刚刚还在恼恨不已,转眼却又哈哈大笑,一副大势已定的得意模样,让人不由得疑惑,莫非神王的愤怒只是一种政治性的佯装? 毕竟,"宙斯的意志没有可能逃避"（105）……

[60] 他命显赫的赫淮斯托斯赶紧

宙斯吩咐四位神参与创造潘多拉:赫淮斯托斯、雅典娜、阿佛洛狄特和赫耳墨斯。这一段九行诗（60－68）遵循了严密的环行叙事结构:宙斯"命赫淮斯托斯……命雅典娜……命阿佛洛狄特……还要做……他命赫耳墨斯……"。

"赫淮斯托斯"（Ἥφαιστον）:又称"显赫的跛足神"（κλυτὸς Ἀμφιγυήεις;参看70相关笺释）。据《神谱》记载,他是赫拉独自生下的孩子,"技艺最出众"（神,927－929）,他的妻子是美惠女神中的阿格莱娅（神,945－946）。在荷马诗中,赫拉为了掩盖儿子是跛足,狠心把他从天上推下（《伊利亚特》卷十八,395）,他与阿佛洛狄特是夫妻,常受妻子"出轨"（如与战神阿瑞斯）的折磨。赫淮斯托斯与火相连,是铁匠的守护神,陶工们本应由普罗米修斯司管,但普罗米修斯显然不可能出现在目前的场合。《伊利亚特》卷十八描绘赫淮斯托斯以黄金制造侍女,和这里的场景颇为相像。

[61] 把土掺和水,揉入人类的声音

"把土掺和水"（γαῖαν ὕδει φύρειν）:在下文的具体操作和《神谱》中,赫淮斯托斯只用"土"（γαίης）造出最初的女人（70;神,571）。人由土和水所造,《伊利亚特》有相似说法:"愿你们干坐在那儿,还原为水和土!"（卷七,99）宙斯公开提到的"水"（ὕδωρ）有什么特殊用意? 不妨参考另外两处用法:第595行的奠酒,第739行的净手礼。ὕδωρ似乎专指清水,与祭神仪式相连。《神谱》虽然为各种洋海河流命名,但只有一处重复使用这个词（行785、805等）:"长生的斯梯克斯水"（Στυγὸς ἄφθιτον ὕδωρ）,与誓言仪式相关的圣水。此外,γαῖαν 的说法也

许暗示潘多拉与大地该亚的隐秘关系。

"人类的声音"($\dot{\alpha}v\vartheta\varrho\dot{\omega}\pi ov...\alpha\dot{v}\delta\dot{\eta}v$):言说是一种灵性的生命征兆(参79)。荷马诗中,神马卡珊托斯充满灵性,因为赫拉赋予它说话的声音(《伊利亚特》卷十,407);女海神琉科特埃原本是"会说人语的凡人"(《奥德赛》卷五,334);赫淮斯托斯的黄金侍女"胸中有智慧会说话,不朽的神明教会她们干各种事情"(《伊利亚特》卷十八,419–420)。相比之下,《神谱》中的女人并没有提到被赋予声音或活力,让人怀疑她更像一件物品,而不是一个生命。

[62] 和气力,使她看似不死的女神,

"使她看似不死的女神"($\dot{\alpha}\vartheta\alpha v\dot{\alpha}\tau\eta\varsigma$ $\delta\grave{\epsilon}$ $\vartheta\epsilon\tilde{\eta}\varsigma$ $\epsilon\dot{\iota}\varsigma$ $\tilde{\omega}\pi\alpha$ $\dot{\epsilon}\dot{\iota}\sigma\kappa\epsilon\iota v$):《伊利亚特》中特洛亚将领们看见海伦时纷纷议论:"看起来她很像不死的女神"(卷三,158)。最初的女人潘多拉想来具有与海伦相媲美的容貌和风采。赫西俄德诗中确乎强调了她的"美丽"(63;神,585)。

[63] 如惹人怜的美丽少女;命雅典娜

"美丽"($\kappa\alpha\lambda\grave{o}v$):同神,585;托名荷马,《阿佛洛狄特颂诗》,29,261。

"少女"($\pi\alpha\varrho\vartheta\epsilon v\iota\kappa\tilde{\eta}\varsigma$):在下文的具体操作和《神谱》中,最初的女人被形容像"含羞少女"($\pi\alpha\varrho\vartheta\acute{\epsilon}v\omega$ $\alpha\dot{\iota}\delta o\acute{\iota}\eta$;71;神,572)。宙斯所生的正义女神狄刻同样被称为"少女"(256)。

"雅典娜"($A\vartheta\acute{\eta}v\eta v$):神王的女儿。宙斯独自从脑袋生出雅典娜(神,924–926),对应赫拉独自生下赫淮斯托斯(神,927–929)。这两个神联袂出场,同为手艺人的保护神,确乎很有渊源。在《神谱》中,只有他们两位参与创造最初的女人:赫淮斯托斯捏出女人的外形,雅典娜亲手装扮她(神,573–579)。下文实际操作中,雅典娜也主要负责打扮潘多拉:"为她系上轻带"(72),"整理她的全身装扮"(76)。但在这里,宙斯吩咐女神教给潘多拉编织手艺。

[64] 教她各种花样的编织针线活儿;

"编织"(ὑφαίνειν):在荷马诗中,雅典娜同样教会潘达瑞奥斯的女儿们"巧于各种手工"(《奥德赛》卷二十,72)。织艺是妇人的职分,在《奥德赛》中,擅长织布恰是佩涅洛佩安守本分的一种譬喻。另参托名荷马,《阿佛洛狄特颂诗》,14 起;《奥德赛》卷二十,72;《伊利亚特》卷九,390。

[65] 命金色的阿佛洛狄特在她头上倾洒魅力、

"阿佛洛狄特"(Ἀφροδίτην):天神遭到小儿子克洛诺斯偷袭,被割下生殖器扔到海上随波漂流很久,阿佛洛狄特从中诞生——这是《神谱》的重要章节(神,188 - 205)。阿佛洛狄特是性爱与性美女神。她一降生就在神和人中间获得荣誉:"少女的絮语、微笑和欺瞒,享乐、甜蜜的承欢和温情"(神,205 - 206)。由她负责造就原初的女性魅力,再贴切不过。《神谱》中提到了阿佛洛狄特的几桩情史:和阿瑞斯生下阿尔摩尼亚、普佛波斯和代伊摩斯(神,934 - 937),和美少年普法厄同相爱(神,989 - 991),和英雄安喀塞斯生下埃涅阿斯(神,1008 - 1010)。值得注意的是,阿佛洛狄特最终并没有响应神王宙斯的号召,到场参加潘多拉诞生的过程。"金色的阿佛洛狄特"(χρυσέην Ἀφροδίτην),同神,822,962,975,980,1005;参 521。

"在她头上倾洒"(ἀμφιχέαι κεφαλῇ):《奥德赛》中,雅典娜多次暗中修饰奥德修斯的仪容,在他的头和肩上倾洒风姿和气韵,令这个颠沛困顿中的英雄在人前有如神样,比如在阿尔基诺奥斯的女儿前(卷六,235)、在全体费埃克斯人前(卷八,19)和在久别的妻子前(卷二十三,156,162)。

"魅力"(χάριν):对应下文出场的"美惠女神"(Χάριτές τε θεαί;73)。

[66] 愁煞人的思欲和伤筋骨的烦恼;

"思欲和烦恼"(πόθον...μελεδώνας):思欲(πόθον),对应下文出场的"媚惑女神"(Πειθώ,73)。思欲和烦恼本是从一个人的内心生出,这里却是发源于他者。换言之,潘多拉引发了男人们的思欲和烦恼,而这些思欲和烦恼本是潘多拉与生俱来的,是她身上的一部分。希腊古人相信,思欲和烦恼自被爱者的眼波而生,降临爱者心上。赫西俄德提到美惠女神的顾盼时有类似说法(神,910)。

[67] 且安上无耻之心和诡诈习性,

　　"无耻之心"(*κύνεον τε νόον*):心,心性。古人以心为思维器官,孟子云:"心之官则思。"无耻在这里成了女人的天然心性,诗人切切叮嘱,莫受妖艳女子的蒙骗,女人与小人一样难养(373)。《奥德赛》中,阿伽门农的妻克吕泰墨涅斯特拉(卷十一,424)、女仆墨兰托(卷十八,338)也被称为无耻的女子。

　　"诡诈习性"(*ἐπίκλοπον ἦθος*):同78。柏拉图在《法义》中区别男女天性,也用"诡诈"形容女子(781a−b)。《神谱》中提及神们的"高贵习性"(*ἤθεα κεδνά*;神,66)。

[68] 他命弑阿尔戈斯的神使赫耳墨斯。

　　"赫耳墨斯"(*Ἑρμείην*):迈亚和宙斯之子(神,938−939),出生在第四日(参看下文770)。迈亚是伊阿佩托斯之子阿特拉斯的女儿(神,938),传说为普勒阿得斯七姐妹(即昴星,参看下文383)之一,是阿提卡地区的水仙。在奥林波斯神们中,赫耳墨斯以狡黠多谋著称(《伊利亚特》卷二十四,24),就连凡人中的奥托吕科斯,"狡诈和咒语超过其他人",也是"为大神赫耳墨斯所赐"(《奥德赛》卷十九,394−396)。由他赐给潘多拉无耻之心和诡诈习性,再恰当不过,可见宙斯知人善用。赫耳墨斯还是奥林波斯神们的信使,死者的向导,演说者、商人、小偷和旅者的保护神(托名荷马,《赫耳墨斯颂诗》,567−571)。在下文中,他负责给最初的女人命名(80−81),并把她送到厄庇米修斯那里(83−85)。

　　"弑阿尔戈斯的神使"(*διάκτορον Ἀργειφόντην*):赫耳墨斯有好些专用修饰语,*διάκτορον*可理解为"宙斯的使者,神使"(参见托名荷马,《赫耳墨斯颂诗》,392),*Ἀργειφόντην*指"弑阿尔戈斯的"(同77,84;参见《伊利亚特》卷二,651;埃斯库罗斯,《乞援人》,305)。阿尔戈斯是赫拉所养的一头百眼怪兽,在赫耳墨斯的笛声中闭上全部眼睛,并因此而被斩杀(如见奥维德,《变形记》,1.717)。

[69] 他说罢,众神听从克洛诺斯之子的吩咐。

宙斯先吩咐,神们再执行。潘多拉犹如诞生了两回。前后两次叙事的细节和用语多有相悖,历来是解释的疑点和重点。早期注家有的主张删行 70－82 整段文字(Lisco 1903, Raddatz 1909, Schwartz 1915, Wilamowitz 1928, Jacoby 1930, Merkelbach 1956, Lendle 1957 等),有的主张删行 72(与行 76 重复,Solmsen 1949)、行 73－76(Terzaghi 1916)、行76(与行 72 重复:Paley 1883, Sinclair 1932, Kerchensteiner 1944)或行 79(与行 61 相悖:Parley 1883, Rzach 1913, Kerchensteiner 1944)。晚近注家倾向于认同,诗人有意提供一个潘多拉神话的多重叙事版本。由于阿佛洛狄特的意外缺席,实际参与潘多拉诞生的诸神数目发生了根本变化:三个主神(赫淮斯托斯、雅典娜和赫耳墨斯)、三组次神(美惠女神、魅惑女神和时序女神)。赫西俄德的叙事一再精确地遵循着"三元组合"(3 或 3 的倍数)规则。

"他说罢"(ὡς ἔφατ'):参 59,同神,561,654,664。

[70] 显赫的跛足神立刻用土造出一个

行 70 与《神谱》行 571("显赫的跛足神用土塑出一个")相近。

"显赫的跛足神"(κλυτὸς Ἀμφιγυήεις):即赫淮斯托斯(60)。《神谱》中有相近说法(神,571,579,945)。同一称呼在荷马诗中一共出现七次,集中在为阿喀琉斯制造盾牌(《伊利亚特》卷十八)和当场抓获偷欢的阿佛洛狄特与阿瑞斯(《奥德赛》卷八)这两个场景中。

[71] 含羞少女的模样:克洛诺斯之子的意愿如此;

行 71 同《神谱》行 572。

"含羞少女"(παρθένῳ αἰδοίη):女人的最初形象。同神,572;又见《伊利亚特》卷二,514(指阿斯提奥克)。依照宙斯的吩咐,最初的女人必须"看似不死的女神,如惹人怜的美丽少女"(62 - 63)。潘多拉最初是处女,等去了人间,做了厄庇米修斯的新娘,才正式成为女人(94)。故而《神谱》中有耐人寻味的说法:"宙斯造出的女人(γυναῖκα):一个处女(παρθένον)"(神,512 - 513)。

"克洛诺斯之子的意愿如此"(Κρονίδεω διὰ βουλάς):同一说法见神,572。女人的诞生取决于宙斯的意愿,进一步讲,普罗米修斯的反叛作为女人诞生的先决条件,同样源于宙斯的意愿。本节中至少四次提及宙斯的意愿,另外三处为:"聚云的执神盾宙斯的意愿如此"(99);"雷神宙斯的意愿如此"(79);"宙斯的意志没有可能逃避"(105)。

"[宙斯的]意愿"(βουλάς):同 79,99,122;神,465,572,730;参神,960,993("神们的意愿")。

[72] 明眸女神雅典娜为她系上轻带,

行 72 同《神谱》行 573。

在《神谱》中,雅典娜不仅为最初的女人系上轻带,还给她穿上白袍,并"用一条刺绣精美的面纱亲手从头往下罩住她"(神,574 - 575),最后又给她"戴上赫淮斯托斯亲制的金发带"(神,577)。这里只用一行诗"整理她的全身装扮"(76)带过。两处细节的省略都是有原因的。"面纱"之说与掩藏真相的计谋有关,本诗中不再赘述普罗米修斯与宙斯之争,因此省略;"金发带"之说引出赫淮斯托斯雕镂在上头的缤纷彩饰,各种生物"像活的一般,还能说话"(神,579 - 584),与《神谱》中最初的女人没有生气没有声音形成反差,本诗中的潘多拉不但有声音还有心计,因此省略。赫西俄德笔墨之精当,由此可见一斑。

依照宙斯的吩咐,阿佛洛狄忒负责打扮最初的女人,务必使她生来诱人,引发"思欲和烦恼"(65 - 66)。但不知出于何种原因,阿佛洛狄忒没有来,别的好些女神倒是不请自来,纷纷帮忙打扮最初的女人。这里的场景堪比《伊利亚特》中赫拉为迷惑宙斯而精心打扮(卷十四,170 - 223)、海伦梳妆(卷三,158,160,180)、托名荷马颂诗中阿佛洛狄忒梳妆(6.14;另参 1.86 - 90,2.5 - 1),以及《塞浦路亚》中阿佛洛狄忒更衣(Cypria ,残篇 4)等场景。

[73] 美惠女神和威严的媚惑女神

"美惠女神"（ *Χάριτές τε θεαí* ）：宙斯和大洋女儿欧律诺墨的三个女儿：欧佛洛绪涅、塔利厄和嫁给赫淮斯托斯的阿格莱娅（神，907－909及相关笺释，945）。在古诗中，她们常与别的女神做伴，比如做愿望女神、缪斯的邻居（神，64；另参忒奥格尼斯，15；萨福残篇，128；Bacchylides，19.3－6），与阿佛洛狄特、水泽仙子们在伊达山顶歌唱（《塞浦路亚》，残篇5）。她们被奉若美之典范（《伊利亚特》卷十七，51），"每个顾盼都在倾诉爱意，使全身酥软，那眉下眼波多美"（神，910－911）。依照宙斯的计划，潘多拉恰恰要有这等魅力。

"媚惑女神"（ *Πειθώ* ）：又音译为"佩托"，俄刻阿诺斯和特梯斯之女，在大洋女儿中排名第一（神，349）。媚惑与爱欲、诱惑相连，常常出现在古代作者笔下，与阿佛洛狄特相关：赫拉为诱惑宙斯，请阿佛洛狄特给她爱情和媚惑（《伊利亚特》卷十四，198）；阿佛洛狄特能唤醒一切神人动物的爱欲，却无法媚惑三位处女神——雅典娜、阿尔特弥斯和赫斯提亚（托名荷马，《阿佛洛狄特颂诗》，7起）；萨福称媚惑乃阿佛洛狄特之女（残篇90.7；同200）；帕里斯媚惑了美丽的海伦（Alcman，283.9）；科林斯的妓女们个个满带媚惑（品达残篇，122.1－2）。在品达笔下，媚惑女神同样与美惠女神做伴（残篇123）。

[74] 在她颈上戴金链子，一边又有

"金链子"（ *ὅρμους χρυσείους* ）：诸神赐给潘多拉黄金饰品。黄金完美无瑕，不可朽坏，不因时光流逝而变异，带有属神的永在意味。参考下文黄金种族的说法（109）。

[75] 秀发的时序女神为她辫上春花，

"秀发的"（ *καλλίκομοι* ）：相同用法也修饰谟涅摩绪涅（神，915）。

"时序女神"（ *Ὧραι* ）：又音译为"荷赖女神"，或"时辰女神"。宙斯和忒弥斯的女儿。赫西俄德为三个时序女神命名：欧诺弥厄、狄刻和厄瑞涅（神，901－902），并称她们"时时关注有死的人类的劳作"（神，

903）。忒弥斯本是提坦女神，象征法则，她的女儿们成为人类劳作的庇护神，一来时序女神是季节的人身化形象，象征生命与成长的节令（泡赛尼阿斯，9.35.2），二来表明人类的劳作取决于社会稳定和法则公正（225－247）。时序女神常与美惠女神、哈尔摩尼亚、赫柏、阿佛洛狄特结伴歌舞（托名荷马，《阿佛洛狄特颂诗》，194－196；《塞浦路亚》，残篇4）。她们和忒弥斯的母女关系，亦见品达残篇，52a5－6。时序女神（尤其正义女神狄刻）在本诗中扮演了不容忽视的角色。

"春花"（ἄνϑεσιν εἰαϱινοῖσιν）：同神，279；《伊利亚特》卷二，89；托名荷马，《德墨特尔颂诗》，401；《塞浦路亚》，残篇4.2。

[76] 帕拉斯·雅典娜整理她的全身装扮；

"帕拉斯·雅典娜"（Παλλὰς Ἀϑήνη）：行76与行72重复雅典娜的参与，有注家判定是伪作（Parley, Sinclair等）。然而，雅典娜再次出场，为最初的女人的全身装扮把关，呼应了《神谱》中的收尾式说法："伟大父神的明眸女儿把她打扮得很是神气"（神，587）。此外，美惠、媚惑、时序众女仅为次神，不比奥林波斯主神，由于阿佛洛狄特缺席，原本被宙斯吩咐传授织艺（63－64）的雅典娜转而主持塑造女人的外表形象。

[77] 弑阿尔戈斯的神使在她胸中

"弑阿尔戈斯的"（Ἀϱγειφόντην）：同68，84。指赫耳墨斯。

[78] 造了谎言、巧言令色和诡诈习性——

"造"（τεῦξε）：原文在行79，译文移至此。《神谱》中两次用来指宙斯为人类造出"美妙的不幸"，也就是潘多拉（神，570，585）。

"谎言"（ψεύδεά）：夜神世家里头有个"谎言神"（Ψεύδεα τε Λόγους：229），也是不和女神的后代。

"巧言令色"（αἱμυλίους τε λόγους）：花言巧语，媚态伪情，远非女子独长（374），男人也忌"巧言令色"（ϑ᾽αἱμυλίους τε λόγους，789）。宙斯哄骗墨提斯，"花言巧语"（αἱμυλίοισι λόγοισιν），将她吞进了肚里"（神，890）。卡吕普索为使奥德修斯忘却故乡伊塔卡，以"巧言"媚惑他（《奥德赛》

卷一,56)。"谎言"和"巧言令色"连用,同789,指每月第六日出生的男子。

"诈诡习性"(ἐπίκλοπον ἦθος):同67(参看相关笺释)。

[79] 雷神宙斯的意愿如此;又赐她声音,

"雷神"(βαρυκτύπου):"发出巨响的,大打霹雳的",同神,388。

"宙斯的意愿"(Διòς βουλῇσι):最初的女人心性如此,远非赫耳墨斯的顽皮把戏,而是神王的深思熟虑。参见71(相关笺释),99,122。

"声音"(φωνήν):宙斯原先吩咐赫淮斯托斯把声音赐给潘多拉(61)。从行69 - 71看不出跛足神是否执行了这个命令。行79的真伪性自来有争议(Bentley、Rzach)。有注家这么解释:赫淮斯托斯造出声音器官,赫耳墨斯赋予言说能力。但在荷马诗中,赫拉把声音赐给阿喀琉斯的马,马即开口对阿喀琉斯说话(《伊利亚特》卷十九,407)。何况宙斯的吩咐与诸神的操作之间本来就有许多出入。正如《神谱》中所描绘的那样,女人被造时,没有生命的征象,没有声音。随后,赫耳墨斯在她心里安上了谎言和巧言。这时再说及声音,顺理成章。

[80] 神们的信使,替这个女人取名为

"神们的信使"(θεῶν κῆρυξ):赫耳墨斯的别称。《神谱》中讲到他由迈亚和宙斯所生,亦称他为"永生者的信使"(939)。给潘多拉命名,送潘多拉到人间,正是信使本分。

"女人"(γυναῖκα):同94。对观前文的"少女"之说(63,71)。

[81] 潘多拉,所有住在奥林波斯的神

"潘多拉"(Πανδώρην):即"所有礼物"(Παντής-[所有] + -δώρης[礼物])。丰收的大地也常有相似的修饰,即"带来一切的大地",比如下文中有"饶沃的土地"(ζείδωρος ἄρουρα;117,237)之说。在赫西俄德诗中,这是唯一出现潘多拉的名字之处。最初的女人在《神谱》中没有名字。与"潘多拉"相近的神名无他,潘神也。在托名荷马颂诗中,赫耳墨斯抱着初生的潘来到神们中间:

他让他们看自己的孩子,所有永生者

欢喜不已,尤其狄俄尼索斯·巴克库斯。

他们唤他潘,因为他给所有人带来喜悦。(19.45-47)

公元前五世纪的希腊古瓶画多有描绘潘多拉的场面:赫淮斯托斯和雅典娜为一个少女整理头饰,显然这个少女就是厄庇米修斯的新娘(前470年,编号London D 4);宙斯吩咐赫耳墨斯和厄庇米修斯迎接潘多拉(前440年,编号Oxford 525);萨图尔和吹笛的人站在一起,中间有女神破土而出,手握杖枝,一边还有个长胡子的人,可能是普罗米修斯,也有说是厄琉西斯的祭司或狄俄尼索斯(前445年,编号Ferrara T 579)。在好些古瓶画中,厄庇米修斯扛着农具,潘多拉从地上升起。从古代作者的记载来看,潘多拉与大地该亚有不少相近之处(Hippon,104. 48;阿里斯托芬,《鸟》,971;狄奥多罗,3.57.2)。在赫西俄德的神谱系统中,大地是诸神世家的始祖,潘多拉对人类种族而言确乎扮演了相似的角色。

"住在奥林波斯的神"(Ὀλύμπια δώματ' ἔχοντες):同神,963。

[82] 给了礼物,那吃五谷人类的灾祸。

"给礼物"(δῶρον ἐδώρησαν):不仅是"所有居住在奥林波斯的神都给潘多拉礼物",还应理解为"神们把潘多拉作为礼物送给人类"(参85)。这两层意思已经包含在"潘多拉"的词源义释("所有[神或人的]礼物")之中。不同的神给予不同的恩赐,不妨参照《奥德赛》卷二十,潘达瑞奥斯的女儿们同时得到奥林波斯最显赫的几位女神的恩赐:阿佛洛狄特、赫拉、阿尔特弥斯和雅典娜分别送给她们各种礼物(68-72)。但她们空有神赐给的各种女性优点,却注定不能有完美的婚姻和人生。她们另有政治哲学使命,被一阵狂风送去给复仇女神当侍女(77-78)。同样的,潘多拉拥有诸神的恩宠,天生美好,令人神失色,却注定要去人间做缺心眼的厄庇米修斯的妻子,她也是另有政治哲学使命的,她的到来意味着人类群体要建立不同以往的生活方式。"礼物"

(δῶρον),同 85,86。汉字中的"礼"原指宗教祭祀的仪态,《说文解字》称:"礼,履也,所以事神致福也。"后指礼教,《释名》曰:"礼,体也。言得事之体也。"这个释义似乎同样适用于希腊古人。

"吃五谷人类" (ἀνδράσιν ἀλφηστῇσιν):同神,512。

[83] 父神设好这个玄妙的圈套,

这里开始婚姻起源神话叙事。《神谱》中的说法相对简省:"他从一开始就是吃五谷人类的不幸,最先接受宙斯造出的女人:一个处女" (神,512 – 514)。

"父神" (πατήρ):指宙斯。原文在行 84,移至此处。

"玄妙的圈套" (δόλον αἰπύν, ἀμήχανον):《神谱》中有同样的说法,并强调是"专为人类而设的"玄妙的圈套(神,589)。αἰπύν 意指"高深", ἀμήχανον 意指"难解",这里试译"玄妙"。神王造潘多拉,确乎有耐人寻味的意图。

[84] 派光荣的弑阿尔戈斯者给厄庇米修斯

"弑阿尔戈斯者" (Ἀργειφόντην):同 68,77。

"厄庇米修斯" (Ἐπιμηθέα):即"后来思考,等到太迟了才思考"。《神谱》中形容他"缺心眼儿"(神,511)。在赫西俄德的神话叙事里,人类世界起源于厄庇米修斯的一个不假思考的动作:他稀里糊涂接受了宙斯的礼物,也就是最初的女人潘多拉,从而给人类带来致命的不幸。他没有听从普罗米修斯的警告,以致酿成大祸,这是神话叙事的常见手法:帕特罗克洛斯"倘若听从阿喀琉斯的诤言,便可以躲过黑色死亡的不幸降临"(《伊利亚特》卷十六,686 – 687);埃吉斯托斯没有被赫耳墨斯的善意规劝打动,杀了阿伽门农,娶了后者的妻子,结果遭到俄瑞斯忒斯的复仇(《奥德赛》卷一,37 起);奥德修斯的同伴们没有听从他的劝说,一路纷纷丧命,不得善果。普罗米修斯想必从宙斯的宣告中(54 – 57)预见到了圈套,才会特意吩咐厄庇米修斯小心行事。本诗未提厄庇米修斯是伊阿佩托斯的小儿子,普罗米修斯的弟弟。事实上,他不像神,而更像有死的凡人,从某种程度而言,他和潘多拉在本诗中一起成为人类的祖先。在其他人类起源神话里,厄庇米修斯与人类的始祖丢卡里翁关系紧密(参看86相关笺释)。

[85] 送去礼物,那迅捷的神使。厄庇米修斯

"送礼物"($\delta\tilde{\omega}\varrho o\nu\ \check{\alpha}\gamma o\nu\tau\alpha$):赫耳墨斯护送潘多拉到人间,有送新娘子的意味。这里呼应了$\Pi\alpha\nu\delta\acute{\omega}\varrho\eta\nu$("潘多拉",或"所有礼物")词源的第二层意思:潘多拉不仅收到诸神的赠礼,她本身也是送给人类的"礼"(参看82相关笺释)。

"迅捷的神使"($\vartheta\varepsilon\tilde{\omega}\nu\ \tau\alpha\chi\grave{\nu}\nu\ \check{\alpha}\gamma\gamma\varepsilon\lambda o\nu$):类似用法参见托名荷马,《赫耳墨斯颂诗》,3;托名荷马颂诗,18.3。赫耳墨斯担当起送新娘的任务,似乎代表了潘多拉的娘家人。

[86] 偏忘了,普罗米修斯吩咐过他莫要

"普罗米修斯"($\Pi\varrho o\mu\eta\vartheta\varepsilon\acute{\nu}\varsigma$):参48相关笺释。普罗米修斯在与宙斯的最后一轮斗智中败下阵来,尽管事先做过安排,怎奈自家兄弟不听劝告。从某种程度而言,无论命名、天性、还是实际行动,普罗米修斯与厄庇米修斯就如柏拉图《会饮》中所说,"一个符片的两半"(109d)。在许多古代记载中,普罗米修斯与厄庇米修斯的角色确乎相互混淆。在赫西俄德的伪作《列女传》中,潘多拉成了普罗米修斯的妻子。有些古代作者记载,人类原是潘多拉和普罗米修斯的后代:要么他俩是人类祖先丢卡利翁的父母(Hesychius残篇2;Strabon,9.5.23),要么普罗米修斯和丢卡利翁是同一人(赫西俄德残篇2)。还有一说,丢卡利翁是普罗米修斯之子,皮拉是厄庇米修斯和潘多拉之女(阿波罗多洛斯,1.7.2;品达《奥林皮亚竞技凯歌》注疏,9.80 – 81),而丢卡利翁和皮拉是人类的祖先。

[87] 接受奥林波斯宙斯的任何礼物,送来了

"礼物"($\delta\tilde{\omega}\varrho o\nu$):同82,85。原文在行86,译文移至此。

[88] 也要退回去，以免使有死种族蒙受不幸。

"送来了也要退回去"（ἀλλ' ἀποπέμπειν / ἐξοπίσω）：这里的表述值得推敲。从普罗米修斯的吩咐看来，人类似乎还有选择的权利，似乎还能够拒绝宙斯的礼物，把它退回去。换言之，人和神似乎还维持某种平等关系。但我们知道，在墨科涅事件之后，人类只剩祭神的"礼仪"（神，556 – 557），拒绝神意的"礼仪"真的存在吗？拒收礼物，参见《伊利亚特》中，赫耳墨斯假扮成仆人，声称自己不敢背着阿喀琉斯接受普里阿摩斯的礼物，担心日后会有灾难（卷二十四，436）。

"有死种族"（θνητοῖσι γένηται）：这里没有使用常见的ἀνθρώποισι［人类］。参看下文的几种相关说法：人类族群（φῦλ' ἀνθρώπων；90），即逝人类的种族（γένος μερόπων ἀνθρώπων；143，180 等）。

[89] 他收下礼物，等遭遇了不幸才明白。

"不幸"（κακὸν）：行 88 和行 89 连用，参看 57 – 58 相关笺释。

"明白"（ἐνόησεν）：太迟了才思考。对应厄庇米修斯的名相。

[90] 从前，人类族群生活在大地上，

这里四行诗（90 – 93）追述人类族群从前的美好时光，夹在两段叙事之间，犹如画外音，犹如厄庇米修斯收下潘多拉以后在心中的哀叹。

"从前"（πρὶν）：柏拉图在《斐勒布》中称："古人比我们更好，也更接近诸神"（16e）。这种没有不幸、劳作和疾病的生活，与下文的黄金时代颇为相似（140 – 143），也不妨比较普罗米修斯挑战宙斯以前的那种劳作一天轻松过一年的生活（43 – 46）。《神谱》中讲罢最初的女人来到人间，接着叙述人与神分离之后的生活状况（神，590 起），完全没有追溯从前的生活。

[91] 远离一切不幸，无须辛苦劳作，

"远离"（νόσφιν ἄτερ）：同 113。黄金时代的人类同样远离辛劳和悲哀，与这里说法一致。

[92] 也没有可怕疾病把人带往死亡。

"死亡"（*Kῆρας*）：《神谱》中提到一个横死神（*Kῆρα*；神，211），是夜神世家的成员。除横死神外，黑夜的子女中还有另两种死神："厄运神和死神"（*Μόρου καὶ Θάνατον*；神，211－212）。

"疾病"（*νούσων*）：对观从潘多拉的瓶子里飞出的疾病（102）。

[93] 因为凡人身陷患难，很快会衰朽。

行93同《奥德赛》卷十九，540：

> 奥德修斯的双手和双脚可能也这样，
> 因为凡人身陷患难，很快会衰朽。
> （*αἶψα γὰρ ἐν κακότητι βροτοὶ καταγηράσκουσιν*）

此行诗最早出现于1466年的手抄件。多数注家认为是后人的批注，不是原文诗行。至于批注哪行或哪几行诗，说法不一。有的主张是行113－115黄金种族的相关描绘："远离辛劳和悲哀，可悲的衰老从不挨近，双手和双脚永是有力，时时有欢庆，总在不幸之外"（如 West、Lehrs），也有的主张是行92（Verdenius）。不过，假设赫西俄德出于反讽的意图而借用荷马的诗行，也并非说不通。在《奥德赛》中，佩涅洛佩看着奥德修斯所伪装的老迈的异乡人，感伤岁月的流逝，说了这么句话（另参卷二十，202，放羊人菲洛提奥斯的话；卷十七，318，奥德修斯的狗令人唏嘘的衰老）。但我们知道，随着行文发展，荷马诗中的英雄浪漫情怀终将拭去沧桑的语气：异乡人并不真的是老迈的乞丐，而是尊贵的王者；奥德修斯也并不真的在患难中衰朽，而将恢复力量和俊美。相形之下，在赫西俄德诗中，人类的衰落显得如此现实无奈，不可抗拒。诗人仿佛有意还原奥德修斯的本真面目，褪去迷蒙的伪装之后，他只能是在岁月和患难中历经摧残的有死的凡人。

[94] 但女人用手揭去瓶上的大盖子

这里开始潘多拉的瓶子的神话叙事。《神谱》没有提及相关内容。

"女人"（γυνή）：同 80。

"瓶"（πίθου）：一种广口瓶，容量大，常用于储存粮食。潘多拉的装满灾难的瓶子原来是一个储粮的器具，这个说法发人深思。除这里之外，最有名的莫若《伊利亚特》卷二十四中阿喀琉斯用来譬喻人类命运的那两只瓶子：

> 宙斯的地板上放着两只土瓶，瓶里是
> 他赠送的礼物，一只装祸，一只装福……（527 – 528）

潘多拉手中的瓶子是不是这两只瓶子中的一只，无从考证。有注家倾向于认为，瓶子并非潘多拉从天庭带到人间（Verdenius）。据普罗克洛斯的记载，普罗米修斯从萨图尔那儿得到了这只装满灾祸的瓶子，存放在厄庇米修斯那里，同时警告弟弟不要接受潘多拉。有注家推断，普罗米修斯也许在听到宙斯的警告之后说服萨图尔偷出瓶子，但终究不能阻止潘多拉在厄庇米修斯家中打开瓶子（Mazon）。如今人们误称"潘多拉的盒子"，据说应归咎于中世纪大学者伊拉斯谟（Erasmus），他把潘多拉误认作拉丁诗人阿普列乌斯笔下的普赛刻。普赛刻很美，得到丘比特的爱，却也遭到维纳斯的嫉妒。她带着一个小盒子到地府，把美貌收进盒中，要交给维纳斯。在回人间的路上，她和潘多拉一样打开了盒子（阿普列乌斯，《变形记》，6. 19 起）。这里的叙事极为简洁，仅仅点出关键，即灾难的蔓延。类似的神话叙事本可以加入寻常情节，比如瓶子从哪里来，潘多拉为什么打开，瓶里装着什么。诗中甚至没有提，宙斯严禁揭开瓶子，而潘多拉不听叮嘱，正如奥德修斯的同伴解开风袋，或普赛刻打开盒子。

[95] 散尽一切，给人类造成致命灾难。

"散尽"（ἐσκέδασ'）：这个动词究竟接什么宾语，有不同主张。Frazer 和 Most 译"瓶中物"，Backès 译"不幸"，张竹明、蒋平先生译"诸神赐予的礼物"。从下文看,瓶中物确乎就是弥漫人间的各种灾难(100起)。多数译家用西文代词(如英文的 it 或 them 或法文的 les)混带过。这里勉强译为"散尽一切",以保留原文的含糊语意。

"致命灾难"($\varkappa\acute{\eta}\delta\varepsilon\alpha\ \lambda\upsilon\gamma\varrho\acute{\alpha}$):同 49。

[96] 唯有希望留在它坚牢的住所,

"希望"($E\lambda\pi\acute{\iota}\varsigma$):或"期待",这里被人身化,也可以音译为"埃耳庇斯"。赫西俄德对希望的叙事在好些地方含糊其辞,令人困惑。希望究竟是善的还是恶的,它若是善的,为什么会在装满灾难的瓶里?既然诸种灾难离开瓶子即散布人间,那么希望留在瓶底,究竟是留在人类身边还是成为人类的禁忌?希望究竟是人类在苦难中的唯一寄托,还是人类的最大灾难?自古代以来,各家说法不一。West 的笺注本用了两页篇幅探讨这个问题(页 169 – 170),但看来没有讲清楚,因为,Verdenius 的笺注本随后又用了整整五页篇幅继续讨论(页 66 – 71)。现将两派观点简述如下:

一派(以 West 和 Frazer 为代表)主张,希望留在瓶里,并不意味着人类被禁止希望,而是指希望没有跑开,留在了人类身边。换言之,由于潘多拉,人间充满各种灾难,但还有一种解药,一种善可以对抗恶,那就是希望。从某种程度而言,希望因而是属人的,诸神无需希望,尤其神王宙斯拥有预知的能力和至高的意愿。忒奥格尼斯提到,由于人类过于邪恶,诸神纷纷离开人间,只有希望留了下来(1135 起)。潘多拉的瓶中因而储存着滋养人类的东西。当然,希望并不总是好的,徒劳的希望只会带给人类灾难(下文 498 – 501)。

另一派(以 Verdenius 为代表)主张,希望留在瓶里,犹如被囚禁在牢狱之中(参看 96 相关笺释),没有和诸种灾难一起散布人间。瓶中的希望因而不为人类所拥有。希望本身没有好坏,关键在于希望的对象究竟是什么。柏拉图在《法义》中就区分了人对未来的两种期待,一种是预见痛苦,一种是预见快乐(644c)。在充满灾难的瓶中,希望不可能是通常理解的美好愿望,而是对瓶中的各种灾难的期待。如果说还有一种灾难比灾难本身更可怕,那就是人类对这些灾难有所期待和想望（善恶的道德底线将会就此崩溃）。依据宙斯的意愿，潘多拉在最后一刻将这个为人类所准备的最可怕最致命的灾难关在瓶中。人类的生存境况因而是"没有希望的"，但至少还存在善恶的分界。

有一点可以肯定，希望有双重语义可能，正如赫西俄德诗中的好些概念，比如不和（参看 11 相关笺释）等。希望既有可能是对善的期许，也有可能是对恶的预期，既有美好的希望，也有懒汉们毫无凭据的希望。古希腊诗人多有谈及希望的二元意义。忒奥格尼斯又说，希望和危险给人类带来相似的影响，这两位都不是太友好的精灵（637 - 638）。在埃斯库罗斯笔下，普罗米修斯声称自己找到了治疗人类有死性的解药，那就是"盲目的希望"（《普罗米修斯》，250）；索福克勒斯在《安提戈涅》中说："那飘飘然的希望对许多人虽然有益，但是对许多别的人却是骗局，他们被轻浮的欲望欺骗了"（614 - 616，罗念生先生译本）；梭伦，13.33 起；品达，《奥林皮亚竞技凯歌》，12.5 - 6；《皮托竞技凯歌》，3.21 - 23；Bacchylides，9.18 等。

"坚牢的住所"（ἀρρήκτοισι δόμοισιν）：譬喻手法。瓶子犹如希望的家。有注家译"牢狱"（如 Mazon 和 Frazer），参看苏格拉底援引的俄耳甫斯教箴言："身体是灵魂的牢狱（σῶμα）"（柏拉图，《克拉底鲁》，400c；参《高尔吉亚》，493a）。瓶子被形容为"坚牢"，也许是青铜所制，参看《伊利亚特》卷五中阿瑞斯曾在铜瓮里困处十三个月（385）。

[97] 还在瓶口内，还没来得及

"（瓶）口"（χείλεσιν）：充满譬喻意味的修辞。"口"与"口粮、食物"相连，前文已经说过，潘多拉的瓶子首先是一种储存粮食的容器。瓶口之说，让人想到子宫的开头，或宫颈。毕竟潘多拉预告了人类繁衍后代的方式。这里的说法含带生孕、养育的意象。

[98] 飞出去，因为她抢先盖上瓶盖：

"抢先"（πρόσθεν）：抢先在希望飞走以前。在墨提斯生下充满威胁的儿子以前，宙斯抢先把她吞进了肚里（神，899；另参《伊利亚特》卷十二，116）。

[99] 聚云的执神盾宙斯意愿如此。

"聚云的[宙斯]"(νεφεληγερέταο）：同神，730，944。

"执神盾[宙斯]"(αἰγιόχου）：同483，661；神，11，13，25，52，920，966，1022。

"执神盾宙斯意愿如此"(αἰγιόχου βουλῇσι Διός）：同神，730。自古代起，行99就常被判为后人篡插。欧里根和斯托比乌斯的援引仅止于行98。托名普鲁塔克的书信 *Consolatio ad Apollonium* 在援引这段诗文时也跳过本行诗，不过，这位作者在援引《伊利亚特》卷二十二行56－78时同样跳过了行69－73。总的说来，不论是留下希望以告慰不幸，还是在最后一刻没有让人间变成期待灾难的地狱，如此高明的安排怎可能不是宙斯的意愿呢？

[100] 其他数不尽的灾难漫游人间，

"灾难"(λυγρά）：同49，95，200。

"漫游"(ἀλάληται）：各种灾难的拟人化写法。不难想像饥饿也包含其中，人类只有工作才能避免这个灾难。从瓶中逃走的灾难"漫游"人间，充斥大地和海洋，让人想到夜神世家中纽克斯的那群邪恶的孩子们（神，762－763，211－232）。埃斯库罗斯的《普罗米修斯》中有相似说法："苦难飘来飘去，会轮流落到大家身上"（275，罗念生先生译文）。希罗多德在《历史》中也提到人的梦中"漫游"着各种幻影（7.16.2）。另参下文252－255。

[101] 不幸充满大地，遍布海洋。

"大地……海洋"(γαῖα ... θάλασσα）：《伊利亚特》中，赫耳墨斯穿上金靴，便能飞快地飘过"大海和无边的陆地"（卷二十四，342）。

[102] 各种疾病夜以继日地纠缠人类，

"疾病"(νοῦσοι）：同92。疾病与死亡直接相连，人类面临有死的必然（103）。

"夜以继日"(*ἐφ' ἡμέρη, αἳ δ' ἐπὶ νυκτί*) : "有的在白天, 有的在黑夜" (参 Alcman, 72.4 - 5)。相似句式见《伊利亚特》卷七, 420; 卷二十二, 157)。黑夜和白天(*Νύξ τε καὶ Ἡμέρη*) 本是一对母女, 赫西俄德描绘过昼夜交替的自然现象: "一个降落进门, 另一个正要出门。她俩从不会一块儿待在家里, 总是轮番交替, 一个走在宅外, 穿越大地, 另一个守在家里, 等待轮到她出发的时候来临"(神, 744 - 754)。另参下文: "白天劳累和悲哀不会消停, 夜里也要受殃"(176 - 177)。

[103] 肆意流行, 给有死者带来不幸,

"肆意"(*αὐτόματοι*) : 也有注家读作 *αὐτόμαται*, 行 118 有相同用法, 译"自动, 自行"(如 West、Most 等)。无论如何, 疾病再如何肆意流行, 也逃不出神王宙斯的运筹。

"给有死者带来不幸"(*κακὰ θνητοῖσι φέρουσαι*) : 参 223(给人类带来不幸)。

[104] 不声不响, 因大智的宙斯取走了声音。

"不声不响"(*σιγῆ*) : 神王宙斯去除各种疾病的声音, 故而疾病侵袭人类时悄无声息。同样用法见埃斯库罗斯,《奠酒人》, 935 - 937。下文中还有一些人物不是听不见, 而是看不见, 比如正义女神狄刻(233), 还有大地上的三千个"身裹云雾的"守护神(255)。梭伦笔下的正义女神倒是沉默无语的(5.15)。

"大智的宙斯"(*μητίετα Ζεύς*) : 参 51, 273, 769; 神, 457。

[105] 这样, 宙斯的意志没有可能逃避。

"宙斯的意志没有可能逃避"(*οὔτι πη ἔστι Διὸς νόον ἐξαλέασθαι*) : "[宙斯的]意志"(*νόον*), 同 483, 661; 神, 613, 1002。本段神话叙事在强调宙斯的正义中收尾, 与《神谱》的结语相似: "宙斯的意志难以蒙骗, 也无法逃避"(神, 613)。神话最后讲到一只善恶参半、模棱两可的瓶子, 暗示了人类从今往后的生存状态: 劳作、繁衍和死亡。从最初的女人神话过渡到人类种族神话, 再自然不过。

人类种族神话

（行 106 - 201）

[106] 如果你愿意，我再扼要讲个故事，

"如果你愿意"（εἰ δ' ἐθέλεις）：《伊利亚特》中有同样的过渡用语。格劳科斯在战场上对狄奥墨得斯说："只要你愿意，请听我细说，你就会了解我的世系门第，尽管许多人都知道"（卷六，150 - 151）；埃涅阿斯对阿喀琉斯说："如果你愿意详知我的家系，我可以告诉你我的族谱，它众所周知"（卷二十，211 - 212）。这两个例子均属对手之间的谈话（一方特洛亚人，一方希腊人），并且讲的都是家世渊源。这里的语境更为微妙，赫西俄德对佩耳塞斯说话，不仅兄弟之间有争端，是对手，而且前者还带有训诫后者的意图。

"故事"（λόγον）：赫西俄德对弟弟讲第二个故事，按这里的说法来看，人类种族神话似乎与前一个故事，也就是普罗米修斯和潘多拉的故事，有着一定的关联。换言之，两个故事应该放在一起理解。这是大名鼎鼎的 λόγος 在古诗中以单数形式最早出现之处。同根词见 78 及相关笺释。据古时用法，赫西俄德要讲的似乎不是绝对真实的事，而是值得听者关注、能够形成有益教诲的事。对观序歌中，诗人声称要对弟弟"述说真相"（10）。在赫西俄德时代，纯哲学概念的"逻各斯"尚未存在（参见 Simonides，579；欧里庇得斯残篇，484；柏拉图，《斐多》，100b；《高尔吉亚》，523a；《蒂迈欧》，20d）。

[107] 恰当而巧妙，你要记在心上：

"恰当而巧妙"（εὖ καὶ ἐπισταμένως）：赫西俄德对自己讲故事的定义，值得推敲。"巧妙"，强调赫西俄德拥有歌人的叙说技艺，比如奥德修斯素有言说巧妙的美名（《奥德赛》卷十一，368 - 369）：

你简直有如一位歌人,巧妙地($\dot{\epsilon}\pi\iota\sigma\tau\alpha\mu\dot{\epsilon}\nu\omega\varsigma$)叙述
阿开亚人和你自己经历的可悲苦难。

但巧妙之外,更要"恰当"。这个要求不仅呼应缪斯在赫利孔山对诗人的训斥(神,27 – 28;参看前文10相关笺释),也让人想到柏拉图《理想国》卷二对"诗人们讲的那些假故事"($\mu\dot{\nu}\theta\rho\nu\varsigma$ $\psi\epsilon\nu\delta\epsilon\hat{\iota}\varsigma$;377d)所做的长篇审判(377 – 392);苏格拉底的批评矛头虽偶尔指向《神谱》,但主要指向两部荷马叙事诗。从某种程度而言,诗人和哲人面临同一个问题:究竟什么样的故事以及怎么讲故事对城邦中的年轻人才是恰当的?

"你要记在心上"($\sigma\dot{\nu}$ δ ' $\dot{\epsilon}\nu\dot{\iota}$ $\varphi\rho\epsilon\sigma\dot{\iota}$ $\beta\dot{\alpha}\lambda\lambda\epsilon\sigma$ $\sigma\hat{\eta}\sigma\iota\nu$):同一用法见《伊利亚特》卷一,阿喀琉斯对阿伽门农说:"还有一件事告诉你,你要记在心上"(297)。阿喀琉斯这么说带有一丝威胁的意味。本诗中提醒佩耳塞斯的类似说法见行27("牢记这话在心深处")和行274("把这话记在心上"),两句都是奉劝佩耳塞斯停止纷争,倾听正义。

[108] 神们和有死的人类有同一个起源。

"神们和有死的人类"($\theta\epsilon\rho\dot{\iota}$ $\theta\nu\eta\tau\rho\dot{\iota}$ τ ' $\dot{\alpha}\nu\theta\rho\omega\pi\rho\iota$):同一用法见神,535。两处说法遥相呼应。《神谱》中的这句话引出了墨科涅事件:"当初,神们和有死的人类分离在墨科涅"(神,535 – 536)。在古老的世界里,神和人共同生活,一起用餐,同出一源,恰如人类"像神一样生活"的黄金时代(112)。

"同一个起源"($\dot{\rho}\mu\dot{\rho}\theta\epsilon\nu$):"同源""同族"。《奥德赛》中讲到一株橄榄树和一株荆棘长在"同一处"($\dot{\rho}\mu\dot{\rho}\theta\epsilon\nu$;卷五,477)。托名荷马的《阿佛洛狄特颂诗》中,女神化身为凡间女子,请求英雄安喀塞斯带她去见父母和同族($\dot{\rho}\mu\dot{\rho}\theta\epsilon\nu$ $\gamma\epsilon\gamma\dot{\alpha}\alpha\sigma\iota\nu$;135)。欧里庇得斯的《俄瑞斯忒斯》中也称,尊重同族是希腊古风(486)。此外,《伊利亚特》中,赫拉声明和宙斯出生自同一个神族(卷四,58)。

人神同源的说法并非无据可考。依照《神谱》的记叙,神人最初生活在一起(神,535),诸神是大地的后代(神,126起),而最初的女人以土造出(61,70;神,571),柏拉图在《普罗塔戈拉》里也讲到普罗米修斯

兄弟以土造人的神话(320d2)。品达在第六首《涅墨亚竞技凯歌》开篇说,人和神有同样的起源,同样的母亲,分离之后,"一方一无所有,另一方占有青铜的天空为永恒领地"(1-5)。然而,仅隔一行之遥,诗中又称,黄金种族的人类由神所造(110),而且白银种族(128)、青铜种族(143)和英雄种族(158)也同样如此。这些看似相悖的说法令赫西俄德的叙事显得愈加扑朔迷离,有注家主张删去行108(如 Mazon)。

1. 黄金种族(行 109-126)

[109] 黄金是第一代即逝人类的种族,

这里开始黄金种族叙事。作为第一代人类,黄金种族尚处于人神同源的背景下,与普罗米修斯挑战宙斯以前人类只需劳作一天就能轻松过一年的生活相仿(43-46,参90-93)。他们生前活得"如神一样"(118),不知衰老和愁虑,无须劳作,死后做了享有王般荣誉的精灵(122)。

"黄金"($\chi\varrho\acute{\upsilon}\sigma\varepsilon o\nu$):人类种族均以金属命名(英雄除外)。黄金是属神的,不但稀有珍贵,而且完美无瑕,不可朽坏。无论中国古代的长生不老术,还是西方炼金术,终与金子脱不开关系。《神谱》中多次形容神的住所、头发为"黄金的"(神,933,947)。到了柏拉图时代,人们喜以黄金形容弥足珍贵者,该词也相应转带有"纯粹、坦率"之义。比如《斐德若》中,天真的斐德若将吕西阿斯的辞赋误比金子(228a),苏格拉底在结尾处祈祷诸神让自己拥有真金,也就是"智慧"(279c)。

"即逝人类的种族"($\gamma\acute{\varepsilon}\nu o\varsigma\ \mu\varepsilon\varrho\acute{o}\pi\omega\nu\ \mathring{\alpha}\nu\vartheta\varrho\acute{\omega}\pi\omega\nu$):同143,180。$M\varepsilon\varrho\acute{o}\pi\omega\nu$作"即逝的",或"有死的",从 Verdenius 笺注本。

[110] 由住在奥林波斯的永生者所造。

"住在奥林波斯的永生者"($\mathring{\alpha}\vartheta\acute{\alpha}\nu\alpha\tau o\iota...\,\mathring{O}\lambda\acute{\upsilon}\mu\pi\iota\alpha\ \delta\acute{\omega}\mu\alpha\tau'\ \mathring{\varepsilon}\chi o\nu\tau\varepsilon\varsigma$):似指克洛诺斯当政时期的提坦神。在《神谱》中,这个称呼在多数时候指宙斯治下的新一代神。比如宙斯在发动与提坦的战争之前,"召集所有

永生神们到奥林波斯山"（神,391）。"提坦大战"中的新旧两代神的称呼更是严格做出了区分——"高傲的提坦们在俄特吕斯山,赐福的神们在奥林波斯山"（神,632 – 633）。不过,宙斯当政以前,诸神的住所显然也在奥林波斯山（神,118）。"住在奥林波斯的"（Ὀλύμπια δώματ' ἔχοντες）,同 128。《神谱》中多次使用,如神,75（缪斯）,114（缪斯）,783,963。

[111] 那时克洛诺斯在天庭做王。

　　"克洛诺斯时代"（ἐπὶ Κρόνου）：乌兰诺斯以后,宙斯以前。克洛诺斯是天地的最小儿子,提坦神之一（神,137）。他征服父亲乌兰诺斯,在天庭当政（神,154 – 187）,随后被亲生儿子宙斯推翻王权（神,492 – 606）,他又带领同辈的提坦们群起反抗宙斯（即"提坦大战"；神,617 – 719）,最后被囚禁在塔耳塔罗斯的地下世界（神,729 – 731）。在本诗中,黄金种族生活在克洛诺斯时代,宙斯当政以后让老王去管理幸福者的岛屿（169）。人类在克洛诺斯治下过着幸福轻松的日子,这种说法可能与希腊古人敬拜克洛诺斯的仪式有关。每年夏末,收割季节以后,进入农闲,有个节庆叫 Kronia,主人和奴隶一同宴饮享乐,这被视为克洛诺斯时代流传下来的传统。

　　"在天庭做王"（οὐρανῷ ἐμβασιλεύει）：或统治天庭。同神,71；参 173a。

[112] 人们像神一样生活,心中不知愁虑,

　　"像神一样生活"（ὥστε θεοὶ δ' ἔζωον）：与神近似,如柏拉图所言："古人更接近诸神"（《斐勒布》,16e）。在黄金时代,普罗米修斯尚未在墨科涅分牛（神,537）,潘多拉还没被造出送到人间,人和神时有聚会,"远离一切不幸,无须辛苦劳作,也没有可怕疾病带往死亡"（191 – 192）。《列女传》序歌中同样描绘了某个远古的欢乐年代,人们远离衰老（残篇 1.8 – 13；参残篇 356）。

　　"心中不知愁虑"（ἀκηδέα θυμὸν ἔχουσαις）：英雄种族死后住在极乐岛上也有同样说法（170）。事实上,英雄种族被称为"如神一般"（θεῖον；

159），或"半神"（*ἡμίθεοι*；160），与黄金种族有不少相似之处。同一用法见神，61（缪斯女神）。

[113] 远离辛劳和悲哀，可悲的衰老

"远离"（*νόσφιν ἄτερ*）：同91。

"辛劳和悲哀"（*πόνων καὶ ὀιζύος*）：行177有"劳累和悲哀"（*κάματου καὶ ὀιζύος*）之说。在《神谱》中，"悲哀"是一个神，夜神世家的成员，夜神的孩子，被称为"痛苦的悲哀神"（*Ὀιζὺν ἀλγινόεσσαν*；神，214）。相似用法见《奥德赛》卷八，529；《伊利亚特》卷十三，2。

"可悲的衰老"（*δειλὸν / γῆρας*）：在《神谱》中，"衰老"同样是夜神世家的成员，被形容为"要命的衰老神"（*Γῆρας τ᾽οὐλόμενον*；神，225），并有"要命的晚年"（神，604）之说。在希腊陶瓶古画中，衰老神通常被描绘成一个枯瘦衰老的男子。荷马诗中一再哀叹英雄的老年，随着身体日渐衰弱，他们连社会声誉一并丧失，不再受人敬重，常常缺乏保护。老将涅斯托尔为"悲伤的老年"所追赶，"力量已衰弱"，不可能参加竞技赛会，就连"年轻的战士也狠狠压迫他"（《伊利亚特》卷八，102 - 103；卷二十三，623）；阿喀琉斯的父亲佩琉斯到达"垂危的暮日"，"四面的居民可能折磨他，没有人保护他免受灾祸和毁灭"（卷二十四，487 - 489），年龄高迈而"不再受敬重"（《奥德赛》卷十一，496）；奥德修斯的父亲"度着可怜的老年，浑身污秽，衣服破烂不堪"，不像王公，倒像奴隶（卷二十四，249 - 250）。下文中也多次提起老年的悲哀（"跨进老年之门的寡欢老父"，331；"过早衰老"，705）。柏拉图在《王制》中似乎提出了不同的看法，苏格拉底与老人克法洛斯就"老年是不是痛苦的源泉"展开讨论，并引用了诗人索福克勒斯的话：进入老年，"就像从又疯又狠的奴隶主（即爱欲）手里挣脱出来"（329c）。"衰老"原文在行114，译文移至此。"可悲的"（*δειλὸν*）之说，同369（糟了），760（谣言）。

[114] 从不挨近，双手和双脚永是有力，

"双手和双脚"（*πόδας καὶ χεῖρας*）：希腊古人以手脚衡量年龄。阿喀琉斯的亡魂向奥德修斯询问父亲佩琉斯的消息：他是否"由于年龄高

迈,双手双脚已不灵便"(《奥德赛》卷十一,497)。奥德修斯的乳母为
"与主人年龄相仿"的外乡人洗脚,一边感叹"奥德修斯的双手和双脚
可能也这样"(卷十九,358－359)——当然,这个外乡人就是奥德修斯
本人。

[115] 时时有欢庆,总在不幸之外。

"时时有欢庆"(τέρπουτ'ἐν ϑαλίης):"在宴庆中尽享欢乐"。《神谱》
中也称缪斯们常在"欢庆中"(ἐν ϑαλίης;神,65)。黄金时代的人类拥有
和神们一样的欢庆,参看正义城邦的相关说法(231)。不但如此,缪斯
中有一位名叫 Θαλέια [塔莱阿](神,77),美惠女神中也有一位名叫
Θαλίν [塔利厄](神,909,917)。

"不幸之外"(κακῶν ἔκτοσϑεν ἁπάντων):黄金时代的人类免除一切不
幸。相似说法参见《奥德赛》,卷四,221。

[116] 他们死去如沉睡一般。美物

黄金种族死后的命运。黑铁种族除外,前四个种族的叙事均分成
生前和死后两个部分。

"死去如沉睡"(ϑῆσκον δ'ὥσϑ'ὕπνω δεδμημένοι):睡神和死神本是兄
弟,同系夜神之子(神,212,756－766)。《奥德赛》中有两次倒过来把
沉睡比作温柔的死亡,一次指奥德修斯(卷十三,80),一次指佩涅洛佩
(卷十八,201起)。《伊利亚特》中把死亡比作"铜样的梦境"(卷十一,
241)。《奥德赛》卷十五中,牧猪奴欧迈奥斯讲起一个传说中的岛屿叙
里埃(Syria)。除大地盛产各种果实以外,岛上的人同样无需忍受衰老
的折磨,与黄金种族颇为相似:

> 当该邦国的部落民人有人衰老时,
> 银弓之神阿波罗便和阿尔特弥斯
> 一起前来,用温柔的箭矢把他们射死。(409－411)

"美物"(ἐσϑλὰ):借用《礼记·祭统》:"三牲之俎,八簋之实,美物

备矣。"对照行 119 的 ἐσθλοῖσιν，有"物产美好"之义。黄金种族早早实现了人类丰衣足食的基本心愿。相似用法见 119（丰美的田地）；托名荷马，《德墨特尔颂诗》，225；梭伦，33.2；萨福，141.8。

[117] 一应俱全，饶沃的土地自动

"饶沃的土地"（ζείδωρος ἄρουρα）：同见 173，237；《奥德赛》卷四，229；卷九，357。

"自动出产"（ἔφερε / αὐτομάτη）：参看 42 和 103 相关笺释。"自动"原文在行 118，译文与下行的"果实"互换位置。

[118] 出产丰足的果实。他们知足

"果实"（καρπòν）：同 172，237，563，576。谷类粮食，也许包括其他果实。《伊利亚特》有"吃田间果实的凡人"（卷六，142）之说，本诗中称"吃五谷的人类"（ἀνδράσιν ἀλφηστῆσι；82；神，512）。

"知足和乐"（ἐθελημοί / ἥσυχοι）：ἐθελημοί 本指"乐意"，这里有"满足"的意思。ἥσυχοι 指"平和"，同神，763。黄金时代的生活未必富贵奢华，只是人们满足既有的天然粮食，平和地享用，不相互嫉妒，彼此争抢。换言之，他们不知道何为无法满足的欲求（κόρος）或嫉妒（ζῆλος），也不会形成无度（ὕβρις）。相比之下，白银时代的人类因不满足而相互争斗，无度沉沦（134 - 135）。在希腊古人的理解中，"无度"与"节制"相悖，所以柏拉图在《卡尔米德》中称："所谓节制就是某种平和"（159b3；参梭伦残篇 3D，8 - 10；品达，《皮托竞技凯歌》，8.11，11.55 - 56；《涅墨厄竞技凯歌》，9.48）。

[119] 和乐，共享收成丰美的田地，

"共享"（ἐνέμοντο）：相似用法见 231；《奥德赛》卷二十，336 - 337。

"田地"（ἔργα）：原指"农作物，收成"。《奥德赛》中同样用来指"肥沃的田地"（卷四，318），也有注家主张译为"粮食"（Verdenius）。据阿拉托斯《物象》（τὰ Φαινόμενα）中的描绘，黄金时代的人类确要耕作（112），但在本诗中，大地无需耕作，自动出产果实（44 - 45）。奥维德

《变形记》有相似的描述（1.101,123－124）。

[120] 牧畜成群，深受极乐神们眷爱。

此行仅出现于狄奥多罗引述的版本（5.66.6），亚历山大里亚时期以来的多数注家判为伪作，一般认为该行诗出自《列女传》残篇。狄奥多罗引述的段落包括行111－120，与手抄件乃至其他古代作者的援引相比，内容出入很大，有几处显然是误记所致，比如行112－113与行90－92混淆。有注家指出，自英雄时代起，人类才开始拥有牧群（163）。

"极乐神们"（μακάρεσσι θεοῖσιν）：同139。相似用法参看136,706,718,730；神,33,101,128,881。

[121] 但自从大地掩埋了这个种族——

此行与行140、行156近似。

"大地掩埋了这个种族"（τοῦτο γένος κατὰ γαῖα κάλυψεν）：同一用法在诗中重复三次，交代黄金和白银（140）种族死后的命运，以及青铜种族向英雄种族的过渡（156）。《伊利亚特》中有相似的关于死亡的说法："掩埋在忒拜大地"（卷十四,114）；"葬身于一堆黄土"（卷六,464；参埃斯库罗斯《波斯人》,917）。旧约《创世记》称，人"从土而来，本是尘土，仍要归于土"（3:19）。

[122] 他们做了精灵，伟大宙斯的意愿如此，

柏拉图在《理想国》卷五中援引了行122－123（469a），在《克拉底鲁》中援引了行121－123（398a），其中行122－123读法如下：

τοὶ μὲν δαίμονες ἁγνοὶ ἐπιχθόνιοι καλέονται
ἐσθλοί, ἀλεξίκακοι, φύλακες θνητῶν ἀνθρώπων
［他们做了大地上的圣洁精灵，
慷慨正直，庇护有死的人类。］

早期注家沿袭了柏拉图的这一读法（如 Blass，Wilamowitz，Solmsen

等）。但行 122 的 *ἁγνοί*［圣洁的,纯洁的］一语修饰男性神灵,不会早于公元前五世纪。自 West 起,多数译家采用现有读法：

> *τοὶ μὲν δαίμονές εἰσι Διὸς μεγάλου διὰ βουλὰς*
> *ἐσθλοί, ἐπιχθόνιοι, φύλακες θνητῶν ἀνθρώπων.*

"精灵"（*δαίμονες*）：或译"命相神灵"。柏拉图在《会饮》中把爱欲爱若斯定义为"精灵",界于不死的和有死的、神和人之间（202d – 203a）。一般认为, *δαίμονες*［精灵］与 *θεοί*［神］这两个概念的明确区分不会早于公元前五世纪。赫西俄德时代, *δαίμονες*［精灵］与 *θεοί*［神］近义,指掌管人类时运的守护神。不过,有趣的是,《神谱》中提到两个精灵,与爱若斯身世雷同,均由神和人所生养,也都生活在人间。一个是普路托斯,其实就是财神,由女神德墨特尔和英雄伊阿西翁所生,"处处慷慨,漫游在大地和无边海上"（神,969 – 974）。另一个是普法厄斯,黎明女神厄俄斯和英雄刻法罗斯之子,因为被阿佛洛狄特恋上,做了精灵,在女神的神殿里当守卫（神,986 – 991）。古人出于对祖先和英雄的敬重,相信他们死后还继续留在人间,并且掌握给人类施恩加罚的能力。赫西俄德把这项荣誉给予整整一个种族。精灵的总数不确定,这里描写他们散布在大地上,不妨参照从潘多拉瓶中逃出的数不尽的灾难（100）。在赫西俄德之后,一些英雄纷纷被称为受人敬拜的精灵,比如大流士（埃斯库罗斯《波斯人》,620,641）、阿尔刻提斯（欧里庇得斯《阿尔刻提斯》,1003）。甚至寻常人死后也得到同一称呼（恩培多克勒残篇 B115.5）。

"伟大宙斯的意愿如此"（*Διὸς μεγάλου διὰ βουλὰς*）：典型的赫西俄德用语。在《神谱》和本诗中屡次出现（71 相关笺释）。"宙斯的意愿"之说,同 71,79,99。黄金种族本是在克洛诺斯当政时期,这里不说克洛诺斯的意愿,而说宙斯的意愿,值得注意。《神谱》中讲到,在宙斯出生之前,大地和天神向克洛诺斯预言："命中注定他要被自己的儿子征服,哪怕他再强大:伟大宙斯的意愿如此"（神,464 – 465）。同样的叙事疑问:宙斯如何能够在出生之前就决定世界的命运? 赫西俄德似乎将对宙斯的信仰置于一切之上,这才让宙斯的意愿在叙事时间中存在于宙斯的出生之前。

[123] 在大地上乐善好施,庇护有死的人类,

"在大地上"(ἐπιχθόνιοι):黄金种族死后变作地上精灵,对应白银种族死后变作"地下"(ὑποχθόνιοι)精灵(141)。在荷马诗中,神们直接在大地上庇护人类,"化身为外乡来客,装扮成各种模样,巡游许多城市,探察哪些人狂妄哪些人遵守法度"(《奥德赛》卷十七,485-487)。赫西俄德不可能采用这种说法,因为,他在下文说,在当前人类所处的黑铁时代,诸神已然放弃人间,远离大地(197-200)。正因为神们不再直接干涉人类事务,某种在人与神之间进行传译和转达的精灵才有必要出现。

"乐善好施"(ἐσθλοί):有译"慷慨",《神谱》中有两处相似用法,一处指赫卡忒女神慷慨帮助人类(神,439),一处指普路托斯,"处处慷慨,漫游在大地和无边海上"(神,972)。

"庇护有死的人类"(φύλακες θνητῶν ἀνθρώπων):下文有同一说法:"在丰饶的大地上有三万个宙斯派出庇护有死人类的永生者"(253;参神,735)。埃斯库罗斯在《乞援人》中做了援引(381-384)。荷马诗中常有神明直接庇护人类的场景,比如雅典娜庇护狄奥墨得斯(《伊利亚特》卷五,809);宙斯庇护照看赫克托尔(卷十五,461);雅典娜托梦保护特勒马科斯(《奥德赛》卷十五,35),等等。"有死的人类"(θνητῶν ἀνθρώπων),同201,253,472。

[124] 他们览察诸种审判和凶行,

行124-125同行254-255。有几份古抄本中没有这两行诗,普鲁塔克、普罗克洛斯和玛克洛比乌斯的援引也略过不提。多数注家判为伪作,但有的也主张保留(如Verdenius,Most和Frazer等),行文重复在赫西俄德诗中并非只此一例。

"凶行"(σχέτλια ἔργα):同238。

[125]　身披云雾,在人间四处漫游,

"身披云雾"(*ἠέρα ἑσσάμενοι*):同 223(狄刻) ,255。

"在人间四处漫游"(*πάντη φοιτῶντες ἐπ᾽ αἶαν*):潘多拉瓶中的各种不幸同样四处漫游在人间 (100)。另参《伊利亚特》卷九,571;卷十九,87。

[126]　施舍财富:这是派给他们的王般荣誉。

"施舍财富"(*πλουτοδόται*):赫西俄德时代,财富首先是五谷食粮(参 21 – 24,306 – 312)。所以,财神普鲁托斯才会被说成地母神德墨特尔的儿子(神,969)。在公元前六世纪的希腊瓶画上,普鲁托斯也被描绘为德墨特尔的随从。精灵们在人间施舍财富,别的尚在其次,首先是要保佑农耕的好收成。

"王般荣誉"(*γέρας βασιλήιον*):宙斯宣称参与提坦大战的神们不会被剥夺"荣誉"(神,393)。如何理解这里的"如王者一般的荣誉"? 精灵的职责与王者相似(如普鲁塔克和普罗克洛斯的记叙)? 精灵的身份与死后的王者相似(参品达残篇,133)? 还是在呼应白银种族死后"位居次等"(*δεύτεροι* ;142)?

2. 白银种族(行 127 – 142)

[127]　随后的第二代种族远不如从前,

这里开始白银种族叙事。一代不如一代。如第一行诗所示,白银种族"远远不如"(*πολὺ χειρότερον*)黄金种族,并在许多方面与黄金种族形成对比。

[128]　奥林波斯的居住者所造的白银种族

"奥林波斯的居住者所造"(*ποίησαν Ὀλύμπια δώματ᾽ ἔχοντες*):黄金种族同样由"住在奥林波斯的永生者所造"(*ἀθάνατοι ποίησαν Ὀλύμ* πια δώματ᾽ ἔχοντες ; 110),两处的唯一区别是行 110 多了 ἀθάνατοι [永生者]一词。

"白银"(ἀργύρεον):仅次黄金,又远不如黄金。《神谱》中常以"银"形容水神:大洋之子"银色涡流的阿刻罗伊俄斯"(神,340);冥府之水斯梯克斯的家有"银柱盘绕直上云霄"(神,759);大洋俄克阿诺斯的第十分支是"银色的涡流"(神,791);涅柔斯的女儿银足女神忒提斯(神,1006),等等。

[129] 模样和心思全然不像黄金种族。

"不像"(οὔτε ἐναλίγκιον οὔτε...):"[模样]既不像,[心思]也不像"。在托名荷马的《阿波罗颂诗》中,赫拉心里怨恨宙斯,独自生下了提丰,"既不像诸神,也不像人类"(351)。

[130] 一百年间,孩子们在慈母身旁

"一百年间"(ἑκατὸν...ἔτεα):依据旧约圣经中的说法,亚当的后代,也就是最初的人类中最长寿的是玛土撒利,他活了 969 岁(《创世记》,5:15)。到洪水以前,上帝把人的寿命缩短为 120 年(6:3)。白银种族的寿命与此颇为相似。在神话传统中,古远的人类一生处在如花的青春年华,不知衰老,黄金种族便是如此。赫西俄德稍事修改,让白银种族的漫长一生处在童真年代。

"在慈母身旁"(παρὰ μητέρι κεδνῇ):《奥德赛》中有"子女陪伴亲爱的父亲和尊贵的母亲"之说(卷十,8)。相比之下,白银种族的漫长童年没有父亲的影子。普罗克洛斯曾引柏拉图《法义》中的说法:居鲁士让妇人们抚养自己的儿子,结果让他们愚蠢地长大,互相残杀(694c - 695e)。只是,既然白银种族只拥有短暂的成年时光,那么女子一旦成年,做了母亲,也会很快死去,又如何在漫长的一百年间照顾自己的小孩?"母亲身旁"(παρὰ μητέρι),同 520。

[131] 成长玩耍,懵然无知在自家中。

"玩耍"(ἀτάλλων):相似用法参见《伊利亚特》卷十三,27;索福克勒斯《埃阿斯》,559。

"懵然无知"(*μέγα νήπιος*):赫西俄德形容白银时代的孩童,与称呼弟弟的用法如出一辙:"傻乎乎的佩耳塞斯啊"(*μέγα νήπιε Πέρση*;286,633)。这种无知使得他们的活动只能局限"在自家中"(*ᾧ ἐνὶ οἴκῳ*),没有能力进入社会生活。白银种族一世都是孩子,没有成熟的社会性,与黄金种族"自足和乐"的社会关系(118 – 119)形成对比。

[132] 但待他们步入青年,长大成人,

"青年……成人"(*ἡβήσαι ... ἥβης*):在《奥德赛》中,特勒马科斯也是步入青年,达到成人年龄(卷十八,217;另参卷十一,317 – 320;托名荷马,《德墨特尔颂诗》,166 – 221;忒奥格尼斯,1119)。

[133] 只活短暂时日,受苦连连,

"只活短暂时日"(*παυρίδιον ζώεσκον ἐπὶ χρόνον*):白银种族在家中度过漫长的童年,一旦成年进入社会,很快就败坏死亡。

[134] 全因愚妄。他们无度强横

"愚妄"(*ἀφραδίης*):参330。这里带有某种道德的评判意味。荷马诗中有相似用法,拉奥墨冬"做事愚蠢"(《伊利亚特》卷五,649),求婚人"胡作非为"(《奥德赛》卷二,282)。

"无度强横"(*ὕβριν...ἀτάσθαλον*):《奥德赛》中多次用这两个词形容佩涅洛佩的求婚人(卷十六,86;参卷三,207)。"正义"与"无度"(*δικέ-ὕβρις*)这个对子是人类种族神话叙事的关键命题,与本诗的根本教诲相关(参213 – 285;hubris,又译"肆心")。汉语中"无度"既是"不依法度"(《书·多士》:"惟尔其无度"),又是"没有限度"(《晋书·皇甫谧传》:"游荡无度"),即做人的限度,认识神与人的界限,等等。自白银时代起,人类被称为"无度",渐次沦落败坏。"强横"(*ἀτάσθαλον*),或"冒失""不慎",下文用来指不义的王者(241,261)。

[135] 彼此行恶，也不敬拜永生者，

白银种族的"无度"，既表现在他们彼此伤害，胡作非为，难以形成良好的社会秩序，又表现在他们不敬畏神，也必然为神所弃绝。参看下行笺释。

[136] 不肯在极乐神灵的圣坛上献祭，

"在极乐神灵的圣坛上献祭"（ἔϱδειν μακάϱων ἱεϱοῖς ἐπὶ βωμοῖς）：向神献祭是人的本分之一（参《伊利亚特》卷二，400）。《神谱》中讲到祭祀的起源（神，535－557）。墨科涅聚会以后，人类开始祭神："从那以后，生活在大地上的人类在馨香的圣坛上为永生者焚烧白骨"（神，556－557）。诗中没有提及黄金种族祭神（似乎没有必要，因为黄金种族"像神一样生活"），在叙事时间上，人神的分离正好与金银两个种族的过渡重合。"圣坛"（βωμοῖς），同神，4，557。

[137] 这本是人类在地的礼法。于是他们

"人类的礼法"（θέμις ἀνθϱώποις）：本诗中专辟一节，讲究诸种祭神礼法（695－764）。下文还提到，每日至少应祭神两次：睡前和日出时分（336－339）。《神谱》中也说："大地上的人类依礼法向神们敬献美好的祭品"（神，416）。

"在地"（κατ᾽ ἤθεα）：乡民聚居之地，如郑玄注《周礼·地官》："乡里，乡所居也"。也有注家主张，这里强调的不是"依照本地的"，而是"依照聚居习惯的"（Verdenius）。

[138] 为克洛诺斯之子宙斯怒中掩灭，

"克洛诺斯之子宙斯"（Ζεὺς Κϱονίδης）：同157，168；神，412。对观神王宙斯为黄金种族安排下的死后命运（122）。

"掩灭"（ἔκϱυψε）：本义"藏""使消失"。《神谱》中，提坦神战败以后，被宙斯"囚困"在幽深的大地之下（神，729－731）。《伊利亚特》卷十八，赫拉想"掩盖"赫淮斯托斯跛足的事实（396）。托名荷马的《阿波罗颂诗》中,阿波罗以岩石遮掩泉水(383)。

[139] 只因不拜奥林波斯的极乐神们。

白银种族不敬神,参看行 135 – 136。

"极乐神们"($\mu\alpha\varkappa\acute{\alpha}\varrho\varepsilon\sigma\sigma\iota\ \vartheta\varepsilon o\tilde{\iota}\varsigma$):同 120;神,101,128,881;参神,33。

[140] 但自从大地也掩埋了这个种族,

行 140 同行 156,参 121 相关笺释。

[141] 他们被称为地下的极乐凡族,

"地下的"($\dot{\upsilon}\pi o\chi\vartheta\acute{o}\nu\iota o\iota$):黄金种族死后变作精灵,依然在"地上"(123)漫游。白银种族死后只能留在地下,但不似青铜种族去了哈得斯冥府(153)。

"极乐凡族"($\mu\acute{\alpha}\varkappa\alpha\varrho\varepsilon\varsigma\ \vartheta\nu\eta\tau o\acute{\iota}$):$\vartheta\nu\eta\tau o\acute{\iota}$又有读成与格形式的$\vartheta\nu\eta\tau o\tilde{\iota}\varsigma$,译"凡人们称他们为极乐者"(如 Peppumüller, Mazon, Lattimore 等)。晚近注家多采用现有读法(West、Verdenius 和 Most 等)。"有死者"不指别的,专指白银种族死后的身份。他们做不成"精灵",挤不进神族,只是一群受到神恩眷顾的有死的凡族。有注家指出,这里的说法与希腊古人理解中的英雄死后的命运一致,比如《奥德赛》卷十一,奥德修斯在冥府遇见勒达,讲起她的两个英雄儿子:

> 他们在地下仍获得宙斯恩赐的尊荣,
> 轮流一人活在世上,一人死去,
> 享受神明才能享受的特殊荣誉。(302 – 304)

这里之所以没有明确用$\mathring{\eta}\varrho\omega\varsigma$,是因为第四个种族将命名为"英雄种族"(Nilsson, Verdenius)。果真如此,那么前三个种族死后的命运依次是精灵、英雄和冥府,柏拉图在《理想国》中以同样次序区分了这几个概念(392a)。

[142] 位居次等，却依然有尊荣相伴。

"次等"($\delta\varepsilon\acute{\upsilon}\tau\varepsilon\varrho\sigma\iota$)：依旧是相对黄金种族而言。

"尊荣"($\tau\iota\mu\acute{\eta}$)：《奥德赛》连续两次讲到英雄在地下享有尊荣($\tau\iota\mu\acute{\eta}\nu$；卷十一，302，304；参看上述引文)。在《神谱》中，宙斯把特殊荣耀给了斯梯克斯(神，393)、赫卡忒(神，422等)和赫拉克勒斯(神，531)，还在大胜提坦之后为奥林波斯神们分派荣誉(神，885)。获得尊荣，首先是被分派某种特殊职责或权威(比如庇护其所埋葬的地区和本地住民)，其次才是受到当地人的敬畏。公元前八世纪伊奥尼亚地区有古墓崇拜风尚，英雄史诗盛行一时，希腊古人虽然搞不清楚为数众多的古墓里究竟躺着哪位英雄，依然加以敬拜，祈求死者庇护本地居民。赫西俄德把死去的白银种族分派到无名的英雄古墓中，第四种族的英雄们则在死后去了幸福者的岛屿。

3. 青铜种族(行143-155)

[143] 父神宙斯造了第三代即逝人类的种族，

这里开始青铜种族叙事。前三个种族的叙述具有明显的统一性：以金属署名(109，128，144)；对比前一种族(112，129，144)；生存状态(112-120，130-137，145-151)；死后命运(121-126，137-142，152-155)。这三个种族顺应了某种逐渐衰落的过程，暗示人类渐渐远离美好年代，远离神们。

"父神宙斯"($Z\varepsilon\dot{\upsilon}\varsigma\ \delta\dot{\varepsilon}\ \pi\alpha\tau\acute{\eta}\varrho$)：同神，36，40，580。第三个种族由神王宙斯单独所造，不再是"住在奥林波斯的神们"，或克洛诺斯当政时期的提坦神(110，128)。

"即逝人类的种族"($\gamma\acute{\varepsilon}\nu\sigma\varsigma\ \mu\varepsilon\varrho\acute{\sigma}\pi\omega\nu\ \dot{\alpha}\nu\vartheta\varrho\acute{\omega}\pi\omega\nu$)：同109，180。

[144] 青铜种族，全然不像白银种族，

"青铜"($\chi\acute{\alpha}\lambda\kappa\varepsilon\iota\sigma\nu$)：《神谱》中出现从"青铜"衍生而出的形容语，全

在"地下神界"一节：提坦神被囚困在地下的"青铜大门"内（神，733，811）；黑夜的家有"青铜的门槛"（神，750）；黑夜之子死神心硬"似青铜"（神，764），等等。古代英雄史诗中，刀剑头盔多以青铜制成。从下文看来，古时似有一时期，无论武器屋舍还是农耕用具，全以青铜制成（150－151）。赫西俄德将这一时期描绘为神话中的青铜时代。

[145] 生于梣木，可怕强悍，执迷阿瑞斯的

"生于梣木"（ἐκ μελιᾶν）：《神谱》中讲到，梣木女神墨利亚（Μελίας）与癸干忒斯巨人族一道出生（神，187），由于诗中又有"人类和巨人族"并列之说（神，50），有注家指出，两处说法彼此呼应，暗示梣木女神与人类的起源有关。人类从树木中诞生的说法并不罕见，《奥德赛》卷十九中提到人的祖先源自橡树（162；另参赫西俄德残篇266a，9；维吉尔，《埃涅阿斯纪》，8.315）。青铜种族生于梣木，似乎意味着他们是古希腊传统中人类的始祖。有注家进而推断，第三种族对应巨人族，第四种族对应丢卡利翁和皮拉的后代，在这两个种族之间爆发了史上的大洪水（West）。但也有注家反对梣木女神与人类起源有关的说法。依据《神谱》的记叙，与墨利亚一起诞生的除了全身武装的巨人族，还有无情的复仇女神厄里倪厄斯，此外梣木是一种制作长枪的原料，比如阿喀琉斯的"佩利昂梣木枪"（《伊利亚特》卷十六，142－144），巨人们也常用这种武器。凡此种种，大约与青铜种族生性尚武好战有关（Verdenius）。

"执迷"（ἔμελεν）：诗中写不义城邦有相似说法（238）。参看《伊利亚特》卷二，338；《奥德赛》卷十二，116。原文在行146，译文移至此。

"阿瑞斯的"（Ἄρεος）：阿瑞斯即战神。宙斯与赫拉之子，赫柏和埃勒提伊阿的兄弟，库忒瑞娅（即阿佛洛狄特）的丈夫（神，922，933－937）。荷马史诗虽讲述战争，但阿瑞斯贵为战神，从来不是最重要的神。他在阿波罗和雅典娜面前显得软弱无力，甚至败给凡人英雄狼狈逃跑，宙斯也不喜欢他，声称"在所有奥林波斯神中最恨这个小厮"（《伊利亚特》卷五，888－898）。他与阿佛洛狄特私通，被赫淮斯托斯设计报复，遭到众神耻笑（《奥德赛》卷八，326，343）。埃斯库罗斯笔下

的战神同样不太讨喜(《七将攻忒拜》,106,244,341 – 344,910)。青铜
时代的人类受阿瑞斯的影响,有暴戾的心,为命运驱使,永不停息地互
起战争。

[146] 悲哀战争和无度行径。他们五谷

"无度行径"(ὕβριες):青铜种族和白银种族同样被指"无度"(135
及相关笺释;参见色诺芬《远征记》,1.17)。

"五谷不食"(οὐδέ τι σῖτον / ἤσϑιον):五谷是人类生存之本,农作更是
古代人类文明的基本表现,所以诗人以"吃五谷"修饰人类(82;神,
512)。《奥德赛》中讲到库克洛佩斯(卷九,107 – 111)和莱斯特律戈涅
斯人(卷十,98)等族类不事农耕,虽偶尔食人,还是以野生食物为主,
比如库克洛佩斯享受大麦小麦和葡萄酒。青铜时代的人类不吃五谷,
也就是不事农业生产,靠野生果实或捕食兽类为生。有注家多加引申,
提出他们奉行肉食,也就是噬食同类,自相残杀,但诗中没有明确这么
说。前三个种族均带有某些生态性的畸异,与当前人类截然不同:黄金
种族不见衰老(113 – 114),白银种族的童年持续一百年(130),青铜种
族不食五谷(145 – 146)。

[147] 不食,却又心硬如铁石;

"心硬如铁石"(ἀδάμαντος ἔχον κρατερόφρονα θυμόν):海神的女儿欧律
比刻也被说成"心如铁石"(神,239)。这里的"铁石"(ἀδάμαντος),其实
就是大地该亚密谋反抗天神乌兰诺斯时所造的那种"坚不可摧的灰色
金属"(πολιοῦ ἀδάμαντος;神,161)。众所周知,由这种神奇金属制成的大
镰刀见证了古代希腊神史上的第一场父子之争,帮助克洛诺斯阉割了
亲生父亲乌兰诺斯(神,179 – 181)。青铜种族何等无情无度,可见
一斑。

[148] 粗蛮不化,威力难当,无敌双臂

"粗蛮不化"(ἄπλαστοι):同是神王宙斯所造,潘多拉巧夺天工,美
妙无比,因为是精心制造的(πλαστος;70;神,513),相反,青铜种族却是

未经雕琢,一副粗糙胚样(*ἄπλαστοι*)。该词还用来形容丑陋怪异的百手神(神,151)。从下文看来,青铜种族与百手神确乎有许多相通之处。

"无敌双臂"(*χεῖρες ἄαπτοι*):同神,649(百手神)。

[149] 分别长在身躯粗壮的肩膀上。

行149同《神谱》行152。百手神的相关描绘如下:

> 他们肩上吊着一百只手臂,
> 粗蛮不化,还有五十个脑袋
> 分别长在身躯粗壮的肩膀上。(神,150 – 152)

"身躯粗壮的肩膀上"(*ἐπὶ στιβαροῖσι μέλεσσιν*):希腊古人似乎不把肩膀视作身躯的一部分,参见埃斯库罗斯《波斯人》,991。

[150] 他们是青铜武器、青铜房舍,

"武器"(*τεύχεα*):本指"工具,器具",这里指长枪、盾牌之类的武器,同样用法见《奥德赛》卷二十四,534(参卷二十二,109 – 110;《伊利亚特》卷二十二,112 – 113,125;卷二十三,798 – 800)。

"房舍"(*οἶκοι*):在荷马诗中,只有神或半神的英雄才会居住青铜造的屋舍,比如赫淮斯托斯的青铜宫阙(《伊利亚特》卷十八,371)、埃奥诺斯的铜墙绝壁(《奥德赛》卷十,3)或阿尔基诺奥斯的铜墙宫殿(卷七,86;参卷十三,4)。阿克里西俄斯把女儿囚禁在一间铜屋里,以避免如神谕所示,有一天被孙儿珀耳塞斯推翻(菲勒塞德斯残篇,3F10)。阿伽门农的府邸也筑有青铜门槛(泡赛尼阿斯,9.19.7)。古代迈锡尼的圆形坟墓、斯巴达的雅典娜神庙(修昔底德,1.128、134;泡赛尼阿斯,3.17.2)乃至西科扬城的宝库(泡赛尼阿斯,6.19.2),全系青铜建筑。

[151] 做活有青铜用具,那时尚无黑铁。

"做活"(*εἰργάζοντο*):这个动词在整首诗中均指"耕作,劳作",只是青铜种族不食五谷、不事农耕(145 – 146),说是青铜农具未免不妥,也许是伐木采石一类的劳作。

"尚无黑铁"(μέλας δ' οὐκ ἔσκε σίδηρος) : 冶铁术经塞浦路斯传至希腊,不会早于公元前七世纪上半叶(也有说是公元前十一世纪)。古诗中常说英雄们的长枪箭矢由青铜所制,尽管在现实生活中有可能是铁制品。"黑色的"(μέλας),同 155。

[152] 这些人一个个毁在自己手里,

"毁在自己手里"(χείρεσσιν ὕπο σφετέρῃσι δαμέντες) : 对比白银种族由宙斯在怒中毁灭(138)。

[153] 去了冰冷的哈得斯的发霉住所,

"冰冷的"(κρυεροῦ) : 相似说法见俄耳甫斯教辑语,222.6;欧里庇得斯残篇916.6 –7;普鲁塔克《道德论集》,948 起。

"哈得斯的"(Ἀΐδαο) : 哈得斯是克洛诺斯和瑞娅之子,宙斯的同胞兄弟。他是掌管地下亡灵的冥王,俄耳甫斯教祷歌称他为"地下的宙斯"。《神谱》中称:"强悍的哈得斯,驻守地下,冷酷无情"(神,455,又见768;《奥德赛》卷十,534)。青铜种族死后直接去了冥府,做了亡魂。

"发霉"(εὐρώεντα) : 《神谱》中称地下世界是"发霉的所在"(神,731,739),连神们也厌恶。青铜种族死后的境遇显然不如白银种族,虽同在地下,但一方是获得尊荣的"极乐凡族",另一方在冥府受苦。

[154] 没留下名姓,黑色的死亡收走

"没留下名姓"(νώνυμνοι) : 既不像前两个种族在死后拥有尊贵的身份(施善精灵,极乐凡族),也与流芳千古的英雄们(173c)形成对比。

"黑色的"(μέλας) : 同 151。原文在行 155。行 154 –155 直译为:"这可怕一族终被死亡/(黑色的)收走",译文依照汉语语序做了调整。

[155] 这可怕一族,作别明媚的日光。

"可怕"(ἐκπάγλους) : 青铜种族再可怕,终究要被死神带走;马人再可怕,也要被远古的英雄们歼灭(《伊利亚特》卷一,268)。正如《神谱》

中所说,普罗米修斯"足智多谋也无用"(神,616),终究逃脱不了宙斯的意志。

"明媚的日光"($\lambda\alpha\mu\pi\varrho\grave{o}\nu\ \varphi\acute{\alpha}o\varsigma\ \eta\epsilon\lambda\acute{\iota}o\iota o$):活着照见太阳光,死后离了太阳光,不只希腊古人,好些古代民族都有这种说法。

4. 英雄种族(行 156 – 173)

[156] **但自从大地也掩埋了这个种族,**

在整个人类种族神话叙事中,英雄种族是一个令人惊讶的例外:没有金属署名、没有某种形态的畸异、打断渐次衰落的次序、两种死后的命运,等等。英雄种族被定义为"更公正更好"(158),不仅没有延续人类的沉沦,反而流露出某种复兴的意味。赫西俄德似乎一边借用荷马式的英雄传统(乃至大量沿用荷马式诗文),一边又做出不容忽视的修改。本段诗文历来是解读难点所在。

行 156 同行 140。参看 121 相关笺释。前两处引出黄金种族和白银种族死后的命运,这里却是作为从青铜种族到英雄种族的过渡。

[157] **又有了第四代,在丰饶的大地上,**

"第四代"($\tau\acute{\epsilon}\tau\alpha\varrho\tau o\nu$):省略"种族"($\gamma\acute{\epsilon}\nu o\varsigma$)一词(参 159),有别于前三个种族的统一表述:第一代种族($\pi\varrho\acute{\omega}\tau\iota\sigma\tau\alpha\ \gamma\acute{\epsilon}\nu o\varsigma$;109)、第二代种族($\delta\epsilon\acute{\upsilon}\tau\epsilon\varrho o\nu\ldots\gamma\acute{\epsilon}\nu o\varsigma$;127)、第三代种族($\tau\varrho\acute{\iota}\tau o\nu\ldots\gamma\acute{\epsilon}\nu o\varsigma$;143)。英雄种族在好些地方不遵循人类种族神话的叙事规范,这里算得一例。

"丰饶的大地"($\chi\vartheta o\nu\grave{\iota}\ \pi o\upsilon\lambda\upsilon\beta o\tau\epsilon\acute{\iota}\eta$):同 173e,252,510。

[158] **由克洛诺斯之子宙斯造出,更公正更好,**

"克洛诺斯之子宙斯"($Z\epsilon\grave{\upsilon}\varsigma\ K\varrho o\nu\acute{\iota}\delta\eta\varsigma$):同 138,168;神,412。

"更公正"($\delta\iota\kappa\alpha\iota\acute{o}\tau\epsilon\varrho o\nu$):英雄也搞战争,但总有堂皇正当的理由,不会相互恣意厮杀。他们讲求 $\vartheta\acute{\epsilon}\mu\iota\varsigma$[礼法]和 $\delta\acute{\iota}\kappa\eta$[正义]。相比之下,青铜种族一味追随阿瑞斯,更接近《神谱》中忤逆的墨诺提俄斯(神,510

－516），或者《奥德赛》中的库克洛佩斯："没有议事的机会，也没有法律……个人管束自己的妻子儿女，不关心他人事情"（卷九，112－115）。

"更好"（ἄρειον）：旧译"更勇敢"，与Ἄρης［阿瑞斯］相连。也有译"更高贵"。此从Verdenius、Most和Frazer等本。《神谱》中提到，英雄想望"更大的荣誉"（τίμα ἀριδείκετον；神，531），也就是"做最好的，最优秀的"（ἀριστεύειν），这是古典时代贵族理念的核心。同样，英雄追求正义，因为"正义是最好的"（δίκη...ἀρίστη；279）。诗人说英雄种族更公正更好，似乎是相较黑铁种族而言（参160）。

[159] 如神一般的英雄种族，又被称作

"如神一般"（θεῖον）：荷马诗中用来修饰英雄，随处可见，如《伊利亚特》卷五，78；卷十二，312；卷二十二，394；卷二十四，258等。英雄虽是有死者，却如神一般。这也许与他们是神族后代有关。在前几个种族中，只有黄金种族"像神一样生活"（ὥστε θεοὶ δ᾽ ἔζωον；112）。

"英雄"（ἀνδρῶν ἡρώων）："凡人－英雄"。相似用法见赫西俄德残篇25.11；《奥德赛》卷四，268。在荷马诗中，歌人得摩斯科斯（《奥德赛》卷八，483）和侍从穆利奥斯（卷十八，423）这些"非英雄"也被形容为ἥρως。同样的，这里修饰"种族"（γένος），与其说指某类具有特殊品质的阶层，更似在强调"英雄时代"的高贵特性。柏拉图在《克拉底鲁》中将英雄（ἥρως）与爱欲爱若斯（Ἔρος）相提并论，值得玩味（398d）。

[160] 半神，无边大地上我们之前的族群。

"半神"（ἡμίθεοι）：既强调英雄和神族的亲缘关系，也表明他们如神一般的生活方式。《伊利亚特》的英雄们提及比他们更古老的英雄："好似永生的天神，在大地上养育的人中最强大"（卷一，260－261），卷十二则提到"一个半神的种族"（23）。除了没有永生以外，荷马式的英雄与诸神之间确乎没有太明显的分界，神们只是比英雄具备"更好的美德、荣誉和力量"（卷九，498）。柏拉图在《克拉底鲁》中声称"英雄就是半神"（398c），在《申辩》中又说半神是"生前公正，死后成神"（41a）。

另参亚里士多德《修辞学》,1396b13。

"无边大地"(ἀπείρονα γαῖαν):同 487。

"我们之前的族群"(προτέρη γενεή):《伊利亚特》卷二十三,奥德修斯被称为"前辈,前一代人"(γενεῆς προτέρων;790)。英雄种族与诗人生活的时代相接,具有现实的历史意义。相比之下,前三个种族更带有神话叙事的象征意味。

[161] 不幸的战争和可怕的厮杀让他们丧生,

"不幸的战争和可怕的厮杀"(πόλεμός τε κακὸς καὶ φύλοπις αἰνή):同一说法见《伊利亚特》卷四,82,82–84;《奥德赛》卷二十四,475。赫西俄德没有描述英雄种族的生活状况,直接讲他们的死亡。英雄们也和青铜种族一样热衷战争,但诗人似乎为他们戴上了格外美好的光环。他们不是毫无理由地互相残杀,"毁在自己手里"(152),而是在战斗中献身,并且这里列举的两次战争均被赋予堂皇的动机(为了俄狄浦斯的牧群,为了海伦……)。

"丧生"(ὤλεσε):原文在行 163,译文移至此。

[162] 有些在七门的忒拜城下,卡德摩斯人的土地,

"七门的忒拜城"(ἑπταπύλῳ Θήβῃ):拉丁诗人奥维德在《变形记》中详细记载了卡德摩斯在德尔斐神谕的指引下建造忒拜城的故事(卷三,1–137)。但忒拜之名,乃至它那标志性的七门城墙,却是卡德摩斯之后才有的。《奥德赛》提到,宙斯的孪生子"安菲昂和泽托斯最早奠定七门的忒拜城池"(卷十一,263)。赫拉克勒斯算是英雄们的老祖宗了,《神谱》中声称他"出生忒拜"(神,530)。在古代英雄史诗中,忒拜与特洛亚齐名,是最古老的战争发源地,这里两处都提到了。据说在古代作者提及而如今几近佚失的循环史诗中,有三部讲忒拜战争(Oedipodeia, Thebais, Epigoni),八部讲特洛亚战争。忒拜城覆没,比特洛亚早整整一世纪。《伊利亚特》中,特洛亚战争中的希腊将领阿伽门农还回忆了老一辈英雄们攻打忒拜的往事(卷四,377–386)。

"卡德摩斯人"(Καδμηΐδι):同神,327。忒拜人又称卡德摩斯人,因

为,英雄卡德摩斯是忒拜的建城人。《神谱》中提到卡德摩斯娶了阿佛
洛狄特和阿瑞斯的女儿阿尔摩尼亚(神,937),并在"城垣坚固的忒拜"
(神,975)生养了一群子女,包括塞墨勒,也就是狄俄尼索斯的母亲
(神,940 – 942)。此外还提到与俄狄浦斯神话大有关系的"卡德摩斯
人的斯芬克斯"(神,327)。《伊利亚特》中多次提及卡德摩斯人(如卷
四,385,388;卷五,804;另参希罗多德,5.57)。

[163] 为着俄狄浦斯的牧群发起冲突;

"俄狄浦斯的牧群"(μήλων Οἰδιπόδαο):也就是俄狄浦斯的全部财产
乃至王权。μήλων本指"羊群"。这里显然不是指俄狄浦斯弑父娶母的
悲剧事件,而是指他的两个儿子埃特奥克勒斯和波吕涅克斯争夺王位、
互相残杀的经过。在这场战争过后不久,忒拜城迅速沦落。循环史诗
《忒拜伊德》(Thébaïde)和埃斯库罗斯的《七将攻忒拜》详尽地描述了这
场战争。另参《伊利亚特》卷四,377 – 386;索福克勒斯《安提戈涅》开
篇。也有注家推断,这里指阿波罗多洛斯(2.4.11)和泡赛尼阿斯(9.
9.4)分别记载过的忒拜人与密细亚人的战争(Verdenius)。

[164] 还有些乘船远渡广袤的深海,

"乘船远渡"(ἐν νήεσσιν):赫西俄德在诗中多次强调出海航行的危
险(参618 – 694)。也许在他看来,特洛亚战争同时是一次航海历险:
从前,阿开亚人漂洋过海,从希腊去到特洛亚(651 – 653)。这里没有
直接说,有些英雄就此丧命。但战死沙场和丧生大海,确乎是征服古希
腊英雄们的最常见的死亡命运。奥德修斯在冥府惊见阿伽门农的亡
魂,问起死因:"是波塞冬把你制服在航行的船舶……还是被心怀敌意
的人们杀死在陆地?"(《奥德赛》卷十一,397 – 403)同样,在索福克勒
斯的《俄狄浦斯在科罗诺斯》中,安提戈涅哀叹亡父俄狄浦斯:"他不是
死于战争,也不是死在海上,而是一种神秘的死亡把他带到了那幽暗的
原野上"(1679)。

[165] 为了发辫妩媚的海伦进发特洛亚。

"海伦"（Ἑλένης）：宙斯和勒达之女，传说中希腊最美的女人。赫西俄德没有将她列入《神谱》，而是收在《列女传》（残篇 68）。她是斯巴达王墨涅拉奥斯的妻子，后被特洛亚王子帕里斯拐跑，由此引发特洛亚战争。《伊利亚特》中多次形容她的美丽，比如卷三，156 – 160（另参卷九，339；卷二十三，81a）：

> 特洛亚人和胫甲精美的阿开亚人
> 为这样一个妇人长期遭受苦难，
> 无可抱怨；看起来她很像永生的女神；
> 不过尽管她如此美丽，还是让她
> 坐船离开，不要成为我们和后代的祸害。

"特洛亚"（Τροίην）：小亚细亚古城，传说由特罗斯王所建，城邦与王者同名。《伊利亚特》卷二十，埃涅阿斯向阿喀琉斯自称是特罗斯王的后代（230）。在维吉尔笔下，埃涅阿斯还将追述特洛亚城的覆灭（《埃涅阿斯纪》卷二）。下文还将重新提起希腊人远征特洛亚的战争（651 – 653）。

[166] 在那里，死亡湮没他们中的一些人；

个别古抄本里没有这行诗（Π38、Π40），普罗克洛斯的注疏也忽略不提，仿佛英雄们死后全去了极乐岛。只是，荷马诗中的英雄们死后大都去了哈得斯，连阿喀琉斯、阿伽门农、埃阿斯也不例外。《列女传》中，遵照宙斯的意愿，英雄们有一个相对快活的死后命运（残篇 67）。

[167] 另一些远离世人，受用生命和居所，

"另一些"（τοῖς δὲ）：依据赫西俄德的说法，好些英雄幸免于有死的命运，但荷马诗中似乎只有一个例外：墨涅拉奥斯是海伦的丈夫，宙斯的女婿，因而获得特别的恩宠，"注定不是死在牧马的阿尔戈斯"，而被

"送往埃琉西昂原野,大地的边缘"(《奥德赛》卷四,563–564)。顶多再加上达拉曼提斯(565),但他是冥府的判官,总与哈得斯脱不开关系。直至公元前六世纪的诗中,英雄们才纷纷获得永生,比如阿喀琉斯、美狄娅和狄奥墨得斯(参西蒙尼得斯,558 等);米利都人阿克提努斯(Arctinos of Milet)的佚作《埃提奥匹亚》(Aethiopis)中,英雄门农死后成圣(参神,984–985);另一部佚作《特勒戈尼亚》(Telegony)中,特勒马科斯和佩涅洛佩永远快乐地生活在基尔克的岛上。

"生命"(βίοτον):有注家译"生计,生存物资,或谷粮",因为,下文讲到(172–173),一年里大地有三次丰收(Verdenius)。参看 31 和 42 相关笺释。

[168] 由克洛诺斯之子父神宙斯安置在大地边缘。

"克洛诺斯之子宙斯"(Ζεὺς Κρονίδης):同 138,158;神,412。

"大地边缘"(πείρατα γαίης):同神,335;《奥德赛》卷四,563–564。整个英雄种族叙事频繁地借用了荷马式诗文。在《神谱》中,待在大地边缘更像是一种迫不得已的处罚,比如被迫支撑着天的阿特拉斯(神,518)、被解禁以前的百手神(神,622)和战败的提坦神(神,731)。

原诗缺行 169,参看行 173a–e 相关笺释。

[170] 他们住在那里,心中不知愁虑,

"心中不知愁虑"(ἀκηδέα θυμὸν ἔχοντες):同一说法用于黄金种族(112)和缪斯女神(神,61)。

[171] 涡流深沉的大洋旁边的极乐岛。

"涡流深沉的大洋"(Ὠκεανὸν βαθυδίνην):同神,133;参《奥德赛》卷十,511;品达《奥林匹亚竞技凯歌》,2.71。

"极乐岛"(μακάρων νήσοισι):赫西俄德常将 μακάρων 和 θεούς 连用:极乐神们(120,139,730;神,33,101,128,881 等)。"极乐岛"也可以说是"诸神之岛"。奥林波斯神们不住那里,却常去宴饮。英雄们在岛上与

诸神会饮，从而获得某种意义的永生。本诗中还以 *μακάρων* 修饰凡人英雄，比如白银种族死后变成"极乐凡族"(*μάκαρες θνητοί*, 141)。《奥德赛》中，墨涅拉奥斯去的地方叫 *Ἠλύσιον πεδίον*［埃琉西昂原野］，与"极乐岛"并无二致。拉丁文也许是音律的缘故，沿用荷马诗名，作 *Elysium*（即法文的 Champs - Elysées，汉语作"香榭丽舍"，据说出自徐悲鸿先生的译笔）。到了品达笔下，正直的人死后全住在极乐岛（《奥林匹亚竞技凯歌》，2.67 - 88）。

"大洋旁边"(*παρ' Ὠκεανὸν*)：《神谱》中称，大洋有"九条支流环绕着大地和无垠的海面"(神，790)，极乐岛位于大地边缘和大洋旁边，可能是在陆地与大洋之间的某片海上。古诗中还有另一个说法，"大洋彼岸"(*πέρην Ὠκεανοῖο*)，不知是否与"大洋旁边"有关。那里住着一些奇妙的生灵：戈尔戈姐妹(神，274 - 276)、赫斯佩里得斯姐妹(神，215)、牧犬俄耳托斯(神，293 - 294)、百手神(神，815 - 817)，传说中的金苹果也长在此地(神，216)。大洋彼岸仿佛一处太虚幻境，任何神奇的事情都可能发生。在荷马诗中，大洋神俄刻阿诺斯是"诸神的始祖"(《伊利亚特》卷十四，200 - 204)。赫西俄德沿用荷马式的英雄传统，让这些英雄们死后住在"滋生万物"(同上，246)的大洋旁边，想来自有道理。

[172] 有福的英雄啊，甘美的果实

"甘美的果实"(*μελιηδέα καρπόν*)：参看 118 相关笺释(参 237,563,576)。《伊利亚特》中用来指葡萄(卷十八，568)，《奥德赛》中指洛托斯花(卷九，94)，或一种猪爱吃的混合食料(卷十，242)。这里可能指五谷，呼应黄金时代丰饶的大地自动结出果实(117 - 118)。

[173] 一年三次生长在饶沃的土地。

"一年三次"(*τρὶς ἔτεος*)的说法，参见《奥德赛》卷四，利比亚的母羊一年产三胎羊崽(86)。数字三在赫西俄德的神话叙事里代表神性和完美。

"生长"(*φέρει*)：同 232,233,237。

"饶沃的土地"（ζείδωρος ἄρουρα）：同 117，237。

[173a] 远离永生者：克洛诺斯做了王。
[173b] 原来，神和人的父释放了他，
[173c] 把恰如其分的荣誉分派给他。
[173d] 宙斯又造了一个即逝人类的种族，
[173e] 今天还生活在丰饶的大地上。

这五行诗出现在两份莎草纸残稿中。除第一行是完整的以外，其余四行残缺不全，有的仅余一两个单字。有些古抄本仅保留其中一行或几行。多数抄本标作 173a－e，也有标作 169a－e，因为原文缺行 169。

"远离永生者"（τηλοῦ ἀπ᾽ ἀθανάτων）：同神，302（厄客德娜），参 777（斯梯克斯）；残篇 204，104。

"克洛诺斯做了王"（Κρόνος ἐμβασιλεύει）：《神谱》曾明确记载，提坦之战以后，克洛诺斯和其他提坦神被囚困在塔耳塔罗斯地牢里（神，717，729 等），这里却称他在极乐岛做王，加上位置不明、缺文严重，悖谬种种，致使古代以来多数注家将这五行诗文判为后人篡插。不过，细看之下，黄金时代也是克洛诺斯做王（111）。极乐岛上的英雄与最初的黄金种族确乎有不少相似之处："如神一般"（112，159）、"心中不知愁虑"（112，170）、"饶沃的土地"（117，173）、自动结果（118，172－173），等等。《列女传》将进一步强调这种相似性。换句话说，在古早年代，克洛诺斯做王，有过某个为神所眷顾的族群，他们离开尘世以后，继续生活在某个遥远的地方，而克洛诺斯依然做王。这多少反映了古人的失乐园心理：失去的天堂在某个隐秘之处，也许有一天会再临。参见品达《奥林匹亚竞技凯歌》，2.70。

"神和人的父释放了他"（μ]ιν ἔλυσε πατ[ὴρ ἀνδρῶ]ν τε θε[ῶν τδ]）：克洛诺斯本在塔耳塔罗斯当囚徒，却突然又在极乐岛做王，"释放"之说倒是一个行得通的版本。品达在《皮托竞技凯歌》（4.289 起）中写道，尽管德谟斐吕斯遭到流放，如阿特拉斯一般深受折磨，但希望总是存在：无可抗拒的宙斯不也释放了提坦们？在《神谱》中，宙斯不是没有取消

过对被自己制服的对手的惩罚,比如普罗米修斯,先是枷锁缠身,又有老鹰飞来啄食肝脏,白天吃掉的部分夜里又长回来,直到英雄赫拉克勒斯出现,杀了老鹰,才免除这不幸:"统治天庭的奥林波斯宙斯同意这么做"(神,529)。

"丰饶的大地"(χθονὶ πουλυβοτείρῃ):同 157,252,510。

有关这几行残诗的考订和还原,历代注家仁者见仁,智者见智。总的说来,173b 没有留下太大争议,但接下来的三行 173c – e,各家莫衷一是。这里依据 West 本和 Most 本(West,p. 103;Most,pp. 100 – 101):

173c   νῦν δ' ἤδη] μετὰ τοῖς τιμή[ν ἔ]χει ὡς ἐ[πιεικές. .

173d   Ζεὺς δ' αὖτ' ἄ]λλο γένος θῆκ]εν μερόπων ἀνδρῶπων

173e   τῶν οἳ νῦ]ν γεγάασιν ἐπὶ [χθονὶ πουλυβοτείρῃ. .

173d 仅存缺文 λλο γένος θῆκ [另一个种族],有勘本直接加上 Πέμπτον [第五个]:"宙斯造了第五个即逝人类的种族",以呼应前四个种族的表述(如 Lattimore 本)。

不妨再举 Mazon 的勘本和译文为例(两个法语译本——Brunet 本和 Backès 本——采用了这个勘本):

173c   τοῖσι δ' ἄρα ν]εάτοις τιμή[ν καὶ κῦδος ὄπασσεν

173d   οὐδ' οὕτως κλυτὸν ἄ]λλο γένος θῆκ' [εὐρύοπα Ζεὺς

173e   ἀνδρῶν, οἳ] γεγάασιν ἐπὶ [χθονὶ πουλυβοτείρῃ.]

         [又把荣誉和尊严分派给英雄们,

         宙斯不曾给另一个种族这般美名,

         在生活于丰饶大地上的人类之中。]

不难看出,两种读法大相径庭。这反过来也再次证明,失去文本依托,任何解读都不可能靠谱。

5. 黑铁种族(行 174 – 201)

[174] 但愿我不是生活在第五代

从黄金到黑铁,金属的价值一落千丈,人类的生存状况也陷入前所未有的低谷。表面看来,黑铁种族叙事顺延了前三个种族的叙事规范:金属命名、渐次衰落、生态畸异("出生时鬓发花白";181)。但细究之下,这段叙事相当不同寻常。赫西俄德称黑铁种族为当前的种族,自己生活其中,却似乎又区分了当下和未来两个阶段,因为,自行 177 起,诗歌以将来时态预言了某种末日般的人类生存状况。赫西俄德显示了诗人的另一种身份,不仅歌唱过去和现在,还要"传颂将来"(神,34),犹如希伯来传统中以亚伦为首的先知。

"我"($\dot{\epsilon}\gamma\dot{\omega}$):第一人称出现在种族神话叙事里,犹如现实与虚构的意外交集,令人震撼。下文还将以"我和我儿子"的说法怨叹现世生活的苦痛和正义的败坏(270 – 271)。《伊利亚特》中的海伦满怀羞愧,情愿自己不曾来到人世,引发战争:"但愿母亲生下我那一天……"(卷六,345 起;另参卷十八,86;《奥德赛》卷八,312)。

"第五代人类"($\pi\dot{\epsilon}\mu\pi\tau\omega\sigma\iota\,/\,\dot{\alpha}\nu\delta\rho\dot{\alpha}\sigma\iota\nu$):与以往种族不同,黑铁种族没有明确提到由神所造。不过,英雄种族既然是"无边大地上我们之前的族群"(160),那么可以把黑铁种族理解为英雄种族的后代。从下文看来,第五代人类与诸神之间仅存相当负面的关系。

[175] 人类中,要么先死要么后生!

"先死,后生"($\ddot{\eta}\,\pi\rho\dot{\sigma}\sigma\vartheta\epsilon\,\vartheta\alpha\nu\epsilon\dot{\iota}\nu\,\ddot{\eta}\,\ddot{\epsilon}\pi\epsilon\iota\tau\alpha\,\gamma\epsilon\nu\dot{\epsilon}\sigma\vartheta\alpha\iota$):生不逢时。或者,在想望随风逝去的英雄年代之余,赫西俄德也暗中期待着第六代新种族、新人类的来临?或者,赫西俄德只是想表达情愿生活在任何一个别的年代的哀怨心情?在古代传说中,赫西俄德问荷马:"请告诉我,对人类来说什么最好?"荷马回答:"不要出生,这是最好的。一旦出生,则踏进哈得斯的冥府大门,越快越好!"这个说法同样出现在诗人忒奥格尼斯的诗中(425)。相比之下,在怨叹之余,赫西俄德似乎没有放弃对正义城邦的展望(225－237),一边描绘未来的黑暗年代,一边殷切邀请当前的人类在正义与无度之间做出抉择。

[176] 原来现在是黑铁种族：白天

"黑铁"(σιδήρεον):同151,387,420,743。《神谱》中形容死神残酷无情,说他"心如铁石性似青铜"(神,764)。荷马诗中也常以铁譬喻顽固无情(比如《伊利亚特》卷二十二,357;卷二十四,205,521;《奥德赛》卷四,293;卷五,191;卷十二,280;卷二十三,172)。青铜种族之后,接以黑铁种族,铜铁连用,可能与古代使用铜先于铁有关。柏拉图在《克拉底鲁》中复述了这里的说法:"我们是黑铁的种族"(398a)。

[177] 劳累和悲哀不会消停,夜里

"劳累和悲哀"(κάματου καὶ ὀιζύος):行113 有 πόνων καὶ ὀιζύος [辛劳和悲哀]之说。"劳累"(κάματου),同305;神,59;这里当与劳作有关。《伊利亚特》写到阿耳戈斯人辛苦建成壁垒,又悲痛地看着它被阿波罗一脚推倒(卷十五,365: κάματον καὶ ὀιζύς)。此外还有战士的劳苦(卷十三,2;另参卷十四,480)、特洛亚女人看着死去的丈夫时的悲哀(《奥德赛》卷八,529),与这里相似。

[178] 也要受殃,神们来添大烦恼。

"受殃"(φθειρόμενοι.):同神,876(殃及)。

"神们来添大烦恼"(χαλεπὰς δὲ θεοὶ δώσουσι μερίμνας):神们不赐福人类,反倒添麻烦。不妨参照前文潘多拉打开瓶子、各种不幸流传人间的说法(103)。黑铁种族从各方面与黄金种族形成鲜明对比。注意这里连续三个动词用将来时态(παύονται, φθειρόμενοι, δώσουσι),一式译成"将……"未免生硬,试以汉字里的"要、会、来"替代。有注家主张,行176－179 指当前的黑铁种族(善恶相混),行182 起指未来的黑铁种族(只恶无善)。只不过,行176－179 既是写当前,为什么又用将来时态呢? 另有注家指出,这里写诸神添烦恼,对应下文写人类无度不义,两段叙述互为因果,都是诗人对未来的预见。

[179] 然而,总还有善来与恶相混。

表面看来,行179-181打破了上下文的连贯:行182紧随行178,比接在"白发婴儿"后头更自然。有注家删去这三行诗(如Lehrs、Eve-lyn-White)。但黑铁种族的怪异出生正好呼应黄金种族不会衰老、白银种族有漫长童年。也有注家主张把这三行移至章末(Arfelli),但行201作为结语,再妥当不过。最稳妥的方法还是保留原来的样子,努力理解赫西俄德出于何种意图写下这三行诗。

"善与恶相混"(μεμείξεται ἐσθλὰ κακοῖσιν):人生善恶相伴,福祸参半,这是希腊古人的普遍看法,最形象的说法莫过于《伊利亚特》中的譬喻:宙斯有两只瓶子,一只装祸,一只装福。神王若分派出混合的命运,那人就时好时坏;若只分派悲惨的命运,"那人便遭辱骂,凶恶的穷困迫使他在神圣的大地上流浪,既不被天神重视,也不受凡人尊敬"(卷二十四,526-532)。《神谱》中谈及已婚男人的命运,也有相似说法:若娶到佳妻,好坏参半;否则后患无穷(神,607-612)。宙斯给黑铁种族安排的命运,一开始尚是福祸混合,等到哪一天婴儿出世已然老矣,那么人生将只是一场灾祸。

[180] 宙斯却会毁灭这个即逝人类的种族,

"即逝人类的种族"(γένος μερόπων ἀνθρώπων):同109,143。行143的表述与这里形成对比:宙斯造出青铜种族这一即逝人类的种族。

[181] 等到婴儿出世时两鬓皆斑白。

"两鬓皆斑白"(πολιοκρόταφοι):黑铁时代的婴儿一出世就是白发老人,与白银时代形成对比。白银种族在家中度过漫长童年,一世都是孩子,从来没有形成成熟的道德,也没有能力进入社会。反过来,黑铁种族却过分早熟,他们的道德发育必然受到这种生态畸异的影响,少年老成,固执刻板,难以成就良性的社会共识。"白发婴儿"看似一个超现实的譬喻,但下文描绘未来状况(182-201),充满当下的现实意味。

[182] 到时父不慈幼，子不肖父，

"不肖"（οὐδὲ ...ὁμοῖος）：古训中，子不似父，即不肖。不但白银种族不肖黄金种族，青铜种族不肖白银种族，就连儿子也不肖父亲，不如父亲贤能，一代不及一代是人类败坏的根本表现之一。妇人生养酷似父亲的孩子，这是正义城邦的理想状况（235）。赫西俄德也劝说弟弟，学父亲的样子出海谋生（633）。父亲"不慈"幼子，原文中系同一动词，不妨对照白银时代："一百年间，孩子们在慈母身旁成长玩耍，懵然无知在自家中"（130 – 131）。

[183] 宾主不相惜，朋友不相亲，

"宾主不相惜"（οὐδὲ ξεῖνος ξεινοδόκῳ）：希腊古人看重宾主之道。在诱拐海伦这件事里，帕里斯最大的罪过不在别的，而在作为客人不守规矩，冒犯了款待过他的主人。墨涅拉奥斯为此祈求宙斯助他杀了帕里斯："叫后生小子不敢向对他表示友谊的东道主人做出任何的罪恶行为"（《伊利亚特》卷三，353 – 354）。奥德修斯声称愿意奉陪所有人比赛抛铁饼，除了款待他的主人拉奥达马斯："他是我的东道主，谁会与朋友争斗？这样的人准是没有头脑的糊涂人，如果他同盛情招待他的主人竞争"（《奥德赛》卷八，208 – 210）。

"朋友不相亲"（οὐδὲ ...ἑταῖρος ἑταίρῳ）：或同伴。任何形式的同伴，从一道出游、会饮，直至政治谋略、哲学论辩。同伴关系中，信赖是基础。《伊利亚特》中就有一对关系过硬的同伴：阿喀琉斯和帕特罗克洛斯（《伊利亚特》卷一，345；卷十七，642）。下文还会进一步谈到友谊的问题（707 – 714）。

"宾主不相惜，朋友不相亲"："宾主不以宾主相待，同伴不以同伴相待"，类似论语中的"君君，臣臣，父父，子子"。类似句法参见486；《奥德赛》卷八，208 – 210，543；卷十五，54 – 55，70 – 74。

[184] 兄弟不像从前彼此关爱。

"兄弟"（κασίγνητος）：对比当前，尽管发生了不愉快的争端，赫西俄

德依然关爱弟弟佩耳塞斯。未来的黑铁种族将丧失这种品德。下文中
称，兄弟应比朋友之间更亲密（707，另参 328，371）。《神谱》中用来指
库克洛佩斯，"［宙斯］父亲的兄弟们"（神，501），或睡神，"死亡的兄
弟"（神，756）。另参《伊利亚特》卷二十四，46。

［185］ 父母年渐迈，转眼就轻慢，

"轻慢父母"（ἀτιμήσουσι τοκῆας）：不敬父母。《奥德赛》中，特勒马
科斯声称"怎么也不能强行把一个生养抚育我的人赶出家门"（卷二，
130－134；另参下文 331－332）。诗人忒奥格尼斯也称，不敬父母的人
必遭轻视（277，821－822）。

［186］ 他们呵责长辈，恶语相加，

子女呵责（μέμψονται）长辈，也许是同住一起发生争执。

"恶语相加"（χαλεποῖς ἔπεσσι）：同 332。

［187］ 狠心的人哪，不顾神灵惩罚，

"狠心的人"（σχέτλιοι）：同一修饰语在前文指坏的不和女神（15）。

"不顾神灵惩罚"（οὐδὲ θεῶν ὄπιν εἰδότες）：不能简单理解为"敬神"
"畏神"。顾忌神的惩罚，参照《神谱》中提到复仇女神"决不会停息可
怕的愤怒，直到有罪者受到应得的严酷处罚（κακὴν ὄπιν）"（神，221－
222）。《奥德赛》卷二十一也有相似说法（28）；另参下文 251，706。不
敬父母，形同亵渎神明，忒奥格尼斯诗中提到一系列渎神行为，包括不
敬父母、不畏正义、擅发伪誓、诸神离弃等等（271－294）。

［188］ 不肯报答年迈父母的养育。

"年迈父母"（γηράντεσσι τοκεῦσιν）：同 185。有关衰老，参看 113 及相
关笺释。

［189］ 人们以拳称义，城邦倾轧，

有注家删除行 189（如 Mazon），理由是与行 192 赘复，并且本节中

再未提及城邦之间的纷争。但本行中的 χειροδίκαι［以拳称义］确乎是典型的赫西俄德构词法，行 192 又作 δίκη δ' ἐν χερσί［拳头说话，力量即正义］，有注家主张将行 189 移至行 181 前（Verdenius）。还有注家将本行诗看成一种过渡：从家庭的孝义，过渡到城邦的法义，由此展示了一幅黑铁时代的社会全景（West）。

"以拳称义"（χειροδίκαι）：参看 192；《伊利亚特》卷十五，741；路吉阿诺斯，28.10；希罗多德，8.89。

"城邦倾轧"（ἕτερος δ' ἑτέρου πόλιν ἐξαλαπάξει）："一个城邦倾轧另一城邦"。参照下文的正义城邦和不义城邦（225 – 252 相关笺释）。

[190] 不感激信守盟誓的人、义人

"不感激"（οὐδέ τις ...χάρις）：参看《奥德赛》卷十四，695。

"信守盟誓的人"（εὐόρκου）：同 285。在希腊古人眼里，信守盟誓是重要的美德。无论神还是人，破坏誓约或设假誓的下场都很悲惨（282 – 285；神，232）。《神谱》中提到，设伪誓的神要受到严苛的惩罚，先是昏迷一年，不食琼浆玉液，再和永生神们断绝往来九年，不得出席聚会（神，793 – 804）。《伊利亚特》中则称，破坏誓约的人，"他们和后代的脑浆将如酒流在地上，妻子受奴役"（卷三，300 – 301）。

[191] 和好人，倒给使坏的人和无度

"义人和好人"（δικαίου...ἀγαθοῦ）：分别对应"无度之徒"（ὕβριν／ἀνέρες；参 213）和"使坏的人"（κακῶν ῥεκτῆρα）。所谓"好人没好报，坏人正当道"。阿喀琉斯抱怨所受的不义："胆怯的人和勇敢的人荣誉相等，死亡对不勤劳的人和勤劳的人一视同仁"（《伊利亚特》卷九，319 – 320）。忒奥格尼斯诗中不乏相似言论（665 – 666，1138）。欧里庇得斯在《美狄亚》中也感慨："盟誓的美德已经消失，全希腊再不见信义的踪迹，她已经飞回天上去了"（439）。

[192] 之徒荣誉。力量即正义，羞耻

"羞耻"（αἰδώς）：也是一个女神，在诸神中最后才离开人间（200）。

这里不应理解为荣誉感、使命感或良知,而应理解为因敬畏某种超凡力量而引发的节制、自我克制。柏拉图的《普罗塔戈拉》中提到,宙斯派遣赫耳墨斯把"羞耻和正义"带给人类,由此建立城邦的秩序(322c)。如果说"正义"敦促人们履行义务,"羞耻"则避免人们滥用特权。这两个命题同样并列出现于忒奥格尼斯诗中:城邦将兼具勇气和美的少数人列于最高位,没有谁会去剥夺这样的人的"羞耻和正义",或"荣誉和权利"(938)。

[193] 不复返。坏人挤对比他好的人,

"挤对"(βλάψει):参看神,89(被挤兑,遭遇不公)。

"坏人……比他好的人"(κακὸς τὸν ἀρείονα φῶτα):坏人胆敢假话连篇,中伤别人,恰恰因为欠缺敬畏羞耻之心。这里的说法与荷马诗中颇有不同。佩涅洛佩常常殷勤地款待卑贱的来客,却赶走尊贵的客人(《奥德赛》卷二十,132)。《伊利亚特》也提到应选择好人而不是较差的人做同伴(卷十,237)。

"比他好的"(ἀρείονα):或"更好的",参 158(英雄种族)。

[194] 讲些歪理假话,还要赌咒发誓。

"讲些歪理假话"(μύθοισιν σκολιοῖς ἐνέπων):参 262。

"赌咒发誓"(ὅρκον ὀμεῖται):参看《伊利亚特》卷一,233;卷九,132,274;卷二十三,42;《奥德赛》卷二十,229。

[195] 贪欲神紧随每个可悲的人类,

"贪欲神"(Ζῆλος):音译为"泽洛斯",斯梯克斯和帕拉斯的长子,他是胜利女神尼刻的兄长,还有一双弟弟威力神克拉托斯和暴力神比阿(神,383 – 385)。在《神谱》中,他们被称为"出众的神族后代"(神,384 – 385),"无时无刻不在雷神宙斯的身边"(神,388),泽洛斯象征善的欲求,对荣耀的渴望,而不是贪欲(神,384)。这里却纯粹是一个邪恶的神,统治黑铁时代诸神离去以后的败坏世界。

[196] 他尖酸喜恶,一副可厌面目。

"喜恶"(κακόχαρτος):同28(指不和女神),196。

[197] 到时她俩从道路通阔的大地去奥林波斯,

"道路通阔的大地"(χϑονὸς εὐρυοδείης):同神,620,717,787;《奥德赛》卷十一,52。

"去奥林波斯"(πρὸς Ὄλυμπον):参神,68(缪斯)。

[198] 洁白的外袍掩住曼妙的身姿,

"洁白的外袍"(λευκοῖσιν φάρεσσι):据欧里庇得斯残篇的记载,克里特的宙斯祭司们身着白袍(472.16-19),也许与这些主持人间正义的女神有关。

"掩住"(καλυψαμένα):有注家称,女神们全身裹着白袍,以免在败坏的人间被玷污(Verdenius)。但也许还可以理解为,在败坏的人间,羞耻和敬畏已然被遮蔽,人的肉眼不再能够分辨清楚。对照《奥德赛》卷八,奥德修斯为了遮掩满脸泪水,把紫色的外袍举到头上(84-85)。

[199] 加入永生者的行列,抛弃人类:

"加入永生者的行列"(ἀϑανάτων μετὰ φῦλον):《神谱》中讲到,阿佛洛狄特一出世就加入永生者的行列(202)。

[200] 羞耻女神和义愤女神。有死的人类唯存

"羞耻女神"(Αἰδὼς):音译为"埃多斯"。据说,希腊古人在公元前四世纪前就有埃多斯女神的崇拜礼仪。黑铁时代,"羞耻不复返"(192及相关注释)。羞耻犹如最后的道德底线,一旦消失,人类将无法逃脱可悲的灾难。但下文中又称,羞耻"对人类有大弊也有大利",有可能"招致厄运",并且"顾念起穷人来没好处"(317-319,324)。荷马诗中同样是带有双重含义的概念(《伊利亚特》卷二十四,44)。

"义愤女神"(Νέμεσις):或报应女神,惩罚女神,音译为"涅墨西

斯"。她是夜神纽克斯的女儿,在《神谱》中得到负面描绘,是夜神世家
的邪恶力量之一,被说成"凡人的祸星"(神,223;参品达,《皮托竞技凯
歌》,10.44)。这里却代表"正义的愤怒",是人类社会良好秩序的守护
和象征,纯洁而神圣。可见也是带有双重含义的概念。义愤女神常与
阿德拉斯忒亚女神(Adrasteia)同受敬拜,有时还与后者相混淆。埃斯
库罗斯的《普罗米修斯》中,大洋女儿对言语傲慢的普罗米修斯说:"那
些向惩罚之神告饶的人才是聪明的!"(936)《伊利亚特》中并列提到羞
耻和义愤这两个女神(卷十三,121;参卷十一,649)。亚里士多德在
《尼各马可伦理学》中也把这两个概念放在一起(1108a32)。有注家认
为,"羞耻"代表个人的良知和节制,"义愤"则代表公众的舆论和制约。
也有的认为,"羞耻"是对公众舆论,尤其公认的传统道德标准的尊敬,
"义愤"则是这种传统标准受到背叛时应采取的姿态。这两种力量有
助于均衡人类的激情,避免无度、无理的肆性。

　　"有死的人类"($\vartheta\nu\eta\tau\tilde{\omega}\nu\ \dot{\alpha}\nu\vartheta\varrho\dot{\omega}\pi\omega\nu$):同 123,253,472。原文在行 201,
译文与"沉重的灾难"互换位置。

[201] 沉痛的灾难,从此无从逃脱不幸。

　　"灾难"($\lambda\upsilon\gamma\varrho\dot{\alpha}$):同 49,95,100。

　　"无从逃脱不幸"($\kappa\alpha\kappa o\tilde{\upsilon}\ \delta'\ o\dot{\upsilon}\kappa\ \ddot{\varepsilon}\sigma\sigma\varepsilon\tau\alpha\iota\ \dot{\alpha}\lambda\kappa\dot{\eta}$):《神谱》中有相似用法:
出海的人遭遇狂风,只有死路一条,无从逃脱不幸(神,876)。赫西俄
德就此预言了人类的最坏命运,或末世的来临。也有注家释作"从此
再无不幸的解药",面对威胁人类的不幸,没有什么反抗是有效的。

鹞子与莺

(行 202－212)

[202] 现在,我给心知肚明的王爷们讲个寓言。

"现在"(νῦν):过渡到新的段落,参见《伊利亚特》卷二,484,681;色诺芬残篇7。

"王爷们"(βασιλεῦσιν):本诗的主角之一,在前文已登过场(38)。赫西俄德的规训不仅仅针对自家兄弟。

"心知肚明"(φρονέουσι καὶ αὐτοῖς):φρονέουσι[明白,理解],也有古抄件写作νοέουσι。前一种写法常见于索福克勒斯笔下,比如《埃阿斯》,942;《特剌卡斯少女》,1145;《俄狄浦斯在科洛诺斯》,1741。后一种用法见于荷马诗中,为引起听者关注而使用的敬词,比如《伊利亚特》卷一,577;卷二十三,305;《奥德赛》卷十六,136。赫西俄德显然不是真的在赞美王爷们,这里的反讽口吻与寓言的讽喻色彩相得益彰。

"寓言"(αἶνον):讲给特定的人听、带有特定的寓意和教诲的故事。以譬喻性的故事对应听故事的人的言行或处境。动物寓言的历史可以追溯到公元前两千多年的苏美人文学。到了公元前六世纪在伊索寓言那里得到成熟的呈现。奥德修斯为试探牧猪奴欧迈奥斯,讲过一个智获外袍的故事(《奥德赛》卷十四,508;另参希罗多德,1.141.1－2;索福克勒斯《埃阿斯》,1142－1158;阿里斯托芬《黄蜂》,1399－1405,1427－1432,1435－1440;色诺芬《回忆苏格拉底》,2.7.13－14;柏拉图《阿尔喀比亚德》,123a;亚里士多德《论天》,356b11－17;《修辞学》,1393b8－94a2)。

[203] 有一只鹞子对一只颈带斑纹的莺说——

"鹞子"(ἴρηξ):寓言中典型的坏人形象,常常是邪恶的强者、凶暴的破坏者。一般认为,这里指王爷们。不过,诗中的鹞子飞到高高的云际(204),声称自己比对方强(207),拥有绝对的权力,因而也有注家主张,鹞子象征神圣的复仇,对不义之人的惩罚。在荷马诗中,鹞子的猎物一般是鸽子(《伊利亚特》卷二十一,493;卷二十二,140;《奥德赛》卷十五,527)、寒鸦、白头翁或斑鸠(《伊利亚特》卷十五,238;卷十六,583;卷十七,755)。

　　"莺"(*ἀηδόνα*):与*ἀοιδός*[歌人]谐音。赫西俄德选择莺作为鹞子的猎物,有自比的意味。《奥德赛》中讲到莺"常常展开嘹亮的歌喉,放声鸣唱"(卷十九,521)。稍后的伊索寓言中搜集了两则讲鹞子与莺的故事。有一则莺央求鹞子,说自己太小,不足以让对方果腹,鹞子回答:"我为什么要愚蠢到放弃手里拥有的而去希求看不着的东西?"另一则鹞子拿莺刚孵出的幼仔要挟对方唱歌,随后又声称它唱得不够好,端走了整个鸟巢,这时有个捕鸟人出现,用一根杆子捕走了鹞子。诗人阿尔基洛库斯(Archilochus)讲起一个狐狸和老鹰的故事,结尾颇为接近。赫西俄德似乎不知道鹞子还有这么个下场。

　　"颈带斑纹的"(*ποικιλόδειρον*):古代阿提卡地区流传着一则莺和燕子的神话。雅典国王潘狄翁有一双女儿普洛克涅(Procne,即"莺")和菲罗墨拉(Philomela,即"燕子"),忒柔斯娶了姐姐普洛克涅,却又对妹妹生歹意,凌辱了她。姐妹俩为了复仇,杀死忒柔斯与普洛克涅的亲生儿子伊堤斯,最后都变成了鸟。传说莺的脖颈上从此带着姐妹俩用刀割破伊堤斯的喉咙的痕迹。这里说"颈带斑纹",也许与此有关。阿里斯托芬在《鸟》中有一段变身成戴胜的忒柔斯的歌唱(208-222;参看阿波罗多洛斯,3.14.8)。奥维德后来在《变形记》中做了详细记录(卷六,424-674)。下文还会提到潘狄翁的女儿燕子(568相关笺释)。

[204] 它利爪擒住它,飞到高高的云际,

　　"高高的云际"(*ὕψι μάλ' ἐν νεφέεσσι*):《奥德赛》中指宙斯和雅典娜(卷十六,264;另参托名荷马,《阿佛洛狄忒颂诗》,67)。

[205] 可怜的小东西被如钩的鹰爪刺戳,

　　"可怜的小东西"(*ἡ δ' ἐλεόν*):同样说法参看《伊利亚特》卷二,314

（一条蛇吞食了八只可怜的小鸟）。

"鹰爪"（ὀνύχεσσι）：同204（译"利爪"）。现代诗歌禁忌重复，除非特殊用法，同一个词绝少重复出现在连续两行诗中。赫西俄德诗中却不乏连续重复的现象，这里也许是有意突出强者的暴力和弱者的悲哀。

[206] 不住悲啼。鹞子大声粗气对它说：

"悲啼"（μύρετο）：莺悲啼，令人想到下文中正义女神受到不公正的对待时也像鸟儿一般悲泣（222）。

[207] "笨东西，你嚎个啥？比你强的抓了你，

"笨东西"（δαιμονίη）：挑衅说法。同样用法见《伊利亚特》卷十六，833；卷二十一，410；卷二十二，333。

"嚎"（λέληκας）：有"发出噪音"的意思。在强者鹞子听来，莺的歌唱成了嚎叫的噪音。《伊利亚特》卷二十二，反倒是鹞子在山间追逐一只迅速飞躲的野鸽时，不断尖叫发出刺耳的声音（141起）。传说有一则古代闪族寓言，屠夫对他刀下的猪说道："你尖叫个啥？你的祖父曾祖父们从前都是这么过来的，如今你也得往这条路上走：你有啥好尖叫的？"

"比你强"（ἀρείων）："比你好"，这里指体能气力的较量。英雄种族也被称为"更好的"（ἄρειον；158），黑铁种族的坏人挤对"比他好的人"（ἀρείονα；193），这是道德层面的比较。鹞子反复强调自己比莺强（参210相关笺释）。

[208] 枉你是唱歌儿的，我让你去哪儿就去哪。

"唱歌儿的"（ἀοιδόν）：即歌人。莺是歌人，赫西俄德本人也是歌人。莺与诗人之间有某种微妙的呼应（参203相关笺释）。这里使用让步从句（"枉你……"或"就算你……"），可见歌人还是挺有身份的。只不过，歌人颂唱正义，比不过王公们败坏正义。莺这会子处在鹰爪下，呼应了现实中受到迫害的诗人。不妨对观《神谱》中并列提到受神眷顾的好诗人和好王者（神，80-103）。

[209] 只要乐意,老子吃你放你,怎样都成。

"只要乐意"(αἴ κ' ἐϑέλω):神王宙斯"只要乐意",就能洞察一个城邦是否正义(268);缪斯能把谎言说得如真的一样,但"只要乐意",也能述说真实(神,27 – 28);此外,赫卡忒女神也有相似的能力(神,429,430,432,439)。看来,鹞子的绝对权力与神们没有两样,到了随心所欲的境地。

[210] 谁敢和比自己强的对着干,准是呆鸟;

"敢"(ἐϑέλη):或"想要"。参 39,280;《伊利亚特》卷二,247;托名荷马,《阿波罗颂诗》,532 起。

"比自己强的"(κρείσσονας):或"更强的"。鹞子反复强调自己比莺强。从它的训话里,我们仿佛看到了黑铁时代的道德逻辑:"人们以拳称义,城邦倾轧,不感激信守盟誓的人、义人和好人,倒给使坏的人和无度之徒荣誉"(189 – 192)。在索福克勒斯的《安提戈涅》中,伊斯墨涅试图说服姐姐:"处在强者的控制下,只好服从命令"(63)。服从强者,对应未来黑铁种族所奉行的"力量即正义"(189,192)。

"呆鸟"(ἄφρων):没有头脑的糊涂人。相似说法参看《奥德赛》卷八,209。

[211] 打输作践算啥,还要羞辱你到死哩。"

"羞辱"(αἴσχεσιν):这似乎意味着,对莺而言,身体挫败的疼痛远不及精神羞辱的折磨。对观黑铁种族的道德准则:"力量即正义,羞耻不复返。坏人挤对比他好的人,讲些歪理假话,还要赌咒发誓"(189 – 194)。鹞子的话因而带有一丝反英雄的嘲讽意味。

[212] 快飞的鹞子这样说道,那长翅的鸟。

"长翅的鸟"(τανυσίπτερος ὄρνις):在《神谱》中,宙斯派一只鹰去惩罚普罗米修斯,啄食他的不朽肝脏。这只鹰也被称为"长翅的鸟":肝脏夜里又长回来,和那长翅的鸟白天啄去的部分一样(神,525,参 523;另参《奥德赛》卷五,65;卷二十二,468)。

正 义

（行213－285）

[213] **佩耳塞斯啊，听从正义，莫滋生无度。**

"佩耳塞斯啊"（ ὦ Πέρση）：同27。讲完故事讲道理。只是，鹞子与莺的寓言既然是讲给王爷们听的（202），为什么赫西俄德先要规训佩耳塞斯呢？诗人先对最亲近的弟弟说话，但在下一行，他又很自然地提到"显贵们"（214）。整部诗篇究竟唱给谁听，是个值得反复探讨的问题。

"正义"（ δίκης）：本节的主题（213－285）。这里七十来行诗围绕"正义战胜无度"展开说辞。也有注家主张首字大写，即人身化的正义女神（ Δίκης）（West，Verdenius）。

"滋生"（ ὄφελλε）：同14，33。

"无度"（ ὕβριν）：超出自身限度，乃至侵犯他人领域。比起今人鼓吹"挑战自身极限"，希腊古人似乎更崇尚尊从属人的有限性。正义与无度已并列出现于黑铁种族神话（190－191），下文还会多次提到（217，225，238）。流浪中的奥德修斯每到一处陌生的土地，无论费埃克斯人的城邦（《奥德赛》卷六，120－121），还是圆眼巨人的荒岛（卷九，行175－176），乃至他没认出的故乡伊塔卡（卷十三，行201－202），都会问一个根本问题：当地人究竟听从正义还是无度？诗人忒奥格尼斯同样多次并举无度与正义这对对子（291－292，378－380，751）。另参阿尔基劳斯残篇177.3起；色诺芬残篇1.15－17。

[214] **无度对小人物没好处，显贵也**

"小人物"（ δειλῷ βροτῷ）：原指"弱小的人类"，对应大能的神（686），这里引申为社会地位低微的小人物，对应同一行的"显贵"（ ἐσθλὸς）。另参《伊利亚特》卷六，489；《奥德赛》卷六，189。忒奥格尼

斯也有相似用法(57 - 58)。显然,佩耳塞斯是小人物,有别于显贵的
王爷们。下文用δειλός指道德层面的懦弱,即"小人"(713)。

"显贵"(ἐσθλός):赫西俄德不知不觉换了说话对象。

[215] 难以轻松地承受,反会被压垮,

"轻松地"(ῥηιδίως):同 288。《神谱》中讲到明智的王者能轻松地
扭转局面(神,90),赫卡忒女神能轻松地使渔夫捕鱼丰收(神,442)。

"承受"(φερέμεν):无度犹如一种重负,无度的人被迫背着它,一碰
到灾难就会被压垮。无度的人注定一败涂地,相比之下,还有另一条更
好的路,正义的路。

"压垮"(βαρύθει):相似用法见《伊利亚特》卷十六,519。

[216] 遇着惑乱。走另一方向的路

"惑乱"(ἄτησιν):《神谱》中有个蛊惑女神,来自夜神世家,又音译
为"阿特"(Ἄτη;参 230),也许与该词有些渊源。有注家直接读Ἄτησιν
(West)。多数注家直接释作"灾难",这里试译为"惑乱"(《说文》:"惑
即乱也")。人类在惑乱中丧失节制和适度,鲁莽行事,结果必定不幸。
类似用法参下文 231,413;忒奥格尼斯,631 起;索福克勒斯《俄狄浦斯
在科罗诺斯》,1242 - 1244。在《伊利亚特》中,阿特是宙斯的长女,专
门蒙蔽神和人的心智,就连神王宙斯也中招,致使赫拉克勒斯被迫完成
十二个任务(参见《伊利亚特》卷九,540,512;卷十九,91,126,136)。

"另一方向的路"(ὁδὸς δ᾽ ἑτέρηφι παρελθεῖν):两条路的说法还将重复
出现在"劳作箴训"的开篇(287 - 292)。色诺芬后来在《回忆苏格拉
底》中讲到,年轻的赫拉克勒斯在孤独之中思考未来的生活道路,遇到
"美德"和"恶习"这两个女子,最终他摆脱恶习的诱人承诺,选择美德
的艰难道路(2.1.21 起;另参忒奥格尼斯,1025)。在赫西俄德笔下,青
年佩耳塞斯就如赫拉克勒斯一样站在十字路口。在他面前延伸着两条
路,一条通往无度,另一条通往正义。

[217] 好些,通往正义。正义战胜无度,

"好些"(κρείσσων):参 210(更强的,比自己强的)。

"正义战胜无度"(δίκη δ' ὑπὲρ ὕβριος ἴσχει):呼应行 213 的箴训,听从正义,远离无度。

[218] 迟早的事。傻瓜吃了苦头才明白。

"迟早的事"(ἐς τέλος ἐξελθοῦσα):"终将会发生"。坏人难免得志,故而道德训谕时有强调,坏人最终下场很悲惨,虽然惩罚可能发生在他们晚年、去世以后,乃至在子孙后代身上得到报应。在《伊翁》结尾,欧里庇得斯鼓励不幸的人敬神,因为"好人终将遇着正当的事,而坏人生来如此,绝不会有好运"(1621)。

"傻瓜吃了苦头才明白"(παθὼν δέ τε νήπιος ἔγνω):νήπιος 带有一丝道德评判的意味,同见 40(νήπιοι,"这些傻瓜"),参看 131 相关笺释。当初,缺心眼的厄庇米修斯没听普罗米修斯的忠告,收下了宙斯送来的潘多拉,等到后来吃了大苦头,才明白过来(85-89)。《伊利亚特》中有两处提及一句相近的谚语:"灾难降临蠢人才变聪明"(卷十七,32);"蠢人事后才变聪明"(卷二十,198)。从某种程度而言,这似乎也就是有死的人类的认知过程。埃斯库罗斯在《阿伽门农》中说:"智慧自苦难中来"(177);"惩罚之神把智慧分配给受苦难的人"(249-250)。

[219] 誓言神随时追踪歪曲的审判。

"誓言神"(Ὅρκος):盟誓的神化形象,又音译为"俄科斯"。他是夜神世家的成员,不和女神的孩子。希腊古人看重信守盟誓(参看 190 相关笺释),违背誓言的人要遭到自己所发毒誓的诅咒,为此誓言神又常与复仇女神厄里倪厄斯一同出现。誓言神多次出现在赫西俄德诗中:

> 传说复仇女神在第五日照护
> 不和女神生下誓言神,那假誓者的灾祸。(803-804)

还有誓言神,他能给大地上的人类

带来最大灾祸,若有谁存心设假誓。(神,231-232)

希罗多德在《历史》卷六中讲起德尔斐的某次神谕,里头提到誓言神"有一个儿子,没有名字,专向伪誓进行报复,既没有手,也没有脚,却能迅速地追踪"(86γ)。誓言神负责收集人们立下的誓言,并惩罚那些违背誓言或发假誓的人。他飘飞在这些人的头上,时刻威胁着他们,因此违誓者又称έπίορκοι,即"头上站着誓言神的"。誓言能给人类带来不幸,但它也有积极的一面。不敬正义的人最终会受到神的干涉。总的说来,誓言同样是一个带双重含义的概念。

"追踪"(τρέχει):善恶与人类紧紧相随,不离不弃。"追踪"之说,强调了违誓随即会带来毁灭。不妨参照荷马诗中,祈求女神总是留心追随惑乱女神阿特,阿特迷惑人犯罪,她们跟在后面挽救(《伊利亚特》卷九,502-507)。

"歪曲的审判"(σκολιῆσι δίκησιν):同250,参221。

[220] 正义女神被强拖,喧哗四起,每当有人

"正义女神"(Δίκης):又音译为"狄刻"。她是宙斯和忒弥斯的女儿,三个时序女神之一,另两位是象征秩序的欧诺弥厄、象征和平的厄瑞涅(神,902-903)。时序女神参与了潘多拉的诞生过程,并帮忙打扮最初的女人(75)。下文还会特别提起宙斯的这个女儿、诸神尊崇的女神(256-262)。

"拖"(έλκομένης):《伊利亚特》中,阿喀琉斯杀死赫克托尔,将他的脑袋拖曳在战车后,以示羞辱(卷二十二,401)。这里同样是当众羞辱的意思。

"喧哗"(ρόθος):有注家指为正义女神发出的呼吼(Mazon,Backes),有的指为人群发出的抗议和哀告(West),还有的主张,这是在修饰诉讼案件发生时的场面氛围(Verdenius)。

[221] 受贿,把歪曲审判当成裁决,

"受贿"(δωϱοφάγους):同 39,263。参看 39 相关笺释。

"歪曲的审判"(σκολιῆσι δίκησιν):行 219(σκολιῆς δὲ δίκης)与行 221 (σκολιῆς δὲ δίκης)重复,赫西俄德的典型手法。另参 250,262。

[222] 她悲泣着,紧随在城邦和人家中,

"悲泣"(κλαίουσα):正义女神不像守护神那样为人间的邪恶而悲悯哭泣,她更像受害者:正义遭到侵犯,因而悲愤哭泣。在败坏的城邦里,她被撵走、被错待(224)。对观夜莺的悲啼(206)。

"城邦和人家"(πόλιν καὶ ἤθεα λαῶν):不只是个别法官行为不端,整个城邦弥漫着不正风气。对观黑铁时代(190 起)和不义城邦(238 – 247)的相关描绘。《奥德赛》中提到,城邦若姑息某个成员的不义行为,它本身也就犯了错,"愧对其他邻人和居住在周围地区的人们"(卷二,66 – 67)。有注家认为, ἤθεα 不应理解为"住家",而应理解为"风气、习性"(Verdenius)。

[223] 身披云雾,把不幸带给人们:

"身披云雾"(ἠέρα ἑσσαμένη):云雾之说,隐身也。凡人的肉眼看不见女神的形影。黄金种族死后变成的精灵(125)和宙斯派往人间的三万个永生者(255)也身披云雾。《神谱》中,缪斯曾裹着云雾,走在夜里(神,9)。夜神同样裹在云雾里(神,745,757)。

行 223 的两个短句分别与行 125("身披云雾")和行 103("给有死者带来不幸")重复,有注家主张删去行 223,行 224 直接修饰行 222 的"城邦和人家"(如 Hetzel 和 Mazon)。但多数注家主张保留,正义女神被赶出城邦,就会回到奥林波斯,向父亲宙斯数落那些不义的人,惩罚他们,给他们带来不幸(258 起)。

[224] 他们撵走她,不公正地错待她。

"不公正地错待"(οὐκ ἰθεῖαν ἔνειμαν):这里五行诗(220 – 224)以人

身化的方式描述正义如何遭遇不公正的对待,充满叙事张力。

[225] 有些人对待外邦人如同本邦人,

这里开始正义城邦的叙事(225 – 237)。诗中的"有些人"显然不是指一般人,而专指王者。王者与城邦的关系,在《奥德赛》卷十九中同样得到体现,乔装为外乡人的奥德修斯对妻子佩涅洛佩说:

> 一位无瑕的国王,敬畏神明,
> 统治无法胜计的豪强勇敢的人们,
> 执法公允,黝黑的土地为他奉献
> 小麦和大麦,树木垂挂累累硕果,
> 健壮的羊群不断繁衍,大海育鱼群,
> 民人在他的治理下兴旺昌盛享安宁。(109 – 114)

赫西俄德之后,好些古典作者都谈到这个话题。以埃斯库罗斯为例。《乞援人》中,达那伊得斯为阿尔戈城祈福,和平自由,没有内忧外患,丰饶富足,人丁兴旺(625 – 709)。《奠酒人》中,酒神女祭司们为雅典城做了相似的祈福(937 – 987)。另参希罗多德,3.65.7,6.139.1;阿里斯托芬《和平》,1320 – 1328。总的说来,这些写家描绘城邦,不离三个方面:人、农田和牧群。

"外邦人"(ξείνοισι):或城邦的宾客(参看 183 相关笺释)。在敬畏神明的希腊文明世界里,善待乞援人和外乡人是敬畏宙斯的表现。外邦人与本邦人(ξείνοισι καὶ ἐνδήμοισι)两种身份并举,亦见忒奥格尼斯,793;埃斯库罗斯《奠酒人》,701 – 703。外邦人不可能拥有与本邦公民相同的权利,但有权提出诉讼,因为,正如前面所说,有人不公正地对待他们,形同触犯宙斯的法则。

[226] 给出公正审判,毫不偏离正途,

"偏离正途"(παρεκβαίνουσι δικαίου):道路的譬喻,参看 216 – 217 及相关笺释。

[227] 这些人的城邦繁荣，民人昌盛，

"繁荣"（τέθηλε）：《神谱》中用来修饰和平女神（神，902）。详见下行笺释。

[228] 和平女神在这片土地上抚养年轻人，

"和平女神"（Εἰρήνη）：音译为"厄瑞涅"，宙斯和忒弥斯的女儿，时序女神之一，与正义女神狄刻是姐妹。在《神谱》中，她被形容为如花般繁荣（τεθαλυῖαν；神，902），呼应这里的说法：和平的城邦必然繁荣（227）。

"抚养年轻人"（κουροτρόφος）："抚养，教养"，动词源自κουρά［剪发，剃发］。按古希腊风俗，年轻人在成人时要绞下一绺头发，敬献给本地河神或水仙。阿喀琉斯留着一绺头发，本是为了在安全回故乡以后献给斯佩尔赫奥斯河神，再行上祭献大礼，后来他自知必将战死沙场，就把头发放在死去的好友手里（《伊利亚特》卷二十三，141 起）。在赫西俄德诗中，负责抚养年轻人的神还有阿波罗（神，347；参见《奥德赛》卷十九，85）、大洋女儿（神，347）和赫卡忒（神，450）。参看欧里庇得斯《酒神的伴侣》（420）、埃斯库罗斯《乞援人》（490）和品达残篇（109，3）。

[229] 远见的宙斯从不分派痛苦的战争。

"远见的宙斯"（εὐρύοπα Ζῆν）：同 239，281；神，514，884。

"分派"（τεκμαίρεται），同 239，参 398。

[230] 公正的人不会受到饥荒的侵袭，

"饥荒"（λιμός）：这里有神化的意味，直译为"饥荒和惑乱从不会侵袭公正的人"。有注家因而主张将"饥荒"（Λιμός）和"惑乱"（Ἄτη）大写（West）。《神谱》中确乎有饥荒神和蛊惑神，他们都是夜神世家的成员，不和神的孩子（神，227，230）。在本诗中，饥荒始终是在赫西俄德心中纠缠不休的一大隐患（参 243，299，363，404，647）。

[231] 远离惑乱,在欢庆中享用劳作收成。

"惑乱"(*ἄτη*):参看 216 和 230 相关笺释。

"在欢庆中"(*θαλίης*):黄金种族也"时时有欢庆"(115 及相关笺释)。

"劳作收成"(*ἔργα νέμονται*):或"田间收成"(参 119,*ἔργ' ἐνέμοντο*)。在荷马诗中,*ἐνέμοντο* 有分配食物的意思,呼应时序女神中的法度女神欧诺弥厄(*Εὐνομίην*;神,902)。这样一来,三位时序女神先后出场,"时时关注有死的人类的劳作"(神,903)。

[232] 大地长满粮食,山里橡树

"长"(*φέρει*):同 173,233,237。

"粮食"(*βίον*):同 31,42。

[233] 遍结橡实,蜜蜂盘旋其中。

"橡实"(*βαλάνους*):在荷马诗中,橡实是猪食(《奥德赛》卷十,242;卷十三,409),这里显然指粮食。据说新石器时代的特撒利人和阿卡底亚人均食用橡实(参见希罗多德,1.66.2)。原始人类在耕作五谷之前,以橡实为食。古人在饥荒年代食用橡实,并在冬季用来做糕点、浓汤等。维吉尔在《农事诗》中写道,最没用的农夫还可以拿橡实果腹(1.159)。在赫西俄德时代,橡实也许不是农民们的主食,但很可能是冬季的充饥物。从希罗多德时代起,该词不仅指橡实,也指栗子。

"蜜蜂"(*μελίσσας*):《神谱》中有"蜜蜂的巢房"之说(神,594)。人工蜂巢始于何时,无可考证,但蜜蜂在树中筑巢自古有之。拉丁诗人们可能是受了赫西俄德的影响,纷纷描写某个橡树自动流蜜的黄金时代(维吉尔《埃涅阿斯纪》,4.30;《农事诗》,1.121;奥维德《变形记》,1.112)。古代秘仪中也有大地自动涌出牛奶、蜂蜜、葡萄酒和橄榄油的说法。也许,早在赫西俄德以前,古人就流传着树上长满鲜美的果实、流出甘甜的蜜汁这类神话。

[234] 绵羊浑身压着厚重的绒毛,

"绵羊"(εἰροπόκοι δ᾽ ὄιες):同神,446。从牧群的繁殖(234)过渡到妇人的生养(235),这种做法在古代诗歌中并不罕见。

[235] 妇人生养酷似父亲的孩子。

"酷似父亲的孩子"(ἐοικότα τέκνα γονεῦσιν):妇人生养众多,子女酷似父亲,在古人眼里是一种理想状态(参看182相关笺释)。反过来,妇人流产,婴儿畸形,则是神明对人类的惩罚。对观不义城邦(244)。索福克勒斯的《俄狄浦斯王》中数次描绘遭到诅咒的忒拜城邦:"牧场上的牛瘟死了,妇人流产了,最可恨的带火的瘟神降临到这城邦"(26);"这闻名的土地不结果实,妇人不受生产的疼痛"(172)。

[236] 财物源源不绝,不用驾船

"不用驾船远航"(οὐδ᾽ ἐπὶ νηῶν/ νίσσονται):正义城邦的富庶生活与黄金时代(116–119)极为接近,虽然他们还不至于像黄金种族那样无需耕作,大地自动长出果实。他们的经济自给自足,无须冒险出海,到别的地方售卖收成的谷物。普罗米修斯神话开篇也讲到,从前的人类劳作一天就够活上一整年,"可以很快把船舵挂在烟上",用不着出海(45),赫西俄德对航海的保留态度,参看634。后来的拉丁诗人们加以发挥,形成如下想法,即人类出海是在冒犯海洋,亵渎神明(卢克莱修,5.1006;维吉尔《埃涅阿斯纪》,4.31;奥维德《变形记》,1.128)。

[237] 远航,饶沃的土地长满果实。

"饶沃的土地"(ζείδωρος ἄρουρα):同117,173。大地长满果实的说法,对观潘多拉到达人间以前的旧时描绘(91)和黄金时代(117–118)。

"果实"(καρπὸν):同118,172,563,576。

[238] 有些人却执迷邪恶的无度和凶行,

这里开始不义城邦的叙事(238–247)。《伊利亚特》中借阿喀琉斯的盾牌描绘了两种城邦的生活场景(卷十八,490 起)。正义城邦与不义城邦的对照,同样可以在希伯来旧约中找到痕迹,比如《利未记》中对比"遵行诫命者的福祉"(26:3 - 13)和"违背诫命者的刑罚"(26:14 - 46);《申命记》中对比"遵行诫命蒙福"(7:12 - 24;28:1 - 14)和"被逆的后果"(28:15 - 68)。

"执迷邪恶的无度和凶行"(ὕβρις τε μέμηλε κακή καὶ σχέτλια ἔργα):这里的说法令人想到青铜种族"执迷阿瑞斯的悲哀战争和无度行径"(145 - 146)。正义城邦接近黄金时代,不义城邦接近青铜时代,看来不是偶然。

"凶行"(σχέτλια ἔργα):同 124。

[239] 克洛诺斯之子远见的宙斯必要强派正义。

"远见的宙斯"(εὐρύοπα Ζεύς):宙斯与不同城邦的关系,参看 229。同样用法见 229,281;神,514,884。

"强派正义"(δίκην ... τεκμαίρεται):即"分派公正的结果",在现有语境里,也就是针对无度做出应有的惩罚。从下一行诗看来,受到惩罚的不是某个坏人,而是全体城邦成员。稍后,在埃斯库罗斯和希罗多德笔下,δίκην 直接带有"惩罚"的意思。"强派"(τεκμαίρεται),同 229。

[240] 往往一个坏人祸及整个城邦,

"一个坏人祸及整个城邦"(ξύμπασα πόλις κακοῦ ἀνδρὸς ἀπηύρα):正如公正的王者能使城邦受益,繁荣昌盛(227 起),败坏的王者也会殃及城邦。注意赫西俄德在这里使用单数:从有些执迷无度的人(238)转为"一个坏人"(240)。王者行事不审慎,致使整个城邦遭到神的惩罚,这种说法在古代诗歌中屡见不鲜,比如赫西俄德残篇30.16 起;《伊利亚特》卷一,410;卷十六,384 - 392;品达《皮托竞技凯歌》,3.35 - 37;埃斯库罗斯《七将攻忒拜》,597 - 608;柏拉图《法义》,910b。传说公元前四世纪,赫提国遭了瘟疫,国王想不出自己做错过什么,就认为是他父亲的罪落到儿子身上,导致了这场灾难。

[241] 这人犯下罪过,不顾后果地图谋,

"不顾后果地图谋"(ἀτάσθαλα μηχανάαται):或"不慎地计谋""肆无忌惮地策划",同《伊里亚特》卷十一,695;《奥德赛》卷三,207;卷十六,93;卷十七,588;卷十八,143;卷二十,170 等。本诗中的类似用法见134,261。

[242] 克洛诺斯之子从天上抛下大祸:

"从天上"(οὐρανόθεν):同样用法见 555。《伊利亚特》讲到,宙斯为了惩罚审判不公的人们,从天上降下大雨,在地面汇聚成水灾,沿途毁坏农人的劳作(卷十六,389－392)。

[243] 饥荒和瘟疫,人们纷纷死去,

"饥荒和瘟疫"(λιμὸν καὶ λοιμόν):希罗多德《历史》卷七中并列提到这两种灾难,从特洛亚战争回来的克里特人遭遇了饥荒和瘟疫(171.2;另见修昔底德《伯罗奔尼撒战争史》,1.23.3)。"饥荒"之说,同 230,299,363,404,647。

"人们纷纷死去"(ἀποφθινύθουσι δὲ λαοί):同一说法见《伊利亚特》卷五,643;参卷一,10。在荷马诗中,λαοί 指士兵。

[244] 妇人不生育,家业渐次衰败,

行 244－245 的真伪性一度引发争议,普鲁塔克和普罗克洛斯最先予以否决,Aechines 等注家也主张删除。但多数古代抄件里有这两行诗。

"妇人不生育"(οὐδὲ γυναῖκες τίκτουσιν):在奉行养儿防老的传统眼光看来,没有后代是相当致命的灾难。正义的城邦里,"妇人生养酷似父亲的孩子"(235);不义的城邦里,妇人不孕或流产,不妨对观黑铁时代"婴儿出世时两鬓皆斑白"(181)。子嗣兴旺是神眷顾人的表现,参看《创世记》中亚伯拉罕传宗接代(20:17－18)。

"家业衰败"(μινύθουσι δὲ οἶκοι):οἶκόν 指"家产、家业"(325),而不是

"屋舍",参23相关笺释。《奥德赛》卷二,特勒马科斯愤慨地表示,父亲奥德修斯不在,伊塔卡王室家业被糟蹋得不成样子(64)。

[245] 奥林波斯的宙斯智谋如此。他时而又

"智谋"(φραδμοσύνησιν):同神,626(指该亚)。

"时而又"(ἄλλοτε δ' αὖτε):连接词出现于行末,同神,831。

[246] 粉碎庞大的军队,毁坏城墙,

"军队,城墙"(στρατὸν...τεῖχος):城邦内部的不义引发不同城邦之间彼此倾轧,参看黑铁时代的描述(189)。

[247] 沉没海上船只,克洛诺斯之子啊!

"沉没海上船只"(νέας ἐν πόντῳ...ἀποαίνυται):下文的航海章节中也提到,波塞冬和宙斯偶尔会存心加害海上的船只(668)。

[248] 王爷们哪,你们也要自己琢磨

"王爷们哪"(ὦ βασιλῆς):赫西俄德直接对王爷们说话(同263)。自行213起,诗人表面上对弟弟佩耳塞斯说话,但誓言神、正义神、正义城邦和不义城邦云云,更像是针对王公贵族而说的。

[249] 这般正义!在人类近旁就有

"这般正义"(τήνδε δίκην):同269。赫西俄德到底让王爷们自行琢磨哪般正义?有的注家认为,这里呼应行239宙斯所派定的正义,或惩罚(Evelyn－White,Frazer),有的主张联系行269,即宙斯洞察城邦里有哪般正义(Paley,West),还有的主张,这里等同于行238的无度(Verdenius)。

[250] 永生者,监视那些以歪曲审判

"永生者"(ἀθάνατοι):宙斯是千里眼,无所不见,他派遣数不尽、看不见的永生精灵到大地上守护和看察人类,参见《奥德赛》卷十七,485

－487。

"歪曲审判"（ σκολιῇσι δίκῃσιν ）：同 219。

［251］相互折磨、无视神明惩罚的人。

"无视神明惩罚"（ ϑεῶν ὄπιν οὐκ ἀλέγοντες ）：对观白银种族不敬神（135－136）；黑铁种族不顾神意，不肯善待年迈父母（187）。《伊利亚特》中，人们不顾神意在集会上做出不公正的裁决（卷十六,388）。

［252］在丰饶的大地上,有三万个

"丰饶的大地"（ χϑονὶ πουλυβοτείρῃ ）：同 157,510。

"三万个"（ τρὶς...μύριοί ）：直译"三倍数不尽的"，泛指很多，正如《神谱》中有三千个河神（神,367）和三千个大洋女儿（神,364），也是表示大洋神家族生养众多，大地上的江河水流数不胜数。参恩培多克勒残篇 B115.6；阿里斯托芬《鸟》,1136。

［253］宙斯派来庇护有死人类的永生者。

"庇护有死的人类"（ φύλακες ϑνητῶν ἀνϑρώπων ）：同 123（参相关笺释）。"有死的人类"（ ϑνητῶν ἀνϑρώπων ），同 123,200,472。

［254］他们览察诸种审判和凶行,
［255］身披云雾,在人间四处漫游。

行 254－255 同行 124－125。宙斯派往大地上的三万个永生者，似乎就是黄金种族死后变成的精灵模样，"在大地上乐善好施，庇护有死的人类"（123）。

［256］还有个少女叫狄刻,宙斯的女儿,

"还有个少女叫狄刻"（ ἡ δέ τε παρϑένος ἐστὶ Δίκη ）：重新回到正义女神身上（220－224）。这里称她为 παρϑένος［少女，处女］，也用来形容最初的女人潘多拉（63,71；神,572）。狄刻由宙斯所生，呼应《神谱》中的说法（神,901－902）。《神谱》还提到另一个受到诸神崇敬的处女神：

赫卡忒（神，411 - 452）。也有注家指出，"少女"（παρθένος）之说强调的不是纯洁无瑕，而是狄刻女神未婚，因而在受到冒犯时没有丈夫保护，只有求助父亲。

[257] 深受奥林波斯神们的尊崇和敬重。

"尊崇和敬重"（κυδρή τ'αἰδοίη）：相似说法见《伊利亚特》卷十八，394。在诸神之中获尊崇，对观赫卡忒女神（神，415）。

[258] 每当有人言辞不正，轻慢了她，

"不正"（σκολιῶς）：即"歪曲"，参 221，264。

"轻慢"（βλάπτη）：或"冒犯"。在《伊利亚特》中，宙斯施加狂风暴雨，是因为人类触犯了正义法则（卷十六，386 - 388）。在这里，受到冒犯和轻慢的却是正义女神本身。从某种程度而言，赫西俄德敬畏神明的方式似乎比荷马更为原始。正义女神似乎没有向宙斯抱怨自己受到侵犯，而是抱怨人类的不义行为。

[259] 她立即坐到父亲宙斯、克洛诺斯之子身旁，

"坐到父亲宙斯身旁"（πὰρ Διὶ πατρὶ καθεζομένη）：依据埃斯库罗斯残篇记载，狄刻女神自称紧挨着宙斯的王位而坐，宙斯派她看察人间，报告人类所犯的错误（530 M）。古代诗歌中确乎不乏狄刻坐在宙斯身边的说法，比如俄耳甫斯教辑语，23；索福克勒斯《俄狄浦斯在科洛诺斯》，1381。诸神喜欢向宙斯打小报告，阿瑞斯"坐在宙斯身边"，抱怨雅典娜和英雄狄奥墨得斯（《伊利亚特》卷五，869）；大洋女儿忒提斯坐到宙斯的面前，"左手抱住他的膝头，右手摸着他的下巴"，述说希腊人如何错待她的儿子阿喀琉斯（卷一，493 起；参卷二，510 起）。神们常从使者那里得到人类犯错的报告，比如水泽仙子向父亲太阳神赫利俄斯告状，奥德修斯的同伴们杀了她的羊（《奥德赛》卷十二，374）；阿波罗从乌鸦那里获得通报（品达《皮托竞技凯歌》，3.27）；伊里斯给赫拉捎带消息，并坐到赫拉脚下（卡利马科斯《祷歌》，4.216）。除正义女神以外，与宙斯同出入的神还有泽洛斯、尼刻、克拉托斯、比亚（神，388）、忒弥斯(品达《奥林匹亚竞技凯歌》,8.21)和敬畏女神(索福克勒斯《俄狄浦斯在科洛诺斯》,1267)。父亲($\pi\alpha\tau\varrho\iota$),参84,143。

[260] 数说人类的不正心术,直至全邦人

"数说"($\gamma\eta\varrho\nu\epsilon\tau$'):《神谱》中,缪斯们自称只有乐意,也能"述说真实"($\gamma\eta\varrho\nu\acute{\sigma}\alpha\sigma\vartheta\alpha\iota$;神,28)。狄刻倒不像阿瑞斯擅报私仇,跑到父亲身边抱怨人类轻慢自己,而是完成使命,向宙斯报告人类自身的"不正心术"($\check{\alpha}\delta\iota\kappa o\nu~\nu\acute{o}o\nu$)。

"全邦人"($\delta\tilde{\eta}\mu o\varsigma$):同527。王者犯错,全邦受罪。对应前文"一个坏人祸及整个城邦":图谋不轨,殃及门户(240 – 241)。原文在行261,译文与"遭报应"互换位置。

[261] 因王公冒失遭报应:他打着有害主意,

"冒失"($\dot{\alpha}\tau\alpha\sigma\vartheta\alpha\lambda\acute{\iota}\alpha\varsigma$):参看134,241。

"打着有害主意"($\lambda\upsilon\gamma\varrho\grave{\alpha}~\nu o\epsilon\tilde{\upsilon}\nu\tau\epsilon\varsigma$):参看行260的"不正心术"。王公们的本意不一定是毁坏城邦,而是要给自己捞好处,只是这些有害的主意会导致城邦的毁灭。在《神谱》中,$\lambda\upsilon\gamma\varrho\grave{\alpha}$用来形容"只知作恶"的蛇妖许德拉(神,313)。

[262] 讲些歪理邪话,把是非弄颠倒。

"讲些歪理邪话"($\sigma\kappa o\lambda\iota\tilde{\omega}\varsigma~\dot{\epsilon}\nu\acute{\epsilon}\pi o\nu\tau\epsilon\varsigma$):对观黑铁种族(194)。参《伊利亚特》卷十八,508。

"把是非弄颠倒"($\check{\alpha}\lambda\lambda\eta~\pi\alpha\varrho\kappa\lambda\acute{\iota}\nu\omega\sigma\iota~\delta\acute{\iota}\kappa\alpha\varsigma$):对的说成错的,错的说成对的。这里强调了王公在公开场合时言辞的不审慎,对观《神谱》中的好王者,恰恰拥有"不偏不倚"的言说能力,可以从"口中倾吐蜜般言语",解决纠纷(神,84 – 87)。

[263] 留心这一点,王爷们哪,要端正言辞,

"留心这一点"($\tau\alpha\tilde{\upsilon}\tau\alpha~\varphi\upsilon\lambda\alpha\sigma\sigma\acute{o}\mu\epsilon\nu o\iota$):同561。

"王爷们"($\beta\alpha\sigma\iota\lambda\tilde{\eta}\varsigma$):呼应行248。行253 – 273全是对王者说的

话。赫西俄德的正义箴训表面看来是针对佩耳塞斯，但王公贵族在其
中扮演的角色不容忽视。

[264] 受贿的人哪，要杜绝歪曲的审判。

“受贿”（ δωροφάγοι ）：同 39，221。

“歪曲的审判”（ σκολιέων δὲ δικέων ）：参 219，221，250。

[265] 害人的，最先害了自己；
[266] 使坏的，更加吃坏点子的亏。

“害人的，最先害了自己；使坏的，更加吃坏点子的亏”（ οἵ γ᾽αὐτῷ
κακὰ τεύχει ἀνὴρ ἄλλῳ κακὰ τεύχων,/ἡ δὲ κακὴ βουλὴ τῷ βουλεύσαντι κακίστη ）：害人害
己，自食其果。赫西俄德可能是援用了两句已经存在的谚语。前面说
到，不义的王者祸及整个城邦（261 – 262），这里强调王爷们终将被惩
罚，宙斯的正义终将来临（267 – 269）。

[267] 宙斯眼观万物，洞悉一切，

“眼观万物”（ πάντα ἰδὼν ...ὀφθαλμὸς ）：古人相信，神灵对人间事务无
所不知，无所不见。阿伽门农呼唤众神立下誓言，先提到宙斯，再提到
“眼观万物、耳听万事”的太阳神赫利俄斯（《伊利亚特》卷三，277；另参
《奥德赛》卷十一，119；卷十二，323；托名荷马，《德墨忒尔颂诗》）。注
意这里说“宙斯的眼”用的是单数而不是复数。稍后的俄耳甫斯教残
篇中以宙斯的身体比拟世界，比如神王的头即天空，腹部即大地，等等
（168.16）。古代作者还常将太阳比做天空的眼睛（索福克勒斯《安提
戈涅》，104，879；奥维德《变形记》，4.228）。据普罗克勒斯记载，普鲁
塔克主张删去行 267 – 273。

[268] 只要乐意，也会来看照，不会忽视

“只要乐意”（ αἴ κ᾽ἐθέλησ᾽ ）：同 209；神，28，429。参看 209 相关
笺释。

“看照”（ ἐπιδέρκεται ）：一般用来修饰太阳神赫利俄斯，见神，760；

《奥德赛》卷十一,16。

[269] 一座城邦里头持守着哪般正义。

"城邦里头"(πόλις ἐντός):宙斯看照整座城邦的政治事务,参见222,227,240。多数注家将本行中的动词ἐέργει释为通常意义的"有",但也有注家指出,王者奉行的不义在整个城邦中散布,转而成为一种风尚,城邦民人受到误导,把歪曲的真相当成真相本身,把畸形当成一种常态(Verdenius)。这里试译为"持守"。

"哪般正义"(τήνδε δίκην):参见249。

[270] 如今,我与人交往不想做正直人,

"如今"(νῦν):参202 相关笺释。

"我"(ἐγώ):再次出现第一人称(参174 相关笺释)。同样是反语:"我"但愿不是生活在黑铁时代,但"我"确乎生活在黑铁时代;"我"但愿不做正直人,当正直人没好处,但"我"偏偏在不住地呼求正义。

"与人交往"(ἐν ἀνθρώποισι):在索福克勒斯的《安提戈涅》中,忒拜王向儿子讲了一通如何在城邦中与人交往的道理(661–662)。

[271] 我儿子也一样。做正直人没好处,

"我儿子"(ἐμὸς υἱός):有注家千方百计想找出这个儿子的下落和名姓,叫他 Manseas 或 Archiepes。还有的道听途说,声称赫西俄德有个儿子叫 Stesichorus。与其拘泥于某个无从考证的人物,不如把他理解为诗人道德志向的某种延伸。

"做正直人没好处"(κακὸν ἄνδρα δίκαιον):柏拉图《理想国》开篇就"正义好还是不正义好"展开对话,智术师色拉叙马库斯气呼呼地挑衅苏格拉底,声称"正义是强者的利益"(338c),最终,苏格拉底成功地令他同意,"不正义绝对不会比正义更有利"(354a)。

[272] 既然越是不公正反拥有越多权利:

"权利……不公正"(δίκην ἀδικώτερος):两个同根词并列使用。δίκης

究竟应理解为"自然的正确"，还是"属人的权利"？政治哲学语境的"古今之争"无法避开这一分歧。从某种程度而言，赫西俄德的诗歌见证了这个关键问题的最初显露。

[273] 但我想大智的宙斯不会这么让应验。

"想"（ἔολπα）：或"预期"。两难的心态在这几行诗中表露无遗。王者不遵从正义，必要被神惩罚，洞悉一切的宙斯不会不知道这些王公们都干了什么。但与此同时，他没有忘记自己从前的真实遭遇，"万一"王爷们没受惩罚，未来将多么可怕，正直的人是否不得不背弃正义，服从败坏？从某种程度而言，在海上漂泊十年的奥德修斯经验了相似的困境。柏拉图《理想国》中的义人似乎也有相似下场，等待义人的是其他人的讥笑和仇恨，他们会抓住他，对他吐口水，在百般凌辱之后杀了他（517a）。在本行诗里，赫西俄德还是表明了信念：神王宙斯绝不会允许这种"万一"发生。

"大智的宙斯"（Δία μητιόεντα）：同 51，104，769；神，457。

[274] 佩耳塞斯啊，把这话记在心上，

"佩耳塞斯啊"（ὦ Πέρση）：在针对王者的长篇议论（248–273·）之后，赫西俄德把话锋转回弟弟身上。行 274–275 呼应本节开场的行 213（另参 27）。

"把这话记在心上"（ταῦτα μετὰ φρεσὶ βάλλεο σῇσιν）：相似说法参 107。

[275] 听从正义，彻底忘却暴力。

"彻底"（πάμπαν）：同 335。表面看来，赫西俄德一直在向弟弟重复同样的教诲，但前后几次的修辞有细微的差别。这里要求"彻底"忘却暴力，背离无度，是否意味着，前面的箴训开始奏效，佩耳塞斯慢慢走上"通往正义"的道路？

"暴力"（βίης）：《神谱》中有个暴力神，音译为"比阿"，是斯梯克斯与帕拉斯的儿子，胜利女神尼刻的兄弟（神，383–385）。在埃斯库罗

斯的《被缚的普罗米修斯》序幕中,暴力神和威力神兄弟俩奉宙斯之
命,把普罗米修斯押到大地边缘,交给赫淮斯托斯。这里的暴力不是指
身体暴力(参 321),不妨理解为王者无视公众意见的暴力。

[276] 克洛诺斯之子给人类立下规则:

"立下规则"(νόμον διέταξε):《神谱》中,宙斯"为永生者公平派定法
则和荣誉"(神,74),此外还有"永生者的法则"之说(神,66)。这里的
νόμον 与神、兽无关(277 - 278),专属人类。换言之,正义是属人的法则
(参看 388;神,66,74)。人类的生活准则由宙斯决定,在希腊古人看
来,宙斯的决定与自然天成无异(参 16,18)。赫西俄德在这里确定了
人类与动物的根本差别。

[277] 原来鱼、兽和有翅的飞禽

"鱼、兽和有翅的飞禽"(ἰχθύσι καὶ θηρσὶ καὶ οἰωνοῖς πετεηνοῖς):古代作
者描述动物,往往影射人类社会。三类动物同时出现,参见《奥德赛》
卷二十四,奥德修斯的老父亲哀叹儿子远离家乡和亲人:

> 或早已在海上葬身鱼腹,或者在陆上
> 成为野兽和飞禽的猎物。(291 - 292)

"有翅的飞禽"(οἰωνοῖς πετεηνοῖς):专指掠食性的飞禽,稍后才泛指
所有鸟类。参埃斯库罗斯《阿伽门农》,563;索福克勒斯残篇,941.11。
这里的 πετεηνοῖς 并非是单纯的修饰语,庞大的翅膀确乎是掠食性猛禽的
特点。参看前文故事里的鹞子(212)。《伊利亚特》卷二中列举了鸿
雁、白鹤、天鹅等飞禽(462)。

[278] 彼此吞食,全因没有正义。

"彼此吞食"(ἐσθέμεν ἀλλήλους):呼应鹞子与莺的寓言(202 - 212),
另参看伊索寓言。古代作品中记载较多的当为鱼类相互吞食,比如亚
里士多德《动物志》,591a17,610b16 等。赫西俄德说动物之间没有正

义（ *δίκη ἐστὶ μετ᾽ αὐτοῖς* ），这与阿尔基劳斯笔下的狐狸和老鹰的寓言训诫颇有出入（177.3）。

[279] 他给人类正义：这是最好的，

"最好的"（ *ἀρίστη* ）：正义是最好的。英雄追求"更好"（ *ἄρειον* ；158），想望"更大的荣誉"（ *τίμα ἀριδείκετον* ；神，531），都是符合正义的理想。

[280] 远胜别的。谁在集会上肯讲自认

"远胜别的"（ *πολλὸν ἀρίστη / γίγνεται* ）：有注家将行 280 的 *γίγνεται* [成为]读作 *γίνεται* [实践，实际应用]，正义的法则最适用于社会实践，赫西俄德接下来不会再讨论动物生存法则与人类公正交往的差异，而是讨论在听证会上讲真话与做伪证的差异（Solmsen，West）。这里依从其他多数注家的读法。

"在集会上讲话"（ *ἀγορεῦσαι* ）：在城邦会场的集会上发言，同 402；神，86；《伊利亚特》卷二，250，256。这里的规训针对佩耳塞斯。

"自认"原文在行 281，与"公正的话"对换位置。

[281] 公正的话，远见的宙斯会带来幸福。

"远见的宙斯"（ *εὐρύοπα Ζεύς* ）：同 229，239；神，514，884。

[282] 但谁在评判会上存心设假誓

"在评判会上"（ *μαρτυρίῃσι* ）："作证"。诉讼双方要先起誓再陈述证词。《伊利亚特》描绘了类似的场面：在评判会上，诉讼者要"按照传统站到马匹和战车面前，手握赶马鞭，轻抚战马，凭震地和绕地之神起誓"（卷二十三，579－585）。

"存心设假誓"（ *ἑκὼν ἐπίορκον ὀμόσσας* ）：同样说法见《神谱》中，誓言神给"存心设假誓"的人带去灾祸（神，232）。本诗中同样提到，不公平的审判会招惹来誓言神（219 及相关笺释）。"存心"（ *ἑκών* ）之说，对观上文的"不正心术"（ *ἄδικον νόον* ；261），赫西俄德一再强调道德态度。

[283] 说谎，冒犯正义，又自伤难救，

"冒犯正义"（*δίκην βλάψας*）：参 258。

[284] 这人的家族日后必会凋零。

"日后"（*μετόπισθεν*）："在身后"。希腊古人以方位的前后来表达时间的先后，想像站在"历史的长河"中，直接面向已经过去的事件，故而未来就在身后（参见神，210；《伊利亚特》卷三，160）。

"家族"（*γενεή*）：这里指子孙后代。行 284 和行 285 重复使用 *γενεή μετόπισθεν*[往后的家族，子孙后代]。遵守誓言对一个人的家族后代有着深远的影响。希罗多德在《历史》中讲过一个发伪誓的人的故事。格劳科斯不承认自己先前对外邦人的誓言，强夺对方委托的财产，德尔斐神谕宣称：誓言之子会"迅速地追踪，捉住这个人并把他的全家全族一网打尽。相反，忠于誓言的人子子孙孙日益昌盛"（卷六，86β）。

[285] 信守盟誓的人，子孙必昌盛。

"信守盟誓"（*εὐόρκου*）：同 190。希腊人重视盟誓，参看 190 相关注释。

劳 作

(行 286 - 319)

[286] 我还有善言相劝,傻乎乎的佩耳塞斯啊!

"善言相劝"(ἐσθλὰ νοέων ἐρέω):名词ἐσθλά与两个动词连用,不同注家的理解分歧较大(参 Verdenius),这里从 Most 本,"我要说出我心里想的良言,或善好的想法"。在正义箴训之后,诗人还有别的道理要讲:劳作。忒奥格尼斯在诗中多次声明有善意的告诫要给居耳诺斯(27,1049;另参索福克勒斯《安提戈涅》,1031;阿里斯托芬《鸟》,1362)。

"傻乎乎的佩耳塞斯"(μέγα νήπιε Πέρση):同 633,参 397。赫西俄德称呼弟弟,与永是孩童没有成年的白银种族一致:"懵然无知"(μέγα νήπιος;131)。

[287] 要想接连不断地陷入困败中

"接连不断地陷入"(ἰλαδὸν ἔστιν ἑλέσθαι):"成群逐队地捕获"。譬喻手法,以捕获成群的动物形容各种困败接踵而至。对观潘多拉的瓶子打开后,数不尽的灾难成群结队漫游人间(100)。《伊利亚特》卷二有"麇集的人群"之说(93;另参希罗多德,1.172.1)。

"困败,繁荣"(κακότητα/ἀρετῆς):有注家指为道德善恶的对比(Mazon,Backès,张竹明、蒋平先生译本);多数注家则主张,这里指社会地位的高低尊卑,往往由财富或贫困、成功或失败来界定(West,Verdenius,Frazer 等)。

[288] 很容易,道路平坦,就在邻近。

"容易"(ῥηϊδίως):同 215;神,89,442。

"道路"(ὁδός):同 216("另一方向的路",区分正义的路与无度的路)。两条路的譬喻(287-292),后世多有援引,这里应理解为分别通往繁荣(或"更优等")和衰败(或"更低劣")的两种生活方式,稍后人们还赋予了更繁复的道德寓意。喜欢走轻松近路是人的天性,正确的路却往往艰难。

"邻近"($\dot{\epsilon}\gamma\gamma\dot{\nu}\vartheta\iota\ \nu\alpha\dot{\iota}\epsilon\iota$):同343,389。

[289]要通向繁荣,永生神们却事先

"繁荣"($\dot{\alpha}\varrho\epsilon\tau\tilde{\eta}\varsigma$):同313。参看287相关笺释。另参《奥德赛》卷十三,45;卷十八,132。

"永生"原文在行290,译文与"设下汗水"互换位置。

[290]设下汗水,道路漫长又险陡,

"汗水"($\dot{\iota}\delta\varrho\tilde{\omega}\tau\alpha$):劳作的艰辛,呼应普罗米修斯神话开篇的说法(44-45相关笺释)。参看《创世记》:"你必汗流满面才得糊口,直到你归了土"(4:17-19)。荷马英雄们也强调"劳作",但多数时候指"阿瑞斯式的劳作",也就是杀敌战斗,通过带回"血淋淋的战利品",获得荣誉(参145-146相关笺释;《伊利亚特》卷六,479-481;卷十二,315-321)。

[291]开途多艰难,但只要攀达顶峰,

"攀达顶峰"($\epsilon\dot{\iota}\varsigma\ \ddot{\alpha}\varkappa\varrho\sigma\nu\ \ddot{\iota}\varkappa\eta\tau\alpha\iota$):农夫只要积累到一定程度的财富,就能够相对轻松地维持稳定的生活。从行文语气看,赫西俄德本人似乎就处于这样的人生"顶峰",不但储有足够的粮食,家里还有雇工(405,441)和奴仆(470,502,573,597,608,766)。"顶峰"之说,不妨对观柏拉图洞穴神话的上行路与下行路。

[292]无论困难重重,行路从此轻便。

"困难"($\chi\alpha\lambda\epsilon\pi\dot{\eta}$):与同一行的"行路轻便"($\dot{\epsilon}\eta\iota\delta\dot{\iota}\eta$)相悖。柏拉图在《理想国》中也以譬喻方式讨论人生旅途:"这条路是崎岖坎坷,还是康庄坦途?"(328e)既有困难,又岂能轻便?有注家释为:"从此行路轻

便,尽管从前也曾困难重重"(West, Verdenius)。

[293] 至善的人亲自思考一切,

赫西俄德区分三类人:最好的、好的和不好的。这几行诗文堪称全诗的教诲核心,因而有注家称,行 293 – 297 移至行 286 与行 287 之间,紧接在诗人宣称"有善言相劝"之后,更为妥当。不过,我们不妨这么理解,佩耳塞斯先是被劝说,在两条路之间走上通往繁荣的路,也就是劳作之路,但这条路漫长险陡,尤其开途艰难重重,在这个时候,佩耳塞斯需要得到进一步的忠言劝诫。在整首诗中,佩耳塞斯沉默不言,然而,随着赫西俄德的训诫,我们依稀看到他身上发生的变化。

"至善的人"(πανάριστος):"在所有人中最好的"。显然,这样的人必然永远是少数人。赫西俄德似乎将自己列入其中。

"亲自"(αὐτὸς):在《奥德赛》中,雅典娜让特勒马科斯"自己心里仔细考虑"(卷三,26);奥德修斯赞美歌人得摩科斯歌唱阿开亚人的事迹,犹如"亲身经历或听他人叙说"(卷八,491)。

"思考一切"(πάντα νοήσῃ):不只是独立思考能力,而是独立的全局思考的能力,能够看清楚什么样的言说对个人和城邦有益。并非所有人都拥有这种能力。赫西俄德的说法很接近稍后的古典政治哲学理念。

[294] 看清随后和最后什么较好。

"随后和最后"(ἔπειτα καὶ ἐς τέλος):赫西俄德在诗中多次强调先见之明的重要性,农人要预先备齐农具(408),夏天要预先搭建屋舍(502),以防万一,因为,"傻瓜吃了苦头才明白"(218)。

"较好"(ἀμείνω):"更有好处"(同 19,参 314,320)。什么样的道路更能有效地通往繁荣,或什么样的诗人更有益于城邦的教化? 不妨引申到古代流传的诗人之争,在诗歌赛会上,希腊人更热爱荷马,但王者把诗人桂冠戴在赫西俄德头上。柏拉图《理想国》长篇谈论了这个问题。

[295]善人也能听取他人的良言。

"善人"(ἐσθλός)：多数人不需要亲自思考一切，不必做"专家"，但有必要做明智的人，也就是能够听取忠告。赫西俄德似乎希望弟弟佩耳塞斯成为这样的人。旧约《箴言》有云："愚妄人所行的，在自己眼中看为正直，唯智慧的人肯听人的劝教"(12：15)。

[296]既不思考又不把他人忠告

"不思考"(μ μήτ᾽ αὐτὸς νοέῃ)：或"不自己思考"，对应第一种人(293)。

"不听他人忠告"(μήτ᾽ ἄλλου ἀκούων)：对应第二种人(295)。

[297]记在心上，就是无益的人。

"记在心上"(ἐν θυμῷ βάλληται)：参见27；《伊利亚特》卷十五，566。

"无益的人"(ἀχρήιος ἀνήρ)：无用，乃至有害。没有"认清什么较好"就擅自言行，这样的人就是愚妄人，不但不明智，还很危险。比如厄庇米修斯没有听从普罗米修斯的吩咐，收下了宙斯送来的礼物，酿成大祸。此外，那些和佩耳塞斯一样挤在城邦会场中看热闹出风头大放厥词的人均属此列。无益(ἀχρήιος)，参见埃斯库罗斯《普罗米修斯》，297；修昔底德，11.40.2；欧里庇得斯《美狄娅》，299。

[298]你得时刻记住咱们的告诫啊，

"咱们"(ἡμετέρης)：将军对部下，教师对学生，不说"我对你"，而说"咱们"，以外交辞令制造双方地位平等的假象，便于命令和告诫得到更好的执行。

"告诫"(ἐφετμῆς)：荷马诗中指神的告诫，除了一处例外：《伊利亚特》卷一，忒提斯没有忘记儿子阿喀琉斯的求告(ἐφετμέων；495)。不过，神的词汇用在阿喀琉斯身上，在荷马诗中并不罕见。在这里，赫西俄德把自己的话也称作ἐφετμῆς，犹如赋予自己某种特殊的能力，能够给出属神的告诫。

[299] 佩耳塞斯，神的孩子，劳作吧，让饥荒

"神的孩子"(δῖον γένος)：一般指宙斯的子女，比如《伊利亚特》卷九指阿尔特弥斯(538)，托名荷马颂诗中指狄俄尼索斯(1.2)。赫西俄德为什么称佩耳塞斯是"宙斯的孩子"呢？自公元前五世纪起，好些诗人把δῖον读成某个人的名字Δῖος，由此声称赫西俄德的父亲名叫Dios(参见Pherecydes，3F167，4F5；Damastes，5F11；Ephorus，70F1等)。现在看来，这个说法基本不靠谱。有注家指出，"宙斯的孩子"之说暗示赫西俄德的家族在库莫(参看634－636相关笺释)时本是望族，只是到他父亲才败落，不得不迁居到阿斯克拉，成为一介农夫。此外，这种称呼亲昵中带着几分挖苦，在希腊古人的日常对话中并不少见。还有注者主张，这是在援用荷马式诗文的同时创造某种语意的模糊，不乏讥讽意味：佩耳塞斯以贵族自居，不屑劳作。然而，《伊利亚特》中"宙斯的孩子"阿尔特弥斯没干什么太光彩的事儿：她在祭祀中受到轻慢，就派出一头野猪，祸害人间。

"劳作"(ἐργάζευ)：依然与荷马诗中的用法形成对比，不指战斗，而指劳作(参看20相关笺释)。考虑到佩耳塞斯的名字本就如神话中的英雄一般，赫西俄德称他"神的孩子"，并劝他劳作而不是战斗，种种说法联系在一起，值得玩味。

[300] 厌弃你，让令人敬畏的美冠的德墨特尔

"美冠的"(ἐυστέφανος)：形容美丽的女性，比如《神谱》中有"美冠的库忒瑞娅"(神，1008)，也就是阿佛洛狄特。行75还提到"秀发"(καλλίκομοι)的时序女神，《神谱》中也称"秀发"的谟涅摩绪涅(神，915)。

"令人敬畏的"(αἰδοίη)：德墨特尔的常见修饰语，又见托名荷马，《德墨特尔颂诗》，374，486。原文在行301，译文与"喜欢你"对换位置。

"德墨特尔"(Δημήτηρ)：参32相关笺释。

[301] 喜欢你,在你的谷仓里装满粮食。

"谷仓"(καλιήν):同 307,374,411。

[302] 饥荒自来是懒汉的伙伴。

"懒的"(ἀεργῶ):或"不干活的"。这里连续重复三次出现:302,303(ἀεργός),305(ἀεργοί)。这一段申斥男人不劳作,很像《神谱》中申斥女人不劳作:"拿别人的劳动成果塞饱自己肚皮,对男人来说,女人正是这样的不幸"(神,599 – 600)。

"汉子"(ἀνδρί):即男人,与女人相对而言。西蒙尼德斯残篇中提到了懒惰的女人(31;参看神,594 起)。女人自然也要参与劳作,这里却被排除在外,似乎又给赫西俄德添了一道轻视女性的证据。

[303] 神和人都愤忿不干活的人,

"愤忿"(νεμεσῶσι):动词与义愤神"涅墨西斯"(Νέμεσιν ;200)同根。神因人类的行为而产生义愤,另见 741,756。

[304] 生性好似没刺儿的雄蜂,

"生性"(ὀργήν):参看忒奥格尼斯,215;品达《皮托竞技凯歌》,2. 77;埃斯库罗斯《乞援人》,763;柏拉图《理想国》,493a。

"没刺儿的雄蜂"(κηφήνεσσι κοθούροις):蜜蜂中,只有工蜂腹部长着一根小毒刺。雄蜂没有刺,也不参与采蜜,唯一的职责是与蜂王交配,繁衍后代,并在交配结束几分钟后死亡。这里把光说不练的懒汉比作雄蜂,参照《神谱》中把好吃懒做的女人比作雄蜂:

> 这就好比在蜜蜂的巢房里,工蜂
> 供养那些个处处打坏心眼的雄蜂。
> 它们整天忙碌,直到太阳下山,
> 日日勤勉不休,筑造白色蜂房。
> 那帮家伙却成日躲在蜂巢深处。(神,594 – 598)

[305] 耗费工蜂的辛劳,光吃

"辛劳"(κάματον):同 177,神,599。

[306] 不做。你要妥善安排农事,

"光吃不做"(ἀεργοὶ ἔσθοντες):原文是"不干活,光吃",译文调整了语序。

"妥善安排"(κοσμεῖν):相似用法参看《奥德赛》卷二十二,440。

[307] 让谷仓储满当季的粮食。

"谷仓储满粮食"(βιότου πλήθωσι καλιαί):重复行 301 的说法,强调劳作的理由。谷仓(καλιαί),同 301,374,411。

"当季的"(ὡραίου):同 422,617,630,642,665,695,697。

[308] 劳作带给人类畜群和粮食,

"畜群和粮食"(πολύμηλοί τ᾽ ἀφνειοί):有译家直接将 πολύμηλοί 译为"羊群"(Most,张竹明、蒋平先生译本)。在所有家畜中,羊确乎最有经济效益。这里的 ἀφνειοί [财富]不是指金钱,而是指粮食作物。

[309] 勤劳的人备受永生者眷爱,

"备受永生者眷爱"(πολὺ φίλτεροι ἀθανάτοισιν):"勤劳的人比不劳动的人更受永生者眷爱得多"。比较级的使用(φίλτεροι),参见 272 (ἀδικώτερος)。

[310] 人也爱他,懒散招来嫌恶。

尽管古抄本里均录有行 310,也未见古代注家有疑义,但晚近多数注家将此行判为伪作。虽然行 303 也有"神和人"之说,但诸神可以庇护人类的劳作,畜群和财富却与"人类的眷爱"无关。这里依照原样译出。

[311] 劳作不可耻,不劳作才可耻。

"劳作不可耻"(ἔργον δ᾽ οὐδὲν ὄνειδος):《奥德赛》卷十八中,奥德修斯提出与求婚人比赛在田间干活(365起),可见荷马和赫西俄德一样不认为体力活有失体面。不过,赫西俄德这么明确地表明态度,似乎意味着还有别人认为劳动可耻。可想而知,这个别人也包括佩耳塞斯,他原本以为,当个苦哈哈的农民不是太体面的事儿。

"不劳作可耻"(ἀεργίη δέ τ᾽ ὄνειδος):懒惰会削减一个人的财富,进而影响他的社会地位和声誉(参313)。

[312] 只要你干活,懒汉很快会羡慕

"很快"(τάχα):同362,721。

"羡慕"(ζηλώσει):与Ζῆλος[欲羡神,音译"泽洛斯"]同根。泽洛斯和不和女神一样,是具有两面性的神。在《神谱》中,他代表善的欲求(神,383-385);在本诗中,他成了黑铁时代紧随人类的"贪欲神"(Ζῆλος),"尖酸喜恶,一副可厌面目"(196)。这里的"羡慕"是有益的妒羡:"邻人妒羡(ζηλοῖ)邻人",可以争相致富(23-24)。

[313] 你致富。财富常伴成功和声望。

"致富,财富"(πλουτεῦντα, πλούτω):同根词连用。πλούτω同377,381,637。在《神谱》中,德墨特尔之子普鲁托斯是财神,"他若遇见谁,碰巧降临在谁的手上,这人就能发达,一辈子富足有余"(神,969,973-974)。

"成功"(ἀρετή):或"繁荣",参289。

"声望"(κῦδος):财富与声望相连。奥德修斯说,倘若他能带更多的财宝返回故乡,人们将对他"更加敬重,更加热爱"(《奥德赛》卷十一,358;参392)。柏拉图对话里区分了外在与内在的价值。但在荷马诗中,当奥德修斯赞美一个人的美名时,会说他"心地善良而富有"(卷十八,127)。同样在本诗中,"高贵的妇人"与"富家闺秀"相提并论(276)。

[314] 不论时运何如,劳作比较好,

"时运"(δαίμονι):运气,境遇。在古希腊诗歌中常常是一个精灵神。忒奥格尼斯在诗中多次提及这个影响人生的超验力量:时运也会带给坏人财富(149),坏人利用好运气,好人却受时运所困(163);时运决定一个人富有还是贫穷(165);坏的时运神让人产生幻想,带来危险(638),等等。在索福克勒斯笔下,时运也被说成前来庇佑人类的神(《厄勒克特勒》,1306)。表面依旧是对佩耳塞斯说,同时也可以理解为带有普遍性的教诲。

"比较好"(ἀμείνω):参 19,294。

[315] 把耽迷在别人财产上的心神

"别人的财产"(ἀλλοτρίων κτεάνων):前面已劝阻过佩耳塞斯"抢别人的财产"(34),也就是赫西俄德本人的财产。前一次引出劳作箴训,后一次为劳作箴训收尾。又一个环形叙事结构。

"耽迷心神转向"(ἀεσίφρονα θυμὸν /τρέψας):参 335,646。典型的训诫用语。

[316] 转向劳作,听我的话专心生计。

"转向"(τρέψας):相似用法见《伊利亚特》卷三,422。

"听我的话"(ὥς σε κελεύω):同 623;《奥德赛》卷十,516。

"生计"(βίου):参 31 和 42 相关笺释(参 634,577)。

[317] 羞耻顾念起穷人来没好处。
[318] 羞耻对人类有大弊又有大利,
[319] 羞耻招出贫困,勇气带来财富。

行 317 – 319 连续以"羞耻"(αἰδὼς)起头。首语重复是赫西俄德偏爱的手法,又见 5 – 7(轻易地),578 – 580("清晨……");参见《伊利亚特》卷二,671 – 673。这三行诗的读法历来存在争议。行 317 与《奥德赛》卷十七行 347 相似。行 318 与《伊利亚特》卷二十四行 44 接近:"羞耻对人有好有坏"。行319可能是一句现成的谚语。普鲁塔克直接质疑过行 317 – 318 的真伪。有的注家将行 318 和行 319 对调（Peppmüller, Rzach），有的判定行 318 系后人篡插（Aristarchus; Mazon在其《劳作与时日》法译本和《伊利亚特》法译本中同时删除了这行诗）。行 318 在行 317 和行 319 之间，看似破坏了行文的顺畅，却基本反映了诗人的想法：不但有两种不和、两种欲羡，而且羞耻对人有好有坏，下文还将提到希望(475,498,500)。

"羞耻"(αἰδώς)：前文的羞耻女神代表人间最后的美德(192,200及相关笺释)，这里则变得有好有坏，并不是说有两种羞耻，而是羞耻给人类带来两种结果。

"顾念"(κομίζει)：心酸讥讽的语气。穷人一沾上羞耻，就不劳作，成了懒汉。下文还用来指希望(500)。《奥德赛》中也有相似说法："羞怯照顾起乞援人没好处"(卷十七,347)。乞援的人一旦羞怯起来就没法开口。赫西俄德说的羞耻指向自视为"神的孩子"的佩耳塞斯：他认为劳作可耻(311)。

"好处"(ἀγαθή)：同 24,356。

礼法初训

(行 320 – 382)

[320] 钱财不能强求,顶好是神赐。

"钱财"(χρήματα):同 605,686。申明正义与劳作的意义之后,诗中紧接以一系列礼法教训。这里六十行诗文的中心思想是如何做一个明智的人,在城邦中符合正义法则地获得财富和保管财富,也就是如何过一种正直又富足的生活。

"强求"(ἁρπακτά):同 684。赫西俄德凭经验讲话,当初佩耳塞斯就是强求家产,"额外拿走很多",到头来终究无用(参看 38)。

"神赐"(θεόσδοτα):"神的礼物",应理解为通过符合自然法则的方式合理致富。这是偷窃、抢夺或乞讨以外的正当的谋生方式。参见忒奥格尼斯,197 – 198;梭伦残篇,1D,13W,3;色诺芬《家政》,20,15。

"顶好"(πολλὸν ἀμείνω):"更有好处得多"。这里具体指神赐的财富更持久(326)。ἀμείνω 的用法,参 19,294,314 及相关笺释。

[321] 若有人凭拳头暴力抢豪财,

"若有人"(εἰ γάρ τις καὶ):参 344,361,神,98。

"拳头"(χερσί):黑铁时代,人们正是"以拳称义"(χειροδίκαι,189),"凭拳头说话,力量即正义"(δίκη δ' ἐν χερσί;192)。这里与"暴力"(βίη)连用,看似赘复,但 βίη 既指身体的力气,也可能指精神的无度暴力(参看 275 相关笺释)。

"财物"(ὄλβον):同 326,637。

[322] 或借口舌强取,这种事

"借口舌强取"(ἀπὸ γλώσσης ληίσσεται):伪誓或其他言语诡计。忒奥格尼斯在诗中谈到言辞(γλώσσης)与人际关系的问题(63)。埃斯库罗斯讲到,诸神审判人间的案件,无须听从双方辩解(《阿伽门农》,813起;另参希罗多德,1.123.4,1.6.86等)。

[323] 多有发生,一旦利欲蒙蔽

"多有发生"(πολλὰ / γίγνεται):同一用法见《奥德赛》卷十一,536;参卷九,18。神的惩罚也许不会立即应验,但迟早会。忒奥格尼斯称,败德的人往往起初看似成功,结局却悲惨,永生神不当场惩罚人的恶行,这才造成世人无知误解(203)。

[324] 人心,无耻把羞耻赶走,

"无耻把羞耻赶走"(αἰδῶ δέ τ' ἀναιδείη κατοπάζῃ):有注家读成大写的 Αἰδῶ 和 Ἀναιδείη(West)。在奉行以拳头称义的城邦里,羞耻不复返(192);羞耻女神最终抛弃人间(197 - 200)。这里的羞耻应理解为敬畏,对他人的权利和财产的尊敬。

[325] 神们能轻易贬谪他,减损

"轻易"(ῥεῖα):同5,379;神,254,443。

"贬谪"(μαυροῦσι):参284(使家族凋零)。

[326] 他的家业,财物转眼散尽。

"家业"(οἶκον):同244(相关笺释)。原文在行325,译文移至此。

"财富"(ὄλβος):同321,637。

"转眼散尽"(παῦρον δέ τ' ἐπὶ χρόνον ... ὀπηδεῖ):"有财富相伴的时间短暂即逝"。行142有相似表述,白银种族死后"有尊荣相伴"(ὀπηδεῖ)。

[327] 又若错待乞援人或外乡客,

"乞援人或外乡客"(ἱκέτην, ξεῖνον):希腊古人看重宾主之道,参183相关笺释。正义城邦对待外邦人如同本邦人(参225相关笺释)。乞援人和外乡客并举,参见《奥德赛》卷八:"任何人只要他稍许能用理智思

虑事情,对待外乡来客和乞援人便会如亲兄弟"(546-547)。善待客人是传统美德,反之则是罪过,会遭到神谴,对应前面说到强求财富要受到神的惩罚。此外,这两段之间还可能有另一层关系,从某方面来说,外乡客人对东道主人造成潜在的威胁,有可能会来抢夺他的财产。

[328] 或爬上自家兄弟的床笫,

"自家兄弟"(κασιγνήτοιο ἑοῦ):与黑铁时代的描述次序一致,先说宾客,再说兄弟,最后提到年老的父母(183-186)。兄弟结婚后有可能还和父母同住祖屋,即便不是这样,自家兄弟的妻子也比别人家的妻子更常接触。因此,通奸常与家嫂有关。希腊古人似乎没有我们今天所理解的贞洁概念,偷情很少被看成一项罪名。就连赫淮斯托斯当场抓获偷欢的阿佛洛狄特和阿瑞斯,也无非博得众神们的一场欢笑,不过,听故事的奥德修斯的反应值得玩味(《奥德赛》卷八,266-369)。

[329] 与其妻偷情,胡作非为,

有些注家主张删去行329,理由是与行328语意重复(Straubel、Rzach、Wilamowitz、Solmsen)。

"妻子"(ἀλόχου):在荷马诗中,有时指合法的妻子,比如佩涅洛佩之于奥德修斯(《奥德赛》卷二十三,346),勒托也被称为宙斯的妻子之一(《伊利亚特》卷二十一,499);有时则指"同床的伴侣",比如布里塞伊斯是与阿喀琉斯同床共寝的伴侣(卷九,336),而她原本有望成为合法的妻子(κουριδίη;卷十九,298)。

"偷情"(κρυπταδίης εὐνῆς):《伊利亚特》中有相似说法(κρυπταδίη φιλότητι),安特亚想引诱珀勒罗丰偷情而失败(卷六,161),《奥德赛》中讲到德墨特尔与英雄伊阿西安结合,也用了类似说法(μίγη φιλότητι καὶ εὐνῇ;卷五,126)。另参欧里庇得斯《厄勒克特勒》,720;农诺斯《狄俄尼索斯纪》4.145,46.37。

胡作非为(παρακαίρια ῥέζων):相似用法 παρὰ καιρόν 见忒奥格尼斯残篇,199,品达《奥林波斯竞技凯歌》,8.24,欧里庇得斯《伊菲革涅亚在奥利斯》,800。

[330] 或在愚妄中虐待孤儿，

"愚妄"(ἀφραδίης)：同134(白银种族)。

"孤儿"(ὀρφανά)：荷马诗中用来指父母双亡的潘达瑞奥斯的女儿们(《奥德赛》卷二十,68)，也指没有父亲的孩子,比如《伊利亚特》卷二十二,安德洛玛克得知赫克托尔的死讯,无比悲伤地想到他们的孩子成为孤儿：

> 无依无靠的孤儿不会有玩耍的伙伴，
> 他将终日垂头伤心,泪洗面颊。
> 贫苦迫使年幼的他去找父辈挚友，
> 掇掇这人的外袍,扯扯那人的衣衫，
> 直到引起人们的怜悯,把酒杯传给他，
> 也只及沾沾唇沿,仍是舌燥口干。(490–495)

赫西俄德也许是想到了离世的兄弟留下的孤儿。虐待孤儿不是一项经常被提及的罪名。在古希腊社会里,孤儿要向父亲的友人寻求庇护,他有可能被善待,也有可能被粗暴拒绝。亚里士多德在《雅典政制》中提到,错待一个孤儿形同冒犯他的监护人(56.6)。

[331] 或对跨进老年之门的寡欢老父

"跨进老年之门"(ἐπὶ γήραος οὐδῷ)：柏拉图在《理想国》中援引了这里的说法,苏格拉底称老人克法洛斯的年纪"已经跨进了诗人所谓的'老年之门'"(328e)。这里的"门槛"(οὐδῷ)之说,不应理解为壮年与老年之间的门槛,而应理解为生与死的界限。希腊古人对衰老的看法,参看113相关笺释("可悲的衰老")。

"老父"(γονῆα γέροντα)：在做人的基本道理中,敬神之外就是尊老(参看185相关笺释)。不孝是一大罪名,忒奥格尼斯称,"不孝敬父母的人会得恶名"(821起)。另参埃斯库罗斯《奠酒人》,269–271;阿里斯托芬《黄蜂》,147–150。旧约《箴言》中亦言："咒骂父母的,他的灯必灭,变为漆黑的黑暗"(20:20)。

[332] 恶语相加,百般辱骂,

"恶语相加"(χαλεποῖσι... ἐπέεσσιν):同 186。黑铁种族同样这么对待老迈的父母。

[333] 宙斯定要亲自谴怒,迟早

"迟早"(τελευτήν):参看 323 相关笺释。《伊利亚特》卷四中也称:"如果奥林波斯神不立刻惩罚这件事,他迟早也会那样做"(160 - 161;参梭伦残篇,1D,13W,25 - 32)。言行不义要被神灵惩罚(θεῶν ὄπιν),参见 187 相关笺释。

[334] 让这类人的恶行有恶报。

"有恶报"(ἐπέθηκεν ἀμοιβήν):荷马诗中也用来指报应。求婚人不听老人的明智劝导,反而要惩罚对方(《奥德赛》卷二,192)。

[335] 你那迷误心神要彻底抛开这些。

"迷误心神"(ἀεσίφρονα θυμόν):同 315,646。

"彻底"(πάμπαν):参看 275 相关笺释。

[336] 尽你所能去敬拜永生神们,

"尽你所能"(κὰδ δύναμιν):据色诺芬的记载,苏格拉底援引过赫西俄德的这行诗并大加赞赏,穷人的敬拜必和富人的敬拜一样让神们欢喜(《回忆苏格拉底》,1.3.3)。

"敬拜永生神们"(ἔρδειν ἱέρ᾽ ἀθανάτοισι θεοῖσιν):前文提到,"敬拜永生者,在极乐神灵的圣坛上献祭,是人类在地的礼法"(135 - 137)。有注家指出,从社会家庭伦理到宗教信仰,这个过渡显得勉强(Wilamowitz),但多数注家持相反主张。事实上,古代作者常常并列提到敬神与敬老(品达《皮托竞技凯歌》,6.26;欧里庇得斯残篇,853;伊索克拉底,1.16),赫西俄德似乎没有严格区分道德与信仰,前头说神灵惩罚,这里

说神灵庇护,正相对应。

[337] 神圣无垢,焚烧上好腿骨。

"神圣无垢"(*ἁγνῶς καὶ καθαρῶς*):柏拉图在《法义》卷六中提到,有的民族不用动物献祭,在他们看来,"纯净"(*ἁγνός*)的祭神供品不能带血,否则会玷污神坛(782c)。这里却是和"焚烧上好腿骨"连在一块儿说,以致行337的真伪一度遭到质疑(Stengel, Paley)。不过,《法义》中的说法带有明显的俄耳甫斯教色彩,何况赫西俄德的年代更早,参见托名荷马的《阿波罗颂诗》,121。"无垢"(*καθαρῶς*),参见柏拉图《克拉底鲁》,405b。

"焚烧上好腿骨"(*ἀγλαὰ μηρία καίειν*):《神谱》讲述了祭神的由来。在墨科涅聚会上,神与人分配食物,人类从此在圣坛上焚烧白骨献给神,神获得焚烧祭品的馨香,人享用剩下的祭品(神,557)。

[338] 平常要奠酒焚香求神保佑,

"奠酒焚香"(*σπονδῆσι θύεσσί*):希腊古人的日常祭神礼仪在此得到最初的呈现。祭献肉类供品往往发生在重大的敬拜场合,早晚向神灵奠酒焚香则是日常仪式。在这里,*θύεσσί* 指焚香,荷马诗中似也指祭牲的香气(《伊利亚特》卷九,499;《奥德赛》卷十五,261)。

[339] 每逢睡前和神圣的天光再现,

"睡眠"(*εὐνάξη*):荷马诗中数次提到睡前的祭神场景,比如特勒马库斯在涅斯托尔处,"让我们割下牛舌,把酒酿掺和,给波塞冬和其他不朽的神明祭奠,然后考虑睡眠,已是该睡眠的时间"(《奥德赛》卷三,332-334)。

"神圣的天光"(*φάος ἱερὸν*):《伊利亚特》中有"神圣的夜幕"之说(卷八,66;卷十一,194)。柏拉图在《法义》中称,希腊古人和外邦人一样,每逢日月升降之时,有跪拜礼仪(887e)。在《会饮》中,苏格拉底出神地思考一个问题,在外面站了一夜,"直到天亮,太阳升起来,他向太阳做了祷告,才走开"(220)。这种做法后来被视为外邦习俗。据普鲁塔克在《伊希斯与俄赛里斯》中的记载,古埃及人每逢日出、正午和日落向太阳焚香祷告(372c)。希罗多德也说,波斯人在日出时向太阳祷告(7.54)。

[340] 他们才会全心全意庇护你,

"全心全意"(κραδίην καὶ θυμὸν):《神谱》中说,男人遇到恶妻,苦难就要一世伴随他的气血五脏(θυμῷ καὶ κραδίη;神,611－612)。荷马诗中不乏相似用法,如《伊利亚特》卷十,220;《奥德赛》卷四,548。

[341] 换得别人家产而不转让自家的。

"换得"(ὠνῆ):本意是"买",但这里不是真正用金钱买,而是通过提供给对方的粮食钱财来作交换。赫西俄德在下文中进一步阐明相关看法:"不必垂涎别人的粮食"(477)。色诺芬在《家政》中提出,一个人求神保佑,不仅为了在战争中取得胜利,更应该是为了庄稼和收成(5.19 起)。敬拜神灵与土地的关系,参看旧约《诗篇》:"因为作恶的必被剪除,唯有等候耶和华的必承受地土"(37:9)。

"家产"(κλῆρον):同 37。带有"从前配给的土地"的意思,如《奥德赛》中所示,瑙西托奥斯迁移到斯克里埃,修建了城墙、屋舍和神殿,并"划分耕种的田地"(卷六,10)。此外主人可能分给勤劳的奴隶"房屋、土地和妻子"(卷十四,64)。在赫西俄德居住的地区,土地归个人所有,并且可以转让,这与亚里士多德提到许多地区的情况不同(《政治学》,1319a10)。从这里的说法看,家业兴旺的人获得家业破败的人的土地是一件正常的事。这与一百年后梭伦在雅典实行的改革相去不远。一个人若无法合理安排家事,正常谋得生计,就不得不向别人借粮食和生活用品。除非他当年能够在自己的田地上获得收成,否则债务日趋严重,最后不得不抵押产业。按阿提卡地区传统,他有权利在一定期限内赎回抵押的东西。接受抵押的一方有可能允许他租耕这片田地,但这样一来,他的身份不再独立,如同受到奴役一般(参见梭伦,36.5－15)。

[342] 宴请你的朋友,莫理你的敌人,

"宴请"(ἐπὶ δαῖτα καλεῖν):"在宴席上招呼"。敬神仪式之后,往往要邀请亲朋好友一道享用祭过神灵的供品。

[343] 特别要邀请住在邻近的人家。

行 343 与行 700 只有一词之差:这里作 καλεῖν [邀请],下文作 γαμεῖν [婚娶]。

"邻近"(ἐγγύθι):同 288,389。下文还说,娶妻当娶邻家女(700)。圣经《箴言》亦言:"你的朋友和父亲的朋友,你都不可离弃;你遭难的日子,不要上弟兄的家去,相近的邻居强如远方的弟兄"(27:10)。卡托在《论农事》中也说,要帮助邻居耕作,以便对方在紧要关头也能给予帮助(4;另参普林尼《自然史》,18.44)。《奥德赛》卷四,墨涅拉奥斯邀请邻居们参加儿子的婚宴(16)。此外,邻居之间的良性关系还包括"邻人妒羡邻人"(参看前文 23)。

[344] 因为万一你在本地发生不测,

"发生不测"(χρῆμ'...ἄλλο γένηται):火灾,野兽闯入田间,等等(参见普鲁塔克《道德论集》,187d;埃斯库罗斯《乞援人》,635 起)。

[345] 邻居随即赶来,亲戚动身却难。

"随即赶来"(ἄζωστοι ἔκιον):"急忙赶来",或"没穿戴好(ἄζωστοι)就匆忙赶来"。有注家指出,这里强调的不是邻居比亲戚回应得快,而是邻居就在近旁,可以很快赶到。

"亲戚"(πηοί):《奥德赛》中提到岳父或女婿等姻亲,称为"除血缘亲属之外最亲近的亲人"(卷八,281-282)。这里也许更多指姻亲,因为直系亲属往往住在一起,至少住在同一村落。

[346] 恶邻是祸根,正如善邻大有裨益。

"恶邻,善邻"(κακὸς γείτων...τ' ἀγαθὸς):在说起"贤妻与恶妻"时,赫

西俄德用了近似的表述（参 702 – 705）。有关邻居，参见 Alcman，123；
品达《涅墨亚竞技凯歌》，7.86 – 89；普鲁塔克《道德论集》，185d。

［347］有个好邻居形同捡到一件宝，

"好邻居"（γείτονος ἐσϑλοῦ）：参 346。讲到妻子，诗中同样也说，"男
人娶到贤妻比什么都强"（702）。

［348］没有坏邻居就不会有牛遭殃。

"坏邻居"（κακὸς γείτων）：同 346。

"牛遭殃"（βοῦς ἀπόλοιτ'）：遭殃可能是被偷，或走失，或陷入某种险
境而无法自救。好邻居会帮着照看彼此的牧群，避免这些状况发生。
据 Heraclides Lembus 的记载，古代库玛昂人（Cymaean）有这样的习俗，
有人被盗，邻居必须补偿损失，从而促使邻里互相关照，彼此监督
（38）。

［349］掂量邻居待你的好，要同样

"掂量"（μετρεῖσϑαι）：把粮食、油盐借给别人，往往要计量过，参
见 397。

［350］还回去，若有能力要更大方，

"更大方"（λώιον）：即"更有利于对方"。相同用法见《奥德赛》卷
十七，417。在色诺芬的《回忆苏格拉底》中，苏格拉底将善待朋友胜于
朋友善待自己视为一种美德（2.6.35）。礼尚往来，邻里之间同样要竞
相表示大方慷慨。

［351］将来需要的时候还靠他帮忙。

"需要"（χρηίζων）：同 367。

［352］莫求不义生财，不义财会惹祸。

"不义生财，不义财"（κακὰ κερδαίνειν: κακὰ κέρδεα）：同根的动、名词

叠用,在赫西俄德诗中不算少见。下面几行诗中还将反复使用同一手法:爱爱你的［人］($\varphi\iota\lambda\acute{\epsilon}o\nu\tau\alpha\ \varphi\iota\lambda\epsilon\tilde{\iota}$;353);亲近亲近你的［人］($\pi\rho o\sigma\iota\acute{o}\nu\tau\iota\ \pi\rho o\sigma\epsilon\tilde{\iota}\nu\alpha\iota$;353);给给你的［人］($\delta\acute{o}\mu\epsilon\nu,\ \delta\tilde{\omega}$;354);对舍得者舍得($\delta\acute{\omega}\tau\eta\ \check{\epsilon}\delta\omega\kappa\epsilon\nu$;355)。$K\acute{\epsilon}\rho\delta\epsilon\alpha$在前文作"利欲"(323)。

[353] 要爱爱你的人,亲近亲近你的人。

[354] 要给给你的人,不给不给你的人。

[355] 人对舍得者舍得,对吝啬者吝啬。

据普罗克洛斯记载,普鲁塔克主张删除"这几行诗"。但普罗克洛斯没有讲清删去哪几行。有注家指行 353 - 355(Wilamowitz, Pertusi),有的指行 354 - 355(Solmsen),还有的指行 353(Tzetze)。晚近版本多予以保留。

"爱你的人"($\varphi\iota\lambda\acute{\epsilon}o\nu\tau\alpha$):或朋友,参 342,709 - 713。

[356] 舍得好,强求坏,还要人命。

"舍得"($\delta\grave{\omega}\varsigma$):施舍,给予。这一段围绕"舍与得"做文章,依然可以看成邻里关系的深入阐释:有舍才有得,要有得,先要有舍弃。有注家将行 356 的"舍得"与"强求"这个对子读成两个首字大写的人身化概念:$\Delta\grave{\omega}\varsigma$-$\H{A}\rho\pi\alpha\xi$(West)。

"要人命"($\vartheta\alpha\nu\acute{\alpha}\tauo\iotao\ \delta\acuteo\tau\epsilon\iota\rho\alpha$):强求让人心寒(360),带来如死的感觉,或让人绝望欲死。俄狄浦斯想到自己乱伦生下的两个女儿,说:"我比死了还难受"(索福克勒斯《俄狄浦斯在克洛诺斯》,529)。圣经《箴言》亦言:"不义之财毫无用处,为有公义能救人脱离死亡"(10:2;另参 8:35,9:16 - 18,21:6)。另一种解释是,强求无助于改善邻里关系,因而对本人维持家产也绝无好处。

[357] 自愿给予的人,哪怕给得再多,

行 357 - 360 采取对称写法,参看行 280 - 284。荷马诗中有同样写法:"如果一个人禀性严厉……如果一个人禀性淳朴……"(《奥德赛》卷十九,329 - 334)。

[358] 也会为了施舍而满心欢喜。

“满心欢喜”(τέρπεται κατὰ θυμὸν): 同 58。施舍带来喜悦,不仅因为自己变成行善者,也就是更好的人,还因为施舍可能带给自己更多的好处,在良好的邻里关系中对方会做出相应的回报,甚而回报更多(参350,356)。不应忽略赫西俄德在教诲中的务实心态。

[359] 但若有人强行夺取,陷于无耻,

“强行夺取”(αὐτὸς ἕληται): 荷马诗中有相似用法,阿伽门农强行夺取阿喀琉斯的荣誉礼物(《伊利亚特》卷一,161,324)。

[360] 哪怕拿得再少,也会让人心寒。

“让人心寒”(ἐπάχνωσεν φίλον ἦτορ): 有注家指强求的人, 如 Brunet译“自感心寒”,张竹明、蒋平先生译“心灵也会变得冷酷无情”。只是既然无耻,岂能心寒? 施舍给人的人感到快乐,即便给出很多,也满心欢喜,但若是被人强行夺取,即便拿走很少,也会感到心寒。这样的说法似乎更贴近赫西俄德与佩耳塞斯之间的状况。在荷马诗中,心寒与恐惧相连,参看《伊利亚特》卷十七,111。

[361] 原来你若能一点一点积攒,

各注家就行 361 – 363 提出了不同读法。Evelyn – White 本将行362 放在行 361 前面。Most 本将行 361 – 362 移至行 367 和行 368之间。

“一点一点积攒”(σμικρὸν ἐπὶ σμικρῷ καταθεῖο): 在一小点东西上积攒另一小点东西。这里突然讲起如何积蓄家中粮食,更像是“劳作箴训”(301,601 等)中的内容,夹在谈论家人邻居关系的诗文中显得突兀。不妨这么理解,赫西俄德主要想说,哪怕再微不足道的事也值得关注,而积蓄粮食是他最先想到的例子。

[362] 经常这么做，很快积少成多。

"很快"（τάχα）：同 312，721。

[363] 谁知添补存货，可避灼人的饥荒。

"存货"（ἐπ' ἐόντι φέρει）："现已有的"，在现有的基础上不断添补。参看忒奥格尼斯，515；品达《涅墨竞技凯歌》，1.32；柏拉图《高尔吉亚》，511a。

"灼人的饥荒"（αἴθοπα λιμόν）：在荷马诗中，αἴθοψ（火光闪闪的，火般灼热的）用来修饰酒（αἴθοπα οἶνον；参 592 注释）、铜甲（αἴθοπι χαλκῷ；约有十来处，如《伊里亚特》卷四，495；卷五，562 等；《奥德赛》卷二十一，434）或炊烟（αἴθοπα καπνόν；《奥德赛》卷十，152），从不修饰饥荒。避开饥荒是贯穿本诗的中心思想之一，参看 230 相关笺释。

[364] 存在家里的东西不会烦扰人。

"储存"（κατακείμενον）：参 31，601。

[365] 东西最好放家里，外头不保险。

行 365 同托名荷马，《赫耳墨斯颂诗》，36。赫耳墨斯看见一只龟，把它带回家，并说了这句话。"家里和外头"（οἴκοι...τὸ θύρηφιν）之说，参看《奥德赛》卷二十二："这里和外地的财产"（220）。在古人眼里，留在家中是一种值得赞许的做法。古代诗人们常表达类似想法，比如索福克勒斯残篇，934；伊索寓言，106。

[366] 自给自足是好事，不然心里多难受，

"好的"（ἐσθλόν）：参 286。

[367] 想要什么却没有。我劝你细思忖。

"想要"（χρηΐζειν）：同 351。

"我劝你细思忖"（φράζεσθαι ἄνωγα）：同样用法参见 403 – 404，687 –

688。奉劝对方认真思忖自己的话,如《奥德赛》卷一,269;卷十六,312;卷二十,43;另参托名荷马,《阿波罗颂诗》,528。

[368] 一瓶新启或将尽时尽量取用,

"瓶"(πίϑου):同潘多拉的瓶子(94 相关笺释;参 815,819)。在荷马诗中,πίϑος 多用来指装酒的酒坛(《奥德赛》卷二,340;卷二十三,305)。赫西俄德在这里讲节约之道,究竟是说一瓶什么呢?古代注家一般理解成一瓶酒:上面的酒受空气氧化,下面的酒混有酒渣,中间的酒质最好,故有此处的建议(参见普鲁塔克《道德论集》,701d – 702a)。但晚近多主张,这里指一坛粮食,毕竟,赫西俄德的用意在于给出节约和自给自足的建议,而不是如何享用中间的"好酒"。

[369] 中间要节约,用完再省就糟了。

"糟糕"(δειλή):"可悲",同 113,760。

[370] 和熟人讲定的酬劳要算数。

直至十三世纪下半叶,行 370 – 372 这三行诗始终被认为是普罗克洛斯的注疏,而不是诗歌正文。普罗克洛斯似乎是援引了普鲁塔克,至于普鲁塔克从何处得到这几行诗,不得而知。我们只知道,在《忒修斯传》中,普鲁塔克写道,赫西俄德的箴言原本出自庇忒斯(Pittheus),也就是英雄忒修斯的外祖父(3.3)。此外,"哲人亚里士多德也曾提及"(亚里士多德残篇,598)。据 West 考订,公元前四世纪至前三世纪的抄本中本来有这三行诗,但亚历山大里亚的注家们因为别的抄件没有而予以删除(页 249 – 250)。总的说来,没有这三行诗,行文确乎更顺畅。行 369 的"瓶子"令人联想到潘多拉的"瓶子",过渡到行 374 的女人话题,再自然不过。但也有注家称,前头提到一年到头要有充足的粮食储备,对应这里说的工期将近要付足够的酬劳(Verdenius)。这三行诗还可以看成赫西俄德的某种形式的自况(参看下文笺释)。

"熟人"(ἀνδρὶ φίλῳ):"关爱的人"(参 184),或"朋友",但这里指一种相对稳定的雇佣关系,雇佣双方相互熟识,有别于不定期非正式的雇工。

"约定酬劳"（μισϑὸς...εἰϱημένος ἄϱϰιος）：讲定的报酬没兑现，《伊利亚特》卷二十一中有一个相当不可思议的例子，特洛亚王拉奥墨冬让两个神仙波塞冬和阿波罗修建城墙，结果不但不给讲定的报酬（444），还威胁他们，把他们赶走。希罗多德也讲过萨摩司人说话不算数的故事（6.23.5）。

[371] 亲兄弟谈笑立约，但要有证人。

"证人"（μάϱτυϱα）：和亲兄弟立约要有证人，但尽可能不要冒犯对方，"谈笑"的目的是缓和证人在场所引发的彼此不信任的印象。赫西俄德当初与佩耳塞斯分家产时，很可能没有证人在场。在索福克勒斯笔下，俄狄浦斯和忒修斯有过这样的对话，颇能显示希腊古人的处世之道："——我决不把你当作一个靠不住的人，用盟誓来约束你。——盟誓不会比我的诺言更可靠"（《俄狄浦斯在科洛诺斯》，650）。佩耳塞斯先是在分家产时动了手脚，随后又可能拿自己继承到的部分土地和赫西俄德换成钱财，兄弟两人达成协议的时候没有证人在场，给了佩耳塞斯事后反悔、滋生纠纷（"不和"）的机会。

[372] 信赖和疑忌一样准会害人。

"信赖，疑忌"（πίστεις ...ἀπιστίαι）：同根词。在荷马诗中，奥德修斯尤以"生性多疑忌"著称（参看《奥德赛》卷十四，391–392；卷二十三，71–72）。

[373] 莫让衣服紧裹屁股的妇人蒙骗你，

"妇人"（γυνή）：关乎财富，既不可轻信亲兄弟，更要顾忌身边的女人。这里的妇人不只指妻子，也指别的女人，比如邻居的妻子、家中的女奴。有注家指，这里的妇人不一定是妻子，甚至蒙骗之说不一定指追求婚姻，而主要是指寻觅粮食（Renehan）。

"衣服紧裹屁股"（πυγοστόλος）：也就是穿着紧身的衣服，有意显出臀部的线条。写妇人的风骚，看来古今不变，赫西俄德的诗中不乏揶揄女人之辞。

[374] 她花言巧语，盯上了你的谷仓。

"花言巧语"（αἰμύλα κωτίλλουσα）：赫耳墨斯送给潘多拉的礼物包括"谎言、巧言令色（αἰμυλίους τε λόγους）和诈诡心性"（78）。妇人好吃懒做，不劳而获。参 704；神，594－612；西蒙尼德斯，7；阿里斯托芬《云》，191；《鸟》，1424。

"谷仓"（καλιήν）：同 301，307，411。

[375] 信任女人，就如信任骗子。

"信任，信任"（πέποιϑε, πέποιϑ'）：同行重复，参看 56－57（"不幸"连用）。

[376] 只生一个儿子，使祖传产业

"只生一个儿子"（μουνογενὴς δὲ πάις εἴη）：独生子（μουνογενής）之说，也见埃斯库罗斯《阿伽门农》，898；柏拉图《克里蒂亚》，113d。柏拉图还在《法义》中几次谈论继承人的问题，比如卷五中说，有家产的人要指定一个儿子做继承人，其他儿子则过继给无子家庭（740b－d）；卷十一中又说，不止一个儿子的家庭，父亲可以按自己的意愿分配财产（923c－d）。另参亚里士多德在《政治学》中援引菲洛劳斯（Philolaus）的说法（1274b3）。古代控制家庭人口的办法，包括禁欲（《法义》，740d）、流产（《政治学》，1335b19），乃至卖儿为奴等等。

"产业"（οἶκον）：或家业，同 23。

[377] 有人照管，财富才会积聚家门。

"财富"（πλοῦτος）：同 313，381，637。参看 313 相关笺释。

[378] 愿你晚年辞世时留下新子嗣。

"新子嗣"（ἕτερον παῖδ'）："另一子嗣"。一般理解为"孙儿"，晚年得孙是一件快慰人生的事，儿子传孙子，说明家族后继有人（参 West，

p. 252）。也有注家释为"另一个儿子"，并指赫西俄德影射父亲早逝，没能在"晚年辞世"，一来没能给两个儿子留下足够的家产，二来两兄弟在父亲去世时还太年轻，以致在分家产时起争端；总之，一家生两个儿子，日子还是过得去的，但前提是父亲要长命，主持家业和分工劳作，这比兄弟分地强（Verdenius，Tandy & Neale）。

[379] 但人手多的，宙斯也轻易多赐福：

"轻易"（ῥεῖα）：同5，325，神，253，443。

[380] 人多了更留意干活，更有收益。

"越多，越多[收益]"（πλείων...πλεόνων）：许多注家作"子嗣多的"，但子嗣多好处多的说法与前文"只生一个好"（376）矛盾。行379 – 380一度被判为后人篡插（Fränkel），也是基于这个原因。West 主张，这种写法恰恰是典型的赫西俄德风格，由诸神审慎设立的普遍法则，往往存在例外（参483 – 490，667 – 669）。Verdenius 主张，这里不指子嗣多，而指父母与儿子一家同住，人手多，家务农务都能帮手。

[381] 你若是满心满怀地想望财富，

"财富"（πλούτου），同313，377，637。

[382] 就这么做：劳作，劳作再劳作！

"就这么做"（ὧδ᾽ ἔρδειν）：同760。两段礼法训导的结尾有相似的说法。

"劳作，劳作再劳作"（ἔργον ἐπ᾽ ἔργῳ ἐργάζεσθαι）："在劳作之上累积劳作"，或"劳作紧接着劳作"。类似叠用参见644；残篇204，105。荷马诗中也有同样写法："黄梨成熟接黄梨，苹果成熟接苹果，葡萄成熟接葡萄……"（《奥德赛》卷七，120 – 121）。

行381 – 382 是承前启后的用途。也有注家视同"农时历法"章节开场。礼法初训最后回到劳作的命题，接到下一节讲一年四季的农作，再自然不过。

农时历法

(行383–617)

1. 开场(行383–413)

[383]阿特拉斯之女昴星在日出前升起时,

"阿特拉斯之女"(Ἀτλαγενέων):或"阿特拉斯的女儿们"。阿特拉斯是伊阿佩托斯之子,普罗米修斯的兄弟(神,517–520,746–747),赫西俄德没有提到他有这里说的七个女儿,而只讲到赫耳墨斯的母亲迈亚(神,938–939),迈亚也确乎名列普勒阿得斯姐妹之首(参看赫西俄德残篇,169;西蒙尼德斯残篇,555)。《神谱》中还说到,阿特拉斯"迫不得已在大地边缘支撑着无边的天"(神,517–518),不妨将神话叙事中的父女关系理解为七星从山峦升起的自然景象。

"昴星"(Πληιάδων):音译为"普勒阿得斯姐妹"。星象与节气相连,是本节的重要内容,故而不按音译,一律作星名,全诗同此法。晴朗的冬夜,抬头凝望星空,总能看见昴星。这是位于金牛座的疏散星团,通常肉眼能看见六七颗亮星,故又名"七星"或"七姐妹"。昴星是季节变更的标志,尤其预示播种的时间,在古代各地均有重要的意义。本诗中多次以昴星标志收割时节(384,572)、耕种时节(384,615)或航海时节(619)。在古代中国,昴宿为廿八宿之一,又称"旄头",李贺有诗"秋静见旄头"。古人以昴宿定节气,《尚书·尧典》中称:"日短星昴,以正仲冬",日落时看到昴宿在中天,便知冬至到了。Πληιάδες的原始语焉不详,很可能是产生于印欧时代的古老名称,有说与航海有关,也有说与播种有关。在神话中,普勒阿得斯七姐妹又分别代表七个地区的水泽仙子,比如迈亚是阿卡底亚地区的水仙(神,938–939)。这七姐妹不像缪斯那样同进出,她们不生活在一起,也不一起行动。她们如何共同化身为天上的星,如今已无可考证。

"日出前升起"(ἐπιτελλομενάων):即"偕日升"。昴星在日出以前出现在东方地平线上,这时没有日光遮蔽,人眼可以在天空中辨认出来。天文学家纷纷以二世纪希腊人托勒密的星象理论为据,做出测算。一般认为,从赫西俄德所在的地理方位看,公元前 700 年,昴星首度出现在东方地平线上,发生在每年五月上旬的某一天(有专家精确为 5 月 11 日)。这也是希腊古时的收割季节。

[384] 开始收割,在她们沉落时耕种。

"收割,耕种"(ἀμήτου, ἀρότοιο):开场先划定了这两个最根本也最耳熟能详的标志性节气。下文还将专门给出收割(571 – 581)和耕种(448 – 492)的建议。赫西俄德讲述一年农事也将如开场所预示的那样,从昴星升起(383 – 384)说起,直至昴星降落(615 – 616)结束。星辰运行和动物作息在古人的农时历法中确乎起到了举足轻重的作用。"收割"(ἀμήτου),同 392,480,575。

"沉落"(δυσομενάων):这里应理解为"偕日落"。在偕日升(参看 383 笺释)以后的整个夏天,昴星一天比一天更早升起,更迟沉落,过了一段日子,肉眼看到昴星移至西方并在日出前沉落。这发生在每年的十月底十一月初,也是希腊古时的耕种季节。

[385] 她们在四十个黑夜白天里

"四十个黑夜白天"(νύκτας τε καὶ ἤματα τεσσαράκοντα):指昴星发生"偕日升"以前的四十天,大约在每年的三月底至五月初期间。

[386] 隐没不见,随着年岁流转

"隐没不见"(κεκρύφαται):也就是肉眼在天空中看不见昴星。因为,在这个时期,昴星在日出后升起,日落前降落(参看 383 相关笺释)。从冬天夜里开始,昴星每天都比前一天提早沉落,到三月下旬,大约在日落一个半小时以后沉落,肉眼渐渐难以辨认。当太阳经过金牛座时,昴星彻底看不见,直至再次发生"偕日升"。

"年岁流转"(περιπλομένου ἐνιαυτοῦ):同神,184。季节与岁时的循环轮转,同样出现在荷马诗中,如《伊利亚特》卷二,551;卷八,404,418;卷二十三,833;《奥德赛》卷一,16;卷十一,248。

[387] 头一回重现身,正是磨砺铁具时。

"头一回"(πρῶτα):同 567,598,679。

"磨砺铁具"(χαρασσομένοιο σιδήρου):昴星重新在日出前升起时,又到收割季节,农夫要及早磨砺镰刀(参 573)。这里的 σιδήρου 指收割用具,而不是铁犁等耕种用具,更与"黑铁"(176 及相关笺释,420,743)无关。

[388] 这是平原上的规则,同时适合

"这是……"(οὗτός):总结上文陈述的经验规则(383 – 384),相似用法见 682,697。

"平原"(πεδίων):依据普罗克洛斯的注释,这里区分了三种不同的地形,即平原、海边和山谷。但晚近注家多认为,赫西俄德只区分了两类住家:无论住在海边(389),还是远离大海(390),都是生活在陆地上的人——West 干脆译作 land。

"规则"(νόμος):前文中,宙斯给人类立下了正义的"规则"(νόμον ;276)。赫西俄德针对不同地形给出农事训谕,后来的诗人纷纷仿效,由此形成一种农事诗传统(参看瓦罗,1.6.2;科鲁迈拉,11.2.54)。从下文看来,这里提出的耕种和收割的节气法则是普遍适用的。

[389] 傍海而居的人家,或在逶迤深谷

"居住……的人家"(ναιετάουσ'):同 391。

"傍"(ἐγγύθι):"邻近"。同 288,343。

"逶迤"(βησσήεντα):同 530。多指幽谷、树林。

[390] 远离汹涌海洋、土地肥沃的

"土地肥沃"(πίονα χῶρον):山谷中的土地并不总是肥沃,但与 ἀπόπροθι [远离]连用,似乎是古代叙事诗的常用手法。参见《伊利亚特》卷二十三,832;《奥德赛》,卷四,757;卷九,35。

[391] **人家。赤身播种,赤身耕作,**

"赤身"($\gamma \nu \mu \nu \grave{o} \nu$):连用三次(391-392)。从古代瓶画上看,播种和耕作的人有时光着身子,有时穿着衣服。据李维记载,罗马执政官辛辛纳图斯(Cincinnatus,前520—前430)就曾光着身子在台伯河边耕作(李维,3.26.9;参普林尼《自然史》,18.20)。据普鲁塔克记载,老卡托夏天耕作时也脱光衣服(《卡托传》,3.2)。赫西俄德为什么连续三次强调要"赤身"劳作呢?"赤身"之说让人不禁联想到热火朝天的农活场景。古代注家(如普罗克洛斯)认为,这是暗示要早起耕作,趁着天时尚早,光着身子也无伤大雅(参维吉尔《农事诗》,1.299起)。也有的主张,这是指要抓紧时间,趁着天气好,也就是只需穿很少衣服的时节,赶紧耕作,不要拖到天冷再动手。从赫西俄德的强调语气看,很可能当时也有别的意见,比如要在入冬后进行第一次耕作。

[392] **赤身收割,这样才能按时应付**

"收割"($\dot{a}\mu\dot{a}\varepsilon\iota\nu$):同384,480,575。

"按时"($\ddot{\omega}\varrho\iota\alpha$):同31,394,422。

"应付"($\varkappa o\mu\iota\zeta\varepsilon\sigma\theta\alpha\iota$):原指"带来"。原文在行393,译文与"全部"互换位置。

[393] **德墨特尔的全部劳作,各种庄稼**

"德墨特尔的劳作"($\ddot{\varepsilon}\varrho\gamma\alpha$ $\Delta\eta\mu\dot{\eta}\tau\varepsilon\varrho o\varsigma$):受地母神庇护的农事劳作,与荷马诗中的战斗式的"劳作"($\ddot{\varepsilon}\varrho\gamma\alpha$)彻底区别开来。参看20相关笺释。

[394] **应季生长,免得你日后有短缺,**

"应季"($\ddot{\omega}\varrho\iota'$):同31,392,422。

[395] **到别人的家里讨饭而无所得,**

"讨饭"($\pi\tau\dot{\omega}\sigma\sigma\eta\varsigma$):本指"[在别人家门前]畏缩,缩着头"。旧约

《箴言》中亦言:"懒惰人因冬寒不肯耕种,到收割的时候,他必讨饭而无所得"(20:4)。

[396] 你如今找我也一样。我再不会给你

"你如今找我"($\nu\tilde{\upsilon}\nu...\dot{\varepsilon}\mu'\,\tilde{\eta}\lambda\vartheta\varepsilon\varsigma$):赫西俄德与佩耳塞斯的财产纠纷前面已经交代过了。佩耳塞斯先是通过行贿在分家产时占了便宜:"当初咱们分家产,你得了大头,额外拿走很多,你给王公们莫大面子,他们受了贿,一心把这当成公正"(37－39);随后,在挥霍完财产以后,又回头打哥哥的主意:"滋生纠纷和事端,抢别人的财产"(33－34)。赫西俄德明确表明,佩耳塞斯如果再来,必将"无所得",就像到外人的家里讨饭一样。

[397] 或借你什么。劳作吧,傻佩耳塞斯啊,

"借"($\dot{\varepsilon}\pi\iota\mu\varepsilon\tau\varrho\dot{\eta}\sigma\omega$):本指"掂量着给",或"在付出时掂量"。量入为出的教训,参看前文:"掂量邻居待你的好,要同样还回去,若有能力要更大方"(349－350)。

"劳作吧"($\dot{\varepsilon}\varrho\gamma\dot{\alpha}\zeta\varepsilon\upsilon$):诗人又一次对佩耳塞斯发出劳作的呼吁,参看299("佩耳塞斯,神的孩子,劳作吧")。

"傻乎乎的佩耳塞斯"($\nu\dot{\eta}\pi\iota\varepsilon\,\Pi\dot{\varepsilon}\varrho\sigma\eta$),参286,633。

[398] 去做神们派定给人类的活儿,

"神们派定"($\vartheta\varepsilon o\grave{\iota}\,\delta\iota\varepsilon\tau\varepsilon\kappa\mu\dot{\eta}\varrho\alpha\nu\tau o$):原先人类"只要劳作一天,就够活上一整年,不用多忙累"(43－44)。自从神王宙斯藏起了生计,人类为了谋生只好辛苦劳作(42,47)。有注家称,动词$\delta\iota\varepsilon\tau\varepsilon\kappa\mu\dot{\eta}\varrho\alpha\nu\tau o$中含词缀-$\tau\varepsilon\kappa\mu\dot{\eta}$,带有"神的兆示,征象"的意思(West)。参看宙斯不"分派"($\tau\varepsilon\kappa\mu\alpha\dot{\iota}\varrho\varepsilon\tau\alpha\iota$)战争给正义城邦(229,参239)。也许昴星在空中升沉,正是神们留给人类的征象,让人认知季节,即时劳作。在埃斯库罗斯笔下,人类一开始"不知道凭可靠的征象来认识冬日、开花的春季和结果的夏季,做事全没个准则",直到普罗米修斯"教他们观察那不易辨认的星象的升沉"(《普罗米修斯》,454－458;另参《阿尔戈远征记》,1.

499；托名荷马颂诗，31.13）。

[399] 免得有一天拖着妻小，满心忧伤

"拖着妻小"（σὺν παίδεσσι γυναικί τε）：重提不劳作只好乞讨的说法（394 - 395）。诗人 Tyrteus 也写道，乞丐拖上家眷，境况愈发凄凉（10.3 - 6）。佩耳塞斯是否已经成家生子，并不能凭此擅加判断。

[400] 求邻居接济，人家却漠不关心。

"邻居"（γείτονας）：邻里关系，礼法初训中已给出详细教诲（343 - 360）。

[401] 三两次还能得逞，但烦扰下去，

在前文箴训中，邻里之间要礼尚往来，相互帮衬，彼此施善，才能有求必应，积少成多。赫西俄德要求佩耳塞斯建立这种良性的邻居关系，而不是一味向对方乞求的失衡关系。

[402] 你将一无所得，在集会上白费口舌，

"一无所得"（χρῆμα μὲν οὐ πρήξεις）：《奥德赛》中，特勒马库斯威胁求婚者将一无所获（卷十九，323）。

"在集会上白费口舌"（ἐτώσια πόλλ' ἀγορεῦσαι）：这里的动词 ἀγορεῦσαι 指"在城邦会场（ἀγορῆς）的集会上发言"（同 280）。邻里之间的接济本是私底下的事务，由于一方拒绝接济另一方，被拒方试图通过集会上的公共舆论扭转局面。这也恰恰是佩耳塞斯在受到哥哥拒绝之后所采取的手段。

[403] 巧言利舌终究无用。我劝你

"巧言利舌"（ἐπέων νομός）：荷马诗中这么形容，"人的舌头灵活无比，舌面上的语言变化万千，丰富的词汇无边无涯，不管你说什么都可得到相应的回答"（《伊利亚特》卷二十，248 - 250）。

"我劝你细思忖"（ἀλλά σ' ἄνωγα / φράζεσθαι）：同 687，参 367。

[404]细思忖,要摆脱债务避免饥荒。

"摆脱"(λύσιν):或"从……脱身"。参神,637(难以从恶战中脱身)。

"债务"(χρειῶς):荷马诗中也写作χρεῶς。希腊古人理解的"债"不止于欠别人的钱财,也指各种形式的责任义务,没有履行这些责任义务就会受罚。《奥德赛》中有两处用作狭义的债务(卷一,409;卷三,367),也有多处指责任义务,比如阿瑞斯与阿佛洛狄特被当场捉奸,由此负起某种不可逃避的责任(卷八,353,355;另参卷二,45;卷二十一,17);再比如埃里斯人在与皮洛斯人的纷争中欠很大的债务,既有经济上的,也有道义上的(《伊利亚特》卷十一,686,688,698;另参卷十三,746)。佩耳塞斯身染债务,因而要从更丰富的层面去理解。"债务"在本诗中仅出现两次,均与"饥荒"连用(又见647)。

"饥荒"(λιμοῦ):同230,243,299,363,647。避免饥荒的相似说法见363。

[405]首先要有房子、女人和耕牛:

赫西俄德循循善诱,从道德劝导转入日常实践经验。在他眼里,想要摆脱债务和饥荒(404),最根本的是要有房舍、女奴和耕田的牛。今天的人也讲房子、车子等等,可见衡量普通人的幸福标准亘古不变。

"房子"(οἶκον):佩耳塞斯没有房子。分家产的时候,赫西俄德作为长子继承了祖屋。《奥德赛》中,奥德修斯安称是来自克里特岛的某个贵族之后:"他的那些高贵的儿子们用阄签把他的财产互相瓜殆尽,分给我只是很少一份和居所一处"(卷十四,208－210)。

"女人"(γυναῖκά):多指"妻子"(244,695;《奥德赛》卷十四,64)。但这里却明确强调,不是娶来的妻子,而是买来的女奴(参看406相关笺释)。

[406]选个未婚的女奴,可以赶牛耕地。

"未婚的女奴"(κτητήν, οὐ γαμετήν):"[女人]要用买的,不要结婚的"。亚里士多德两次援引行405,却绝口不提行406,并把行405的 γυναῖκά 释为"妻子"。有些手抄件中也缺行406。赫西俄德为何以女奴取代妻子,而下文中却几乎不再提起女奴?确实让人困惑。

"赶牛耕地"(βουσὶν ἕποιτο):耕地是男人干的活儿,要有相当的体魄耐力。下文中也说,须由壮年的男子在吃饱以后赶牛耕地(441)。《奥德赛》提到,农人一整日耕地,太阳西下时必然拖着疲倦的双腿(卷十三,31-34)。相比之下,妇人们更常放牧(参瓦罗,2.10.6)。柏拉图在《法义》中称,色雷斯和其他许多地方的女子都负责放牧(805d-e)。赫西俄德似乎很少提到放牧,除《神谱》中的一处例外:诗人在赫利孔山下牧羊(神,23)。女子赶牛耕地的说法,进一步加深了本行诗的真伪疑问。

[407] 还要在家里收拾好一应农具,

"在家里"(ἐν οἴκῳ):"存在家里的东西不会烦劳你"(364)。这里反映了一种自给自足的经济模式,不仅要拥有自己的耕牛和奴仆,还要懂得如何收拾农具,造车造犁(422-436,455-457)。

[408] 免得向人借被拒绝,缺这少那,

"借"(αἰτῆς):"求"。诗中反复强调自食其力,向别人借东西没好处:"到别人的家里讨饭而无所得"(395);"求邻居接济,人家却漠不关心"(400);"说说容易,回绝也不费力"(453-454)。

[409] 错过时令,田里劳作就荒废了。

"劳作荒废"(μινύθῃ δὲ τὸ ἔργον):《伊利亚特》中写道,由于人间丧失正义,宙斯降下山洪,毁坏人类田间的庄稼(卷十六,392)。

[410] 莫把今天的事拖到明天后天。

农事劳作讲究及时当季。认识和尊重时序,正是本节诗文处处体现的中心思想。

[411] 干活怠惰的人不会充实谷仓，

"谷仓"(*καλιήν*)：同 301,307,374。

[412] 拖沓的人也一样。勤劳好发家，

"发［家］"(*ὄφελλει*)：同 495(帮衬家业)。

[413] 干活拖沓的人总免不了败乱。

"干活拖沓的人"(*ἀμβολιεργὸς ἀνήρ*)：下文讲到拖至冬至才耕种的人
的下场(479 – 482)。一世纪的拉丁作者科鲁迈拉(Columella)在《论农
业》中援引了行 413,强调按时完成每件农活的重要性,不能拖沓,否则
一年的农事就会功亏一篑(11.1.29 – 30)。

"败乱"(*ἄτησι*)：参 216(惑乱)；色诺芬《家政》,17.2。

2. 秋时：耕种季(行 414 – 492)

[414] 当锐利的日光开始减退威力，

正如时序女神有三个而不是四个,希腊古人大致将一年划分成三
个季节：耕种季、寒歇季和收成季。在托名荷马的《德墨特尔颂诗》中,
佩耳塞福涅在每年冬天的寒歇季下到冥府,在哈得斯身边度过一年的
三分之一时间,又在春天回到大地上,在母亲德墨特尔身边度过余下的
三分之二时间(445 – 447)。赫西俄德讲述一年的农夫时光,从秋时耕
种季节讲起。秋季有两大农务,一是伐木造农具(420 – 436),一是播
种(458 – 492)。

"当"(*ἦμος δή*)：同 679。

"锐利日光的威力"(*μένος ὀξέος ἠελίοιο*)：同托名荷马,《阿波罗颂
诗》,374。

[415] 不再炙烤逼人汗下，秋天的雨水

"秋天的雨水"(*μετοπωρινὸν ὀμβρήσαντος*)：第一场秋雨在九月份降

落。色诺芬在《家政》中称,一到秋天,人们抬头望天,等待天降雨水,浇灌大地,以便播种,在干旱的地里播种是行不通的(17.2)。

[416] 由全能的宙斯送来,人的肌肤

"全能的宙斯"(*Ζηνὸς ἐρισθενέος*):宙斯送来雨水,与神王作为天空的人身化形象有关(参488;《伊利亚特》卷十二,25)。下文有"宙斯的雨水"(626,676)的说法。希罗多德则直接说"天上的雨水"(2.13.3,3.117.4)。

"人的肌肤"(*βρότεος χρὼς*):赫西俄德多次描述人的肌肤因季节而变化,比如收割季节太阳炙烤肌肤(575),苦夏里皮肤热得干燥(588)。荷马诗中多次讲到人的脸色变化,参《伊利亚特》卷十三,279,284;《奥德赛》卷二十一,412。

[417] 舒缓了很多,这时天狼星

"天狼星"(*Σείριος ἀστήρ*):天狼星是最亮的一颗恒星。*Σείριος* 词源甚古,有"热烈,炎热"的意思。天狼星偕日升起的日子(大约在七月中旬),预示最炎热的日子到来,故而夏日又称犬日。下文说"天狼星炙烤着脑袋和膝盖,皮肤燥热"(587 – 588,另参609)。夏季是热病滋生的时期,古人往往归咎于天狼星整日与太阳一道出现在空中(相关记载见埃斯库罗斯《阿伽门农》,967;普林尼《自然史》,18.270)。天狼星属古代中国二十八星宿的井宿,"主侵略之兆",同样被理解为"恶星"。屈原《九歌·东君》中又云:"举长矢兮射天狼",以天狼星暗喻位于楚国西北的秦国。《伊利亚特》卷二十二有如下说法:

> 那星辰秋季出现,光芒无比明亮,
> 在昏暗的夜空超过所有其他星星,
> 就是人称猎户星座中狗星的那一颗。
> 它在群星中最明亮,却把凶兆预告,
> 把无数难熬的热病送来可怜的人间。(27 – 31)

[418]在生来要受苦的人类头顶,

"生来要受苦"(κηριτρεφέων):或"生来奉献给死神或厄运神的"。早期诗歌中如此修饰人类,仅此一例。

[419]白天走得少,夜里走得长。

自九月的第三个星期起,天狼星在黎明前四小时升起,白天只有一半时间可以在天上看见它,故而有这里的说法。古人并不都认识天狼星,也有的错认作太阳。

[420]这时铁斧伐下的木材最不易

"铁[斧]"(σιδήρῳ):同 176,387,743。诗中使用的铁具包括犁尖(387)、斧头(420)、镰刀(753)、剪子(743),等等。

"木材"原文在行 421,译文与"遭虫蛀"互换位置。

[421]遭虫蛀,树叶落地,新芽停生,

"不遭虫蛀"(ἀδηκτοτάτη):木材是虫蛀的主要对象。参维吉尔《农事诗》,1.256。在恰当季节伐木,参见卡托,17.31;西塞罗《论神性》,2.33。

[422]这时要伐木,记住是当季活。

"伐木"(ὑλοτομεῖν):伐木取材的时节大约在九月底十月初。

"记住"(μεμνημένος):同 711。

"当季活"(ὥρια ἔργα):伐木是秋季的活儿。"当季"之说,参看 307,409,617,630,642,665,695,697。

[423] 伐木造臼要三足高、杵三肘长、

行 407 说到,"要收拾好一应农具"。从这里开始相关的详细说明。在木材的长度上,赫西俄德采用了最朴实原始的度量方式:足、肘、掌、拃(张开手掌拇指和小指之间的距离)。

"臼三足高"（ὄλμον μὲν τριπόδην）：臼是春捣粮食用的器具，中部下凹，形与盆似。赫西俄德的"足"究竟多长，不得而知。在古希腊的度量单位中，一足约等于11.5至13英寸，也就是294至333毫米。三足高的臼就是一米不到的高度，正好适合一个人站着操作。

"杵三肘长"（ὕπερον δὲ τρίπηχυν）：杵和臼同为捣谷工具。从这里描述的大小看，正好搭配使用。一肘约等于1.5英尺，换言之，造这个杵需要四英尺半长（约1.3米）的直木料，比造臼的木料长，即便造得细，也有相当重量，以杵捣臼要有大力气，杵的中上部要加工，方便手抓。

[424] 车轴要七足长，这个尺寸正好，

"车轴七足长"（ἄξονα δ᾽ ἑπταπόδην）：有些注家认为，这个长度的车轴太长了，相应造出的马车过宽，不但不便利耕地，也与古时道路的宽度不符。也许赫西俄德说的是某种古代失传的车轱辘？从行425看来，七足（或八足）的长度似乎也可以指被选中的木料，而不是车轴本身：制造过程也要耗费木料（West）。另有注家解释，两米来长的车轴可配直径约为一米三的轱辘，正好与公元前八世纪的出土马车以及古时道路留下的辙迹吻合（Richardson & Piggott）。

[425] 若有八足长，还能多做个木槌。

"木槌"（σφῦράν）：指木槌的头，主要用来捣碎坚硬的土块（参见阿里斯托芬《和平》，566）。古希腊陶瓶画清楚展示了这种工具的用途，大小也与赫西俄德的说法吻合。

[426] 大车十掌宽，轱辘就要三拃宽。

"大车十掌宽"（δεκαδώρῳ ἁμάξῃ）：一掌约等于0.25足。车宽十掌，约2.5足，也就是0.7至0.8米。《伊利亚特》中用到同一度量单位：羚羊角有"十六掌长"（卷四，109）。也有注家主张，这里说的不是车的宽度、高度或长度，而是位于车轴与外轱辘之间的车轮轴的直径（Tandy & Neale）。

"轱辘三拃宽"（τρισπίθαμον δ᾽ ἄψιν）：一拃约等于0.75足，三拃约

2.25 足,也就是 0.6 至 0.7 米。自普罗克洛斯起,不少注家主张,这里的 ἅψιν 不是指整个车辐辘,而是指构成车外轮的四分之一个弧形木料,算将下来,整个车轮周长为九足,直径为二足半至三足(Tandy & Neale)。也有注家反对这种解释,因为,车轮由四个弧形组装而成的造法从未经过证实,倘若这里的"三拃宽"仅是四分之一个圆,那么赫西俄德本该换一种衡量方式,比如量弧长(West)。

[427] 弯木料很多,挑块好做犁辕的

这里开始讲造犁(427－436)。

"弯木料"(ἐπικαμπύλα κᾶλα):弯木料比直木料方便,找到弯度适当的木料可以节省加工成本。

"犁辕"(γύην):"做犁辕的木料",与行 430 和行 436 的犁托(ἐλύμα)、行 431 和行 435 的拉杆(ἱστοβοεύς)、行 467 的犁把(ἐχέτλη),构成了牛拉的木犁。公元前 970 年,古埃及人的图画中最早出现了牛拉木制犁的场景。

[428] 带回家,在山上和田地里寻找,

不妨想像,农夫先集齐大小弯度合适的木料:"造一辆车事先要在家收集上百根木料"(456－457),再交给工匠加工,造车造犁(参 430 相关笺释)。这就像当时的铁匠同样不提供原料,只负责加工。

[429] 弯槲木的最硬实,适合牛拉,

"槲木"(πρίνινον):槲树的木材坚硬,宜作建筑和农具材料。但据普鲁塔克的记载,波奥提亚地区少见槲木,也常使用榆木(参见维吉尔《农事诗》,1.170)。

[430] 只等雅典娜的仆人装到犁托上,

"雅典娜的仆人"(Ἀθηναίης δμῶος):木匠是雅典娜的仆人,正如歌人是"缪斯的仆人"(神,100)。雅典娜与木匠的联系在荷马诗中屡见不鲜:斐瑞克洛斯"手巧,能做各种奇异的东西,深受雅典娜宠爱"(《伊

利亚特》卷五,60－61）;木工匠人受到雅典娜的指教,能"谙熟全行的全部技艺"（卷十五,412）;奥德修斯送入特洛亚城的木马也是在雅典娜的帮助下制造的（《奥德赛》卷八,493）。"仆人"（δμῶος）,同459,470,502,573,597,608,766。

"犁托"（ἐλύμα）:又叫"犁床"或"犁底",连接犁把和犁辕,耕地时与地面平行,用时要装上铁犁头。《伊利亚特》卷二十三中有"耕夫需要铁用"之说(834)。

[431] 用暗销固定住,再抬起接好拉杆。

"拉杆"（ἱστοβοῆι）:用来连接犁辕和架在牛脖子上的犁轭。在一些古代瓶画上,犁辕与拉杆是捆绑在一起的。这里说"抬起黎辕接拉杆",不妨想像犁的拉杆这时已接好犁轭,而轭也已套好,牛就等在那里。

[432]要做好两张犁,在家里备着。
[433]顶好是一张天然的,一张拼装的。
[434]损坏了一张,好让牛拉另一张。

若没有这里三行诗,行431接行435,行文似乎会更流畅。赫西俄德很可能事后才添加了行432－434。参科鲁迈拉《论农业》,11.1.20。

"两张犁"（δοιὰ ...ἄροτρα）:持家之道,有备无患。之所以要准备两张不同的犁,也许因为,两张全用木料加工拼装的犁成本太高,要支付给"雅典娜的仆人"木匠两次工钱,最好再找一块天然成形的木料做犁,随时备在家里。

"在家里"（κατὰ οἶκον）:参看407,457。

"天然的"（αὐτογυον）:也就说找一块天然木料,从形状上就像一张已经做好的犁,有犁托有犁辕,而无须用几块木料拼装。《神谱》中形容地下世界的门槛"巍然不动,有连绵的老根,浑然如天成"（神,812－813）。

[435]拉杆用月桂木或榆木不易被虫蛀，

"月桂木"（δάφνης）：同神，30。

"虫蛀"（ἀκιώτατοι）之说，参看 420 - 421。

行 435 与行 431 均以"拉杆"（ἱστοβοεύς, ἱστοβοῆες）收尾。

[436]犁托用橡木，犁辕用槲木。还要有

"犁辕用槲木"（γύης πρίνου）：呼应行 427 - 429 的说法，在山上田头间寻找弯的槲木料，带回家做犁辕，这种木料最硬实，适合牛拉。古希腊诗人列举不同树名并强调最后一种树的，又见萨福残篇，16.1 - 4；梭伦残篇，9；品达《奥林匹亚竞技凯歌》，1.1 - 7。

[437]一对九岁公牛，有不弱的气力，

"九岁公牛"（βόε δ᾽ ἐνναετήρω）：参看 46 相关笺释。九岁公牛似乎已过青壮年。亚里士多德在《动物志》中提到，牛在五岁左右最健壮，但可以活十五到二十年（575a31）。瓦罗建议买三到四岁的耕牛（1.20.1）。维吉尔说牛在五岁到十岁之间可以耕地（《农事诗》，3.61起）。"九岁牛"的说法在古代诗歌中不算罕见，比如《奥德赛》讲到一只剥自九岁牛的皮制口袋，里头装满各种狂风（卷十，19）。《伊利亚特》则讲到宰杀五岁公牛祭献宙斯（卷七，314）。参见《神谱》中的"九年"之说（801）。这里的"九岁"和下文的"四十岁"也可能是泛指。"九岁公牛"原文在行 436，译文移至此。

"不弱的气力"（σθένος οὐκ ἀλαπαδνόν）：荷马诗中讲到耕牛或狮子等动物时也有相似说法。参看《奥德赛》卷十八，373；《伊利亚特》卷五，783。

[438]正当壮年，最适合下田耕地，

牛耕田不仅靠气力，更讲究规矩。九岁牛虽然不能多耕很久的地，但比年轻的牛更有经验，效率也相应更高。

[439]它们不会在田间打架,把犁具

"破坏犁具"(*κὰμ μὲν ἄροτρον/ ἄξειαν*):行 439 – 440 与瓦罗的一段说法相似(1,19,2)。

[440]搞坏,农活没干完,耽误在那里。

"农活没干完"(*ἔργον ἐτώσιον*):参 411(干活怠惰)。

"那里"(*αὖθι*):同 35(相关笺释)。

[441]要找四十岁的精壮男子赶牛,

讲完耕田的牛(437 – 440),再讲赶牛的人(441 – 447)。这个部分写在造犁(427 – 436)和播种(448 起)之间,衔接自然。

"四十岁的精壮男子"(*τεσσαρακονταετὴς αἰζηὸς*):赶牛耕田的人必须足够成熟稳重,不至于因为身边的伙伴而分心,并且正当壮年精力旺盛。《神谱》中用 *αἰζηός* 指"棒小伙儿"(863)。从这里看来,他还是受雇的劳力。"四十岁"的说法,参见梭伦对人的年龄的分类论证(27. 11起)。

[442]一餐吃分成四块的八份儿面包,

"一餐吃分成四块的八份儿面包"(*ἄρτον δειπνήσας τετράτρυφον, ὀκτάβλωμον*):吃得好,活儿才能干好(参行 452,耕种季节要喂饱耕牛)。赶犁的人吃饱后干活就不会停下来,直到太阳下山,结束一天的劳作,才能吃上晚餐。这和《奥德赛》卷十三中的说法完全一致(31 – 34;另参卷十八,370)。《伊利亚特》中提到,伐木的人会在山间谷地自行准备一顿午饭(卷十一,86 – 89)。修饰面包的"四分、八分"(*τετράτρυφον, ὀκτάβλωμον*)之说,语义不明,历来有不同解释。有的解释为面包分八口吃完,但这样一餐未免过于简陋;有的说是把四大块儿面包的每一块又分成八小份;还有的说面包经过四次捏制,分为八块。这里从 West 本的译法:面包本是按分成八份儿的分量做的,但实际分成四块。也就是说,先说赶牛人吃了多少面包(四块),再说面包有多大

（八份儿）。

［443］专心劳作，把犁沟开得笔直，

"专心劳作"（ἔργου μελετῶν）：参316。

"犁沟开得笔直"（ἰθεῖάν κ᾽ αὖλακ᾽ ἐλαύνοι）：犁地的场面，参看《奥德赛》卷十八，375；品达《皮托竞技凯歌》，4.227。

［444］不在同伴中乱张望，一门心思

"同伴"（ὁμήλικας）："同龄伙伴"。《伊利亚特》卷十八提到，同一块田地里，有许多农人同时耕作（542）。古埃及文献中也表现了一个赶犁人转身和另一个手握农具的人说话的场面。在赫西俄德看来，最容易使赶犁人分心的，无疑是一道干活的播种人（445，470）。行444和行447重复使用"在同伴中"（μεθ᾽ ὁμήλικας），这是赫西俄德的常见手法。

"一门心思"原文在行445，与"只在干活"互换位置。

［445］只在干活。旁边的年纪不好更小，

"旁边的"（ἄλλος）：也有作"后面的"。赶犁人双手没空着，"手扶犁把，一边朝牛背上挥鞭"（467－468），因此，还要有一个人跟在边上播种（446）。旁边的年纪不好更小，大约是怕分心，参看行446－447的说法。

［446］专事播种，避免浪费种子。

"浪费种子"（ἐπισπορίην）："重复播种，再次播种"。这里不是指返工重播，而是指播种不均匀，在同一块地里造成重复浪费。色诺芬在《家政》中提到，要想学会均匀播种，必须像学弹琴那样多加练习（17.7）。播种最怕浪费种子，普林尼在《自然史》中也讲解了播种的技巧（18.197）。古代作者还写道，要避免把种子误撒在犁上，播种人也会走在赶犁人前面（参泰奥弗拉斯托斯《人物素描》，4.12.13）。

[447]少年人在同伴中容易受干扰。

"少年人，同龄伙伴"(κουρότερος …ὁμήλικας)：参看行 444 – 445。有注家称，这里的说法颇带有几分同性情伴的意味。古代希腊的同性恋关系是一个几经探讨的话题。本诗中不一定有这层意思。

[448]你要留心，每当听见鹤的鸣声

农具、耕牛、农夫一应俱全，还得懂得辨识播种季节的征象。从这里开始写播种(448 – 492)。

"你要留心"(φράζεσθαι δ')：相似用法参希罗多德，8. 20. 2；阿里斯托芬《骑士》，1030，1067。

"鹤"(γεράνου)：赫西俄德没有重提昴星的沉落(383 – 384)，改以鹤声作为耕作节气的征象。下文还以"蜗牛从地面爬上枝叶"(571)代替昴星上升，作为收割节气的征象。每年鹤群往南方迁徙时经过希腊。《伊利亚特》卷三中如此描绘鹤的叫声："有如飞禽啼鸣，白鹤凌空的叫声响彻云霄，他们躲避暴风骤雨，呖呖齐鸣，飞向长河边上的支流"(3 – 5)。荷马诗中鹤群躲避风雨，与本诗中鹤声预示雨季来临(450)的说法吻合(参阿拉托斯《物象》，1077)。一般说来，白鹤飞过，发生在每年的十一月，雨季将持续到来年的三四月。

[449]从云上传来，它们年年来啼叫，

"从云上"(ὑψόθεν ἐκ νεφέων)：鹞子与莺的寓言中有相似说法("高高的云际"，204)。

[450]预报耕种的季候，冬令时节

"预报"(σῆμα)："征象"。在古希腊瓶画中，地母神德墨特尔的身边有一只鹤，可见鹤确乎与农时节气的预示有关。忒奥格尼斯说，"我听见鸟的尖叫，向有死者预告劳作季节的到来"(1197 起)。在阿里斯托芬笔下，鸟们则自称向人类预告季节，"春天，秋天和冬天，什么时候该种地"(《鸟》，709)。

"耕种的季候"（*ἀρότοιό τε σῆμα*）：参看 458。

[451] 带来雨水,让没牛的人心焦灼。

"雨水"（*ὀμβρηροῦ*）：雨季与播种季同时降临。参看 415 和 448 相关笺释。

"心焦灼"（*κραδίην δ' ἔδακ'*）：《神谱》中有相似用法,宙斯得知普罗米修斯盗火,"心里似被虫咬"（神,567）。

[452] 这时要喂饱自家的弯角耕牛。

"喂饱"（*χορτάζειν*）：干活的牛要喂饱,反过来,冬歇时分,牛给一半饲料就够了（559）。《奥德赛》卷十八中,奥德修斯和欧律马科斯比赛干活,先要把牛喂饱草料（372）。

[453] 说说容易:"借我两头牛和一辆车!"
[454] 回绝也不费力:"我的牛有活要干。"

"容易,不费力"（*ῥηΐδιον...ῥηΐδιον...*）：行 453 和行 454 起头的首字重复。

[455] 满脑子幻想的人老说要造大车,

"大车"（*ἅμαξαν*）：行 453 – 457 提及借车,顺理成章地回到前面的造车话题（424 – 426,参 427 相关笺释）,赫西俄德借机描绘了一幅不懂未雨绸缪的懒汉肖像。

[456] 傻瓜啊,他不晓得造一辆车

"傻瓜"（*νήπιος*）：同见 40,218。傻瓜吃了苦头才明白。

[457] 事先要在家收集上百根木料。

秋季预先收集木料造车,参看前文行 420 – 426。

[458]耕种的季候一经显露给有死者，

"显露耕种的季候"（πρώτιστ'...φανείη）:450。诗中数次提到各种预示耕种日的自然征兆，比如昴星降落（384），鹤在云上鸣叫（448 - 450），等等。

"有死者"（θνητοῖσι）:有死的人类要领略神们赐给的启示，参看398相关笺释。

[459]你得赶紧和奴仆们一块下田，

"奴仆们"（δμῶές）:赫西俄德习惯如此称呼家奴。家奴要干的活儿包括耕田（441 起）、播种（470）、盖棚舍（502）、收割（573）、打谷脱粒（597），等等。另参608,766。

这里写得很清楚，主人同样要参与劳作。奥德修斯的父亲拉埃特斯贵为王者，也"亲手建造田庄，付出无数辛劳"（《奥德赛》卷二十四，206 - 207）。

[460]抢在耕种季里耕作湿田和旱地，

"耕种季"（ἀρότοιο καθ' ὥρην）:反复强调要谨守节气时序。

[461]开工要赶早，地里才能丰收。

"开工要赶早"（πρωὶ μάλα σπεύδων）:每天清晨要赶早，正如下文所说，"摸黑起早，生计才有保障"（577）。也不妨理解为"在耕种季节赶早"（参460,485,490）。

[462]春天要翻土，夏天再翻不会失望，

"春天，夏天"（ἔαρι, θέρεος）:耕种在秋天，但春夏时节就得早早准备。

[463]趁土还松，在休耕地上播种，

"休耕地"（νειόν）:一般说来，农田每隔一年要闲置休耕一回。休耕年里,田地至少要在春夏两季翻两到四次土,次数越多越好。色诺芬在《家政》中称,在夏季最热的天、最热的时辰给地翻土,效果最好,有助于将野草翻出晒干,并使土壤得到充分日晒(16.14)。另参维吉尔《农事诗》,1.43 起;普林尼《自然史》,18.181。

[464]那是孩子的慰藉,保证无损害。

　　行 463 和行 464 均以"休耕地"(νειόν)起头,首字叠用。译文这里改为代词。

　　"孩子的慰藉"(παίδων εὐκηλήτειρα):这个用法在古代诗歌中并不少见,但在这里指休耕地,让人意外:为什么休耕地是孩子的慰藉呢? 古埃及人把初生的孩子放在休耕地上,往其身上撒种子和谷物,有保佑平安长大的意思,也许与此有关? 或者说,农作要放眼未来,才能成为子孙后代的希望? 各种解释均显牵强。West 主张读作 Αἰδωνέος κηλήτειρα [哈得斯的慰藉]。冥王哈得斯,即下一行中的"地下的宙斯"(153 相关笺释,467 相关笺释)。在神话中,他竭力将象征生命的珀耳塞福涅滞留地下,不让她回到母亲德墨特尔的身边,从某种程度上也遏制了农作物的生长。因此,田地休耕就像是某种抚慰冥王的敬拜仪式。经过一年休整,冥王会在来年作物生长时放珀耳塞福涅到大地上(参看托名荷马,《德墨特尔颂诗》,331 起)。

[465]祷告地下的宙斯和圣洁的德墨特尔

　　"祷告"(εὔχεσθαι):在举行重要活动以前祈祷神灵。对农夫而言,开犁播种自是再重要不过的事(467)。

　　"地下的宙斯"(Διὶ χθονίῳ):又译作"冥府的宙斯"。注家多有主张,这里不指神王宙斯,而指冥王哈得斯(参看 153,464;神,455,913 及相关笺释;埃斯库罗斯《阿伽门农》,1386)。正如在《列女传》中,Artemis Einodie 不指阿尔特弥斯,而指伊菲墨得娅[Iphimede;残篇 23(a).26];Apollo Nomios 不指阿波罗,而指 Aeistaeus(残篇 216)。在荷马诗中,地下的宙斯与冥后珀尔塞福涅相连(《伊利亚特》卷九,457;另参神,768,774)。哈得斯不仅是死者的王,作为地下世界的统治者,还是酝酿生命和财富的神灵。也有注家指出，在本诗中，庇佑丰收的神总是"宙斯"（379,483），或"奥林波斯神王"（474）。无所不能的宙斯掌管世间万物，"地下的宙斯"因此不是别的，就是在地下施展神力的宙斯。赫西俄德似乎赋予"地下的宙斯"某种语义的模糊性，既是对"奥林波斯的宙斯"（$Z\eta\nu\grave{o}\varsigma\ \overset{,}{O}\lambda\nu\mu\pi\acute{\iota}o\nu$；245）的一种延伸，也是一种对立（West）。在索福克勒斯笔下，地下的宙斯发出雷声，作为赐福给瞎眼的俄狄浦斯的一种征兆，从此这个自行流亡的王者成为真正的英雄，这个宙斯同样不是冥王哈得斯，而与在天上打雷的宙斯紧密相连（《俄狄浦斯在克洛诺斯》，1606）。

　　"圣洁的德墨特尔"（$\Delta\eta\mu\acute{\eta}\tau\varepsilon\rho\acute{\iota}\ \vartheta'\ \acute{\alpha}\gamma\nu\~\eta$）：参托名荷马，《德墨特尔颂诗》，203。

［466］让德墨特尔的神圣谷物沉沉熟透，

　　"德墨特尔的神圣谷物"（$\Delta\eta\mu\acute{\eta}\tau\varepsilon\rho o\varsigma\ \iota\varepsilon\rho\grave{o}\nu\ \acute{\alpha}\varkappa\tau\acute{\eta}\nu$）：同597,805，参32相关笺释。

［467］每逢开犁播种前：你将犁把儿

　　"犁把"（$\dot{\varepsilon}\varkappa\acute{\varepsilon}\tau\lambda\eta\varsigma$）：参看427,430,431相关笺释。

［468］扶在手中，一边往牛背上挥鞭，

　　一手扶犁，一手握着赶牛的鞭棍，确乎是赶犁人的标准姿势。从这里看来，赶牛犁地的人就是主人自己，而不是前面说的"四十岁的精壮男子"（441起）。这也许因为，一家之主才有资格在开犁前祷告神灵，祈求好收成。

［469］让牛扯动轭带拉起犁，后面紧跟

　　"扯动轭带拉起犁"（$\dot{\varepsilon}\nu\delta\rho\nu o\nu\ \dot{\varepsilon}\lambda\varkappa\acute{o}\nu\tau\omega\nu\ \mu\varepsilon\sigma\acute{\alpha}\beta\omega$）："通过拉动轭带，拉动牛轭栓"。$\dot{\varepsilon}\nu\delta\rho\nu o\nu$即牛轭栓，也就是穿过牛轭的销子，专用来连接牛轭和拉杆。依据普罗克洛斯的解释，$\mu\varepsilon\sigma\acute{\alpha}\beta\omega$即轭带，用来捆绑固定连接好牛轭和拉杆。牛拉犁时往前走，最先扯动的就是这个部位。《伊利亚

特》中有一段给普里阿摩斯的骡套车的详细描绘,同样着重提到轭带和栓圈:"他们从钉子上取下黄杨木的骡轭,那上面有个圆木桩,木桩上还有两个安得很稳的圈子。跟轭一起,他们还拿出九肘长的轭带。他们把轭套在光滑辕杆的弯顶上,把一个圈子套在辕杆末端的钉子上,然后拴在木桩上,两边各绕三匝,一圈圈地拴紧,最后把剩余的轭带拉回来"(卷二十四,267 – 274)。

　　"后面紧跟"(τυτϑὸς ὄπισϑε):播下的种子大多落在犁开的小土坑里,要有人拿铲子铲土埋好,他必须紧跟在犁车后面,以免鸟儿乘虚飞入,啄走种子(参维吉尔《农事诗》,1. 104 起)。

[470] 拿锄头的奴仆,为免鸟儿啄走,

　　"为免鸟儿啄走"(πόνον ὀρνίϑεσσι τιϑείη):"给鸟儿制造苦活或麻烦"。跟着犁车偷食种子的鸟,一般是鹳类,尤指鹤群。

[471] 铲土盖住种子。做事有条理最好,

　　"做事有条理最好"(ἐνϑημοσύνη γὰρ ἀρίστη):稍后的作者如色诺芬也常常强调做事的条理,参《居鲁士劝学录》,8.5.7;《家政》,8.3 起。

[472] 对有死的人类而言,没条理最糟。

　　"有死的人类"(ϑνητοῖς ἀνϑρώποις):同 123,201,253。

[473] 这样田中谷穗才会累累垂地,

　　"田中谷穗"(ἀϑροσύνη στάχυες):希罗多德提到收成时也多次使用这一说法(1. 17,1. 193)。

[474] 只要奥林波斯神王赐你好收成,

　　"奥林波斯神王"(Ὀλύμπιος):"奥林波斯的［神］",即宙斯。做事勤劳有条理并不能担保好收成,一切仰靠宙斯的意愿。这两行诗充分表明了赫西俄德的想法。下文提到,正如及时耕作不一定有好收成,晚耕的人也不是没有补救,因为,"宙斯的意志因时而异"(483)。同样的,一家里只生一个儿子好,"但人手多的,宙斯也轻易多赐福"(379)。

[475] 要你扫净瓦罐上的蜘蛛网。我敢说

"扫净瓦罐上的蜘蛛网"($ἐκ\ δ'\ ἀγγέων\ ἐλάσειας\ ἀράχνια$):换言之,要在瓦罐里装满粮食。这里的 $ἄγγεα$ 是一种用来储存粮食的瓦罐(同600)。"蜘蛛网"往往暗示长年废弃不用(参见索福克勒斯残篇,286)。

[476] 你会欢喜只靠自家的粮食过活,

"自家"($ἔνδον$):诗中多次强调自给自足(366)的重要性,比如不转让自家财产(341),在家里备齐农具免得向人借(407),喂好自家耕牛(452),造好自家的犁车(453–454),等等。

[477] 安然迎来明朗的春天,不必垂涎

"明朗的春天"($πολιὸν\ ἔαρ$):同492。注家对形容语 $πολιὸν$ 有不同解释。有说是"灰色的、阴郁的"(如 Wilamowitz),有说是"谷物嫩芽上尚未褪去的灰白旧壳"(如 G. Evelyn)。这里从 West 本和 Most 本,释作"无云的,明朗的,光亮的",暗含"前景光明"的意思。

"垂涎"原文在行478,与"别人"互换位置。

[478] 别人,人家反倒需要你帮忙。

行473–478 与行479–482 分别描述了两种相反的情境。这是典型的赫西俄德手法,参看正义城邦和不义城邦的比照(225–247)。

[479] 你若到太阳回归才耕作神圣的田地,

"太阳回归"($ἠελίοιο\ τροπῆς$):继昂星之后,另一个与天象相关的时间概念。这里似指冬至,大约发生在 12 月 20 日前后(Tandy & Neale 本作夏至,多数注家作冬至)。下文还将出现两次,一次指冬至(564),一次指夏至(663)。秋天才是正常的播种季节,等到冬至就太迟了。行文在这里从秋季过渡到冬季。

[480]只好坐在地上收割,抓不起几把禾秆,

"坐在地上收割"（ *ἥμενος ἀμήσεις* ）:收割麦子时,饱满的麦穗从麦秆的中部割倒,底下的少量麦子放弃不要,打谷时可少做无用功;瘦小的麦穗就要割得很低,以便多收些麦子。坐在地上收割,可见这一年的收成差强人意。色诺芬在《家政》中做了详细说明（18.2）。收割（ *ἀμήσεις* ）,同 384,392,575。

"抓不起几把禾秆"（ *ὀλίγον περὶ χειρὸς ἐέργων* ）:指麦子长得稀松。收割人左手抓住禾秆,右手用镰刀割倒。《伊利亚特》中多次描绘收割麦子的场面,比如卷十一,富人的大麦地和小麦地里,人们奋力割禾,一束束禾秆毗连倒地（69）,再如卷十八,割麦人手握锋利的镰刀正在收割,割下的一束束麦秆有的倒在地上,有的用草绳捆起（551 - 553）。

[481]胡乱捆好,还沾着泥,真是悲哀,

"胡乱捆好"（ *ἀντία δεσμεύων* ）:"头尾颠倒地捆绑"。由于割下的麦穗太短,结粒太少,所以捆绑起来用不着分头尾两边。

[482]一只篮子全装回家:谁来惊羡你!

"篮子"（ *φορμῷ* ）:希腊古人用马车装载收成的谷物。相比之下,罗马人倒是经常使用篮子。在奥维德的《变形记》中,主司四季收成的维尔图姆努斯穿着割麦人的衣服,提着一篮麦穗（14.643）。另参卡托残篇,14;瓦罗,1.50.3。

"谁来惊羡你"（ *παῦροι δέ σε θηήσονται* ）:或"没有人惊奇地观望你",参看《伊利亚特》卷十五,682。

[483]执神盾宙斯的意志因时而异,

"执神盾宙斯的意志"（ *Ζηνὸς νόος αἰγιόχοιο* ）:同 661,另参 99,105。

"因时而异"（ *ἄλλοτε δ' ἀλλοῖος* ）:呼应行 376 - 380 的叙事逻辑,先说"只生一个儿子照管祖传家业,财神才会进家门",又说"子女多的,宙斯也会轻易多给财富"。同样的,这里先说"不分晴雨,抢时间耕种,才能得收成"(460-461),又说"耕种太晚还有补救"(485),表面看来确乎自相矛盾,唯有宙斯的意志才能解释。

[484]有死的人类想要明了太难。

"想要明了太难"(ἀϱγαλέος...νοῆσαι):赫西俄德不时强调凡人认知能力的有限,《神谱》中不仅有缪斯对诗人的叱责(神,26-28),还直言"细说所有河神名目超出我凡人所能"(神,369)。下文中,诗人还承认"不谙航海与船只"(649;参残篇303,另参残篇16.7起)。

[485]你要是耕种晚了,还有补救。

"耕种晚了"(ὄψ' ἀϱόσῃς):耕种晚于每年的十一月份,在昂星升起、鹤来鸣叫之后才耕种(384,448-450)。

[486]布谷鸟在橡树叶间首次啼叫,

"布谷鸟啼叫"(κόκκυξ κοκκύζει):"布谷鸟叫'布谷'"。同根词叠用,朗朗上口,是赫西俄德的常用手法,比如前文的"宾主不以宾主相待,同伴不以同伴相待"(183)。布谷鸟即大杜鹃,每年二三月间开始鸣叫,标志春天到来,催人快快播种。李时珍在《本草纲目》的"禽部"中详细说明了杜鹃的鸣叫:"春暮即啼,夜啼达旦,鸣必向北,至夏尤甚,昼夜不止,其声哀切"(卷49,3)。阿里斯托芬的《鸟》中也有相似说法:"只要布谷鸟一叫'布谷'(κόκκυξ εἴποι 'κόκκυ),所有的腓尼基人都下地割大麦小麦"(505)——杨宪益先生译为"鹁鸪",著名的"云中鹁鸪国"(Νεφελοκοκκυγίαν)也以此为词根。但鹁鸪似有别于布谷,实为斑鸠,天要下雨或转晴时常在树上叫,这与下文宙斯送来雨水的说法相符(488),古诗里也确乎有鹁鸪与耕种相连的说法,比如"江田插秧鹁鸪雨"(宋梅尧臣诗),"鹁鸪声里晓耕云"(清赵翼诗),等等。现代西文一律译为"布谷鸟"(比如英文 cockoo,法文 coucou),这里权且也是同样处理。

[**487**]无边大地上的凡人心生欢喜，

　　"无边的大地"(ἀπείρονα γαῖαν)：同 160。

[**488**]宙斯在第三天送来不歇的大雨，

　　"宙斯"(Ζεύς)：全能的神王给大地上的人类送来雨水，无论春天，还是秋天(415 – 416,451)。

　　"第三天"(τρίτῳ ἤματι)：从布谷鸟开始鸣叫算起的第三天。

[**489**]地上水深不高也不低过牛蹄，

　　"牛蹄"(βοὸς ὁπλήν)：有注家解释为，牛在泥泞中踩出一个个小坑，雨水灌入坑中，正好淹过牛蹄(West)。

[**490**]这时晚耕的人能赶上早耕的人。

　　呼应行 485 的说法："你要是耕种晚了，还有补救。"

[**491**]把这一切放在心上，莫错过

　　"心上"(ἐν θυμῷ)：参 797；托名荷马,《阿波罗颂诗》,544。

[**492**]明朗春天和雨水季节的来临。

　　"明朗的春天"(ἔαρ...πολιόν)：同 477。对应布谷鸟啼叫(486)。赫西俄德在谈论"秋时"时多次提及春天。春天要给休耕地翻土，到了秋季好播种(462)；秋季要按时耕作，家中的粮食才够吃到来年春天(477)；万一秋季晚耕，千万莫错过春天的雨季(492)。就农夫而言，秋季和春季是两个重要的耕种季节，没法分开来谈论。我们也将看到，下文的"春夏"小节中，诗人更着重讲夏季的收割，相比之下，春时晚耕等农活谈得很少，因为这里已经交代过了。

3. 冬日:寒歇季(行 493 – 563)

[493]莫流连铜匠铺的坐凳和谈天暖屋,

冬时寒歇季。开篇(493 – 503)与收尾(547 – 563)均讲冬天要打点家务,不能偷懒。中间长段讲一年中最冷的勒纳伊昂月(504 – 546),先提天气寒冷(504 – 535),再提准备冬装(536 – 546)。整节叙事呈现为环形结构。不但如此,谈论勒纳伊昂月的三十来行诗文同样工整严密,从北风山林大海讲到山中兽群再讲到老人(504 – 518),对应从海中生物讲到陆地兽类再讲到老人,最后提冰雪大地(524 – 535)。

"铜匠铺"(χάλκειον):在寒冷的冬天,温暖的铜匠作坊是最吸引人的所在,那些找不到更好地方的人干脆在铜匠铺里过夜。《奥德赛》卷十八中,佩涅洛佩的侍女斥责乔装成外乡人的奥德修斯:

> 你这个不幸的外乡人,真是失去理智,
> 你不想去找一个铜匠作坊(χαλκήιον)睡觉度夜,
> 或者去找个谈天场所,却在这里絮叨。(327 – 329)

诗人卡利马科斯也写道,天亮时分,那些借宿早起的人常把铜匠吵得睡不着觉(残篇 260.69)。

"谈天暖屋"(ἐπαλέα λέσχην):或"暖和的谈天场所"(λέσχην;同501;《奥德赛》卷十八,329)。希腊古人闲时聚在一起谈天说地,这类谈天场所有别于处理城邦事务的城邦会场或集会。古代托名希罗多德的作者写过荷马传,内中提到,诗人曾流浪至小亚细亚的库莫和福西亚,在当地的 λέσχην 为人们吟诵诗篇(12,13,15)。从上文援引的《奥德赛》诗行来看,这类谈天场所并不是高雅所在,反而是流浪汉的去处。人们在这里主要为了交谈,而不是吃喝,稍后才渐渐演变成会饮的样式。

[494]在冷得没法下地干活儿的冬季。

"冬季"(ὥρη χειμερίη):第二行出现季节说明,与秋时叙事一样

（415）。

[495]勤勉的人这时也能大力帮衬家务。

"帮衬"（ὀφέλλοι）:同 412。

[496]当心在冬寒苦时无力和贫困

许多古代作者在援引中删略去行 496－497。普罗克洛斯将这两行诗文移至行 493 以前。还有注家主张将这两行诗和行 502－503 一起移至行 493 以前（Schoemann）。

"无力和贫困"（Ἀμηχανίη.../σὺν Μενίη）:两个神化形象,在希腊早期诗歌中经常连用,比如诗人阿尔凯奥斯说:"贫困和无力这对姐妹压垮了一个伟大的民族"（364）。忒奥格尼斯亦称:"贫困是无力之母"（384－385）。在希罗多德笔下,贫困和无力是两个恶意的神,不肯离开安多罗斯人的岛（8.111.3）。

[497]压垮你,干瘪的手捂浮肿的脚。

"干瘪的手,浮肿的脚"（λεπτῇ δὲ παχὺν πόδα χειρί）:也许出自古时谚语。干瘪的手和浮肿的脚均因营养不良所致。古代作者提及浮肿的脚,参维吉尔,Catal.,13.40;奥维德《变形记》,8.807 等。普罗克洛斯曾说,以弗所城有一古法,小孩子不得体无遮蔽,除非其父亲的脚因饥荒已然浮肿。普鲁塔克也讨论过这个现象（残篇 69S;另参亚里士多德《论问题》,859b1）。

[498]懒惰的人指靠虚妄的希望,

"懒惰的人"（ἀεργὸς ἀνήρ）:"不干活的人"。懒汉的下场在前文已经得到充分说明,"饥荒自来是懒汉的伙伴"（302）。

"虚妄的"（κενεὴν）:"空洞的,徒然的",用来修饰希望,参见西蒙尼德斯残篇,542.22;品达《涅墨亚竞技凯歌》,8.45;埃斯库罗斯《波斯人》,804。

"希望"（ἐλπίδα）:在潘多拉神话中,希望扮演了重要的角色。各种不幸飞离潘多拉的瓶子，四散人间，"唯有希望逗留在它坚牢的住所，还在瓶口内，还没来得及飞出去"（96 - 98，参 96 相关笺释）。希望有好有坏，既有对善的期许，也有与恶的关联。

[499] 生活有短缺，心里多带责难。

"生活有短缺"（ χρηΐζων βιότοιο ）：对应前头说的"无力和贫困"（496，参 500）。

[500] 希望顾念起穷人来没好处，

本行诗与行 317 接近："羞耻顾念起穷人来没好处"。没有依据的希望只会带来灾难，懒汉的希望就是如此。希望与羞耻均系带双重含义的概念。

[501] 任人耽坐着谈天，生活没着落。

"耽坐着谈天"（ ἥμενον ἐν λέσχῃ ）：严寒的冬天，"莫流连铜匠铺的坐凳和谈天暖屋"（493）。相似用法见神，622。

[502] 尚是仲夏，你就得吩咐奴仆：

"尚是仲夏"（ θέρευς ἔτι μέσσου ἐόντος ）：正如秋季里频频谈到春天应及时完成的活儿，冬天过得好不好，也要取决于夏天的打点。

"吩咐"（ δείκνυε ）：或"提醒，指示"，参看《奥德赛》卷十二，25；托名荷马，《阿佛洛狄特颂诗》，128。

[503] "夏天不常在，动手盖茅舍。"

"动手盖茅舍"（ ποιεῖσθε καλιάς ）：寒冷的冬天里尤其能体会夏天造房的好处。在本诗中，καλιή 多指谷仓，故有译"动手盖谷仓"（如 Tandy & Neale），但多数注家理解为奴仆过冬的住所。炎热的夏天，人们往往露天过夜（参瓦罗，2.10.6），比如牧猪奴欧迈奥斯和猪群一道睡在屋外（《奥德赛》卷十四，524 - 526）。赫西俄德又一次阐释未雨绸缪的人生哲学。

［504］勒纳伊昂月，牛冻掉皮的坏天气，

"勒纳伊昂月"（μῆνα δὲ Ληναιῶνα）：大约是每年一至二月间，在冬至以后，春分以前。整部诗中，只有这里以月份名表示时间，这在古希腊文学中亦属罕见。据普罗克洛斯记载，普鲁塔克声称"勒纳伊昂月"并不是正宗的波奥提亚月份。月份名以-ῶν 结尾，似是伊奥尼亚月份的特色。好些伊奥尼亚日历中也确实有"勒纳伊昂月"。古代使用伊奥尼亚日历的除了传统的伊奥尼亚地区，也就是米利都等小亚细亚西海岸城邦，还包含阿提卡地区的雅典，以及优卑亚、德洛斯等爱琴海中部岛屿。生活在波奥提亚的赫西俄德为什么会采用一个伊奥尼亚说法呢？注家们主张，要么这是后人的篡改，要么诗人所预期的听众不限本地，他希望自己的诗歌得到更广泛的传播，他也确曾去优卑亚岛的卡尔基斯城，参加当地诗歌赛会（下文 651 起）。

"牛冻掉皮"（βουδόρα）："给牛剥皮"，形容勒纳伊昂月的寒冷风大（参 515）。这与波奥提亚月份名 Boukatios（大约在七至九月间）没有什么关系。据说马其顿人也用"活剥皮"（Γδάρτης）来形容三月寒风的凛冽。

［505］这时你得当心，冰霜封冻大地，

"当心"（ἀλεύασθαι）：这一段都在讲勒纳伊昂月（504 – 560），收尾处也有相似说法："要当心，这个月份最难挨"（557）。头尾呼应。

［506］正值北风神呼啸而过，穿越

"北风神"（Βορέαο）：音译为"玻瑞厄斯"。在《神谱》中，北风神被称为"快速的"，他与西风神泽费罗斯和南风神诺托斯同为提坦世家的成员，是黎明厄俄斯与阿斯特赖俄斯的孩子（神，378 – 380，870）。北风是冬日里的主角，本节中还将多次提到（547，553 等）。

［507］养育骏马的色雷斯和无边大海，

"养育骏马的"（ἱπποτρόφου）：色雷斯以产马著称。《伊利亚特》专门描绘了色雷斯王子瑞索斯的骏马（卷十，436－437），希腊人摸黑夺走的色雷斯马群，更被说成"这样的骏马从未见过，也未敢想像……准是神明所赐"（550－551）。

"色雷斯"（Θρήκης）：古希腊东北部地区。神话中狄俄尼索斯和俄耳甫斯的出生地。在《伊利亚特》中，色雷斯人是特洛亚人的盟友（卷二，844－845；卷十，434－435）。色雷斯地区以风大寒冷著称，下文有"色雷斯的北风"（Θρηικίου Βορέου；553）之说。

[508] 惊起浪涛，森林大地也在咆哮，

"惊起浪涛"（ἐμπνεύσας ὤρινε）：《伊利亚特》中几次描绘北风和西风从色雷斯吹过海面惊起浪涛的情形："两股风搅动鱼游的海水，北风和西风自色雷斯突然吹来，黑色的波浪上下翻腾，把海草掀到水面上"（卷九，4－7）；"两位风神回家渡过色雷斯海面，使大海骤然咆哮掀起巨浪滔天"（卷二十三，229－230）。

[509] 无数繁茂的橡树和粗壮的松树，

"橡树……松树"（δρῦς ...ἐλάτας）：这两种树木并列出现，又见《伊利亚特》卷十一，494；另参托名荷马，《阿佛洛狄特颂诗》，264。橡树和松树似乎分别代表落叶木和针叶木。

[510] 每到风过山谷，在丰饶的大地上

"丰饶的大地"（χθονὶ πουλυβοτείρη）：同157，173e，252。

[511] 卧倒难起，整个山林发出狂吼。

"狂吼"（βοᾷ）：荷马诗中形容大海的咆哮，如参《伊利亚特》卷十七，264。

[512] 兽们冷得哆嗦，夹着尾巴，

"兽"（θῆρες）：有些本子作"野兽"。但从下文看来，这里并不排除牛羊等家养牲口（515－518）。参见索福克勒斯《埃阿斯》，366。

"夹着尾巴"(οὐρὰς δ᾽ ὑπὸ μέζε᾽ ἔθεντο)："把尾巴夹在两腿中间"(参看卡利马库斯残篇,623)。维吉尔在《埃涅阿斯纪》中描述一头自知干了坏事的狼:夺拉着尾巴,把它哆哆嗦嗦夹在双腿中间,往树林里逃跑(卷十一,812)。

[513]就算长着厚实的皮毛也无用。

"长着厚实的皮毛"(λάχνη δέρμα κατάσκιον):指兽的"皮覆盖着绒毛"。形容人的头上长发须,参看柏拉图,《蒂迈欧》,76d。

[514]寒气照样穿过浓毛钻心窝,

"浓毛"(δασυστέρνων):形容羊毛厚实,参看《奥德赛》卷九,425。

[515]冻透牛的表皮,没得阻拦,

"冻透牛的表皮"(διὰ ῥινοῦ βοὸς ἔρχεται):呼应开头的说法:"勒纳伊昂月,牛冻掉皮的坏天气"(504)。

[516]侵袭长毛的山羊,独有绵羊
[517]一身厚密绒毛,足以抵挡

这两行写法略显生硬。但从牛讲到羊,似乎又不失自然。

"独有绵羊"(πώεα δ᾽ οὔ τι):绵羊比山羊耐寒,参见亚里士多德《动物志》,610b33。

[518]北风劲吹。老人伛作一团,

"北风劲吹"(ἲς ἀνέμου Βορέου):《伊利亚特》中多次提到强劲的风力,比如"北风和其他以强劲势头吹散阴云的暴风"(卷五,524);"强劲的风力在海上掀起巨澜"(卷十五,383);"阻挡强风劲吹"(卷十六,213)。

"老人伛作一团"(τροχαλὸν δὲ γέροντα τίθησιν):老人行动迟缓,在刮着北风的日子里驼着背行走,缩成一团,看上去就像孩子们玩的转铁圈。阿里斯托芬的《鸟》中有"像转陀螺似的"之说(1461)。维吉尔的

《埃涅阿斯纪》中也有孩子玩陀螺的场景（卷七，378 起）。下文把受冻的动物比作驼背的老人（533）。

[519] 肌肤娇嫩的少女倒不怕寒，

"肌肤娇嫩的少女"（παρθενικῆς ἁπαλόχροος）：从缩成一团赶回家的老人，转为终日待在家里的少女。比起家中慈爱的母亲，诗人似乎对少女的意象更感兴趣。北风连坚硬的牛皮也能沁透，却穿不透少女的娇嫩肌肤，值得玩味。"少女"（παρθενικῆς），同 63，256；神，572。

[520] 躲在家中慈爱的母亲身旁，

"在家中"（δόμων ἔντοσθε）：托名荷马的《阿佛洛狄特颂诗》中同样提到"肌肤娇嫩的少女在家中"（14），只不过，与这些少女相关的女神不是阿佛洛狄特，而是精通编制手艺的雅典娜。

"在慈爱的母亲身旁"（φίλῃ παρὰ μητέρι μίμνει）：白银种族的漫长童年也是"在慈母身旁"度过（参看 130 相关笺释）。

[521] 不谙金色的阿佛洛狄特忙活的事。

"金色的阿佛洛狄特"（πολυχρύσου Ἀφροδίτης）：同神，980；参 65；神，822，962，975，1005。托名荷马的《阿佛洛狄特颂诗》讲道，阿佛洛狄特有本事诱惑和蒙骗所有的神和人，连神王宙斯也不例外，只除了三位女神，雅典娜、阿尔特弥斯和赫斯提亚生来不爱她忙活的那些事儿（7起）。阿佛洛狄特司掌婚姻，《伊利亚特》中，宙斯让她去"专门管理可爱的婚姻事情"（卷五，429）。如我们所知，这三位女神都是处女神，与婚姻无缘。天真的少女尚未出阁，自然不谙阿佛洛狄特的秘密。

[522] 她悉心沐浴玉体，用橄榄香油

"沐浴玉体"（λοεσσαμένη τέρενα χρόα）：《神谱》开篇，缪斯也在水中"沐浴玉体"（5-6）。西蒙尼德斯诗中提到，未出阁的女郎每天沐浴两到三次。在找到好婆家以前，她不应干太重的家务活儿，以免损及容貌（7.63 起）。

"橄榄香油"(ἐλαίῳ)：阿斯克拉本地不产橄榄。用ἐλαίῳ制成香膏，想来是奢侈品。本诗中还提到另一种"舶来品"，彼布利诺斯美酒(589)，产地是色雷斯。

[523]涂遍全身，躺在自家深闺中，

"自家深闺"(ἔνδοϑι οἴκου)：参601,733。

[524]在冬日里，那没骨头的啃着脚，

"没骨头的"(ἀνόστεος)：具体指哪种生物，素有争议。古代注家一般指为章鱼，据普罗克洛斯记载，这是斯巴达人对章鱼的称呼。还有的指为乌贼(如 Paley 和 Mair)、蜗牛(如 Koller 和 Edwards)，乃至狗或水母。从阿佛洛狄特突然转到古代诗歌中极其罕见的章鱼，确乎让人意外。阿佛洛狄特原是从乌兰诺斯的生殖器所生(神,188起)，因此有的注家猜测，"章鱼"之说，或许是与阴茎有关的古老谜语。深闺中的少女不谙情事，对应阴茎在冬日无所事事。(参 West, pp. 289-290；Tandy & Neale, p. 108)。还有注家提出一种新读法，也就是重新组合原文诗行，假想出某个"赫西俄德的初稿"：

> 把这一切放在心上，莫错过
> 明朗春天和雨水季节的来临。(491-492)
> 当心在冬寒苦时无力和贫困
> 压垮你，干瘪的手揎浮肿的脚。(496-497)
> 在冬日里，章鱼咬着自己的爪
> 在没有生火的家，惨淡的处所。(524-525)

从穷人在冬天冷得用手揎浮肿的脚，到章鱼咬自己的爪，确实说得通。也许，随着章节的扩写，行文也相应丧失原有诗行在最初的相互衔接关系(West, p. 289)。不过，就这一小节的现有结构看来，行524-535从海里生物过渡到陆地兽类，再回到老人，正好对应行507-518的叙事顺序(从大海到山林兽群到老人)，不失为巧妙的环行叙事手法。

"啃着脚"（ὃν πόδα τένδει）：希腊古人似乎相信,章鱼会咬断自己的爪(学名触腕)。古代迈锡尼人在记载七爪章鱼时也有类似说法。亚里士多德却指出,年老的水螅触手残断,往往是被鳗鱼所伤(《动物志》,590b18;另参普林尼《自然史》,9. 87;普鲁塔克《道德论集》,978起)。现今的科学研究表明,章鱼有时确乎会咬断自己的触腕,原因不是缺少食物,而是外界危机所迫,断了触腕的章鱼很可能难逃一死。"没骨头的"若是指阴茎,也未必说不通。在一些古代文本(如梵文、古爱尔兰和英语文本)中,形容没有性交行为,确实会譬喻性地描绘成阴茎在啃啮自己。

[525] 在没有生火的家,惨淡的处所。

"没有生火的家"（ἀπύρῳ οἴκῳ）：家与火本来紧密相连,这里却以"没有火"来描述家,不免矛盾。古代作者常见类似的矛盾修辞,比如欧里庇得斯在《俄瑞斯忒斯》中有"没有火神的火"或"没有赫淮斯托斯的火"之说(621);埃斯库罗斯在《阿伽门农》中有"在消逝的痕迹上"之说(695);另参见忒奥格尼斯,549;品达《奥林匹亚竞技凯歌》,6. 46;索福克勒斯残篇158F,708。有的注家主张对比"没有生火"的章鱼和前文暗示的"屠牛节"(Boukatios,504),牛既是焚烧祭献神灵的首选牺牲,又能给人类御寒,充分反映神与人的关系,相比之下,家中没有生火的生活方式是蛮荒的、欠缺文明的象征(Leclerc)。

[526] 太阳不会指点它去的牧场,

"指点它去的牧场"（δείκνυ νομὸν ὁρμηϑῆναι）：以牧场譬喻"没有骨头的"生物的捕食场所,真是别出心裁。若是章鱼倒也说得通,因为章鱼是肉食性的,食物包括鱼类、贝类等。阳光照不到这些地方,章鱼喜居海底的洞穴。有的注家释作"嬉戏之地"(如 Brunet 和 Backès)。

[527] 却在黑人的国土和城邦上

"黑人的国土和城邦"（κυανέων ἀνδρῶν δῆμόν τε πόλιν τε）：希腊古人相信,冬天太阳照在非洲的时间最长。希罗多德称,整个冬天太阳留在埃及、利比亚等非洲地区,只在夏天才移到欧罗巴大陆(2.24 – 26)。《奥德赛》卷十五还提到,太阳在某个叫叙里埃的海岛上方变换路线(404)。《神谱》中提到的"埃提奥匹亚人"(Αἰθιόπων),本义"被灼烧的脸",就是对黑皮肤的一种述述(985)。《列女传》中说,他们是波塞冬的后代(残篇150.17 – 19)。荷马诗中则说,他们住在大地尽处,大洋的彼岸,并分为两个群落,一个住在日落之处,一个住在日出之处(参《伊利亚特》卷一,423起;《奥德赛》卷一,22 起)。《奥德赛》中多有"国土与城邦"(δῆμόν τε πόλιν τε)的说法,如卷六,3;卷十一,14;卷十四,43。"黑色的"(κυανέων),也用来修饰勒托的黑衣(κυανόπεπλον,神,406)。

[528]巡行,随后光照所有希腊人。

"所有希腊人"(Πανελλήνεσσι):同残篇 130。下文还以Ἑλλάδος泛指希腊(653)。相比之下,荷马诗中没有专指全希腊的说法,《伊利亚特》中有"希腊人(Πανελλήνας)和阿开亚人"(卷二,530)之说,Πανελλήνας似乎仅指北部希腊人,与南方的希腊人区分开来。修昔底德也称,"在特洛亚战争以前,没有迹象表明全希腊有过任何共同的行动,这一地区也确实没有被通称为'希腊'"(《伯罗奔尼撒战争史》,1.3;另参阿波罗多洛斯,344F200)。

[529]这时山中有角无角的兽们

"有角无角"(κεραοὶ καὶ νήκεροι):有的注家解作"雄兽雌兽"(Edwards),也有的解作"老兽幼兽"(West)。肯定式与否定式搭配使用,这种修辞手法在古代诗人中不算罕见,比如索福克勒斯的《安提戈涅》:"我亲自把她捆起,就得亲自把她释放"(1108 起)。另参欧里庇得斯《俄瑞斯忒斯》,564;色诺芬《居鲁士劝学录》,8.7。

"山中野兽"(ὑληκοῖται):"住在山中的"。上文行 512 – 517 描写了受北风侵袭的动物(θῆρες),依次提到牛、山羊和绵羊等家养牲畜,这里讲过冬的野生兽类。

[530] 冷得牙齿打战,在蜿蜒林间

"蜿蜒" (βησσήεντα) : 同 389。

[531] 逃窜,心里只存一个念头:

"逃窜" (φεύγουσιν) : 对应下文的"往来奔波" (535)。

"心里……念头" (ἐνὶ φρεσὶ ... μέμηλεν) : 拟人手法,最终将冷得缩成一团的野兽比做老人 (533)。

[532] 觅得避寒地,严实的藏身处,

"觅得" (μαιόμενοι...ἔχωσι) : "寻觅并拥有",看似矛盾的动词并举,在古代诗歌中绝无仅有。

[533] 在岩洞深处。它们如拄杖老人,

"拄杖老人" (τρίποδι βροτῷ) : "三只脚的人"。斯芬克斯在忒拜城外设下谜语。许多人答不出被它吃掉。俄狄浦斯解开了谜,人老了拄拐杖,犹如有三只脚。虽然《神谱》也提到斯芬克斯(神,327),却不足以说明斯芬克斯之谜的神话早于赫西俄德生活的时代。

[534] 折了腰,垂头只见大地,

"折了腰" (νῶτα ἔαγε) : "弓腰驼背",呼应前文"老人伛作一团" (518) 的说法。

[535] 往来奔波,躲着皑皑冰雪。

"雪" (νίφα) : 对应开头的"冰霜封冻大地" (505)。虽是写严冬,诗中只在这里提到雪。前文笺释已提到,行 507 – 535 形成严密的环形叙事结构。

[536] 这时要穿暖保护皮肤,我劝你

从这里开始写准备过冬的衣服鞋帽 (536 – 546),对应秋天造农具

(423－436)。

　　"这时"(*καὶ τότε*):同 622。

　　"保护皮肤"(*ἔρυμα χροός*):用来修饰挡箭的腰带,参看《伊利亚特》卷四,137。

[537]穿一件软质外袍和一件长衣,

　　"外袍……长衣"(*χλαῖνάν...τερμιόεντα χιτῶνα*):荷马诗中常并列提起,比如奥德修斯从前在伊塔卡的装扮:"一件紫色双层羊绒外袍、一件精美的衬衣"(《奥德赛》卷十九,242)。古希腊农夫的衣装当然不会这么考究。他们自制衣饰(537－538),下文还讲到他们自制靴子(541－542)、羊皮外套(543－545)和毡帽(545－546)。阿里斯托芬在《鸟》中戏谑地说,强盗到了冬天也该准备毛衣,出去打劫才不会着凉(712)。

[538]衣料要织得经纱稀而纬纱密。

　　"经纱稀而纬纱密"(*στήμονι δ' ἐν παύρῳ πολλὴν κρόκα*):有注家主张,这里指的是学名为"纬二重织物"的织造工艺,也就是纬纱重复两道工序的编织法(Sinclair),参看《大英百科全书》的"织造"词条。但也有注家认为,赫西俄德时期不一定有这种织造工艺,这里很可能是一种泛指:编织要疏密有度,才能保证织物的保暖性(West)。

[539]穿戴严实,以免寒发冲冠,

　　"以免寒发冲冠"(*ἵνα τοι τρίχες ἀτρεμέωσι*):ἀτρεμέωσι 是否定说法,直译为"以使寒毛不会直竖起来"。

[540]浑身的汗毛冷得直竖起来。

　　"身体"(*σῶμα*):荷马诗中只指尸体,不指活人。赫西俄德在诗中多次用到"皮肤"(*χρώς* ;416,519,536,556,575,588)的说法,使用"身体"(*σῶμα*)这个词只有这里。在柏拉图对话中,σῶμα 是一个重要概念,得到了多种字源解释,比如苏格拉底说"身体是灵魂的牢狱或坟墓",

颇有俄耳甫斯秘教的味道(参看《克拉底鲁》,400 c;《高尔吉亚》,493 a)。

[541]要穿合脚的靴,用新宰牛皮

"新宰牛皮"(βοὸς ἶφι κταμένοιο) :新杀的牛的皮比老死或病死的牛的皮坚韧(参看普鲁塔克《道德论集》,642e;阿里斯托芬《骑士》,316起)。在每年的屠牛节上,人们想必会制造许多上乘牛皮。《奥德赛》卷十四讲到,牧猪奴"裁剪着一张光亮的牛皮,正在给自己的双脚制作鞋子"(23 - 24)。

[542]制作成,内里要衬毛毡。

"内里要衬毛毡"(πίλοις ἔντοσθε πυκάσσας) :柏拉图在《会饮》中提起另一种法子。寒天时节,人们出门"穿上鞋,还得裹上毛毡或羊皮"(220b)。

[543]寒季来临前,将头生羔羊皮

"头生羔羊"(πρωτογόνων δ' ἐρίφων) :同592。《伊利亚特》中,头生羔羊用来献祭,比如"用头生的羔羊做成的美好的百牲祭"(卷四,102)。羔羊肉质鲜美(参592),远胜成年山羊。成年山羊皮更大,但将头生羔羊皮缝制在一起,也许有别样的保暖效果。

[544]用牛筋线缝好,罩在肩头

"罩在肩头"(ἐπὶ νώτῳ ἀμφιβάλῃ) :希腊诗人们经常写道,农夫披着羊皮挡风遮雨,比如《奥德赛》中的牧猪奴(卷十四,530),阿里斯托芬的《云》中的斯瑞西阿得斯(72),欧里庇得斯的《圆目巨人》中的仆人(80),等等。

[545]可以遮雨,头上还得戴顶

"遮雨"(ὑετοῦ ...ἀλέην) :前文既提到秋雨(415)和春雨(488,492),也提到过冬季的雨,从十一月持续到来年的三四月(450 - 451)。

[546] 合适的毡帽,不淋湿耳朵。

"毡"(*πῖλον*):同 542。

[547] 北风骤临,黎明总是彻寒。

"骤临"(*πεσόντος*):《神谱》中用来指狂风(神,873)。

"黎明"(*ἠώς, ἠώιος*):行 547 和行 548(译文移至行 549:"晨[雾]")连用。参看行 578 - 590 中*ἠώς*三行首字叠用。在《神谱》中,黎明女神厄俄斯是许佩里翁和忒娅的女儿,太阳和月亮的姐妹(神,371 - 374),风神和星辰的母亲(神,378 - 382)。这里恰恰同时提到了风神三兄弟中的北风和繁星。

[548] 从繁星无数的天空直到大地,

"繁星无数的天空"(*οὐρανοῦ ἀστερόεντος*):在《神谱》中,天空被固定修饰为"繁星无数的"(神,106,126,414,463,470,737,808,897)。黎明女神厄俄斯为提坦世家的阿斯特赖俄斯生下"天神用来修饰王冠的闪闪群星"(神,382)。本行中同时讲到黎明、天空和繁星,再自然不过。

[549] 晨雾弥漫有福者耕作的沃田。

"沃[田]"(*πυροφόρος*):"带来麦子的"。冬季的晨雾有益于农作物生长。该词在行中紧接首字*σοφίη*[雾],因而也有注家释为"有益的雾气"(如 Backès,张竹明、蒋平先生译本等)。但该词用来修饰田地已成惯例(如《伊利亚特》卷十二,314;卷十四,123;卷二十一,602;《奥德赛》卷三,495;托名荷马,《阿波罗颂诗》,228)。多数注家主张,这个修饰语与*μάκαρων ἔργοις*[有福者的耕作]相连。

[550] 它源自长流不息的江河,

"源自江河"(*ἀρυσάμενος ποταμῶν ἄπο*):这里几行诗反映了希腊古人的气象常识(550 - 553)。雾来自地面蒸发的湿气,这些上升的湿气最终形成宙斯的雨水,天上并没有什么永不枯竭的蓄水池。《伊利亚特》

也有"雾自水来"之说(卷一,359;另参泡赛尼阿斯,8.38.4)。

[551]有狂风自大地吹送而起,

　　"狂风"(*ἀνέμοιο θυέλλη*):海上的狂风与云雾,参621-622。

[552]在黄昏落雨,要不消散开,

　　"在黄昏落雨,要不消散开"(*ἄλλοτε μέν θ' ὕει ποτὶ ἕσπερον, ἄλλοτ'*
ἄησι):"有时在黄昏落雨,有时成风"。古人相信,清晨起雾,意味着午
后有雨,除非一阵风来,把雾气吹散。

[553]赶上色雷斯的北风驱开云翳。

　　"色雷斯的北风"(*Θρηικίου Βορέου*):参506-507。

　　"驱开云翳"(*νέφεα κλονέοντος*):《伊利亚特》中同样用来指风神,参
卷二十三,213。

[554]你要抢先干完活赶早回家,

[555]免得乌云从天而降笼罩你,

[556]淋湿你衣服,浇透你全身。

　　这里三行讲冬季下地农活,与开头的说法"冷得没法下地干活儿"
(494)颇有出入。也许与行549提到的晨雾弥漫的农田有关。起早干
活,参看578-580。

[557]要当心,这个月份最难挨,

　　"当心"(*ὑπαλεύασθαι*):收尾呼应的手法。这一整段都在讲勒纳伊
昂月(504-560),开头也有"这时你得当心"(*ἀλεύασθαι*;505)的说法。

[558]天寒家畜不好过,人也一样。

　　"家畜"(*προβάτοις*):本指羊,这里泛指各种家畜。

　　"不好过"(*χαλεπός, χαλεπός*):本行内重复两次,参557。

[559]这时牛给一半饲料,但家人

"牛给一半饲料"(τῆμος τώμισυ βουσίν):冬季人和家畜都难挨,首先在于吃不饱。农耕季节,牛要干活,必须喂饱(452)。冬天牛不干活,可以少喂食。科鲁迈拉在《论农业》中详细交代了每个月给牛喂食的定额(6.3.4 – 8,11.2.98 – 101)。从下文看,赫西俄德也是按月分配口粮(766)。

[560]口粮要多些,夜长好节省。

"家人口粮要多些"(ἐπ' ἀνέρι τὸ πλέον εἴη / ἁρμαλιῆς):"多些"是比一半多一些,冬季的口粮不可能超出平常额度。托名荷马的《阿佛洛狄特颂诗》中提到,人在冬天需要吃更多食物,因为,冬天夜长,睡眠时间增加,要求人的身体保持更高的热量(1.15)。不过,赫西俄德不是在讲医学常识,而是在讲如何节省粮食过冬,等待春天到来(563;另参477)。

[561]留心这些事,在整整一年中,

"留心这些事"(ταῦτα φυλασσόμενος):同 263。

"整整一年"(τετελεσμένον εἰς ἐνιαυτόν):同样用法见神,795。有的注家声称,这个说法暴露了赫西俄德农历叙事的瑕疵:一年始于昴星预示的耕种日(383 起),也就是从五月份开始算起,却在二月春天来临前结束,显然残缺不全,为此有必要将行 564 – 617 视为后人伪作(如 Wilamowitz 和 Lehrs)。但多数注家反驳这种论断,这里的一整年应当结束在夏季,也就是收获和储藏粮食的时节。

[562]掂量昼夜长短,直到又一次

"掂量昼夜长短"(ἰσοῦσθαι νύκτας τε καὶ ἤματα):也就是"让夜晚在天平上逐渐与白天达成均衡"。《伊利亚特》卷十二也用了相似的譬喻,以女工称羊毛时在天平两边放上砝码和羊毛,对比胜负难分的战争(434 起)。有注家主张,随着夜晚变短,白天变长,分配的口粮也就逐渐增多,人们通过这个方式意识到一年时光的推移(Frazer)。

[563]万物之母大地带来各色果实。

"万物之母大地"($\Gamma\tilde{\eta}\ \pi\acute{\alpha}\nu\tau\omega\nu\ \mu\acute{\eta}\tau\eta\rho$):托名荷马颂诗的最后一首即是献给万物的母亲大地女神(30.1)。另参埃斯库罗斯,《普罗米修斯》,90。

"果实"($\varkappa\alpha\varrho\pi\grave{o}\nu$):同 118,172,237,576。

4. 春夏:收成季(行 564 – 617)

[564]自太阳回归以来的六十个

冬天结束,春天来了。收成季里一共提到四类农务,先讲葡萄修枝(564 – 570)和收割谷物(571 – 581),后讲谷物脱粒、储存(597 – 608)和葡萄收成(609 – 614),中间插入一段写夏歇(582 – 596)。这里开始写葡萄修枝,时间在每年二月。

"太阳回归"($\tau\varrho o\pi\grave{\alpha}\varsigma\ \mathring{\eta}\epsilon\lambda\acute{\iota}o\iota o$):行 479 同样提到太阳回归的冬至日,并借此开始冬季小节叙事,这里重提冬至日,则是作为冬季小节的结语。首尾呼应,行文结构严密。冬至日大约在每年 12 月 20 日前后。行 663 有相同用法,指夏至。

[565]冬日由宙斯画上了句号,

"六十个冬日"($\mathring{\epsilon}\xi\acute{\eta}\varkappa o\nu\tau\alpha.../\chi\epsilon\iota\mu\acute{\epsilon}\varrho\iota'...\mathring{\eta}\mu\alpha\tau\alpha$):自太阳回归日算起,六十个冬日始于每年十二月下旬,结束于来年二月下旬。春季因此从每年二月底三月初算起。

[566]大角星作别神圣的大洋水流,

"大角星"($\mathring{\alpha}\sigma\tau\mathring{\eta}\varrho\ /A\varrho\varkappa\tauo\tilde{\upsilon}\varrho o\varsigma$):字面意思是"大熊的守望者",因总似跟在大熊座后面升起而得名。大角星是牧夫座的主星,也是最亮的一颗。古汉语中,大角星又名天栋,《史记·天官书》中说:"大角者,天王帝廷。"《奥德赛》中,奥德修斯在海上迎风扬帆,通过观察四种星辰调整航向,其中就有"迟迟降落的大角星"(卷五,272),另外三种是昴星座、大熊星座和猎户座(《奥德赛》卷五,272－275;《伊利亚特》卷十八,487－489)。

"神圣的大洋水流"(ἱερὸν ῥόον Ὠκεανοῖο):大洋神,音译为"俄刻阿诺斯",是环绕大地的大河,与大海有别。荷马诗中称大洋神是众神的始祖(《伊利亚特》卷十四,200－201)。在赫西俄德的神谱系统里,大洋神是大地和天神的长子,提坦神族的成员,这也许因为他在神话传统中素以古老著称(神,133,790－791;《伊利亚特》卷二十一,195－197)。"神圣的大洋"(ἱερὸν Ὠκεανοῖο),同《伊利亚特》卷十一,726;《奥德赛》卷十,351。

[567]头一回在暮色中闪亮升起。

"头一回"(πρῶτον):同 387,598,679。

"暮色"(ἀκροκνέφαιος):或"夜晚初临时"(参品达,《皮托竞技凯歌》,11,10)。赫西俄德在黄昏观察大角星,注意诗中提及的多数星辰升沉往往发生在黎明以前。包括开普勒和牛顿在内的科学家们致力于测算出赫西俄德时代大角星首次出现的时间。有一种测算结果是在 2 月 13 日,也就是太阳回归以后的第五十六天,与这里的说法基本相符。不妨想像,赫西俄德时代的农夫至少有两种测算葡萄修枝时间的办法,要么从冬至日算起第六十天,要么大角星初次出现在天空。

[568]潘狄翁的女儿,早啼的燕子

"潘狄翁的女儿"(Πανδιονίς):即燕子,与莺本是姐妹(莺、燕子与戴胜的传说,参 203 及相关笺释)。《奥德赛》卷十九将夜莺说成"潘达瑞奥斯的女儿"(Πανδαρέου κούρη;518),却又显然有别于卷二十中的"潘达瑞奥斯的女儿们"(Πανδαρέου κούρας;66)。潘狄翁是传说中的雅典国王(参看托名阿波罗多洛斯,3.14.8)。萨福也称燕子为"潘狄翁的女儿"(Πανδῖνις;残篇 1),很可能是受赫西俄德的影响。

"早啼的燕子"(ὀρθρογόη...χελιδών):多有注家释为"哀诉",似与菲罗墨拉受忒柔斯凌辱有关。但普罗克洛斯在注疏柏拉图的《斐德若》时称,柏拉图说过,莺、燕子和戴胜这三种鸟的鸣叫并不悲哀(85a)。这里也许指菲罗墨拉被割去舌头后竭力述说自身遭遇。依据公元前四世纪希腊天文学家俄多斯库斯所记载的农历,燕子啼叫和大角星升起都在 2 月 19 日。科鲁迈拉记录,大角星升起也是在同一天(11.2.21)。但也有记载更晚些的,比如奥维德在《岁时记》中记录,燕子初啼在 2 月 23 日(2.853)。

[569]飞在人们眼前,春天来了。

"飞在人们眼前"(ὦρτο / ἐς φάος ἀνθρώποις):赫西俄德似乎认为,燕子在冬天藏身本地,而不是迁徙外地。亚里士多德在《动物志》中也持同一观点(600a10 起)。

"春天来了"(ἔαρος νέον ἱσταμένοιο):或"早春来临"。燕子啼叫预示春天的来临。同样用法见《奥德赛》,说的却是夜莺"在早春来临之际优美地放声歌唱"(卷十九,519)。古代作者似乎更多将燕子而不是夜莺与春天相连,如西蒙尼德斯残篇,597;阿里斯托芬,《骑士》,419。前文还提到布谷鸟在暮春啼叫(486)。

[570]要抢先修剪葡萄枝:这样最好。

"修剪葡萄枝"(οἴνας περταμνέμεν):赫西俄德用六行诗描绘季节,而仅用一行诗说明该做什么农活。时序与劳作紧密相连。诗中没有提及葡萄栽种或嫁接,也许因为这不是持续一年的农活(有关修枝,参卡托,32;维吉尔《农事诗》,2.403 起)。科鲁迈拉(4.10.23,11.2.16)和帕拉狄乌斯(Palladius,《论农业》,3.12.1,4.1.1)均称,在气候寒冷的地区,至迟要在二月完成葡萄修剪。普林尼在《自然史》中说,布谷鸟出现的时节,农夫还在修剪葡萄藤,迟到的人会遭邻居耻笑(18.249)。

"这样最好"(ὡς γὰρ ἄμεινον):诗中有多处相似用法,如 424,433,750,759。

[571]但等到蜗牛从地面爬上枝叶，

这里开始讲收割(571－581)。行 570 讲二月春天的葡萄修枝。行571 讲收割，已是五月中旬昴星出现之时(参 383 相关笺释)。两行之间整整跨越了三个月。

"蜗牛"(ἂν φερέοικος)："背着住所的"，一般说是蜗牛(参见 Anaxilas 残篇,34；西塞罗残篇 2.38)。也有注家指称别种昆虫。普罗克洛斯指为阿卡底亚地区的一种甲虫，夏天会爬上葡萄叶，相反蜗牛夏天会躲起来。有说是大黄蜂。还有的说是一种龟，乃至一种食坚果住树根的鼬鼠。

"枝叶"(φυτὰ)：当指葡萄藤叶(West)。

[572]躲开昴星，已过葡萄栽种时。

"躲开昴星"(Πληιάδας φεύγων)：这个说法隐含了昴星升在空中的意思(参见 383 相关笺释)。蜗牛躲避的其实不是昴星，而是越来越热的天气。这时大约是五六月间。"躲过"(φεύγων)，同 620。

"栽种葡萄"(σκάφος...οἰνέων)：这里的动词 σκάφος 实指"培土"。但从行文来看，赫西俄德当指包含培土、插栽、修枝在内的整个葡萄培植过程，通常在早春完成。前文讲秋时耕种，犁地松土与播种也同样写在一块儿(458－492)。不少拉丁诗人都讲解过松土的时间和方法，如维吉尔《农事诗》,2.398 起；科鲁迈拉,4.5.28；普林尼《自然史》,17.188起；帕拉狄乌斯,3.20.1。

[573]你得磨利镰刀，叫醒奴仆们，

"磨利"(χαρασσέμεναι)：同 387。

[574]莫贪恋荫处坐地和清晨酣眠，

"荫处坐地和清晨酣眠"(σκιεροὺς θώκους καὶ ἐπ' ἠόα κοῖτον)：对观493，天寒的时候不要留恋"铜匠铺的坐凳和谈天暖屋"。旧约《箴言》亦言："夏天聚敛的，是智慧之子；收割时沉睡的，是贻羞之子"(10:5)。

[575]收割季节里,太阳炙烤肌肤,

"收割"($\dot{\alpha}\mu\dot{\eta}\tau o\upsilon$):同 384,392,480。

"太阳炙烤肌肤"($\dot{\eta}\dot{\epsilon}\lambda\iota o\varsigma\ \chi\varrho\dot{o}\alpha\ \kappa\dot{\alpha}\varrho\varphi\epsilon\iota$):夏天的特征。前文提到秋天来临,"锐利的日光开始减退威力,不再炙烤逼人汗下"(414–415)。

[576]赶早动手,把收成果实运回家,

"果实"($\kappa\alpha\varrho\pi\dot{o}\nu$):同 118,172,237,563。参看 118 和 172 相关笺释。

[577]摸黑早起,你的生计才有保障。

"摸黑早起"($\ddot{o}\varrho\vartheta\varrho o\upsilon\ \dot{\alpha}\nu\iota\sigma\tau\dot{\alpha}\mu\epsilon\nu o\varsigma$):也就是"在黎明时分起床"。收成季节赶早,呼应耕种季节赶早:"开工要赶早,地里才能丰收"(461,参460,485,490)。

"生计"($\beta\iota o\varsigma$):参看 31 和 42 相关笺释。另参 316,634。

[578]清早干活占全天劳作的三成,
[579]黎明顶好出门赶路和干活,
[580]拂晓将近,许多人纷纷上路,

"清早,黎明,拂晓"($\dot{\eta}\dot{\omega}\varsigma$):行 578–590 三行首字重叠,均以 $\dot{\eta}\dot{\omega}\varsigma$ 起头,试作不同译法。类似修辞手法见 5–7,317–319。《神谱》中同样有例可查,比如行 316–318,526–527,950–951(均指赫拉克勒斯)。旧约《箴言》也有教人早起劳作的说法:"不要贪睡,免致贫穷;眼要睁开,你就吃饱"(20:13)。

"三成"($\tau\varrho\iota\tau\eta\nu$):"十成中的三成",或"三分之一"。《神谱》中说斯梯克斯河是"大洋的一个分支,第十支流"(神,789),换言之,斯梯克斯河水流量占大洋十成中的一成。荷马诗中多次将一天分成早晨、中午和夜晚三部分(《伊利亚特》卷二十一,111;《奥德赛》卷七,288)。

[581]许多耕牛也都给套上了轭。

"耕牛套上了轭"(ἐπὶ ζυγὰ βουσὶ τίθησιν):在一些地区,耕牛上轭几乎成了"清晨"的代名词。

[582]正当洋蓟开花,噪响的蝉儿

在收割与打谷之间,赫西俄德插入一段夏歌叙事(582-596)。正如冬歌切忌懒惰,夏忙也讲究休闲,充分体现了赫西俄德的人生哲学。此时正当七月,夏天进入最炎热的阶段。读者不难从中感到,赫西俄德并非一味讲求劳作,他也懂得享受生活的乐趣。诗人阿尔凯奥斯稍后在酒颂诗中写蝉鸣,模仿了赫西俄德的笔法,可见赫西俄德对勒斯波思诗歌的影响(另参568)。值得一提的是,这个夏歌里享用美酒佳肴的好时刻是独自一人度过的。

"洋蓟"(σκόλυμός):一种菊科菜蓟属植物,花叶可凉拌,根茎可炖食。泰奥弗拉斯托斯在《植物志》中最早做过记载(6.4.7)。拉丁文称Scolymus hispanicus,即"西班牙蓟",汉语用洋蓟统称生长在地中海沿岸的同类植物。张竹明、蒋平先生译为"菊芋",想必也是因为菊芋的根茎可食用,只是菊芋是向日葵属植物,原产美洲,很晚才传入欧洲。洋蓟开花,大约在每年六七月间。

"蝉"(τέττιξ):蝉鸣是炎夏的另一征象。

[583]坐在树上,唱出尖亢的歌,

"唱出尖亢的歌"(λιγυρὴν καταχεύετ᾽ ἀοιδὴν):《伊利亚特》对蝉有相似的描绘:"森林深处爬在树上,发出百合花似的悠扬高亢的歌声"(卷三,151-152)。柏拉图对话频频提及蝉,比如《斐德若》中有蝉"空着肚皮干着嗓子,一个劲歌唱到死"的说法,乃至讲到蝉的起源(259c);《会饮》中,阿里斯托芬也讲到蝉(191b-c)。

[584]不住颤翅,在苦炎的夏日,

"颤翅"(ὑπὸ πτερύγων):"从翅膀下[传出歌唱]"。古人早已解开蝉

鸣的秘密:通过震颤胸腔内某个靠近翅根的器官而发出声音。参看亚
里士多德《动物志》,556a14 – b 20。

[585]这时山羊最肥,葡萄酒最美,

"葡萄酒最美"(οἶνος ἄριστος):相似说法见阿尔凯奥斯,338,367;忒
奥格尼斯,1039 起。下文还将专门提到葡萄酒的酿制(611 – 612)。

[586]女人最放浪,男人最虚弱,

"女人最放浪,男人最虚弱"(μαχλόταται δὲ γυναῖκες ἀφαυρότατοι
δὲ τοι ἄνδρες/ εἰσίν):夏季是繁忙的收成季节,男人从早忙到晚,筋疲力
尽,最是虚弱,女人相应显得最是放浪。希腊古人似乎认为,女人的性
欲还与夏季天气炎热有关。亚里士多德在《论问题》中援引了这里的
诗行,并做出详细解释(879a27 – 35)。此外,《动物志》中也称:"男子
在冬天更渴求性交,女子则是在夏天"(542a33 – 542b1)。

[587]天狼星炙烤着脑袋和膝盖,

"天狼星炙烤"(Σείριος ἄζει):天狼星整日与太阳一道出现空中,大
约发生在七月中旬,预示最炎热的日子到来(参417 及相关笺释)。星
辰"炙烤"之说,似乎不太现实,也许是强调炎热。

[588]皮肤燥热。这时只想找一处

"皮肤燥热"(αὐαλέος ...χρὼς ὑπὸ καύματος):对应夏日结束,秋雨降
临,"人的肌肤舒缓很多"(416 – 417)。这时天狼星在人类头顶也相应
地"白天走得少,夜里走得长"(417 – 419)。

[589]石下阴地,有彼布利诺斯酒,

"石下阴地"(πετραίη τε σκιή):石下是最阴凉的所在,参看维吉尔
《农事诗》,3.145。色诺芬在《家政》中写道:"夏天的时候,除了田间,
上哪儿找更凉快的清水、微风和荫蔽处?"(5.9)

"彼布利诺斯酒"(βίβλινος οἶνος):埃斯库罗斯在《普罗米修斯》中提

到,尼罗河上游从彼布利涅山(βίβλινα)流出甘甜的神水(811),未知与这里的彼布利诺斯酒是否有关。据公元前五世纪的希腊作者记载,彼布利诺斯酒是色雷斯名酒之一,酒名源自某个同名小镇(如参 Philyllilus 残篇,24;Armenidas 378F 3)。但也有注家主张,赫西俄德时代不一定就有该酒存在,这里可能指一种用莎草的可食用部分酿造而成的酒。

[590]奶浸松饼、刚断奶的母山羊的奶、

　　"奶浸松饼"(μάζα τ᾽ ἀμολγαίη):自来有诸种解释,有说是掺了牛奶的发酵面包,有说是牛奶点心,还有说是奶酪。多数现代译家作发过酵的饼(如 Mazon、Brunet、Backès)或加了牛奶的面食(如 Most, Tandy & Neale)。

　　"刚断奶的母山羊的奶"(γάλα τ᾽ αἰγῶν σβεννυμενάων):亚里士多德在《动物志》中讲到母羊给小羊断奶(587b28)。山羊一般在秋末交配,来年春天生羊崽,母山羊出奶期长达几个月,绵羊更长,可达八个月(参亚里士多德,《动物志》,523a5)。一般认为,初奶的品质最佳。但瓦罗却说,最好的羊奶牛奶不是刚分娩的母羊或母牛的奶(2.11.2),奶的品质还与挤奶时间、时节气候有关(2.3.8)。挤出的奶不能久放,最好喝新鲜的(赫西俄德残篇 17a,8)。《奥德赛》中提到盛产山羊的利比亚,当地牧人从不缺乏干酪和鲜奶(卷四,87－89;参卷九,297)。

[591]放养林间未下仔的母牛肉

　　"放养林间"(ὑλοφάγοιο):与前文在棚中喂饲料的牛形成对比(559)。参欧里庇得斯《伊菲格涅亚在陶洛人里》;柏拉图《克里蒂亚》,111c;瓦罗,2.5.11。

[592]或头生羔羊肉。只想饮莹澈的酒,

　　"头生羔羊"(πρωτογόνων τ᾽ ἐρίφων):同 543。

　　莹澈的酒(αἴθοπα οἶνον):或"闪光的酒""如火光闪耀的酒",同724,荷马诗中共出现二十来处,如《伊里亚特》卷一,462;《奥德赛》卷二,57。形容词αἴθον用来修饰饥荒,见上文 363 相关注释。

[593]独坐荫处,对着佳肴心快意,

"心快意"(κεκορημένον ἦτορ):一个人享受美酒佳肴的夏歇时刻。

[594]把脸朝向清新拂动的西风,

"西风"(Ζεφύρου):又音译为"泽费罗斯"。西风神与前文讲到的冬天里的北风神是兄弟(参看506及相关笺释)。《神谱》中修饰西风为"吹净云天的"(ἀργέστην;神,379,870)。一般说来,西风是春天里的风。炎热的夏天,若有凉爽的西风吹拂再惬意不过。

[595]从长流不歇的纯净山泉汲取

"泉"(κρήνης):山泉有灵,加上西风神来,石阴下的独坐不是单为享乐欢宴,更似为繁忙的时日中有冥思的片刻。下文果然提到奠酒祭神。

[596]三分清水,掺入一分美酒。

"三分清水,一分美酒"(τρὶς ὕδατος...τέτρατον οἴνου):三份水兑一份酒,这种酒水混掺的做法有些奇特,但希腊古人确乎饮用稀释过的淡酒(如见《奥德赛》卷二,341)。色诺芬提到先在碗里放水的习俗(残篇,B5)。有注家主张,这两行实为祭神仪式:汲取山泉净水,奠水三回,第四回奠酒(如Evelyn‐White本,张竹明、蒋平先生译本),虽然这个说法有悖前文提到奠酒敬神的固定时刻:"睡前和神圣的天光再现时"(339及相关笺释,另参724)。

[597] 敦促奴仆给德墨特尔的神圣谷物

这里开始讲打谷和储存粮食(597‐608),时间在每年六月。
"德墨特尔的神圣谷物"(Δημήτερος ἱερὸν ἀκτήν):同466,805。

[598]脱粒,壮丽的猎户座头一回现身时,

"脱粒"(δινέμεν):《伊利亚特》卷二十提到打谷脱粒的情形(495‐

497）。把麦穗摊开在打谷场上，给牛套上轭，让牛在场上不停转圈，踩着麦粒，直到谷物脱壳而出。另参色诺芬《家政》，18.3－5；瓦罗，1.52。

"壮丽的猎户座"（στένος Ὠρίωνος）：音译为"神勇的奥利昂"。猎户座在夜空中闪亮壮观，常被视为力量和勇气的象征。在古希腊神话中，奥利昂本是波奥提亚的猎人，以大力勇猛著称。《奥德赛》中说黎明女神爱上了他（卷五，121），也有说他在林间追逐狩猎女神阿尔特弥斯，后来变成紧挨天狼星的星辰。现存古代文本中并没有奥利昂神话的完整记载，但不少希腊和拉丁作者均提到过他，如品达《涅墨亚竞技凯歌》，2.12；欧里庇得斯《赫卡式》，1102；奥维德《岁时记》卷五；维吉尔《埃涅阿斯纪》卷十等。在古代中国，猎户座是廿八宿之一，又称"参宿"。一般说来，猎户座首次出现天际，大约发生在每年的 6 月 20 日，比天狼星早一个月。诗中还会出现三次（609，615，619）。

"头一回"（πρῶτα）：同 387，567，679。

［599］在通风的地方，平整的打谷场，

"通风的地方"（χώρῳ ἐν εὐαέι）：通风的场地有助于扬去谷壳。《伊利亚特》卷五写道，"风在扬谷的农夫的神圣的打谷场上"（499）。参见色诺芬《家政》，18.6－7；瓦罗，1.51.1。

"平整的打谷场"（ἐντροχάλῳ ἐν ἀλωῇ）：同 806；《伊利亚特》卷二十，496。

［600］再用量铲细心存进瓦罐，等到

"量铲"（μέτρῳ）：一种可作测量用的铲子或勺子。

"瓦罐"（ἄγγεσιν）：同 475。

"等到"（αὐτὰρ ἐπὴν δὴ）：同 614。行末重新起句，给人紧凑的印象。

［601］你将全部粮食在家收拾停当，

"收拾停当"（ἐπάρμενον）：或"锁好"，同 627。

"在家"（ἔνδοθι οἴκου）：同 523，733。

[602]雇用无家室的男工和没孩子的女仆,

"雇用无家室的男工"(*θῆτά τ' ἄοικον ποιεῖσθαι*):也有注家释作"将短工辞退出家门"(Most、Lattimore、Tandy&Neale、张竹明、蒋平先生等),也就是说收割季节已过,不再需要干农活的短工。这里从 West、Frazer 和 Mazon 等本。收成的粮食终究要有人看管(601,604),尤其主人家可能在七八月间出海远游(663 起)。*θής*[短工,雇工]与 *δμῶες*[奴仆]不同,社会地位低微,却是自由人。短工可能还是主人家的熟人(参见 370:"和熟人讲定的酬劳要算数"),值得信赖(参见色诺芬《家政》,2. 8. 3)。《奥德赛》中这么说起过短工的境况:"为他人耕种田地,被雇受役使,无祖传地产,家财微薄度日难"(卷十一,489–491)。

"没孩子的女仆"(*ἄτεκνον ἔριθον*):女仆拖带着娃娃,干活容易分心,此外又等于多添了一张嘴(603)。女仆分内的活儿可能是把收成的谷子磨成细粉,好做日常面食。在《伊利亚特》卷十八中,*ἔριθον* 一词多次用来指男性的割麦人(550,560),稍后专指女性,尤指纺织的妇人。

[603]听我的劝:女仆拖个娃儿很麻烦。

"拖个娃儿"(*ὑπόπορτις*):"[母牛]拖带着小牛",比喻的说法。

[604]养条獠牙的狗,莫克扣狗粮,

"獠牙的狗"(*κύνα καρχαρόδοντα*):同 796,狗的常用修饰语(参见亚里士多德《动物志》,510a16)。狗看家,参见瓦罗,1. 19. 3,2. 9;维吉尔《农事诗》,3. 404。古人以谷物面食喂狗,参见科鲁迈拉,7. 12. 10。赫西俄德还写过一条有名的狗刻尔柏若斯:看守冥府的"让人害怕的狗,守在门前,冷酷无情,擅使阴险的诡计"(769–770;神,311,769)。

[605]以防那白天睡觉的人偷你钱财。

"白天睡觉的人"(*ἡμερόκοιτος ἀνήρ*):即盗贼。

"钱财"(*χρήμαθ'*):同 320,686。

[606]打回饲料和褥草,好让

"饲料和褥草"(χόρτον...καὶ συρφετόν):牛骡吃的草料,一般在春末割走(参《奥德赛》卷十八,366－370;科鲁迈拉,11.2.40),但仍有一些留在田间直到夏天(参卡托,3)。这里的 συρφετόν 指所有可以用来给牛骡当垫草的东西,包括干枯的麦秆、稻草、打谷余下的糠壳、葡萄修枝时剪下的藤叶,等等。

[607]牛和骡够用。这时还得让

"骡"(ἡμιόνοισιν):在农时历法叙事中,骡只出现这一回。诗中出现过几处,见46,791,796,816。

[608]奴仆歇养倦膝,给耕牛卸轭头。

"倦膝"(φίλα γούνατα):"可怜[可爱]的膝头"。荷马诗中多以双膝疲软形容人在战斗或劳作以后疲倦力乏(参《伊利亚特》卷十九,166;《奥德赛》卷十三,34)。

[609]当猎户座和天狼星升至中天,

这里开始讲葡萄收成(609－617),时间在每年九月。

"猎户座和天狼星"(Ὠρίων καὶ Σείριος):参看417和598相关笺释。猎户座首次出现天际在每年六月下旬(另参615,619),天狼星偕日升起的日子则在七月中旬(另参587),这里讲这两种星爬升至"中天"的位置。

"升至中天"(ἐς μέσον ἔλθη /οὐρανόν):换言之,黎明时分可以在"中天"看见这两种星,大约发生在九月中旬。希腊古人说"中天",也就是正午时分太阳位于天顶的位置,从赫西俄德居住的地理位置看,当理解为天顶的南方。在后来的拉丁文中,meridies 既指正午,也指南方。

[610]玫瑰纤指的黎明遇见大角星,

"玫瑰纤指的黎明"(ῥοδοδάκτυλος Ἠώς):黎明女神,又音译为"厄俄

斯"(参看 547 – 548 相关笺释)。她是提坦世家许佩里翁和忒娅之女，太阳赫利俄斯、月亮塞勒涅的姐妹，《神谱》中称"她把光带给大地上的生灵和掌管广阔天宇的永生神们"(神，371 – 374)。"玫瑰纤指"(ῥοδοδάκτυλος)以人身化的手法描绘黎明的霞光，萨福也曾用来修饰月亮(96.8)，Baccylides 用来修饰伊俄(19.18)。黎明有时也被称为"玫瑰手臂的"(ῥοδόπηχυς)，赫西俄德也用来形容涅柔斯之女欧里刻(神，246)、希波托厄(神，251)。

"大角星"(Ἀρκτοῦρον)：参看 566 相关笺释。大角星音译为"阿拉图斯"，是牧夫座中最亮的一颗星。诗歌在这里采用人身化的写法，"黎明女神瞥见名为'阿拉图斯'的牧人"，也就是"牧夫座出现在黎明时分"，一般发生在每年的 9 月 8 日。大角星首次出现空中，是每年春季二三月的傍晚时分，正值葡萄修枝时节；到了夏末秋初，大角星改在黎明时分出现，这时是葡萄收成的酿酒时节。有关这位名为"阿拉图斯"的牧夫，希腊神话中确乎有不同说法。有的说，他是狄俄尼索斯的门人伊卡利乌斯(Icarius)，他调制出了好葡萄新酒，其他牧人闻所未闻，误以为他下毒，在醉中杀了他。这与牧夫座预示葡萄收成的说法倒有几分关联。柏拉图在《法义》中也提到，葡萄收成和大角星上升发生在同一时节(844e)。

[611] 佩耳塞斯啊，你要收成葡萄运回家。

"佩耳塞斯啊"(ὦ Πέρση)：首尾处呼应本节开场"劳作吧，傻佩耳塞斯啊"(397)。整个农时历法依然是说给佩耳塞斯听的。

[612] 先放在太阳下晒十天十夜，
[613] 再捂盖五天，第六天存入桶中：

赫西俄德在这里提供了一种葡萄酒的酿制法(611 – 612)。

"太阳晒"(δεῖξαι δ' ἠελίῳ)：《奥德赛》讲到一处葡萄园：在费埃克斯王的果园中，葡萄平铺在地上，"受阳光曝晒"(卷七，123)。葡萄酒的酿制，参见卡托，112.2；维吉尔《农事诗》，2.552；科鲁迈拉，12.27，12.37，39.1；普林尼《自然史》，14.77，14.81，14.84。

[614]欢乐无边的狄俄尼索斯的礼物！等到

"欢乐无边的狄俄尼索斯"（Διωνύσου πολυγηθέος）：同神，941。狄俄尼索斯是酒神，宙斯与凡间女子塞墨勒的儿子（神，940 – 942）。赫西俄德提到他的地方并不多，只说过他和阿里阿德涅的故事（神，947 – 949）。相比之下，在俄耳甫斯神话传统里，狄俄尼索斯是重要的神。

"礼物"（δῶρα）：或"恩赐"。美酒是狄俄尼索斯送给人类的礼物（参看《赫拉克勒斯的盾牌》，400），正如诗歌是"缪斯的礼物"（神，102 – 103）、婚姻是阿佛洛狄特的礼物，等等。

"等到"（αὐτὰρ ἐπὴν δὴ）：同 600。

[615]昴星、毕宿星和壮丽的猎户座

行 615 同《伊利亚特》卷十八，486。赫淮斯托斯为阿喀琉斯造盾牌，上头绘制了各种星辰，包括本行提到的三种星和大熊星座（参看 566 相关笺释）。

"昴星"（Πληιάδες）：本节收尾处昴星降落，呼应开场的说法（383 – 384）。正所谓斗转星移，一年逝去。另参 383，572，619。

"毕宿星"（Ὑάδες）：音译为"许阿得斯姐妹"，字面意思似与雨水相连，故而又被看作古希腊神话里的雨水仙子，传说还是宙斯的乳母。在迄今流传的残篇中，赫西俄德还为五个许阿得斯姐妹分别命名：Phaysyla、Coronis、Clea、Pheo 和 Eudora（残篇 291）。毕宿星和昴星同属冬季星空中最醒目的金牛座，是位于金牛头部的一个疏散星团，在昴星团和猎户座之间。毕宿同样是中国古代廿八宿之一，《史记·天官书》上说："昴毕间为天街。"昴星团在十月下旬沉落；毕宿星团紧随其后，大约在11 月 4 日降落；猎户座略迟，完全隐落大约发生在十一月上旬。

"猎户座"（Ὠρίωνος）：同 598，609，619。

[616]开始降落时，你要记得耕种，

"耕种"（ἀρότου）：呼应本节开场的说法，"在昴星沉落时耕种"（384）。一年的农时历法就此画上完满的循环。

[617]正适时,让种子好好躺在地里。

　　"适时"(ὡραίον):同307,422,630,642,665,695,697。观察星辰和鸟虫花草的变迁,认知时序,把握最佳的农事时机,即时劳作。这些正是贯穿整个农事历法篇章的中心思想。

航 海

(行 618 – 694)

[618] 万一你想在翻腾的海上远航，

"翻腾的[海]"($\delta\nu\sigma\pi\epsilon\mu\varphi\acute{\epsilon}\lambda o\nu$)：《神谱》中提到"在翻腾而黯淡的海上谋生的人"(神,440)，说的是渔人。在赫西俄德眼里，航海是危险的，只求生计无忧，"不用驾船远航"(236)，"死在浪涛里很可怕"(687)。

[619] 当昴星从壮丽的猎户座旁边

"昴星"($\Pi\lambda\eta\iota\acute{a}\delta\epsilon\varsigma$)：本节自昴星沉落说起，既连接前节的收尾处("昴星、毕宿星和壮丽的猎户座开始降落";615 – 616)，又呼应前节开场的昴星升起(383)。前面已经说过，昴星在十月偕日落，猎户座略迟。每年这个时节，气候尤其恶劣，出海的人很可能遭遇致命的海难(参德谟克里特残篇 B14,3;维吉尔《埃涅阿斯纪》,4.52)。

"猎户座"($\Omega\varrho\acute{\iota}\omega\nu o\varsigma$)：同 598,609,615。

[620] 躲开，隐没在云雾迷蒙的海上，

"躲开"($\varphi\epsilon\acute{\nu}\gamma o\nu\sigma a\iota$)：同 572。或按人身化说法，"普勒阿得斯姐妹躲过大力气的奥利昂"。星辰在天空中的位置发生变化，在神话叙事中被说成互相躲避，这在阿拉托斯的《物象》中尤其常见(252,339,384,646 – 649,678)。星辰在黎明时分躲开太阳，也就是星辰被阳光遮蔽，见欧里庇得斯《伊翁》,84;维吉尔《埃涅阿斯纪》,3.521;奥维德《岁时记》,4.390。

"云雾迷蒙的海上"($\epsilon\varsigma\ \eta\epsilon\varrho o\epsilon\iota\delta\acute{\epsilon}a\ \pi\acute{o}\nu\tau o\nu$)：从行 566 看来，群星似隐没在大洋水流中。不同地区的视野各异，古人并非总是看见星辰落在海里，这里想必是伊奥尼亚诗歌的传统说法(参看神,873)。

[621]正值各种狂风肆虐多变,

"各种狂风"(παντοίων ἀνέμων) : 也就是《神谱》中提丰生下的儿子们——

> 别的全是些横扫海面的狂风。
> 他们骤然降临在云雾迷蒙的海上,
> 激起无情的风暴,真是凡人的大灾祸。
> 他们时时出其不意,覆灭船只,
> 殃及水手。出海的人若遭遇
> 这些狂风,便无法逃脱灾难。(神,872-877)

两首诗中,狂风均与"云雾迷蒙的海上"连用。冬季的风变化多端——无论风速还是风向,极易在爱琴海上空形成各种风暴海啸(对比663及相关笺释)。

"狂风肆虐"(ἀνέμων... ἄῆται) : 同645。

[622]这时莫在酒色的海上行船,

"这时"(καὶ τότε) : 同536。

"酒色的海"(οἴνοπα πόντον) : 同样说法见817。"酒色"(οἴνοπα)之说,常见于荷马诗中,原本指什么,历来有争议,有说最早指天色,也就是"日落红",进而指日落时分。《奥德赛》卷五,奥德修斯遭遇海难,在千辛万苦到达陆地时,把头巾抛进"酒色的海水"(350)。

[623]专心耕种田地,听我的话。

赫西俄德不先提哪些时节适合出海,反先说哪些时节绝对不宜出海,在家专心种地为好,这个开场别出心裁,颇能反映诗人的心态。

"听我的话"(ὥς σε κελεύω) : 同316;《奥德赛》卷十,516。

[624] 把船拖上岸, 用石块垒在

　　"把船拖上岸"(νῆα δ' ἐπ' ἠπείρου ἐρύσαι) : 把船拖上岸后, 在船身周围堆积石块, 一来可防船被风刮倒, 二来把船略微垫高, 便于沥干船里的水。《伊利亚特》中也提到这种做法(卷十四, 410), 此外也有把船放在沙丘上, 船身下面支起一排长长的特制木架(卷一, 486; 卷二, 154; 另参《阿波罗颂诗》, 507)。

[625] 四周, 好挡住潮湿疾风的威力,

　　"潮湿疾风的威力"(ἀνέμων μένος ὑγρὸν ἀέντων) : 同样用法见神, 869; 参《奥德赛》卷五, 478; 卷十九, 440。

[626] 拔掉船底塞, 免得宙斯的雨水泡烂船。

　　"宙斯的雨水"(Διὸς ὄμβρος) : 同 676;《伊利亚特》卷五, 91。呼应前文说法, "宙斯送来秋天的雨水"(416 – 417 及相关笺释), "冬令时节带来雨水"(460 – 451 及相关笺释)。秋雨始于九月, 冬雨则从十一月开始降落, 持续到来年三四月间(另参看 674 – 677)。

[627] 所有船具整理停当收回家,

　　"整理停当"(ἐπάρμενα) : 同 601。

[628] 整齐折好那出海船儿的翅膀,

　　"船儿的翅膀"(νηὸς πτερὰ) : 即船帆。古人常把航行的船比作飞鸟, 船帆就如鸟儿的翅膀。《奥德赛》卷三, 涅斯托尔奉劝特勒马科斯不宜离家太远太久, 因为, "在浩渺的大海上, 飞鸟一年也难以把它穿越", 何况人类的船(321); 卷十三提到理想的快船, "飞禽中最快的鹞子也难把它追赶"(87)。"船儿的翅膀"最早并不单指船帆, 有时也指船桨(卷十一, 125; 卷二十三, 272); 稍后统一指"船帆"(埃斯库罗斯《普罗米修斯》, 468; 欧里庇得斯《希波吕托斯》, 752)。有关翅膀—船帆的譬喻, 最生动的莫过于伊卡洛斯的飞行神话: 泡赛尼阿斯等作者记录,巧匠代达罗斯从船帆获得灵感,制造了翅膀,就像真鸟一样(9.11.4)。

[629]将巧工造出的船舵挂在烟上。

"船舵挂在烟上"(πηδάλιον...ὑπὲρ καπνοῦ κρεμάσασϑαι):"挂在炉火上的烟尘中"(参45相关笺释)。在普罗米修斯神话中,把船舵挂在烟上是从前人类美好生活的象征,可见赫西俄德确乎不信任也不赞许航海。

[630]你要等到航海的时节来了,

"航海的时节"(ὡραῖον...πλόον):同样用法见665,697。农活讲究时令,航海更是如此(641–642,参看31相关笺释)。诗中反复强调农活时令(392),比如伐木(422)、耕种(460,617)、收割(387)、葡萄修枝(570),等等。

[631]那时把快船拖下海,将货物

"快船"(νῆα ϑοήν):古诗中更常指战船,而不是货船。把家中吃不完的粮食装船,航行到外地出售。赫西俄德没有在诗中直接提到当时的交易市场。《伊利亚特》提起过希腊人驻扎在特洛亚时的酒市(卷七,467–475),希伯来先知以西结提到过公元前六世纪的腓尼基港口城邦推罗,"众民的商埠,交易通到许多海岛"(《以西结书》,27:3)。赫西俄德自称不曾远航,自然也不可能亲自参加类似商埠的市场交易。更可能的做法是用自家的船把粮食送到某个固定港口,再由专门人员和大船运载至某个商埠或市场(参看643)。

[632]妥善装船,去赚了钱回家,

"赚了钱"(κέρδος ἄρηαι):社会史学者们对 κέρδος [利润] 这个概念尤为关注。下文还有"装货越多,利上加利越可观"(644)的说法。

[633]如同咱们的父亲,傻乎乎的佩耳塞斯啊,

"咱们的父亲"(ἐμός τε πατὴρ καὶ σός):即"我和你的父亲"。行299

称佩耳塞斯为"神的孩子"(δῖον γένος),致使历代多有注家以为赫西俄德的父亲名为Δῖος。据 Ephorus 的记录,古代传说赫西俄德的父亲因杀了同族人,不得不远离故乡,逃到阿斯克拉(70 F 100)。这种传说可能与上述谬解有关,也有的更说他是荷马的叔父(F1),大抵没有什么根据。

"傻乎乎的佩耳塞斯"(μέγα νήπιε Πέρση):同 286。

[634]当年迫于生计他也曾驾船远航。

"迫于生计"(βίου κεχρημένος):赫西俄德的父亲曾以航海为生。从下文的说法看,航海营生差强人意(637)。父亲的经历显然对赫西俄德的思想形成有着不容忽视的影响。"生计"(βίου),参看 31 和 42 相关笺释。

[635]后来他到了这里,穿越大海,

"穿越大海"(διὰ πόντον ἀνύσσας):从小亚细亚西岸的库莫到希腊半岛的波奥提亚,确乎要穿过整个爱琴海。比起父亲的航海经历,赫西俄德确乎望尘莫及,他只是穿越尤里普斯海峡,去过优卑亚岛(参看 651 相关笺释)。相似用法参看忒奥格尼斯,511 起;托名荷马,《赫耳墨斯颂诗》,337。

[636]乘着黑舟作别伊奥尼亚的库莫,

"伊奥尼亚的库莫"(Κύμην Αἰολίδα):赫西俄德追述父亲的经历,点明家世渊源。伊奥尼亚包括小亚细亚西北部和西部地区,以及勒斯波思等爱琴海上的岛屿,因古代希腊的伊奥尼亚人在此建立城邦而得名。库莫即传说中的十二个伊奥尼亚城邦之一,位于福西亚以北。古代作者写过荷马传,声称诗人的出生地即库莫(参 493 相关笺释)。希罗多德(7.194)和修昔底德(《伯罗奔尼撒战争史》,3.31.1)均提到过"伊奥尼亚的库莫"。斯特拉波在《地理学》中也有所记载(9.2.25)。意大利有一个同名地,不可混淆。

[637] 逃避的倒不是宽裕财富或幸运,

"财富或幸运"($\pi\lambda o\tilde{\upsilon}\tau\acute{o}\nu$ $\kappa\alpha\grave{\iota}$ $\ddot{o}\lambda\beta o\nu$):这两个词在本诗中多次出现,均指财富,财物。$\pi\lambda o\acute{\upsilon}\tau o\upsilon$同313,377,381;$\ddot{o}\lambda\beta o\varsigma$同321,326。

[638] 而是宙斯给人类的可怕贫苦。

"宙斯给人类"($Z\varepsilon\grave{\upsilon}\varsigma$ $\ddot{\alpha}\nu\delta\rho\varepsilon\sigma\sigma\iota$ $\delta\acute{\iota}\delta\omega\sigma\iota\nu$):参718。宙斯的意愿没有人能抵抗,这是诗中反复表达的思想。《奥德赛》卷六中提到,宙斯亲自把幸福分配给每个好人和坏人,按他的心愿,不管赐给什么,都得甘心接受(188 – 190);卷十八中更是说到,人类是大地上最可怜的生灵,因为极乐神们让各种苦难降临,人类只有承受无从抗争(130 – 142)。

[639] 他定居在赫利孔山旁的惨淡村落

"赫利孔山"($\grave{E}\lambda\iota\kappa\tilde{\omega}\nu o\varsigma$):位于波奥提亚地区,忒拜城西部,海拔约1700米。赫西俄德在《神谱》中讲到,他在赫利孔山中遇见缪斯(神,22 – 34),因此,缪斯也被称为"赫利孔的缪斯"(658;神,1)。据斯特拉波记载,迈锡尼人以前,居住在奥林波斯山附近的色雷斯人把缪斯崇拜仪式迁至赫利孔山(410,471)。缪斯以奥林波斯山为家,但赫利孔山是人类敬拜她们的神庙所在,也是她们流连之地。

"村落"($\kappa\acute{\omega}\mu\eta$):赫西俄德常居乡下村落,与城邦($\pi\acute{o}\lambda\iota\varsigma$)形成某种潜在的对峙。

[640] 阿斯克拉,冬寒夏酷没一天好过。

"阿斯克拉"($\ddot{A}\sigma\kappa\rho\eta$):据泡赛尼阿斯的记载,有个名为Hegesinous的诗人曾说,阿斯克拉的建城者是波塞冬和水泽仙子阿斯克拉的儿子Oioklos(9.29.1)。在赫西俄德年代,距离阿斯克拉最近的城邦当属忒斯庇亚($\Theta\varepsilon\sigma\pi\iota\alpha\acute{\iota}$)。阿斯克拉村在公元前四世纪以前遭到忒斯庇亚的侵占,几经破坏,幸存者均逃往另一个城邦奥尔科墨诺斯($\grave{O}\rho\chi o\mu\varepsilon\nu\acute{o}\varsigma$),到普鲁塔克的年代已然荒芜,故而波奥提亚地区的城乡名录里并无"阿斯克拉"这个地名(参看亚里士多德残篇565)。《伊利亚特》卷二提到了邻近阿斯克拉村的这两个城邦:忒斯庇亚(496)和奥尔科墨诺斯(511)。赫西俄德抱怨阿斯克拉"冬寒夏酷"(χεῖμα κακῇ, θέρει ἀργαλέῃ)。但据现代学者的考证,阿斯克拉环境优美,土地肥沃,冬暖夏凉,不失为居住的好所在。A. T. Edward 的《赫西俄德的阿斯克拉》尝试还原这个公元前八世纪的希腊村落的社会经济政治状况。(参看 29 相关笺释)。

[641]来吧,佩耳塞斯啊,留心农活

"来吧"(τύνη δ'):同 10,神,36。

"佩耳塞斯啊"(ὦ Πέρση):同 27,213,274,611。

[642]全得应时令,航海更是这样。

"应时令"(ὡραίων):"当季"。时令的重要性,参看 31 相关笺释。航海的季节,参看 630 相关笺释。依据这里的说法,航海不与农耕平行交替,而是对农耕生活的补充。

[643]小舟好炫耀,载货还得用大船,

"小舟……大船"(νηῒ ὀλίγην… μεγάλῃ δ' ἐνὶ):用自家的"小舟"把粮食送到邻近的港口,比如阿斯克拉南部二十英里以外的克勒西斯(Kreusis),在那里再用"大船"装载运到某个更远的港口商埠或临时市场(参看 Edwards,p. 60)。

[644]装货越多,利上加利越可观,

"利上加利"(ἐπὶ κέρδεϊ κέρδος):"利润之上的利润",句法类似于"劳作,劳作再劳作"(ἔργον ἐπ' ἔργῳ ἐργάζεσθαι;382 及相关笺释)。

[645]只要那狂风不来肆虐使坏。

"狂风……肆虐"(ἄνεμοί … ἀήτας):同 621。

[646]你若把迷误心神转向买卖，

"把迷误心神转向"（τρέψας ἀεσίφρονα θυμὸν）：赫西俄德也曾劝弟弟"把耽迷在别人财产的心神转向劳作"（315 – 316，参335）。有注家推测，行646原本可能是航海章节的开篇语（West）。

"买卖"（ἐμπορίην）：本指"搭乘装载有交易货物的船只"（《奥德赛》卷二，319；卷二十四，300）。古人外出旅行，往往就是为了做买卖，渐渐这个词转而带有"买卖"的意思。一般说来，船上的乘客就是货物的主人，但也有一些人只是托运货物，并不跟着航海，也不自己卖货，赫西俄德很可能就是这种情况。

[647]决意避免债务和难忍的饥荒，

"债务和饥荒"（χρέα...καὶ λιμὸν）：呼应行404的说法：设法"摆脱债务避免饥荒"。

[648]我将告诉你咆哮大海的节律，

"节律"（μέτρα）："尺度，度量，标准"，泛指内行人所熟悉的法则和规律，参见梭伦残篇，13.52；索福克勒斯残篇432.8。这个词也用于神谕，参见希罗多德，1.47.3；《奥德赛》卷四，389；卷十，539。

[649]虽说我不谙航海和船只的技艺。

"不谙航海和船只的技艺"（οὔτε τι ναυτιλίης σεσοφισμένος οὔτε τι νηῶν）：动词σεσοφισμένος指"受教，知晓"，词根-σοφίη在早期诗歌中指歌人（赫西俄德残篇306；萨福，56.2）、木匠（《伊利亚特》卷十五，412）、马师或舵手所掌握的技艺。赫西俄德自称不识航海技艺，却偏要教诲大海的秘密，这让人想到《奥德赛》中雅典娜化身为外乡客，先说："我不是预言家，也不谙鸟飞的秘密"（卷一，202），随即又向特勒马科斯预言，他的父亲奥德修斯即将重返故土。雅典娜自称不是预言家，也许是为了符合她所化身的人物身份，那么赫西俄德前后言语中的矛盾又有何用意呢？无知不妨碍诗人所承担的教诲任务吗？不妨对观《奥德赛》卷八中有关盲歌人得摩多科斯的说法（491）。

[650] 我实在从未乘船到无边的大海，

先讲父亲的航海经历（634 – 640），再讲自己的经历（650 – 660）。比起父亲，赫西俄德的航海经验确实相当有限。

[651] 只去过优卑亚，从奥利斯出发：阿开亚人

"优卑亚"（Εὔβοιαν）：旧译"欧波亚"，爱琴海上最大的岛屿，与希腊本岛仅隔一条海峡。换言之，赫西俄德最远的航海经历不过一百码。据《伊利亚特》卷二的记载，住在优卑亚岛上的是一群"喷怒气的阿班特斯人"（536），"喷怒气"之说也许与岛上火山有关。发生在优卑亚岛上的神话传说的主角常常是提坦神族。

"奥利斯"（Αὐλίδος）：希腊东部的海港。当年希腊人的军队驻扎在奥利斯，准备出海前往特洛亚，《伊利亚特》中说："就像是昨天或前天，阿开亚人的船只集中在奥利斯"（卷二，303 – 304）。仅存残篇的《塞浦路亚》也有相关记载。另参阿波罗多罗斯，3.21。诗人一提起奥利斯，就不能不说到当年远征特洛亚的希腊人，足见英雄史诗在当时的影响。

"阿开亚人"（Ἀχαιοί）：本是希腊古代部落之一，自北南迁至伯罗奔尼撒北部，又称"阿开亚地区"。荷马诗中泛指希腊人。据学者统计，《伊利亚特》中使用该词近六百次，均指阿尔戈斯王阿伽门农及其弟弟斯巴达王墨勒拉奥斯率领的希腊军队，另外两种对希腊人的常见称呼是"达那奥斯人"（Δαναοί）和"阿尔戈斯人"（Ἀργεῖοι）。达那奥斯是阿尔戈斯王，他的后代被叫成"达那奥斯人"，与"阿尔戈斯人"其实是一个意思。后世通用的 Ἕλληνες 一词反倒鲜少出现在荷马诗中。稍后的希腊作者用法不同，希罗多德仅指伯罗奔尼撒北部的阿开亚人，泡赛尼阿斯则仅指居住在阿尔戈斯和拉科尼亚（或斯巴达）两个地区的希腊人。赫西俄德在这里的说法与荷马诗相似，只是诗人虽与当年的阿开亚英雄们一样从奥利斯出发，却没有像他们那般远航征战特洛亚，而只去了一百码远的优卑亚。种种叙事中的细微差异让人在意。

[652] 从前在那儿滞留了一冬，结集成军

"滞留了一冬"（μείναντες χειμῶνα）：希腊军队驻扎在奥利斯，不想触怒了阿尔特弥斯，女神发起逆风，致使船只受阻，不能开动，被迫滞留了一个冬天。直到先知卡尔卡斯道破天机，阿伽门农牺牲女儿伊菲格涅亚，事情才有转机。埃斯库罗斯的《阿伽门农》中有所记载：

> 阿开亚舰队的年长的领袖不怪先知，而向这突如其来的厄运低头；那时候阿开亚人驻在卡尔基斯对面，奥利斯岸边——那里有潮汐来回地奔流——他们正困在海湾里，挨饥受饿。（192起；另参149,188）

[653] 从神圣的希腊开往出生美人的特洛亚。

"神圣的希腊，出生美人的特洛亚"（Ἑλλάδος ἐξ ἱερῆς Τροίην ἐς καλλιγύναικα）：在荷马诗中，ἱερῆς［神圣的］常用来修饰特洛亚，καλλιγύναικα［出生美人的］常用来形容阿尔戈斯人，比如特萨利亚地区的赫拉斯（《伊里亚特》卷二，683）。赫西俄德一边复述荷马式英雄诗系中的特洛亚故事，仿佛确有其事，一边又着意修改对方的固有表述，看来确实别有用意。"希腊"（Ἑλλάδος），参528。

[654] 我为英勇的安菲达玛斯的葬礼赛会

"英勇的安菲达玛斯的葬礼赛会"（ἄεθλα δαΐφρονος Ἀμφιδάμαντος）：在英雄的葬礼上，人们举行一些竞技比赛，寄托悼念和崇敬之意。最突出的记载莫如《伊利亚特》卷二十三，整卷诗文记叙了阿喀琉斯为亡友帕特罗克洛斯举办葬礼和赛会，行文中还提及纪念英雄阿马里科斯的赛会（629）。米利都人阿克提努斯的《埃提奥匹亚》中也提到阿喀琉斯的葬礼赛会。安菲达玛斯被形容为δαΐφρονος［英勇的］，可见他是尚武之人，而非以智慧著称。据普鲁塔克的记载，安菲达玛斯最早扬名于与埃雷特里亚人交锋的利兰廷战役，并在一场海战中牺牲（《道德论集》，153

起),很可能就是修昔底德在《战争史》中提到的最早海战(1.15.4)。

[655]去到卡尔基斯,英雄的孩子们

"卡尔基斯"(Χαλκίδα):优卑亚岛上的两大城邦之一,另一个即埃雷特里亚(Eretria)。据《伊利亚特》的记载,卡尔基斯人也参加了希腊人远征特洛亚的船队,并且与他们的死对头埃瑞特里亚人排在一起(卷二,537)。自公元前八世纪以来,这两个城邦在新型贸易活动中扮演了重要的角色。公元前 322 年,亚里士多德在本地去世。

"英雄的孩子们"(παῖδες μεγαλήτορος):"那位品格高贵的人的孩子们"。《伊利亚特》卷二十三,阿马里科斯王的孩子们也为纪念他举办赛会(629)。有趣的是,同一段荷马诗文中也说及"安菲达玛斯的孩子":帕特罗克洛斯的魂灵回忆起自己年少时"玩耍羊趾骨发生争执,因幼稚误伤了安菲达玛斯的儿子"(87 – 88)。这里头的影射不似偶然的巧合。好些注家认为,《伊利亚特》在《劳作与时日》之先,但也有注家据此推断,荷马诗文的作者在创作这个段落时模糊想到了赫西俄德的诗文(West,p. 321)。"英雄的孩子们"原文在行 656,译文移至此。

[656]为纪念他设下许多奖项。我敢说

"我敢说"(ἔνθα μέ φημι):在赛会上自我夸耀,奥德修斯也曾对费埃克斯人夸耀自己的箭术:"我敢说我的箭术远远超过其他人"(《奥德赛》卷八,221)。老将涅斯托尔回忆起当年参加纪念阿马里科斯王的赛会时也声称:"在那里没有人胜过我"(《伊利亚特》,卷二十三,632)。

[657]我以颂诗得头奖,捧走一只双耳三足鼎。

"颂诗"(ὕμνῳ):同 662。诗人很可能在诗歌赛会上吟咏了《神谱》。《奥德赛》同样用来指歌人的吟咏(卷八,429;另参托名荷马,《阿波罗颂诗》,161;《阿佛洛狄特颂诗》,293)。一般说来,这个词并不限于指严格意义的献给神们的祷歌、颂诗,也可以是广义的叙事诗或训谕诗。

"双耳三足鼎"(τρίπod᾽ ὠτώεντα):带把儿的三足鼎。这是常见的竞技奖品,乃至荷马诗中的英雄们常有"为夺三足鼎而参加赛会"之说,

比如《伊利亚特》卷十一,700;卷二十二,164;卷二十三,259。此外,三足鼎也是神庙中常见的敬神器具。

古代流传着一篇无名氏著的《荷马与赫西俄德之间的论辩》(Ἀγών),文中称两位诗人曾在优卑亚的卡尔基斯城共竞诗艺,显然是引申了这里的记叙。文中具体写道,赫西俄德在赛会上吟诵了《劳作与时日》中的行383 – 392,荷马吟诵了《伊利亚特》卷十三中的行126 – 134 和行339 – 344。文中还援引了公元前四至前三世纪的作者阿尔库达玛斯(Alcidamas,1.15 – 16)和赫拉托斯特尼(Eratosthene,1.16 – 22)的相关记载。据普罗克洛斯的记载,普鲁塔克据此认定行650 – 662 为伪作,把有关卡尔基斯、安菲达玛斯、诗歌赛会和三足鼎奖杯等等说法判为后人的篡插。

[658]我将它献给赫利孔的缪斯们,

"献给赫利孔的缪斯们"(Μούσης Ἑλικωνιάδεσσ' ἀνέθηκα):三足鼎不便携带,获胜者一般直接拿去奉献给赛会当地的神庙。奥林匹亚、德尔斐、阿尔戈斯、德洛斯等地的神庙就有许多类似的三足鼎。就拿了头奖的人而言,这种做法既便宜又风光。但赫西俄德的做法不同,他把三足鼎奖杯带回家,奉献给赫利孔山上的缪斯神庙。据泡赛尼阿斯的记录,赫利孔山的缪斯谷中确乎有一只古老的三足鼎,一般被认作赫西俄德带回的三足鼎(9. 31. 3)。"赫利孔的缪斯们"(Μούσης Ἑλικωνιάδεσσ'),同神,1。

[659]她们从前在此指引我咏唱之道。

"从前"(πρῶτον):也有译"第一次"。从前在赫利孔山,诗人与缪斯相遇。《神谱》中有动人的叙述:

> 从前,她们教给赫西俄德一支美妙的歌,
> 当时他正在神圣的赫利孔山中牧羊……
> 她们为我从开花的月桂摘下美好的杖枝,
> 并把神妙之音吹进我心,

> 使我能够传颂将来和过去。
> 她们要我歌颂永生的极乐神族，
> 总在开始和结束时咏唱她们！（神,22－34）

[660]我对多栓的船只有这些经历。

全部行船经历,呼应行649－650的说法:"不谙航海和船只的技艺","从未乘船到无边的大海"。

[661]但我将述说执神盾宙斯的意志,

"执神盾宙斯的意志"（*Ζηνὸς νόον αἰγιόχοιο*）:同483;参99,105。神王的意志因时而变,凡人很难了解（483）。海上的风暴气候直接决定着出海人的性命,这些由宙斯（和波塞冬,668）掌管,随着宙斯的意志而发生改变（参见《伊利亚特》卷十四,19;托名荷马,《阿波罗颂诗》,433）。

[662]因为缪斯们教会我唱神妙的歌。

"缪斯们教会我"（*Μοῦσαι μ' ἐδίδαξαν*）:歌人是"缪斯的仆人"（神,100）。《奥德赛》中,奥德修斯对盲歌人得摩多科斯说:

> 得摩多科斯,我敬你高于一切凡人。
> 是宙斯的女儿缪斯或是阿波罗教会你,
> 你非常精妙地歌唱了阿开亚人的事迹,
> 阿开亚人的所作所为和承受的苦难,
> 有如你亲身经历或是听他人叙说。（卷八,487－491）

荷马诗中多次讲到歌人从缪斯那里获得教海,比如《伊利亚特》卷二,488;卷十二,176;卷十七,260;《奥德赛》卷三,114。荷马显得完全自信从缪斯那里获得的技艺,相比之下,赫西俄德似乎没有这种信心,他多次承认自己作为凡人的能力限度,如649;神,369（"细说所有河神名目超出我凡人所能"）。

"神妙的"(ἀθέσφατον):超越神的表达能力,非语言所能表达,难以言喻。赫西俄德也用来形容提丰那"无法形容的"声音:时而像在对神说话,时而如公牛咆哮,时而如狮子怒吼,时而如犬吠(神,830)。

[663] 太阳回归以来的五十天里,

"太阳回归"(τροπὰς ἠελίοιο):这里指夏至,诗中另有两处指冬至(479,564及相关笺释)。

"太阳回归以来的五十天里"(ἤματα πεντήκοντα μετὰ τροπὰς ἠελί-010):此从普罗克洛斯的解释,大概指七月底和整个八月这段时期。有注家主张作"自太阳回归算起的五十天以后"(Snider,Tandy & Neale),但夏至太阳回归发生在七八月间,若等五十天后才出海航行,为时太晚。从行670来看,这段时期风平浪静,适合航海,当指地中海季风时节,也就是天狼星上升后一个月,即八月(亚里士多德,《论天》,361b35)。地中海季风一般持续二十至六十天不等,与诗中所言"五十天"相符。

[664] 令人困倦的夏季渐渐结束,

"令人困倦的夏季"(θέρεος καματώδεος):最难熬的苦炎夏日,正是天狼星偕日升起之时(417相关笺释),"炙烤着脑袋和膝盖"(587),大约在七月中旬。

[665] 这是有死者航海的时节,船只

"航海的时节"(ὡραῖος...πλόος):航海讲究时令,参看630相关笺释。赫西俄德一共提到两个合适航海的时令,一个是这里,也就是夏末的季风季(663 – 677),还有一个是他本人并不赞成的春季航海(678 – 694)。

[666] 绝少损坏,水手不致丧生大海,

"损坏"(καυάξαις):同693。

"船只……水手"(νῆα...ἄνδρας):《神谱》中提及海上狂风的祸害,也是先写船只,后写水手(神,875 – 876)。

[667]除非撼地神波塞冬存了心，

"撼地神波塞冬"(Ποσειδάων ἐνοσίχθων)：克洛诺斯和瑞娅的儿子，宙斯和哈得斯的兄弟(神，455 - 458)。《伊利亚特》卷十五讲到，起初世界分成三份，波塞冬得到"灰色的大海"，哈得斯得到"昏暗的冥间"，宙斯得到"广阔的天宇"(190 - 192)。撼地神是波塞冬的常用修饰语，又称"喧响的撼地神"(ἐρίκτυπον Ἐννοσίγαιον；神，441，456，930)。他和赫卡忒一起庇护渔民(神，441)，因此，渔人会向海神波塞冬祷告。在《奥德赛》中，他频频制造海难，阻碍奥德修斯回家。

[668]或永生神王宙斯有意加害，

"永生神王宙斯"(Ζεὺς ἀθανάτων βασιλεὺς)：神王宙斯也可能沉没海上船只(247)。

[669]幸与不幸全在他们的掌握中。

"幸与不幸"(ἀγαθῶν τε κακῶν)：在《神谱》中，命运三女神掌握了有死的人类的"幸与不幸"(神，906)。

[670]这时和风轻动，大海无碍，

"和风轻动"(εὐκρινέες τ' αὖραι)：参看 663 相关笺释。

[671]只管放心相信这风，将快船

"只管放心"(εὔκηλος)：相似用法参看《伊利亚特》卷一，554；卷十七，371；《奥德赛》卷三，263；卷十四，479；托名荷马，《赫尔墨斯颂诗》，480；颂诗 20.7。

[672]拖下海，装上所有货物，

在夏季收割与秋季播种之间，农夫打过了谷，储好了粮食，度过了最炎热的天时，而此时葡萄尚未收成(参看 564 - 617)，有段空闲的时间，可以出海交易自家多余的粮食。行 671 - 672 与行 631 - 632 近似。

[673]你得抓紧，赶早儿返家，

"赶早儿返家"（τάχιστα πάλιν οἰκόνδε νέεσθαι）：八月出海交易，九月葡萄收成（609 - 617），出海时间不宜过长。

[674]莫等到新酒酿成，秋雨纷落，

"新酒"（οἶνόν τε νέον）：前文讲到，九月中旬葡萄收成，随后还要晒十天十夜，捂盖五天，第六天装瓶（609 - 614），因此，新酒酿成至快也在九月底。

"秋雨"（ὀπωρινὸν ὄμβρον）：第一场秋雨在九月份降落（参 415 和 626相关笺释）。

[675]冬天即至，南风狂暴进袭

"南风"（Νότοιό）：南风神，音译为"诺托斯"。风神三兄弟（神，378 - 380，870）至此全部在诗中现身：西风神泽费罗斯见 594，北风神玻瑞厄斯见 506，518，547，553。狂暴的南风会翻搅海面，对观前文讲北风穿越无边大海（507）。索福克勒斯的《安提戈涅》中有这样的句子："在狂暴的南风下渡过灰色的海"（335）。另参亚里士多德《论问题》，942a5。

[676]翻搅海面，伴着宙斯的雨水，

"宙斯的雨水"（Διὸς ὄμβρῳ）：同 626。

[677]那滂沱秋雨，海上风险大。

"滂沱秋雨"（ὄμβρῳ/πολλῷ ὀπωρινῷ）：秋季不宜航海，不仅有气候的原因，还因为这时有许多地里的农活要干，不但是播种时节，还得伐木制造各种农具（参看 414 起）。

[678]人类还可以在春天里航海，

"春天航海"（εἰαρινὸς...πλόος）：行 678 和行 682 重复使用。先说最佳的航海时间，再补充次好的时间，参看前头早耕和晚耕的说法："耕种若太晚,还有补救"(485)。春季航海大约在四月末,参亚里士多德《动物史》,724b2。

[679]当头一回有和乌鸦留下的

"头一回"(πρῶτον):同 387,567,598。

"乌鸦"(κορώνη):同 747。

[680]爪印一般大小的片片新叶露出

"露出"(ἀνδρὶ φανείη):"向人类显露"。动植物的生命周期提供了种种季节征兆,全是神们显露给人类的启示(参看 458 相关笺释)。无花果树开始长出大小如乌鸦爪印般的新叶,正如鹤在云上鸣叫(448－450),布谷鸟在橡树叶间首次啼叫(486),燕子飞来(568),蜗牛爬上葡萄枝(571),洋蓟开花或蝉鸣(582),等等。

[681]在无花果树梢,这时好走船,

"无花果树"(κράδη):古人将无花果树抽新叶看作夏天来临的征兆。《马太福音》中称:"你们可以从无花果树学个比方:当树枝发嫩长叶的时候,你们就知道夏天近了"(24:32)。

[682]这是春天航海。我倒不会

"春天航海"(εἰαρινὸς... πλόος):同 678。

[683]称赞,这么做不讨我心欢。

"我倒不会称赞"(οὔ μιν ἔγωγε / αἴνημι'):αἴνημι 出自伊奥尼亚古方言。赫西俄德莫非在复述父亲从前说过的话?毕竟他父亲曾靠出海谋生,比赫西俄德更有资格做这番评判。

[684]这是在强求,厄运总归难逃。

"强求"(ἁρπακτός):同 320。行 320 有强力夺取的意思,这里则是带侥幸心理强求。

[**685**]人们却出于无知想头这么做，

"无知"（*αἰδρείῃσι*）：不能识辨自然的气候征兆，不懂得尊重时序。诗中一再批评"既不思考又不把他人忠告记在心里"的第三种人（296－297）。

[**686**]因钱财是卑微人类的命根。

"钱财是命根"（*χρήματα…ψυχὴ πέλεται*）：这里说的"钱财"（同320，605）显然指出海贸易带来的利润，但赫西俄德似乎不认为贸易是维持生计的必要手段，反而是在批评人类积累财富的贪欲。钱财取代人类对生命真谛的追求。相似的叹息参见阿尔基洛库斯，213；梭伦，13.43－46；品达残篇，222；欧里庇得斯《安德洛玛克》，418起。

"卑微的人类"（*δειλοῖσι βροτοῖσιν*）：相似用法见214，713。

[**687**]死在浪涛里太可怕。我劝你

"死在浪涛里太可怕"（*δεινὸν δ' ἐστὶ θανεῖν μετὰ κύμασιν*）：同样说法见691。丧生海里的人没法得到安葬。奥德修斯哀叹自己在海上流浪的命运，那些死在特洛亚的希腊战士"要三倍四倍地幸运"，因为他们得到礼葬，"可现在我却注定要遭受悲惨的毁灭"（《奥德赛》卷五，306－312）。希腊古人把埋葬死者看成"神圣的天条"（索福克勒斯《安提戈涅》，70起），死者不得安葬，就不能渡冥河前往冥间，是对神的大不敬，《安提戈涅》便是围绕城邦是否要安葬叛逆者波吕涅克斯这个两难问题而展开。

[**688**]仔细思忖我当众讲的所有话。

"我劝你仔细思忖"（*ἀλλά σ' ἄνωγα / φράζεσθαι*）：同403－404，参367。

"当众讲话"（*ἀγορεύω*）："在城邦会场的集会上讲话"，参280，402及相关笺释。不难想见，在赫西俄德对佩耳塞斯说话的同时，还有更多听众在场。

[689]莫将全部粮食搬进船舱，

"全部粮食"(ἄπαντα βίον)：航海的又一风险，若接在行 645 之后，似更通顺。参看《传道书》："你要分给七人，或分给八人，因为你不知道将来有什么灾祸临到地上"(11:2)。

[690]留下的多些，带走的少些，

呼应前头箴训："存在家里的东西不会烦扰人。东西最好放家里，外头不保险"(364-365)。

[691]在大海浪涛里遇难太可怕，

"可怕"(δεινόν)：短短几行诗中重复出现三次(687,691,692)，显得忧心忡忡，出海航行果真不是诗人的偏好。

[692]可怕的还有大车装载超重，

"大车装载超重"(ἄμαξαν ὑπέρβιον ἄχθος ἀείρας)：这里突然从行船运货说到大车装货，让人意外。自普罗克洛斯起，大多数注家视作对比或譬喻：满载货物的船只在海上遇难太可怕，正如大车超重导致车毁货损，同样可怕。这是虚写说法，但也有注家理解为实写：货物装船以前，先要从农庄运到港口，若有人贪图把全部家产装上船，就会造成货车超重，损失巨大(West,Tandy & Neale)。此外，农事篇从造车开始讲起，航海篇从行车结束，相互呼应，再次印证航海确乎是"农时历法"的补充部分。

[693]压坏车轴，又损失货物。

"压坏"(κανάξαις)：同 666。

[694]把握尺度，凡事要时机恰当。

"尺度,时机"(μέτρα…καιρός)：这两个概念不仅是本节结语，也是全诗的关键词，适用于农事、航海和日常生活的诸种教海。农事篇的结尾

同样提到"适时"(ὡραίον;617)。有关"尺度",参见648("节律");品达
《皮托竞技凯歌》,2.34;《科林斯竞技凯歌》,6.71;欧里庇得斯《美狄
娅》,125;梭伦残篇,4C,3。有关"时机",参看忒奥格尼斯,401;Bac-
chylides,14.16－18;埃斯库罗斯《乞援人》,1059;品达《皮托竞技凯
歌》,4.286;《奥林匹亚竞技凯歌》,13.47。

礼法再训

（行695－764）

[695]到合适年龄娶个女人回家。

佩耳塞斯听罢历法时序的教海,赫西俄德进而给他娶妻的忠告（695－705）。这十一行诗若接在"礼法初训"的结尾（行380之后）,从子嗣讲到娶妻,似乎更自然。仔细看来,整篇"礼法再训"与"礼法初训"的对象有微妙的分别。

"娶回家"（οἶκον ἄγεσθαι）:相似用法见800;神,410;《伊利亚特》卷九,146起;《奥德赛》卷六,159。

[696]三十岁前后正好,莫太早

"三十岁"（τριηκόντων ἐτέων）:三十岁为适婚年龄。这个看法与后来的希腊作者基本一致,比如梭伦称男子二十八至三十五岁宜婚（残篇27.9）;柏拉图说是二十五至三十五岁（《理想国》,406e;《法义》,721b－d,772d,785b）,亚里士多德则说是三十七岁（《政治学》,1334a29;另参普鲁塔克《吕库古传》,25.1）。

[697]也莫太迟:正是适婚年龄。

"适［婚］"（ὥριος）:强调时机,同307,409,422,617,630,642,665,695。

[698]女子得发育四年,第五年过门。

"第五年过门"（πέμπτῳ δὲ γαμοῖτο）:柏拉图在《法义》中说,女子的适婚年龄在十六到二十岁之间（785b）,亚里士多德则说是"十八岁左右"。这与赫西俄德的说法基本一致。据《动物志》的记载,女子的青春发育期始于十四岁（581a14－31）,柏拉图则说十三岁（同上,833c－

d),按发育期为四年(698)来看,女孩子在十八九岁适宜出嫁。在色诺芬的《家政》中,伊斯科马库斯声称妻子过门时"不满十五岁"(7.5)。曾有古代作者将这里的"四年、五年"读成"十四岁、十五岁"(比如Porphyry注疏《伊利亚特》卷十,252)。

[699]娶个处女,教她品行规矩。

"娶个处女,教她品行规矩"(παρθενικὴν δὲ γαμεῖν, ὥς κ' ἤθεα κεδνὰ διδάξεις):据亚里士多德《动物志》的说法,女孩子在发育早期要严加管教,因为她们这时的性冲动最是强烈,若予以满足必将败坏道德情操(581b11起;参《政治学》,1335a22)。色诺芬在《家政》中也说,好的父母要尽可能让自己的女儿少看、少听、少认知,这样等到出嫁的时候,她还处于知识空白的状态,由她的丈夫来教导她各种妻子的职责和义务(3.13,7.5)。

[700]最好是娶个住在邻近的姑娘,

有的古抄件缺行700。但行701显然接在此行之后比接在行699之后恰当。前文也讲到,要常常邀请相近的邻居(343)。在乡村里,人们更愿意接受一个看着长大、知根知底的新娘,而不是从外地来的不速之客(参Lognus,3.31,15.15)。

[701]但得弄清楚,莫成了远近的笑柄。

"远近的笑柄"(γείτοσι χάρματα):这句话的意思是,小心莫娶个邻家的放荡女,事先要弄清楚,谨慎行事,免得这场婚姻成了邻居们的笑柄。在希腊古人的想法中,被别人嘲笑,或让不友好的人兴高采烈,都是不能忍受的事(参见《伊利亚特》卷一,255–257;忒奥格尼斯,1107;埃斯库罗斯《波斯人》,1034;欧里庇得斯残篇,460;Call. 残篇,194.98等)。

[702]男人娶到贤妻比什么都强,
[703]有个恶婆娘可就糟透了,

"贤妻……恶婆娘"(γυναικὸς.../ἀγαϑῆς...κακῆς)：好坏对比，与前文有关邻居的说法相近："恶邻是祸根，正如善邻大有裨益"(346)。娶个贤妻胜过一切，赫西俄德在这儿的说法似乎比《神谱》中宽容得多。看看《神谱》中如何谈论好妻子和坏妻子：

> 话说回来，若有谁进入婚姻生活，
> 又碰巧遇见称心如意的贤妻，
> 那么终其一生，他的幸与不幸
> 混合不休；若碰上胡搅的家眷，
> 那么苦难要一世伴随他胸中的
> 气血五脏，这般不幸无从弥补。(神,607－612)

[704]好吃懒做，就算他再能干，

"好吃懒做"(δειπνολόχης)：如寄生虫一般。赫西俄德把好吃懒做的女子比做骗子："莫让衣服紧裹屁股的妇人蒙骗你，她花言巧语，盯上了你的谷仓。信任女人，就如信任骗子"(373－375)。不妨参看潘多拉神话叙事，女人的到来使人类蒙受不幸(56－57,88－89 相关笺释)。从某种程度而言，赫西俄德批评的这种寄生特性不只"恶婆娘"有，好些男子也有，比如本诗开篇的无功受贿的王公和懒惰贪婪的佩耳塞斯。

[705]也会被白白榨干，过早衰老。

"白白榨干"(εὕει ἄτερ δαλοῖο)："不点火也能烧焦"。

"过早衰老"(ὠμῷ γήραϊ δῶκεν)：《奥德赛》卷十五有这么两行诗："妻子的亡故使他极度悲伤，老态龙钟提前入暮年"(356－357)。赫西俄德的说法恰与荷马诗相反：促使丈夫衰老的不是妻子的死亡，而是恶妻的存在。

[706]当心触怒极乐的永生者们。

行 706 出现在这里，显得相当突兀。各方注家就其真伪一度引发了不少争议。有的主张删除(Lehrs)，有的建议移至行 723 之后

(Steitz)。原创疑问进一步指涉行 706 – 759 整段诗文。有注家主张，赫西俄德原诗止于行 694，后续诗文乃后人手笔，其中行 707 – 723 系在第一次篡插基础上的第二次篡插(Kirchhoff)；有的则判定行 695 – 705，行 707 – 723，行 760 – 764 为原创，行 706 和行 724 – 759 为伪作，(Wilamowitz，持赞同意见的有 Nilsson、Frankel、Diller、Solmsen、Nicolai 等)。稍后的注家用诗人写作过程中产生的不同版本来解释这些疑问(参 West，p. 330)。

"当心"(πεφυλαγμένος)：同 765。

"触怒"(ὄπις)：本指"复仇，处罚"，这里是"导致受罚"的意思。比如，"不顾神灵惩罚"(187)。《神谱》中说到，复仇女神"决不会停息可怕的愤怒，直到有罪者受到应得的严酷处罚"(神，221 – 222)。一个人运气不好，往往会被说成触怒了神灵，遭到报应。从某种程度而言，避免触怒神灵，就是避免在邻里落得坏名声。前头讲娶妻要避免成为远近的笑柄，后头讲交友和言辞分寸，全与在公众之中的名声有关。

[707] 莫对待朋友如自家兄弟，

这里的说法与《奥德赛》卷八相反："任何人只要稍许能用理智思虑事情，对待外乡来客和乞援人便会如亲兄弟"(546 – 547)。忒奥格尼斯称："我情愿获得一个相知相伴、就算性情不同也亲如兄弟的人的友情"(97 – 99)。旧约《箴言》中亦言："滥交朋友的，自取败坏；但有一朋友，比弟兄更亲密"(18:24)。这个忠告看来不只针对佩耳塞斯。

[708] 若这么做了，不要先冒犯他，

"先冒犯他"(πρότερος κακὸν ἔρξης)：先使坏的人要遭报应。在《神谱》中，该亚密谋行刺乌兰诺斯，克洛诺斯答应执行这一密谋，母子二人均提到了同一个理由：谁让乌兰诺斯"先做出这些无耻行径"(神，166 和 172)。

[709] 不要取悦说谎。他若起头

"取悦说谎"(ψεύδεσθαι γλώσσης χάριν)：诗人忒奥格尼斯亦言，"你枉自在大地上寻找,那些言辞和目光持守节操的人早之又少,一条船足以将他们全部带走"(85)。

[710] 对你说了坏话做了坏事,

"起头……说了坏话"(*ἄρχην/...εἰπὼν ἀποθύμιον*):希罗多德在《历史》中讲到,大流士进攻以前,斯奇提亚人向邻人寻求盟友却遭到拒绝,邻近各族的理由是:"如果你们不起头向波斯人无端挑衅因而引起战争的话,你们的求援在我们看来就会是正当的。"(4.119.4)

[711] 你要记得双倍报复。他若回头

"记得"(*μεμνημένος*):同422。

"双倍报复"(*δὶς τόσα τίννσθαι*):以牙还牙似是古代各族的普遍教诲。希伯来圣经中多有提及(如《出埃及记》,21:22;《申命记》,19:21)。诗人忒奥格尼斯亦言:"我若盘算对朋友行恶,愿这恶降临我身;若是朋友对我行恶,愿这恶双倍降临其身"(1089)。

[712] 想言归于好,有意补还公道,

"言归于好"(*ἤγητ᾽ ἐς φιλότητα*):相似用法参看托名荷马,《赫耳墨斯颂诗》,507;萨福残篇,1.18起。

"有意补还公道"(*δίκην δ᾽ ἐθέλησι παρασχεῖν*):这里的"公道"(*δίκην*)即"正义",指未经第三方评判,一方主动提供给另一方补偿,以使事情重新顺应正义法则。换言之,这是一种私了的方法,与司法无关。

[713] 你要接受。卑贱小人交友

"卑贱小人"(*δειλός τοι ἀνήρ*):参214,686。

[714] 见异思迁,你可别表里不一。

"表里不一"(*νόον κατελεγχέτω εἶδος*):"意志令外表蒙羞"。

[715]莫让人以为你滥交或寡友，

"滥交"（ $πολύξεινον$ ）："有很多朋友"。普鲁塔克在《道德论集》中详细陈述了滥交朋友的弊病（93b – 97b），不过，希腊古人爱给晚辈取名"波吕塞努斯"（ $Πολύξεινος$ ），希望他们一生交友无数。

[716]和坏人为伍或与好人作对。

"和坏人为伍，与好人作对"（ $κακῶν ἕταρον ...ἐσθλῶν νεικεστῆρα$ ）：对仗工整。

[717]切莫因煎熬人心的可恶贫穷

"切莫"（ $μηδέ ποτ'$ ）："永远不要"。同724,737,744,757。

"贫穷"（ $πενίην$ ）：莫怪人贫穷，忒奥格尼斯有相似说法（155 – 158）。旧约《箴言》中亦言："戏笑穷人的，是辱没造他的主"（17：5）。据修昔底德记载，伯利克里当众说过，"真正的耻辱不是贫穷本身，而是不与贫穷作斗争"（《伯罗奔尼撒战争史》,2.40）。

[718]胆敢责辱人，那是极乐神的赐予。

"极乐神的赐予"（ $μακάρων δόσιν αἰὲν ἐόντων$ ）：神不仅能赐人财富，也能使人贫穷。前文也说"宙斯给人类的可怕贫苦"（638；另参欧里庇得斯《阿尔刻提斯》,1071）。

[719]人群中最好的财宝莫过于口舌

"人群中"（ $ἐν ἀνθρώποισιν$ ）：强调言辞是社会性行为，面对公众发言尤其要小心谨慎。

"口舌谨慎"（ $γλώσσης/φειδωλῆς$ ）：古代作者常提醒世人言辞谨慎，沉默是金，如旧约《箴言》："愚昧人若静默不言，也可算为智慧，闭口不说，也可算为聪明"（17：28）；"有金子和许多珍珠，唯有知识的嘴，乃为贵重的珍宝"（20：15）。

[720]谨慎,最大的恩惠是说话有分寸。

　　“分寸”($μέτρον$):“尺度”。与前头的箴训相比(327 – 380),这里更讲究如何在公众面前掌握言说的限度。什么样的人尤其需要掌握公开言说的技巧呢? 显然不是听从忠告的人,而是给出忠告的人。赫西俄德的训海对象在这里有了微妙的变化。

[721]说人坏话很快会被说得更难听。

　　“很快”($τάχα$):同 312。

[722]众人凑份子的聚会上莫乖张,

　　“众人凑份子的聚会”($πολυξείνου.../ ἐκ κοινοῦ$):“众多来宾一起分担花费的聚会”。

　　“乖张”($δυσπεμφέλου$):也用来指大海,即“翻腾的”(参 618;神,440),这里有“无礼、乖僻”的意思。

[723]这种法子乐趣最多花费却少。

　　无力独立承担宴会费用、行待客之道的人,才会采取这种凑份子的庆祝方式。作为参与者,不能因为不被当客人招待而轻狂乖张。

[724]切莫在黎明向宙斯奠下莹澈的酒,

　　这里开始一系列禁忌说明(724 – 759)。历代注家一度就这段诗文的真伪性提出好些争议。Twesten 首先提出疑问,Bergk 主张删行 695 – 759 但保留行 760 – 764 作为诗篇结语(*Greek Litterary*,I,955 起)。Wilamowitz 最早主张删行 724 – 759,并得到不少学者的赞成(参 706 相关笺释)。晚近学者多为保留原样的共识。

　　“黎明”($ἠοῦς$):每日早晚向神们奠酒焚香是希腊古人的日常仪式:“每逢睡前和神圣的天光再现”(338 – 339)。此外还有重大的敬拜场合,祭献肉类供品。

　　莹澈的酒($αἴθοπα οἶνον$):同 592 相关注释。

[725] 若你未净手,其他永生者也一样,

"未净手"(χερσὶν ἀνίπτοισιν):行祭神仪式以前必须净手,荷马诗中多次提到净手礼。《伊利亚特》卷六,赫克托尔对母亲说:

> 我没有洗手,不敢向宙斯
> 奠下晶莹的酒。一个人粘上了血和污秽,
> 就不宜向克洛诺斯之子黑云神祈求。(266–268)

此外还可以看到,希腊人向阿波罗献百牲祭以前先行净手礼(《伊利亚特》卷一,449);阿喀琉斯"洁净双手",向宙斯奠酒(卷十六,230);普里阿摩斯向宙斯祷告以前先用净水洗了手(卷二十四,302);涅斯托尔向雅典娜祭献公牛前,也要先洗手(《奥德赛》卷三,449)。

"其他永生者"(ἄλλοις ἀθανάτοισιν):常与宙斯连用,参看神,624;《伊利亚特》卷二,49;卷三,298;卷六,475。

[726] 他们不会倾听,反会厌弃祷告。

"厌弃"(ἀποπτύουσι):有注家称,荷马诗中虽也出现过该词,但用作"厌弃"的意思却是在埃斯库罗斯之后,由此多了一个后世伪作的证据(参 West,p. 334)。

[727] 莫面朝太阳笔直站着小解。

"莫面朝太阳笔直站着小解"(μηδ' ἄντ' ἠελίου τετραμμένος ὀρθὸς ὀμείχειν):参照第欧根尼·拉尔修的记录,这听上去像是毕达哥拉斯教派的规矩(《名哲言行录》,8.18;另见扬科利科《劝勉集》[Protrepticus],21)。太阳光是养育万物的神圣之光,与污秽物事不相容。索福克勒斯在《俄狄浦斯王》中有如下说法:"不要把为大地、圣雨和阳光所厌恶的污秽赤裸地摆出来"(1426),相关说法参见普林尼《自然史》,28.69;欧里庇得斯《愤怒的赫拉克勒斯》,1231 起。

"小解"(ὀμείχειν):古语,原指"下雨",在伊奥尼亚方言中得到保

留。诗中单单"小解"一种意思，就有好几种说法，比如 οὐρήσῃς（729），
οὐρεῖν（758），等等。

[728]记住从日落直到日出之间，

[729]行路时莫在路上或路边小解，

[730]裸露私处：黑夜属于极乐神们。

　　行 728 – 730 的读法引发不少争议。有注家将行 728 和行 730 判
为后人篡插的伪作（如 Wilamowitz），也有注家主张将行 729 移至行 730
与行 731 之间，理由是行 729 所提的禁忌不应局限在夜里（如 Most）。
这里仍按原本语序译出。

　　"黑夜属于极乐神们"（μακάρων τοι νύκτες ἔασιν）：呼应"从日落到日
出"的说法（728）。神们出没于无人之处、无人之时，故有黑夜属于神
们之说。缪斯走在夜里（神，10）。人类要小心避免冒犯神灵，防止身
体的私要部位为神所伤。

[731]敬神的人深明事理，会蹲着

　　"敬神的"（θεῖος）：荷马诗中专指英雄、预言者和歌人，也就是和神
具有特殊联系的人，比一般人看见更多东西的人。这里的用法很不一
样：θεουδής［敬神的，虔诚的］。柏拉图在《美诺》中指出，妇女和斯巴达
人用这个词指好人（99d）。品达的《皮托竞技凯歌》中也有相似用法
（6.38）。

　　"蹲着"（ἑζόμενος）：《伊利亚特》中，赫克托尔"蹲下来"躲避阿喀琉
斯的长枪（卷二十二，475）。《摩奴法典》中有相似的说法（4.45 – 50）。
据希罗多德的记载，埃及的男人蹲着小解，女人却是站着（2.35.3）。
在赫西俄德时代，似乎并没有什么公认正确的姿势。

[732]或走到封闭庭院的墙边干这事。

　　"封闭庭院"（ἐνερκέος αὐλῆς）：依然强调私密性。在这一系列禁忌
描述中，身体仿佛是不洁的根源，随时可能受到玷污，引发神怒。

[733] 在家中若是羞处粘着精液，

"在家"（ἔνδοθι οἴκου）：同523,601。

"羞处"（αἰδοῖα）：与"羞耻"（αἰδώς）同根。这里的表述暗指性交（另参735－736）。

[734] 经过家灶莫暴露，千万要避免。

"家灶"（ἱστίη）：也就是家火，在希腊神话中由处女神赫斯提亚（Hestia）掌管。赫斯提亚是克洛诺斯家族的女儿（神,454）。俄耳甫斯教祷歌中称她"在屋子中央守护着永恒的火"（84.2）。柏拉图的《斐德若》也称她"留守神们的家"（247a）。在希腊古人眼里，家火是人家中最神圣的所在。回到故土的奥德修斯当众"请宙斯、这待客的餐桌和高贵的奥德修斯的家灶作见证"（《奥德赛》卷十四,158－159）。性交是不洁的行为，一般被严禁于圣地之外。性交后往往必须更衣或沐浴，才能进入圣地。某些节庆之前规定禁欲，祭司们（尤其女祭司）要守身如玉。

[735] 莫从不祥的葬礼返家后

"不祥的葬礼"（δυσφήμοιο τάφου）：死亡是污秽的，那些寻求洁净的人尤其要刻意避开（参见欧里庇得斯残篇,472.18）。古代雅典禁止六十岁以下的妇人走进死人的家，或参加葬礼，除非死者是近亲（德谟斯提尼,43.62）。柏拉图在《法义》（947d）中也禁止怀孕的妇人参加葬礼。

[736] 行房，要在祭神的庆宴后。

"行房"（σπερμαίνειν γενεήν）："传宗接代"。比起晦气的葬礼，在祭神的欢宴之后行房更有益于生养后代。

"祭神的庆宴"（ἀθανάτων ἀπὸ δαιτός）：参742。荷马诗中多有描绘祭神的庆宴，如《奥德赛》卷三,336,420；卷八,6。在古代希腊，凡是带肉食的宴饮都可以用来祭神。但希腊古人并不是餐餐有肉食，荷马诗中的英雄会饮毕竟是一种理想状态。

[737]切莫涉渡那长流的明媚河川，

　　"涉渡"(*ποσσὶ περᾶν*)："涉足,渡过"。原文在行 738,译文移至此。

[738]若你尚未对着美好的流波祷告，

　　"对着美好的流波祷告"(*πρίν γ᾿ εὔξῃ ἰδὼν ἐς καλὰ ῥέεϑρα*)：向河流祷告。河流有神,《神谱》中记录了大洋家族有三千个河神(神,367)和三千个大洋女儿(神,364)。奥德修斯漂游在水中,也向河神祈求庇佑(《奥德赛》卷五,445)。据希罗多德记载,克列欧美涅斯在渡河时向河神奉献牺牲(6.76.1)。

[739]并先在可喜的清水中净过手。

　　"净手"(*χεῖρας νιψάμενος*)：先净手再祷告,参看 725 相关笺释。

[740]若有谁未净手去垢就过河，

　　"未净手"(*χεῖρας ἄνιπτος*)：同 725。

　　"去垢"(*κακότητι*)：派生自 *κακός*[恶],一开始可能是把弄脏的手洗干净的意思,稍后引申为邪恶或罪。

[741]神们会对他发怒,随后施加苦难。

　　"神们发怒"(*ϑεοί νεμεσῶσι*)：神因人类的行为而产生义愤,比如不干活会遭到神愤恚(303),在祭祀过程中言行轻薄会让受祭的神发怒(756)。动词 *νεμεσῶσι* 与义愤神(*Νέμεσις*,或"涅墨西斯";200)同根。

[742]莫在祭神的庆宴给五个指头

　　"祭神的庆宴"(*ϑεῶν ἐν δαιτὶ*)：参 736。

　　"给五个指头修剪指甲"(*ἀπὸ πεντόζοιο...ϑαλείῃ/ αὖον ἀπὸ χλωροῦ τάμνειν*)："从五个枝桠的生绿部分剪下枯朽部分"。这种譬喻借代手法在诗中屡见不鲜:章鱼又叫"无骨的"(524),蜗牛又叫"背着住所的"

(571)，小偷又叫"白天睡觉的人"(605)，蚂蚁又叫"精明的"(778)，等等。赫西俄德一向讲究命名，最有代表性的例子莫若阿佛洛狄特的系列名称(神,195 – 200)。

"五个枝桠"($\pi\varepsilon\nu\tau\acute{o}\zeta$oιo)：类似造词法如 $\tau\varrho\acute{\iota}\pi$oδι[三只脚]，即"拄杖老人"(533)。这里比喻五个手指，参见恩培多克勒残篇，29.1,82.117。

"生绿部分"($\chi\lambda\omega\varrho$oῦ)："绿色，嫩绿"，经常用来譬喻"新鲜的生命力"。欧里庇得斯在《赫卡柏》中有"新鲜的血"($\alpha\ddot{\iota}\mu\alpha\tau\iota$ $\chi\lambda\omega\varrho\tilde{\omega}$)之说(127)。另参索福克勒斯《特剌喀斯少女》，1055。剪下的指甲没有生命，是不洁的，会冒犯节庆上的神们。

[743] 用烧亮的铁具修剪指甲。

"铁具"($\sigma\iota\delta\acute{\eta}\varrho\omega$)：指剪子之类的工具。铁的出现相对较晚。在宗教仪式上，人们往往是厌恶改变传统的。久而久之，在早期希腊古人眼里，铁显得不如铜纯净，被禁用于各种宗教场合。铁具之说，参176，387,420。

[744] 切莫将执壶挂在调酒缸上，

"执壶挂在调酒缸上"($o\ddot{\iota}\nu o\chi\acute{o}\eta\nu$ $\tau\iota\vartheta\acute{\varepsilon}\mu\varepsilon\nu$ $\kappa\varrho\eta\tau\tilde{\eta}\varrho o\varsigma$ $\ddot{\upsilon}\pi\varepsilon\varrho\vartheta\varepsilon$)：从古代陶瓶画上看，执壶不用的时候一般挂在调酒缸的把手上。卢浮宫馆藏的一只公元前八百年制造的调酒缸，把手即呈执壶状（编号 Louvre A 514，Athens）。赫西俄德的根本训诫也许在于，避免在使用与不用时酒器的摆法一样。至于原因何在，说法不一。有的认为，好客的主人不得暗示客人酒宴已经结束，还有的主张，这与交叉摆放两样器具的传统禁忌有关。

[745] 正当饮酒时：这会带来厄运。

这里连续三次提到，不合宜的行为会带来恶果，遭来报应（参749，754,755）。

[746]造房子莫留下个糙活儿，

"糙"（ἀνεπίξεστον）："未完成，或不光滑"，诸如屋顶、墙面没有抹平整。旧时造房极有讲究，要守时辰、祭神灵。

[747]嘶哑乌鸦会落在上头聒噪。

"乌鸦落在上头聒噪"（ἐφεζομένη κρώξη...κορώνη）：乌鸦叫是不祥的兆头，古代作者常有提到，参看泰奥弗拉斯托斯《论气候征象》，39；阿拉托斯《物象》，949，1022 等。埃利阿努斯（Aelianus）在《论动物本性》（De Natura Animalium）中说到，乌鸦极其忠于配偶，一只乌鸦独叫预示不祥的婚礼（3.9）。乌鸦停在人家房顶上叫，预示这家人将有厄运，现代希腊人通常认为这是家里将有丧事。当然，这种说法并非希腊才有。在拉丁诗人笔下，猫头鹰有相似的预示作用（参看维吉尔《埃涅阿斯纪》，4.462；普林尼《自然史》，10.35）。嘶哑乌鸦（λακέρυζα κορώνη），同赫西俄德残篇304.1。

[748]莫取用未祭过神的鼎锅

"未祭过神的鼎锅"（χυτροπόδων ἀνεπιρρέκτων）：也就是不洁净的锅。χυτροπόδων指圆形带鼎锅。一只锅经不洁净的人使用，就会变得不洁净。毕达哥拉斯教派也强调保持锅的洁净，比如用灰擦去锅上的污渍（普鲁塔克，728b；第欧根尼·拉尔修《名哲言行录》，8.17）。

[749]吃食或洗漱，要遭报应。

"报应"（ποινή）：或"惩罚"，同755。

[750]莫让十二天的男孩坐到坟上，

"坟"（ἀκινήτοισι）："不受干扰、固定不动之物"，一般认为是坟墓、墓碑，或祭坛（参看芝诺，1.55；希罗多德，1.187.3，6.134.2），又一个譬喻借代手法的例子（参742相关笺释）。坟墓与死亡相连，令人丧失性功能和生育力，正如上文所说，参加葬礼以后行房，不利传宗接代

(735)。《伊利亚特》卷九,福尼克斯哀叹自己无后,原来是冥王冥后("地下的宙斯和珀尔塞福涅")的意愿(457)。迷信的人忌讳在坟场走动或戏耍(泰奥弗拉斯托斯《人物素描》,16.9),据说这还会导致疯狂、变成狼人等可怕状况(Lobeck, *Aglaophamus*,页 638)。

"十二天的男孩"(παῖδα δυωδεκαταῖον):诗中说到十二天和十二个月(752)的男孩,也许与十二岁有关。男孩子的青春发育期通常始于十四岁(梭伦,27.3 起;亚里士多德《动物志》,581a13)。十二岁的男孩接近发育,也就是决定他们将来是不是"有男人气"的时期。有注家称,严禁男孩坐在坟上似与古代实行割礼的民族有关,赫西俄德又一次引入非希腊本土的风俗(Tandy&Neale)。原文在行 751,与"这样不好"互换位置。

[751] 这样不好,会丧失男子气,

"这样不好"(οὐ γὰρ ἄμεινον):参 570。

[752] 十二个月的男孩也是一样。

"十二个月"(δυωδεκάμηνον):参看 750 及相关笺释。

[753] 男人莫用女人洗过的水

"女人洗过的水"(γυναικείῳ λουτρῷ):男人用了女人洗过的水,也会"丧失男人气"(ἀνήνορα,751),或"变得不像男人"。在早期欧洲同样流传着男孩和女孩不应在同一盆水中受洗的规矩。男性有意避免受到一般被视为更虚弱的女性性别的"传染",这在男尊女卑的社会风俗里屡见不鲜。

[754] 沐浴全身,以后总得受罪

"沐浴全身"(χρόα φαιδρύνεσθαι):"清洗肌肤",同索福克勒斯《阿伽门农》,1109。原文在行 753,译文与"男人"互换位置。

[755]遭报应。遇到焚烧祭物时

"报应"（ποινή）：同 749。这里当指暂时失去性能力。人接触不洁净的东西，在一定的时间里也就不洁净。旧约《利未记》中有多处类似说法，比如"凡男女交合，两个人必不洁净到晚上，并要用水洗澡。女人行经，必污秽七天，凡摸她的，必不洁净到晚上，并要用水洗"（15：18 – 19）。

"焚烧祭物"（ἱεϱοῖσιν ἐπ' αἰϑομένοισι）："正在燃烧的神圣的物品"，人类焚烧牺牲献给诸神，对应《神谱》中的说法："生活在大地上的人类在馨香的圣坛上为永生者焚烧白骨"（556 – 557）。荷马诗中多次描绘过祭神场面，如《伊利亚特》卷十一，775；《奥德赛》卷十二，362。

[756]莫妄加挑刺，神要发怒。

"妄加挑刺"（μωμεύειν ἀίδηλα）：不少注家理解为"嘲笑秘仪"（如 Mazon, Backès, 张竹明、蒋平先生译本），也有注家批驳了这种解释的可行性（Robertson；West，见 343 – 344）。这里从 West 本，似指"挑剔献给神的祭品（太少，不够好，等等）"。

"神"（ϑεός）：指受祭的神。参看 741 相关笺释。

[757]切莫朝着流入大海的河口
[758]或泉水里小解，绝对不要，
[759]也莫大解，这同样很不好。

多有注家主张将行 757 – 759 移到行 736 与行 737 之间，行文将会顺畅许多：既接续行 727 – 731 讲解有关小解的禁忌，又过渡到行 737 的过河之说（West，p. 338）。

"流入大海的河口"（προχοῆς ποταμῶν ἅλαδε προρεόντων）：据希罗多德记载，波斯人从不对着河流小解或吐口水，并禁止别人这么做（1. 138. 2）。《摩奴法典》中也有相似说法（4. 56）。

"绝对不要"（μάλα δ' ἐξαλέασϑαι）：参 734："千万避免"。

"大解"（ἐναποψύχειν）：字面意思是"释放魂气"，也就是"放屁"，埃斯库罗斯残篇中有相似用法(151)。

"这很不好"(οὔ τοι λώιόν ἐστιν):参 570。

[760]就这么做,提防遭人传恶言。

这里五行诗讲传言女神(Φήμη),音译为"斐墨"(760 - 764)。

"就这么做"(ὧδ' ἔρδειν):同 382。

"人[传言]"(βροτῶν):传言本是个神(764),这里却强调由人传出。下文还说,传言的人多了,传言就不会彻底死去(763 - 764)。

[761]传言太坏,轻飘飘地升起

"传言"原本不分好坏,但行 760 和行 761 接连用了两个贬义的修饰语:δεινήν[可怕的,有害的]和 κακή[坏的,邪恶的],因此大约可以理解为"谣言"。

[762]很容易,却难应付,还赶不走。

"难应付,赶不走"(ἀργαλέη δὲ φέρειν, χαλεπὴ δ' ἀποθέσθαι):赫西俄德说起无度时,也有同样的笔调:"无度对小人物没好处,显贵也难以轻松地承受,反会被压垮"(参 214 - 215 及相关笺释)。

[763]传言永远不会断命,只要有

"不会断命"(οὔτις πάμπαν ἀπόλλυται):或不会完全销声匿迹。正因达至某种程度的不死,传言才成其为神。

[764]多人流传。她好歹也是个女神。

"她好歹也是个女神"(θεός νύ τίς ἐστι καὶ αὐτή):表面看来,赫西俄德似乎临时加了一笔:"传言"永不会消失,对人类有无可替代的影响,好算一个女神。他刚刚提及受祭的神(756),顺手将"传言神"列入神谱,倒也无可厚非(参看 Wilamowitz 注疏欧里庇得斯的《愤怒的赫拉克勒斯》,557;Pearson 注疏索福克勒斯残篇,605)。但也许没有这么简单。本诗开篇提到两个不和女神(11 - 41),篇末(时日章节的真伪素

有争议）提到亦善亦恶的传言女神，这样工整的呼应和对称，似乎不是巧合。"传言"作为不死的神，也见于别的古代作者笔下。诗人 Bac-chylides 在两篇颂诗的序歌中呼唤过她（2,10）。据 Aeschines 的记载，雅典人曾为传言女神筑过一座圣坛（1. 127 – 131,2. 144 – 145；残篇865）。

时　日

（行 765 – 828）

[765]留心并依循来自宙斯的时日，

"留心"（πεφυλαγμένος）:同 706。

"来自宙斯的时日"（ἤματα δ᾽ ἐκ Διόθεν）:参 769。宙斯不仅掌管世界的空间秩序，也主宰时间法则。宙斯分派的时日并非一味的好日子（822），每个日子有宜有忌，全凭宙斯的意愿（参看 398 和 661 相关笺释）。这里的说法隐约呼应前文:"我将述说执神盾宙斯的意志"（661）。

[766]告知奴仆，每月三十日最宜

"第三十"（τριηκάδα）:希腊古人的阴历以月亮圆缺变化的周期为依据，每月有三十天或二十九天不等，但每月的最后一天均称为"三十"（τριακάς），逢二十九天的月份，则"二十九"这一天不存在，称为"空月"。每月最后一天又称"新旧日"（参看 770 相关笺释），是通常的结算日。在阿里斯托芬的《云》中，这一天被说成让人"最讨厌、最害怕、怕得发抖的日子"，因为，债主全都要告上法院，押下一笔讼费（1132 – 1134）。另参路吉阿诺斯，70.80。

[767]检视劳作状况和分配口粮，

"检视劳作状况"（ἔργα τ᾽ ἐποπτεύειν）:一个月总体视察一次劳作状况，说明这家人的产业颇丰，也颇为分散。分配口粮的标准可能与每个奴仆干活的好坏直接有关（参见亚里士多德《经济学》，2344b7）。

[768]众人识辨真相就不会错过。

"识辨真相"（ἀληθείην κρίνοντες）:希腊古人从自然中辨认时间的征

兆,月亮圆缺,鸟飞占卜(801,828),等等。正如前面所说,一个月的第三十天最易混淆。宙斯设下的时日具有不容置疑的真实性,因而要求人们观识真相,正确无误地算出第三十日。

[769]这些是大智的宙斯设下的时日。

"大智的宙斯"($\Delta\iota\grave{o}\varsigma\ \mu\eta\tau\iota\acute{o}\epsilon\nu\tau o\varsigma$):同51,104,273;神,457。参520,904。宙斯的时日,参看765相关笺释。

[770]首先每月一、四、七日是神圣日,

"首先"($\Pi\varrho\tilde{\omega}\tau o\nu$):强调第一、四、七日具有同等的首要性。

"第一日"($\check{\epsilon}\nu\eta$):在古典时期的雅典,每月的最后一天也被称为"新旧日"($\check{\epsilon}\nu\eta\ \varkappa\alpha\grave{\iota}\ \nu\acute{\epsilon}\alpha$),即"旧月与新月同在",这是月绕地一周的结束和开始,这时人们仅能看见一丝新月(参阿里斯托芬《云》,1132;柏拉图《克拉底鲁》,409b)。在赫西俄德这里,"第一日"紧随在"第三十日"($\tau\varrho\iota\eta\varkappa\acute{\alpha}\delta\alpha$)之后,"新旧日"当指初第一天,而非月末最后一天。在荷马诗中,月初往往与阿波罗节庆相连(参见《奥德赛》卷十四,162;卷十九,307;卷二十,156,276－278;卷二十一,258)。据希罗多德记载,古代斯巴达人在每月第一天和第七天敬拜阿波罗(6.57.2)。据Theopompus的记载,德尔斐本地最虔信的人家在每月第一天擦亮并装饰好家中的神像(115F344)。

"第四日"($\tau\epsilon\tau\varrho\acute{\alpha}\varsigma$):泰奥弗拉斯托斯在《人物素描》(16.10)中写道,迷信的人在每月第四日和第七日庆祝"赫耳墨斯—阿佛洛狄特日"(Hermaphrodites)。古希腊有号称"第四日"的民间信仰团体(Alexis,258)。第四天是赫耳墨斯的生日(参见托名荷马,《赫耳墨斯颂诗》,19;普鲁塔克,*Quaest. Conv.*,738起);赫拉克勒斯也在这一天出生(参见Aristonymus残篇4)。在伊奥尼亚城邦厄立特亚(Erythrai),他俩和波塞冬、阿波罗、阿尔特弥斯一起受到敬拜。阿佛洛狄特同样在这一天受敬拜(Hesychius,800等)。总之,第四日是个大吉日,只不过这天出生的人大都如赫拉克勒斯那样一生辛劳(Aristonymus,11等;参798,819)。

"第七日"(ἑβδόμη)：阿波罗出世之日。古希腊各地的阿波罗节庆均在这一天举行，如雅典的 Thargelia、Pyanopsia 和 Delphinia 等庆典；昔兰尼的 Carneia 庆典；德尔斐的 Stepterion 庆典等。

[771] 勒托在七日生下金剑的阿波罗，

"勒托生下阿波罗"(Ἀπόλλωνα...γείνατο Λητώ)：勒托是提坦神科伊俄斯和福柏的女儿(神，404 – 409)，为宙斯生下了阿波罗和阿尔特弥斯兄妹："天神的所有后代里数他们最优雅迷人"(神，919)。托名荷马的《阿波罗颂诗》详细描绘了勒托在德洛斯岛生下阿波罗的经过。《奥德赛》卷六则影射到勒托生产时所经过的一株棕榈树(162 – 165)。献给勒托的俄耳甫斯教祷歌中也有相关记述(35.3 – 5)。

[772] 八、九日亦然，不过这两日

"第八日"(ὀγδοάτη)：雅典人在第八天敬拜海神波塞冬(普鲁塔克残篇 106)和忒修斯(阿里斯托芬《财神》，627 – 628，1126)。公元前四世纪的雅典演说家埃斯基努斯(Aeschines)在《驳特斯芬》(Against Cte-siphon)中称，狄俄尼西亚人(Dionysia)在这一天敬拜医神阿斯克勒皮奥斯。第八天宜遵守宗教戒律，从下文看来并不禁止劳作(790)。

"第九日"(ἐνάτη)：详见 810 – 818 相关笺释。第九天除宜生子、宜劳作外，还颇带几分神秘色彩(818)。有些地区在这一天敬拜太阳神赫利俄斯。

"不过"(γε μὲν)：神圣日顾名思义是属神的日子，因而禁忌从事属人的劳作。但第八日和第九日例外：既是圣日，又宜劳作。Most 本的译法与别本不同："八、九日亦然。每月还有两个上旬的日子大利人类劳作：十一、十二日"。这个译法看似也说得通，却没有解决 γε μὲν 的转折意味。

[773] 在上旬里大利凡人的劳作，

"上旬"(ἀεξομένοιο)："月亮渐满"。赫西俄德至少使用了三种月份算法。第一种是每月从"月初"(780)数到"三十"(766)；第二种是每

月分三旬,十日为一旬(参看782相关笺释);第三种是每月分成上下旬,这里即是一例,下旬日子一般是倒数的(参看780,798相关笺释)。荷马诗中有相似说法,如《伊利亚特》卷八,66;《奥德赛》卷九,56。古代希腊城邦采用互不相同的阴历算法,赫西俄德似乎有意实现某种统一的用法。

[774]十一、十二日均为吉日,

"第十二日"(δυωδεκάτη):月圆之日。从每月初一算起,月亮日渐圆润,到十二日可形成满月,这就如庄稼长成一样是好时候。上旬最后几天宜剪羊毛和收成。据瓦罗记载,罗马人在月缺之时剪羊毛(1.37.2)。

[775]宜剪羊毛和收成美好的粮食。

"收成"(ἀμᾶσθαι):同778(聚敛)。

"美好的粮食"(εὔφρονα καρπὸν):这里指谷物。相似用法参见品达《奥林匹亚竞技凯歌》,7.63;《伊利亚特》卷三,246。

[776]十二日又比十一日更佳:

第十二日是满月日,参看774相关笺释。

[777]飞荡空中的蜘蛛在织网,

"飞荡空中的蜘蛛"(ἀερσιπότητος ἀράχνης):蜘蛛并不会飞,只是随着吊在风中的丝来回飘荡,像飞起一般。蜘蛛织网常与女人编织(参看779)相连;蚂蚁敛食则呼应行775的收成和剪羊毛,这几行诗形成了互文交叉。

[778]当日正午,蚂蚁聚敛食物,

"正午"(ἤματος ἐκ πλείου):字面意思是"日圆",拟"月圆"之说法,正如月亮由亏转盈并形成满月,一天在正午时分达至高潮(参792)。这里依然在说第十二日。

"蚂蚁"(ἴδρις)：字面意思是"精明的，审慎的"。蚂蚁以其精明和先知先觉著称，比如旧约《箴言》中说道："你去察看蚂蚁的动作，就可得智慧。蚂蚁没有元帅，没有官长，没有君王，尚且在夏天预备食物，在收割时聚敛粮食"(6:5 - 8；另参30:24 - 25)。亚里士多德曾说蚂蚁利用满月的光亮在夜里干活(《动物志》，622b27)。参看贺拉斯《讽刺诗集》，1.1.33 - 38；维吉尔《农事诗》，1.186。

[779]女人也要搭好织机开工。

"搭好"(προβάλοιτό)：荷马诗中也有出现，指搭建坟墓，参《伊利亚特》卷二十三，255。

"织机"(ἱστὸν)：编织是古希腊妇人日常从事的工作。宙斯曾命雅典娜教给潘多拉各种编织针线活儿(63 - 64)。参看前面蜘蛛织网的说法(777)。

[780]月初十三日不宜

"月初"(μηνὸς δ' ἱσταμένου)："新月开始出现在天上"，同798。荷马诗中有相似说法，参看《奥德赛》卷十四，162；卷十九，307。这是每月分上下旬的算法。

"第十三日"(τρεισκαιδεκάτην)：新月后的第十三天是开始月亏之时，若想让种子长得好，就要避免这个时候播种。

[781]开始播种，但宜栽培植株。

"栽培植株"(φυτὰ δ' ἐνθρέψασθαι)：同样适宜栽植的还有月初九日(812，参773)。

[782]月中六日不利植株，

"月中第六日"(ἕκτη δ' ἡ μέσση)：这是每月分三旬的算法。月中第六日也就是中旬的第六日，有别于上旬的第六日(785)。这两日均不宜生女而宜生男。可见这种看日子的方法不仅与月亮圆缺有关，还与数字的含义相关，相同数字的日子有相似的兆示。稍后希腊人在每月第六日庆祝阿尔特弥斯的生日(参阿波罗多洛斯,244F34)。这一天成为神圣日,与阿波罗在第七日出世有关。让人不解的是,阿尔特弥斯的出生日本该适宜女孩儿出生(783)。

[783]宜生男,少女却犯冲,

"宜生男"(ἀνδρογόνος δ' ἀγαθή):指分娩,而不是怀孕。怀孕则按月推算。希腊古人或许相信,生孩子与怀上这个孩子,发生在相隔十个月的同一天。《摩奴法典》列举了分别适宜分娩男孩与女孩的日子(3.46－48)。

[784]不宜头胎降生或出嫁。

"出嫁"(γάμου ἀντιβολῆσαι):阿尔特弥斯是处女神,大约因为这样,在她的生日这天不宜出嫁。头胎降生的说法则也许与她有个哥哥相关。

[785]月初六日也不宜生女,

"月初第六日"(πρώτη ἕκτη):参看782相关笺释。

[786]但宜阉割山羊和绵羊,

"阉割"(τάμνειν):阉割家畜的传统自古有之,失去生殖机能的家畜变得驯顺,便于管理、使役和肥育。上旬里的不同日子适宜阉割不同家畜(参790－791),伽太基人和罗马人则选择在下旬日干这些活儿(参普林尼《自然史》,18.322)。

[787]是给羊群造栏的吉日,

"造羊栏"(σηκόν τ' ἀμφιβαλεῖν ποιμνήιον):造围栏,是为阉割家羊和剪羊毛做准备。

[788]宜生男:此人必喜挖苦、

"宜生男"(ἐσθλή δ' ἀνδρογόνος):同794,参783。

[789] 谎言、巧言令色和私议。

"谎言、巧言令色"（ψεύδεά θ᾽αἱμυλίους τε λόγους）：潘多拉生来同样具有这两种天性（78 及相关笺释）。从这两行的描述看，在第六日出生的男子似有口舌不慎的缺点。

[790] 八日宜劏猪和吼叫的牛

"第八日"（ὀγδοάτῃ）：前文讲到，这一天有利于人类的劳作（772 – 773 相关笺释）。

"猪"（κάπρον）：除这里外，赫西俄德没有再提到猪。荷马诗中倒是常提到，希腊人以公猪祭献宙斯和阿波罗（《伊利亚特》卷十九, 197, 251 – 256）；百牲祭里也不会漏掉公猪（《奥德赛》卷十一, 131；卷二十三, 278）。

[791] 阉割，耐劳的骡是十二日。

"耐劳的骡"（οὐρῆας ταλαεργούς）：普鲁塔克的笺注本缺行792 – 796。行 791 与行 796 的末尾均讲到"耐劳的骡"（参 46）。

"第十二日"（δυωδεκάτῃ）：前文讲到，这一天是吉日，适宜剪羊毛、收成粮食、女子开工织布（774 – 779 及相关笺释）。

[792] 二十日是大日，正午慧者

"第二十日"（εἰκάδι）：在好些古希腊历法中，第二十日是关键日。从这一天起，日期不再是往前数，而是开始倒数。第二十日与第七日一样和阿波罗相连。据说厄琉西斯秘仪发生在第二十日，参见欧里庇得斯《伊翁》, 1076。

"正午"（πλέῳ ἤματι）：参看 778 相关笺释。第十九日夜晚大吉（810），第二十日正午大吉，第二十一日清早大吉（820）。

"慧者"（ἵστορα φῶτα）：或"知晓的人"。在荷马诗中，ἵστορα 用来指有能力裁断争执的公判人（《伊利亚特》卷十八, 501），或者下赌注时的证人，比如阿伽门农（卷二十三, 486）。当初赫西俄德与佩耳塞斯的纠纷闹到忒斯庇亚城,城邦里头想必也有"慧者"出来作公断。

[793]降生:此人必心思缜密。

"心思缜密"(νόον πεπυκασμένος):荷马诗中用来形容宙斯,参看《伊利亚特》卷十五,461。

[794]十日宜生男,月中四日宜生女,

"宜生男"(ἐσϑλὴ δ᾽ ἀνδρογόνος):同 788,参 784。月初六日和月中六日同样宜生男。

"月中第四日"(τετϱὰς/ μέσση):每月第十四日。据《希腊占星家抄本名录》(*Catalogus Codicum Astrologorum*)记载,每月第十日才是驯养牲畜的吉日,此外八日和十六日也适宜(3. 34,10. 123,10. 197)。"月中"原文在行 795,译文移至此。

[795]宜驯养绵羊和蹒跚弯角的牛,

"绵羊"(μῆλα):诗中提到绵羊的还有 234,516,786 等。

[796]獠牙的狗和耐劳的骡,

"獠牙的狗"(κύνα καϱχαϱόδοντα):同 604。

"耐劳的骡"(οὐϱῆας ταλαεϱγούς):同 791。

[797]用手抚摸它们。但要当心

本节多处交代畜牧事宜,填补农时历法章节的空白,参看 774 – 775,786 – 787,790 – 791,795 – 797,815 – 816。总的说来,适宜畜牧的日子有月初六日、八日、十二日、十四日等。

[798]月末和月初四日,免得

"月末和月初第四日"(τετϱάδ᾽...φϑίνοντός ϑ᾽ ἰσταμένου):月末第四日如何计算? 这个问题引发了不少争议。有注家主张指第四日和第二十四日;但更多主张,这里当指每月第四日和第二十七日,因为,正如前面说过,有些希腊历法在月末采用倒数日期:从三十日起倒数到第四日,就是二十七日("三九日",参 814 相关笺释)。第四日是神圣日(770 相关笺释;参 800),赫耳墨斯与赫拉克勒斯在这天出生,不大可能是个伤心日。行 799 应单指"月末第四日"这一天。

[799]悲恸咬心,这天很是特殊。

"咬心"(ἄλγεσι ϑυμβορεῖ):形容悲痛伤心,参看《伊利亚特》卷六,202;卷二十四,129;《奥德赛》卷十,379。

"特殊"(τετελεσμένον):此从大多注家的释法。具体语意不明,也有做"与命运相关的",或"得到属神的特殊认可的"(参托名荷马,《赫耳墨斯颂诗》,572)。从文中看来,无论月初、月中还是月末,凡是"四日",均是吉大过凶。

[800]每月四日宜娶媳妇过门,

"第四日"(τετάρτη):婚姻大事,最好选在与阿佛洛狄特、爱若斯相关的日子。阿佛洛狄特确乎在这一天受敬拜(参 770 相关笺释)。有些古代作者提到,婚娶当在新月时节(参看普罗克洛斯注疏《劳作与时日》,782 – 784),或满月时节(品达《科林斯竞技凯歌》,8.48;欧里庇得斯《伊菲格涅亚在奥里斯人里》,717)。

"娶媳妇过门"(ἄγεσϑ᾽εἰς οἶκον ἄκοιτιν):礼法再训开篇讨论了男子娶妻的适当年龄(695 – 699),这里更细化到时日的选定。不宜结婚出嫁的日子是月中六日(784)。

[801]先问鸟卜,这样做顶合适。

"问鸟卜"(οἰωνοὺς κρίνας):婚姻充满风险(695,701 – 705),即便在每月第四天这样的吉日结婚,也不能有百分之百的保证。因此,还得借助占卜等手段。鸟类的兆示,前文提到的乌鸦就是一种凶兆(747)。本节篇末还将强调鸟卜在农夫日常生活中的重要意义(828)。罗马古人同样大量使用鸟卜(拉丁文 Auspex),弩玛凭鸟卜成为罗马王政时期的第二个王者(李维,I,18),人们在婚礼前问鸟卜(西塞罗《论神性》,

1.28）。

[802] 要提防五日,最是凶险可怕。

"第五日"（πέμπτας）:这里单指婚姻,还是泛指做一切事要避开第五日? 若是泛指,那么第四日与第五日的吉凶对比鲜明。在所有时日表述中,只有这里用了复数:若指每月第五日,其他类似的表述却也都用单数,有一种可能是指"凡带五的日子",包括五、十五和二十五日,誓言女神在其中一天出世,正如凡带三的日子都要敬拜雅典娜,逢六、十六日敬拜阿尔特弥斯。

[803] 传说复仇女神在五日照护

"传说"（φασιν）:《神谱》中讲到提丰时有相似说法(神,306)。

"复仇女神"（Ἐρινύας）:音译为"厄里倪厄斯"。《神谱》中讲到,乌兰诺斯被割去生殖器,血滴落在大地上,不久生下三个族群后代,包括复仇女神(神,185)。复仇女神据说一共有三姐妹,头缠毒蛇,眼滴鲜血,在大地上惩罚人类的罪行,无情但公正。赫拉克利特称她们是"正义的执行者"(残篇108)。在埃斯库罗斯留下的《俄瑞斯忒斯》三部曲中,复仇女神扮演了关键性的角色。赫西俄德在这里说她们照看誓言神出世,意思是她们会惩罚那些不守誓言或立伪誓的人。

[804] 不和女神生下誓言神,那假誓者的灾祸。

"不和女神,誓言神"（Ἔρις…Ὅρκον）:不和是誓言的母亲,同属夜神家族,《神谱》中有细致说明:可怕的不和女神生下"誓言神,他能给大地上的人类带来最大不幸,只要有谁存心设假誓"(神,231－232)。不和神,参看前文 11 相关笺释;誓言神,参看 219 相关笺释。违背誓言的人,要么由誓言神惩处(219),要么由复仇女神正法(《伊利亚特》卷十九,259;参卷三,278)。第五日最是凶险,因为誓言神出生在这一天,并有复仇女神在一旁照护。这种解释神与时日的关联的方法,参看 771(第四日是阿波罗的出生日,故而是神圣日)。古时流传一种说法,生于第五日的人往往不遵守法律,很难信守誓言。

"假誓者的灾祸"（ $π\tilde{η}μ'\, ἐπιόρκοις$ ）：参神,232。

[805]月中七日,德墨特尔的神圣谷物

"月中第七日"（ $μέσση\, δ'\, ἑβδομάτη$ ）：即每月第十七日。拉丁作者们也纷纷提到,下旬日适合扬谷（普林尼《自然史》,18.322）和伐木（瓦罗,1.37.1;科鲁迈拉,11.2.16;普林尼,16.190）。这一小节接在行785 –789（月初第六日）之后,行文似更顺畅。

"德墨特尔的神圣谷物"（ $Δημήτερος\, ἱερὸν\, ἀκτήν$ ）：同466,597。

[806]宜扔到平整的打谷场上,小心

"打谷场"（ $ἀλωῇ$ ）：同599。前文讲到,打谷时间应在每年六月,猎户座出现天际时,要"敦促奴仆给德墨特尔的神圣谷物脱粒,在通风的地方,平整的打谷场"（参597 –608）。

[807]照看,伐木工要砍伐造房木材

"伐木工"（ $ὑλοτόμον$ ）：前文讲到为造犁车农具而伐木（414 –457）,这里补交代为造房造船而伐木。诗中提到造房的地方还有746 –747。

[808]和各种适合造船用的木料。

航海章节只讲航海季节,确乎没有提到造船。下文还提到适宜出海的时日（817）。

[809]四日宜开工造狭长的舟船。

"第四日"（ $τετράδι$ ）：神圣日（770）,也适宜造船。

"造"（ $πήγνυσθαι$ ）：前面讲到造大车（455）。另参希罗多德,5.83.1。

[810]月中九日入夜大吉。

"月中第九日"（ $εἰνὰς\, δ'\, ἡ\, μέσση$ ）：每月十九日。

"入夜大吉"（ $ἐπὶ\, δείελα\, λώιον\, ἦμαρ$ ）：这里一天似乎分成白天和黑夜两部分（参821）。行792 提到"正午",联系前文所说的"清早干活占全

天的三成"(578)，似乎一天又分成三部分。埃及古人将一年中的每一
天分成三段，并分别标注吉凶。后来的希腊历书中确乎也有"日吉"
"夜吉""全日凶"等说法。"入夜"（ἐπὶ δείελα）：同 821。

[811]月初九日对人类全然无患，

"月初九日"（πρωτίστη δ' εἰνὰς）：前文讲到，九日是神圣日(772)，在
上旬尤其有利人类的劳作(773)，呼应这里说的"对人类全然无患"
（παναπήμων ἀνθρώποισιν）。

[812]这天宜栽植，宜生养，

"栽植"（φυτευέμεν）：同样适宜栽植的还有每月十三日，月中六日则
不利植株(781 – 782)。

[813]男女均吉，绝非全凶日。

"生养男女"（γενέσθαι ἀνέρι τ' ἠδὲ γυναικί）：诗中陆续提到了各种与
生养相关的日子。宜生男孩的吉日包括六日(788)、九日(813)、十日
(794)、二十日(792)和月中六日(783)。宜生女孩的吉日包括九日
(813)和月中四日(794)，不宜生女孩的日子则有月初六日(785)和月
中六日(783 – 784)。

"全凶"（πάγκακον）：忒奥尼格斯用来形容满身缺点的人(149)。

[814]很少人知晓，每月三九日宜

"很少人"（παῦροι）：短短几行诗中重复用了四次（同 818，820，
824）。赫西俄德提到两个不为人知的日子，一个叫"三九日"
（τρισεινάδα；814，818），另一个叫"二十一日"（μετεικάδα；820），都不是依
照通常计算日期的方法命名。

"三九日"（τρισεινάδα）：究竟是每月的"第二十七日"，还是"第二十
九日"？各注家说法不一。若是"二十七日"，也就是行 798 的"月末四
日"，这里提到的适宜事项倒是一一对应了月中四日的适宜事项：开坛
(819)、给家畜套轭(795 – 797：驯养家畜)和出海(809：造船)。诗中提

得最频繁的莫若这些带"四"的日子。十四日与二十七日相隔半个月，分别代表月圆和月缺的两个时间端点，倒也说得通。还有第三种解释，那就是"第三个九日"，即"下旬九日"，依据下旬倒数日子的规矩，应该是每月的"第二十二日"。修昔底德在《战争史》中提到，预言家在月食日声称，雅典军队要等"三个九天"之后才能撤军(7.50.4)，此外还有"三个九年"(5,26,4)的说法。不过，正如赫西俄德在下文强调的，很少人能够说出这一天的真实名称(818)。

[815]启开一坛粮食，将轭头套到

"启开一坛粮食"(ἄρξασθαί τε πίθου)：凡带四的日子均宜开坛(819)。前文还说过如何合理使用一坛粮食："一瓶新启或将尽时尽量取用，中间要节约，用完再省就糟了"(368–369)。开坛是个关键时刻，要慎重，避免日光、月光直接照射，否则坛中粮食可能变质。

[816]牛、骡和快足的马的颈上，

"牛、骡"本在行815，与"套上轭头"对换位置。

"快足的马"(ἵπποις ὠκυπόδεσσι)：整部诗中只有这里提到马。给马套轭显然不是为了耕田或拉货，而是要坐马车外出远行。话说回来，那些外出讨生活的人不可能只等着每月这个吉日才出发。据史家推断，希腊古人发明马颈轭不会早于公元前1500年。赫西俄德本人似乎没有马。

[817]将多桨的快船往酒色的大海

航海章节只提到两个适宜出海的季节：夏末(663–677)和春季(678–694)，这里具体到适宜出海的日子。

"酒色的大海"(οἴνοπα πόντον)：同622。

[818]拖曳：很少人能说出真名称。

"很少人能说出真名称"(παῦροι δέ τ᾽ ἀληθέα κικλήσκουσιν)：或"很少人能确切地命名"。"三九日"是真确的名称，但大多数人不这么称呼

这一天,而用别的说法。可见数字本身直接影响日子的吉凶。赫西俄德再次显示了在命名方面的用心。命名的名副其实,参见埃斯库罗斯《乞援人》,315;《阿伽门农》,681 起。

[819]四日宜开坛,月中四日最神圣,

　　"第四日"(τετράδι):当指月初、月中、月末等所有带"四"的日子,诗中已多次提到这些日子(770,794 – 801,809)。从这种一再强调的语气看来,在赫西俄德时代,人们很可能并不看重这些带"四"的日子。

　　"月中四日最神圣"(περὶ πάντων ἱερὸν ἦμαρ / μέσση):在古代希腊的许多地方,比如雅典、米利都、埃利斯、埃利特亚等等,每月第十四日均有庆典。但从现有的古代文献看,每月第十四日并不是什么带有重要宗教意义的日子。前文专门提到月中四日的还有行 794 – 797。"月中"本在行 820,译文移至此。

[820]很少人知晓每月二十一日,

　　"很少人"(παῦροι):同 814,818,824。

　　"第二十一日"(μετεικάδα):"后"-"二十日",也就是第二十日以后的那一天。一般人叫"二十一日",很少人知道它的真名字。每月的二十一日黎明大吉,前一天是正午大吉(792),再前一天则是夜晚大吉(810)。

[821]黎明是吉时,入夜欠佳。

　　"黎明"(ἠοῦς):同 578。

　　"入夜"(ἐπὶ δείελα):同 810(相关笺释)。

[822]这些是大地上的人类的吉日,

　　"这些是"(αἵδε μὲν):同样说法在《神谱》中引出涅柔斯的女儿们(神,263),福耳库斯和刻托的子女(神,336)。

　　"吉日"(ἡμέραι...ὄνειαρ):"大有神益的日子"。本节中确乎多提"吉日",几乎不提"凶日"(第五日是个例外,802)。

[823] 其余日子无常、无害也无益。

"其余日子"（*αἱ δ' ἄλλαι*）：赫西俄德没提到的日子并不多，大概是这么几个：二日、三日、十八日、二十二日、二十三日和二十八日。

"无常"（*μετάδουποι*）："如多变的闪电般的"。闪电变幻不定，给出的也必是不能确认的兆示，以此表达无常，恰与《金刚经》中"如露亦如电"之说相合。古代希腊诗歌里仅此一例。

[824] 众人说辞不一，却很少人知真相，

"很少人"（*παῦροι*）：同 814，818，820。

[825] 同一日子时如后母，时如亲娘。

"后母"（*μητρυιή*）：希罗多德在《历史》中讲过一个真正的后母的故事，并说不折不扣的后母应该虐待小孩，出尽坏主意（4.154.2）。后母的譬喻在古代作者中不算罕见。埃斯库罗斯在《普罗米修斯》中形容海岸凶险，称之为"水手的恶停居，海船的后母"（726），另参欧里庇得斯残篇 4；狄奥多罗，12.12.1；维吉尔《埃涅阿斯纪》，3.33；《农事诗》，2.128。

[826] 有福而喜乐的人啊，必通晓

"有福而喜乐"（*εὐδαίμων τε καὶ ὄλβιος*）：古代祷歌颂诗结尾的常见写法。相似用法见忒奥格尼斯，1013。在古巴比伦历书上，每日训诫之后有固定的结语如下："通晓这一切的人必喜乐！""有福"（*εὐδαίμων*），参见忒奥格尼斯，653；索福克勒斯《安提戈涅》，582。"喜乐"（*ὄλβιος*），参见神，96（指歌人）；托名荷马，《德墨特尔颂诗》，486 起；《大地颂诗》，7。

[827] 这一切，劳作，不冒犯永生者，

"劳作"（*ἐργάζηται*）：在诗篇末尾呼应劳作主题，将劳作与时日连在一起。

"不冒犯永生者"（ἀναίτιος ἀθανάτοισιν）：呼应行 706 的说法，"当心触怒极乐的永生者们"。前文的一系列禁忌均与敬神有关（724 – 759）。

[828]懂得辨识鸟谕,且避免犯错!

"鸟谕"（ὄρνιθας κρίνων）：自 Appolonius 起，行 828 的真伪一再受质疑。本诗结尾诗行显然与《神谱》风格迥然不同。话说回来，赫西俄德并非只在这里提及鸟卜，另见 747，801；残篇 312，355。在四十来行诗文（724 – 764）中，赫西俄德先后讲解了敬神、鸟卜和公正行事，恰恰对应了这里的"不冒犯永生者、辨识鸟谕、避免犯错"。

义疏

佩耳塞斯，或论教育

引　子

公元前八世纪的某一天,忒斯庇亚城邦会场挤满了人,王爷们也在。有预告说,本地诗人赫西俄德今儿要当众吟诵新作。据说他在优卑亚岛上的卡尔卡斯城得过奖。平日是个低调的人,常住阿斯克拉乡下,极少来城里。他有个弟弟叫佩耳塞斯,倒是常见的,成天混在人丛中凑热闹,听讲诉讼,和王爷们混得熟脸。早些时候,他们兄弟分家产还闹过纠纷,这事大伙儿都知道,谁家没点儿分歧呢? 总之今儿有歌听,有戏看,好事诸君都想趁机乐一乐。

这一天,对诗人赫西俄德来说,是关键而艰难的一天。他站在城邦会场中央,看着人群。王公贵族们围坐在里圈的石凳上,面无表情。传令官努力让喧哗的人们安静下来。(《伊利亚特》卷十八,503-504)佩耳塞斯站在里头,脸带轻笑,心中好奇,却一副满不在乎的样子。赫西俄德静静把所有这些人看在眼里。除了带敌意的人,就是等着看笑话的人,好奇的人,随时起哄的人。他们听惯了荷马式的英雄诗唱,只有

* 主要参考文献:(1)M. L. West(Oxford 1978)和 W. J. Verdenius(Leiden 1985)的两种笺释本;(2)几种英法文译本的注解:David W. Tandy & Walter C. Neale(University of California Press 1996), pp. 1-48;Paul Mazon(Les Belles Lettres1928), pp. 72-85;Philippe Brunet(Librairie Générale Française 1999), pp. 129-154;Apostolos N. Athanasskis(Johns Hopkins Universitu Press 1983), pp. 88-111;(3)研究著作和论文:Jenny Strauss Clay, *Hesiod's Cosmos*, Cambridge,2003;Anthony T. Edwards, *Hesiod's Ascra*, University of California Press, 2004;Philippe Rousseau, *Instruire Persès. Notes sur l'ouverture des Travaux d'Hésiode*, in *Le métier du mythe, lectures d'Hésiode*, Septentrion,1996,pp. 93-168;德拉孔波等著,《赫西俄德:神话之艺》,北京:华夏出版社,2004/2021 年;赫西俄德,《神谱》[笺注本],北京:华夏出版社,2022 年。

诗人心里明白,等待他们的将是截然不同的言说和歌唱。他们会感到意外,不能理解,无趣退场,乃至发怒叫嚣。是的,这一天,诗人在城邦中四面楚歌。他不会知道,很多年过后,雅典有个苏格拉底也像他这样,特地洗过澡,穿上鞋,站在诗人阿伽通家门前,犹豫很长时间,才走进坐满智术师和修辞家的夜饮。(柏拉图,《会饮》,174)他们心里都清楚,这是要只身闯敌营,这是要做不可能的事,并且只准成功不能失败。

这一天,赫西俄德有备而来。他当众吟诵一首长达 828 行的诗篇,也就是流传后世的《劳作与时日》。在简洁的开场白中,赫西俄德先依照传统惯例祷告神灵,随后宣称要对弟弟佩耳塞斯"述说真相"(ἐτήτυμα μυθησαίμην;10)。"佩耳塞斯"(Πέρσης)这个名字像极从前英雄诗唱中的神或英雄,惹得历代注家争论不休,究竟诗人的这个弟弟真的存在,还是纯属虚构(出于规训意图而设计的角色)。在我们这里设定的场景中,这个问题不再重要。即便没有这个"佩耳塞斯",也会有其他好些"佩耳塞斯"跻身在城邦会场的人丛中。

青年的天性活泼轻浮,善感好学。大多数时候,在他身处的环境里,什么看上去最美最好,就有样学样。眼前的佩耳塞斯便是如此。他看轻父亲和哥哥的生活方式,做一个老实的乡下农夫没有前途,辛苦没好报。他天天往外头跑,向城里有能力吃得开的聪明人学习钻营。他尝到这种聪明的甜头。先前和哥哥分家产,他学着去疏通王公贵族,果然占了不少便宜。青年佩耳塞斯不是没有想法,他(他们)站在人生道路的起点,学习如何在现有社会共同认知中生存,尽可能让自己轻松又过得好。还有什么比这更正当的呢? 所有人不都是这么想的吗?

赫西俄德的对话人首先就是这些理直气壮的青年。他们怀有模糊而美好的理想,因为瞥见真相的某个面具而自信认识了真相本身。他们天真,纯洁,满带希望。但越是干净的东西,越容易沾惹尘埃,无益的习气几乎总在不知不觉中蔓延。赫西俄德发表诗歌,首先是为了他们。毕竟,佩耳塞斯是他的弟弟,他的后学,最值得他关爱,也最需要他扶助。这一天,赫西俄德身教言传,要展示古典政治哲学教诲的最初范本。教育自家兄弟,与城邦兴衰相连。教诲青年是历代思想者不能绕过的关口,是哲学介入城邦的通道。忒奥格尼斯的库耳诺斯,苏格拉底的柏拉图和色诺芬(虽说是学生反过来写老师,但无伤根本),亚里士多德的尼各马可,马基雅维利和费涅龙的君主,乃至卢梭的爱弥儿……在这一串闪亮名字的最前头,还应添上佩耳塞斯。

但在偌大的城邦会场里,不只有他们两人。赫西俄德的教诲任务显得微妙和复杂,因为,所有人都在听。王公贵族们在听,不同意见的人们在听,聪明的人们在听,一知半解的人们在听。在这个层次纷繁的城邦剧场上,看似只有一个声音,却要应战来自四方的诸种表情和动作,随时变换修辞。诗人的声音必须模拟真实的诸种面具,做出扑朔迷离的变形和化身,犹如那北冥的鱼,逍遥于故事、神话、寓言、箴训、隐喻之间,在宙斯王的光照下攀升下行,直至某个让人不无意外的所谓南冥。

这一天的诗唱会,有一个人不在场,他的声音却无处不在。他不但活在所有在场听者的心中,也时时伫立在赫西俄德的对决高手的阵头。他就是万人追崇的诗人荷马。像多数青年一样,佩耳塞斯简直要为这个偶像发疯。赫西俄德频频向他致敬,无数次援引他的言说,又无数次移换内中乾坤,到头来我们几乎分不清楚,究竟他是以反荷马的方式向荷马致以最高的致意,还是通过向荷马致敬来实现反荷马的微妙意图。

这一天,诗人还要挑战王者的言说权限。他不只是缪斯的学生,还是宙斯的代言人。"蜜般言语"从他的唇间流出,响彻整个城邦会场(《神谱》,81-93)——那本是王公贵族平日评判纠纷、施行正义的所在。在赫西俄德的言说运筹下,这出独角戏不知不觉变成一场全邦人有份的戏,而他在心中暗自等待,某个神奇的时刻到来,舞台上悄悄发生变化。那时,沉默的佩耳塞斯依然沉默,却不再是先前那个佩耳塞斯……

开篇:言说的限度

序歌(行1－10)

《劳作与时日》的序歌(1－10)仅十行,却在好些方面出人意料,值得反复细读。

诗人先是呼唤缪斯,请她们从皮埃里亚前来"叙说宙斯,赞美你们的父亲"(1－2)。紧接着的六行诗咏唱宙斯的大能:人类"有没有被人传说,是不是为人称道,全凭伟大宙斯的意愿"(3－4);不仅如此,宙斯能轻易地"使人强大又轻易压抑强者","贬低显赫的人,抬举黯淡的人","纠正歪曲的人,挫折傲慢的人"(5－7),人与城邦的关系由神意("在高处打雷、住在天顶的宙斯";8)决定。诗人于是转而直接呼唤宙斯,"听哪,看哪,让审判总能公正"(9)。在序歌结尾处,诗人声明"要对佩耳塞斯述说真相"(10)。

与《神谱》长达115行的开篇序歌相比,这里的十行诗尤显省约。《神谱》的序歌又称"缪斯颂诗",这里的序歌则可称为"宙斯颂诗",与托名荷马颂诗(Homeric Hymns)风格接近。事实上有十首托名荷马颂诗的开头和这里一样,唤求缪斯歌唱作为本诗主角的神①。但赫西俄德呼唤缪斯的笔法颇为独特。他说缪斯"自皮埃里亚来"(*Πιερίηϑεν*;1),这呼应《神谱》序歌的说法,提示她们是宙斯和记忆的女儿(神,53

---

① 这十首颂诗包括《赫耳墨斯颂诗》《阿佛洛狄特颂诗》《阿尔特弥斯颂诗》《诸神之母颂诗》《潘神颂诗》《赫淮斯托斯颂诗》《赫利俄斯颂诗》《塞勒涅颂诗》和两首《狄俄斯库斯颂诗》。

-54);他请缪斯从出生地来到自己身边,而不说她们在赫利孔圣山,尽管赫利孔是缪斯的常住地,而他自己就住在山脚下,这在某种程度上强调了诗人与神的距离。此外,依据颂诗的传统,这里本该叙述宙斯的家世、出生,以及他获得神权的经过,但这些内容与《神谱》重复,诗人未再一一赘述,只着重提及神王的大能对人类的影响。

这篇序歌处处带给我们意外,按我们今天的话说,它带有"反传统"的意味。鉴于它是最古老的诗歌之一,它本身就代表了某种传统,更准确的说法也许是"反荷马传统"(荷马传统由荷马诗和比之更早的今已佚失的英雄史诗所代表)。传统意义的序歌包含两大元素,也就是呼唤某个神灵和点明诗歌正文的主题内容。两部荷马诗虽无类似的开篇颂诗,却在开卷第一行诗中完成了这两项任务:《伊利亚特》开篇呼唤某个女神歌咏阿喀琉斯的愤怒和整个特洛亚战事,《奥德赛》开篇则请求缪斯叙说奥德修斯的返乡经历。《伊利亚特》中的那个女神,也许是缪斯,也许是缪斯的母亲记忆,歌人凭靠记忆传唱,似乎是从赫耳墨斯就有的传统:在托名荷马颂诗里,赫耳墨斯弹琴歌咏永生神时,最先唱起记忆女神谟涅摩绪涅(《赫耳墨斯颂诗》,429 - 430)。

在《神谱》的序歌中,诗人先后提到缪斯的三次歌唱,每次歌唱内容迥异,犹如提供了三种神谱的可能性。第一次歌唱影射荷马诗的神谱传统。第二次歌唱提出神谱诗的三大主题(最初的神及其后代、宙斯及其王权、人类和巨人),对应赫西俄德三部传世诗作《神谱》《劳作与时日》和《列女传》(仅存残篇)的内容。第三次歌唱才真正揭示《神谱》的正文内容,诗人请求缪斯"赐一支动人的歌"(神,104,114 - 115),歌颂"永生者们的神圣种族"如何产生,如何分配世界,派定荣誉,占领奥林波斯(神,105 - 113)。第三次歌唱完成了传统序歌的两项任务。①

相形之下,《劳作与时日》的笔法出人意料。诗人请求缪斯歌唱的不是凡人英雄,而是神王宙斯,但缪斯的歌唱(也就是宙斯的事迹)看

① 详见赫西俄德,《神谱》[笺注本],页14。

上去与正文探讨人类世界的诸种问题没有直接的关联。读者仅从最后一行诗知道,诗人将"述说真相"(10),具体是哪方面的真相,不得而知。序歌没有明确交代正文的主题内容。

但诗中的遣词用语给出必要的暗示。首先,咏唱宙斯的六行诗不提神王与诸神世界的任何关联,单讲他在人类世界的权能。其次,行 2 和行 3 的行首第二个字采取很容易被忽略的谐音押韵手法:$\Delta i'$[宙斯]— $\delta i\grave{a}$[从头到尾经过、全部(人类)],加上行 4 再次出现$\Delta i\acute{o}\varsigma$[宙斯]一词,不免给人如下印象:关乎人类的一切无不环绕($\delta i\grave{a}$)在宙斯($\Delta i\acute{o}\varsigma$)的意志之中,换言之,神意贯穿着人类世界的整个始末。最后,接下来的三行诗(5 – 7)重复四次使用"轻易地"($\acute{\varrho}\acute{e}a...\acute{\varrho}\acute{e}a...\acute{\varrho}\epsilon\tilde{\imath}a...\acute{\varrho}\epsilon\tilde{\imath}a...$)一词,并且是每行首字排比,强调宙斯掌握人类命运的大能,进一步印证了这种意象。

那么,神意究竟在正文的主题内容上得到何种阐发? 诗中说,宙斯可以轻易改变一些人的命运,包括"弱者和强者"(5),"显赫的人和黯淡的人"(6),"歪曲的人和傲慢的人"(7)。这里的说法与荷马诗中诸神干预战场上的英雄极为接近,神们可以随心所欲增强或削弱某个英雄的勇气和力量,抬高或贬低他的荣誉(这样的例子有很多,如《伊利亚特》卷十五,490;卷十七,688 – 690;卷二十,242;卷二十四,211)。但我们知道,赫西俄德的语境已经从古风战场迁移到了古代城邦内部。从某种程度而言,他在这里区分了城邦中的几类人,区分标准依次是力量(强与弱)、荣誉(显赫与黯淡)和正义(歪曲、傲慢)。在阅读《神谱》时,我们已经知道,最后出现的最为重要,这是赫西俄德的一大修辞特点,比如提坦神中的克洛诺斯(神,137)、克洛诺斯子女中的宙斯(神,457)、夜神世家中的不和(神,225)、缪斯中的卡利俄佩(神,79)、涅柔斯的女儿们中的涅墨耳提斯(神,262)、大洋女儿中的斯梯克斯(神,361),等等。正义最后出现,这似乎意味着,正义是区分城邦人群的最重要的标准。果然在下一行诗里,诗人直接呼求宙斯的正义:"让审判总能公正"(8)。

"歪曲的人"和"傲慢的人"因而是以不同形式违背正义的人。所谓"歪曲的"($\sigma\varkappa o\lambda\iota\acute{o}\nu$),就是把直的变弯,歪曲的人是迷失在正义路上的

人。我们首先想到佩耳塞斯。序歌结尾说,整首诗是为他而唱的
(10)。诗人要对佩耳塞斯诉说真相,因为佩耳塞斯不明真相。在序歌
中,我们单知道这个让人想起神或英雄的名字。佩耳塞斯是提坦克利
俄斯之子,女神赫卡忒的父亲(神,377),佩耳塞斯还是砍下墨杜萨脑
袋的最早的半神英雄珀尔塞斯(神,280)之子。我们还不知道,他是赫
西俄德的弟弟,兄弟两人分家产起了争端。至于"傲慢的"($\dot{\alpha}\gamma\acute{\eta}\nuo\varrho\alpha$),
《伊利亚特》中多用来形容战争中的贵族英雄,比如阿喀琉斯(卷九,
699)或特尔西特斯(卷二,276),还有一处讲到宙斯如何挫败人类的傲
慢:"宙斯将暴雨向大地倾泻,发泄对人类的深刻不满,因为人们在集
会上傲慢地做出不公裁断,排斥公义,毫不顾忌神明的惩罚"(卷十六,
384－387)。"傲慢"因而与"审判"相关。希腊古人即便在没有成文法
典以前,每个族群亦有固定习俗和正义礼法,每遇不寻常的纷争,便请
王公出面评判。阿喀琉斯因此称呼希腊各邦的君主们为"宙斯面前捍
卫法律的人"(卷一,238)。好王者是由"宙斯养育的"(神,82),代表宙
斯的正义。《神谱》中说"明智的王者"($\beta\alpha\sigma\iota\lambda\tilde{\eta}\epsilon\varsigma\ \dot{\epsilon}\chi\acute{\epsilon}\varphi\varrhoo\nu\epsilon\varsigma$)能"施行正
义,做出公平断决","若有人在集会上遭遇不公,能轻易扭转局面"
(神,85－90)。从这个层面上看,"傲慢的人"指违背宙斯法则的王公
贵族,只有他们才掌握正义的权杖,在集会上裁断纠纷。当赫西俄德呼
求宙斯"让审判总能公正"($\delta\acute{\iota}\kappa\eta\ \delta'\ \dot{\iota}\vartheta\upsilon\nu\epsilon\ \vartheta\acute{\epsilon}\mu\iota\sigma\tau\alpha\varsigma$),并不是说宙斯的审判
要公正,而是请宙斯纠正那些"傲慢的"王公贵族,敦促他们做出公正
的审判。

　　这样,我们不妨得出进一步的结论,诗人在行5－7区分了城邦中
的两类人,如果说"歪曲的人"影射佩耳塞斯,"傲慢的人"影射本地王
公(38),那么,佩耳塞斯同时还属于"弱势、声名黯淡"的平民群体,王
公们则无疑领衔"强大、声名显赫"的贵族群体。正是在这样完整的政
治社会结构里,同时还是在已然败坏的城邦生活中,赫西俄德着手探讨
宙斯的正义意志。

　　在这短短十行诗中,赫西俄德向我们展示了高超的"戏中戏"的
修辞技艺。在第一出戏里,缪斯歌唱宙斯(或正义),诗人在一旁倾
听。在第二出戏里,诗人歌唱"真相",听者不止一个(或一类)。除

佩耳塞斯以外，还有好些别的听众。诗人在与弟弟明辨是非的过程中呼求神义，要求宙斯前来倾听作证(9)，宙斯因而是第二类在场的倾听者。之所以需要宙斯的属神的正义，是因为人间的公正秩序遭到败坏，原因与王公们有关，王公贵族因而是第三类在场的听众（这里虽未明说，下文却有专门对王公们讲的故事和说的话）。此外，赫西俄德作诗并不单为自我辩护和澄清兄弟纠纷，更为宣讲正义的生活方式，诗中的训诫不只对佩耳塞斯发出，城邦中更广泛的人群也有可能作为潜在的听众。

如果说在第一出戏里，缪斯担任诗人与神意之间的中介者，那么，在第二出戏里，这个重担由诗人自己挑起。诗人在序歌结尾宣布自己是整首诗的作者，是操纵整场戏的主人。这次，轮到他像缪斯那样处于神与人之间，既要认知神的意志，更要精通属人的言说技巧，让不同的听众理解并接受他的转述。从《神谱》开篇的自传叙事中，我们已经读到，阿斯克拉的牧羊人赫西俄德在赫利孔山上亲眼看见，九位缪斯神女现身在人间的乡野，阿波罗树下，把象征诗歌权力的月桂交到他手中，从此确定了他的诗人身份（神，22 – 34）。在短短十行的开篇序歌中，我们至少可以列举诸如首字重复(5 – 7)、交错写法(3 – 4,7)、韵文平衡(1 – 2,5 – 8)、词源重叠、谐音混淆(2 – 3)等等繁复的修辞手法，赫西俄德似乎想以此表达神人交流的复杂情境，重申自己的身份。

只是，即便拥有专门的诗歌技艺，真实是可以为人所言说的吗？诗人的传唱应该依靠何种评判标准？赫西俄德宣称要对佩耳塞斯"述说真相"（ἐτήτυμα μυθησαίμην），让人想起缪斯在把开花的月桂交给诗人时还一边训斥道：

> 我们能把种种谎言说得如真的一般，
> 但只要乐意，我们也能述说真实。（神，27 – 28）

两相比照的结果大大出人意料。赫西俄德要对佩耳塞斯言说的"真相"（ἐτήτυμα），竟然不是缪斯的真实（ἀληϑέα），反而接近谎言的定义："如真的一般"（ἐτύμοισιν ὁμοῖα）。我们自然可以这么理解，唯有缪斯女神才享有两种真实的特权,作为凡人的赫西俄德只能支配"真相",而不可能触摸"真实"($\dot{\alpha}\lambda\eta\vartheta\acute{\epsilon}\alpha$)本身。但还有一点值得注意,王者在城邦集会上施行正义,裁判纠纷,同样需要拥有言说的能力。司法决策最初以诗歌的形式表现,用更可靠的方式来说,记忆在古代司法决策里占有不容忽视的地位(我们不会忘记,《奥德赛》和一些托名荷马颂诗开篇同样呼唤记忆女神)。司法审判的是非曲直依赖好王者的公正言说。稍后的柏拉图对话带着不无揶揄的语气提到两位好王者涅斯托尔和奥德修斯"在特洛亚没事时搞出来的修辞指南",并强调说,"口说和书写的记忆主要用于法律事务,虽说也用于政治集会方面,其他用处我还真没听说过"(《斐德若》,261b)。

那么在王者言说公正与诗人言说真相之间,究竟潜伏着什么微妙的关联?

在《神谱》序歌中,诗人与王者的言说权限模糊无比。诗人诚然是"缪斯宠爱的人",或"缪斯的仆人",从他唇间流出"蜜般言语",当他歌唱的时候,那些"承受心灵创痛""因悲伤而灵魂凋零"的人会"立刻忘却苦楚,记不起悲伤"(神,96-103)。但缪斯同样"陪伴着受人尊敬的王者","在他的舌尖滴一滴甘露,使他从口中倾吐蜜般言语",好王者"言语不偏不倚,迅速巧妙地平息最严重的纠纷","在集会上遭遇不公,能轻易扭转局面,以温言款语相劝服"(神,80-90)。

言说公正显然不能等同于言说真实。真实与谎言相对,依据的是抽象的是非概念;评判言说是否公正,则属于道德准则范畴,比如应以某种公开言说是否有益城邦为标准,而不与是否符合事物的真实性直接相关。赫西俄德宣称要述说"真相",而不是"真实",似乎也就意味着他不排除出于特殊意图而讲述"似真的"谎言,换言之,为了让不同听众获得有益的教诲,诗人不得不讲究具有政治意图的修辞,这让人想起柏拉图《理想国》中的苏格拉底神神秘秘说起适合年轻人的"高贵的谎言"($\gamma\epsilon\nu\nu\alpha\tilde{\iota}o\nu\dots\psi\epsilon\nu\delta o\mu\acute{\epsilon}\nu o\nu\varsigma$;414b-c),以及后世某些政治哲人的自我申辩①。出色的诗人全是说谎者,在我们今天听来,这甚至不是秘密,一点儿也不让人惊讶,人们纠结的问题在于"明智的王者"(掌握正义权杖的人或组织)的言说权限。在后现代的文明社会里,诗人与王者表面看来毫不相干,彼此的界限再清晰不过,唯独原初的那点模糊始终没有解决。

传统的序歌多以告别用语收尾,这里的做法再次出人意料,行 8 - 10 的行首分别是 Ζεύς[宙斯]、κλῦθι[听吧]、τύνη[来吧],诗人没有与宙斯告别,反而请求神王介入自己即将开始的咏唱。这个做法呼应了他在开篇请求缪斯从皮埃里亚来到自己身边。在无法遵从抽象的是非评判标准时,诗人的言说尤其需要依靠宙斯的公正准则作为道德保障。诗人作为主唱的第二场戏(也就是诗篇正文)不发生在缪斯出生的皮埃里亚,也不发生在宙斯居住的天顶,而发生在大地上的人间城邦,神义被邀请在场,这些奠定了整首诗的基调。

两种不和(行 11 - 26)

在《神谱》中,赫西俄德只提到一个不和女神。她是黑夜的女儿,名列夜神世家第二代族谱。夜神的子女大多象征了折磨人类的种种不幸,不和的弟兄姐妹中就有好几种死法,比如厄运、横死和死亡(神,211 -212),以及诽谤、报应、悲哀、衰老等等人生无可避免的苦难。不和被形容为"固执的不和"(Ἔρις καρτερόθυμος;神,225)和"可怕的不和"(Ἔρις στυγερή;神,226)。在这个黑暗家族的第二代里,只有不和生养了后代。那是一群同样邪恶的子女,一共有十四个:劳役、遗忘、饥荒、悲伤、混战、争斗、杀戮、暴死、争端、谎言、抗议、违法、蛊惑和誓言(225 - 232)。在本诗描绘的人类世界里,它们还将频频轮番登场。

---

① 如卢梭,《一个孤独漫步者的遐思》,参 Œuvres Complètes, Bibliothèque de la Pléiade, I, p.1038:"我公开信奉真实,更多建立在正直和公正的基础上,而不是基于事物的真实性。在实践中,我更多遵循的是我良心提供的道德准则,而不是抽象的是非概念。我经常信口编造,但我很少说谎。"

但在这里,赫西俄德一上来就否决了自己先前的说法:"原来不和神不止一种,在大地上有两种"(11－12)。两种不和天性不同,一个是好的,另一个是坏的,一个受人称许,另一个该遭谴责。坏的不和,也就是《神谱》中的那个不和,滋生可怕的战争和争端(战争和争端本就是不和的孩子),她太残忍,没人喜欢她,只是她好歹是个女神,人们迫于神意才去拜她。先说坏的不和,再说好的不和,因为,最后提到的才最重要。好的不和是夜神的长女,"最先生下的女儿"(προτέρην μὲν ἐγείνατο;17)之说,表明她更受尊敬,地位优于坏的不和,正如大洋神的长女斯梯克斯(神,361)和海神世家的长子涅柔斯(神,234)。宙斯看重她,派她到大地之根,带给人类更多好处。好的不和有益凡人,在于她能"敦促不中用的人也动起手",让"邻人妒羡邻人,争相致富"(12－24)。

两种不和的说辞从好些方面值得我们关注。首先,我们获得了一个可靠的文本信息,证明赫西俄德确乎先写《神谱》,再写《劳作与时日》。这对阅读和领会他的写作意图,建立文本间的呼应与联系至关重要。早期译家多将《劳作与时日》排在《神谱》之前①,颠倒了阅读次序。在写《劳作与时日》时,《神谱》似乎已有定稿,书写使得反复的修改加工成为可能,这是口述传统所无法做到的。

其次,赫西俄德并不迟疑去修订诸神的谱系。当他说"原来不和神不止一种",这无异于在承认,"我从前说错了",也无异于在以最直接的方式身体力行上一行"述说真相"(10)的诺言。这个服从言说的限度、在虚实之间摇晃前行的诗人形象特别打动人心。神们尽管多数以奥林波斯山为家,但两种不和被明确是"在大地上"(11),与城邦和个人相关。不和源自人心急待满足的欲求,朝着好的方向,不和激发良性竞争和工作热情,能使城邦繁荣人民幸福;朝着坏的方向,不和引发暴力和无度,最终导致人类世界的覆灭。好的不和与坏的不和仿佛交叉成一个十字路口,两条路伸展在大地上的人类面前,一条走向正义,

---

① 张竹明先生和蒋平先生的译本即是沿袭 Evelyn－White 英文本采取这种编排法。

另一条走向暴力无度。在走向正义的那条路上,人类必须"劳作"——行文至此,尚未提及这个诗歌的关键主题。两种不和的说辞使得劳作和正义这两大主题以某种表面看来毫无争议的形式连在一起:好的不和使人劳作,实现正义。从某种程度而言,本章节是序歌的延展部分,序歌未及交代的主题内容在这里得到充分展现。赫西俄德在神谱中多添一个神名的理由,正是为了适应大地上的人类的言说需求。

再次,不和分两种,确立了概念的双重性,也规定了整首诗的思考方式。在这个层面上,不和象征分离本原。与之相对的是爱若斯(Ἔρος),《神谱》中最初的神,代表结合本原。在赫西俄德笔下,爱若斯既无后代,也不属于任何家族谱系,但欲爱力量贯穿了世界生成繁衍的整个过程(神,116-122)。恩培多克勒声称爱与不和是宇宙永恒循环的两大创生力量,据说是受到这里的影响。无怪有人将赫西俄德视为古希腊哲学的先驱。除了不和,诗中还有好些概念也被赋予双重意义,比如誓言(Ὄρκος;219;神,231)、报应(Νέμεσις;197-200;神,223)、欲羡(Ζῆλος;23,195-196)、羞耻(Αἰώς;317-319)、希望(Ἐλπίς;96,498,500)、传言(φήμη;760-764),等等。我们会在下文中一一谈到这些概念。这里只说一点,在赫西俄德笔下,所有这些概念本身都是神,它们的内在分离全带着神意的烙印。我们还将看到,在谈论人生规划尤其涉及女人和婚姻时,赫西俄德也常带着这种二元思考模式。

最后,坏的不和似乎就是荷马诗中那个常在战场中露面的不和。在《伊利亚特》中,不和是战神阿瑞斯的妹妹和伴侣(与战争同伴)。她在穿过人群时扔下争执和纠纷,引发沉痛的呻吟(卷四,440)。她要么单独行动,要么联合其他神,有一回还受宙斯派遣(卷十一,3)。她天生喜好战场上的杀戮(卷十一,73),被形容为"邪恶的"(κακή),或"酿成祸害的"(κακομήχανος;卷九,257)。这里则称她为"好作恶的"(κακόχαρτος;28)。种种说法如出一辙。赫西俄德用三行诗(14-16)贬斥坏的不和(英雄战争式的不和),再用八行诗(17-24)赞美好的不和(劳作式的不和),让人再次感受到行文间浓厚的"反荷马"气息。好的不和神敦促人们动手劳作(ἔργον;20),呼应了全诗的标题。但我们知道,在荷马诗中,ἔργον并不专指"劳作",或"干农活",反而常与英雄们的战斗相关,指"作战行动",或"在战斗中付出的努力"(《伊利亚特》卷十二,412;《奥德赛》卷十二,116)。赫西俄德赋予了这个词一种新价值。在荷马诗以及比他更早的英雄史诗传统里,主角是受战争式的不和鼓舞的阿喀琉斯、阿伽门农、奥德修斯等英雄。在新的不和的影响下,新的主角应运而生,他们与古风英雄们相去甚远,他们是让邻人妒羡的农夫,凭靠辛勤劳作,拥有富裕家产("富人在加紧耕耘和栽种,整治家产";22 – 23)。

这样,在赫西俄德的言说里,佩耳塞斯仿佛置身于人生的十字路口。毕竟,我们说过,他有一个看上去与古风英雄相仿的名字,他向往那个消逝不复返的年代所代表的诸种价值,然而,在当下的处境里,他要学会羡慕的不是善于制造纠纷不和的人,而是那些靠自身努力致富发家的人,他要仿效的不是如神一般的阿喀琉斯,而是那些默默无闻但积极进取的同行,正如古时谚语早已说过的——

> 陶工妒陶工,木匠妒木匠,
> 乞丐忌乞丐,歌人忌歌人。(25 – 26)

好的不和与坏的不和针锋相对,不但帮助各色手艺人彼此竞争(陶工反陶工,木匠反木匠),也帮助赫西俄德与荷马展开诗人之争(歌人反歌人)①。佩耳塞斯该痴迷荷马的英雄颂赞,还是该倾听赫西俄德的循循善诱?城邦应树立哪种诗人的形象以教化年轻人?我们几乎要说,在那个叫人为难的十字路口上贴着两个路标,一个叫让人神往的荷马,另一个叫迫人清醒的赫西俄德。

行文至此,我们遇见了城邦中的各色人等:弱势的与强权的(5)、声名显赫的与默默无闻的(6)、穷人与富人(20,22)、农夫与工匠(22,

---

① 前面说到,不和象征分离本原,这可能表现为两种形式,要么是相对于异己的对峙,要么是从原有概念中分离而出,是相对于自我的抽象。撇开政治哲学的语境不谈,自序歌以来的赫西俄德反荷马之争并没有脱离诗艺自省的范畴。

25)、陶工与木匠(25)、乞丐与歌人(26)。他们构成了整出戏的庞大歌
队。所有这些人都有兴趣来倾听赫西俄德的言说,因为诗人讲述的正
是城邦内部的事,与他们息息相关。正是在所有这些人在场的情境中,
赫西俄德对佩耳塞斯说话,要他牢记教诲。由此完成了从两种不和之
争到兄弟纠纷的自然过渡。

兄弟纠纷(行 27 - 41)

> 佩耳塞斯啊,牢记这话在心深处:
> 莫让好作恶的不和女神使你疏于耕作,
> 耽溺在城邦会场,凑热闹看纠纷。
> 一个人不该操心纠纷和集会,
> 除非家中储足当季的粮食,
> 地里生长的德墨特尔的谷物。
> 等你有盈余,再去滋生纠纷和争端,
> 抢别人的财产……(27 - 34)

诗中第二次点到佩耳塞斯的名。在序歌中,除了他是诗人选中的
言说对象以外,我们对他一无所知。我们从这里开始真正了解佩耳塞
斯。他很穷,家里连粮食也不够吃。之所以入不敷出,是因为他不劳
作。之所以疏于劳作,是因为他天天在城邦会场混日子,凑热闹看纠
纷。之所以过着这样的生活,是因为他不明公正法则,为抢别人的财产
不惜滋生纠纷。短短七八行诗间,一个在人生的十字路口走错方向、远
离"正义和劳作"的"歪曲的人"(7)的形象跃然纸上。佩耳塞斯的趣味
果然与他的史诗英雄名字甚为相称。他天生喜欢"纠纷"(νείϰος)。这
个词在这里重复出现四次(29,30,33,35)。纠纷是在城邦会场中发生
的不和,《伊利亚特》卷十八借阿喀琉斯的盾牌描述了城邦解决纠纷的
过程(497 - 506)。城邦会场是希腊古人在城邦集会的场所,人们在这
里裁决诉讼,稍后还谈论哲学、进行商品交易。赫西俄德兄弟俩住在阿
斯克拉(641),只是一个小村落,没有城邦的规模,佩耳塞斯常去的很

可能是相隔几公里外的城邦忒斯庇亚。在《伊利亚特》卷二著名的点
将场面中,忒斯庇亚作为波奥提亚城邦榜上有名(498)。

> ……但你再也不能
> 这么干了:咱们这就了断纠纷,
> 就凭来自宙斯的至善的公平断决。(34 – 36)

　　广义的"纠纷"很快明确为一起特殊的纠纷。在城邦全体居民的
面前,赫西俄德口述了一出兄弟财产纷争的悲剧。佩耳塞斯从前在分
家产时动了手脚,向王公贵族行贿,额外多分到许多。从行文中看,眼
前似乎又有新的诉讼,原告想必是佩耳塞斯而不是赫西俄德。他总在
集会上惹是非,疏于耕作,久而入不敷出,或向哥哥求助遭拒绝,走投无
路之下,扬言要控告对方。控告的名目何出,不得而知,唯有从下文两
行诗找寻蛛丝马迹:"和亲兄弟谈笑立约,但要有证人,信赖和猜忌一
样准会害人"(371 – 372)。兄弟二人或在无人证时达成协议,佩耳塞
斯将分得的家产转让给赫西俄德,很快花光换得的钱财,又在事后否
认,挑起事端。诗人于是奉劝弟弟莫再对簿公堂,友好了断纠纷。结果
如何,同样不得而知。
　　不和,或因分配不公引发纷争,这是传统史诗常见的叙事起因。如
今已佚失的循环史诗《忒拜伊德》起源于俄狄浦斯在疯狂中对两个儿
子的诅咒,他们在继承父辈财产时注定要互相争战,并同归于尽(Athe-
naeus,465E;残篇 7 – 10)。兄弟俩中,那个带着外邦军队回来攻打忒拜
城的波吕涅刻斯(Πολυνείκης),字面解释即是 Πολυ-νείκης("许多"—"纠
纷")。《伊利亚特》同样起源于阿喀琉斯与阿伽门农分配战利品的争
端(卷一,125)。就连三分世界的神王三兄弟(波塞冬有"灰色的大
海",哈得斯有"昏暗的冥间",宙斯有"广阔的天宇")也难免因彼此的
权限问题而频频发生争执(卷十五,190 – 192)。表面看来,《劳作与时
日》沿袭了古诗传统,但同是起源于分配的不和,赫西俄德的写法却不
同一般。首先,在这起纠纷事件中,只有一方当事人像传统的史诗英雄
那样没有节制,不服正义(或无度),换言之,我们只在佩耳塞斯身上看

见了类似阿喀琉斯或阿伽门农的愤怒和血气,赫西俄德不但提倡一种全新的不和形式,还呈现出完全有别于史诗英雄的气质。其次,我们发现有一个第三方在主持仲裁,并直接影响分配的结果。自序歌起呼之欲出的王公贵族(βασιλῆας,38)就此正式登场。

我们对王公贵族不会陌生,荷马诗中的主角不是别人,正是他们。希腊各地的王公头领响应迈锡尼王阿伽门农和斯巴达王墨涅拉奥斯的号召,组成联军进军特洛亚,并在战争结束后历尽艰难回到希腊。《伊利亚特》和《奥德赛》从头到尾都在讲述这群王公贵族的故事,尽管特洛亚战争的叙事时间要往前推至公元前十二世纪左右的迈锡尼文明时期,但从某种程度而言,荷马诗中处处反映的是诗歌作者所生活的公元前八世纪的社会境况,并且几乎不提别的阶层的生活状况。如果说希腊联军是不同城邦的王者彼此结盟的一种形式,那么《奥德赛》中还展示了希腊人以外的执政方式,在费埃克斯有十二个王公共同掌权治理,算上阿尔基诺奥斯就是十三个(卷八,390 – 391)。无独有偶,公元前九世纪的以色列似乎有相似的政制,"所罗门王在以色列全地立了十二个官吏,使他们供给王和王家的食物"(《列王纪上》,4:7)。王公们的日常职责之一就是前文提到的裁决纠纷。他们有权因特殊事由向百姓征收用度,比如阿尔基诺奥斯和其他十二位王公赠送奥德修斯一只鼎和一只锅,"所有费用从百姓中征收,因为我们难负担馈赠这样的厚礼"(卷十三,14 – 15)。此外,这些王公家中都有奴隶,好的主人如奥德修斯,会赠予牧猪奴"家产、房屋、土地和妻子"(卷十四,62 – 63),但在需要的时候,负责放牧的奴隶每人每天要上交一头羊,"必须是他们的羊群中最好的上等羊"(106)。

在漫长的黑暗年代之后,从前那些往往与神话英雄相连的辉煌的政治经济中心早已陨落,除了阿伽门农的迈锡尼(迈锡尼文明的名称由此而来)和墨涅拉奥斯的斯巴达以外,还可以算上俄狄浦斯的忒拜、涅斯托尔的皮洛斯和忒修斯的雅典等。由王公治理小型城邦共同体的王制形式,大约是迈锡尼文明流传至公元前八世纪的遗迹之一。赫西俄德虽说生活在偏僻的乡间,但联系当时希腊社会的大环境,肯定有助于我们阅读和理解这首诗。

> 当初咱们分家产,你得了大头,
>
> 额外拿走很多,你给王公们莫大面子,
>
> 他们受了贿,一心把这当成公正。(37 – 39)

在所有城邦人面前,受到不公平对待的赫西俄德有两个要反驳的对象。他要批评佩耳塞斯给王公们面子(κυδαίνων;38),还要批评王公们受贿(δωροφάγους;39)。这两个词同样出现在荷马诗中,但正如 ἔργον 不指战争而指劳作一样,赫西俄德同样修改了它们的用法。比如 κυδαίνων 本指"给荣誉,给面子",或"孝敬,恭维",无论安提若科斯在竞技赛会上恭维阿喀琉斯(《伊利亚特》卷二十三,793),还是牧猪奴用上好的烤肉孝敬乔装成乞丐的奥德修斯(《奥德赛》卷十四,437),全没有这里的贬责意味。

有关 δωροφάγους 的语意变迁尤其值得我们关注。这个词本指王公贵族以众人供奉的礼品为生,在《伊利亚特》所描绘的裁决争端中,城邦会场中央摆着黄金,长老们"谁解释法律最公正,黄金就奖给他"(卷十八,508),换言之,王公贵族收取裁夺费,是以正当的名义进行的。前文援引到阿尔基诺奥斯向百姓征收送礼费用,也是一个例子。这本是早期城邦中的贵族的生活方式,其中蕴含着一些在时光流逝中慢慢丧失的价值观念,比如王者代表宙斯施行正义,王政的根本目的是为了城邦全体人的利益,再比如所有有权参与公共事务的城邦成员彼此平等。回到公元前八世纪的希腊现实状况,以雅典为例,人口增长、海外殖民扩张、商业贸易的兴起等社会问题形成极大的压力,无不严重挑战着贵族与平民的传统关系,并促使雅典开始迈向民主城邦的政治改革。这些社会变故对生活在"荒蛮的"波奥提亚乡间的赫西俄德有多大程度的触动? 单从他赋予 δωροφάγους 这个词原本没有的贬义,并借此公开质疑贵族的生活常态,我们也许就能得到一点答案。

赫西俄德试图说服弟弟私下调解纠纷,避免再通过王公贵族的第三方仲裁。"凭靠宙斯的正义"之说,既呼应了序歌中他请求宙斯前来倾听,介入自己的咏唱(9),也进一步显示他对王公贵族代表宙斯的正义审判表示不信任。这里再次体现了与荷马诗的极大分歧。两部荷马诗的共同主题可以说是"王者的秩序重建"。希腊人进军特洛亚,表面是为了夺回海伦,但真正的原因是特洛亚王子帕里斯违反客人之道,在做客斯巴达时拐跑了主人的妻子;同样的,奥德修斯还乡后清算佩涅洛佩的求婚者,也是因为他们不守礼法,心安理得地耗费主人的财产,还想占有他的妻子。荷马诗中的王者不但作战英勇,而且能言善道,是好王者的典范。相比之下,赫西俄德完全否认了这种观念的有效性。他甚至毫不忌讳地称呼王公贵族为"这些傻瓜"(40)。他想向全邦人揭示,王公贵族的介入使得原本局限于兄弟之间的家庭事务扩大成为城邦事务,不合理的裁决不只危害某个个人,更可能危及城邦群体。

在本章节中,第一部分以两句古时谚语做结语(25-26),第二部分做法一致。"一半比全部值得多";"草芙蓉和阿福花里藏着好处"(40-41)。这两句谜般的话也许是在重复表达同一种意思,只不过针对的对象不同。"一半比全部值得多"是对佩耳塞斯说的,兄弟二人分家产,公平的分法是一人一半,一个人遵守正义法则分得一半家产,强过他通过不义手段抢夺别人的财产,何况凭靠不义手段获取不应得的财富,还有可能丧失原本已经拥有的。"草芙蓉和阿福花"则更像是对王爷们说的,据说这是古代希腊最便宜的野生食用植物,无须耕作,自动生长,颇有黄金时代的遗风:"美物一应俱全,饶沃的土地自动出产丰足的果实"(116-118)。赫西俄德称许这两种不起眼的食用植物,似乎是想说,即便吃草芙蓉和阿福花,也强过不劳而获的美酒佳肴。王公贵族收了供奉品,却没有反馈同样多的利益给人民,这样的城邦就要有祸了。

故事:真实的诸种面具

第一个故事:普罗米修斯和潘多拉(行 42 – 105)

1. 从前(行 42 – 46)

《神谱》(507 – 612)和《劳作与时日》(42 – 105)讲了同一个神话:普罗米修斯挑战奥林波斯神王宙斯,为人类盗取火种;作为反击,宙斯送给厄庇米修斯一件礼物,也就是潘多拉,或最初的女人。

同一个神话,讲法却很不一样。例如这里的开场白就完全没有出现在《神谱》中。短短五行诗交代人类当前的生存状况,申明劳作的必然,紧扣全诗的主题:

> 因为,神们藏起了人类的生计。
> 不然多轻松,你只要劳作一天
> 就够活上一整年,不用多忙累,
> 你可以很快把船舵挂在烟上,
> 牛和耐劳的骡子犯不着耕作。(42 – 46)

工作一天即可轻松收获一年的粮食,这样的人生听上去确乎赛似神仙,与下文的黄金年代不相上下(112 – 118)。但这样的好日子不可能有了,草芙蓉和阿福花虽是穷人的天然粮食,却只是差强人意的充饥之物,只有劳作才能获得更好的粮食。因为神意,人类注定"必终身辛劳,才能从地里得吃的;必汗流满面才得糊口"(《创世记》,4:17 – 19)。

《神谱》中的故事从墨科涅开始讲起。墨科涅是神和人的最后一次聚会。那时的世界还是古老的世界,神人共同生活,一起用餐,还没有产生祭祀。祭祀的本质在于不公平地分配祭品:神获得焚烧祭牲的馨香,人食用剩下的祭牲。墨科涅聚会体现了一种神人之间没有差别的平均准则。换言之,在《神谱》的神话叙事中,人类世界还处于某种过渡阶段,从神话语境的从前过渡到现实的当下,从墨科涅以前的人神同宴过渡到墨科涅以后的辛劳和祭神(神,535 起)。相形之下,《劳作与时日》中的人类世界已然脱离了这种过渡,彻底处于当下状态。当厄庇米修斯接受潘多拉时心中响起悲歌(90 - 93),或当黑铁时代的人类凭吊黄金种族如神一般的生活,所有关乎“美好旧时光”的言说都成为一种回忆。

但《劳作与时日》并非一味唱反调。开场第一行的首字是“藏”(κρύψαντες;42),整个神话叙事起始于这个动词,这呼应了《神谱》的说法:普罗米修斯反宙斯,一系列计谋的秘诀就在于掩藏真相。

2. 反叛(行47 - 59)

人类如此苦命,原来是因为普罗米修斯反叛宙斯。诗中紧接着用六行诗(47 - 52)简单追溯了《神谱》中三十多行的“普罗米修斯与宙斯之争”的长篇叙事,内容包括墨科涅神话、祭祀起源神话和盗火神话(神,535 - 569)。

宙斯“心中恼恨,因为狡猾多谋的普罗米修斯蒙骗他”(47 - 48)。“蒙骗”之说同样出现在《神谱》中。原来,在人神同欢的墨科涅聚会上,普罗米修斯故意分配一头牛:一份是丰肥的牛肉,却盖着牛肚,其貌不扬;另一份是骨头,却涂着脂肪,光鲜无比。换言之,他用牛肚“藏”牛肉(καλύψας;神,539),用脂肪“藏”白骨(καλύψας;神,541)。普罗米修斯请宙斯代表诸神选择其中一份食物。神王“中计”,选了中看不中吃的白骨,而把牛肉留给人类。神人从此分食,作为祭祀的起源,人类开始在圣坛上焚烧白骨祭献神。《神谱》用了二十七行诗文交代这桩神人分离的事件(神,535 - 561),这里只用一行诗就带过了。如前所说,本诗关注的主题不再是人与神的分离,而是人类在与神分离之后的生存状况。

"他藏起火种"（50）。依旧是简洁无比的交代。《神谱》中的说法略为详细："宙斯时时把愤怒记在心里，不再把不熄的火种丢向梣木，给生活在大地上的有死凡人使用"（562－564）。宙斯"藏"火种，对应普罗米修斯"藏"牛肉，目的也许在于阻止人类用火煮熟分配中得到的牛肉。参照前头的说法，宙斯其实还采取了第二个措施，也就是"藏"起人类的生计（47）。

但普罗米修斯"从宙斯那里为人类盗走火，藏（注意，同样的动词）在一根空阿魏杆里，瞒过宙斯"（51－52）。普罗米修斯没有就宙斯藏起人类的生计做出任何应对，只是盗走火。相比之下，《神谱》中的盗火叙事多用了些笔墨强调宙斯的愤怒。在天上打雷的宙斯"看见人间的火——火光远远可见"，"心里似被虫咬，愤怒无比"（神，567－569）。

如果说普罗米修斯的故事是《神谱》叙事的核心，最初的女人只是宙斯的计谋之一（她同样被"藏"起，"从头到脚地罩上面纱"，参神，575），镶嵌在反叛神王的系列故事里，那么，《劳作与时日》则以潘多拉的故事为主，简洁地交代普罗米修斯事件，只是为了引出宙斯对人类的最后还击。我们看到，不同的叙事意图引发了截然不同的故事版本。

不妨再考虑一个因素。这是赫西俄德讲给佩耳塞斯听的故事。在全邦人面前，讲给年轻人的故事，少提反叛，多讲古训。柏拉图后来在《理想国》中批评赫西俄德把最伟大的神描写得丑恶不堪："即使是真事，也不应该如此随便地讲给思想不成熟、年纪又轻的人听，而是应该保持最大的沉默；如果真有必要讲，就让极少数人听，要他们先发誓保密，并且进行献祭……只有极少数的人有机会来听。"（378a）显然，这是针对《神谱》里头的争权神话叙事。在《劳作与时日》里，赫西俄德并非没有留意针对不同的人讲适当的话。

宙斯得知火被盗走，心中恼恨，说了一番话，宣告人类将要有大祸。"我要送一件不幸以替代火种，让人满心欢喜，从此依恋自身的不幸"（57－58）。在《神谱》中，宙斯与普罗米修斯之间有三次对话，每次只占两行，极为简洁。其中普罗米修斯带着胜利的轻笑讲过一次话（神，548－549），宙斯讲过两次话，一次笑斥普罗米修斯分配不公（神，543－

544),一次怒指普罗米修斯不忘诡计(神,559-560)。相比之下,宙斯
在《劳作与时日》中只讲过一次话,占了五行诗,普罗米修斯则根本没
有讲话的机会。

"人和神的父说罢,哈哈大笑"(59)。这个转折出人意料。宙斯受
了蒙骗,刚刚还在恼恨不已(47,53),转眼为何哈哈大笑,一副大势已
定的得意模样?在《神谱》中,赫西俄德同样用了各种辞令来表达宙斯
如何生气:"心里恼火"(神,533),"气上心头,怒火中烧"(神,554),
"不快"(神,558),"时时把愤怒记在心里"(神,562),"心里似被虫咬,
愤怒无比"(神,568)……宙斯越是生气,越是让人觉得不妙。果然他
怒中宣了一个重大决定:给人类送去潘多拉。普罗米修斯把好东西
藏在平常的外表里,宙斯却把不幸藏在诱人的外表里,不但欺骗人的眼
睛,更欺骗智慧和感情,确乎高明许多。因此,当他随即哈哈大笑、露出
满意的表情时,我们不由疑惑,神王的愤怒莫非只是一种政治性的佯
装?作为天庭的政治领袖,在恰当的时机把愤怒(还有悲伤、痛苦等
等)表现得尽善尽美,确乎是重要的政治技艺。果真如此,普罗米修斯
的"反叛"无非是给了宙斯佯装的理由:佯装愤怒,佯装不得不实行一
个更大的计谋……

还剩一个问题,普罗米修斯冒犯宙斯,为什么是全体人类遭受惩
罚?《神谱》还交代普罗米修斯受罚的过程(神,535起,613-616),这
里只字不提,单单强调人类的"致命灾难"(κήδεα λυγρά;49,95)。事实
上,在这个迄今所知最古老的神话叙事版本中,普罗米修斯的形象与我
们通常的认知截然不同。我们认识的普罗米修斯不仅创造人类,还是
人类的教师,为人类造福,不惜反抗神王宙斯,牺牲自我。多少世纪以
来,这位"天庭的盗火者"出现在从埃斯库罗斯到马克思的西方历代写
家笔下。普罗米修斯作为启蒙斗士的形象深入人心,风头远远盖过奥
林波斯神王宙斯。然而,在赫西俄德笔下,普罗米修斯不是人类的解救
者,非但不算"英雄人物",倒像"反面角色",盗火没有解决人类的生存
问题,反倒使人类有了大祸(56)。关乎普罗米修斯的种种真相让熟悉
那个革命英雄形象的后现代的我们不知所措。一般说来,普罗米修斯
的启蒙斗士形象并不起源于启蒙时代,早在埃斯库罗斯的悲剧《被缚

的普罗米修斯》中就已初露端倪。在这部诗剧中，普罗米修斯盗火，给
人类带来技术文明，虽受重罚却不以为意，反而公开炫耀自己的功劳，
反倒是人类受了好处忘恩负义，任凭英雄孤绝受罚。在柏拉图对话
《普罗塔戈拉》中，智术师普罗塔戈拉在公元前五世纪第一次去雅典，
为向苏格拉底证明"美德是可教的"，曾讲过一个有别于赫西俄德版本
的人类起源神话故事，诸神派普罗米修斯和厄庇米修斯去分配地上生
物的秉性，厄庇米修斯把所有生存能力分配给各种生物，单单剩下赤条
条的人类无所依赖，普罗米修斯只好从天庭偷走火和赫淮斯托斯的技
艺给人类（320c8 – 322d5）。泡赛尼阿斯也记载过这个传说（10.4.3）。
普罗米修斯造人的神话传说也许可以部分解决我们的疑问。在好些古
代作者的记述里，普罗米修斯并不是提坦神伊阿佩托斯之子，而是提坦
神本身，和克洛诺斯一起反叛宙斯。托名荷马的《阿波罗颂诗》中称，
诸神和人类一样是提坦神的后代（334 – 336）。古代俄耳甫斯秘教也
流传人类从提坦的灰烬中诞生的说法（祷歌37.4）。然而，所有这些说
法均晚于赫西俄德。我们不妨说，赫西俄德开创了某种传统，这个传统
却似乎没有得到完整的继承，仅存个别作者的残缺记录，普罗米修斯形
象从古至今的古怪嬗变便是一个极好的例子。

3. 最初的女人（行60 – 82）

《神谱》中讲诸神造最初的女人，只用了六行诗。遵照宙斯的意
愿，赫淮斯托斯用土塑出一个含羞少女的模样。雅典娜亲自装扮她，为
她系上轻带和白袍，用一条面纱从头往下罩住她，并戴上花冠和金发带
（神，570 – 575，578）。诗中紧接着又用六行诗描绘赫淮斯托斯巧手做
出的那条金发带，那上头镂着"各种水陆生物，像活的一般，还能说话，
神妙无比"（神，579 – 584）。

相比之下，《劳作与时日》用了相当繁复的篇章交代潘多拉诞生的
过程：先是宙斯的宣布（56–58），接着宙斯吩咐诸神（60 – 68），最后诸
神付诸实施（69 – 82）。宙斯的宣布已在前面提到。再来看他如何吩
咐诸神。

　　宙斯总共对四个神下命令：赫淮斯托斯"把土掺和水，揉入声音和气力，使她看似不死的女神，如惹人怜的美丽少女"；雅典娜"教她各种编织针线活儿"；阿佛洛狄特"往她头上倾注魅力、愁煞人的思欲和伤筋骨的烦恼"；赫耳墨斯替她"安上无耻之心和诈诡习性"（60－68）。这里的九行诗形成严密的环行叙事结构。神王找赫淮斯托斯和雅典娜帮忙无可厚非，这两位都是匠神，专司手工技艺，且早就在《神谱》的同样场合中出现。吩咐赫耳墨斯也不难理解，他是宙斯之子，又是神使，很多时候还专门是宙斯的使者。神王命令阿佛洛狄特却值得斟酌。依据《神谱》的谱系，阿佛洛狄特的辈分比宙斯还要高。当初天神乌兰诺斯遭到小儿子克洛诺斯偷袭，被割下生殖器扔到海上，从中诞生的阿佛洛狄特至少与提坦同辈（神，188－205）。阿佛洛狄特算不算宙斯当政的奥林波斯神族成员值得商榷——奥林波斯神族一章里讲到阿瑞斯的婚姻，不提阿佛洛狄特的大名，而只叫别名库忒瑞娅（神，934）。不过，话说回来，神王要造一个让男人迷恋的美人儿，论情论理，确乎不能没有性美女神的参与。

　　于是众神纷纷响应宙斯的号召。赫淮斯托斯"用土造出一个含羞少女的模样"；雅典娜"为她系上轻带"，又"整理她的全身装扮"；阿佛洛狄特不知为什么没有来，反倒换成了别的一些女神，美惠女神和媚惑女神为她"戴金链子"，时序女神为她"簪上春花"；赫耳墨斯"在她胸中造了谎言、巧言令色和诈诡习性，又赐她声音"（69－80）。这时（也仅仅在这个时候），最初的女人被命名为潘多拉（81）。

　　不妨先来对观这几次不同的叙事。相同之处主要在开头三行，包括宙斯的吩咐、赫淮斯托斯和雅典娜的参与、以土塑成、少女模样。《神谱》中571－573三行诗与本诗中70－72三行诗如出一辙。不同之处较多：《神谱》中只有赫淮斯托斯和雅典娜在场，这里有更多神的参与；《神谱》中的女人没有命名，这里被称为潘多拉；《神谱》中的女人没有声音，不能言语，反倒是金带上镂的生物"像活的一般，还能说话"（神，584），这里的潘多拉则有声音能说会道。此外，本诗中前后两次叙事也存在好些出入，比如赫淮斯托斯本该负责赐给声音（61），结果却是赫耳墨斯完成这个任务（79），雅典娜本该教她编织技艺（63－

64），结果却是装扮她（72,76），阿佛洛狄特换成了美惠、媚惑和时序等女神（73－75），等等。

与这里的潘多拉相比，《神谱》里的女人没有言语能力（谎言、花言巧语），不具备自然天性（无耻、狡诈、魅力），没有生命的迹象（欲望、烦恼），她出自匠神赫淮斯托斯之手，又由同样精通手艺的雅典娜精心装扮，不哭不笑，不说不唱，没有心性。她不像一个人，而像一件被造出来的"手艺品"。她与《伊利亚特》卷十八中赫淮斯托斯以黄金制造的侍女相像。她甚至不如头上的那条金发带有生命力——我们已经注意到了，赫西俄德以同样的兴致和篇幅（六行诗）描绘那条发带如何栩栩如生。这件美丽的人偶浑身罩着面纱，前面说过，她是普罗米修斯与宙斯之争的一个环节，作为宙斯的计谋之一，她像其他计谋一样被掩藏了真实面目。如果说《神谱》里的最初的女人犹如一件非自然的物品，这里的潘多拉却是再真实不过的。诗中有两处称她为"少女"（παρθένος;63,71），并在随后两处称她为"女人"（γυναῖκα;80,94），还有一处说她看起来"像不死的女神"（ἀθανάτης δὲ θεῆς εἰς ὦπα ἔίσκεν;62）。在荷马诗中，特洛亚的将领们看着美人海伦悄悄品评道："看起来她很像不死的女神"（《伊利亚特》卷三,158）。只有人类才会被形容为"像神一样"，潘多拉被称为"像不死的女神"，说明她实在和海伦一样是有死的女人。进一步说，她还和海伦一样拥有"美丽的妻子"这个外表。在雅典娜的恩赐下，潘多拉不仅有新娘的装扮，还像《奥德赛》中的佩涅洛佩那样擅长古希腊妇人日常从事的编织。

女神们纷纷前来装扮潘多拉，这让人想到传统诗歌中女神梳妆打扮的经典场面，比如美惠女神（《奥德赛》卷八,364－366）或时序女神（托名荷马,《阿佛洛狄特颂诗之二》,5－13）打扮阿佛洛狄特。乍眼看去，潘多拉也确乎被饰有各种迷人的外表特征，正如当初"美冠的库忒瑞娅"（神,1008－1010）让英雄安喀塞斯一见钟情，潘多拉同样对厄庇米修斯具有不可抗拒的魅力。古诗中有关女神梳妆打扮的描绘，最有名的莫若《伊利亚特》中赫拉为帮助希腊人打败特洛亚人而有意媚惑宙斯，诸神参与了那次计谋，阿佛洛狄特尤其发挥了重要作用（卷十四,170－221）。从某种程度而言，如果说宙斯吩咐诸神的过程像是荷马诗的简缩版本,那么诸神付诸实施的过程则是对荷马诗的意外改写。

"潘多拉"(Πανδώρη)的词源同样透着古怪。Παντής-,即"所有[人或神]";-δώρην,即"礼物"。农耕时代人们敬拜某位"大地母亲神",尊称为"带来礼物的大地"。下文讲到黄金时代和理想城邦时,诗人均提及带来丰收的"饶沃的土地"(117,237)。潘多拉之名因而与大地母亲有着隐秘的关联,赫西俄德很可能沿用某个早已存在的神名,并赋予其新的语意。我们注意到,直至潘多拉得到命名,诗人才改口,不再唤她"少女",而叫她"女人"(80)。因为,宙斯造她,便是为了让她到人间生养后代,履行妻子的天职。如果说潘多拉的诞生因诸神的参与而带有属天意味,那么,她的归宿,乃至她带往人间的"嫁妆"(那只有争议的瓶子;94起),则与大地有着难解的关联。作为"所有礼物",潘多拉既是"收到所有礼物的",也是"送出所有礼物的",她既收到诸神的礼物,又给吃五谷的人类送去礼物(81 – 82)。

还有一个问题让人在意:阿佛洛狄特为什么缺席? 宙斯原本邀约四个主神参与潘多拉的创生。但由于阿佛洛狄特的意外缺席,实际参与潘多拉诞生的诸神数目发生了根本变化:三个主神(赫淮斯托斯、雅典娜和赫耳墨斯),加上三组次神(美惠女神、魅惑女神和时序女神)。不仅如此,有九个神临时负责完成了阿佛洛狄特本该完成的工作(雅典娜、赫耳墨斯、魅惑女神、三名美惠女神和三名时序女神)。潘多拉诞生叙事再一次精确地遵循三元(3 或 3 的倍数)叙事规则①。我们在《神谱》中已经知道,赫西俄德只有在叙述天神乌兰诺斯和大地该亚的王族后代时才严格遵循三元规则,这其中包括乌兰诺斯为首的天神世家(神,133 – 210)、克洛诺斯为首的提坦世家(神,337 – 616)和宙斯为首的奥林波斯世家(神,881 – 929)的所有成员②,相形之下,夜神或海神等非王族世家完全不遵循这个规则。潘多拉的诞生叙事遵循三元规则,莫非暗示人类(即潘多拉的后代)与神界的王族世家有着某种隐秘

---

①　参看赫西俄德,《神谱》[笺注本],页 30 – 31。

②　唯一例外是伊阿佩托斯家有四个兄弟,但普罗米修斯与厄庇米修斯更像是同一整体的两部分,参看赫西俄德,《神谱》[笺注本],页 61 – 65。

的传承关系？

在整个神话叙事中，赫西俄德不厌其烦地强调，"宙斯的意志没有可能逃避"（71，79，99，105）。潘多拉诞生事件从头到尾是宙斯王的意愿。阿佛洛狄特的缺席因此是神意的安排。从诸神积极装扮潘多拉来看，神意如此，似乎不是要让潘多拉天生欠缺性美，而是有意规避阿佛洛狄特的在场。那么，性美女神的在场究竟意味着什么？阿佛洛狄特在宙斯的王权活动中究竟扮演什么角色？由此牵涉美与政治哲学的问题，值得探讨。

《神谱》中讲到，克洛诺斯反叛父亲，致使世界产生分裂（天地分离，父子不和）。乌兰诺斯诅咒自己的孩子（神，207－210），这个诅咒随着宙斯的复仇而得到实现（神，472），由此展开父子几代的神权纠纷。从乌兰诺斯的血滴生下三类后代：复仇女神厄里倪厄斯、巨人族和自然神女墨利亚。他们是阿佛洛狄特的同胞兄弟姐妹，作为克洛诺斯反叛行为的直接产物，依次代表仇恨、暴力和战争。自诞生那一刻起，阿佛洛狄特就与仇恨、暴力和战争相应相随，不但如此，荷马和赫西俄德都以某种方式安排战争神阿瑞斯做她的伴侣。《神谱》中几次提及阿佛洛狄特发挥司掌力量，撮合诸神的情事，生下的子女后代分别是反叛者提丰（神，822）、三个脑袋的怪兽革律俄涅（神，980）、复仇者美狄娅（神，958－961）、传说为亲兄弟所杀的福科斯（神，1005）和传说犯下弑父之罪的特勒戈诺斯（神，1014）。这些后代要么作为神的世界里的反派，为宙斯或其英雄儿子所征服（提丰，革律俄涅），要么成为人类世界里悖逆人道的暴力事件的主角。换言之，这些子女后代不是别的，就是宙斯王所建立的世界秩序的敌对者乃至破坏者。

阿佛洛狄特在本诗中共有两次出场。第二次写道，寒冷的冬日，纯真的少女躲在深闺，情窦未开，对阿佛洛狄特的秘密一无所知（521）。《劳作与时日》探讨人类共同体的秩序，阿佛洛狄特两次被提及，两次的方式都是某种程度的"不在场"。我们有理由相信，这前后两次不在场，道理其实是相通的，并且与阿佛洛狄特发挥司掌力量的后果有关。毕竟，最初的女人被造出，是要送到人间，嫁做人妻，主持丈夫的家业（699，702），并生养肖似父亲的儿子（235），继承家产（376），成就正义城邦的美好秩序。从诗歌叙事角度看,纯真的少女在政治共同体中的未来身份,与潘多拉的使命重合。

宙斯原本吩咐阿佛洛狄特使潘多拉生来有"魅力和欲思"(χάριν καὶ πόϑον;65 – 66),这两种特质最终化身成临时到场的两类女神,"美惠女神和媚惑女神"(Χάριτές τε ϑεαὶ καὶ Πειϑὼ;73),直接武装潘多拉。无论从名称的词源看,还是从司掌的力量看,美惠女神和媚惑女神本该足以完成阿佛洛狄特应尽的任务。相形之下,第三类未被点名而高调出场的女神,也就是时序女神的出场,格外让人在意。时序女神共有三个,依照赫西俄德的命名,分别代表法度(Eunomia)、正义(Diké)与和平(Eirene)(神,902)。她们一同出现在诗中描绘的正义城邦的日常生活场景:一个有法度、正义与和平的城邦,也就是有时序女神庇护的城邦(225 – 237)。

在根本影响人类命运的潘多拉事件里,阿佛洛狄特缺席,时序女神取而代之,从某种程度而言,这样的安排恰恰体现了《劳作与时日》的关键命题,也就是正义与无度的根本对峙。潘多拉美轮美奂,好似阿佛洛狄特的翻版,神和人都无法抵挡她的令人愉悦的魅力(神,588 – 589)。然而,潘多拉的美已然被摒弃了无度的阴影,而被公开塑造成某种时序之美,某种对法则、正义与和平的承诺,或者说,某种对幸福生活的承诺。从此,在共同体的公共舆论中,代表自然欲望的性美让位给了政治理性的爱欲,拥有神明外表和凡人真相的潘多拉从神界走向人间,预告柏拉图式的爱欲的临在①。

4. 厄庇米修斯(行83 – 93)

宙斯派赫耳墨斯送潘多拉去人间(83 – 84)。在《神谱》中,宙斯造好最初的女人,让她站在神和人面前,所有生灵因她失色,惊叹无比。在那一刻,神与人的区别清楚得到揭示:"不死的神与会死的人"(神,

---

① 《神谱》中的爱若斯是最初的神,显然有别于《会饮》中那个在阿佛洛狄特生日庆典上孕生的爱若斯。

596）。在这里，神的使者赫耳墨斯护送穿着"白袍"（神，574）的潘多拉去人间，如同送新娘子，这一段又称为婚姻起源神话。新郎是厄庇米修斯，在本诗中首次出现。我们从《神谱》中知道，他是普罗米修斯的弟弟，天生缺心眼儿（神，511）。果然，他彻底忘了哥哥的吩咐，普罗米修斯要他"莫接受奥林波斯宙斯的任何礼物，送来了也要退回去，以免使有死种族蒙受不幸"。他接受了潘多拉，"等遭遇了不幸才明白"（85－89）。

赫西俄德讲到，普罗米修斯家有四兄弟。老大阿特拉斯在大地边缘迫不得已支撑着天，因为他和提坦神克洛诺斯一起搞反叛，宙斯判他与生俱来的力气反过来对抗自身。二哥墨诺提俄斯同样傲慢而勇气十足，最后遭到宙斯的雷电打击，被抛入虚冥。三弟四弟就是普罗米修斯和厄庇米修斯，从词源看，一个叫"先行思考"（Προμηθέα），一个叫"太迟思考"（Ἐπιμηθέα），一个狡黠无比，一个缺心眼儿（神，515－518，507－511）。

在伊阿佩托斯的四个儿子里，厄庇米修斯显得最是独特。他仿佛彻底脱离神族，更像一个有死的凡人。虽有普罗米修斯的吩咐，他还是从赫耳墨斯手中接过他的新娘潘多拉，那最初的女人，这使他在某种意义上成为最初的男人。人类的历史似乎在宙斯计谋得逞的那一瞬间展开了。厄庇米修斯和潘多拉双双进入人的世界，成为人类的祖先。他们分别以一个再简单不过的动作成为"历史的罪人"：他接受不幸的潘多拉，而她揭开不幸的瓶盖。

> ……普罗米修斯吩咐过他莫要
> 接受奥林波斯宙斯的任何礼物，送来了
> 也要退回去。（86－88）

赫西俄德在这里的表述相当不同寻常。从普罗米修斯的吩咐看来，人类似乎还有选择的权利，似乎还能够拒绝宙斯的礼物，把它退回去。换言之，人和神似乎还是墨科涅以前的平等关系——在墨科涅之后，人类只剩祭神的权利，哪里还有拒绝神意的权利？正是在这个似乎可能拒绝的前提下,厄庇米修斯收下致命的礼物。《神谱》中只用两行半的诗文交代厄庇米修斯:"他从一开始就是吃五谷人类的不幸,最先接受宙斯造出的女人:一个处女"(神,512－514),其中行512和行513连续用"一开始"(ἀϱχῆς)和"最先"(πϱῶτος)的说法,仿佛在暗示,"太迟思考"的厄庇米修斯这回比"先行思考"的普罗米修斯更早更先。在诗人的精心遣词下,普罗米修斯先为人类创造了一个似乎可能的选择,厄庇米修斯再在可能拒绝的时候选择接受。接受神的礼物,也就是接受神与人不再平等的事实,接受人类自身的脆弱和有死的必然。

　　几乎在同一瞬间——行83－89写厄庇米修斯接受礼物,行94起写潘多拉随即打开瓶子,赫西俄德在两段蒙太奇式叙事之间插入了一段画外音般的追述(90－93)——,我们耳边响起了一段对从前美好时光的咏唱:

> 从前,人类族群生活在大地上,
> 远离一切不幸,无须辛苦劳作,
> 也没有可怕疾病把人带往死亡。
> 因为凡人身陷患难,很快会衰朽。(90－93)

　　这仿佛是收下礼物的厄庇米修斯心中的歌唱,如凤凰的悲歌,充满哀伤,然而坚定。他缅怀从前那没有不幸、劳作和疾病的生活,那美好的黄金时代(140－143),那普罗米修斯挑战宙斯以前的劳作一天轻松过一年的生活(43－46)。从前的好时光宛然还在眼前,却就此远去,远去了。在那个瞬间,紧紧拉住潘多拉的手的厄庇米修斯,让人想起加缪笔下的西绪福斯①。传说奥德修斯曾在冥府遇见各种深受折磨的魂灵(《奥德赛》,卷十一)。这些人的命数与伊阿佩托斯的儿子们何其相似! 他们纷纷在各种程度上反映人类"看不到出路"的"没完没了"的生存处境。在《西绪福斯神话》中,加缪想像从山顶走回山脚的西绪福

---

① Albert Camus, *Le mythe de Sisyphe*, Gallimard, 1942, 页 161－166。

斯,汗水淋淋,浑身沾满尘土,却近乎是幸福的:这个传说中最有才智的人清醒地意识到自己荒诞而绝望的处境,安详而沉默地接受了命中注定的那块石头。

前面说过,普罗米修斯从天庭偷走火和赫淮斯托斯的技艺给人类,但宙斯小心藏在身边的政治技艺却无从偷起(柏拉图,《普罗塔戈拉》,321c - d)。在黄金时代远去之后,人类需要火,需要生存的诸种技艺,但尤其需要哲学,以弥补宙斯的技艺的缺失,弥补神的不在。神终于离去,人反而要努力趋向神。在黑铁时代的苦难人类之中,恰恰是厄庇米修斯,而不是普罗米修斯,沉默地担当起哲学的重任。厄庇米修斯不但要清醒地看见,还要现实地直面一个生存事实,也就是美与爱(连同真与善)在根本影响人类命运的潘多拉事件里的模棱两可。厄庇米修斯与潘多拉的结合不仅是婚姻关系的起源,也是公共政治生活中诸种群己关系的最初缩影。从此,在自然欲望的性美与政治理性的爱欲的张力里,哲人在审美与道德之间或此或彼,艰难地自我认同某种所谓的人生态度。

最后一行诗再次让人意外,"因为凡人身陷患难,很快会衰朽"(93),原本出自《奥德赛》(卷十九,360)。自 1466 年首次出现在手抄件以来,这行诗给历代注家带来了许多困扰,有的干脆主张它是后人批注,而不是原文诗行。但我们已经看到,赫西俄德诗文与荷马诗文重复并非没有先例。在《奥德赛》中,佩涅洛佩看着奥德修斯佯装成的老迈的异乡人,感伤岁月的流逝,怀念那等待十年迟迟未归的丈夫,说道:

> 奥德修斯的双手和双脚可能也这样,
> 因为凡人身陷患难,很快会衰朽。(359 - 360)

奥德修斯离家二十年,颠沛流离,诗中自然不乏岁月流逝物是人非的感叹。然而,随着行文发展,荷马诗中的英雄浪漫情怀终将拭去沧桑的语气,异乡人并不真的是老迈的乞丐,而是尊贵的君王,奥德修斯并不真的在患难中衰朽,而将褪去佯装,恢复如神一般的力量和俊美。佯装的奥德修斯对佩涅洛佩"说了许多谎言,说得如真事一般"(卷十九,

203),惹得没认出他的妻子泪水涟涟。我们已经知道,《神谱》序歌借缪斯训斥诗人,已然影射过奥德修斯的言辞的欺骗性(神,27-28)。

在《奥德赛》的叙事中,只有一次衰老是真实的,那是奥德修斯的狗阿尔戈斯。它认出了站在近旁的老主人,或者说,它一眼识破了奥德修斯的伪装,那乞丐的装扮和二十年岁月变迁。它"不断摆动尾巴,垂下两只耳朵,却无力走到主人身边"(卷十七,302-303)。阿尔戈斯曾有俊美的外表,奔跑迅捷,勇猛非常,如今却衰老无力,躺在秽土中,遍体生满虫虱。在厄庇米修斯的哀叹中,人类的命运犹如阿尔戈斯的衰老,现实无奈,不可抗拒。诗人里尔克在探寻创作者的存在真实时,曾形容工作中的画家塞尚"就像一条狗"。① 这个震撼人心的譬喻同样出现在电影《大话西游》的结局,走出城邦往沙漠前行的孙行者,在外人的眼里,背影"就像一条狗"。狗看见主人后,随即被黑色的死亡带走。在老死的阿尔戈斯面前,奥德修斯的样子(无论沧桑的乞丐,还是神般的君王)显得无比虚妄。赫西俄德仿佛在有意还原这个最擅长佯谬的希腊英雄的本真面目,褪去迷蒙的伪装,他只能是在岁月和患难中历经摧残的有死的凡人。

5. 希望(行94-105)

厄庇米修斯主动接受了潘多拉,也接受了与神分裂的属人的命运。接下来的这段神话叙事,《神谱》中只字未提。潘多拉到达人间,第一件事是打开那只引发无尽争议的瓶子。瓶中的一切散尽,给人类造成致命的灾难。唯有希望留在瓶中,因为她抢先盖上瓶塞,它没来得及飞出去(94-98)。

这只倒霉的瓶子究竟是潘多拉从天庭带到人间,还是本就在厄庇米修斯家中,不得而知。据普罗克洛斯的记载,普罗米修斯从萨图尔那儿得到了这只瓶子,存放在厄庇米修斯那里,同时警告弟弟不要接受潘多拉。也许普罗米修斯在听到宙斯的警告后,说服萨图尔偷出瓶子,却

---

① R. M. Rilke, *Lettres sur Cézanne*, Seuil, 1991, 页43。

终究不能阻止潘多拉在厄庇米修斯家中打开瓶子。如今人们误称"潘多拉的盒子",据说应归咎于中世纪大学者伊拉斯谟,他把潘多拉误认作拉丁诗人阿普列乌斯笔下的普赛刻。美人普赛刻得到丘比特的爱,引起维纳斯的嫉妒。她带着一个盒子到地府,把美貌收进盒中,要交给维纳斯,但在回人间的路上,她和潘多拉一样打开了盒子(阿普列乌斯《变形记》,6.19起)。赫西俄德的写法相当简洁,类似的神话叙事本可以加入更多寻常情节,比如瓶子从哪里来,潘多拉为什么打开,瓶里装着什么,但这里仅仅点出关键,即灾难的蔓延。

从瓶中逃走的灾难漫游人间,充斥大地和海洋,让人想到夜神世家中纽克斯的那群邪恶的孩子们(神,211 – 232)。我们不难猜想其中的一些灾难。比如饥饿,人类从此只有劳作才能避免,比如死亡、衰老,再比如疾病、战争、纠纷,等等。神王宙斯取走了这些灾难的声音,因此,它们是不声不响的,它们夜以继日地折磨人类(100 – 104)。

当不幸散布人间时,唯有希望留在瓶中。Ἐλπίς,也可以理解为"等待",或"期待"。赫西俄德将这个概念人身化,并在好些地方含糊其辞,令人困惑。希望是什么?古往今来的人们努力解释它,却始终没有一个完满的答案。希望究竟是善的,还是恶的?它若是善的,为什么会在装满灾难的瓶里?既然诸种灾难离开瓶子即散布人间,那么希望留在瓶底,是留在人类身边还是成为人类的禁忌?希望是人类在苦难中的唯一寄托,还是人类的最大灾难?

希望留在瓶里,是指希望没有跑开,留在了人类身边吗?换言之,人类并未被禁止希望。潘多拉的到来预示了人间充满各种灾难,但还有一种解药、一种善可以抗对恶,那就是希望。作为"祸水"的女人潘多拉,在促使人类直面有死命运的同时,也带给人类解决永生问题的唯一方式,即繁衍的能力。我们知道,潘多拉的"瓶子"(πίθος)不仅是古代常见的储存粮食的器具,也让人联想到孕育生命的子宫。从某种程度而言,瓶中的希望是属人的,永恒完美的诸神无须希望,何况神王宙斯拥有预知的能力和至高的意愿。忒奥格尼斯稍后在《诉歌》中说,人类太邪恶,以致诸神纷纷离开人间,只有希望留了下来(1135起)。在《伊利亚特》中,阿喀琉斯说起宙斯的地板上放着两只瓶子,瓶中是他赠送给人类的礼物,一只装祸,一只装福(卷二十四,527 – 528)。也许潘多拉的瓶子就是这两只瓶子的化身,里头不仅有灾祸,也有滋养人类的东西。

或者,希望留在瓶里,是指它犹如被囚禁在牢狱之中,没有和诸种灾难一起散布人间? 换言之,瓶中的希望不为人类所拥有。希望本身没有好坏,关键在于希望的对象究竟是什么。柏拉图在《法义》中区分了人对未来的两种期待,一种是预见痛苦,一种是预见快乐(644c)。在充满灾难的瓶中,希望不可能是通常理解的美好愿望,而是对瓶中各种灾难的期待。如果说还有一种灾难比灾难本身更可怕,那就是人类对这些灾难有所期待和想望,在这种情况下,善恶的道德底线将全然崩溃。依据宙斯的意愿,潘多拉在最后一刻将这个为人类所准备的最可怕最致命的灾难关在瓶中。人类的生存境况因而是"没有希望的",但至少还存在善恶的分界。

瓶中的希望之谜:宙斯在最后一刻心软,没有让灾难的人生失去希望,还是没有让灾难成为人类的希望? 看来,只要阐释不停,谜底似乎永无可能揭开。

有一点却可以肯定,希望具有双重的语义可能,正如诗中的好些概念,比如不和。希望既有可能是对善的期许,也有可能是对恶的预期,既有美好的希望,也有懒汉们毫无凭据的希望(498 – 501)。希腊古人谈及希望,多带有这种二元的哲学意味。在埃斯库罗斯笔下,普罗米修斯声称自己找到了治疗人类有死性的解药,那就是"盲目的希望"(《普罗米修斯》,250)。索福克勒斯在《安提戈涅》中说:"那飘飘然的希望对许多人虽然有意,但是对许多别的人却是骗局,他们被轻浮的欲望欺骗了"(614 – 616)。

无论如何,潘多拉的故事结尾是一只善恶参半、模棱两可的瓶子,人类从今往后的生存状态似乎得到暗示:劳作、繁衍和死亡。我们再一次发现,正如诸神的世家谱系有修改的可能,神话叙事也不总是停滞不动。同一个真实很可能戴有好几种言说的面具。

第二个故事:人类种族神话(行106－201)

1. 引子(行106－108)

赫西俄德讲完第一个故事,又要对佩耳塞斯讲第二个故事。

> 如果你愿意,我再扼要讲个故事,
> 恰当而巧妙,你要记在心上:
> 神们和有死的人类有同一个起源。(106－108)

这几行过渡语值得细细推敲。"如果你愿意"($εἰ\ δ'\ ἐθέλεις$)的说法同样见于《伊利亚特》。特洛亚人与希腊人在战场上狭路相逢,格劳科斯对狄奥墨得斯(卷六,150－151)、埃涅阿斯对阿喀琉斯(卷二十,211－212)说了同样的话:如果你愿意,我会告诉你我那声名显赫的世系门第。两相比较,这里的情境很是微妙,说者与听者彼此熟知,无须赘述双方共同的父辈祖先,赫西俄德沿用荷马英雄的措辞,仿佛顺了佩耳塞斯的心意,把兄弟纠纷搬到古时战场,但他讲的故事不再如古风英雄们那般关注小我的家世渊源,而涉及更深远的人类的共同起源。

赫西俄德声明,他的"故事"($λόγος$)将会讲得"恰当而巧妙"($εὖ\ καὶ\ ἐπισταμένως$)。这是大名鼎鼎的$λόγος$在古诗中最早以单数形式出现之处,暗示听者听到的不会是直接的真实,而是值得关注、能够形成有益教诲的叙事。一个故事是否有益,取决于叙事的方式。巧妙地讲故事,让我们再次想到荷马诗中那个素有言说美名的奥德修斯。在费埃克斯人中,奥德修斯的言说令全场静默,个个心醉神迷:

> 你简直有如一位歌人,巧妙地($ἐπισταμένως$)叙述
> 阿开亚人和你自己经历的可悲苦难。(《奥德赛》卷十一,368－369)

赫西俄德自信拥有歌人的叙说技艺。但巧妙之外,更要恰当。恰当排在巧妙之先。言说恰当的要求,不仅再次呼应缪斯在赫利孔山对诗人的训斥(神,27－28),也让人再次想到柏拉图《理想国》卷二中对"诗人们讲的那些假故事"(μύϑους ψευδεῖς ,377d)所做的长篇审判(377－392):苏格拉底的批评矛头虽也偶尔指向《神谱》(我们在前头援引过了),但主要指向荷马的两部叙事诗。我们再次被要求思考同一个问题:什么故事以及怎么讲故事对城邦中的年轻人才是恰当的? 果然,诗中紧接着对佩耳塞斯的叮嘱印证了诗人的思虑,"你要记在心上"(σὺ δ᾽ ἐνὶ φρεσὶ βάλλεο σῆσιν),类似的说法还将在诗中重复出现(27,274)。

"神们和有死的人类有同一个起源"(108)。神人同源的说法并非全然无据可考。依照《神谱》的记叙,神人最初生活在一起(神,535),诸神是大地的后代(神,126 起),而最初的女人以土造出(61,70,神,571),不能说没有关联。诗人品达后来在第六首《涅墨亚竞技凯歌》开篇说,人和神有同样的起源,同样的母亲,分离之后,"一方一无所有,另一方占有青铜的天空为永恒领地"(6.1－5)。"神们和有死的人类"(ϑεοὶ ϑνητοί τ᾽ ἄνϑρωποι)之说同样见于《神谱》,并引出墨科涅事件:"当初,神们和有死的人类分离在墨科涅"(神,535－536)。两处说法遥相呼应。在古老的世界里,神和人共同生活,一起用餐,同出一源。然而,仅隔一行之遥,诗人又让人意外地宣称,黄金种族的人类由神所造(110),而且白银种族(128)、青铜种族(143)和英雄种族(158)也同样如此。这些看似相悖的说法令叙事显得愈加扑朔迷离。

在这个故事里,人类先后经过黄金、白银、青铜、英雄和黑铁五个世代。起初,人像神一样生活,却渐次沦落,一代不如一代。第二个故事宛如第一个故事的延续,在普罗米修斯事件引发神人分离、潘多拉步入人间之后,人类种族神话进一步讲述人类如何被驱逐出"天堂",远离诸神,面临有死和劳作的现实。

人类种族渐次衰微的神话传统早在赫西俄德之先就有流传,从诗人的措辞("扼要地讲";106)不难看出这一点。荷马诗中只字未提人类的五个世代,情有可原,两部叙事诗的中心思想是英雄族群的荣耀和传奇,讨论人类种族渐次衰微,确乎大煞风景。相比之下,《劳作与时日》的主人公不是神样的英雄,而是平凡的农夫,赫西俄德一再以悲酸的语气说起这些辛劳不幸的人,将他们排在种族名录最卑微的底层,恰如其分。话说回来,即便在英雄族群里也有一代不如一代的共同认知。老英雄涅斯托尔为了劝和阿喀琉斯和阿伽门农,提到更早一辈的英雄:"我曾经和那些比你们英勇的人交往","那样的战士我没有再见过,也不会见到","现世的人谁也不能战胜他们"(《伊利亚特》卷一,260,263,272)。就连神样的阿喀琉斯和阿伽门农也不如从前的人,奥德修斯同样自认不敢和诸如赫拉克勒斯等从前的英雄竞争(《奥德赛》卷八,223–233;参看《伊利亚特》卷五,636–646)。这种古典的共同认知在柏拉图对话《斐勒布》中形成如下表述:"古人比我们更好,也更接近诸神"(16e)。

以金属譬喻人类的政治和生命似乎是古代各族流传久远的说法(究竟谁影响谁,说法不一)。《波斯古经》中讲到一棵有金银铜铁四个分枝的树,预示琐罗亚斯德教在千年间必要经历的四个阶段。古代闪族人和巴比伦人相信,灵魂拥有几世轮回,随着邪恶渐次充盈世间,每一世的寿命均比前一世短暂。希伯来传统中也有金银铜铁之说,比如先知但以理为尼布甲尼撒王解梦:

> 王啊,你梦见一个大像……这像的头是精金的,胸膛和膀臂是银的,肚腹和腰是铜的,腿是铁的,脚是半铁半泥的。你观看,见有一块非人手凿出来的石头打在这像半铁半泥的脚上,把脚砸碎,于是金、银、铜、铁、泥都一同砸得粉碎……(《但以理书》,2:31–35,38–41)

别的先知,比如以赛亚(《以赛亚书》,1:25)、耶利米(《耶利米书》,6:27–30)或以西结,则将不洁净的灵魂比做劣等金属。仅以以西结的说法为例:

> 因你们都成为渣滓,我必聚集你们在耶路撒冷中。人怎样将

银、铜、铁、铅、锡聚在炉中,吹火熔化,照样,我也要发怒气和忿怒,将你们聚集放在城中熔化你们。(《以西结书》,22:19-20)

赫西俄德沿袭了某种神话叙事传统,但我们再次看到,他对待传统的方式照旧相当"反叛"。我们在下文会继续谈到他所采取的令人意外的"反传统"的叙事方法,更准确地说,他游离于叙事规范的边缘,施展让人心醉神迷的诗艺。值得一提的是,柏拉图对话中多次援引赫西俄德的人类种族神话,援引的方式同样大胆,比如《理想国》中隐去世代交替,声称真正的护卫者必须具有"分辨黄金、白银、青铜、黑铁种族的能力","铁和银、铜和金一经混杂起来,便产生了不平衡"(547a),这些说法从某种程度上更接近希伯来先知。无论如何,从思想史上这些伟大的"反叛者"身上,我们反复获得同一的教诲,那就是任何真正意义的"精神创新"都必须首先使自己成为传统的一部分。

2. 叙事的规范(行109-155)

首先是黄金种族。"克洛诺斯在天庭做王"时,"奥林波斯的永生者"造出他们(110-111)。黄金种族并非用黄金打造。之所以称为黄金,乃是取金属的特质,稀有珍贵,完美无瑕又不可朽坏。黄金不会因时光流逝而变异,带有属神的永在意味,但有可能因别种方式而遭破坏,这些奠定了"第一代即逝人类的种族"(109)的命数。

那时,人们像神一样生活,不知悲哀、辛劳和衰老,远离不幸,时常与神们同欢庆,死亡如沉睡般甜蜜(112-116)。我们没有忘记,在《神谱》中,悲哀(Οἰζύν;神,214)、衰老(Γῆρας;神,225)、死亡和睡眠(Θάνατον...Ὕπνον;神,222)全是夜神世家的成员。黑夜的孩子们象征折磨人类的种种苦难,但黄金种族一一幸免。在死神和睡神兄弟的眷顾下,他们甚至不用经历死亡的恐惧,那大约是有死者最坏又最不可避免的命运。他们无须劳作,大地自动长出果实,牧畜成群(116-120)。显然,神们那时尚未藏起人类的生计(42,47),人们工作一天即可轻松收获一年的粮食(43)。

这样,黄金时代呼应了前一个故事中厄庇米修斯接受潘多拉时对旧时光的追怀(90-92)。黄金时代还呼应了下文箴训篇中正义城邦的生活场景:"远离饥荒和惑乱,在欢庆中享用劳作收成"(230-231)。我们同样没有忘记,饥荒($\Lambda\iota\mu\acute{o}\varsigma$;神,227)和惑乱($"A\tau\eta$;神,230)是夜神世家的第三代成员,不和女神的孩子。黄金种族得以避免这些不幸,很大程度上在于他们"知足和乐"($\acute{\epsilon}\vartheta\epsilon\lambda\eta\mu\omicron\iota$ / $\acute{\eta}\sigma\upsilon\chi\omicron\iota$;118-119)。天然生长的草芙蓉和阿福花(41)只能算是充饥物,黄金时代的生活未必富贵奢华,但人们满足既有的天然粮食,平和地享用,不相互嫉妒,不彼此争抢。换言之,黄金种族响应正义的生活法则。正义使他们远离不和(那时的人类想来既不知坏的不和,也不知好的不和),从而也幸免不和女神的孩子们的折磨。

正义使这个种族深受神们的眷爱。他们死后,大地只是掩埋了肉身,他们变做精灵($\delta\alpha\acute{\iota}\mu\omicron\nu\epsilon\varsigma$),继续在大地上漫游,乐善好施,庇护有死的人类,享受王般荣誉(121-126)。希腊古人敬重祖先和英雄,相信他们死后还继续留在人间,并且掌握给人类施恩加罚的能力。赫西俄德把这项荣誉给予整整一个种族。稍后的作者纷纷提到英雄成为受人敬拜的精灵,比如埃斯库罗斯笔下的大流士(《波斯人》,620,641)或欧里庇得斯笔下的阿尔刻提斯(虽系女流,却比男子更英勇;《阿尔刻提斯》,1003)。索福克勒斯描写俄狄浦斯临死有神召唤,"我们为什么迟迟不走? 你耽搁得太久了!"(《俄狄浦斯在科罗诺斯》,1628),这个英雄神化的结局同样让人印象深刻。精灵们在大地上漫游,让人想到从潘多拉瓶中逃出的数不尽的人间灾难(100):只有在生前即幸免这些灾难的黄金种族,才能在死后庇护人类,帮助人类与苦难相抗衡。"王般荣誉"($\gamma\acute{\epsilon}\rho\alpha\varsigma$ $\beta\alpha\sigma\iota\lambda\acute{\eta}\iota\omicron\nu$;126)的说法让人在意。诗人将精灵与君王相比,也就是说,将黄金种族的死后重生与贵族英雄的生前职责相比。如果我们没有会错意的话,在黄金种族与英雄种族之间,确乎可以扯上千丝万缕的关联。

单就金属而言,白银仅次黄金,却远不如黄金。同样出自奥林波斯神族之手,第二代人类白银种族也远不如从前,无论心思还是模样,从里到外全然不像黄金种族(127-129)。事实上,相较近乎完美的黄金种族,白银种族处处显出让人吃惊的低劣。他们唯一的神奇之处在于长寿。希伯来圣经记述,亚当的后代中,最长寿的玛土撒利活了 969 岁(《创世记》,5∶15),但到洪水以前,人的寿命缩短为 120 年(6∶3)。在神话传统中,古远的人类一生处在花样年华,不知衰老,黄金种族便是如此,并且很可能和玛土撒利一样长寿。白银种族至少也活了一百年,但这漫长的一生却诡异地沉溺在童年时期。

一百年间,他们懵然无知地在慈母身旁成长玩耍(130 – 131)。白银种族的漫长童年因而没有父亲的影子。健康幸福的生活本该是"子女陪伴亲爱的父亲和尊贵的母亲",正如奥德修斯在世外桃源般的艾奥利埃岛上看到的那样(《奥德赛》卷十,8)。柏拉图后来在《法义》中说,居鲁士让妇人们抚养自己的儿子,没有依照波斯祖先的要求去严格训练,结果让他们愚蠢地长大,傲慢放纵,互相残杀,反倒是大流士不是国王的亲儿子,没有受到不良教育,最终取得了政权(卷三,694c – 695e)。赫西俄德形容白银时代的孩童"懵然无知"($μέγα νήπιος$),与称呼弟弟如出一辙,"傻乎乎的佩耳塞斯"($μέγα νήπιε Πέρση$;286,633)。这种无知使得他们的活动只能局限"在自家中"($ᾧ ἐνὶ οἴκῳ$),没有能力进入社会生活。佩耳塞斯成日待在城邦会场,却也只是凑热闹看纠纷,毫无帮助解决城邦事务的能力,这样的行为与不负责任的顽童无异。

白银种族一世都是顽童,没有成熟的社会性,不懂正义法则,因此成年一进入社会,很快就败坏死亡。这里的描述既与黄金种族"自足和乐"的正义秩序形成对比,也具有充分的现实影射意味。诗中说他们"愚妄、无度和强横"($ἀφραδίης …ὕβριν…ἀτάσθαλον$;134),《奥德赛》在不同地方用这几个词修饰佩涅洛佩的求婚人(卷二,282;卷三,207;卷十六,86)。从某种程度而言,这些求婚人也确乎和佩耳塞斯一般行事,好比顽童,整日玩乐吃喝,不守礼法,耗费主人家的财产。他们胡作非为,自以为是,严重扰乱伊塔卡自奥德修斯离去以后的社会秩序。我们已经说过,两部荷马诗的共同主题在于"王者的秩序重建",奥德修斯还乡必要清算这些违反客人之道、图谋他的财产和妻子的求婚人。《劳作与时日》同样是要重建正义秩序,只是绕开了王者,直接诉求宙斯的正义。我们再次看到,在沿袭古诗传统的道路上,赫西俄德从来没有亦步亦趋,但也从来没有走得太远。

佩涅洛佩的求婚人不尊敬主人和客人、不信鸟卜、不敬神灵。同样的,白银种族既彼此伤害,也不敬神,不肯"在极乐神灵的圣坛上献祭",不守"人类在地的礼法"(135 - 137)。正义的礼法首先在于认识做人的限度和本分,清楚神与人的界限。向神献祭是人的本分之一。《神谱》中不仅讲到祭祀的起源(神,535 - 557),还提到"大地上的人类依礼法向神们敬献美好的祭品"(神,416)。本诗中更是专辟一节讲究诸种祭神礼法。不敬神是白银种族背离正义法则的另一表现。

不敬神的,必要为神所弃绝。宙斯在怒中毁灭了这个种族。他们死后只能留在地下,而不能像黄金种族那样在大地上漫游,也做不成"精灵",挤不进神族,只是一群受到神恩眷顾的有死的凡族(θνητοί),位居次等,仍享有尊荣(141 - 142)。所谓"尊荣"(τιμή),指被分派某种特殊职责或权威,诸如庇护某地住民,同时也受当地人敬拜。奥德修斯在冥府遇见勒达,提及她的两个英雄儿子"在地下仍获得宙斯恩赐的尊荣"(《奥德赛》卷十一,302 - 304),与这里的说法吻合。据说赫西俄德生活的年代确乎有古墓崇拜风尚,希腊古人虽然搞不清楚为数众多的古墓里究竟躺着哪位英雄,依然加以敬拜,祈求死者庇护本地居民。换言之,如果说黄金种族死后的精灵身份与贵族英雄的生前职责相仿,那么,白银种族死后的"极乐凡族"身份则与无名英雄的死后命运连在一起。

第三代人类由宙斯所造。白银种族已够坏了,但青铜种族还要不如白银种族(143 - 144)。青铜种族受战神阿瑞斯的影响,生性尚武好战,可怕强悍,为命运驱使,永不停息地互起战争,彼此厮杀(145 - 146)。不难想像,不和女神的十四个邪恶子女在青铜年代肆意横行,毫无禁忌,其中包括"混战、争斗、杀戮、暴死"(神,228)等各类形式的战争灾难。《神谱》中记载不和子女的这行诗,其实出自《奥德赛》,奥德修斯在冥府遇见前代英雄赫拉克勒斯,对方胸前的黄金绶带上镌刻着揭示英雄生平的"混战、争斗、杀戮、暴死"等诸种场景(卷十一,612)。不仅如此,赫西俄德形容青铜种族"可怕"(δεινόν;145),这个说法同样频繁在荷马诗中指那些最勇敢的英雄,比如阿喀琉斯(卷一,146;卷十八,170)或赫克托尔(卷九,238)。

青铜种族"生于梣木"(ἐκ μελιᾶν;145)。这个让人意外的说法是否呼应《神谱》中的梣木女神墨利亚(Μελίας)？梣木与人类的起源有关,这是否意味着青铜种族是某些神话传统中的人类的始祖？梣木还是一种制作长枪的原料,比如阿喀琉斯的"佩利昂梣木枪"(《伊利亚特》卷十六,142 – 144,参《奥德赛》卷十四,281),巨人族也常用这种武器。青铜种族在好些方面似乎更接近巨人族。在《神谱》中,巨人族与梣木女神一道出生(神,187),赫西俄德也确乎并列提起过"人类和巨人族"(神,50)。

青铜种族"不食五谷"(οὐδέ τι σῖτον / ἤσθιον;146 – 147)。另一个让人意外的说法。五谷是人类生存之本,农耕更是古代文明的基本表现,诗中将人类称为"吃五谷的人类"(82;神,512)。青铜种族不吃五谷,也就是不事农业生产,靠野生果实或捕食兽类为生。这与荷马诗中的独眼巨人库克洛佩斯(《奥德赛》卷九,107 – 111)或强壮的巨灵族莱斯特律戈涅斯人(卷十,98)十分接近,这些族类不事农耕,偶尔食人,主要以野生食物为生,比如库克洛佩斯"不种植庄稼,也不耕耘土地",享用自行生长的"大麦小麦和葡萄"(卷九,108 – 110)。

青铜种族"粗蛮不化"(ἄπλαστος;148)。同是神王宙斯的造物,潘多拉巧夺天工,美妙无比,青铜种族却是未经雕琢,一副粗糙胚样。《神谱》中用这个词形容独眼巨人库克洛佩斯的兄弟、丑陋怪异的百手神(神,151)。青铜种族与百手神确乎十分相像。这里形容青铜种族的"无敌双臂"(χεῖρες ἄαπτοι;148;同见神,649),与《神谱》中形容百手神的诗行如出一辙(149;神,152)。当然,我们不应忽略,《伊里亚特》通篇也都在反复不停地谈到那些宽阔、健壮的肩膀和令人生畏的手臂。

有关青铜种族的种种叙事,引导我们既想到古远的巨人族群,比如百手神、库克洛佩斯或莱斯特律戈涅斯人,又想到荷马诗中的英雄族群的某些特质(当然不是全部,这一点很重要)。青铜时代也许对应古时某个时期,无论武器屋舍还是农耕用具,全以青铜制成(150 – 151)。诸神完全在青铜时代缺席。如果说白银时代还引发过是否祭神的争议,青铜时代似乎连讨论的余地也没有留下。这个族群最终面临的恰恰是"混战、争斗、杀戮、暴死"的道路,他们和荷马诗中的赫拉克勒斯一样,因自身的力量而毁灭,去了冰冷的冥府(143－155)。但和荷马式英雄不同的是,更糟糕的命运等着他们,他们被从后世的记忆中抹去,没留下名姓(154)。

让我们做一个简单的回顾。再明显不过,前三个种族的叙述结构具有令人惊叹的统一性:

首先是以金属署名(109,128,144)。

其次采用对比手法,黄金种族与神相比,其余种族与前一种族相比(112,129,144)。

再次写生存状态和生活方式(112－120,130－137,145－151),每个种族均带有某种不同于当前人类的生态畸异,比如黄金种族不见衰老(113－114),白银种族的童年持续百年(130),青铜种族不食五谷(145－146)。

最后写死后的命运,黄金种族做了大地上的精灵,庇护后世的人类(121－126),白银种族继续活在地下,和精灵一样受崇拜(137－142),青铜种族消失在冥府,没有留名(152－155)。从某种程度而言,前三个种族死后的命运,正好与柏拉图在《理想国》(392a)中以同样次序区分过的几个概念相合:精灵、英雄和冥府。

在署名金属的珍稀程度、正义与无度的张力、与神的关系、生前死后的境遇等各个方面,前三个种族顺应了某种渐次衰败的规则,一再显示人类渐渐远离美好年代,远离神们。

3. 英雄与爱欲(行156－173)

我们还在赞叹赫西俄德展示了严密无缺的叙事规范,突然遭遇前所未有的阅读困难。

在整个人类种族神话叙事中,英雄种族是一个令人惊讶的例外。细究下来,就连最后一个种族(黑铁种族)也几乎完全符合上述叙事规范。只有英雄种族处处显得格格不入。没有金属署名,没有某种形态的畸异,没有延续人类的持续沉沦反而是"更公正更好"(158),死后拥有两种而不是一种命运,等等。赫西俄德用十八行诗文讲英雄种族,从篇幅来看,与其他种族没有什么差别(前三个种族均不足二十行,黑铁种族略长,占二十八行),但英雄种族叙述所引发的评议远远超过其他几个种族。①

　　还须认清一点,尽管《神谱》篇末和仅余残篇的《列女传》同样提到神族与凡人所生的英雄后代,但这里的英雄种族明显属于荷马诗系的传统。仅以《神谱》为例。诗中讲到宙斯的三次凡间姻缘,相关后代中,赫耳墨斯和狄俄尼索斯直接进入神族,只有赫拉克勒斯是英雄(神,943起)。诗歌最后一节讲到女神与凡间男子的英雄后代,多数与古希腊传统英雄诗系暗相呼应。忒拜的建城者卡德摩斯呼应忒拜诗系(神,975起),埃提奥匹亚王门农呼应史诗《埃提奥匹亚》(神,984起),伊阿宋和埃厄忒斯呼应阿尔戈远征诗系(神,992起),埃阿科斯、佩琉斯、阿喀琉斯三代英雄呼应特洛亚诗系(神,1003起),奥德修斯则是呼应继《奥德赛》之后的历险诗系(神,1011起)。总的说来,女神与凡间男子的后代和人类世界某个地区或民族的起源神话有关。在这些地区或民族的背景下,英雄人类受孕,诞生,展开幸或不幸的家族命运。但我们注意到,赫西俄德把人类种族神话叙事中的英雄种族界定为“我们之前的族群”(προτέρη γενεὴ ;160),也就是参加过忒拜战争的和特洛亚战争的那几代英雄。换言之,《劳作与时日》里的英雄种族是《神谱》中的那些建城英雄、民族祖先的后人,他们更接近包括荷马诗在内的英雄诗系里的英雄。我们在下文中会看到,赫西俄德似乎熟悉荷马式的英雄表述,这使得他有可能在大量沿用的同时做出不容忽视的修改。

　　　　但自从大地也掩埋了这个种族,
　　　　又有了第四代,在丰饶的大地上,

---

　　① 在人类种族神话的解释方面,法国学者 J. – P. Vernant 的结构主义解读(借鉴 Dumézil 的印欧社会三职能体系学说)自二十世纪六十年代起影响很深,《赫西俄德:神话之艺》中的多篇论文均有详细说明(如页 37 起,页 57 起,页 197 起等)。

> 由克洛诺斯之子宙斯造出，更公正更好，
> 如神一般的英雄种族，又被称作
> 半神，无边大地上我们之前的族群。(156–160)

　　行156与行140如出一辙，和行121相似。前两处分别引出了黄金种族和白银种族死后的命运，这里却是作为从青铜种族到英雄种族的过渡。事实上，英雄种族在好些方面就像是青铜种族的"进化版本"，他们一样尚武好战，一样使用青铜武器，只是更文明，更守礼法。换言之，他们"更公正"(δικαιότερον)，"更好"(ἄρειον)。英雄也搞战争，但总能找到堂皇正当的理由，而不会相互恣意厮杀。他们想望荣誉，讲求礼法和正义。神王宙斯处心积虑，就是要为爱子赫拉克勒斯谋求"更大的荣誉"(τίμα ἀριδείκετον；神，531)。古典贵族英雄的理念核心是"做最好的"(ἀριστεύειν)，英雄之所以追求正义，便是因为"正义是最好的"(δίκη...ἀρίστη；279)。相比之下，青铜种族一味追随阿瑞斯，我们说过，他们在这方面接近未开化的巨人族，比如荷马诗中的库克洛佩斯："没有议事的集会，也没有法律……个人管束自己的妻子儿女，不关心他人事情"(《奥德赛》卷九，112–115)。

　　赫西俄德连续给了这个族群三种称谓："如神一般"(θεῖον)、"英雄"(ἡρώων)和"半神"(ἡμίθεοι)。这三个称谓全部出自荷马诗中。从某种程度而言，这三种称谓也全是在界定英雄种族与神的微妙关系。"如神一般"(θεῖον)是最常见的修辞，在荷马诗中随处可见。英雄虽是有死者，却如神一般，这也许与他们是神族后代有关。细究下来，好些贵族英雄是宙斯的后代，赫拉克勒斯、珀尔塞斯(神话中佩耳塞斯的父亲)不算，阿伽门农和墨涅拉奥斯的祖上坦塔洛斯、阿喀琉斯的祖父埃阿科斯全是宙斯的儿子。忒修斯、涅斯托尔的祖先是波塞冬，俄狄浦斯家族追溯至忒拜建城英雄卡德摩斯，也算是海神的后代。英雄和神族的亲缘关系，让人不至忘却"神们和有死的人类有同一个起源"(108)的教诲，"如神一般"的生活方式还使他们接近黄金时代的人类(112)。荷马诗中的英雄似乎时时在有意无意地混淆与神的距离。神们只是比英雄具备"更高的美德、荣誉和力量"(《伊利亚特》卷九，498)。天神和

人类在同一战场上作战,甚而吃过不少苦头。英雄狄奥墨得斯刺伤女神阿佛洛狄特,在诸神眼里,这只是一个寻常的笑话(卷五,334起)。

但无论如何,永生的分界无法逾越,英雄也终究没有库克洛佩斯的力量和自信。奥德修斯要求获得圆眼巨人的招待,因为,在敬畏神明的世界里,善待乞援人和外乡人是敬畏宙斯的表现。但库克洛佩斯回答他:"我们从不怕提大盾的宙斯,也不怕常乐的神们,因为我们更强大"(《奥德赛》卷九,275 – 276)。英雄只是"像神一样",只是"半神",只是"凡人英雄"(ἀνδρῶν ἡρώων)。在神与人的无尽距离里,一边是神的超验,另一边是人的困境,希腊英雄受尽这种距离的折磨,也许超乎其他人。柏拉图在《克拉底鲁》中如此界定这个族群:

> 英雄是神和人的爱情结晶,要么是男神和凡间女子生养,要么是女神和凡间男子生养。想想这个字在古阿提卡方言中的写法吧,英雄(ἥρως)和爱若斯(Ἔρος)差别很小,英雄全来自爱若斯。(398d)

对观另一部柏拉图对话《会饮》中有关爱若斯的言说,这里的比较是相当惊人的。苏格拉底在诗人阿迦通家里转述某个名叫第俄提玛的神秘外邦女人的教诲。传说爱若斯是在诸神庆祝阿佛洛狄特出生的夜里,由贫乏和丰盈偶然孕育的。他像母亲贫乏,总是不修边幅,居无住所,但也像父亲丰盈,向往美的和好的东西,终生爱智慧(203b – 204a)。爱若斯天生是有欠缺的,因此带着爱欲,欲求那些好的东西乃至幸福。依据《神谱》的叙事逻辑,神与人分离之后,在某些特定时刻,神族与凡人有过短暂结合,生下英雄。英雄因而是神与人在分离之后短暂和好的结果。这样看来,英雄与爱若斯果然非常相似。

柏拉图还称,爱若斯就是"精灵"(δαίμων),"介乎会死的和不死的之间,所有精灵都居于神和会死的之间"(202d)。我们自然不会忘记,黄金种族死去以后同样变做"精灵",前面已经讨论过他们和英雄的相似之处。

英雄与爱若斯相近,这是不是意味着,除去如神一般的外表,英雄的本质其实和一切凡人无异,就是欠缺?《奥德赛》成功描绘了奥德修斯从君王到乞丐的诸种佯装,然而,最打动人心的一幕却是他作为乞援人走进君王阿尔基诺奥斯的宫殿,众人高高端坐在镶银的座椅上把酒言欢,奥德修斯在伸手抱住王后的双膝苦苦哀求之后,走到积满尘埃的炉灶旁边,席地而坐(卷七,153－154)。那一刻,他不是歌人咏唱的英雄,受人敬爱的君王,而只是一个再卑微不过的人,一个自愿受羞辱的人。他就如希伯来先知所预言的那些"滚在灰中"的"群众的头目"(《耶利米书》,25:34)。他像爱若斯那样,"粗糙,脏兮兮的,打赤脚,居无住所,总是随便躺地上,什么也不盖,睡在人家门阶或干脆露天睡在路边"(203c－d)。从某种程度而言,坐在尘灰中的奥德修斯比任何时刻更接近柏拉图对"英雄"的古典语文界定。

> 不幸的战争和可怕的厮杀让他们丧生,
> 有些在七门的忒拜城下,卡德摩斯人的土地,
> 为着俄狄浦斯的牧群发起冲突;
> 还有些乘船远渡广袤的深海,
> 为了发辫妩媚的海伦进发特洛亚。(161－165)

前面说过,英雄种族是"我们之前的族群"(160),英雄年代与诗人生活的时代相接,因而具有某种历史的现实意味。相比之下,前几个种族更像是神话传说。

这里提及历史上的两次英雄战争,忒拜战争和特洛亚战争,也是最有代表性的。在古代英雄史诗中,忒拜与特洛亚齐名,算得上最古老的战争发源地。依据古代作者的援引转述,在大量早已佚失的循环史诗中,有三部讲忒拜战争,八部讲特洛亚战争。赫西俄德不讲英雄的生活,直接讲他们的死亡。英雄们虽和青铜种族一样热衷战争,却不是毫无理由地互相残杀,而是在带有堂皇动机的战斗中献身。他们为了俄狄浦斯的牧群而战,为了海伦的缘故而战。

"俄狄浦斯的牧群"($\mu\acute{\eta}\lambda\omega\nu$ $\acute{\epsilon}\nu\epsilon\kappa'$ $O\grave{\iota}\delta\iota\pi\acute{o}\delta\alpha o$),即忒拜王的全部财产乃至王权。这里显然不是指俄狄浦斯弑父娶母的悲剧事件,而是指他的

两个儿子埃特俄克勒斯和波吕涅刻斯为争夺王权而互相残杀的经过。俄狄浦斯死后,两个儿子争夺权位,波吕涅刻斯失败后逃到阿耳戈斯,并带着外邦的兵力回来攻打祖国。兄弟两人一起死在战场上,走的恰是"混战、争斗、杀戮、暴死"的老路。在这场战争过后不久,忒拜城迅速覆没。循环史诗《忒拜伊德》已然佚失,我们只能从后世的诗人作品中了解这场战争,比如埃斯库罗斯的《七将攻忒拜》。索福克勒斯在《安提戈涅》开篇也提到一些战争的结局。忒拜城沦陷比特洛亚战争早整整一世纪。阿伽门农为此还回忆起老一辈英雄(也就是七将之一的提丢斯)攻打忒拜的往事(《伊利亚特》卷四,377–399)。

我们首先为这几行诗文的基调感到惊讶。赫西俄德采取一种中立姿态追诉旧时英雄的两场战争。平和的语气中,既不带赞美,也几乎找不出批判的痕迹。英雄种族深陷"不幸的战争和可怕的厮杀"(πόλεμός τε κακὸς καὶ φύλοπις αἰνή;161),这个说法几次重复出现在荷马诗中,情境极为相似,值得探讨。宙斯和赫拉起了争执,究竟要在希腊人与特洛亚人之间挑起"不幸的战争和可怕的厮杀",还是安排双方军队友好相处(《伊利亚特》卷四,15,82–84)。奥德修斯杀了求婚人,后者的父亲家人赶来复仇,雅典娜于是和宙斯商量,究竟要让这场"不幸的战争和可怕的厮杀"继续下去,还是让双方和平缔结盟誓(《奥德赛》卷二十四,475)。从荷马诗中的表述看,英雄们并没有主动的能力,甚至没有战斗的意愿。战争还是和平,胜利还是败亡,一切全系神的安排。英雄们只是依从神意行事。赫西俄德在这里沿用荷马诗中的这一说法,而不是其他说法(有关英雄杀气淋漓的描述在诗中随处可见),显然别有用意。

由此,英雄种族似乎与青铜种族形成某种截然相反的对比。诗中说,青铜人类"执迷阿瑞斯的悲哀战争和无度行径"(145–146)。荷马史诗虽讲述战争,但阿瑞斯贵为战神,从来不是最重要的神。他在阿波罗和雅典娜面前显得软弱无力,甚至败给英雄狼狈逃跑,宙斯不喜欢他,声称"在所有奥林波斯神中最恨这个小厮"(《伊利亚特》卷五,888–898)。他还与阿佛洛狄特私通,被赫淮斯托斯设计报复,遭到众神耻笑(《奥德赛》卷八)。青铜种族单亲近这个不讨喜的战神,自然不会太受奥林波斯神族待见。"无度行径"（ΰβριες）的说法，表明他们和白银种族一样违背正义，远离神意。他们更像为暴力而暴力，挑起战争，相互厮杀，最终一个个毁在自己手里（152）。

同一场战争，赫西俄德似乎分成两个部分来讲。埃特俄克勒斯与波吕涅刻斯同室操戈难道不是残忍吗？阿伽门农公然抢走其他将领的战利品难道不是强悍吗？阿喀琉斯无法克制的愤怒和血气难道不是无度吗？希腊人洗劫特洛亚城池难道不可怕吗？但诗人在这里只字不提，他把负面的批评全转嫁给青铜种族，而对英雄种族保持某种恰当的敬意。不妨说，他把《伊利亚特》搬上舞台，却起用两组不同的演员来扮演同样那群主人公。我们不会忘记，这出戏首先要演给崇拜荷马英雄的青年佩耳塞斯看，目的是要告诉他英雄的双重真相。阿喀琉斯既是正义的英雄种族，也是无度的青铜种族。更准确地说，英雄种族和青铜种族合二为一，才是阿喀琉斯的原样。

> 在那里，死亡湮没他们中的一些人；
>
> 另一些远离世人，受用生命和居所，
>
> [168] 由克洛诺斯之子父神宙斯安置在大地边缘。
>
> [170] 他们住在那里，心中不知愁虑，
>
> 涡流深沉的大洋旁边的极乐岛。
>
> 有福的英雄啊，甘美的果实
>
> 一年三次生长在饶沃的土地。（166 – 173）

赫西俄德不讲英雄的生活，而重点讲他们的死亡。有一些英雄在战争中丧生，但另一些获得永生，宙斯安置他们住在极乐岛（μακάρων νήσοισι）。这个说法出人意料。荷马诗中的英雄们死后大都去了冥府，连阿喀琉斯、阿伽门农、埃阿斯也不例外。奥德修斯还在冥府中与他们相见交谈（《奥德赛》卷十一，387 – 565）。唯一的例外是墨涅拉奥斯，因为是海伦的丈夫，宙斯的女婿，获得特别的恩宠，"注定不是死在牧马的阿尔戈斯"，而被"送往埃琉西昂原野（Ἠλύσιον πέδιον），大地的边缘"（《奥德赛》卷四，563 – 564）。赫西俄德在借用荷马诗中的

冥府传统时给出了新的说法,仿佛有好些英雄幸免有死的命运,去了那个"大地边缘"(ἐς πείρατα γαίης) 和"大洋旁边"(παρ' Ὠκεανὸν) 的极乐岛。

依据《神谱》的记载,住在大地边缘的有被迫支撑着天的阿特拉斯(神,518)、被解禁以前的百手神(神,622)和战败的提坦神(神,731)。他们其实是同一类人物,即反叛新王宙斯的老神,多数是提坦神。我们注意到,原诗缺行169,在一些古抄本里保存有五行变文(一般标作173a – e,或169a – e)。除第一行完整以外,其余四行残缺不全。第一行诗中恰恰有这么一句,"克洛诺斯做了王"(τοῖσιν Κρόνος ἐμβασιλεύει)。克洛诺斯是最有代表性的提坦神,变文进一步印证了英雄与提坦的隐秘关联。

作为群体的提坦族向来是相当含糊的概念。《神谱》中说,"提坦"(Τιτῆνας ;神,207)这个诨名是天神乌兰诺斯给背叛自己的孩子们起的,"这些苗子死命地(Τιταίνοντας)往坏里长,总有一天要为此遭到报应(τίσιν)"(神,209 – 210)。这里的两个谐音字帮助我们了解"提坦"这个语义不明的称呼。"报应"(τίσιν)预示了王族几代神权战争,"紧张、紧绷、努力"(Τιταίνοντας)则影射提坦的无度和混乱。我们已经说过,提坦和人类起源有关,依据俄耳甫斯教的传统说法,人类的无度和混乱恰恰起源于提坦。从某种程度而言,提坦的无度和暴力反衬了荷马式英雄的无度和暴力,与青铜种族的说法极为接近。有一点还应注意,提坦是在与神王宙斯和解以后才住在大地边缘,换言之,他们已然放弃往日的无度,洗心革面,迎接新生。

极乐岛位于大洋旁边,这个说法让人想到《神谱》中的"大洋彼岸"(πέρην Ὠκεανοῖο)。在大洋彼岸,住着一些奇妙的生灵,比如戈尔戈姐妹(神,274 – 276)、赫斯佩里得斯姐妹(神,215)、牧犬俄耳托斯(神,293 – 294)、百手神(神,815 – 817),传说中的金苹果也长在那里(神,216)。他们多属于海神世家,是一些游离于永生和有死之间的怪物,好些死在英雄手下。这个家族继承了大海祖先的品性:无形、无常、无序。他们住在世界尽头,大洋彼岸,远离神和人,虽属于神的世家,却是有死的命运,他们的死亡与最初世界的秩序整顿密切相关。极乐岛位于大洋旁边,似乎是与之相对应的所在,世界的正义秩序在此已然确立,英雄们在这里过着神样的生活:"心中不知愁虑"(170),同样用来指黄金种族(112),《神谱》中还用来指缪斯女神(神,61);"甘美的果实一年三次生长在饶沃的土地"(172–173),对应黄金时代和正义城邦,丰饶的大地结满果实(117–118,237)。我们不会忽略"一年三次"(τρὶς ἔτεος)这个小细节,数字 3 在赫西俄德的神话叙事里代表神性和完美。作为潘多拉的后代,英雄们在极乐岛上的生活确乎体现了神性的正义和完美。

那么,究竟哪些英雄有机会逃避有死的命运,过着如神一般的生活呢?神王宙斯安排一些英雄丧生沙场,另一些住在极乐岛,又是凭靠何种依据呢?

《奥德赛》借助未来君王特勒马库斯的眼睛,观察了两位从前远征特洛亚的前辈英雄,也就是皮洛斯的涅斯托尔和斯巴达的墨涅拉奥斯。这两位英雄已经步入生命的晚年,不再是英勇的战士,而成了和平的君主,治理着各自的城邦,过着幸福丰饶的生活。他们喜乐无忧的生活与极乐岛上的英雄极为相似。对观《奥德赛》卷三和卷四(部分在卷十五)分别讲述涅斯托尔和墨涅拉奥斯的当下生活是很有趣味的事。如果说墨涅拉奥斯凭借与神王的亲戚关系才获得永生(或过上幸福的生活,这在我们谈论的语境里差别不大),那么智谋出众的涅斯托尔却是完全凭靠自身的努力和实力。他在《伊利亚特》开篇出场时就被称为"言语甜蜜","从他的舌头上吐出的语音比蜜还甜"(卷一,248,250),这与赫西俄德描绘施行正义的好王者如出一辙(神,80–90)。涅斯托尔总在关键时刻扮演智者的角色,不但出面调解阿喀琉斯与阿伽门农的争执,更在全军大会上发表明智的言说,赢得所有人的尊敬,连阿伽门农也承认他"再次在演说上胜过阿尔戈斯儿子们"(卷二,370–371)。"阿尔戈斯儿子们"不是别人,正是阿伽门农和墨涅拉奥斯哥俩。

特勒马库斯到达皮洛斯时,涅斯托尔正在举行祭奠波塞冬的隆重礼仪,而他到达斯巴达时,正好碰到完全不同的世俗礼仪,墨涅拉奥斯在娶媳妇嫁女儿。在祭神与婚庆之间,暗示了两种截然不同的生活方式。我们说过，涅斯托尔是波塞冬的后代，祭海神，既是祭神，也是祭祖。在从黄昏至天明的短暂时间里，涅斯托尔至少祭神五次（卷三，5起，40起，337起，393起，419起），恪守古老的仪式传统。第三卷整卷诗文几乎就是在一个接一个的繁复的神圣仪式之间完成叙事。充满智慧的老人和雅典娜同席共宴，言说恰当，教子有方，数次得到女神的赞赏（卷三，52起，357起），还破解鸟飞的神兆（371起）。相比之下，墨涅拉奥斯在接待外乡客人的过程中没有祭过一回神，雅典娜没有留下同欢宴，他似乎看不懂鸟飞的神兆，还要靠妻子海伦来解围（卷十五，160－178），他自称只追求两种荣誉，"礼物和食物"（卷十五，78）。他送给特勒马库斯好些贵重的礼物，但却没有给出什么长者的有智慧的教诲，尽管年轻人拜访的初衷是后者而不是前者。墨涅拉奥斯拥有让世人艳羡的宫殿和财富，但到头来他似乎不满足，反倒钦羡起宙斯"不断赐给涅斯托尔好运气，日夜在家安度晚年，儿子们都是杰出的矛手，高贵明智"（卷四，209－211）。《奥德赛》的诗人带着不动声色的促狭在暗示，全希腊人都知道，宙斯究竟最偏爱谁，给他的好运气超过别人，尽管这人很可能名不副实……

正如《伊利亚特》中的战士涅斯托尔化身为《奥德赛》中的正义君王，英雄种族中某些更公正更好的战士也化身成极乐岛上的有福英雄。这样，赫西俄德进一步修改荷马诗中的说法，不只有墨涅拉奥斯因当了神王的女婿才得到永生，好些英雄凭靠自身的高贵公正也去了极乐岛。稍后在诗人品达的诗中，所有正直的人死后全住在极乐岛（《奥林匹亚竞技凯歌》，2.67－88）。也许是受赫西俄德的影响，在公元前六世纪的诗中，英雄凡人纷纷获得永生，比如西蒙尼得斯笔下的阿喀琉斯、美狄娅和狄奥墨得斯，等等。仅就两部荷马诗的处理而言，赫西俄德在两个看似彼此独立的章节（青铜种族和英雄种族）中重述一部长诗（《伊利亚特》），又在同一章节（英雄种族）中重述两部长诗（《伊利亚特》和《奥德赛》）的过渡。我们再次领略到诗人的精湛诗艺，特别是他那扑朔迷离的"反传统"叙事能力。

最后一点，《劳作与时日》寻求在世的幸福，政治哲学的幸福。对赫西俄德而言，幸福就是成为正义城邦的一员。极乐岛的譬喻因而与正义城邦相连。城邦拥有好王者,或有福的英雄,才能走向正义和幸福。只有在这个层面上,我们才能了解赫西俄德修改荷马诗文的用意。毕竟,《奥德赛》中还有第三个人被承诺得到幸福的生活。先知特瑞西亚斯的魂魄预言,奥德修斯将"在安宁之中享受高龄,了却残年",而伊塔卡的"人民也会享福祉"(卷十一,135 – 137;同卷二十三,281 – 284)。不过,在这之前,奥德修斯还得历尽苦难在无数的人间城邦漫游,还得一次次卑微地坐在外乡的尘灰之中。

4. 黑铁末世说(行 174 – 201)

希伯来先知书说起那些悖逆神意罪大恶极的人:"他们是铜是铁,都行坏事"(《耶利米书》,6:28)。从黄金到黑铁,金属的价值一落千丈,人类的生存状况也陷入前所未有的低谷。表面看来,黑铁种族顺延了前三个种族的叙事规范:金属命名、渐次败坏、生态畸异("出世时两鬓皆斑白";181)。但细究之下,这段叙事相当不同寻常。赫西俄德称黑铁种族为当前的种族,自己生活其中——

> 但愿我不是生活在第五代
> 人类中,要么先死要么后生!
> 原来现在是黑铁种族……(174 – 176)

第一人称"我"(ἐγώ)出现在神话叙事里,犹如现实与虚构的意外交集,令人震撼。我们在《神谱》序歌已然领教过这种叙事的张力:"从前,她们教给赫西俄德一支美妙的歌,当时他正在神圣的赫利孔山中牧羊,女神们对我说……"(神,22 – 24)。诗人先以第三人称、再以第一人称讲述自己与缪斯相遇,人与神在寻常乡野交集,让人措手不及,惊叹异常。在下文对王公们说话时,他还说起"我和我儿子",怨叹现世生活的苦痛和正义的败坏(270 – 271)。赫西俄德悲愤地声称,情愿"要么先死,要么后生"(ἢ πρόσθε θανεῖν ἢ ἔπειτα γενέσθαι)。先死的一族是更公正更好的英雄种族。想望古风英雄看来不是佩耳塞斯的专利,只不过必须看清事实的不可能。

后来的一族是谁？不得而知,诗中根本没有提起。赫西俄德莫非在暗中期待第六代新人类的来临？或者这只是生不逢时的情感抒发？希腊古人对生命的思考在今天依然有新鲜的启发性。古代有诗人之争的传说,赫西俄德考问荷马:"请告诉我,对人类来说什么最好?"荷马回答:"不要出生,这是最好的。一旦出生,则踏进哈得斯的冥府大门,越快越好!"

与以往种族不同,黑铁种族没有明确提到由神所造,虽然黑铁种族也可以理解为英雄种族的后代,但第五代人类与诸神之间的关系确乎不容乐观。黑铁种族的生存状况从各方面与黄金种族形成鲜明对比。"劳累和悲哀"(*κάματου καὶ ὀιζύος* ;177)折磨人类,没有止境。"劳累"与劳作有关,人类再不能像黄金时代那样轻松过活,而必终身辛劳、汗流满面才得糊口。"悲哀"这个夜神的孩子在黄金时代没有出路,到了黑铁时代大行其道。其实不只悲哀,夜神世家的所有成员,乃至从潘多拉的瓶子逃出的各种不幸,都在黑铁时代大行其道。神们不再赐福人类,反倒添大烦恼(*χαλεπὰς δὲ θεοὶ δώσουσι μερίμνας* ;178)。

自行177起,诗中的动词一应采用将来时态。诗人犹如希伯来传统中以亚伦为首的先知,预言某种人类的生存末日。我们不会忘记缪斯女神的教诲,诗人的身份不仅要歌唱"过去和现在",还要"传颂将来"(神,34)。有关黑铁时代的预言,似乎又区分成两个阶段。在第一个阶段中,"善与恶相混"(*μεμείξεται ἐσθλὰ κακοῖσιν* ;176 – 179)。在第二个阶段中,只有恶而不再有善(182起)。如果说第一个阶段好比赫西俄德所处的当下,那么第二个阶段就是未来的黑铁种族,或人类的末世。

人生善恶相伴,福祸参半,这是希腊古人的普遍看法。《神谱》中谈及已婚男人的命运,也有福祸参半的说法:若娶到佳妻,好坏参半;否则后患无穷(607 – 612)。不过,最形象的说法莫过于阿喀琉斯在《伊利亚特》中的譬喻:宙斯有两只瓶子,一只装祸,一只装福。神王若分派出混合的命运,那人就时好时坏;若只分派悲惨的命运,"那人便遭辱骂,凶恶的穷困迫使他在神圣的大地上流浪,既不被天神重视,也不受凡人尊敬"（卷二十四,526－532）。宙斯给黑铁种族安排的命运,一开始尚是善恶相混,从某种程度而言,这种命运与英雄种族并没有本质的差别。

特洛亚王普里阿摩斯为赎取赫克托尔的尸首,去找阿喀琉斯,用乞援人的姿势抱住对方的双膝,低头亲吻那双杀死自己的众多儿子的手。在场的所有人震惊无比（他们甚至以为他神经错乱!）,包括阿喀琉斯本人。没有什么比普里阿摩斯在那一刻所承受的羞辱更悲惨。他的不幸甚而引发敌人的同情。阿喀琉斯从对方的不幸想到自身的不幸,两人的眼泪流在一起。正是在这个情境下,希腊最出色的英雄讲出了这番《伊利亚特》中最有哲理的话。阿喀琉斯举了两个例子证明人生的悲凉无常,一个是他自己的父亲佩琉斯,一个是普里阿摩斯。两人都是获得神灵恩宠,拥有让世人钦羡的财富、权力和幸福生活,但天神随后降祸,令他们遭遇不幸。

阿喀琉斯顺从宙斯的公正法则,善待前来乞援的普里阿摩斯,满足他的要求,并当作上宾招待。在英雄的眼里,普里阿摩斯承受了世人没有承受过的痛苦,普里阿摩斯（或佩琉斯,或他自己）的命运揭示了不幸人类的真相。不幸使敌我身份在顷刻间变得微不足道。不幸还在顷刻间显明了宙斯一视同仁的公正。但在这里,赫西俄德提供了一种关乎不幸的更彻底的真相:佩耳塞斯前来求助生计,同样是乞援人的身份,赫西俄德却忍心拒绝了弟弟的要求,这么做同样是在顺从宙斯的公正法则。让我们再次重申,《劳作与时日》的主人公不再是公正高贵的英雄,而是普通卑微的农夫。想像忍辱乞援的普里阿摩斯不是普里阿摩斯,想像坐在尘烟中的奥德修斯不是奥德修斯,而是生来鄙俗并饱受羞辱的人,我们将更接近赫西俄德尝试揭露的真相。

命运再怎么悲惨,诸神从来没有离弃过荷马诗中的英雄。但在未来的黑铁时代,诸神不但抛弃人间,还会亲手毁灭人类这个族群——等到哪一天婴儿出世"两鬓皆斑白"（*πολιοκρόταφοι*;181）。在诗人的预言中,黑铁时代的未来婴儿一出世就长白发,这与白银时代形成对比。白银种族有漫长的童年,一辈子没长大,没有成熟的道德教养,没有能力参与城邦事务。反过来,黑铁种族却是过分早熟了,尚未准备充分就干预社会政治,生态畸异暗示了道德畸异,他们固执狂妄,欠缺良性的社会共识却自以为是。从某种程度而言,"白发婴儿"看似一个超现实的譬喻,却充满丰富的现实意味。诗人以七行诗描绘黑铁家庭悖逆伦常的诸种表现,涉及父子、兄弟、朋友的关系:父不慈幼,子不肖父,宾主不相惜,朋友不相亲,兄弟不彼此关爱,不孝敬年迈父母(182 – 188)。随后,诗人的笔锋从家庭转至社会范畴。整个城邦的共同舆论不再尊崇信守誓约的人、义人和好人,反倒追捧使坏的人和无度之徒(190 – 192)。正义不再,无度当道。城邦内部的分歧,迟早还会扩散至城邦与城邦之间彼此倾轧。在诗人的预言中,未来的黑铁时代是一个道德彻底沦丧的世界。

和所有传统宗法社会一样,希腊古人看重父子之亲、长幼之序、宾主之义。荷马诗中的英雄们处处以这些礼教规范为准则,无论自己行事还是评判他人。阿喀琉斯招待前来乞援的普里阿摩斯,就是守宾主之道的好例子。帕里斯诱拐海伦的罪过不在别的,而在冒犯了款待他的主人,墨涅拉奥斯为此发下狠话:"叫后生小子不敢向对他表示友谊的东道主人做出任何的罪恶行为"(《伊利亚特》卷三,353 – 354)。奥德修斯在费埃克斯人中声称愿意奉陪所有人比赛抛铁饼,除了款待他的主人:"他是我的东道主,谁会与朋友争斗?这样的人准是没有头脑的糊涂人,如果他同盛情招待他的主人竞争"(《奥德赛》卷八,208 – 210)。阿喀琉斯哭泣远在故乡的父亲无人养老和保护,同样的,特勒马科斯拒绝把母亲送回娘家,"怎么也不能强行把一个生养抚育我的人赶出家门"(《奥德赛》卷二,130 – 134,331 – 332)。类似的例子数不胜数。

荷马诗中的英雄处处强调公平、荣誉、敬畏、友爱等古典道德价值规范,并且在这些规范遭到侵害时努力予以纠正和重建。《伊利亚特》中数不清的大小纠纷——大到一场死伤无数的战争,小到一件竞技奖品的争夺,全可以看成英雄们重建正义秩序的努力。在这个过程中,谁输谁赢并不重要,因为没有谁总是输也没有谁能永远赢。重点是宙斯的黄金天平要保持平衡,每次生命兴衰、每种言谈举止均如同在天平上添加一个小筹码。作者采用一种无与伦比的公正姿态来叙述这些事件的始末，我们在诗中找不出一个坏人，或者说，诗中没有谁被定义为绝对的坏人，就连可恨的海伦和帕里斯也只是因神意而犯了过错。大多数人在天性上善恶参半。相比之下，《奥德赛》里有一群面貌鲜明的坏人，从他们的身上只能看到恶而没有善，那就是求婚人。从某种程度而言，《奥德赛》描绘出一个走向败坏的城邦。伊塔卡君主缺席的二十年，也是正义缺席的二十年。长老们也许还奉守旧法，但年轻一代缺乏教养，狂妄自大，是非不分，放纵无度。这种境况与黑铁时代的说法颇为接近："坏人挤对比他好的人，讲些歪理假话，还要赌咒发誓"（193－194）。在好些对话纷争中，求婚人确乎又是强词夺理，又是赌咒发誓，颠倒是非，连神灵也看不下去。

然而，又一次，在荷马诗中，奥德修斯终究会还乡，伴有神的支援，终究会打击求婚人，伸张正义。在赫西俄德笔下，人类的困境却没有边涯，没有奥德修斯，没有施行正义的好王者，坏人继续打压好人，连诸神也纷纷抛弃世人。在黑铁社会里，所有人不再守礼仪讲信义，而把追逐力量（包括权力、金钱、房子，乃至爱人）视同唯一的人生目标。贪欲成了世界的主宰。"贪欲神（Ζῆλος）紧随每个可悲的人类，他尖酸喜恶，一副可厌面目"（195－196）。作为斯梯克斯的长子，胜利女神的长兄，Ζῆλος本指对荣誉的欲羡，在好的不和的激励下引发良性竞争（23），在《神谱》中还被称为"出众的神族后代"（神，384－385），"无时无刻不在雷神宙斯的身边"（神，388）。时刻在宙斯身边，那就是说，时刻有正义法则的约束和克制。我们不会忘记柏拉图将英雄比作爱欲的说法：在属神的正义光照下，英雄欲求自己所欠缺的。一旦神们抛弃人间，不受制约的贪欲将支配败坏的黑铁种族。

> 到时她俩从道路通阔的大地去奥林波斯，
> 洁白的外袍掩住曼妙的身姿，
> 加入永生者的行列，抛弃人类：
> 羞耻女神和义愤女神……（197－200）

最后离开人间的两位神是羞耻（Αἰδώς）和义愤（Νέμεσιν）。荷马诗中同样并列提到过这两位神。宙斯使特洛亚人连连得胜,波塞冬跑去鼓舞他喜爱的希腊战士:"好朋友啊,你们这样懈怠会酿成更大的不幸,让心灵充满羞耻和义愤(αἰδῶ καὶ νέμεσιν),激烈的战斗已经开始"(《伊利亚特》卷十三,122)。荷马诗中的羞耻和义愤使战士保持战争状态,和这里的用法很不一样。在赫西俄德的末世神话里,羞耻和义愤犹如最后的道德底线,一旦消失,人的良知和社会秩序将无法维系。换言之,坏的不和将驱逐好的不和,独占风骚。

柏拉图在《普罗塔戈拉》中提到,宙斯派遣赫耳墨斯把"羞耻和正义"带给人类,由此建立城邦的秩序(322c)。"羞耻"既是荷马诗中的战士们所认定的荣誉感、使命感或良知,更应理解为因敬畏某种超凡力量而引发的节制,或自我克制。下文中称,羞耻"对人类有大弊也有大利",有可能"招致厄运",并且"顾念起穷人来没好处"(317–319,324;相似说法见《伊利亚特》卷二十四,44)。"义愤"作为夜神的女儿,又称报应,或惩罚,在《神谱》中被说成"凡人的祸星"(神,223),这里则代表"正义的愤怒",是人类社会良好秩序的守护和象征。我们看到,正如欲羡,这里的两个概念同样带有双重的含义。让我们再回到潘多拉的那只瓶子。如果说有一种灾难比灾难本身更可怕,那就是人类对这些灾难有所期待和想望,在这种情况下,善恶的道德底线全然崩溃。也许,当对灾难的希望从潘多拉的瓶子逃出时,人类的末日也即来临。

在先知预言的语境中,我们还是分辨出一丝影射当下的痕迹。兄弟不像从前彼此关爱(184)。这个说法仿佛再自然不过地镶嵌在未来预言中,却带着不容否认的苦涩意味。赫西俄德怀念从前兄弟相亲相爱的好时光。如今,不但佩耳塞斯挤对哥哥,"讲些歪理假话,还要赌咒发誓"(194),而且赫西俄德也被迫拒绝前来乞援的弟弟。在坏的不和当道的时代,不只兄弟情谊,一切还有可能挽回吗?赫西俄德眼看着日益衰败的城邦,就像特勒马库斯愁眉不展地坐在求婚人的欢宴之中,那个在人们常识中永远远在天边的末日,说不定近在眼前。

第三个故事:鹞子与莺(行 202 – 212)

在对城邦青年接连讲过两个故事之后,赫西俄德突然掉转头,专为王公贵族讲起第三个故事。

在序歌中,这些"王爷们"(βασιλῆας ;38)已经登场。不难想像,赫西俄德讲故事时,他们一直在场,密切关注佩耳塞斯的表情,乃至其他城邦成员的反应。第一个故事讲到某个挑衅王权的人的下场,反叛者最终不能逃脱惩罚,青年人还顺带被教育要辛勤劳作,顺应命运的安排。王公贵族们听得颇为满意。第二个故事却很不同。一直听到英雄种族,王公贵族们还坐得住,有关黑铁种族的种种末世与现世的影射却让他们沉不住气。他们开始在一旁斜眼轻笑,咕哝几句,表明自己与诗人言语中的城邦不义绝无关系。与此同时,他们暗自琢磨,是不是该动用权力,结束这场危险的公开言说,为维护城邦秩序的稳定,赶早让人们各回各家。

正是在这个特定的时刻,赫西俄德出其不意地直接对他们说话。"现在,我给心知肚明的(φρονέουσι καὶ αὐτοῖς)王爷们讲个寓言"(202)。既是心知肚明,自然领会得到彼此的言外之意。赫西俄德对败坏的王公贵族讲寓言,让人想起希伯来传统中先知对王的训诫。先知拿单曾受耶和华的差遣,向大卫王讲过一则富人取走穷人唯一的羊羔的故事,以譬喻的方式指责大卫强娶拔示巴的不义行为(《撒母耳记下》,12:1–2)。此外,以色列王也曾用蒺藜和香柏树的故事劝诫犹大王(《列王记下》,14:9)。

西方寓言传统可以追溯至公元前两千年的闪族文学。赫西俄德的这则鹞子与莺的故事应该算得上现存最早的古希腊寓言。到了公元前六世纪,伊索的动物寓言在希腊兴盛一时,好些与早期巴比伦文学相似,可见东方传统的影响。

赫西俄德用 αἶνος 指称这则寓言故事。有关这个词的早期用法,还可以在荷马诗中找到例子。奥德修斯为试探牧猪奴,讲了一个"动听的αἶνος"(《奥德赛》卷十四,508),从文本语境看,αἶνος更接近通常所说的"故事",而不是"寓言"。这与"寓言"在汉语中的语义变迁多少有关。"寓言"之说,最早见于《庄子》杂篇的一个篇目,篇名即以篇首二字命名"寓言",原意是"有所寄托的言论",但在现代汉语中慢慢转指一种文学体裁。此外,本诗中的第二个故事被称为λόγος(106)。有关这几个近似词在古希腊早期文学中的用法和汉译渊源,周作人先生在《关于伊索寓言》一文中解释得很清楚:"在希腊古代这只称为故事,有'洛果斯'(logos),'缪朵斯'(mythos)以及'埃诺斯'(ainos)几种说法,原意都是'说话'。"①所谓"神话"或"寓言",均系后人的分类说法,原意就是说故事,别无区分,重点在于这些故事有所譬喻。

在这里,我们预先知道了寓言的譬喻指向。赫西俄德讲故事,脱不开兄弟分家产的旧年往事。佩耳塞斯向这些王公贵族行贿,额外多分到许多,让他吃了不公正的亏。不难猜测,第三个故事将从第二个故事结束的地方开始,继续探讨城邦的正义问题。

凶恶的鹞子抓住了柔弱的莺。"莺"(ἀηδόνα),与"歌人"(ἀοιδός)谐音。鹞子对莺训话时,还揶揄道:"枉你是唱歌儿的(ἀοιδὸν;208)"。荷马诗中也专门提及莺的歌唱(《奥德赛》卷十九,521)。莺即歌人。赫西俄德本人也是歌人。作为鹞子的猎物,莺确乎像极了赫西俄德的自况。鹞子用利爪擒住莺,又用如钩的鹰爪刺戳那可怜的囚徒(205)。鹞子无疑也像极了多行不义的贵族王公。在寓言中,鹞子确乎是坏人的典型,常指邪恶的强行者、凶暴的破坏者。

接下来的故事情节又一次出人意料。鹞子抓住了莺。但这一回,没有英雄来营救弱者,也没有神灵来教训坏蛋。故事仿佛讲了一半就匆匆收尾。伊索寓言中倒是有两则讲鹞子与莺的故事。在第一则中,莺央求鹞子,说自己太小,不足以对方果腹,鹞子回答:"我干吗要愚蠢得放弃手中拥有的而去希求看不见的?"在第二则中,鹞子拿莺刚孵出

---

① 周作人《关于伊索寓言》,收入钟叔河选编《周作人人文类编·希腊之余光》,湖南文艺出版社,1998年,第243页。此文最早作为"附录"发表于1955年周作人先生译的第一版《伊索寓言》,人民文学出版社出版,署名周启明。

的幼仔要挟对方唱歌,随后又声称它唱得不好,端走整个鸟巢,这时有个捕鸟人出现,用一根杆子捕走鹞子。赫西俄德没有把鹞子的这个下场写进诗中,是因为他确实不知道,还是另有原因呢?没讲出来的那半个故事,也许要留到后头的诗文中细细查找。这里暂且不表。

传统的寓言以智者的道德教诲收尾。这一回,鹞子扮演智者,对"笨东西"莺说教:"笨东西,你嚷个啥?比你强的抓了你,枉你是唱歌儿的,我让你去哪儿就去哪。只要乐意,老子吃你放你,怎样都成。谁敢和比自己强的对着干,准是呆鸟;打输作践算啥,还要羞辱你到死哩"(207–211)。

在莺面前,鹞子的一席话充满权威性,几近真理。与莺相比,鹞子也确乎显得无比自信和强大。"只要乐意"(αἴ κ' ἐϑέλω;209)的说法在《神谱》中多次出现,全为强调诸神的大能,比如缪斯能把谎言说得如真的一样,但只要乐意也能述说真实(神,27–28),再比如赫卡忒女神只要乐意就能给人类带来好多好处(神,429,430,432,439)。在本诗中,有一处用法与这里更接近:神王宙斯只要乐意就能洞察一个城邦是否正义(268)。鹞子的绝对权力似乎与神们没有两样,到了随心所欲的境地。

在传统的寓言中,好人当道,智者说教。鹞子在这儿又是当道又是说教,不免给人一种印象,仿佛王公贵族既是好人又是智者。在场的王爷们听了想必受用,原本要让赫西俄德住嘴,这会儿也算了。

在希罗多德笔下,居鲁士向战败求和的伊奥尼亚人讲过一个故事。渔夫对网中的鱼说:"我向你们吹笛子的时候你们不出来跳,现在你们也最好不要再跳了"(1.141)。战败的伊奥尼亚人如网中之鱼般惊慌无助,徒然地跳来跳去,居鲁士则有渔夫的决断和冷酷。联系赫西俄德的寓言,被囚禁的莺惊慌无助,鹞子则显得决断冷酷。但若再推进一步,我们的阐释逻辑就会发生障碍,因为,在现实中,就算王公贵族真的决断冷酷,受迫害的诗人赫西俄德却未必惊慌无助。我们该如何理解这里头悖谬隐晦的叙事逻辑呢?

诗中的鹞子有另一称呼,"长翅的鸟"(τανυσίπτερος ὄρνις;212)。同一说法在《神谱》中指宙斯派去惩罚普罗米修斯的鹰。鹰啄食普罗米修斯的不朽肝脏,肝脏夜里又长回来,和白天啄去的部分一样(神,523)。宙斯后来又派赫拉克勒斯去杀死这鹰,好让英雄享有更好的荣誉(神,526 – 531)。《神谱》中的鹰因而具有双重的象征意味,作为宙斯派去惩罚普罗米修斯的使者,鹰象征正义的伸张,作为英雄的无数征服对象之一,鹰与其他怪兽一样象征无度和混乱,也就是在宙斯当权以前有待整理和完善的世界秩序。同一只鹰,却带有截然不同的寓意,这种含糊性是否也同样发生在鹞子身上呢?

赫西俄德写鹞子飞到"高高的云际"(ὕψι μάλ᾽ ἐν νεφέεσσι ;204),《奥德赛》中有类似用法,却指宙斯和雅典娜,这两位神灵帮助奥德修斯父子报复求婚人、伸张正义(卷十六,264)。此外,鹞子还声称自己比对方强(ἀρείων ;207),即"更好的",这一般用来修饰英雄,很少说坏人。读到这里,我们心中难免疑惑。莫非还有第二种寓意的解释可能? 莫非这里的鹞子不指王公贵族,而有别的影射?

假设拥有绝对权力的鹞子不像表面看上去的那样指王公贵族,而是象征神圣的义愤,对不义者的惩罚,那么,整个故事的逻辑将顺畅明晰。败坏的王爷们不是强大的鹞子,而是在宙斯的公正面前显得无比虚弱的莺,一时得意扬扬,最终却不可能逃脱惩罚。换言之,借助强大的鹞子的言说,赫西俄德看似在宣扬贵族王公的绝对权威,其实却是在暗示,还有一种意志超越大地上自以为是的人类:"打输作践算啥,还要羞辱你到死哩"(211)。

聪明的王爷们听懂了吗? 不得而知。他们坐在一旁,不再言语。是真的心知肚明呢? 还是依然在琢磨? 无论如何,赫西俄德滴水不漏地讲出了他的三个故事,并在讲到最后一个故事的结尾处住,吊足在场人们的胃口,眼看着让他闭嘴的堂皇借口一时半会是找不出了,欲知后续如何,只好听他往下分解。

箴训:正义与辛劳的辩证术

狄刻的真实身份(行 213 – 285)

"佩耳塞斯啊,听从正义(*δίκης*),莫滋生无度(*ὕβριν*)。"(213)。

赫西俄德给王公贵族的第三个故事似乎没讲完,突然转头对佩耳塞斯讲道理,并且一上来就亮出正义与无度这对并列出现于黑铁种族神话的对子(190 – 191),让我们一下子退出听故事的语境,回到当下的现实。接下来长达七十几行的诗文,中心思想明白无疑,全系关乎正义的规训。没有定论的是规训的对象。我们需要探讨如下问题:赫西俄德这些话究竟讲给谁听?

在荷马诗中,听从正义还是无度,决定了一个人类族群的文明程度。奥德修斯每到一处陌生的国度,无论费埃克斯人的城邦,还是圆眼巨人的岛屿,乃至他没认出的故乡伊塔卡,总会先问这个问题:"这里的居民是无度蛮横,不明正义,还是热情好客,心中虔诚敬神明?"(《奥德赛》卷六,120 – 121;卷九,175 – 176;卷十三,201 – 202)无度作为正义的反面,指超出自身限度,乃至侵犯他人领域。比起今人鼓吹的"挑战自身极限",希腊古人似乎更崇尚遵从属人的有限性。

奉行无度,不论对像佩耳塞斯这样的"小人物"(*δειλῷ βροτῷ* ;214),还是对"显贵"(*ἐσθλὸς* ;214)王爷们,都不会有好处。荷马诗中反复表达了希腊古人的这样一种人生观:但凡人类,必无法逃脱神注定下的命运,无论好人还是坏人(《奥德赛》卷六,189),无论懦夫还是勇士(《伊利亚特》卷六,489)。这里也一样,无论佩耳塞斯还是贵族王公,都要在某个时刻站在人生的十字路口,面临两条路的选择。其中一条路通往"惑乱"(ἄτησιν ;216),我们不再惊讶地发现,蛊惑神,也就是"阿特"(Ἄτη),在《神谱》中同样来自夜神世家(神,230)。人在惑乱中丧失节制和适度,鲁莽行事,必定导致不幸。"另一方向的路"(ὁδὸς δ' ἑτέρηφι παρελθεῖν ;216)通往正义,虽更艰难,却好一些。因为,正义战胜无度是"迟早的事"(ἐς τέλος ἐξελθοῦσα ;218)。我们还记得,在序歌中,诗人呼唤宙斯前来倾听城邦中的这场诗歌吟唱。诗人邀请神义的在场,定下了整首诗篇的基调。坏人难免得志,但最终下场不会好。在悲剧《伊翁》的结尾,欧里庇得斯鼓励不幸的人敬神,因为"好人终将遇着正当的事,而坏人生来如此,绝不会有好运"(1621)。

这些再简单不过的道理,"傻瓜吃了苦头才明白"(παθὼν δέ τε νήπιος ἔγνω ;218)。傻瓜指谁? 这不再是秘密。赫西俄德在前头已经称呼过两种人为"这些傻瓜"(νήπιοι ;40)。傻乎乎的佩耳塞斯自然有份。另一类傻瓜则是那些做出歪曲审判、错待正义女神的显贵王爷们。接下来的六行诗谈及某个正在进行不义审判的城邦,也许就是那个离阿斯克拉最近的城邦忒斯庇亚,也许人们聚集在城邦会场处理的案件就是赫西俄德和佩耳塞斯分家产的纠纷。佩耳塞斯当着众人"讲些歪理假话,还赌咒发誓"(194),而王爷们当着众人成全了他的伪誓,"贪心受贿,把歪曲审判当成裁决"(221)。在那个不光彩的时刻,忒斯庇亚人至少冒犯了两个神:正义和誓言。

人们对正义女神(Δίκης)不致太陌生。宙斯和忒弥斯的女儿,三个时序女神,象征正义的狄刻之外,还有两位是象征秩序的欧诺弥厄(Εὐνομίην)和象征和平的厄瑞涅(Εἰρήνην)(神,902 – 903)。时序女神本是季节的人身化形象,象征生命与成长的季节,因而也是人类劳作的庇护神,但在赫西俄德笔下还成了诸种社会政治气候的化身,维护社会的稳定和政制的公正,毕竟,她们的母亲是忒弥斯(Θέμιν),也就是法则和秩序女神。在宙斯的众多子女中,时序女神并不算突出。说起宙斯的女儿,人们自然会想到雅典娜,而很少想到时序女神。前文说过,时序女神还作为候补参与了潘多拉的诞生过程,并帮忙打扮最初的女人(75)。

在败坏的忒斯庇亚城邦里,狄刻的处境很坏。不要说祭礼,连起码的尊敬也没有。在城邦会场上,人们做出歪曲的审判,狄刻被当众践踏、强拖(220),就像赫克托尔被杀以后,阿喀琉斯炫耀战绩,将他的脑袋拖曳在战车后面,百般羞辱(《伊利亚特》卷二十二,401)。随后,人们干脆"搴走她,不公正地错待她"(224)。狄刻犹如一个无助的受害者,在遭到侵犯后悲愤地哭泣(κλαίουσα;222)。狄刻的悲泣让人想到莺的苦啼(206)。身为女神,却沦落到这种境况,真是凄惨不过,意气风发的贵族老爷们更加不会把她放在眼里。

那么,狄刻真的只是宙斯的一个不被待见的女儿吗?不是的。赫西俄德很快纠正了贵族王公们的短见。下文不远处用了六行诗曝光了狄刻的真实身份。看来,她不但没在父亲宙斯面前失宠,反而得到奥林波斯神族的广泛尊敬,只有人间的傻瓜不明就里,无知无畏,胆敢冒犯在神王面前如此吃得开的女神。

> 还有个少女叫狄刻,宙斯的女儿,
> 深受奥林波斯神们的尊崇和敬重。
> 每当有人言辞不正,轻慢了她,
> 她立即坐到父亲宙斯、克洛诺斯之子身旁,
> 数说人类的不正心术,直至全邦人
> 因王公冒失而遭报应……(256–261)

"王爷们哪,你们也要自己琢磨这般正义!"(248–249)赫西俄德开诚布公,指出贵族王公根本没有认清狄刻的真正身份,迟早要为此吃苦头。在他们愚昧的眼里,狄刻只是一个没有什么能力的女子,轻易就能被打败,乃至被驱逐出城邦。但事实并非如此。狄刻不仅有宙斯这个绝对权威的靠山,可以自由出入天庭王朝,就是行走在人间时,也并非孤身一人,而有好些同伴和帮手。

原来,在丰饶的大地上,宙斯派出了三万个永生者,在人类身旁监督狄刻是否得到尊敬,观察诸种审判和凶行。这些永生者身披云雾,在人间四处漫游,庇护有死的人类(249–255)。有关大地上的这三万个永生者的描述,与黄金种族死后变成的精灵如出一辙(有两行诗同时

出现在两处叙事中:行 254 – 255,同行 124 – 125)。在荷马诗中,神们
"化身为外乡来客,装扮成各种模样,巡游许多城市,探察哪些人狂妄
哪些人遵守法度"(《奥德赛》卷十七,485 – 487),与这里的说法颇为相
似。此外,我们还想到从潘多拉瓶中逃出的各种灾难,它们同样也在人
间四处漫游(100),并让人想到陆续在诗中登场的那群夜神的邪恶子
女。宙斯也许为了应对这夜以继日折磨人类的不幸,才采取措施。
"派出三万个永生者"更像是一种形象说法,在实际操作中,宙斯很可
能是模糊了一些神的概念意义,给出双重的解释可能,比如诗中陆续出
场的不和、欲羡(23,195 – 196)、希望(96,498,500)、义愤(197 – 200)、
羞耻(200)等神。在这里,出场人物是誓言神。

　　作为盟誓的神化形象,"誓言神"("Ορκον)同样是夜神世家的成员,
不和女神的孩子。希腊古人看重盟誓。信守盟誓的人和好人、义人并
称(190 – 191)。无论神还是人,破坏誓约或设假誓的下场都很悲惨。
设伪誓的神要受到严苛的惩罚,先是昏迷一年,不食琼浆玉液,再和永
生神们断绝往来九年,不得出席聚会(神,793 – 804)。破坏誓约的人
要遭到自己所发毒誓的诅咒,"他们和后代的脑浆将如酒流在地上,妻
子受奴役"(《伊利亚特》卷三,300 – 301)。希罗多德在《历史》中讲起
德尔斐的某次神谕,里头提到誓言神"有一个儿子,没有名字,专向伪
誓进行报复,既没有手,也没有脚,却能迅速地追踪"(卷六,86γ)。誓
言神负责收集人们立下的誓言,并惩罚那些违背誓言或发假誓的人,为
此誓言神又常与复仇女神厄里倪厄斯一同出现。本诗中提到不和女神
在第五日生下誓言神,当时就有复仇女神在旁照护,第五日因而对人类
来说是最凶险可怕的日子(803 – 804)。誓言神是假誓者的灾祸
(804),"能给大地上的人类带来最大灾祸,若有谁存心设假誓"(神,
231 – 232)。虽说是人类的灾祸,但惩罚不敬正义的人,终究有积极的
一面。誓言同样带有双重的含义。

　　为了让王爷们更好地看清楚不敬狄刻的后果,赫西俄德对比了两
种城邦。在敬畏狄刻的城邦里,人们生活和平繁荣,远离战争、饥荒和
惑乱,大地丰产,畜群充足,妇人生养酷似父亲的孩子,不用驾船远航
(227 – 236),换言之,狄刻的两个姐妹秩序和和平一同受到敬拜,时序

三女神庇护着正义城邦。在不敬狄刻的城邦里，人们遭遇饥荒和瘟疫，纷纷死去，妇人不生育，家业衰败，随时面临战争和灭城之灾（237－247）。正义城邦让人想到黄金时代或极乐岛，不义城邦则与黑铁种族十分相近——自然，当下的忒斯庇阿正是不义城邦的好例子。

正义城邦与不义城邦的比照并非赫西俄德的首创。荷马诗中借阿喀琉斯的盾牌描绘过两种城邦的生活场景（《伊利亚特》卷十八，490起）。此外，我们还可以在希伯来圣经中找到痕迹，比如《利未记》中对比"遵行诫命者的福祉"（26∶3－13）和"违背诫命者的刑罚"（26∶14－46），《申命记》中对比"遵行诫命蒙福"（7∶12－24；28∶1－14）和"悖逆的后果"（28∶15－68），等等。但赫西俄德在这里的做法略有不同，在描述两种城邦之前，他首先分别提到了两种人：

> 有些人对待外邦人如同本邦人，
> 给出公正审判，毫不偏离正途……（225－226）

> 有些人却执迷邪恶的无度和凶行，
> 克洛诺斯之子远见的宙斯必要强派正义。（238－239）

诗中的"有些人"显然不是一般人，而专指王者。有关好王者和坏王者的说法，重点在于强调王者与城邦的关系。王者是否敬畏狄刻，直接影响城邦的命运。《奥德赛》中细数了好王者给城邦带来的诸种幸福（卷十九，109－114）。"一个坏人祸及整个城邦"（ξύμπασα πόλις κακοῦ ἀνδρὸς ἀπηύρα；240），这里的坏人同样不是别人，就是败坏的王者。王者行事不义，殃及所有人遭到神的惩罚，这在古希腊诗歌中屡见不鲜。俄狄浦斯弑父娶母，致使忒拜城中遭遇瘟疫，田间麦穗枯萎，牧场的牛瘟死，妇人也流产（索福克勒斯《俄狄浦斯王》，26）。阿伽门农拒绝释放阿波罗祭司的女儿，致使阿波罗神惩罚希腊全军面临瘟疫和死亡（《伊利亚特》卷一，10起）。

在这段箴训里，赫西俄德两次直接呼唤贵族王公（248，263），提醒对方重新认识狄刻，遵从正义法则，履行自己在城邦的职责，也就是

"端正言辞,摒绝歪曲的审判"(263 - 264)。我们在开篇已经提及王者的言说权限,诗歌在这时提及宙斯,自然合理。"宙斯眼观万物,洞悉一切,只要乐意,也会来看照,不会忽视一座城邦里头持守着哪般正义"(267 - 269)。诗人早已说过,王者是宙斯亲自养育的孩子(神,82)。王者与狄刻的关系,最终牵涉到王者与宙斯的关系。这样,在贵族王公们的眼里,狄刻摇身一变,不再是那个可怜兮兮的悲泣的女子,而成了宙斯身边的强大的女神。和狄刻一起发生变化的,还有先前那只同样悲啼的莺,也就是歌人。在宙斯的正义重新伸张的时刻,歌人的声音与正义的声音合而为一,把那则讲了一半的寓言讲完。这样看来,鹞子抓住莺并百般凌辱并非故事的结局,"全邦人因王公(鹞子的第一种譬喻)而遭报应"(260 - 261)才是故事的结局;鹞子不是智者,狄刻才是,她上升到天庭宙斯身旁揭穿坏王者,让人想到飞在高空中的鹞子(第二种譬喻);鹞子对莺的那番教训不是寓言的道德教诲,整个正义箴训才是寓言的道德教诲(狄刻的声音在此化为诗人的声音)。

只有在这个前提下,我们才能理解赫西俄德在这时表达的谜般的愿望。

> 如今,我与人交往不想做正直人,
> 我儿子也一样。做正直人没好处,
> 既然越是不公正反拥有越多权利:
> 但我想大智的宙斯不会这么让应验。(270 - 271)

竭力为狄刻平反身份的诗人,怎会自称不想再敬爱狄刻? 前三句听上去像是反语。直至第四句表达出第二个愿望,我们才勉强猜出赫西俄德的言下之意。狄刻住在城邦里头,而不住在某个人家里。换言之,正义不是一个人的事,而是城邦群体的事,需要王者与城邦全体成员同心协力。在黑铁时代里,从王者到佩耳塞斯之流,个个不敬狄刻,反倒是敬狄刻的人吃亏。柏拉图在《理想国》开篇重拾这个话题,智术师色拉叙马库斯气呼呼地挑衅苏格拉底,声称"正义是强者的利益"(338c),做正直的人没有好处,苏格拉底于是就"正义好还是不正义好"展开对话,最终令他承认,"非正义从来不比正义给人更大的利益"
(354a)。但愿宙斯的公正能重新降临城邦,改变现状。

在城邦面前,赫西俄德激昂陈词,一会儿对佩耳塞斯说话(213,
274),一会儿又对贵族王公说话(248,263)。我们回到开头提出的问
题:这些话究竟讲给谁听?鹞子与莺的故事据说是讲给王爷们听的,正
义的规训作为故事的延伸部分,在大多时候也同样针对王爷们。但我
们不应忽略,在赫西俄德严词大战贵族王公的过程中,青年人始终站在
一旁,带着好奇的表情,努力看懂眼前的这场戏。王爷们被"修理",这
让青年佩耳塞斯意识到,他所崇拜的荷马英雄与眼前的贵族老爷相去
太远。佩耳塞斯还得树立新的崇拜偶像。因为,青年的心中总要有一
个英雄,好让他带着青春的热忱,认真仿效这个新榜样。

赫西俄德看着若有所思的佩耳塞斯,明白这一番苦心开始奏效。
他没有就此放松,而是趁机总结刚才说过的话,好让开始有所领悟的青
年能够将教诲牢记在心(274 - 285)。他进一步将正义定义为人类的
根本天性:鱼、兽和飞翔的鸟类彼此吞食,但人类的法则不同(277 -
278)。狄刻常驻人心,常驻城邦(两者缺一不可),人类才不至于像野
兽一般彼此吞食($ἐσθέμεν ἀλλήλους$),这个说法又一次呼应鹞子与莺的寓
言。一个人在城邦中言辞正义,信守誓言,才会家族繁荣,子孙多福。
在如此循循善诱下,青年佩耳塞斯不觉站在历史的风口,第一次认真思
考自己的身份以及对城邦和家族的义务。是时候了断年少轻狂,清醒
审慎地迈向属于他自己的人生之路。

两条路,三种人(行 286 - 382)

正义的路最好,但也最难(216)。在上面七十多行的诗文里,赫西
俄德反复强调这个人们发自内心不愿接受的悖论,希望佩耳塞斯能听
进心里。这很重要。因为,选择更轻松也更美好的生活,这是拥有黄金
年代记忆的人类的本能倾向。然而,黑铁年代的真相却是轻松与善好
不能并行。做坏人容易,做好人艰难。沉默的佩耳塞斯似乎听懂了。

这是好的开始。

　　但还不够。"我还有善言相劝，傻乎乎的佩耳塞斯啊！"（286）赫西俄德又一次提起两条路的譬喻。一条路平坦邻近，能轻松走到；另一条路却艰难险陡，要汗水不断。在前面，前一条路通往无度，后一条路通往正义。在这里，前一条路通往困败，后一条路通往繁荣（287－290）。两种譬喻重合在一起。佩耳塞斯始终站在同样那个十字路口，还没有迈出第一步。希腊古人热爱十字路口的譬喻。色诺芬后来在《回忆苏格拉底》中讲到，年轻的赫拉克勒斯在孤独之中思考未来的生活道路，遇到两个女人，一个叫"美德"，一个叫"恶习"，她们分别劝说赫拉克勒斯追随自己，最终这个希腊的孩子摆脱恶习的诱人承诺，选择美德的艰难道路（2.1.21起）。这个正确的选择其实是出人意料的选择。因为，喜欢走轻松近路是人的天性，正确的路往往艰难。为了让佩耳塞斯做出正确的选择，赫西俄德循循善诱，以过来人的身份告诉他，万事开头难，过了开头的关，往后的路也就没那么辛苦了（291－292）。

　　在引导青年佩耳塞斯迈出成熟人生的第一步时，赫西俄德有必要讲出最重要的那段话：

> 至善的人亲自思考一切，
> 看清随后和最后什么较好。
> 善人也能听取他人的良言。
> 既不思考又不把他人忠告
> 记在心上，就是无益的人。（293－297）

　　这六行诗文堪称全诗的教诲核心。我们几乎要怀疑，诗人宣称"有善言相劝"（286）不是指两条路的譬喻，而是指这里三种人的区分。赫西俄德区分了最好的、好的和不好的三种人。少数人有能力亲自思考一切（πάντα νοήσῃ），也就是有全局思考的智慧，能够站在城邦整体的角度思考，预先看清楚什么样的言说在随后和最后（ἔπειτα καὶ ἐς τέλος）对个人和城邦有益，这样的人"至善"，也就是"在所有人中最好"（πανάριστος）。这样的人显然不会是城邦中的普通一员，而更像是那些有能力决定城邦兴衰的贵族王公们本应扮演的角色,但很可惜,诗人已在全邦人面前说过,现实中的贵族王公们只是一些"傻瓜","吃了苦头才明白"(218),无力承担做少数人的重任。除此以外的多数人不具有这种能力,也不需要亲自思考城邦的命运,不必做"专家"。在这些人中又有区分。一种能够听取他人忠告,这样的人是"善人"(ἐσϑλὸς),或明智的人。另一种不分是非好坏,没有"认清什么较好"就擅自言行,这样的人就是"无益的人"(ἀχρήιος),无用之外,乃至有害。愚妄的人不明智,恰恰在于他们自以为聪明,有能力影响他人,没有什么比这个更危险。

少数人与多数人的区分据说是古典政治哲学的重要议题。在公元前八世纪的诗人笔下,我们俨然经历了最早版本的教诲。无疑,赫西俄德自视为至善的少数人。这不仅因为他在诗中是那个给出"良言"的人,还因为他确乎如先知一般地对黑铁现世做出了预言。在诗人的强调下,傻乎乎的佩耳塞斯不可能是第一种人。当他挤在城邦会场中看热闹出风头大放厥词时,他几乎和第三种人看齐。但所幸他还有哥哥的规训。尚无智慧的青年需要良言忠告。他应努力做第二种人,而避免沦落为有害自己进而有害他人的第三种人。贵族王公本该是第一种人,但事实证明他们没有这个能力,那么他们至少应该做第二种人,而避免成为有害城邦,以致有害自己的第三种人。在场的全邦人同样面临类似的选择。

在这里,我们至少有两个意外的发现。首先,第三种人不算多数人,只有第二种人才是多数人。换言之,只有智慧的人(第一种人)和明智的人(第二种人)构成古典政治哲学语境中的少数人与多数人的张力。其次,在赫西俄德的教诲中,尽管有三种人,但所有人面临的依然是两种选择,依然是同样那个十字路口。真正的选择之所以两难,很多时候又有另一个说法,即"困境"就在于没有第三个可能。

从这两个意外的发现,我们还可以得出一个更意外的结论,那就是古典政治哲学的关键战场很可能不在于少数人与多数人的对峙,而在于争取尽可能多的多数人从而减少无益有害的人。

对于初获启蒙的青年佩耳塞斯而言,困惑不在于究竟要做少数人还是多数人,而在于有没有资格首先成为多数人。这个发现至关重要。因为,在许多时候,那些"喜欢思索的文艺青年"、那些"渴望变得聪明的读者"①—不小心没有搞清楚自己的困惑所在,不但做不成自己渴望成为的少数人(其实真正的少数人哪会渴望成为少数人,看看赫西俄德那副尴尬模样!),很可能连成为多数人的资格也会丧失。

在整首诗中,佩耳塞斯始终沉默不言,但随着诗人的规训,我们依稀看见他身上发生的变化。我们不妨说,青年佩耳塞斯被启蒙了。但启蒙从来不是胜利的结局,而只是一个充满风险的开端。诗人依然任重道远。在青年迈出第一步的那条路上,充满无数陷阱和暗沟。

正因为这样,诗人要求青年佩耳塞斯时刻记住一个"告诫"(ἐφετμῆς)。这个用法在荷马诗中一律指神的告诫,除了一处例外,忒提斯没有忘记儿子阿喀琉斯的求告(《伊利亚特》卷一,495)。但荷马诗中不乏将神的词汇用在阿喀琉斯身上,阿喀琉斯的求告也确乎影响了神王宙斯的意愿的实现,比其他神还要灵。赫西俄德把自己将要给出的建议称作ἐφετμῆς,犹如赋予自己某种特殊的能力,能够给出属神的告诫。换言之,这个建议具有绝对的有效性,不会轻易受时代和场合的影响。这个建议说来简单,就是劳作。

"佩耳塞斯,神的孩子,劳作吧!"(299)赫西俄德为什么称佩耳塞斯为"神的孩子"(δῖον γένος)呢?自古代起,有些注家把δῖον读成某个人的名字Δῖος,由此声称赫西俄德的父亲名叫 Dios。现在看来,这个说法基本不靠谱。也有注家主张,这个说法暗示赫西俄德的家族本是望族,后来败落,才迁居阿斯克拉,做了农夫。但我们不妨对观荷马诗中的意境。佩耳塞斯以贵族自居,不屑劳作。殊不知,英雄们注定是一生辛劳的人,女海神忒提斯伤心地说起儿子阿喀琉斯,"尽管现在还活着,却总是在受苦"(《伊利亚特》卷十八,61–62)。虽然我们已经说过,荷马诗中的ἔργον不指"劳作"而指"战争",但在赫西俄德的这一段劳作规训里,劳作为懒惰的反面,从某种程度上指生命付出的辛劳,无论农夫

---

① 施特劳斯,《迫害与写作艺术》,刘锋译,华夏出版社,2020 年,页 18–19。

还是战士,大抵一致,都脱不开神王宙斯的感慨:"在大地上呼吸和爬行的所有动物,没有哪一种活得比人类更艰难"(卷十七,446－447)。

选择正确的生活道路,意味着活得艰难。活着就是辛苦。明白辛苦就是人生的真相,也就不肯再对各种虚妄妥协。在诗人的劝导下,佩耳塞斯要像神的孩子(也就是英雄人类)那样品尝人生的辛劳。"不论时运何如,劳作比较好"(314)。诗中接下来用三十来行诗文展开劳作的训诫。我们可以从中依稀辨认出前面所讲的神话故事的影子。劳作不仅是必要的,更有积极的意义:劳作带来财富,也带来神恩。懒汉则被比作不劳而获的雄蜂,这个譬喻同样出现在《神谱》中,不过是指女人(神,594－598)。

从劳作神话(普罗米修斯和潘多拉:42－105)到正义神话(人类种族神话:106－201;鹞子与莺:202－212),再从正义规训(213－285)到劳作规训(286－326),诗歌又一次展现出严密的环形叙事结构。

在解决了辛劳这个根本的思想问题之后,赫西俄德作为有能力思考一切的少数人,还要给佩耳塞斯和在场的全邦多数人一系列良言忠告。我们不妨称为"礼法初训"(320－382),因为,在诗歌的收尾处还有"礼法再训"(706－764)。这一部分占六十行诗,围绕如何在城邦中符合正义法则地获得财富和保管财富,也就是如何才能过一种正直又富足的生活。

财富不能强求(320)。不义生财的人反会遭神们贬谪,家业必将减损,财富很快散尽(325－355)。

违反待客之道、悖逆家族伦常,这样的人也要遭报应。宙斯会亲自惩罚这些人。这里采取了和黑铁时代一样的描述次序(183－186),先说宾客,再说兄弟(包括与兄嫂偷情和虐待孤儿两种罪行),最后提到年老的父母(327－334)。

按时拜神(336－341),才会受庇护,不但家产不外流,还能换回更多别人的家产(340－341)。希腊古人的日常拜神礼仪在此得到最初的呈现。祭献肉类供品往往发生在重大的敬拜场合,早晚向神灵奠酒焚香则是日常仪式。拜神丰俭由人,只求"尽你所能"($\varkappa\grave{\alpha}\delta\ \delta\acute{\nu}\nu\alpha\mu\iota\nu$)。据色诺芬记载,苏格拉底援引过这行诗并大加赞赏,穷人的敬拜和富人的敬拜一样让神们欢喜(《回忆苏格拉底》,1.3.3)。

邻居和朋友之间礼尚往来,相互帮衬,彼此施善,才能有求必应,积少成多(342－369)。

关乎财产,既不可轻信兄弟,更要顾忌身边的女人,不论是自己的妻子,还是邻居的妻子、家中的女奴。赫西俄德强调女人"花言巧语"(347),让人自然想到潘多拉,那最初的女人。"亲兄弟谈笑立约,但要有证人"(371),又是一个影射现实的说法。佩耳塞斯先在分家产时行贿,随后可能将分到的土地家产和赫西俄德换成现成的钱财,兄弟两人达成协议的时候没有证人在场,给了佩耳塞斯事后反悔、滋生纠纷的机会。最后,生养子嗣同样要考虑家产有人照管。独生子不会有分家产的麻烦,但多子也多福(370－380)。

总的说来,这一段礼法初训浅白明确,容易执行,并且每一条都与家产财富息息相关。在青年佩耳塞斯的眼里,幸福的生活就是富足有余的生活。我们说过,大多数人不需要费神思考城邦的命运,只要能够听取智者的忠告,过正直良善、自食其力的生活,就是明智的第二种人。赫西俄德用简单而直接的言说鼓励佩耳塞斯,一个人只要遵守正义礼法,加上辛勤劳作,就有机会获得众人想望的幸福生活。

时序:农夫与先知的身份交错

阿斯克拉的一年时光(行 383 – 694)

1. 农时篇(行 383 – 617)

诗人之外,赫西俄德还有另一个身份,那就是农夫。我们从诗中知道,他是拥有"家产"(οἶκός)的农夫。在《家政》中,色诺芬如此定义 οἶκός 这个词:"什么叫 οἶκός? 就是家宅吗? 或者除家宅以外,一个人的所有东西都算是 οἶκός 的一部分? 在我看来,即便不在同一城邦中,但凡一个人的所有物,都是他的 οἶκός 的一部分"(1,5)。换言之, οἶκός 通常包括一块或大或小的土地,以及在这片土地上生活的人、饲养的家畜、建造的房舍、自产自足的粮食,等等。一份家产可能分散变小,比如赫西俄德与佩耳塞斯将父亲留下的家产一分为二。佩耳塞斯挥霍家产,很快沦落到一无所有,与之相比,赫西俄德算得上小地主,本诗开篇提到"富人在加紧耕耘和栽种,整治家产"(22 – 23),可能是自况。

那么,赫西俄德的 οἶκός 究竟有多大? 住多少人? 做什么活? 用哪些农具? 诗中虽无明确说明,但从字里行间,我们还是能找出不少细节,尝试回答这些问题。

我们知道,赫西俄德种植谷物和葡萄,用牛(437)和骡子(46,607)耕地,酿造葡萄酒,饲养家畜,有时也把牛羊放养在树林山间等公共场所(591;神,23)。他家中还有奴仆,也雇用短工,每年七八月间可能出海做点小生意。荷马诗中提及一个人的家境,同样会讲到土地、种植和家畜这三大方面,比如某个在外乡定居的奥纽斯,"家境殷富,拥有大片丰产的土地,许多茂盛的果园和诸多种类的畜群"(《伊利亚特》卷十四,122 – 123)。不过,在种植方面,赫西俄德提到麦子和葡萄,却没有像荷马诗中那样提到各种水果和蔬菜,比如费埃克斯人的果园(《奥德赛》卷七,144 – 128)或奥德修斯父亲的果园(卷二十四,244 – 247)。

我们还知道,赫西俄德有妻子(695 – 705),有至少一个儿子(271,376 – 377),这样一家至少三口人。他还有一个"未婚的女奴",负责"赶牛耕地,在家里收拾好一应农具"(406 – 407),另外有一个"没孩子的女仆",夏季收后负责看家帮活(603 – 604),很可能,这两处讲的是同一个女仆。他有一个"四十岁的精壮男子"负责赶牛耕地,另一个人专事播种(441 – 446);要么他本人扶犁赶牛,后面有个"拿锄头的奴仆",负责"铲土盖好种子,免得鸟儿啄走"(469 – 471)。这样加起来有二到四个人。他会雇短工($θής$;602)。短工与奴仆($δμῶες$)不同,奴仆如长工,长住在主人家,是$οἶκός$之内的成员;短工则在$οἶκός$之外,短期受雇帮手看家(600 – 603)。荷马诗中也提到短工:"为他人耕种田地,被雇受役使,无祖传地产,家财微薄度日难"(《奥德赛》卷十一,489 – 491)。他还会雇一个熟人来帮工,但这人基本不住在家里(370)。他还会有一些奴仆,耕种季节要下田干活(460),夏末要盖茅舍(502 – 503),收割季节要起早摸黑(573),帮手脱粒(597),收成以后还得翻休耕地(607 – 608),干这些活的奴仆不止一个,也就是至少有两个。当然,他也许还有女儿,不止一个儿子,也不止两个奴仆。总的算起来,赫西俄德一家包含主人和奴仆至少有七至九人。阿斯克拉村中还有一些邻居,他们的家与赫西俄德的家规模相似,彼此独立,相互帮衬。这个阿斯克拉群体与左近的忒斯庇亚城邦关系如何?不得而知。

再来看这一家的农具。秋天是伐木造农具的季节。诗中详细讲解了制造臼杵、大车和犁所需的木料(423 – 436),其中又以造犁讲得最详细。据说黑暗时代的希腊古人以种植橄榄为主,在赫西俄德的年代,犁作为一种新型农具,想必是人们津津乐道的话题。大车也很重要,播种和收成季节都缺不得(426,453,692)。赫西俄德和奴仆们用斧头伐木(420),锄头培土盖住种子(470),用木槌捣碎土块(425),用镰刀收割谷物,收成葡萄(573),在打谷场给谷物脱粒,很可能另有扬谷器具(599),用臼和杵研磨谷粒(423)。家里的女人有织布机(538,

779），做衣服鞋帽得有相应的工具（540－546），阉割家畜也一样（786，790－791）。此外，出海远洋也有一整套船具（627），比如船帆（628）、船舵（45,629），等等。

赫西俄德也使用铁具，包括犁尖（387）、斧头（420）、镰刀（753）、剪子（743），等等。铁在当时显然不易得，很少人家真的拥有，更常见的是循环租用。荷马诗中提到，农庄里的牧人或耕夫需要铁具时，要进城里取用（《伊利亚特》卷二十三,834－835）。在纪念好友的葬礼竞技赛会上，阿喀琉斯拿出沉重的铁块作为奖品，并说，"有了这铁块五年不用担心缺铁"（同上,833）。铁块自然不会在五年里就用没了。换句话说，阿喀琉斯没有给出铁块的"所有权"，而只是给出五年的"使用权"。五年以后还要归还阿喀琉斯。

收成的粮食一般储存在"瓶"（或"坛"，πίθος;94,368,815,819）或"瓦罐"（ἄγγεα;475,600）中，保证粮食至少三年不坏。在荷马诗中，πίθος多用来指装酒的酒坛（《奥德赛》卷二,340;卷二十三,305）。本诗中几处用到πίθος，除了一处指潘多拉的瓶子外（94），其余几处用法接近，究竟指酒还是粮食，说法不一。考古学者在雅典城中发掘出公元前八世纪疑似谷仓的遗迹，规模极大，据推算可藏六十个成人一年间的粮食量，远非阿斯克拉的乡间农庄所能企及。

赫西俄德和其他好农夫一样虔诚敬神。每逢开犁播种前，他要祷告"地下的宙斯和德墨特尔"（465）。对于种植谷物的农夫而言，德墨特尔显然是最紧要的女神，除了宙斯，在诗中出现的次数也最多（32，300,393,466,597,805）。赫西俄德还栽种葡萄，因而敬拜狄俄尼索斯（614）。此外，大地作为万物之母，也是一个受崇敬的女神（563）。

在整首诗中，"富人"（22）不但不带如今我们通常理解的褒贬难释的微妙内涵，反而代表某种生活方式的典范。富有的农夫必须亲自劳作，才能维系家产，保持在公众面前的名望。辛劳的好农夫必须拥有自己的劳作工具、牛和奴仆（405），也就是有"家产"，反过来，懒汉或不劳作的人没有收成，只好乞讨，成为人和神厌恶的人。在阿斯克拉农夫的眼里，荷马诗中诸如墨涅拉奥斯的宫殿和财富已然是一种不切实际的传奇。富有的根本目的不是富有本身，也就是尽可能地积累多余财富，而是为了应对那些欠缺粮食的年头。"饥荒"($\lambda\iota\mu\acute{o}\varsigma$)的隐患时时存在,纠缠不休。诗中至少七次提到这个不和神的孩子(230,243,299,302,363,404,647),其中有两次还和"债务"($\chi\varrho\varepsilon\iota\tilde{\omega}\varsigma$;404,647)并列出现,两次均与佩耳塞斯有关,显得语重心长。佩耳塞斯本来也像哥哥那样拥有家产($o\tilde{\iota}\chi\acute{o}\varsigma$),如今却身染债务,很可能被迫出让田地、住宅,一无所有,深受饥荒折磨。

> 你如今找我也一样。我再不会给你
> 或借你什么。劳作吧,傻佩耳塞斯啊,
> 去做神们派定给人类的活儿。(396 – 398)

　　佩耳塞斯屡次向哥哥乞援。几番下来,赫西俄德不再像开始那样接济弟弟,而是采取一种新的援助方式,也就是劝说弟弟自力更生。他又是讲故事又是说理,竭力让他记住,原先人类"只要劳作一天,就够活上一整年"(43 – 44),但宙斯早收回这种生活方式(42,47),人类为了谋生,只有接受辛劳的命运。然而,佩耳塞斯光明白劳作的必要性还不够。道德劝导之外,还得有生存经验。我们说过,青年佩耳塞斯的心中必须有一个英雄。他好不容易才明白,这个英雄不会是墨涅拉奥斯,因为传奇经历而拥有黄金和宫殿,这样的故事尽管动听,却只能说给那些不肯面对现实的人听。这个新的英雄必须教他如何去做神们"派定"($\delta\iota\varepsilon\tau\varepsilon\chi\mu\acute{\eta}\varrho\alpha\nu\tau o$)给人类的活儿。这个动词带有词缀-$\tau\varepsilon\chi\mu\acute{\eta}$,即"神的兆示"。诸神给人类留下了具象可辨的征兆,比如星辰的升沉,动物的作息,让人认知季节,把握时机,即时劳作,尽可能好地生存下来。这个新的英雄所拥有的那一点点东西,恰恰是看似拥有一切的墨涅拉奥斯(宫殿、美人海伦,等等)所欠缺的——他给了特勒马库斯黄金的礼物和珍贵的食物,却没能破解一道日常的鸟飞神示!——,也就是人们通常所说的"生活的智慧",或"智识"。

　　这个新的英雄不是别人,就是赫西俄德自己。怎么!在青年佩耳塞斯的心中发生了怎样翻天覆地的变化!他原先看不起这个哥哥,这个在诉讼中输给过他的人,这个想法过时不谙进步的人,这个被新城邦时代所淘汰的人,他也许还恨过这个哥哥,这个拒绝接济自己却喋喋不休讲道理的人。但突然之间,他发现,英雄远在天边近在眼前,英雄就是这个被他轻视又敌视的哥哥,这个看上去平凡无比的乡下农夫。青年佩耳塞斯的人生就从顿悟的那一刻起发生了转变。

拉丁诗人写农事诗,无不将赫西俄德奉为先驱。如何教诲青年佩耳塞斯那些辨识神启的生存技艺呢?最好的办法莫过于告诉他如何度过一年的农夫生涯,观察星辰和鸟虫花草的变迁,掌握最佳的农事时机。这一大段长达230来行的教诲从昴星座升起处(383–384)开始,在昴星座沉落处(615–616)结束,叙述结构工整,让人叹为观止。在阿斯克拉,每年五月中旬,昴星首度在日出前东升("偕日升"),正是收割时节。在此之后的整个夏天,昴星一天比一天更早升起,直至每年十月底,肉眼看到昴星在日出前西沉("偕日落"),正是播种时节。诗人在开场白中首先划定了收割与播种这两个标志性节气,整个诗章也将围绕这两个主题搭建叙事结构。

在开场综述(381–413)之后,赫西俄德对弟弟细致讲解了一年间的农事忠告。我们可以按季节顺序分成三大部分:

1. 秋时:耕种季(414–492)
2. 冬日:寒歇季(493–563)
3. 春夏:收成季(564–617)

希腊古人依据月亮运行划分月份,与我们今天熟悉的日历很不一样。在古远的诗人笔下,一个季节代表一年的三分之一,而不是四分之一。读过托名荷马的《德墨特尔颂诗》,我们就会发现,佩耳塞福涅每年冬天下到冥府,在哈得斯身边度过一年中的三分之一时间;她在春天回到大地上,直到秋天的收获季节,在母亲德墨特尔身边度过一年中余下的三分之二时间(445–447)。换言之,一年可以大致分为耕种季、寒歇季和收成季,而不是春夏秋冬这四个季节。三个季节的说法正好对应三个时序女神。从某种程度而言,学习自然神启的智识,就是学习认识时序女神,因为,她们"时时关注有死的人类的劳作"(神,903),在人类城邦中起着再重要不过的影响。

第一部分讲到,耕种季节里有两大农务,一是伐木造农具(420–

436),一是耕种(458-492)。第二部分用了大量篇幅描绘冬季寒冷难挨(504-535,546-563),这个季节得备好充足的御寒衣帽(536-546)——冬天做衣帽,对应秋天造农具。第三部分讲到,收成季里有葡萄修枝、收割谷物、打谷、储存粮食、收成葡萄和酿酒等等农活,在频繁的农事之间,在最热的夏季里还有一段夏歇(582-596)的描绘,对应冬歇。为此,我们还可以依照农事划分成九个小节:

季　节	农　　事	自然征象
耕种季	伐木(414-457)	天狼星(417)
	耕忙(458-492)	昴星(383),鹤(448),布谷鸟(486)、毕宿星、猎户座(615),
寒歇季	冬歇(493-535)	勒纳伊昂月(504),北风(506)
	制衣(536-546)	
收成季	葡萄修枝(564-570)	大角星(566),燕子(568)
	收割谷物(571-581)	蜗牛(571),昴星(572)
	夏歇(582-596)	洋蓟,蝉(582),西风(594)
	谷物脱粒和储存(597-608)	猎户座(598)
	葡萄收成(609-614)	猎户座、天狼星、大角星(609-610)

在耕种季和寒歇季中,伐木对制衣,耕忙对冬歇,形成一个小环形叙事结构。在收成季中,葡萄修枝对葡萄收成,收割谷物对谷物脱粒和储存,形成另一个小环形叙事结构。

每个农事小节均从节气或气候的描述开始,比如“昴星升沉”(383-384)、日光减退威力(414)、天狼星在夜空(417)、鹤的鸣声从云上传来(448-449)、布谷鸟首次啼叫(486)、大角星首次闪现(566-567)、

燕子飞来(568)、蜗牛爬出(571)、洋蓟开花和蝉鸣(582)、猎户座头一
回现身(598)、猎户座和天狼星升至中天(609)、昴星、毕宿星和壮丽的
猎户座开始沉落(615－616),等等。赫西俄德引导佩耳塞斯,一一学
习神们"派定"给人类的各种自然启示,或季候征象($\sigma\tilde{\eta}\mu\alpha$;450,458)。
下文的图示比较清楚地总结了整个诗章的结构(参 West,p. 253)。

九月	天狼星在夜里出现	秋雨	砍伐木材	行 419 起
十月				
十一月	昴星沉落		耕种	行 384
		鹤声起		行 448 起
	猎户座沉落			行 619 起
十二月	冬至		晚耕	行 479 起
一月	勒纳依昂月			行 504 起
二月	大角星在黄昏升起	燕子飞来	葡萄修枝	行 564 起
三月				
四月	昴星消失			行 385 起
五月	昴星升起		收割	行 383 起 行 571 起
		无花果叶	春季航海	行 678 起
六月	夏至		打谷	行 597 起
七月	天狼星升起,猎户星升起	洋蓟开花,蝉鸣	饮酒	行 582 起
八月	季风		秋季航海	行 663 起
九月	大角星在黎明升起,天狼星和猎户星位于中天		葡萄收成酿酒	行 609 起

诗中多以星象（昴星、天狼星、猎户座、大角星、毕宿星等）标示时间，只有一处使用月份名，"勒纳伊昂月"（μῆνα δὲ Ληναιῶνα；504），每年最寒冷的时节，大约一至二月间，冬至之后，春分之前。据普罗克洛斯记载，普鲁塔克声称"勒纳伊昂月"并不是正宗的波奥提亚月份，而像是伊奥尼亚月份（月份名多以-ῶν结尾）。古代使用伊奥尼亚日历的除了传统的伊奥尼亚地区，也就是米利都等小亚细亚西南海岸城邦，还包含阿提卡地区的雅典，以及优卑亚、德洛斯等爱琴海中部岛屿。那么，生活在波奥提亚山区的赫西俄德为什么会采取一个伊奥尼亚说法呢？我们知道，他确乎在优卑亚岛的卡尔基斯城参加过诗歌赛会（651起）。也许，他不只为本地人而唱，他还暗中希望自己的歌唱得到更广泛的传播。也许，在他心目中，"佩耳塞斯"不只是眼前的弟弟，还是来自希腊各地的数不尽的青年。

这个诗章谈论农时劳作，却有两个重要段落不讲农作，而讲农歇，值得注意。在耕种季与收成季之间，有大段诗文讲冬歇（504－546）。在收割谷物与打谷脱粒之间，又有一段诗文讲夏歇（582－596）。这两个段落提供了两种生活场景，令人印象深刻，并从好些方面形成有趣的对比。

在最严寒的冬日里，各种动物冷得哆嗦，难以抵挡北风吹袭，老人也缩成一团，只有少女终日躲在家中，待在母亲身旁，并不怕寒。北风连坚硬的牛皮也能沁透，却穿不透少女的娇嫩肌肤。她沐浴过，用香油涂遍全身，躺在自家深闺中。另一边，在最酷热的夏日里，正值"山羊最肥，葡萄酒最美，女人最放荡，男人最虚弱"，忙碌的农活之余，男子坐在石下荫处，没有家人陪伴，自然也没有"放荡女人"在身旁，面对西风和山泉，独自享受美酒佳肴。

这两个场景首先反映了人与自然的关系，或者说，人类在最极端的气候条件下的生存状况。一边是应对酷暑；另一边是应对寒天，人类要有织造技艺，制衣御寒，妥善分配口粮，帮衬家务，尤其要保护家中最娇弱无助的成员，也就是待嫁的女儿。未婚少女不谙情事（"金色的阿佛洛狄忒忙活的事"；521），但迟早会嫁作人妻，繁衍后代，主持丈夫的家业（οἶκός）。夏日农忙大大消耗男人的体力，在男人们最虚弱的时期，他们的妻子尤其显得放荡。我们从中看到了潘多拉的两面性。

不过，最重要的一点也许在于，这两个场景反映了人生的两种不同时刻。在多数时候，一个人辛勤劳作，生活在老人、妻子（孩子们的母亲）和女儿身边，勉力照顾家人，履行在家庭和社会中的义务。在这一段叙事中，躲在深闺的少女还对应了躲在"没有生火的家"（ἀπύρῳ οἴκῳ）的章鱼。如果说，家中不生火的生活方式是荒蛮的象征，保护女儿的父亲则是文明社会的表现，充分体现了一个人的城邦时刻。但在某些特殊时刻，农夫的身份与诗人的身份难免重合，比如在这个炎热的夏日里，他需要离群独处，倾听蝉鸣的秘密，冥想诸神透过花开水流所传递的消息，或者不如说，他要在正午时刻保持清醒，不被蝉的塞壬歌唱催眠，正如几百年后的某个正午，苏格拉底也曾带着青年斐德若，悄悄走出雅典城邦，在蝉鸣的梧桐树下度过短暂然而永恒的哲人时刻①。

2. 航海篇（行 618–694）

在赫西俄德眼里，航海是危险的，只求生计无忧，"不用驾船远航"（236）。"死在浪涛里太可怕"（687）。航海篇的开场别出心裁，不提哪些时节适合出海，反而先说哪些时节绝对不宜出海：当昴星从猎户座旁边躲开并隐没在海上时（619–620）。航海篇在农时篇结尾（"昴星、毕宿星和壮丽的猎户座开始降落"，615–616）的地方开始。我们已经知道，昴星在十月底发生偕日落的现象，猎户座略迟。每年这个时节，气候恶劣，狂风肆虐，切莫行船，还是专心种地为好。

赫西俄德没有讲述出海人的一年时光，而仅仅抓取两个航海季节：夏末（663–677）和春季（678–694）。显然，在他眼里，航海并非一种完整的生活方式，而是对农耕生活的补充。不但如此，诗中处处数说航海的危险，从字里行间流露出对大海的忌惮心情（683–684）。航海季节一旦结束，"把船舵挂在烟上"（629），这个说法重复出现在普罗米修斯神话里（45），不用出海是从前美好生活的一种表现。无论黄金时代

---

① 柏拉图，《斐德若》，258c–259d。

还是正义城邦,人们的生活均与航海无关。

但为了讨生活,农夫也偶尔出海,在收成好的年头,航行到外地卖吃不完的粮食(688)。出海是种简便做法,一次可以去好几个地方,这在波奥提亚北部地区颇为常见。我们注意到,赫西俄德依然在对佩耳塞斯说话(633),换言之,这时的佩耳塞斯不再一无所有四处乞援,而开始有多余的粮食!在听从哥哥的循循善诱之后,他依照农时历法行事,赶上年头好,居然收成不错,略有存余。

如果说农时篇展示了阿斯克拉农庄自给自足的传统生活方式,那么,我们从航海篇中看到,赫西俄德的年代有了交易市场,并作为一种新生模式发挥不容忽视的作用。在整个迈锡尼文明时期,乃至漫长的黑暗时代,人们采取统筹分配的制度,而不是市场分配的制度。《奥德赛》中的费埃克斯人便是一例,阿尔基诺奥斯设下十二个王公,统一从百姓中征收用度,再统一分配(卷八,390-391;卷十三,14-15)。奥德修斯管理家产的模式同样有代表性:"奴隶勤劳为主人",再由"好心的主人赐予奴隶一切"(卷十四,64-65)。赫西俄德生活的阿斯克拉显然没有这种统筹分配的制度,集体谷仓似乎不存在,每户农庄自行储藏粮食,也自行处理多余的粮食。

当然,我们不应将古代早期市场想像成某种自由繁盛的商品流通,也绝非人人依赖市场为生,只是少数人,比如遇到荒年歉收的农户。巴比伦或亚述的古代市场多由本地王公统筹,乃至统一定价。荷马诗中也提到过这类非常时期的临时市场,比如希腊人驻扎在特洛亚时的酒市。虽是战时,这类市场同样由阿伽门农和墨涅拉奥斯统筹安排,船只从利姆诺斯岛运来葡萄酒,没有独立的酒商操作买卖,而是首先交给联军统帅,再统一交易,希腊官兵用青铜、铁、皮革、牛群乃至奴隶换酒(《伊利亚特》卷七,467-475)。希伯来先知以西结提到过公元前六世纪的腓尼基港口城邦推罗,"众民的商埠,交易通到许多海岛"(《以西结书》,27:3)。生活在波俄提奥的赫西俄德自然不可能远航去参加这类商埠的市场交易。他和邻居们更有可能的做法是用自家的"小舟"(νηΐ ὀλίγῃ;643)把粮食送到邻近的港口,比如阿斯克拉南部二十英里以外的克勒西斯(Kreusis),

在那里再用专门的大船（ μεγάλη δ'ἐνί ;643）装载运到某个商埠或临时市场。①

> 你若把迷误心神转向买卖，
> 决意摆脱债务和难忍的饥荒，
> 我将告诉你咆哮大海的节律，
> 虽说我不谙航海和船只的技艺。（646－649）

在前头的规训中，赫西俄德也曾劝导弟弟，"把耽迷在别人财产的心神转向劳作"（315－316）。我们不妨想像，佩耳塞斯做到了这一点。于是，劝导更进一步，要把迷误心神转向"买卖"（ ἐμπορίην ）。这个词同样出现在荷马诗中，却指"搭乘船只"（ ἔμπορος ；如《奥德赛》卷二，319；卷二十四，300），也就是"搭乘装载有货物的船只"。古人外出旅行，往往为了做买卖，这个词逐渐转向带有"买卖"的意思。一般说来，船上的乘客就是货物的主人，但也有像赫西俄德这样只托运货物，不跟着出海卖货。

赫西俄德鼓励佩耳塞斯去做买卖，原因无他，买卖赚取利润（ κέρδος ;644），可以摆脱"债务和饥荒"（647）。前面已经说过，诗中至少七次提到饥荒这个不和神的孩子，其中两次和"债务"（ χρεῖος ;404，647）连用，这也是 χρεῖος 在诗中唯一出现的两次。从荷马诗中的用法看（也写作 χρεῖος ），希腊古人的"债"不只是亏欠的钱财，也指各种形式的责任义务，没有履行便会受罚。埃里斯人在与皮洛斯人的纷争中欠下很大的债务，既欠了钱财，也欠了人情道义（《伊利亚特》卷十一，686，688，698）。墨塞涅人从伊塔卡抢走三百头羊，连同牧人一起载走，因而欠了奥德修斯的债，同样不只是一笔经济债（《奥德赛》卷二十一，17）。阿瑞斯与阿佛洛狄特被当场捉奸，由此负起某种不可逃避的责任（卷八，353，355）。这样的债务似乎不是一次还清的，而更像要持续履行的

---

① David W. Tandy & Walter C. Neale, *Hesiod's Works and Days.*, University of California Press 1996, p. 35.

义务。此外,《奥德赛》中还有两处用法,均与雅典娜扮作的凡人有关,一处是外乡的陌生人到伊塔克找还债务(卷一,409),另一处是门托儿声称考特涅斯人欠他数目可观的债(卷三,367)。相比之下,这里的用法更像指一次还清的债务,在无法偿还亏欠的钱财时,只能交出作为抵押的土地住宅等等家产,佩耳塞斯先前债务缠身就是一例。从某种程度而言,这种新的债务形式不可能存在于统筹分配的年代,而恰恰与市场的兴起有关。

出海虽说风险大,买卖却能更多地赚取利润,更快地摆脱债务。在审慎的赫西俄德看来,这是不得已而为之,在天性轻浮的佩耳塞斯看来,这却是再好没有的财路。但哥哥深深了解弟弟,出海的意图既是积极的,他没有加以阻拦,而是尽可能告知航海技术和大海的秘密,以便最大限度地避免灾难。

然而,叙事在这里遇到前所未有的困难。赫西俄德要给出航海的教海,但他同时又承认"不谙航海和船只的技艺"(649)。诗人不止一次承认自己身为凡人的言说限度。在《神谱》中,他也说过,"细说所有河神名目超出我凡人所能"(神,367 – 337)。如何理解这里头的明显矛盾呢? 无知难道不妨碍诗人所承担的教海任务吗? 这里的说法让人想到雅典娜化身为外乡客,先说"我不是预言家,也不谙鸟飞的秘密"(《奥德赛》卷一,202),随即又向特勒马科斯预言,他的父亲奥德修斯即将重返故土。雅典娜佯装的外乡客人声称,神将预言放在他心中,令他相信一定会实现(200 – 201)。赫西俄德不具备如雅典娜一般的变身能力,但他确实有农夫和诗人两种身份:作为农夫,他的日常航海经验乏善可陈;但作为诗人,他受到缪斯女神的启示和教海。一边是属人的限度,另一边是属神的超验。这两种身份的张力直接影响了航海篇的叙事逻辑。我们看到,赫西俄德掌握有两个人的航海经验,在提到自己以前,他首先参照的是父亲的经历。

> 当年迫于生计他也曾驾船远航。
> 后来他到了这里,穿越大海,
> 乘着黑舟作别伊奥尼亚的库莫,(634 – 636)

> ……定居在赫利孔山旁的惨淡村落
>
> 阿斯克拉,冬寒夏酷没一天好过。(639 – 640)

通过追述父亲的经历,赫西俄德点明家世渊源。原来他的祖上生活在"伊奥尼亚的库莫"(Κύμην Αιολίδα)。伊奥尼亚包括小亚细亚西北部和西部地区,以及勒斯波思等爱琴海上的岛屿,因古代希腊的伊奥尼亚人在此建立城邦而得名。库莫是传说中的十二个伊奥尼亚城邦之一,位于福西亚以北。古代托名希罗多德的作者写过《荷马传》,声称诗人荷马的出生地在库莫,很可能是受了这里的影响。荷马从故乡自我流放,云游四方,经历与赫西俄德的父亲颇为相似。后世在两大诗人之间建立千丝万缕的联系,这也许就是渊源之一。

赫西俄德的诸种自述究竟是假想还是现实,历代注家各显高明,这里不再赘述,也确乎没有讨论的必要。依据诗人的说法,他的父亲本住库莫,以行船为生,因为日子过不下去("逃避的倒不是宽裕财富或幸运,而是宙斯给人类的可怕贫苦";637 – 638),才定居阿斯克拉,转作农夫。虽是白手起家,但辛劳一辈子,倒也留给两个儿子一份可观的家产——父亲的例子从侧面再次向佩耳塞斯证明,辛苦种田从根本上好过出海冒险。从小亚细亚西岸的库莫到希腊半岛的波奥提亚,要穿过整个爱琴海。比起父亲的航海经历,赫西俄德确乎望尘莫及,他只是穿越尤里普斯海峡,去过优卑亚岛。

> 我实在从未乘船到无边的大海,
>
> 只去过优卑亚,从奥利斯出发:阿开亚人
>
> 从前在那儿滞留了一冬,结集成军
>
> 从神圣的希腊开往出生美人的特洛亚。
>
> 我为英勇的安菲达玛斯的葬礼赛会
>
> 去到卡尔基斯,英雄的孩子们
>
> 为纪念他设下许多奖项。我敢说
>
> 我以颂诗得头奖,捧走一只双耳三足鼎。(650 – 657)

这就是赫西俄德的全部行船经历(660)。他从东部海港奥利斯
(Αὐλίδος)出发,去到爱琴海上最大的岛屿优卑亚。优卑亚与希腊本岛
仅隔一条海峡。赫西俄德的航海经历因此没有超过一百码！说到奥利
斯,诗人看似不经意地提起当年远征特洛亚的希腊人,也就是荷马诗中
的英雄们。他们驻扎在奥利斯正待出发,不想触怒阿尔特弥斯,女神发
起逆风,致使船只受阻,被迫滞留一整个冬天。特洛亚战争进行到第十
年时,奥德修斯在全军大会上回忆起多年前那次决定了无数希腊人和
特洛亚人性命的出发:"就像是昨天或前天,阿开亚人的船只集中在奥
利斯"(《伊利亚特》卷二,303 - 304)。赫西俄德在这里沿用荷马诗中
的说法。但真的只是顺带提起吗? 他和当年的希腊英雄一样从奥利斯
出发,却没有像他们那样远征特洛亚,而只去了近处优卑亚岛的卡尔基
斯城。荷马英雄出发是为了获取不朽的荣誉。赫西俄德出发,同样为
了荣誉,通过参加诗歌赛会获取诗名。在英雄安菲达玛斯的葬礼上,人
们举行各种竞技赛会。据普鲁塔克的记载,安菲达玛斯在利兰廷战役
中扬名,最终死于一场海战(《道德论集》,153 起)。诗中称他为"英勇
的"(δαΐφρονος),可见是尚武之人,与荷马英雄无异。英雄死去处,诗人
立扬名,这样的安排真的只是偶然吗?

赫西俄德还专门提到,"英雄的孩子们"(παῖδες μεγαλήτορος ;655)在
赛会上设下许多奖项,包括诗艺竞技,由此才间接成就了他作为诗人的
荣誉。有趣的是,荷马诗中也有一次提到安菲达玛斯的孩子。帕特罗
克洛斯年少时"玩耍羊趾骨发生争执,因幼稚误伤了安菲达玛斯的儿
子"(《伊利亚特》卷二十三,87 - 88),这才被送到阿喀琉斯家中。在特
洛亚战场上,帕特罗克洛斯扮演了关键性的角色,正是他的死亡逆转了
战局,促使阿喀琉斯重新加入战争。从某种程度而言,同样是因为安菲
达玛斯的儿子,才间接成就了英雄阿喀琉斯的荣誉。

古代流传着一篇无名氏著的《荷马与赫西俄德的辩论》(Ἀγών)①。文中称荷马与赫西俄德曾在卡尔基斯城共竞诗艺,显然是在引申这里的说法,把两大诗人放到一处比较,把一场真实的诗歌赛会转化成一个流传千古的纷争。在无名氏作者的假想中,赫西俄德在赛会上吟诵了《劳作与时日》中"农时历法"的开章(383-392)——依据赫西俄德这里的自述,他在卡尔基斯城当众吟诵的应为《神谱》,而不是《劳作与时日》(659,662);荷马则吟诵了两段希腊人对战特洛亚人的场面描述(《伊利亚特》卷十三,126-134,339-344)。诗人荷马的英雄赞歌感染了在场的希腊人。但卡尔基斯国王帕纳伊得斯(Paneides,即"无所不知")最终将诗歌桂冠判给赫西俄德,因为,颂扬农作与和平的诗人更有益于城邦的教化,胜过了描述战争与屠杀的诗人。

两大诗人的辩论虽属后人假想,却不是毫无依据,凭空捏造。在赫西俄德的笔下,确乎频频流露出诗人之争的踪影。自本诗的开篇至此,我们已经遇到好些例子。赫西俄德反复沿用荷马诗中的用词说法,同时又表达出有别于荷马诗中的涵义。在这里,尤其在"从奥利斯出发"(ἐξ Αὐλίδος;651)这两个寻常字眼里,诗人之争仿佛达到了某种高潮,让我们再次想到那个十字路口的譬喻。从奥里斯出发,但去往何方?是通过战争厮杀还是通过诗唱言说去成就功名(κλέος),是通过掠夺战利品还是通过公平交易去谋求利润(κέρδος;644)?在奥利斯这个关键性的十字路口,荷马与赫西俄德展示了两种迥异的人生旅程。赫西俄德要对青年佩耳塞斯乃至在场听众起到的作用,恰恰呼应了先知卡尔卡斯当初在希腊全军中扮演的角色。

在荷马诗中,卡尔卡斯至少在两次关键时刻发挥了重要作用,一次是希腊人出发远征之际,一次是战争第十年进退两难之际。前一次标志战争的开始,后一次奠定战争的结局。正是在奥利斯,这位"最高明的鸟卜师"(《伊利亚特》卷一,69)当众说明,海上起逆风的缘由是希腊

---

① 古希腊无名氏著,《荷马与赫西俄德之间的论辩》,中译本见吴雅凌译,收录于"经典与解释"第三辑《康德与启蒙》,北京:华夏出版社,2004,页294-306。

人在祭神中得罪了阿尔特弥斯女神,除非阿伽门农牺牲女儿伊菲格涅亚,希腊人才有可能从奥利斯出发。与此同时,卡尔卡斯还解释长蛇与鸟的神兆,预言希腊人要苦战九年,第十年才能攻下特洛亚城。到了第十年,希腊人久攻不下,反遭到瘟疫,连阿喀琉斯也想放弃,撤军回乡。这时又是卡尔卡斯从人丛中站出,说明瘟疫的缘由是阿伽门农拒绝释放阿波罗祭司的女儿,由此得罪了阿波罗神。换句话说,先知的言说从始至终引导着希腊英雄在特洛亚的漫漫征程。阿波罗传授给卡尔卡斯特殊的技艺,使他"知道当前、将来和过去的一切事情"(70－71),从上述几个例子看,这种技艺与其说是"通晓古今",更准确的说法莫若是通晓"神与人的交流技艺",也就是将神们的意志传达给人类。在灾难或其他艰难时刻,寻常人类不明内由,恐惧无措,尤其需要有智的引导。有趣的是,卡尔卡斯的技艺与柏拉图对爱欲神爱若斯的定义如出一辙:

> 把人们的祈求和献祭传译和转达给神们,把神们的旨令和对献祭的酬报传译和转达给人们;居于两者之间,爱若斯这种命相神灵正好填充间隔,……感发了所有献祭、祭仪、谶语和种种占卜术、施法术。本来,神不和人相交,靠了命神的这些能力,人和神才有来往和交谈。(《会饮》,202d－203a)

"命相神灵"(δαίμων),通常又译"精灵",与黄金种族化身为庇护人类的"精灵"(122)是同一说法。我们在前面已提到柏拉图有关爱欲神爱若斯的一种定义,也就是英雄王者与爱若斯之间奇妙的相通本质(不应忘记,黄金种族死后的身份与贵族英雄的在世职责恰恰一致)。这里是柏拉图有关爱欲的另一种定义,将先知(或歌人、诗人)与爱若斯连在一起,不是偶然。王者与诗人这两种身份的微妙关联早在开篇就已浮出水面,诗与哲学在言说权限层面之争更是从头到尾贯穿整部诗歌。

同是"从奥利斯出发",赫西俄德自比先知卡尔卡斯。我们没有忘记,早在《神谱》开篇中,赫西俄德就自称拥有和卡尔卡斯一样的技艺,也就是知道过去和未来的一切事情。

> 从前,她们教给赫西俄德一支美妙的歌,
> 当时他正在神圣的赫利孔山中牧羊……
> 她们为我从开花的月桂摘下美好的杖枝,
> 并把神妙之音吹进我心,
> 使我能够传颂将来和过去。(神,22-32)

赫西俄德在这里重提往事,目的是要重申诗人身份:缪斯们"从前指引我咏唱之道"(659),"教会我唱神妙的歌"(662)。他特意将赢得的三足鼎奖杯带回乡,奉献给赫利孔山上的缪斯神庙(658),尽管三足鼎不便携带,获胜者在当时常直接奉献给赛会当地的神庙。歌人从缪斯那里获得教诲,这个说法在荷马诗中绝不少见(如《伊利亚特》卷二,488;卷十二,176;卷十七,260;《奥德赛》卷三,114),最让人印象深刻的是盲歌人得摩多科斯,"宙斯的女儿缪斯或是阿波罗教会你,非常巧妙地歌唱阿开亚斯人的事迹"(《奥德赛》,卷八,487-491)。然而,与荷马诗中的歌人相比,乃至与荷马本人相比,赫西俄德提供了一种新的诗歌范例。同是从奥利斯出发,赫西俄德没有仿效荷马,写下颂扬英雄争战的传统叙事诗。原本崇尚古风传奇的佩耳塞斯和别的听者要失望了,他们听不到那些令人神往的希腊人的事迹,听不到英雄王者的战争和苦难,他们听到的是一种新的歌唱——

> 但我将述说执神盾宙斯的意志,
> 因为缪斯们教会我唱神妙的歌。(661-662)

《神谱》和《劳作与时日》之所以有别于《伊利亚特》和《奥德赛》,很大程度上在于这样一种有别于荷马诗的新视野。赫西俄德从世界的生成之初讲到黑铁的当下时代再讲到末世的预言,从奥林波斯神界讲到大地上的人间再讲到幽深的冥间和塔耳塔罗斯,无论时间纬度,还是空间广度,叙事均更完整也更繁复。他以系统和整全的精神,既完整地描绘神的世界,又全面关注人的世界。他致力于完整地领会世界(cosmos),完整地解释世界。这正是后来的希腊哲人们所走的道路。

在佩耳塞斯和全邦人面前,赫西俄德挑战了最负有盛名的诗人荷马。诗人要求弟弟"仔细思忖我当众讲的所有话"(688)。与此同时,我们不无惊讶地看到,与如今好些智识分子的做法不同,赫西俄德在挑战荷马的同时还向荷马致以最高的敬意。听过赫西俄德一席话,佩耳塞斯不会从此轻视《伊利亚特》和《奥德赛》,而会带着新的视野去理解和欣赏这两部荷马诗。换言之,赫西俄德以"反荷马"的方式向荷马致意。对于真正的高手而言,轻视对手形同轻视自己。只有寓言故事里的鹞子才会愚蠢而自大,对着莺叫器"打输作践算啥,还要羞辱到死"(211)。真的,我们的周围何时才能少些鹞子的噪音,多些莺的动听歌唱呢? 只好寄望于青年佩耳塞斯把这一切听在耳中,记在心底。

最后的教诲(行695−828)

赫西俄德当众讲完故事又讲道理,努力让青年佩耳塞斯明白,在辛劳变成必然的人生中,除了信靠宙斯的正义,别无他路。明白这一点,佩耳塞斯也就明白,天天待在城邦会场混日子不是办法,老老实实干活谋生才是明智的人生。于是,赫西俄德进而向他解说各种生存的知识,教他如何依靠自身努力过上平常充足的日子。经过这番漫长而艰难的教育,赫西俄德引导佩耳塞斯从既不能思考又不分是非的第三种人变成明智听取忠告的第二种人(295−297)。换言之,经过"劳作与时日"的教诲,佩耳塞斯正式成为城邦中的多数人。

赫西俄德最后给他一个忠告,与娶妻有关(695−705)。卢梭后来谈论教育,同样以引导爱弥儿娶妻生子收尾——《爱弥儿》第五章以爱弥儿的未来妻子"苏菲"命名,也是"论教育"的最后一章。佩耳塞斯(或爱弥儿)必须娶妻生子,生养后代,才能把自己收获的教诲传给后世,形成循环不息的教育传统。

有关娶妻的忠告,更像是农时历法(381起)之前的礼法初训(327−380)的一部分。我们看到,行373−375讲轻信妇人,行376−380讲生养子嗣,接着写娶妻事宜,再自然不过。读过《神谱》的人不会忘记赫西俄德谈及女人的那种酸楚而无奈的语气。诗中将女人比作寄生的雄蜂,坐在蜂巢深处,贪婪享受工蜂的劳动成果(590 – 612)。短短二十行诗说尽男人面对女人的辛酸,也使得赫西俄德从此背负轻视女人的恶名。但在这里,诗人却说,"男人娶到贤妻比什么都强"(702)。诗中写到冬日躲在家中的少女时,笔触充满柔情,娇嫩美好的少女(519 – 524)也许就是那个理想的贤妻,是佩耳塞斯命中的"苏菲"。我们不能忽略赫西俄德批评女人时的政治哲学意图。归根到底,男女之间的情感过节只能算旁枝末节,重点在于批评女人身上的寄生特性。不只女人,好些男人也具有这种尼采所说的"女子气",比如败坏的王公贵族,或从前不务正业的佩耳塞斯。赫西俄德看待女人的方式比我们想像的要微妙和复杂许多。

给出最后这个忠告,赫西俄德本该大功告成。但出乎意料的是,诗歌还在继续进行下去,并很快做出"礼法再训"(706 – 764)和以月份为单位的时日说明(765 – 828)。我们注意到,"礼法初训"(327 – 380)之后,同样紧接着以年为单位的农时历法说明(381 – 694),两次平行结构相互呼应,工整有序。我们还注意到,航海篇以后,赫西俄德再没有提起佩耳塞斯的名字,转向某个模棱两可的第二人称的"你"说话。这个小细节似乎在暗示,此时的听者已非彼时的听者。

有趣的是,在写完《爱弥儿》之后,卢梭很快又着手写起书信体小说《爱弥儿和苏菲,或孤独的人》(Emile et Sophie, ou les solitaires)。在《爱弥儿》的结尾,爱弥儿和苏菲居住在乡间,生儿育女,过着"良心没有败坏的人的最宁静、最自然和最有乐趣的生活"(参 Œuvres Complètes, Bibliothèque de la Pléiade, IV, p. 859)。但在紧随其后未竟小说中,卢梭设想爱弥儿和苏菲去了巴黎,很快沦落败坏,家破人亡。这个计划因《爱弥儿》禁书事件而中断,最终只有两封爱弥儿致老师的信(第二封信没有写完),但不妨碍我们理解卢梭的写作用心。在教育青年(无论佩耳塞斯还是爱弥儿)这个问题上,我们始终避不开城邦与哲学的思考张力。

比较诗中前后两次箴训,我们发现好些说法很不一样,有的甚至还

有出入。比如,在初训里,好邻居强过亲戚,发生不测很快来帮忙,亲戚
动身却难(345),自家兄弟不可信,可以谈笑,立约却要有证人(370 -
371),而在再训里,兄弟亲人的关系却比朋友更亲近,"莫对待朋友如
自家兄弟"(707)。这一变化是可以理解的。毕竟随着赫西俄德的教
诲,佩耳塞斯的人生彻底转向,自然也会促进兄弟关系的改善。但还有
一些变化却不那么容易理解。比如,初训处处以保管钱财家产为重
(340 - 341),而在再训里,最大的财宝却不是家产钱财,而是先前根本
没有提起过的"口舌审慎"(710 - 720),让人意外。再比如,初训要求
佩耳塞斯"定时敬拜永生神们"(336),再训却转为"当心触怒极乐的永
生者们"(706)。

　　总的说来,初训浅白明确,容易执行,中心思想是如何在城邦中符
合正义法则地获得财富和保管财富,也就是如何过一种正直又富足的
生活。人与人要相互帮衬,彼此施善,不伤害他人(不对客人、兄弟、父
母、孤儿行不义),按时敬神。我们已经说过,这些伦理教诲是为了引
导佩耳塞斯成为明智的人,成为城邦中的好公民。只要他懂得听取上
述忠告,就有机会过上众人想望的幸福生活。

　　相比之下,再训却繁复难懂,隐晦不清。娶妻要避免成为远近的笑
柄(697,701),交友要有理有节(708 - 716),言辞要谨慎有分寸(717 -
721),日常行为要谨守禁忌(724 - 759),尤其要避免触怒神灵(706),
这些教诲从某种程度上全与城邦人群里头的个体姿态有关。掌握言辞
的分寸是关键(719 - 720)。切忌"表里不一"(714),或"让人以为"交
友不善(715 - 716),或轻易责辱他人的贫穷(717 - 718),或说人坏话
(721),或在众人集会上显得乖张(722 - 723),所有这些禁忌的中心思
想是如何在城邦中树立和保持好名声,也就是如何在公众面前掌握言
说的限度。什么样的人尤其需要在公众面前树立好名声并掌握言说技
巧呢? 显然不是听从忠告的人,而是给出忠告的人。赫西俄德将这样
的人归类为第一种人,至善者,也就是"在所有人中最好"(πανάριστος ;
293)的人。我们说过,王公贵族本该在城邦担当起这一类人的职能。
他们不应像众人那样满足于"想望财富"(381),把自身一人的幸福看
成最高追求,而应关心什么样的言说对所有人有益(293 - 294)。

　　戏演到这里,我们不由生出疑问,王爷们此时还端正地坐在会场里? 或是早就愤怒离席? 我们没法知道答案。我们单知道,诗中不再直接提起他们。在最后的教诲中,赫西俄德的直接对话人既不是开始追求正直富足的新生活的佩耳塞斯,也不是如鹞子般言说无度的王公贵族。

　　随后近三十行诗文提出一系列日常生活禁忌(724 – 756),一旦违背就要引发神怒。诗中至少五次提到神的发怒,无怪好些注家视同"迷信":祭神未净手,神们会厌弃祷告(726),过河前没有净手去垢,神们同样要发怒并施加苦难(740),使用未祭过神的鼎锅要遭报应(749),男人用女人洗过的水要受罪遭报应(754 – 755),遇到祭神妄加挑剌,神要发怒(756),等等。这一系列日常禁忌涉及生活的方方面面,外出行路与居家、喜宴与丧葬、性交与洗漱、造屋与祭神,很难归纳分类,但总体上与人的身体有关。在诗人的言说中,人的周遭世界仿佛充满各种无法命名、难以理解、让人恐惧、带有敌意的力量,身体是不洁的根源,随时可能受到玷污,引发神怒。如果说前面的禁忌旨在解决个人与公众的关系问题,这里的禁忌俨然触及不可知世界。赫西俄德要求他的听者做一个"深明事理"的"敬神的(ϑεῖος)"的人(731)。在荷马诗中,"敬神的"(ϑεῖος)专指英雄、预言者和歌人,也就是和神具有特殊联系的人,比一般人看见更多东西的人。

　　赫西俄德再训的对象因而要懂得言说的奥秘,掌握言说的限度和力量。在再训的收尾处,诗人提到一个新的女神,传言神(Φήμη ;761 – 764),显得意味深长。传言女神呼应开篇的不和女神(11 – 26)。"传言"同样可好可坏,坏的传言就是"谣言",好的传言则有助于个人在城邦中持守名望并发挥影响。倾听再训的人要认知和供奉传言神,提防恶言,促进善言(也就是神意在人间的启示和传说),向城邦中人提供忠告和引导。这是他们在城邦中的使命。他们将是继赫西俄德之后的新先知、新诗人、新王者。我们说过,在最后的教诲中,赫西俄德的对话人既不是一般的佩耳塞斯,也不是一般的王公贵族,从某种程度而言,却是那些将佩耳塞斯和王公贵族两种身份合为一身的人。

　　紧随其后的就是以月份为单位的时日辨释(765 – 828),也是诗歌的最后章节。诗人没有逐日编写，而只挑选那些适宜活动的日子，与我国阴历的时日宜忌相似。那些"无常、无害也无益"（823）的日子不予记录。最后一章的真伪性曾引发多方质疑，因为，其中流露的"迷信意味"有悖赫西俄德一贯的理性。但不得不承认，这六十来行诗文再现了赫西俄德所关注的主题，诸如神的谱系（勒托生阿波罗：771；不和神生誓言神：803－804）、宙斯的权能（765，769）、各种农事活动（775，780－781，805－806，812）、航海（807－809，817－818）、婚姻（807－809，817－818）、编织（779），乃至一坛打开的粮食（815，819；368－369），此外还详细补充了未提及的农事活动，也就是畜牧（774－775，786－787，790－791，795－797，815－816）。诗中好些细节体现了赫西俄德的思考用心，诸如强调时机，述说真实（768），给出某一天的确凿命名（818）。在命名问题上，诗人一向处心积虑。《神谱》中的神名无不说明这一点。本诗中同样有好些命名的尝试值得关注，比如章鱼称作"无骨的"（524），蜗牛是"背着住所的"（571），小偷是"白天睡觉的人"（605），"五个指头"说成"五个枝桠的生绿树干"（742）等等。这里则提到"三九日"（τρισεινάδα；814）、"二十一日"（μετεικάδα；820）等不同寻常的命名日。

　　细究下来，这里的月份叙事带有某种模糊性。赫西俄德至少使用三种日期算法。第一种是每月从"月初"（780）数到"三十"（766）；第二种是每月分三旬，十日为一旬（782，794，805，810，819）；第三种是每月分成上下旬，有些希腊历法的下旬日子是倒数的，也就是从月末开始倒数日期，比如月末第四日即从三十日起倒数到第四日，也就是二十七日（798，参780）。古代希腊各地采用互不相同的历法，赫西俄德似乎有意尝试实现某种统一用法。有限提及的几个时日集中了大量可行活动，比如月初、月中、月末等所有带"四"的日子（770，794－801，809，819）。

　　在最后的教诲中，赫西俄德沉思有死的人类的时间概念。就人的认知而言，关乎时日的奥秘也许最是晦涩不明，难以把握。"来自宙斯的时日"（Ἤματα δ' ἐκ Διόθεν；765，769）这个说法呼应了航海篇所强调的诗人的身份使命。赫西俄德承认不谙航海技艺，却坚持要向佩耳塞斯讲解"咆哮大海的节律"（648 – 649），"述说执神盾宙斯的意志"（661）。在这里，我们看到诗人的同一种姿态，短短几行诗中至少重复四次提到，"很少人"（παῦροι）知道时间的真相（814,818,820,824）。这种说法进一步印证时间叙事的含糊性，以及诗人述说真实（10）的努力。赫西俄德再次自比先知卡尔卡斯，不仅通晓"过去和未来"，更要担当起向人类传达神的信息的职能。我们说过，他拥有两种身份，一种是农夫，一种是先知或诗人。身为城邦中人，他必须懂得在公众中掌握言说的限度，维持良好的声名德望；身为先知或诗人，他又必须努力探寻属神的奥秘，并以多数人可以理解的言说来阐释不可知的真相。作为这场诗唱会的结语，他向在场听者这么定义有死的人生：

> 有福而喜乐的人啊，必通晓
> 这一切，劳作，不冒犯永生者，
> 懂得辨识鸟谕，且避免犯错！（826 – 828）

那一天的诗唱会过后，人们久久没有散场。忒斯庇亚城中发起一波接一波的议论。褒贬不一，总的说来，怀疑超乎信任，批评多过赞赏。人们聚在一起，倾听聪明人发表各种聪明的批评，转身再与同伴展开讨论，持不同意见的人掀起引人注目的论战。每个人都有话要说，在揭穿对方的谎言的同时，更加坚定掌握真相的自信。

在喧哗的人群中，却站着一个青年。沉默，孤单，不起眼。他的周遭有好些别的青年忙碌穿梭，带着聪明的自信说个不停。很快，这个格格不入的青年被挤出人堆，站到会场边缘。他与转身离去的赫西俄德擦肩而过。在他的年轻的双眼里，闪现出一丝恐惧和疑惑的光芒。他就像当年的厄庇米修斯，一脸蠢相，呆望美人潘多拉的瓶子。在一片骚动的尘烟中，他隐约看见留在那只瓶子里头的东西，宙斯王为人类安排的最后的希望。

参考文献*

Athanassakis A. N. , "Introduction", Athanassakis A. N. (ed) , *Essays on Hesiod* , *Ramus* 21 , 1992 , pp. 1 – 10.

Ballabriga A. , "L'Invenion du mythe des races en Grèce archaïque", *Revue de l' histoire des religions* 207 , 1990 , pp. 3 – 30.

Bernardete S. , "Hesiod's *Works and Days*: A First Reading", *Agon* 1 , 1967 , pp. 150 – 174.

Beye C. , "The rhythm of Hesiod's *Works and days*", *Havard Studies in Classical Philology* 76 , 1972 , pp. 23 – 43.

Blaise F. , Judet de la Combe P. &Rousseau Ph. (éd.) , *Le métier du mythe* , *Lectures d'Hésiode* , 1996.

Bonnafé A. , "Le Rossignol et la justice en pleurs (Hésiode *Travaux* 203 – 212) ", *Bulletin de l' Assiociation Guillaume Budé* , 1983 , pp. 260 – 264.

Boys – Stones G. R. & Haubold J. H. (ed.) , *Plato and Hesiod* , Oxford , 2010.

Bravo B. , "*Les Travaux et les jours* et la cité", *Annali della Scuola Normales di Pisa* , classe di lettere e filosofia, ser. 3 , 15 , 3 , 1985 , p. 705 – 765.

Burgess J. , *The Tradition of the Trojan War and the Epic Cycle* , Baltimore , 2001.

---

* 《劳作与时日》的西文笺注本和译注本,参看"版本说明"。西文参考文献仅列出《劳作与时日》的研究著作或论文。中文参考文献仅列出本书援引过的古希腊译本和相关著作。

Carrière J. – C. , "Les démons, les héros et les rois. Les ambiguïtés de la justice dans le mythe hésiodique des races et la naissance de la cité", *Les Grandes figures religieuses. Fonctionnement pratique et symbolique dans l'Antiquité*, Paris, 1986, pp. 193 – 261.

Carter Philip Jr F. , "Narrative Compression and the Myth of Prometheus in Hesiod", *The Classical Journal* 68, 1973, pp. 289 – 305.

Clay J. S. , " The World of Hesiod ", *Essays on Hesiod II* (éd. A. Athanassakis), 1992, pp. 131 – 155.

Clay J. S. , "The Education of Perses", *Materiali e discussioni per l' analisi dei testi classici*, 31, 1993, pp. 23 – 33.

Clay J. S. , *Hesiod's cosmos*, Cambridge, 2003.

Detienne M. , *Les Maîtres de vérité dans la Grèce archaïque*, Paris, 1967, 1973, 1994.

Detienne M. et Vernant, J. – P. , *Les Ruses de l'intelligence. La Mètis des Grecs*, Paris, 1974, 1978.

Dickie M. , "*Dike* as a Moral Term in Homer and Hesiod", *Classical Philology*, 1973, pp. 91 – 101.

Duchemin J. , *Prométhée. Histoire du mythe, de ses origines orientales à ses incarnations modernes*, Paris, 1974.

Dumézil G. , *Mythe et épopée*, 3 vols, Paris, 1971 – 1974.

Edwards A. T. , *Hesiod's Ascra*, Berkeley, 2004.

Eliade M. , *Histoire des croyance et des idées religieuses*, Paris, 1976.

Frnkel H. , *Early Greek Poetry and Philosophy*, New York & London, 1975.

Gagarin M. , "*Dike* in the *Works and Days*", *Classical Philology* 68, 1973, pp. 81 – 94.

Gagarin M. , "Hesiod's Dispute with Perses", *Transactions and Proceeding of the American Philological Association* 104, 1974, pp. 103 – 111.

Gagarin M. , "The Ambiguity of Eris in the *Works and days*", *Cabinet of the Muses. Essays on Classical and Comparative Literature in honor of*

T. *G. Rosenmeyer*, Atlanta, 1990, pp. 173 – 183.

Green P. , " *Works and Days* 1 – 285. Hesiod's Invisible Audience " , *Mnemai. Classical Studies in Memory of K. K. Hulley*, ed. H. D. Evjen, California, 1984n, pp. 21 – 39.

Hamilton R. *The Architecture of Hesiodic Poetry*, Baltimore, Londres, 1989.

Hamilton E. , *La mythologie, ses dieux, ses héros, ses légendes*, Verviers, 1942.

Hoffmann G. , " Pandora, la jarre et l'espoir " , *Quaderni di Storia* 24, 1986, pp. 55 – 89.

Hubbard T. K. , " Hesiod's Fable of the Hawk and the Nightingale " , *Greek, Roman and Byzantine Studies* 36, 1996, pp. 161 – 171.

Jones N. F. , " Works in Season in the *Works and Days* " , *The Classical Journal* 79, 1984, pp. 307 – 323.

Judet de la Combe P. , " L'autobiographie comme mode d'universalisation. Hésiode et Hélicon " , *La Component autobiografica nella poesia greca e lattina fra realità e artificio letterario*, éd. G. Arrighetti & F. Montanari, Pisa, 1993, pp. 262 – 299.

Kivilo M. , *Early Greek poets' lives*: *the shaping of the tradition*, Leiden, Brill, 2010.

Koning, H. H. , *Hesiod, the other poet* : *ancient reception of a cultural i-con*, Leiden, Boston, Brill, 2010.

Lamberton R. , *Hesiod*, New Haven, 1988.

Lambin, G. , *Le chanteur Hésiode*, Rennes, 2012.

Lardinois A. , " How the Days fit the Works in Hésiod's *Works and Days* " , *American Journal of Philology* 117, 1998, pp. 319 – 337.

Leclerc M. – C. , " L' Epervier et le rossignol d' Hésiode. Une fable à double sens " , *Revues des études grecques* 105, 1992, pp. 37 – 44.

Leclerc M. – C. , *La Parole chez Hésiode. A la recherche de l' harmonie perdue*, Paris, 1993.

Ledbetter G. , *Poetics before Plato*, Princeton, 2003.

Leinecks V. , "Elpis in Hesiod, *Works and Days* 96", *Philologus* 128, 1984, pp. 1 – 8.

Levet J. – P. , *Le vrai et le faux dans la pensée grecque archaïque: d´ Hésiode à la fin du Ve siècle*, Paris, 2008.

Martin R. P. , " Hesiod, Odysseus and the Instruction pf Princes", *Transactions and Proceedings of the American Philological Association* 114, 1984, pp. 29 – 48.

Mattéi, J. – F. , *Platon et le miroir du mythe : de l'âge d'or à l'Atlantide*, Paris, 1996.

McCoyJ. (ed.) , *Early Greek philosophy: the Presocratics and the emergence of reason*, Washington, Catholic University of America Press, 2013.

Millet P. , "Hesiod and his World", in *Cambridge Phillological Society Proceedings* 209, 1983, pp. 84 – 115.

Minchin E. (ed.) , *Orality, literacy and performance in the ancient world*, Leiden, Boston, Brill, 2012.

Montanari F. , Rengakos A. & Tsagalis CH. , *Brill's Companion to Hesiod*, Leiden, Boston, 2009.

Nagy G. , " Hesiod ", T. J. Luce (éd.) , *Ancient Writers. Greek and Rome*, New York, 1982, pp. 43 – 72.

Nelson S. A. , "The Justice of Zeus in Hesiod's Fable of the Hawk and the Nightingale", *The Classical Journal* 92, 1997 – 1998, pp. 235 – 247.

Pavese C. O. , Venti P. , *A complete formular analysis of the Hesiodic poems*, Amsterdam, 2000.

Polignac, F. de, *La Naissance de la cité grecque. Cultes, espace et société, VIIIème – VIIème siècles avant J. C.*, Paris, 1984.

Rosen R. , "Poetry and Sailing in Hesiod's *Works and Days*", *Classical Antiquity* 9, 1990, pp. 99 – 113.

Pucci P. , *Hesiod and the Language of Poetry*, Baltimore, Londres, 1977.

Rudhardt J. , "Le mythe hésiodique des Races et celui de Prométhée. Recherche des structures et des significations", *Revue Européenne des Sciences Sociales* 19 , Genève , 1981 , pp. 246 – 281.

Saïd S. , Trédé M. et Le Boulluec A. , *Histoire de la littérature grecque* , Paris , 1997.

Sanders ed , Thumiger Ch. , Carey Ch. & Lowe N. J. (ed.) , *Erôs in ancient Greece* , Oxford , 2013.

Saxton , R. , *Hesiod's calendar ： a version of Hesiod's Theogony and Works and days* , Manchester , 2010.

Schmidt M. , *The first poets ： lives of the ancient Greek poets* , New York , 2005.

Sorel R. , *Critique de la raison mythologique: fragments de discursivité mythique ：Hésiode , Orphée , Eleusis* , Paris , 2000.

Strauss L. , *Persecution and the Art of Writing* , Chicago , 1952.

Strauss L. , *The City and Man* , Chicago , 1964.

Vernant J. – P. , *Mythe et pensée chez les Grecs. Études de psychologie historique* , Paris , 1965 , 1985.

Vernant J. – P. , *Mythe et société en Grèce ancienne* , Paris , 1974.

Vernant J. – P. , *L' Univers , les Dieux , les Hommes.* , Paris , 1999.

Vidal – Naquet P. , *Le Chasseur noir* , 3er éd. , Paris , 1991.

Walcot P. , *Hesiod and the Near East* , Cardiff , 1966.

West M. L. , *Hesiod. Theogony* , Oxford , 1966.

West M. L. , *The Hesiodic Catalogue of Women* , Oxford , 1985.

West M. L. , *The East Face of Helicon: West Asiatic Elements in Greek Poetry and Myth* , Oxford , 1997.

赫西俄德,《神谱》[笺注本],吴雅凌译,华夏出版社,2022 年。

赫西俄德,《工作与时日、神谱》,张竹明、蒋平译,商务印书馆,1996 年。

赫西俄德,《神谱》,王绍辉译,张强校,上海人民出版社,2010 年。

《赫拉克勒斯之盾笺释》，罗逍然译笺，华夏出版社，2010 年。

荷马，《伊利亚特》，罗念生、王焕生译，人民文学出版社，1997 年。

荷马，《奥德赛》，王焕生译，人民文学出版社，1995 年。

《埃斯库罗斯悲剧三种》，罗念生译，上海人民出版社，2004 年。

埃斯库罗斯，《奥瑞斯泰亚：阿格门侬、奠酒人、和善女神》，吕健忠译注，左岸文化出版社，2006 年。

《埃斯库罗斯悲剧三种，索福克勒斯悲剧一种，古希腊碑铭体诗歌选》，罗念生译，上海人民出版社，2007 年。

《索福克勒斯悲剧四种》，罗念生译，上海人民出版社，2004 年。

《高贵的言辞：索福克勒斯〈埃阿斯〉疏证》，沈默撰，华东师范大学出版社，2010 年。

《欧里庇得斯悲剧集》（三卷），周作人译，中国对外翻译出版公司，2003 年。

《欧里庇得斯悲剧六种》，罗念生译，上海人民出版社，2004 年。

《阿里斯托芬喜剧六种》，罗念生译，上海人民出版社，2004 年。

《古希腊戏剧选》，罗念生、杨宪益等译，人民文学出版社，1998 年。

希罗多德，《历史》，王以铸译，商务印书馆，1985 年。

修昔底德，《伯罗奔尼撒战争史》，徐松岩译注，上海人民出版社，2012 年。

《古希腊抒情诗选》，水建馥译，人民文学出版社，1986 年。

《古希腊散文选》，水建馥译，人民文学出版社，2000 年。

《全译伊索寓言集》，周作人译，中国对外翻译出版公司，1999 年。

《路吉阿诺斯对话集》，周作人译，中国对外翻译出版公司，2003 年。

《财神－希腊拟曲》，周作人译，中国对外翻译出版公司，1999 年。

《希腊神话》，周作人译，中国对外翻译出版公司，1999 年。

柏拉图，《理想国》，王扬译注，华夏出版社，2012 年。

《柏拉图的〈会饮〉》，刘小枫等译，华夏出版社，2003 年。

柏拉图，《斐德若》，刘小枫译，未刊稿（中山大学哲学系讲义）。

柏拉图，《苏格拉底的申辩》，吴飞译疏，华夏出版社，2017 年。

《柏拉图对话六种》，张师竹、张东荪译，华东师范大学出版社，2011 年。

柏拉图，《伊翁》，王双洪译疏，华东师范大学出版社，2008 年。

色诺芬，《回忆苏格拉底》，吴永泉译，商务印书馆，2001 年。

维吉尔，《埃涅阿斯纪》，杨周瀚译，人民文学出版社，2000 年。

奥维德，《变形记》，杨周瀚译，人民文学出版社，2000 年。

普鲁塔克，《希腊罗马名人传》，上册，陆永庭、吴彭鹏等译，商务印书馆，1995 年。

第欧根尼，《名哲言行录》，马永翔等译，吉林人民出版社，2003 年。

施特劳斯，《论柏拉图的〈会饮〉》，邱立波译，华夏出版社，2012 年。

伯纳德特，《弓弦与竖琴：从柏拉图解读〈奥德赛〉》，程志敏译，华夏出版社，2003 年。

刘小枫，《凯若斯：古希腊文读本》（增订本），华东师范大学出版社，2013 年。

刘小枫，《昭告幽微》，牛津大学出版社，2008 年。

刘小枫、陈少明主编，《荷马笔下的伦理》，华夏出版社，2010 年。

程志敏，《荷马史诗导读》，华东师范大学出版社，2007 年。

德拉孔波 等，《赫西俄德：神话之艺》，吴雅凌译，华夏出版社，2004/2021 年。

《俄耳甫斯诗教辑语》，《俄耳甫斯诗教祷歌》，吴雅凌编译，华夏出版社，2005 年。

马特，《柏拉图与神话之镜》，吴雅凌译，华东师范大学出版社，2008 年。

译名与索引

图书在版编目（CIP）数据

劳作与时日：笺注本/(古希腊)赫西俄德(Hesiod)著；吴雅凌译.
--北京：华夏出版社有限公司，2023.4
（西方传统：经典与解释）
ISBN 978-7-5222-0445-1

Ⅰ.①劳… Ⅱ.①赫…②吴… Ⅲ.①诗集－古希腊②《劳作与时日》
－注释 Ⅳ.①I545.22

中国国家版本馆 CIP 数据核字(2023)第 003894 号

劳作与时日［笺注本］

作　者	[古希腊]赫西俄德	
译　者	吴雅凌	
责任编辑	王霄翎	
责任印制	刘　洋	

出版发行　华夏出版社有限公司
经　销　新华书店
印　刷　北京汇林印务有限公司
装　订　北京汇林印务有限公司
版　次　2023 年 4 月北京第 1 版
　　　　2023 年 4 月北京第 1 次印刷
开　本　880×1230　1/32 开
印　张　13
字　数　360 千字
定　价　98.00 元

华夏出版社有限公司　　　　地址：北京市东直门外香河园北里 4 号
邮编：100028　电话：(010) 64663331（转）　网址：www.hxph.com.cn
若发现本版图书有印装质量问题，请与我社营销中心联系调换。